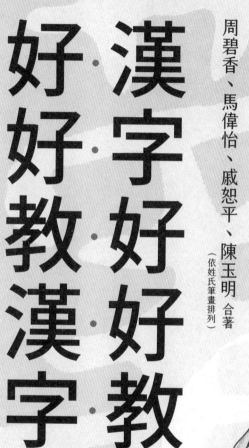

漢字好好教‧好好教漢字

好好教漢字教學

周碧香、馬偉怡、戚恕平、陳玉明 合著
（依姓氏筆畫排列）

五南圖書出版公司 印行

推薦序一

　　周碧香教授及其團隊新近完成了這部大作，把「漢字教學」用一種生動活潑的方式，重新做了詮釋與表達，嘉惠學子、弘揚文化，實在是功德無量。

　　我們都知道，漢字在全世界的書寫體系當中是一套獨一無二的視覺符號系統。構造的理念跟拼音文字大不相同。漢民族創造了這一套文字系統是有其深意存在的。拼音文字只是記錄語言的發音，附麗於語言，語言隨時在變遷，時隔久遠，用拼音文字書寫的文獻，就沒有辦法有效閱讀了。漢字不依附於善變的語言，有它獨立的生命性。能夠經歷漫長的時光歲月，跨越了廣大的空間地理，仍然能夠有效溝通。這樣，就有利於累積智慧、傳承經驗。漢文化的歷久不絕，漢字起了關鍵的作用。

　　西方歷史有如一個拋物線，無論是古埃及、亞歷山大、波斯、兩河流域的文明，都經歷了興亡盛衰，最後灰飛煙滅。只有中國的歷史文化能夠綿延久遠，有如大海的波濤，海浪一波又一波，歷久不絕，綿延長青。漢室雖經歷五胡亂華，沒有滅絕，唐室再度復興，又站起來了；再經歷契丹、突厥、五代十國的紛擾，也沒有滅絕，明代盛世又再度站起來了，重建了長城，鄭和的遠航，標誌了這個盛世。這種波浪形的文化，跟西方拋物線的文化，迥然不同的模式，也不得不歸功於漢字的獨特性。

　　廣東人遇到山東人，兩個都是東，可是此「東」非彼「東」，講話不能通，可是用漢字寫下來，卻能夠暢行無阻。到了日本，不通日語，漢字仍然可以作為溝通的橋梁。使用拼音文字的西方，葡萄牙人碰到了西班牙人，兩個人講話不能通的時候，寫下來，仍然是各自的語言，儘管如何咬「牙」，仍然不能通。這就是漢字不一樣的地方。

　　今天的小朋友，對於〈床前明月光〉都能夠朗朗上口，可是那是一千年前漢字書寫的作品。同樣一千年前的英文〈貝武夫〉，卻成了詰屈聱牙的古文獻，不但西方小朋友看不懂，即使西方的專家學者，也要埋首鑽

研，才能夠解讀。這個差別，就顯示了漢字的獨特性。所以，漢字是超越了時間、空間的一套符號系統，是漢民族的智慧結晶。

　　漢字的教學，歷來認為是一個繁重的工作。一筆一畫地學習，成千上萬的漢字，如何學好它？這項工作一直是語文教學者努力的方向。周碧香教授及其團隊從多年的教學經驗當中，掌握了漢字的本源，抓住了漢字構造的基本法則，設計了有趣的圖像，把漢字的學習變成了一篇娓娓動人的故事。這部大作的出版，傳承文化，造福教學，的確功莫大焉！願藉此推薦之，是為序。

竺家寧

2023年7月12日記於英國威爾斯大學

推薦二　成為漢字的代言人

　　傳統的漢字教學，多以許慎《說文解字》的六書為本，強化閱讀古籍能力，鮮少遍及芸芸眾生的識字需求，而如清代王筠以《文字蒙求》垂教於童蒙，可謂絕無僅有。然伴隨著學習華語熱風潮的興起，以讀書識字為導向的漢字教學，逐漸形成主流，並肩負起華語學習與文化認知的雙重重責。於此新舊交替之際，傳統漢字教學方法與教材，已不敷當前華語教學之需，而坊間新作的良莠不齊，似是而非的文字新解，著實令人裹足不前。

　　周碧香教授學養深厚，尤精於文字、訓詁之學，加以潛心研究漢字教學方法多年，並以新觀點提出字源教學法與圖解識字教學法，既有理論的依據，亦符合當前教學的趨勢，深獲學界好評。然周教授並不以此自滿，與多位漢字教學者結合，從「教學現場」觀點出發，整合漢字本體知識、教學方法與教學實務為一體，歷經三年，推出《漢字好好教　好好教漢字──華語師培與漢字教學》一書。今觀本書篇章內容，既保有傳統漢字學的嚴謹，亦符合教學方法與實務的創新，而教學單元所示字例說解，原原本本忠於當前學術研究成果；字卡、部件卡的設計，也帶給漢字教學的便利，處處表現編寫團隊的用心，因略綴數語以紀其實。

宋建華

2023 年 7 月 23 日

推薦序三　漢字教學真輕鬆

　　漢字是華語文教學的重要組成部分。因為漢字所記錄的是語素，而語素是音義的統一體，加上漢字的形體，所以漢字是形音義的統一體，這一點與音素文字不同。學習漢字時既要辨認字形，又要建立字形與字音、字義之間的聯繫；且漢字體系龐大，字數繁多，結構複雜。因此，漢字教學不僅要考慮與漢語教學的關係，而且必須將書寫和認知分列為兩項教學目標進行總體設計。

　　漢字教學首先要涉及到教什麼，其次要涉及到怎麼教，這在漢字教材中都須有明確的呈現。就教學本質內容而言，漢字教學應該以漢字的本體為宗，即從字形入手。理想的漢字教材應是將單個漢字歸納入系統鏈內。什麼時候教哪個漢字，不是取決於常用與不常用，也不是取決於語法、課文內容出現的先後，而是取決於該字在系統鏈中的位置與作用。因此漢字教材的編寫自然也應該在這一理論體系下，梳理、排列所講授的漢字群，突出漢字的系統性。坊間有關漢字教學的教材，有純理論的構想討論，也有具體方法的實證研究，但結合理論與實務、深入淺出地討論漢字教學的專著並不多見。

　　捧讀《漢字好好教　好好教漢字》此書，對書中漢字的分析與舉例都可見其用心之處。該書的第一編〈漢字本體知識〉，主要在建構華語教師漢字方面所需要知道的基本知識；第二編〈漢字教學知識〉則是漢字教學的方法及可遵循的策略；第三編〈漢字教學實務〉將教學法以實例落實進課堂中；第四編〈主題漢字知識與教學建議〉以90個部件為首，將常用漢字加以解析，區分初級或中高級，整合漢字字源與演變；最後附上90張部件卡及本書例字卡，方便教師課堂上使用。此外，書中的〈漢字教學三十問〉，是編寫團隊在任教的漢字師資培訓班所收集來的問題集，從中精挑細選了提問度最高的三十個問題，分為「漢字教學策略」、「先備知識掌

握」與「推薦資源」三方面，分別解答，並註明了相關章節，便於深入
了解。

　　《漢字好好教　好好教漢字》從編寫內容與體例設計都可窺見作者群
的巧思，深信華語老師必能透過本書的引導，在教授漢字時輕鬆找到適合
學生學習的方式，以改進教學方法，突破教授漢字的瓶頸，創建有特色的
漢字教學法，提高漢字教學的效率。

　　本漢字教材突破傳統、固定的形式，編製符合漢字特點，適應外國人
的學習需要，體現最新研究成果，故樂於推薦如上。

高雄師範大學退休教授

方麗娜

推薦序四　漢字教學的專業嚮導

　　漢字是中華文化的載體，對外國學生來說，漢字非常有趣，學起來卻艱苦備嘗而常常大嘆「漢字好難學」，教師這一端自然也總感覺「漢字好難教」，教與學的雙方都容易受挫。

　　在教學現場，我們有時見到一些教師因專業不足而傳遞了錯誤的漢字知識；也有些教師學識淵博，卻苦於無法設計出高效的漢字課程。教好漢字，是華語教師的責任，更是無可迴避的挑戰。有幸周碧香教授與陳玉明、戚恕平、馬偉怡三位教師推出了《漢字好好教　好好教漢字》，它結合了理論和實務，是一本漢字教學的實用指南。

　　《漢字好好教　好好教漢字》彷彿一位專業嚮導，領著我們翻山越嶺、長途跋涉，親歷了一個又一個的漢字教學秘境──〈漢字教學三十問〉解答了漢字教學過程中常見的疑點；〈漢字本體知識〉介紹了相關的基礎，例如：漢字的特質、源起與演變、構形辨析、意義和漢字文化等；〈漢字教學知識〉則透過漢字本體與教學實踐的連結，示範了如何將漢字知識轉化為具體的教學策略；〈漢字教學實務〉呈現了教師日常工作的各個重要環節，從教學準備、教學操作到活動設計都包羅其中；〈主題漢字知識與教學建議〉分享了十四個教學案例，教師可從中得到啟發，進以優化教學。

　　讀完這本書，不僅知識的視野開闊了，內心也充滿了感恩與感動。感恩，源於這本書能讓教師在漢字教學上得心應手；感動，則來自作者群真誠無私的奉獻。《漢字好好教　好好教漢字》對教師「把漢字教好」大有助益，而這正是學生「把漢字學好」的前提。

宋如瑜

2023/7/20於關渡

作者序一　一起成為漢字的「代言人」

漢字是漢語的紀錄，更是文化傳承的載體，文化傳承工作仰賴漢字教學。漢字因著自身結構、演進及深厚的文化底蘊，是為當前世界最難學習的文字。

文字的教學必注重次第與結構。字形的認識與教學，是文字研究的本務；而有系統而簡要地掌握漢字形體的推衍結構，則是學習者用心的所在。漢字的闡釋實為漢字研究及漢字教學的核心，正確認知、合理地解釋漢字形音義，是學習者、教學者首先要面對的問題，也是最終要解決的問題。

漢字教學界流行著「似是而非」的說解方式，將現代漢字拆解為若干部件，說解每個部件在整字的功能，美其名曰「部件意義化」，例如：「宿是一百個人住的房子」、「我要食是餓」、「琴是兩個國王坐在一起道古說今」等，諸如此類，表面上彷彿能說得通、每學一個字就有一個口訣；長久累積下來，不僅加重學習者的負擔，教學者亦陷入「編不出字訣」的窘迫之境。最令人憂心恐懼者，如以這種方式學習、教學，乃斷離漢字的理據和脈絡，阻礙語言運用表義清楚、經濟和類推的三大原則，漢字無法類推、字際關係無法清理，阻礙了漢字教與學的科學化，鉗制文化傳播和傳承。綜觀當前漢字教學，極需富有理據、科學化、正確解釋及示範的教材。

本團隊思考漢字教師養成之所需，以「教學現場」為念，從漢字本體知識、教學方法、教學實務、教學單元示例、字卡，環環相扣，努力為漢字教學尋找一條回到源頭、符合本體知識，且易於掌握的、科學化的方法。起心至今，幾經寒暑，數不清次數的線上會議、雲端硬碟裡一個個的檔案，由無到有，成員相互協作、彼此扶持，終迄完稿。放棄很容易，但我們選擇較難的路子，無一不期待讀者（教學者）明白「漢字好好教」，

進而「好好教漢字」，人人都成為漢字的「代言人」，讓中華文化源遠流長，是為本團隊的初衷和企盼。

　　臭皮匠雖有四個，思慮未全、能力未逮之處，尚望專家、讀者不吝指正，以為日後修正之資。

周碧香 謹序
111年1月23日

作者序二　先懂漢字再懂教

　　回想投入本書編寫工作的初衷很簡單，即「想把漢字教好」。所謂「教好」，在漢字教學上，希望能用對的策略、更正確以及更有系統。漢字不僅是許多非漢字文化圈學習者的「短木板」，甚至使他們有「恐字症」而放棄學習，也是不少華語教師在教學技能上的弱項。但是漢字重要，不學，就無法繼續提升水平。

　　且不論華語教師面對的教學困境（學生有逃避學習漢字的心態以及教師本身對漢字教學知能不足），以中文為母語的幼童家長，也需要正確的漢字知識。曾與一位朋友（其為小學生家長）討論到「異體字」是不是「錯字」的問題，是「橋梁」還是「橋樑」？像這樣使我們似懂非懂的漢字還有很多，不先弄清楚來龍去脈，很難教下一代。當然我們不需要把全部的漢字研究一遍，只要知道字源、字義及用字的發展歷程，就能舉一反三、觸類旁通。本書系統地分類漢字，在十四個單元中列舉了日常生活中常見、常用字，能夠使華語教師以及國人對漢字的認識更廣泛也更深入，不僅「知其然」，更進一步能「知其所以然」。

　　能夠與三位專業的教師合作、參與編寫本書，始終覺得幸運！從三年前接下書稿工作，歷經懷孕與生產，至今一對雙胞胎已二足歲。感謝我加入的是個正向、積極的團隊，總有溫暖的話語與包容的胸襟，一路上，能有良師益友的扶持與陪伴，無盡感激！

馬偉怡

2022年2月5日

作者序三　莫忘初心

　　當學生因為看懂了招牌的字，或是順利地點了一杯珍珠奶茶，滿心歡喜的與你分享成功認讀漢字的喜悅，相信教師一定很難忘懷學生那閃閃發光的眼神。因此，如何幫助學生解開對中文聽說讀寫難點的心結，激發學習動機獲得成就感，相信是許多華語教師努力的目標。除了希望能提升學習者在華語環境中生存的語言能力外，更期盼能讓學生體驗到中華文化的豐富多彩，而漢字就是進入中華文化世界的一把鑰匙。

　　可惜的是學生往往在字海中感到迷惘，繁簡字體的識寫、不同字義的辨析、近似字的比較、多音字的掌握，都增加了學習的難度，而教師也常在教學中心無依歸，茫茫資料裡不知如何正確選擇，教師還需要吸收轉化向學生正確解說，並透過各式各樣的教學活動幫助學生記憶並應用漢字。

　　有效的漢字教學不應只是機械式冷冰冰地不斷練寫硬背，而是讓平面的漢字鮮活地躍於紙上，因為漢字不只是語言記錄的工具符號，而是表現古人對生活的觀察、抽象意念的思考、歷史演變的軌跡和人文社會的縮影。

　　這本書集結四位老師不同的專業背景與多年教學經驗，累積無數次的討論修改，三年多的努力，始終未曾忘卻寫書的初衷，就是希望漢字教學能受到重視，還望能幫助第一線的教師提升自我漢字教學的能力，建立正確的漢字教學知識，設計有意義的漢字活動，讓「漢字好好教」，學生「好好學漢字」，徜徉字海，悠遊自（字）在。

戚怒平

2022年1月23日

作者序四　十年磨一劍

專門教外國人學習漢字已經超過十年了，十多年來我一直覺得欠缺一套給教繁體字的華語老師用的參考書。而大陸所出版的對外漢字教學參考書，也因為字形不同、部首歸部不同等因素，並不能拿來套用。為了教好漢字，默默地花了好多時間上課、進修、查閱各種資料，幸得這些辛苦，都成為了這本書能下筆到付梓的養分。

要教好外籍生漢字，需要的知識技能跟文字學教師或會話教師絕不相等，現實的困難也還不只是教繁體字，多的是一輩子學繁體字的老師，在海外卻必須教簡化字。到底對漢字要認識多少才足以應付對外漢字教學？就我的經驗來看，華語老師其實並不需要多麼深究文字本體的學問，但的確擔心自己會道聽塗說，減損了專業形象。因此我們這套書的作者結合了文字學的專家、聽說讀寫教學經驗豐富的華語老師，編寫的過程中也常有不同角度的意見交流，彼此尊敬互信也互補，三年多來開了無數實體、線上的討論會，就是希望我們作者的努力，能讓華語老師少走些冤枉路，省掉懷疑網路資源是否可信的力氣，直接在這套書上學習到華語老師能「好好教漢字」所需要的知識。

寫了幾年，我自己覺得最辛苦的在於確保內容正確、適用，特別是兩岸在字音、字形上規範不同，有很多細微的差異也不能輕忽，深怕傳遞錯的資訊，為此我總是開兩臺電腦作業，桌上擺滿各種參考書籍、字典、規範文件。編寫的不同時期面對的困難也不同，像是說明字源、演變時，要打出生僻字、古字、部件字，這過程連電腦能力都精進不少。看著一頁頁內容產出、討論、校對，我越來越肯定當初決定投入寫書的大願，衷心希望這套書讓老師備課能更簡單，能更放心地使用字卡、部件卡，實現「漢字好好教」的理想。

陳玉明

2022年1月23日

本書使用說明

一、本套書分為四編：

    1. 第一編「漢字本體知識」建構華語教師在漢字方面所需要知道的基本知識；

    2. 第二編「漢字教學知識」則是漢字教學的方法及可遵循的策略；

    3. 第三編「漢字教學實務」將教學法以實例落實進課堂中；

    4. 第四編「主題漢字知識與教學建議」以90個部件為首，將常用漢字加以解析，區分初級或中高級，整合漢字字源與演變，一方面系統性增進漢字的背景知識，亦方便查閱；一方面提供教師教學建議，使教師在面對學生的漢字問題時能迎刃而解。

    前三編適合教師自修或華語教師培訓之用，第四編除建構教師部件字理之外，也像一本漢字解說小字典，可由附錄的索引查到個別的漢字詳解。

    5. 最後附上90張部件卡及本書例字卡，方便教師課堂上使用。

二、本書所列字形，繁體乃依據教育部國字標準字體教師手冊（https://language.moe.gov.tw/001/Upload/files/SITE_CONTENT/M0001/STD/c4.htm?open）、教育部標準字體筆順學習網（https://stroke-order.learningweb.moe.edu.tw/home.do），簡體字形則依據大陸教育部2013年公布之「通用規範漢字表」。

三、本書所列漢字標音：由於兩岸讀音並不完全一致，本書以注音標註根據臺灣教育部規範的發音（依據教育部國語辭典簡編本http://dict.concised.moe.edu.tw/jbdic/），以漢語拼音標註大陸規範的發音（依據新華字典最新第12版，2021年）。例如：「企」注音標為ㄑㄧˋ，拼音標為qǐ。例字若為多音字，在小提醒說明，若僅在古漢語使用的發音則未列入或僅略說明。例如第五單元的「滑」字：

【小提醒】

1. 注意簡化字的「骨」字形寫法。

2. 「滑」在臺灣為多音字,但幾乎都念ㄏㄨㄚˊ(huá)。只有「滑稽」一詞口語音ㄏㄨㄚˊㄐㄧ(huájī),於文言音ㄍㄨˇㄐㄧ(gǔjī),如「滑稽列傳」、「突梯滑稽」,大陸則只有ㄏㄨㄚˊ(huá)音。

四、書中提到《說文》,表示為清段玉裁的《說文解字注》,如用到其他注解版本,則另外標註。

五、第四編「主題漢字知識與教學建議」單元說明

　　每單元依據主題,由數個部件帶領一批相關漢字說明漢字知識,編排架構為:

單元概覽:總覽整個單元的內容,下圖為第二單元的範例。

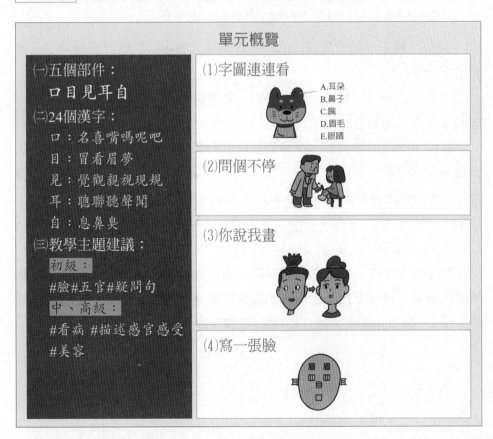

小試身手：引導老師思考對於新單元的概念、知識背景如何，便於連結進單元主題。

教師應知道的漢字知識：這些部件的選擇是以該單元的主題為範圍，詳細說明部件字源、字義，並列出典型的初級、中高級例字。例如第二單元講「眉清目秀」，選取的部件就是臉部的器官：口、目、見、耳、自。口部則又再選取了「名、喜、嘴、嗎、呢、吧」六個例字。

另視情況穿插「教學錦囊」及「想一想」以補充一些知識或說明一些誤解。

教學實務建議：包含了適合的教學主題及2～5個教學活動。這些教學活動有的較適合於該單元，有的則是適合各個單元，教師可以自己變通運用。

> 特別說明：本書例舉的活動，或為作者創作，或改編自語言教學課堂行之有年者，目的在為各教學主題做一示範，或能激發讀者教師們再創作之靈感。

例字詳解：將第一部分所提出的例字在每單元最後以表格詳細解說之。表格呈現如圖A。

小試身手、想一想之解答：單元中有一些思考問題，其參考解答列於此。

部件卡及字卡使用說明：

　　部件卡為灰色底，涵蓋本書所選取的90個部件，同時也是最值得漢字學習者優先學習的部件；字卡為白色底，涵蓋「例字詳解表格」中的所有漢字。卡片編號標示出該字所屬單元，方便教師整理收納。圖例如下：

1. 部件卡

　　正面（如圖B）：

　　該字標準字形及此部件在字中常見的位置及寫法，例如：「止」部件常見於漢字左邊及下方，出現在左邊時，末筆上挑；出現在下方時多變形為「⺥」，因此用田字格將「止」標在左邊，將「⺥」標在下方。

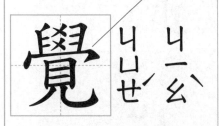

臺灣規範楷書字形、注音標注**臺灣規範讀音**。如為多音字，此處標示的為現代漢語最常見的讀音，最多三個。

【字源、字義】
「覺」的字義是從下方部件「見」而來，表示看見、察覺。而上方部件為「學」的省寫「學」（ㄒㄩㄝˊ/xué）」，作為聲符。

【例詞】
ㄐㄩㄝˊ（jué）：覺得、感覺、發覺、覺悟、不知不覺、察覺、警覺、自覺。
ㄐㄧㄠˋ（jiào）：睡覺。

結構組合	簡化字	大陸發音
學（學省）見	觉	jué／jiào

【小提醒】
1. 「覺」為多音字，讀ㄐㄩㄝˊ（jué）時作為動詞，例：覺得；讀ㄐㄧㄠˋ（jiào）時作為名詞，例：睡覺、一覺醒來。
2. 「覺」的本義是睡醒，從寤寐中覺察到什麼而醒，引申有覺悟之義。但因為「睡覺」這詞學生很早會學到，若此時告訴學生「覺」的本義是睡醒，跟「睡覺」意思正好相反，可能反而令學生混淆，因此毋需提及。

依**現代規範字形**採**功能性拆解部件**，拆解**具構字意義**的部件，而不是拆解到最小的部件。
若因形變使現代字體看不出原始部件字形，則以（）標示字源部件或相關說明。本例（學省）表示是「學」字的省筆寫法。

如果此字簡繁體不同，會在此列出大陸之簡化字字形。如簡繁體字形相同，則標示「－」。所以即使簡繁體有微小差異，這裡也會列出簡化字寫法。

此處以**漢語拼音**標示**大陸的規範讀音**。（新華字典最新第12版，2021年）

例詞選自華測會8000詞，大致由初級到中高級排列。

小提醒是教本例字時須留意的其他相關知識或教學技巧。

圖A

背面（如圖C）：
　　該部件在字中的涵義、發音及演變。例如：「止」部件在漢字中為腳、腳步相關涵義，所以呈現腳掌示意圖，而不是出現「停止、禁止」的示意圖。有些字體有多個樣貌，部件卡中則選取跟現今字形最相似的一種字形。古文字字體圖取自「中研院小學堂」及「中華語文知識庫」，確保字形正確。

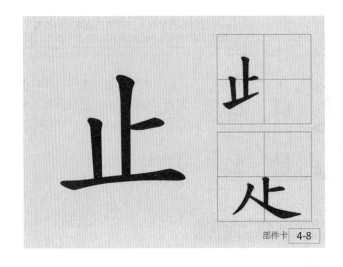

圖B

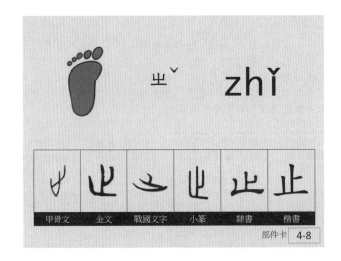

圖C

　　如相關文獻資料未發現該字的某種字形，演變的字形則會以斜線表示。如圖D「廾」部件缺戰國文字的字形，則空格上加斜線標示：

圖D

　　使用說明：部件卡主要以圖像呈現，無文字說明。圖像可迅速建構學生對於部件涵義的認識，教師於課堂展示時可以略加介紹，學生便知如何運用。課堂中可閃示、可用於教學活動、評量活動，課後學生備一份於案上隨時可參考、複習。

　　每張卡片標示編號，以上圖為例，部件卡 4-6 表示為此部件解說出現在第4單元，第6個部件，方便查詢，且便於清點、收納。

2. 字卡：僅提供繁體字卡，依據臺灣規範。

　　正面標示標準字形、常用語詞1～2個。其中一個語詞則於背面以圖像呈現，方便教師說明。由於字卡只提供臺灣繁體字卡，因此不論注音或拼音都標示臺灣標準發音。以此例來說，字卡上不會標示大陸發音qǐ（如圖E）。

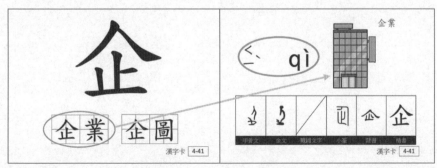

圖E

　　若為多音字，正面第一個語詞就搭配第一個發音，第二個語詞就搭配第二個發音，只有「吧」字（漢字卡2-11）例外；有的發音若僅在古漢語使用則不在字卡呈現（如圖F）。

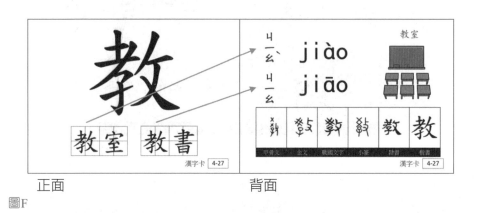

正面　　　　　　　　　　　　　　背面

圖F

　　使用說明：字卡主要呈現漢字與常用語詞，對於詞本位教學的教師來說可輔助加強對漢字的理解，對於字本位教學的教師可以連繫到這些字相關的詞。呈現字體演變是為了便於了解漢字的本義，漢字經過隸變後，現代字形與字義的連結需要透過多看、多思考才能內化，這些演變圖可以協助學生建立漢字字形、字義的連結。

　　古文字字體圖取自「中研院小學堂」及「中華語文知識庫」，確保字形正確。

　　每張卡片標示編號，以上圖為例，漢字卡 4-27 表示為此例字解說出現在第4單元，第27個例字，方便查詢，且便於清點、收納。

漢字教學三十問

　　這三十問是作者群在任教的漢字師資培訓班陸續收集來的問題集，主要由許多臺灣的華語中心教師、各地僑校中文老師、有興趣未來從事華語教學者所提出，我們從中選取了提問度最高的三十個問題，分為「漢字教學策略」、「先備知識掌握」與「推薦資源」三方面，分別解答，並註明了相關章節，便於深入了解。

一、漢字教學策略

㈠學生零起點，老師應該怎麼教漢字？
㈡在只能說中文的情況下，要怎麼給完全沒學過漢字的初學者解釋基本漢字、字源和結構？
㈢應該在零級、初級階段就教部首嗎？
㈣書空是好方法嗎？

㈠學生零起點，老師應該怎麼教漢字？

● 會話→認讀→習寫
● 筆畫→筆順→結構、比例
● 識寫分流

　　教零起點學生寫漢字，建議的流程是先會話、後認讀、最後習寫漢字。學生一進到課堂，先開口說（交流與溝通），從「打招呼」與「自我介紹」開始；而後識、讀漢字，例如學生在互相認識、交流的階段已理解意思的「你好」、「我」、「是」、「喜歡」等詞彙，認識其字形與讀音；最後，在掌握了形、音、義的基礎上練習寫字。教寫漢字的重點依次是筆畫、筆順、間架結構與比例。

　　零起點與初級程度的學生學習詞彙的信息量大，一開始寫字跟不上已經認識的詞彙，因此大部分教師會採取「識寫分流」策略，在詞彙、短語、句子下方加注拼音，幫助學生在閱讀理解上無阻礙，寫字的量再慢慢累積、後來居上。

　　總而言之，在理解的基礎上，進一步練習寫字，運用策略、設計有趣的識讀與習寫活動，使學生從「有興趣寫」進而能「寫出興趣」。

㈡在只能說中文的情況下，要怎麼給完全沒學過漢字的初學者解釋基本漢字、字源和結構？

● 慎始、領寫
● 善用學習單
● 精講與多練

　　針對零起點的漢字教學，首先，審慎、嚴謹地判斷應該教什麼與怎麼教。教師在應該仔細教學的部分與步驟，不要隨便略過，例如初次帶領學生寫字；也不要一教就教得太用力、太複雜，例如大講字源、字義和文化。學生在字形結構上筆畫、筆順正確，比知道字源或文化與典故更為重要。從沒寫過漢字的初學者，不知道怎麼畫、怎麼撇，起初教師應該手把手領寫、示範，關注學生的「人生中第一次運筆」。

　　領寫很簡單，利用板書或電子白板等示範書寫目標字，一筆一畫，讓學生們可以清楚看見和跟隨（介紹合適的線上資源，如「筆順學習網」，幫助學生課後自學），不需多做解釋（書寫原則在教材裡都已有說明，學生可以自行閱讀）。

　　如果真的需要講解較複雜的原則或說明事項，可善用學習單（講義），學生需要花時間閱讀的學習單與輔助教材（輔以英文說明，或利用其他學生可懂、教師可掌握的外文說明），可在課前發下、請學生預習，如此就可以避免教師在課堂上使用中文以外的語言大肆說明，只需精簡地講解，再加上大量的練習。

㈢應該在零級、初級階段就教部首嗎？

● 教整字

● 直觀地教

● 先累積漢字量再教部首

　　針對零起點和初級程度的學生，教師應當以「詞彙」為單位，並教寫「整字」，不需要解釋漢字起源（除了教師是有目的性地利用幾個形象清楚的象形字來示意學生「漢字不難」、提高其對漢字的興趣外，如「日」、「果」、「鳥」等），也不要把字拆成零散的部件。

　　教學方式上，盡量「直觀」，例如以圖展現字形，並且實際帶領學生書寫，讓學生模仿教師、跟著做，若能搭配網站資源展示筆順更佳。關於字義（詞義），教師不需在課堂上多解釋，有課本可查看，或是學生會用自己的方式查字典；關於字形結構，教學重點在於讓學生把字寫好，四平八穩地寫在方塊中，不要把「黃『月坡』」寫成了「黃『肚皮』」，而左右、上下、內外等這些結構組合，網路資源很多，或是自己簡單製圖呈現即可，不需過度講解。

　　拆部件、教部首，這些歸納、分析漢字的工作，留待漢字量累積至200字以上再教也不遲！部首教學用於分類、歸部最好，字彙量累積得夠多，可讓學生對漢字有「類」的概念。何況，兩岸對「部首」的概念與解釋並不相同。

㈣零與初級程度的漢字教學，「書空」是好的練習方法嗎？

● 書空有條件

● 習寫有層次

　　「書空」在母語者的漢字教學上有其歷史背景和價值。在用於書寫的紙、筆、墨等取材不易的年代，節約耗材的方式應運而生；另一方面，漢

字有賴感官中視覺、聽覺交互運作，學習者以眼睛所見、臨摹字的間架與比例、書寫於空中，達到類似於書法「描紅」的功能，但運筆時手指在眼睛直視範圍之內，不得由學生任意舞動。因此，教母語者書寫漢字，「書空」是個不錯的方式。然而對外的漢字教學，運用書空的時機和方式須彈性調整。例如，學生因為不習慣寫方塊字，在空中描畫時，師生其實無法確認是否正確，因此教師不必硬性規定學生應當如何寫。但是，初寫漢字，白紙寫上黑字，更能清楚看見自己的字寫成什麼樣。

書寫練習上，建議教師提供標示了筆順的字卡，讓學生先用筆或手指描摹、仿寫，再書寫於紙上空格。學生個別練習書寫時，教師應遊走於課室間，隨時指導、提醒學生寫字的注意事項與間架、比例。寫好字之後，請學生比對字卡、逐步調整寫法。當學生感受到進步、獲得成就感，對他們就是最實質的鼓勵，因為「看懂漢字」和「會寫漢字」可是一件很酷、很厲害的事！

教師須注意教寫漢字的層次、視學生的進展來提供幫助。若學生來自漢字文化圈，或者寫漢字的程度比較好，教師教新字時，可利用輔助方格，請學生觀察字形、間架結構與比例（例如注意「埋」的部首「土」下方的橫寫其實為挑筆），可以再加上正確的筆順概念與筆畫名稱。而「書空」，也可當作學生複習筆順的手段。

㈤漢字形似字多，老師怎麼幫助學生避免寫出錯別字？
㈥學生書寫漢字時有細微錯誤，是否都要糾正？

㈤漢字形似字多，老師怎麼幫助學生避免寫出錯別字？

● 預防性合班教學
● 補救性個別教學

形體相似，本為漢字學習的難點，即使母語者也可能因為粗心而寫錯字。「寫錯字」大約可分為以下類型：「形似字」指形體相近、認讀時容

易互相替代的字，如「日／曰」、「手／毛」、「己／已／巳」等；「錯字」是指書寫上的錯誤，導致字形不正確，如將「媽」字的兩個部件位置交換；「別字」是用字錯誤，如寫「字」和鞋「子」是音近字，「干」和「干」是形似字。

　　幫助學生避免寫錯字，不外乎「預防勝於治療」以及「亡羊補牢」兩個方向。教師應事先蒐集學生普遍、發生頻率高的書寫錯誤（例如形似字），教新字時，合班講解、提醒學生，以預防寫錯；個別告知學生注意並修正自己常犯的錯誤。有的學生每次犯不一樣的錯，偶爾不小心寫對了；有些學生錯得很有系統很有邏輯。教學時，除了雙管齊下、預防與補救兼顧之外，可以用各種不同手段（例如由字源說明字義），讓學生注意細微差別（如「麻、冒」的正確筆畫）。

（詳參〈第二編 漢字教學知識・伍、字際關係與教學問題・一、形體〉）

㈥學生書寫漢字時有細微錯誤，是否都要糾正？

● 糾正錯誤是教師職責
● 嚴格把關vs.適度放寬

　　教師有義務告知學生正確的寫法，特別是學生的漢字啟蒙教師，應該負起教學生寫出正確字形與筆畫的責任，因為學生不見得記住老師一輩子，但很可能寫錯就是一輩子，甚至阻礙日後學習其他字。有些錯誤可能使教師比較容易通融，因為「看起來很像」，例如日文漢字影響或學生以前學過簡化字。教學時，根據學生形成錯誤的原因著手，不厭其煩地糾正，並且熱情地給予鼓勵。

　　教師應以教材為本、教規範字。例如臺灣規範的標準字形「沒」（「沒」右上方呈現漩渦，右下加一隻右手，表示人要沉沒了，沉沒了就沒有了，非常合乎字源、字義）和大陸規範字形「没」的寫法不同。當然教學時教師仍應保有彈性，錯誤也有輕有重。造成字義錯誤者應嚴格把

關，如「次」寫成「冫」部或「肭」寫成「月」部，不利於認識字義。但若筆形差異甚小，例如：「壬」寫成「壬」、「舌」寫成「舌」、「扇」寫成「扇」，教師可以適度放寬標準。

（詳參〈第二編 漢字教學知識・陸、漢字書寫・五、書寫偏誤〉）

(七)如何設計融合性（STEAM）的漢字教學？

● 了解字源字理
● 自然相關漢字
● 參考本書整理的關聯性高的漢字

　　融合不同學科的漢字教學，很吸引人，很重要的是老師要多了解字源字理，從與自然界相關的漢字入手比較容易，素材也較多，例如：艸部字、雨部字都很適合。

　　曾看過一個例子：「魔豆計畫」[1]，自然科教師藉由在芒種節氣時種下豆子，帶領孩子觀察豆子的生長，記錄種子從萌芽到長大的整個過程，並學習到各個時期種子形象所對應的漢字：甲→氏→屯→才→生→耑，也可以明白象形文字的概念；語文教師同時結合定期觀察設計「我想對魔豆說」的口語交際活動；藝術教師則協同引導畫一畫、寫一兩句關於魔豆生長的觀察筆記。最後孩子們學習到了六個代表植物不同成長階段的字，獲得了植物知識和種植方法，還鍛鍊了合作、交流能力。不過此例子中的六個漢字多不是常用字，而是常用部件，且常作為聲符，建議將教學引申至包含這些部件的常用字，例如：甲→鴨、氏→紙、屯→純、耑→端……等，對學生更有幫助。

　　另外「水的三態變化」或者「一滴水的旅行」相關課程，自然科教師可能會帶學生親自結冰塊、煮沸水觀察蒸氣；語文科教師可以帶入「雨」

---

[1] 參考https://mp.weixin.qq.com/s/BhIq_x2UYLUo-BXdGydLnQ，裡面還有其他例子。

部字，例如：雨、雷、電、雪、霧……等漢字，藉此了解「雨」部字都跟氣候相關的特性；藝術科教師讓學生畫出這些氣候狀況，或用棉花、紙張貼畫，在旁寫下漢字，最後請學生討論略難生字「霜、雹、霾」介紹這些字及氣候現象，藉此知道學生是否實際理解漢字及其他相關知識。
（詳參〈第四編 主題漢字知識與教學建議・第六單元　日月經天—日月風雨气〉）

　　本書中也有許多關聯性高的漢字，如第五單元〈生老病死〉教學錦囊1：母親真偉大——勹包身孕好保，適合搭配母親節、親子相關主題教學。這些關聯性高的漢字組，都可以設計跨領域融合性結合的課程。

（八）如何引起學生書寫漢字的興趣、降低學生對書寫漢字的排斥感？
（九）只會說，不會認／寫漢字，在學習中文上會出現什麼障礙、麻煩？

（八）如何引起學生書寫漢字的興趣、降低學生對書寫漢字的排斥感？

● 引起學習動機
● 多元活動降低排斥感
● 了解漢字文化意涵

　　建議教師可以建構一個有趣的漢字世界，利用漢字有圖畫、有故事、有文化、有聲音的特色，改變過去傳統單一的書寫練習，教師可利用教具、字卡、影像、聲音把漢字書寫融入在各式活動中，讓學生用五感去感知漢字，加強學生對漢字的觀察，初級活動適合從圖像感強的象形字入手，透過文字畫來呈現具體概念的主題，比如說：漢字動物園、漢字花園、漢字山水畫等。進階的漢字活動，需要在學生對漢字形音義充分掌握下，利用漢字特色可做拼接遊戲、漢字猜一猜、漢字認讀闖關遊戲等。包裝過的漢字書寫練習，能降低學生對漢字的排斥感，帶著學生探索與發現

學習漢字的樂趣，提高學生的成就感。

　　引起動機方面，教師在了解學生學習狀況與背景後，可嘗試投其所好，把漢字學習帶入日常生活，看招牌、讀菜單、設計刺青文字、剪漢字……等，拉近學生跟漢字的距離。另外，漢字可以呈現古人的生活，讓學生看到漢字所包含的文化意涵，也能增加樂趣。例如：古人的餐桌，介紹各類餐食漢字；古人的家，介紹家具、器物等漢字；看看古人怎麼看待事物，認為「鱸」是魚類、「齲」是牙齒上有蟲……等，都能帶來許多讓學生思考的機會，幫助記憶。漢字作為信息的載體，從現代的視角去看古人怎麼用漢字記錄生活，將為學生帶來不同的風貌。

㈨只會說，不會認／寫漢字，在學習中文上會出現什麼障礙、麻煩？

● 中文很溜卻是漢字文盲
● 你愛吃速食我愛吃素食

　　換一個角度想，一個以中文為母語的文盲，在生活上又會遇到什麼阻礙與困難呢？以讀書、學習來說，是不是很快就會達到極限？但是以中文為母語的文盲和學習中文的外國人，兩者的學習歷程是很不同的。前者從小生活在中文語彙大量且豐富的支持性環境中，後者則需要一步一步慢慢地學習、累積。

　　學中文卻不學漢字，且不談「高不上去」、「使用中文無法廣而且深」的問題，在生活中許多音近、同音字所產生的誤解，就會讓人時常感受到溝通卡卡、交流不順暢，甚至產生誤會，她愛吃「速食」，你愛吃「素食」，你還以為你們一拍即合呢！

　　在國外，有些初級中文教材是只有拼音、不呈現漢字的。拼音與注音只是幫助學會中文的手段，如果學生不認識漢字，即使認為自己已經很會說中文，一旦進入漢字的環境（例如生活中隨處可見的廣告看板、餐廳菜

單或是中文書面文件），即會發現自己仍然「零起點」，這肯定是一件令人氣餒的事！

因此即使困難（通常是心理障礙大於漢字真正給他們造成的障礙）還是得面對，教師應該思考怎麼幫助學生跨越障礙。例如：學生看不懂漢字？就利用高效益的認讀、記憶漢字活動；不想寫漢字？容易寫的字肯定不是障礙，那麼怎麼使字形複雜、難寫的字寫起來變得有趣？這些都是教師的腦力和創意大考驗！

㈩ 應該在哪一個教學環節裡教漢字？以及教學時間、比重怎麼分配？

● 漢字啓蒙打好基礎
● 把握每個教學環節

漢字教學，從程度上來講，零起點、初級是漢字啓蒙時期，教寫漢字的比重一定最大、所費時間最多；在課堂教學時間分配上，除了漢字專門課之外，教師一般會有意識地減少漢字教學時間，更注重聽、說練習。

當然，有些教學環節看起來就是很明顯適合教漢字的時機，例如進入新課程、教新詞彙時。中級以上，除了每一課伺機、零散地教，也可以在教完幾課後，為學生統整學過的漢字，或帶入部首、部件和字源等知識。

實際上教多、教少或時間長短，端視學生需求。例如：某班學生需要「漢字特訓」，教師可以刻意在每一個教學環節中布置與漢字相關的活動。例如：暖身時做與主題相關的漢字聯想活動；複習時，考學生詞聽寫或問答，或者利用「音近字」、「形似字」玩課文版的大家來找碴；講練新知時以舊帶新，比較新、舊詞義或字義，或帶入反義詞；鞏固、運用階段，適度擴展、帶入相關詞彙，平行舉例；利用布置作業，把學習時間從課堂上延續到下課後，學習資源擴展至課堂以外。就連考試的形式都可以好好琢磨一下、發揮創意，加深與漢字教學的連結。（詳參〈第四編 主題漢字知識與教學建議第六單元　日月經天‧教學活動舉例1.我是漢字小老師〉）總之，學生是學習的主體，應按其需求安排教學內容與比重。

㈦針對「幼兒」與「初級生」有哪些「好用的教具」建議在漢字教學上
使用？或者能如何設計教具？

● 幼兒邊玩邊學
● 學習成就感帶來動力
● 教學目標與考慮動機

　　幼兒與成人的初級學習者有些共通的教具可以利用，例如：注音（拼音）卡片、字卡，差別是幼兒版的要結合圖片，成人初級學習者的拼音卡片與字卡上可以不要放上圖片。針對幼兒的識讀教具，例如大張的主題海報（圖片搭配文字）、圖卡、字卡、唸謠文本搭配可以循環播放的音檔（市面上很多）、適齡的兒童教材搭配點讀筆（市面上很多）、為兒童製作的節目或影片甚至適齡的電玩，提供大量媒材給幼兒，讓他們邊看邊玩邊學，自然而然吸收。針對成人的初級學習者，一組字卡，就可以變化出許多不同的練習方式，例如：識讀與記憶漢字、組成句子、翻卡片說句子、描述角色（使用詞卡描述課文中角色人物）等，在不同的教學環節都能發揮作用。

　　以書寫耗材來說，可以為幼兒準備磁性畫板、沙盤、白板等可以隨意畫、隨意寫的玩具，或繪畫本與大張的白紙；成人學習者可用宣紙和毛筆寫漢字（市面上有可以重複使用的、用清水就可寫的書法習寫布），以增加趣味性，需要學生時常寫字、做活動的話，可以為每人準備一塊小白板，就放在教室裡。

　　設計教具，思考方向是從教學目標反推需要的材料，並且考慮學習者的動機。例如：要教幼兒認識時間，除了時鐘教具，也可以送他一支有時針、分針的手錶，不時問：「現在幾點鐘？」（剛開始還不會看錶，但一定會比「會看時間了才買錶給孩子」更早學會看時間）或是注音唸謠的文本裡有「ㄇㄇㄇ，ㄇ像媽媽的帽子。」家長不時問孩子：「ㄇㄇㄇ，咦？ㄇ像什麼？」再如，教師的目標是要引導學生利用全課詞彙和句式寫出一

篇「描述主角（主題）」的文章，上課時可利用角色人物搭配詞彙卡片等教具，請學生先做口說練習，例如：「王小明家有一隻貓，他很喜歡貓，可是他不喜歡狗。他的書桌上有兩本書。他喜歡騎腳踏車，他騎腳踏車騎得很快。……」請學生下課後寫成作業。如此，「好用的教具」只是「主角姓名卡片」、「詞彙卡片」和「句式卡片」，這種模式不管什麼程度都很好用。從課文中提取信息來製作教具是很好的方向。

　　製作教具，以「閃卡」來說，可以多利用黑體字型、標楷體字型，或教育部網站下載標準楷書字型。如果想製作漢字不同書體演變的字卡，建議利用中研院小學堂「字體演變」的圖檔，正確也便利。如果要製作部首、部件字卡，又不知如何打出部件字，可利用引得市部件檢索網頁，或全字庫網頁找到部件字圖檔。（網址及用法詳請查閱第29問。）另外像是利用黏土、積木……等可塑形材料做出漢字，也很適合幼兒。

　　原則上，針對幼兒，有趣比有效重要，誘發他們想玩、想要接觸漢字；針對成人的初級學生，有效比有趣更關鍵，他們知道自己必須學習，而學習效益可以帶來實質成就感和動力。

㈩ 我是在海外的家長，如何教幼兒學習漢字？

● 沉浸和玩
● 大量聽和看
● 不急於寫

　　幼兒學習漢字有兩個關鍵：沉浸、玩。自出生起，除了家長的語言輸入之外，可結合聽誦唸謠之類富節奏感、易朗朗上口的韻文音檔，培養幼兒的漢語聲韻覺識。孩子會說話了之後，對漢字的認識，輸入來源除了家長陪孩子閱讀、唸書給他們聽之外，現在市面上很多有聲童書以及附有點讀筆的教材，讓幼兒邊看邊聽、邊玩邊學。幼兒學習漢字，也是從「記憶圖像」開始，會把形體相近的字認成同一個字，等他們認識的字越來越

多，這種搞混的情況就會越來越少。在海外，幼兒自然接觸漢字的機會不多，家長可以盡可能在環境中呈現漢字。家裡的環境可以運用大張字卡或海報，圖片結合漢字，讓孩子沉浸於漢字環境之中。

　　會說、會看，再學寫。古文字字卡、拼圖、漢字積木、在圖書裡做漢字尋寶（找出相同的字、找出一群相同部件），玩各種各樣的漢字遊戲，多元的方式，自然地引導他們看懂，然後設法讓他們有興趣開始學習寫字。其實毋須硬性規定幼兒拿筆寫字，讓孩子習慣漢字的形、音，多利用漢字與圖像的關連，準備圖解識字的構字取象圖等，重點是允許孩子「畫」字。可以在固定的角落，為孩子準備專屬的桌椅、字卡、大張的紙、好握的（粗、耐用的）筆，或沙盤，或磁性畫板、小白板，這些是孩子的玩具，引導和陪伴他們玩即可。從自己的名字或親近家人的名字開始，跟孩子玩一些識字、寫字的遊戲，或是家長假裝不懂或弄錯、常常需「仰賴」他們的漢字能力，讓孩子獲得看懂漢字或者會寫漢字的成就感，以延續他們學習的動力。再大一點，可以給孩子觀看一些漢字字源的影視資料，並盡可能提供大量媒材給他們，兒童教材多不勝數（甚至一些電玩需要能看懂漢字），適合各種年齡層的都有！面對孩子的詢問與要求家長為他們示範寫字時，大人要溫柔、有耐心，孩子若覺得學漢字輕鬆又好玩，開關一旦開啟，那就「萬得福」了！

㈓ 「記憶漢字」有哪些技巧或是什麼有效的教學活動？

● 記憶漢字
● 有意義的重複
● 多元活動

　　記憶漢字要把握「有意義」這個大原則，可從情境會話開始，常見漢字重複出現，進而認識漢字，嘗試書寫，順序從字、詞、句、語段，建立漢字意義的連結，一般漢字的識讀，重複性相當重要，在重複出現的基

礎下，換湯不換藥，一些常見的翻字卡、配對遊戲都很適合。跟漢字熟悉了以後，要幫助學生結合字的音義記憶，這時有邏輯性、動腦型的活動，例如：漢字接龍加強字音、漢字超級比一比練習字義等活動即可利用，最後還可以加上部件拼漢字、漢字找不同等活動來熟悉字形。其實每個學生也會發展自己的有效記憶漢字策略。教師不妨「藉學生的點子」，布置類似「我是漢字小老師」的活動，讓學生分組討論出一個個有趣的記憶漢字活動。

另外，「寫」不可否認是能夠幫助記憶漢字的方法，讓學生利用「肌譯動碼」（或稱「肌動碼」）記住漢字，讓手分擔一些腦的工作。但單調的書寫練習，往往讓學生非常抗拒，所以教師請盡量在課堂上巧妙誘導學生寫字，比如說字卡練習活動的準備讓學生參與，學生手寫活動所需素材，或是透過競賽方式，激發出學生寫字的動力，重複有意義、具變化性的教學活動是記憶漢字的有效方法。

㈲線上遠距怎麼教打字，怎麼教寫字？

● 熟悉學生的介面
● 線上更重視動靜穿插
● 安排「教師可見」的任務

線上課必須穿插若干活動，以提高學生的參與感，強化學習興趣。「打字」在線上遠距課是很重要的一環，但教寫字也不應偏廢。

教打字，首先要了解學生所學習的標音系統和電腦的語言介面，教學生安裝相應的輸入法，並教導輸入標音符號、選字的方式，此環節如果有資訊人員或學生家長協助會更好。

其次是安排「教師可見」的打字任務，因此建議使用共同白板，教師可即時看見學生打字情況，並予以協助。先從單音節字開始，教師展示漢字及其標音（或是呈現應該打哪些鍵），讓學生依樣畫葫蘆打出該字，

接著隱去標音，再讓學生打出該字。反覆幾次，並改為雙音節詞、三音節詞，練熟了就可進入聽打或其他練習。

　　其他打字任務練習可以是聽打、句子填空、簡答、情境造句、分組討論等，教師可先將講義及學習單利用雲端文件先傳給學生，現場做或課後功課，則端看老師的應用。

　　至於寫字，線上教寫字最好的方式是要求學生寫在紙或小白板上，然後在鏡頭前展示給教師及同學看。這方式既簡單又有用，也可變化成將紙頂在頭頂寫字、用左手寫字等，動靜穿插，多一些變化及趣味性，增進學生參與度。但若是希望能看清學生的筆順正確否，就需要用共同白板，學生手寫或用滑鼠寫都可以。至於生難字的筆順演示，可利用「教育部筆順網」、「筆順字典」類的網站資源，或者教師在鏡頭前手持白板書寫，這個方式請事先確認學生端看到的是正確方向還是鏡像字，預先調整好。

　　（其他線上漢字教學活動，詳參〈第三編 漢字教學實務‧貳、漢字教學活動設計‧三、線上漢字課〉）

(圭)有沒有適合教「漢字專班」或「漢字選修課」的教材？
(共)自編「漢字專班」或「漢字選修課」的教材要注意什麼？

(圭)有沒有適合教「漢字專班」或「漢字選修課」的教材？

● 漢字專班教材缺乏
● 慎選參考書籍

　　有的教學機構為了學生需求，開設了漢字專班，目前臺灣可能尚無合適的專門教材，所聽到的都是教師自編，而且偏重習寫。但有一些參考書可以參考，像臺北故宮所出版的《趣味的甲骨金文》用真實文物及其上的古文字解說漢字，非常值得參考。許多圖文並茂的漢字書也可以參考，但是建議教師對於書上的字源多抱一點懷疑態度，查過可靠來源再教才安心。

　　大陸則有一些漢字專門教材，大都是針對初級學習者，內容包含：漢字知識介紹（筆畫、筆順、簡繁體、六書簡介）、小短文、寫字練習、認字練習題，附圖多。如想購置來參考，可以用關鍵字「漢字」、「入門」、「輕鬆學」搜尋到。

　　美國《Integrated Chinese中文聽說讀寫》教材有一本搭配用的漢字教材《The Way of Chinese Characters漢字之路》，中英對照，也很適合漢字專門班教學參考。

㈥自編「漢字專班」或「漢字選修課」的教材要注意什麼？

● 自編漢字教材
● 正確、實用、版面易讀

　　自編教材三大重點：正確、實用、版面易讀。

1. 正確：簡或繁體字體依循規範、字源解說正確，若需要教部首，注意兩岸同字可能不同部首。勿道聽塗說。網站資源紊亂，似是而非的內容農場（專門生產一些聳動文章的網站，很多的內容都是轉貼或杜撰的）很多，建議參考第28、29題推薦的網站及本書所參考的漢字相關書籍、文獻。

2. 實用：針對學生程度及所需安排內容，挑選常用字、易說解的漢字為材料。學生若來自漢字圈國家，注意易書寫錯誤的漢字；若來自非漢字圈，初級階段多重視認字與整字書寫，建立對整字結構、書寫規則的概念與習慣；中級以上要重視部件、字源的教學，依據本書14單元的分類設計課程，學生就能收到舉一反三，觸類旁通的效果，大量擴增漢字量。

3. 版面易讀：無論是講義呈現或課堂簡報，版面編輯清楚易讀可省卻教師很多力氣。漢字教材需要搭配許多合適圖畫，以便於學生了解，下圖是一實例供參考。

手扌	又ヨ	𠂇	寸	爪爫	廾𦥑	臼
例字： 扶拿拳	取秉兼 書及友	有左灰	尊冠傳	受採爬	弄算兵	學覺𥁐

二、先備知識掌握

(七)漢字有多少個？具備多少漢字量才足夠？

● 漢字數量多

● 漢字所需量不多

　　漢字字數是不斷增加，以字典收字數量來看，漢字總數大約10萬。

　　每個時代實際使用的字只是少量，常用字足以滿足閱讀及生活所需，是學習、教學的首要對象。臺灣地區4,808個常用字、大陸地區常用字2,500字。

　　一個人認識800字即能應付中文環境的生活所需，能認識1,500個漢字，就能大致流暢地閱讀報章雜誌、自主學習。

（詳參〈第二編 漢字教學知識・伍、字際關係與教學問題・四、漢字的數量〉）

(八)形聲字很多，應該怎麼教學？

● 形聲字教學需要重視

● 歸納規則，演繹應用

　　根據統計，針對漢語學習者所設計的字表中，形聲字達三分之二以上；且研究顯示外籍生對形聲字的認讀難度遠高於象形、指事、會意三書，可見我們對形聲字的教學不夠重視。

　　形聲字教學自然應該注意字音與聲符的連結，建議教師採取以下方式，多演練幾次，學生就會越來越熟悉：

1. 展示形聲字規則：用「漢字花」方式，花心為聲符，花瓣為具該聲符的形聲字，最好多數為學生已學過，少數為學生未學過的常用字。

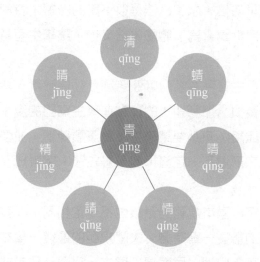

2. 歸納後演繹應用：以不同聲符，帶領一批形聲字，學生查出聲符及形聲字的發音，請學生歸納找出發音規則，接著引導學生據該聲符規則猜測、認讀生字。可練習幾組字後，請學生讀一篇運用教過的聲符所設計好的短文。

　　當然大部分形聲字的發音不是完全等於同聲符發音，許多是近似音，畢竟漢語語音發展經歷了幾千年，變化不少，「有邊讀邊」的策略也會有失誤，需要多練習。

（其他線上漢字教學活動，詳參〈第三編 漢字教學實務・貳、漢字教學活動設計・四、漢字專班教學設計〉）

(丸)筆順重要嗎？教「筆順」有什麼好處？筆順錯需要糾正嗎？

- 筆畫比筆順重要
- 養成良好的書寫習慣
- 糾錯的時機與解決方法

　　首先需要讓學生了解依筆順寫字的意義是什麼，特別是漢字初學者，漢字為什麼這麼寫，從左到右、從上到下，先中間再兩邊等技巧讓學生養成書寫習慣，事半功倍。永字八法是很不錯的練習，特別是在有格線的紙上練習，也可使用毛筆書寫，體驗書法文化，讓學生有意識的觀察漢字書寫的邏輯與規律。

　　如果老師是學生書寫漢字的啟蒙老師，應負起責任教好學生筆順。若學生已養成書寫習慣，那麼糾正的重點在學生寫出的漢字能否看得懂，如果龍飛鳳舞很難識讀，有必要讓學生跟著筆順練習，並強調各筆畫的辨識度。筆順不同，字形還不一定錯，但筆畫錯了，字就成了錯字，因此筆畫比筆順重要得多。

　　即使同一個字，兩岸規範的筆順也不一定相同，「我」字就是明顯的例子，臺灣規範的最後一筆為撇，大陸規範的最後一筆為點。過於強調筆順，讓學生產生抗拒心理，反而得不償失。只要一種方式寫慣了，記住字了，符不符合筆順規範，其實沒那麼重要。

(一)漢字部件應該怎麼拆？不知道自己拆得對不對，拆了也擔心不會解說。

(二)我不能用「俗文字學」講解漢字嗎？「杯」就「不」是「木」做的，很好理解呀！文字學那些解釋對外國學生太難了！

(三)學生自己拆部件、創作漢字故事，應該鼓勵嗎？

(四)學生動不動就來問某個漢字的由來，老師不可能全會，壓力好大。

㈩漢字部件應該怎麼拆？不知道自己拆得對不對，拆了也
　擔心不會解說。

● 依字源拆解漢字部件
● 初級以前整字教學、不拆部件

　　透過正確地拆解漢字部件，能夠幫助學生記憶以及擴充漢字量。因
為漢字的部件組成有系統性、學生經過學習可以累積、能夠發展記字的模
式，並舉一反三，慢慢的不會害怕認識新字。雖有這麼多好處，不代表教
師要努力拆部件來教學，零基礎到初級程度左右最好整字教學，不要拆部
件哦！

　　大家都知道部件對學習漢字有幫助，但又對拆部件一知半解，常以為
左右結構的就左右切開，上下結構的就上下切開，實際上應根據字源拆解
部件，且盡量不要拆到很細碎（請參考本書例字的「結構組合」拆法），
依據字源拆解，拆了自然能夠解說，也不用擔心以後學生應用到其他字時
就行不通了。

　　以下是幾個適合教學的部件拆法及解說範例：

1. 旗：㫃＋其；施：㫃＋也；族：㫃＋矢。《說文解字・㫃部》：「㫃，
旌旗之游、㫃蹇之貌。」雖然現代的字典都將這些字歸於「方」部，但
它們其實字源都來自於「㫃」。

2. 徒：辵＋土；行走義。不要覺得奇怪，徒是形聲字，其中「土」是聲
符，剩下的「彳＋㡀」就是「辵」。至於「㡀」，就是「止」（腳掌）
的變形。

3. 走：夭＋㡀（或說「大＋㡀」）；人快步走的意思，用閩南語唸唸看
「走」和「行」就懂了。

4. 福：示＋畐；左形右聲，畐代表祭祀的酒罈，請別再說「一人一口田就
很有福氣了」。

5. 果：不能拆。這就是一棵結了果子的樹啊！

(三)我不能用「俗文字學」講解漢字嗎？

● 少量難字可能有幫助
● 教師不教俗文字學
● 學生自編無妨

　　「俗文字學」或稱「部件意義化」，就是將漢字拆解以後，賦予一個不符字源但可能較有趣的故事，希望幫助學生記憶漢字，這跟教背英文單字dinosaur叫做「呆腦獸」，lightening用「閃電來疼你」記憶是一樣的道理，我們都知道面對少量難記字可能有點幫助，但要全靠這一套學習是不可行的。漢字明明有其系統性，也有很多學者替我們說解了那些漢字，老師何苦自己編故事說明？再說學生總有對漢字特別有興趣者，甚至未來成為研究者，若後來發現老師教的是「曲解」的漢字，不是反而不妥嗎？

(三)學生自己拆部件、創作漢字故事，應該鼓勵嗎？

● 提供優良網站及資源
● 學生自編的通常記得牢

　　學生自己找方法記漢字是好事，雖然可能找到錯誤資訊，例如有些學生喜歡這兩個網站：https://hanzicraft.com/及https://characterpop.com/，學生覺得很有幫助，但裡面的說解正誤參半。教師可以直接為學生解答，或提供優良網站、推薦書籍給學生參考。教師必須堅持「所教皆應有源有本」的原則，而學生自行創造或搜尋的記字方式，只要對其有效，沒必要阻止。

　　更何況，學生自己創作故事，難道都會告訴老師嗎？

㈢學生動不動就來問某個漢字的由來，老師不可能全會，
　壓力好大。

● 教師本就不是萬能的
● 教學生自學方法

　　有的老師就是因為這個因素，很抗拒教漢字。有的學生排斥學漢字，
一定有學生熱愛漢字，動不動就問老師漢字由來、或字當中有什麼故事。
漢字總數超過10萬個，本來就不可能全會，更何況很多字由於找不到古文
字體，可能也只能推測。教師面對學生的問題當然可以盡力解說，但「授
人以魚不如授人以漁」，建立學生自學能力是更好的方式，教師應先引
導學生一些漢字基本觀念、造字邏輯、部件意義等，接著推薦學生優秀書
籍、網站，教導其如何使用，並避免不適合的網站，這樣學生就能自行應
用所學，邏輯推理，就不需總是追著老師問由來了。

㈢學繁體字背景的老師如何自學簡化字？
㈤簡化字如何教學？跟教繁體字有什麼不同？

㈢學繁體字背景的老師如何自學簡化字？

● 大量識讀簡化字
● 有意識地書寫練習
● 遵循字形規範

　　自學簡化字首先要知道簡化字的規範為何，可參考第28問的字形規範
網站。接著分成識讀和書寫兩部分練習。

1. 坊間有許多簡化方式的歸納整理，大約是：同音替代法、保留特徵法、
　新形聲法、符號替代法、恢復古體法、草書楷化法……等，大概地知道
　一點概念即可，較重要的是多看影音、書籍上的簡化字及真正動筆寫。

大部分母語者都能輕鬆閱讀文章、段落，主要是因為有上下文的關聯性，但當單個字出現時，缺乏了上下文，就可能認不得該字，因此除了大量識讀之外，最好還是有意識地練習書寫，幫助記憶。

2. 書寫練習應學習簡化字筆順、繁簡字體比較、嘗試繁轉簡改寫文章。可以拿繁簡對照的書或課本，單看繁體字嘗試寫出簡化字，再核對自己寫的對不對。大部分學寫簡化字的問題都出在以為簡化了的字卻沒簡化，如「警」、「舞」並未簡化；或者以為依循某個簡化方法但卻不是，例如以為「言」都簡化為「讠」，但「這護」簡化為「这护」；以為「盧」都簡化為「卢」，但「爐蘆廬」卻簡化為「炉芦庐」。靠著有意識地練習書寫，可以很快學好簡化字。還要注意臺灣人有自己習用的簡體字，例：「餐」寫成「歺」，但此字大陸規範並未簡化；「麗」臺灣簡寫成「丽」，但大陸簡化字為「丽」。

3. 如果沒有板書的需求，現在電腦功能都能一鍵轉換繁簡字體，但須特別注意一些簡化字代表多個繁體字，轉字體時需要再檢查，例如：后（後、后）、发（發、髮）等。自行書寫練習方面就像給學生安排的練習一樣，需要有意識的大量練習。

㊂簡化字如何教學？跟教繁體字有什麼不同？

● 先學會簡化字
● 簡繁體教學其實差不多

　　簡化字教學的資源非常多，與教繁體字的方式基本相同，若老師教繁體字沒問題，那麼教簡化字只不過是針對個別字、個別部件的教學必須隨字形調整。例如某些繁體原為水部字，簡化後變成冰部；繁體的「又」部件幾乎都表示「右手」，但簡化後變成多數複雜筆畫的代用符號，例：「歡、嘆、僅、鄧、戲」簡化字為「欢、叹、仅、邓、戏」。因此只要教師清楚簡化後的字形，教簡化字也不是問題。

（丞）舊字形、新字形令人混淆，如「次」與「次」到底怎樣寫才對？

● 教師應重視字形規範
● 簡繁體寫法不同非新舊字形問題

　　漢字教學要達到辨識、讀音、運用的正確。先分辨屬於「異體」還是「錯字」，也有的時候只是繁簡字的規範寫法不同的問題。教師必須與時俱進，根據教育部頒布、審定的標準規範字形，不斷更新漢字形音義知識，更要注意學生的母語或之前已學過的漢字，如各地漢字之間的差別，以免造成負遷移。

　　實際上教育部在民國83年（西元1994年）公告《國字標準字體教師手冊》、86年（西元1997年）公告《國字標準字體研訂原則》詳細說明了標準字體寫法，選定的標準字體都是更貼近字源、讀音的字體，此後就沒再更改過字形標準寫法。像是「次」的寫法，因為小篆已是「從二」，表次第的意思，因此標準字形選擇了貼近字源的寫法，左邊寫作「二」，非「冫」，應用的字如「恣、資、瓷……」等也都同此寫法。但大陸規範字仍寫作「次」，教師可以多筆記類似漢字，就能正確使用。

　　（詳參〈第二編 漢字教學知識・肆、現代漢字・一、漢字的規範〉；〈第二編 漢字教學知識・伍、字際關係與教學問題・一、形體〉；附錄一「中日韓港標準漢字字體舉隅」。）

（丒）如何辨別多音字？例如「得」de/ dé/ děi；「炸」zhá/ zhà

● 語音流變
● 多音字學習棨穩打不貪多
● 歸納整理規則

　　多音字有其語音流變的時空背景，辨別多音字的重點是了解在不同讀音下扮演什麼樣的角色，例如：「得」有「de」、「dé」、「děi」，三個

讀音的功能、意義都不同，「得」甲骨文 𝕰 像手拿著貝，本義是得到、獲得的意思。讀音「de」用在動詞和形容詞的後面表達結果或是性狀，例如：他跑「得」很快。讀音「děi」有必須、應該的意思，例如：你「得」先洗手再吃飯。辨別多音字從例詞、例句中去歸納，並比較不同讀音的字義，比如說：「炸」例詞有「爆炸」、「炸彈」等都讀「zhà」，炸本義指遇火而爆，從「火」，「乍」聲。而「炸雞」的「炸」是一種油炸的烹飪方式，音「zhá」，如果讀作「zhà」在油鍋裡發生「爆炸」可就吃不到「炸雞」了。有趣的是，臺灣普遍日常口語仍常聽到多數人讀「zhà」。

　　通常教材的設計不會讓多音字一開始就在同一課出現兩個讀音，因此教師也不用著急，學一個音，鞏固好了，再學第二個，穩紮穩打。學第二個時，教師就可以幫學生或帶領學生歸納整理發音規則。

　　讀者宜注意本書語音的規範，目前臺灣依據的是1999年公告的「一字多音審訂表」，有些讀音有爭議，所以正在編修新的語音規範，本書付梓前尚未公告實施，如有疑慮，未來請隨時參閱教育部國語辭典簡編本https://dict.concised.moe.edu.tw/。

三、推薦資源

💡注意：以下推薦之網址偶有變動，建議未來可以關鍵字搜尋

㈥可以推薦老師學習漢字本體知識的優良網站及參考資源嗎？

● 漢字字源字理
● 古文字形
● 兩岸字形規範文件

　　老師講解漢字最怕道聽塗說，紙本文獻請參考本書所附的文獻或書籍。當前網路資源紊亂，許多號稱字源網的，都是各地蒐集圖片瞎拼混鬥，眼花撩亂，不知道哪個可以相信。雖說每個文字根源可能仍有不同說法的追隨者，總是要有本有源才能理直氣壯地教給學生。以下推薦的網站

資源都是作者認可、長期使用的網站，供教師、家長們參考。

1. **漢字字源、古文字形：**

⑴中華語文知識庫＞漢字源流http://chinese-linguipedia.org/search_source.
html

關於漢字知識、字源理解，首推「中華語文知識庫＞漢字源流」，由
中華文化總會號召當代臺灣文字學大師編寫製作而成，引經據典又容
易閱讀，收錄3,000常用字。這裡所選的古文字字形可以看出演變脈
絡，很值得參考。

中華語文知識庫網站http://chinese-linguipedia.org/index.html還包含許
多有用的資源，像是100個可下載基礎字的「識字教材」、175支「漢
字說故事」影片、「中華語文大辭典」等，其中「中華語文大辭典」
包含各種書體的筆順gif圖，教師若想要製作書法教學簡報非常有用。

⑵漢語多功能字庫https://humanum.arts.cuhk.edu.hk/Lexis/lexi-mf/

香港中文大學人文電算研究中心開發製作，對於漢字形音義等說明清
楚，參考資料豐富，至2018年夏共收錄15,395個字頭。其撰寫形義通
解時參考了27本主要的文字研究著作，這些書籍也非常建議想了解
漢字演變的教師參考。http://humanum.arts.cuhk.edu.hk/Lexis/lexi-mf/
guide.php

⑶中研院小學堂＞字形演變http://xiaoxue.iis.sinica.edu.tw/yanbian

需要用到古文字字形的教師，建議除了(1)中華語文知識庫當中的字形
外，還可使用中研院小學堂的字形演變圖。通常這兩個網站的古文字
字形就非常夠用。

⑷「古音小鏡」字形庫http://www.kaom.net/jgws.php

如果有的古文字字形找不到，還可查找「古音小鏡」字形庫，「古音
小鏡」主要用於探索漢語的早期歷史，研究古文字相關資料也收集得
很豐富。

⑸漢典https://www.zdic.net/

漢典是許多老師愛用的網站，但資源來源也龐雜，要小心選用。大致上其字典部分資料來自臺灣《重編國語辭典修訂本》，因此讀音可能非現行規範發音；字源字形則主要來自於22本參考書籍；「說文解字」原始資料來源為清·陳昌治刻本《說文解字》，詳細資料來源可參看https://www.zdic.net/aboutus/copyright/。

⑹字源網https://hanziyuan.net/

知名的美國漢字叔叔Richard Sears收集了許多古文字形，近幾年也陸續增加了許多說明，因為有中英對照，對外國學生來說使用起來較親切。近來發現漢字叔叔字源網中的「Character decomposition字形分解」做得還不錯，像是「族」拆為「㫃＋矢」、「徒」拆為「辵＋土」，都是有理據的拆解，不是一刀切開左右就開始解的「誤解」，教師可以介紹給漢字學習者參考。

⑺引得市部件檢索http://www.mebag.com/index/component.asp

引得市主要為臺灣的書道學博士陳信良所製作，目前大概是海內外研究古文字的學者愛用的索引平臺。其中「部件檢索」功能由WFG製作，是為了讓研究者要查詢一些打不出來的古文字時，可以只打幾個認得的部件就搜尋到該字。

反過來說，如果打入單字後按剪刀圖，原打字的方框就會得出該漢字拆分結果，有的字會提供幾種不同拆解方式，那些部件字就可以複製貼入文件中。再按一次剪刀會繼續切分。此功能的部件拆解主要依照現行楷書拆解，無法每個字都是根據字源的拆解，但像「徒」字的拆解就拆成「彳＋走」，非「辵＋土」，因此拆解漢字還是建議先用上述⑴、⑵兩個網站理解字源後再拆。畢竟引得市「部件檢索」功能本就不是為了華語老師拆分漢字而設計。

2. **臺灣字形規範**

　　⑴教育部國語辭典簡編本https://dict.concised.moe.edu.tw/

　　　補充說明：讀者宜注意本典語音的規範，目前臺灣依據的是1999年公告的「一字多音審訂表」，有些讀音有爭議，所以正在編修新的語音規範，本書付梓前尚未公告實施，如有疑慮，未來請隨時參閱教育部國語辭典簡編本。

　　⑵教育部小字典http://dict.mini.moe.edu.tw/

　　⑶教育部「國字標準字體教師手冊」：https://language.moe.gov.tw/001/Upload/files/SITE_CONTENT/M0001/STD/c4.htm?open

　　⑷教育部標準楷書字體下載

　　　https://language.moe.gov.tw/result.aspx?classify_sn=23&subclassify_sn=436&content_sn=47

3. **大陸教育部語信司之各項語言文字規範標準**，以下為與漢語老師較相關的、已發布之語言文字規範標準http://www.moe.gov.cn/s78/A19/A19_ztzl/ztzl_yywzgfbz/fabubz/

　　⑴1986年《简化字总表》

　　⑵1999年《GB 13000.1字符集汉字笔顺规范》──20,292字

　　⑶2009年《汉字部首表》

　　⑷2009年《GB 13000.1字符集汉字部首归部规范》──20,292字

　　⑸2009年《现代常用字部件及部件名称规范》

　　⑹2013年《通用规范汉字表》──8,105字

　　⑺2020年《通用规范汉字笔顺规范》──8,105字

　　⑻2021年《国际中文教育中文水平等级标准》──將3,000個漢字、11,092個語詞分為三等九級，給以中文為第二外語的教學、學習、評量等方面定出參考標準。

　　⑼2021年《古籍印刷通用字规范字形表》──此國家標準化指導性技術

文件GB/Z 40637-2021，訂出14,250個古籍印刷字的字形、字音，包含繁體字、異體字等古籍必需用字，已於2022年5月1日起實施，如有大學漢學系教師、教古代漢語的老師，建議要關注、了解這份文件。

4. 臺灣華語文能力基準（TBCL）三等七級字詞表

臺灣華語文能力基準（TBCL）https://coct.naer.edu.tw/TBCL/：國教院邀請學者專家研發，並召開超過百場學者專家諮詢會議討論，歷時6年完成臺灣華語文能力基準（Taiwan Benchmarks for the Chinese Language，簡稱TBCL）。本網頁包括：聽、說、讀、寫、譯三等七級能力指標，以及三等七級3,100個漢字字表及14,470個詞的詞語表，第1級至第5級496個語法點。並有相關連結https://coct.naer.edu.tw/standsys/可供查詢細節。上述三等七級字詞表下載https://coct.naer.edu.tw/download/tech_report/。

（元）可以推薦給老師一些課堂適合、好用的漢字教學工具網站嗎？

● 漢字教學工具
● 生字簿
● 筆順呈現
● 漢字教材教具製作

生字簿

1. 新北市國小生字簿http://eword.ntpc.edu.tw/：有生字、注音、部首、部首外筆畫、總筆畫、筆順標示，較適合母語者或學習注音的學生。
2. 師大生字簿http://huayutools.mtc.ntnu.edu.tw/ebook/：最適合外籍學生使用，可選擇注音、漢語拼音或無標音，虛線字可以看到細小的筆順數字及箭頭提示，是威鋒數位開發股份有限公司所授權的華康標楷筆順體，直觀好演練。

3. 花蓮縣書法學習網http://new9.hlc.edu.tw/index13i.asp：特色是功能選項眾多，容易製作各種格線、空心／實心⋯⋯等樣式之生字練習本，並設計有林岳瑩老師設計的新九宮格樣式底稿。使用說明參考https://new9.hlc.edu.tw/readme.asp。

4. Chinese Worksheet Generator http://chineseworksheetgenerator.org/：看起來很好的生字簿製作網站，但要小心使用。簡繁體都可生成，有生字、拼音、部首、部首標音、英文翻譯、筆順，特色是可以將詞也標示出來，對對外漢語老師來說非常便利。但也因為簡繁字體均能使用，因此要小心檢查讀音及部首，例如製作「裏」，部首呈現的是臺灣的部首「衣」部，但大陸規範為「亠」部；製作「蚊」，部首呈現的是「虫」但部首注音注chóng，臺灣應念huǐ；製作「书」，部首呈現的是「丨」，但大陸歸部規範實為「乛」部。

5. 淡墨水字帖https://danmoshui.com/：優點是部首合乎官方《GB 13000.1字符集汉字部首归部规范》（2009）。可測試以下六字：书裏彬暮果粤，簡體規範的部首分別為：乛亠木艹丨丿。另外也提供已製作好的字帖、部編版語文課本各年級生字字帖等。

6. 田字格拼音版字帖https://www.an2.net/zim/：字帖選項眾多，也可以選擇呈現筆順、不要拼音標注。基本上適用於簡體字，繁體字雖也可用，但是讀音及字體正確寫法都會自動轉換成大陸簡化字標準，例如「垃圾」會標注lājī，「起」會自動變為「起」（右邊部件臺灣為「巳」，大陸為「己」）。

7. 紫堂文化https://www.purpleculture.net/：許多高級功能需要付費，但是Chinese tools中仍有許多中文學習單可以生成，像是生字簿、尋字遊戲學習單等。

筆順呈現

1. 教育部筆順網https://stroke-order.learningweb.moe.edu.tw/home.do。

2. 筆順字典https://strokeorder.com.tw/，少數字筆順與教育部規範不同，例如：龜、帶。

3. 中華語文大辭典http://chinese-linguipedia.org/search.html，有甲骨文、篆書……等各種書體筆順。

4. 萌典https://www.moedict.tw，有手機app，能手寫輸入查字很方便，但是此字典的資料庫是教育部《重編國語辭典修訂本》，要注意讀音可能不是現行規範。

5. MDBG https://www.mdbg.net/chinese/dictionary，網站上就能使用手寫輸入，簡繁體都有，但查到字後，還要再點一下該字頭，再將滑鼠移到三點圖示才會出現筆順選項。

6. （簡體）漢字屋https://www.hanziwu.com/。

7. （簡體）百度漢語https://hanyu.baidu.com/。

文字雲

這些網站製作方式都差不多，輸入文字、選文字雲形狀，就可產生。

1. Word Clouds https://www.wordclouds.com/，支援中文，且外形、顏色等選項很多，適合搭配教材不同主題。以下範例之課文主題為畢業發展，因此選了學士帽外形。

2. WordArt https://wordart.com/create，預設並不支援製作中文文字雲，但因

為WordArt可以上傳自己的字型，所以只要「上傳中文字型」後，就能製作出中文文字雲了。

3. HTML5文字雲，https://wordcloud.timdream.org/。

4. 微詞雲https://www.weiciyun.com/。

5. 易詞雲https://www.yciyun.com/。

教具製作參考

1. 自製哆寶卡Make your own Spot It clone http://aaronbarker.net/spot-it/spot-it.html，活動方式可參看〈第四編 主題漢字知識與教學建議第九單元花團錦簇‧教學活動舉例4〉。

2. 打出或複製不知讀音的部件字，以自製閃卡或拼字部件卡：

　⑴引得市部件檢索http://www.mebag.com/index/component.asp，我們無法打字輸入的部件字，可以在「部件檢索」網頁複製貼上。方式有二，一為直接在網頁下方按下部件按鈕，就可以在上方查詢框中複製該部件字；另一種為打入單字後按剪刀圖，原打字的方框就會得出該漢字拆分結果，有的字會提供幾種不同拆解方式，那些部件字就可以複製貼上貼入文件中。再按一次剪刀會繼續切分。

　⑵內碼也未建置的部件字，可以複製圖檔。使用全字庫字碼查詢>符號查詢>部件https://www.cns11643.gov.tw/search.jsp?ID=14&ID2=18，此頁有部件清單，按下部件按鈕，即可複製部件圖檔。

3. 自編教材方便工具：

　⑴師大TOCFL華語詞彙通http://huayutools.mtc.ntnu.edu.tw/ts/TextSegmentation.aspx，可依據TOCFL 8000詞表自動分出詞彙級別。

　⑵MandarinSpot https://mandarinspot.com/annotate Annotate，功能可自動分出文本的詞彙HSK級別，還可直接生成生詞表及英文翻譯。

　⑶中文泡泡http://www.popupchinese.com/tools/adso，拼音轉換、自動詞彙分級等。

㈜ 請推薦學生可以自行查找漢字、自學漢字的網站或手機App。

● 字典
● 漢字字源

字典類

1. Pleco：https://www.pleco.com/，有網站及手機app，但須提醒學生注意繁簡字體不同。

2. MDBG：https://www.mdbg.net/chinese/dictionary，英文介面，網站上就能用手寫輸入，方便查詢不認識的字。但簡繁體雖然都有，標音卻以大陸讀音為主，在English Definition中再加注臺灣發音。例如「垃」標音為lā，在English Definition中加註：Taiwan pr. [le4]。

3. 黃橋https://www.yellowbridge.com/chinese/dictionary.php，除了中文字典，還有漢字部件等線上學習工具。YellowTip Chinese Text Annotator功能，可以貼入文章，然後將游標移到文章上，就可顯示各個詞義或字義，方便迅速。

4. MandarinSpot https://mandarinspot.com/，英文介面，有字典、Annotator功能，與黃橋類似，可以貼入文章，然後將游標移到文章上，就可顯示各個詞義或字義，也可以設定HSK級別，將生詞列表列印出來練習。

5. written字Chinese https://dictionary.writtenchinese.com/，英文介面，網站有許多中文學習資源，字典功能也很完善齊備，可以學字、學詞、學句子。

6. 縱橫識字App https://ckc.eduhk.hk/tc/ckcsoftware?l=ckcocr#ckcocr，香港教育大學研發，支援拍照辨識漢字，只要照張相，程式就會顯示字義、筆順、讀音以及簡單的英文解釋。不過字形、筆順、讀音大致上依據大陸規範，使用時宜注意。

7. 萌典https://www.moedict.tw/%E8%90%8C，中文介面，有網站及手機

app，在說明文字中遇到生字可以再點按查詢意義，也有英語、法語、德語單字。甚至可查閩南語、客家話及諺語，但畢竟幾乎都是中文解說，因此較適合進階學習者。要注意的是萌典內容來源是臺灣教育部《重編國語辭典修訂本》，屬於歷史辭典，讀音可能非現行規範。要查詢現行規範讀音，請查《國語辭典簡編本》https://dict.concised.moe.edu.tw/index.jsp。

漢字字源類

1. 中華語文知識庫＞漢字源流http://chinese-linguipedia.org/search_source.html，收錄3,000常用字，包含字形演變歷程，但說明文字略難，適合進階學習者。

2. 中華語文知識庫網站http://chinese-linguipedia.org/index.html，100個可下載基礎字的「識字教材」、175支「漢字說故事」影片，適合進階學習者。

3. 漢語多功能字庫https://humanum.arts.cuhk.edu.hk/Lexis/lexi-mf/，對於漢字形音義等說明清楚，參考資料豐富，至2018年夏共收錄15,395個字頭，適合進階學習者。

4. 字源網https://hanziyuan.net/，內容豐富，有中英文簡短說明，內容正確性頗高，給初學者參考很不錯。

CONTENTS
目　錄

第一編
漢字本體知識

思考與先備知識

　　語言作為人類溝通情意的工具之後，為何還需要文字呢？文字在語言體系的定位為何？文字與意義的關係為何？

　　漢字，只有繁簡差別嗎？在對外漢語教學，教師可以不教漢字、學生可以不學漢字嗎？在漢語中字、詞，時而分、時而合，差別是什麼？為什麼漢字難教、難學呢？漢字如何從古發展到現今呢？它的特性如何有助教學、學習呢？

　　漢字文化圈，也稱「東亞文化圈」、「儒家文化圈」、「中華文化圈」，指歷史上受漢文化影響，過去或現在曾使用漢字與文言文做為書面語之文化圈。對外漢字教學既以現代漢字為主，教師必須了解漢字絕非單純的「繁簡對應」而已，在臺灣、中國大陸、澳門、香港、越南、朝鮮半島、日本列島、琉球群島、菲律賓、馬來西亞及新加坡等地區都有漢字的足跡，漢字在各地呈現「大同小異」的樣貌。

　　任何一個民族都是先有語言，爾後才有文字，而且不是每個語言都能擁有自己專屬的文字。語言是由語音和語義結合而成、由詞彙和語法所構成的符號系統。語音是語言的形式，是能指；語義是語言的內容，是所指，二者密不可分。故傳達意義是語言的主要任務，文字作為語言的紀錄，自然也離不開語義。人類早在幾十萬年前因著群居、運用需要而發展出「語言」；文字的產生在6,000年前、定型則是近四、五千年的事。

　　表義就是人類使用語言的最大目的。語言和文字的差別是什麼？語言是聽覺形式，以語音為其外殼；文字是視覺符號，以形體為其外在形式，這是二者的根本差異。以聲音為傳送媒介，可能因為時間的久遠、地域的廣闊，無法傳達；即使同時、同地也可能因為「音同」、「音近」，產生訛誤；因此以形體為憑證，可以打破時間、空間的限制，強化準確性。我們可以閱讀諸子百家的學說、欣賞歷代動人的文學作品，

或者接到遠方、甚至國外友人寄來的信件等等，都是文字的功勞。

　　詞是語言的單位，字是文字的單位。同一個語詞，音義結合即是詞，與其相關的器官是嘴巴、耳朵；當寫下來時，詞的音義有了形體，即成了文字，與之相關的器官是眼睛。況且，漢語詞彙是由單音節至雙音節發展，古漢語時期，語言運用的單位是單音節詞，與書寫的單位相吻合，字、詞的混用屬於自然。

　　就學習和教學而言，文字，是口語進入書面語的關鍵；若僅學漢語，已能溝通，卻無法閱讀、書寫、寫作。書面語以「字—詞—句—段—篇」為層次，以字為起點。學好漢字能夠進行大量的閱讀和寫作，閱讀和寫作又能提高漢語聽說能力，對自學漢語意義重大。（李香平2006）故而學習漢字能促進學好漢語。

　　學生往往因「漢字難學」的偏見而卻步。身為教師應客觀地了解漢字學習難點，方能對症下藥。

　　漢字是表意文字，字形同語言裡的詞或語素的意義有連繫；漢字是橫向和縱向展開，形成平面型文字，部件和字形較為豐富多樣。漢字難學之因，諸如形音之間有差異、字形複雜、字形太相似不易辨識、數量巨大、結構繁複、筆畫繁多、多音字多、多義字多、同音字多、一字多義等，是漢字本身造成的困難點。

　　周健（2007）提出漢字教學不當的原因，包括教師對漢字的性質、漢字與漢語的關係，及漢字教學的地位缺乏正確的認知；漢字教學的思路不明確；對教習者的漢字認知、習得過程和學習策略認識不足；漢字教學方法的缺陷等，都是教師教學成效不彰之因。

　　學者對教師提供建議，如曾志朗（1991）認為漢字的組合規則有心理學上的真實性，形聲字的形旁和聲旁，在訊息處理的歷程上，都有心理學上的重要性，教學時可多加運用。黃沛榮（2006）建議字形辨識教學時，透過「字源」加深學生對字形的理解，分析「部件」以幫助字形

的記憶與書寫，利用「字根」配合「部首」以擴大漢字的認讀範圍。

　　身為教師理應就積極意義的層面尋找對策，幫助學生克服障礙。況且，漢字並非拼音文字，字形必須特別教導，而且不能，也不該只是一個字、一個字教導。故教師如何有效教學，源於對於漢字規律的認識與教導。因此，正視漢字的本體知識，是漢字教學知能的基本功。

　　本體知識，包括漢字和漢語的關係、漢字源起與演變、結構法則、漢字文化。

壹、漢語與漢字

　　語言學家依特性及親疏關係，將全世界的語言分歸二十一個語系。臺灣所說的「國語」、「中文」，乃屬「漢藏語系」的「漢語族」，國際及學術界稱為「漢語」，大陸地區稱「普通話」、海外通稱「華語」。

　　漢字是漢語的紀錄，漢字與漢語是相互依賴的，漢字的存在體現漢語的需要；漢字字形的表意性反映古人具象性的思維，合體字偏旁的表意、表音，反映人思維的辯證性，這又根本於漢語。

　　以教學的觀點來看：漢語的層級為音節、漢字、詞彙；漢字的層級為筆畫、部件（含部首與偏旁）、整字。往下談談漢語、漢字的特點，以為漢字教學的根本著力點。

一、漢語的特點

　　與其他語言相較，漢語有如下的特點：

(一)孤立語

　　漢語是孤立語，語法變化不依附在詞語之上，虛詞和語序是語義表達的重要手段，如「我吃過飯」和「我吃著飯」二者狀態不同；「我都不想買」和「我不想都買」、「我買都不想」三句的意思不同，購物的多寡、狀態也不盡相同。

㈡具有聲調

漢語有四個聲調，聲調是一套貫穿聲韻的音高變化。聲調具有辨別語義的作用，這是漢語語音的特點。漢語因缺乏形態變化，因此以虛詞、語序表達意義外，更以音高變化分別表現不同字義。

㈢可重疊構詞

漢字，大抵是一字一音一形一義，重疊是詞彙構成的方式之一，如「關」和「關關雎鳩」的「關關」是不同的詞。「快」和「快快」、「快樂」和「快快樂樂」是不同詞，程度、狀態也不同。

㈣擁有豐富的量詞

量詞，是表示事物的單位。量詞能顯現事物的特徵，如「一『張』桌子」、「一『頭』牛」，不能說成「一『頭』桌子」、「一『張』牛」，事物、量詞是相互限制的。同一事物運用不同的量詞，如「一『頁』紙」、「一『張』紙」；不同的量詞能表示數量差別，例如「一『本』書」、「一『疊』書」、「一『落』書」、「一『櫃子』書」；用的量詞不同表示的意義有別，如「一『位』教師」比「一『個』教師」來得尊敬。「個」，是現代漢語的強勢量詞，能搭配具體的人物、抽象名詞，如「兩個孩子」、「三個鍋子」、「一個想法」等等，但注意不要「一個」到底而削弱其他量詞的生命力，如「一個水井」，應該是「一口水井」；「一個印章」應該是「一枚印章」、「一方印章」；「一個橋梁」應該是「一座橋梁」。這是漢語教師應該特別注意的。

認識漢語的特性，有益於區隔不同的語言運用、避免錯誤，類似「我很餓現在」、「他看書昨天」、「進行打掃」等用法，都是歐化語法的句子，漢語不可如是表達，口語、書面語都要避免。

二、漢字的特質

漢字是漢語的紀錄，為方塊字體，與其他語系的語言與文字相較，具有區別性，即其獨特性。

(一) 緣於孤立語的方塊文字

　　文字與語言彼此互動、相互影響，語言的特質，必然會影響記錄它的文字。漢語具有單音節（monosyllabic）和孤立性（isolating）的特質，與其他語言不同。單音節特質，指單音節是漢語的最小語言單位，單個語音結構，即能表達完整的意義。漢字為配合此特質，採用一個「字」的形式，造成由形示義的方塊字。孤立性，指不用或很少用語法上的形態變化，即不因為時態、陰陽、格的不同，而改變文字的讀音或寫法，也是漢語詞彙豐富的主要原因。

　　漢語的特點造就了漢字單音獨體、一字一音一形一義的本質；漢字的方塊字亦充分展現了漢語的孤立性，語言與符號相吻合。單音獨體的方塊文字，結構具有組合性，且用法、讀音穩定，僅要學會了一個字，就可以像組合積木一樣，構成大量的詞彙。

(二) 以形聲結構為主

　　漢字是一種既表意又表音，以形聲結構為主的意音文字。距今三千五百年以前的殷商甲骨文字，是處於表意階段的文字；戰國時期，意音文字的發展已成熟，成為漢字構形的主流，《說文解字》已有80%以上的形聲字。

　　形聲字一邊表形、一邊表聲；表聲的偏旁除了記錄讀音之外，有些也能辨義，如從「侖」得聲者，多有「條理」之義，如「倫理、言論、車輪」等字詞；從「青」得聲者，多有「美好」之義，如「晴朗、眼睛、清水」等字詞，學生從字形即能判斷字義。

　　因此，漢字超越純表形、純表音的限制，走向二者合一，在一個平面裡同時發揮功效，進而成為特殊的文字。

(三) 形音義三位一體

　　拼音文字與漢字，形、音、義三者的關係與差異，圖示如下：

1. 拼音文字

　　　　字形 ⟶ 詞音 ⟶ 詞義

字形和詞義，都只與語音形式發生直接連繫，字形無法直接連繫詞義。

2.漢字

表意文字體系的漢字，字形通過詞音與詞義連結，與拼音文字相同；漢字與拼音文字的根本差別，在於字形可以連繫詞義，漢字構形具有理據，可直接表達意義，對詞義具有提示作用。

漢字是一種表意系統的文字，在形體上既能表音又能表意，就是漢字特質。

形與音就是詞義的兩大來源，一個漢字就有一個形體、一個讀音、一個意義，形音義三位一體。此是漢字與其他文字的差別，故而漢字形體的表意性，能區辨同音字、音近字；漢字形體的表音作用，又能區辨形似之字。故而，在漢語學習時斷無法捨棄漢字。

(四)與圖象的血緣性

漢字是現存仍被運用的古老文字，與圖畫關係密切，起源於圖畫或觀察現象，原始的圖畫未必單指某個物品，起初多指一件事情，如原始社會的狩獵和祭祀，後來以線條來記錄；這樣的線條符號被人們接受和運用，則成了文字。運用具體的圖象學習抽象的文字，殊本同源、相得益彰。

圖示是高度抽象的，其具體內容唯有當事者才清楚；卻顯示了記錄事件和傳遞信息的迫切性，成為推動文字產生的動力。經由氏族間的接觸、文化融合，共同語言、共識圖示的產生與被接納使用，原本做為記事或標誌的圖形，與語言結合，進而成為有聲的標記、記錄語言的符號，便成了早期的文字——圖形文字。

圖象有助於漢字的感知與理解，教學時應善加利用，達到快速傳達、提升記憶的效果。

學習漢字的最佳策略即利用字素符號作為記憶術，直接擷取其意符線索以記憶字義。無論是象形或是指事，甚至會意；學生都可以先記住圖形符號，然後學習聲符部分，分別按照步驟，學習漢字及成為容易且有趣的功課。（葉德明1999：170）

教學上，透過圖象加深學生識字的印象，能減低學生識字的負擔；透過圖象進行漢字細部分析，容易判別、書寫。

㈤超越時空的穩定性

漢字是形聲結構為主的意音文字，除了聽，還可以用眼睛來讀。雖然歷史悠久、地域廣闊、方言分歧，但文字能夠超越時間、空間的限制，讓文化訊息不間斷地流傳，甚至使政治經常處於統一的局面。

漢字具有延續性、穩定性，即使語法、語音因時而稍有差異，字形並未隨之變易，後世仍能依憑文字閱讀古籍，與古代文化接軌。

㈥傳遞快速、資訊密集

漢字依靠視覺，圖象的會意很重要，漢字能由外形直接判斷意義，與音讀無關，容易辨識、釋義迅速，使漢文化趨向快速結論式的綜合能力。字是大小均等、筆畫平均分布的「方塊文字」，字形能直接傳達到大腦。根據大腦的生理研究顯示：漢字的方塊圖象訊號，主要由右大腦掌管，漢字反映在人腦裡，能夠直接進入思考區。

再者，漢字是單音獨體，一個方塊即含了形、音、義三者，是平面文字；而拼音文字為符號記音的線形文字。拼音文字，必須透過語音連繫語義，達到理解的目的；平面文字以形直接連繫語義，語義貯藏量大於線形文字，故方塊的漢字資訊極為密集，處理也較快速。

㈦高度藝術性

漢字乃以線條組合成的「方塊字」，書寫時講究筆畫結構、行款布

局，使得文字在表情達意的功能之外，還是一門境界高深的藝術，稱之為「書法」。再者，因著單音節、孤立性的特質，漢字運用在文學上，產生獨特的對仗、駢偶的文學形式，孕育出無數的優美作品。其他如對聯、回文、測字、燈謎、酒令、繞口令等充滿趣味性、民俗性、藝術性的文字遊戲，都能表現漢語、漢字特質的藝術性。

　　了解漢語、漢字的特質對教學是重要的。漢字的特點在於表意、音節文字、方塊、從古至今未間斷、富有文化意蘊的文字。教學要能善用漢字「用法和讀音穩定」的特質，只要學會了一個字，就能組成大量的詞彙，由字而詞、由詞而句。明白漢字與漢語的關係，讓教師有意識地樹立漢字教學理念，通過形音義詮釋，能使學生了解學習漢字對漢語學習的重要性、對其學習詞彙、提升閱讀和寫作能力的重要性。

貳、漢字源起與演變

　　漢字是現行歷史最為悠久的文字，自殷商文字一脈相承發展，成為今日通行的漢字。

一、漢字起源

　　漢字屬獨立產生、發展的自源文字。關於漢字起源，古籍記載如下：

上古結繩而治，後世聖人易之以書契。（《易・繫辭》）
古者庖犧氏之王天下也。仰則觀象於天。俯則觀法於地。視鳥獸之文。與地之宜。近取諸身。遠取諸物。於是始作《易》八卦。以垂憲象。及神農氏，結繩為治。而統其事。庶業其繁。飾偽萌生。黃帝之史倉頡見鳥獸蹏迒之跡。知分理之可相別異也。初造書契。（《說文解字・敘》）
結繩為約。事大，大其繩；事小，小其繩。（孔穎達《周易正義》引鄭玄《周易注》）

根據上述，歸納為四說。

(一)結繩記事

結繩記事，以繩子打結記錄事情。

南宋鄭樵、清代王闓運、劉師培都認為繩形為結繩時代的文字。據人類學家考察，許多地區都曾以結繩記事，如古代埃及、波斯、日本、美洲、非洲、澳洲等，以及少數民族地區，如雲南傈僳族。結繩是古代文字產生以前用以輔佐的方式與工具，可以材質、顏色、大小、數量記錄不同類別的事項。

漢字 ㇤（一）㇤（二）㇤（三）十（十）㇄（世）㇋（卅）與數字有關的字，都可以窺見結繩記事的樣貌。

以結繩記事輔助記憶，對漢字起源有一定的影響力，但是它並不能獨立、完整地記錄事情，也不能表達更多的語言、交流思想，因此不具備文字性質。

(二)契刻

> 契，刻也，刻識其數也。（《釋名·釋書契》）

契刻是在陶器、木板或竹片上刻缺口、劃直線、刻寫某種記號，用以記數、記事。依出土文物來看，作為憑證的契刻之物，有缺齒狀、線條狀，除了漢民族之外，契丹、少數民族如傈僳族亦見。

契刻表達的意思比結繩清楚，但仍未有固定的音義，不具備文字的性質，仍只是幫助記憶、聯想的工具而己。

(三)八卦

八卦是占卜用來表示卦爻的符號，象徵自然界的八種基本事物。☰為乾卦，代表天；☷為坤卦，代表地；☳為震卦，代表雷；☴為巽卦，代表風；☵為坎卦，代表水；☲為離卦，代表火；☶為艮卦，代表山；☱為兌

卦，代表澤。八卦相互搭配，衍而為六十四卦，象徵各種自然現象和人事現象。

有人認為文字由八卦而來。

> 文字便從不衡，坎、離、坤衡卦也，以之為字則必從，故 ䷜ 必從而後成水，䷝ 必從而後成火，䷁ 必從而後成巛。
> （鄭樵《通志·六書略論便從》）

鄭氏認為八卦符號由橫轉為縱向，即成了漢字。然而，上述卦爻僅坎卦䷜與水的古文字 𝄪 相似，餘者與古文字皆無相似之處。

㈣倉頡造字

倉頡造字的說法影響最大，古籍記載最為具體。除《說文解字·敘》之外，傳世典籍亦見：

> 奚仲作車，倉頡作書，后稷作稼，皋陶作刑，昆吾作陶，夏鯀作城，此六人者，所作當矣。（《呂氏春秋·君守》）
> 昔者倉頡之作書也，自環者謂之私，背私謂之公。（《韓非子·五蠹》）
> 昔者倉頡作書，而天雨粟，鬼夜哭。（《淮南子·本經訓》）

後世學者推崇許慎，大抵接受此說，賦予了漢字起源神祕的色彩。然而，漢字的產生，必定是複雜而漫長的過程，非一時一地一人之作，應該是集體的產物。倉頡應該是處於文字起源的晚期，集中字符加以規範，進而掌握漢字規律，對漢字定型有獨特的貢獻。

典籍記載之外，從考古資料發現漢字主要的源頭，應是圖畫和用以記事或裝飾的符號。

㈤圖畫與符號

　　漢字是表意文字，由圖畫演進而來的，這是個漫長的歷程。原始的圖畫未必單指某個物品，起先多指一件事，如原始社會的狩獵和祭祀。如岩畫（圖1-1、圖1-2）：

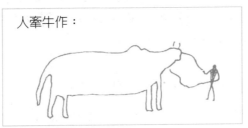

圖1-1　雲南滄源岩畫（朱歧祥1998：3）

圖1-2　四川珙縣岩畫（朱歧祥1998：4）

　　青銅器上的族徽文字，圖象程度高，帶著濃厚的圖畫性質，如圖1-3：

圖1-3　古代族徽文字（龍異騰2002：25）

　　陶器上的刻劃符號更加符號化，形體固定，如圖1-4：

圖1-4　大汶口文化陶器象形符號（龍異騰2002：26）

象形符號再經過一段時間後，以線條記錄之，如圖1-5、圖1-6：

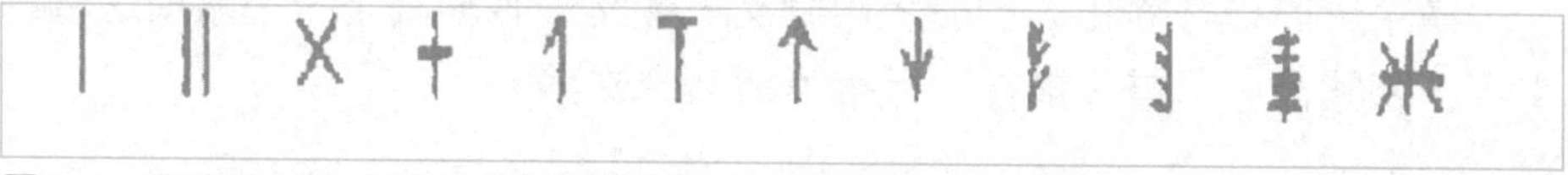

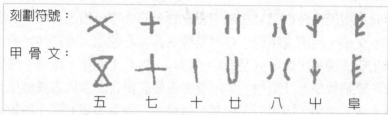

圖1-5　西安半坡仰韶文化遺址刻劃符號（龍異騰2002：26）

刻劃符號：　　　　　　　　　　　　　　　　　
甲骨文：　　　　　　　　　　　　　　　　　　
　　　　　五　　七　　十　　廿　　八　　屮　　阜

圖1-6　刻劃符號和甲骨文對照（龍異騰2002：27）

線條符號，繼續被接受和運用，更加趨近於文字，故漢字是寫實的符號。漢字起源於圖畫和用於裝飾或記事的符號，圖畫是原始象形文的來源，而原始指事文則主要來源於符號。圖畫成為眞正的漢字，符號化是必要條件，它們對事物的描繪不再完整、細緻，而只取特徵、輪廓化的描繪，它們記錄著一件又一件的事情，原來的數量可能相當龐大，但表意不穩定，或是受限於某個族群；當中有部分被人們普遍接受、使用，有一部分會被淘汰；被接受繼續留存於語言者，經過一次次不斷地新生、淘汰，最後成為被語言使用者共同接受的符號，約定俗成而有固定形體，與詞結合，讀得出來，意義也逐漸定型，即成為文字的初形──原始漢字。

學者普遍認為中國原始文字萌芽於6,000年前，最後形成體系是距今四千年的夏朝或稍後的夏商之際。（黃偉嘉、敖群2009）原始漢字數量不多，只能記錄單音節詞，尚未形成文字體系，但卻為後世文字奠定基礎。後世利用文字表意時，不必再經由「圖畫—符號—文字」漫長的過程，直接借用現成的符號，或取整體，或取部分，或變形，或而兩、三個拼合表達新的意義。所以，漢語在造字之時，便將意義寄託於字形之上，符號與意義結合緊密，乃一體兩面，此為「託義於形」。

漢字從產生到可以完整記錄語言，歷經了極其漫長的時間，單字和字符的累積，尤其表示語法關係的虛字，非長期絕無法成熟的。

二、漢字演變

　　漢字形體幾經變化，一般將甲骨文、金文、戰國文字、小篆稱之為古文字；將隸書、草書、楷書、行書等稱為今文字。

㈠甲骨文

　　甲骨文指殷商時期刻寫在龜甲和獸骨上的文字，出土自河南安陽小屯村的占卜文字。河南安陽縣小屯村是殷商都城的遺址，大約西元前十四世紀，商王盤庚遷都至此，直至商亡，約有二百七十多年，這裡一直是殷商的國都，舊稱此地為「殷墟」；甲骨文主要記錄占卜的內容或結果，故有「殷墟卜辭」之稱；因用刀刻所刻，也稱為「殷墟書契」、「殷契」（圖1-7、圖1-8）。

圖1-7　龜腹甲卜辭（韓鑒堂2009）　　圖1-8　大版牛肩胛骨卜辭（韓鑒堂2009）

　　甲骨文具有以下幾項特點（龍異騰2002：31-36）：

　　1.線條瘦硬、方折：以刀刻寫在堅硬的龜甲、獸骨上，為

　　減少刻寫的難度，線條瘦硬、方折。

2. 象形程度高：保留圖畫文字依類象形的特點，從外形即可知道它所要表達的意義。

3. 尚未定型化：較接近圖畫文字，或因多人完成，外形參差不齊，字體大小不一，同一字筆畫或多或少，部件可以正寫、反寫、倒寫，部位也不固定，異體繁多。

4. 合文書寫：常將兩個單字結合構成的名詞、固定用語、數詞或量詞組合，寫成合文，看起來就像一個字。這種形式從甲骨文到西周金文直至秦漢簡牘皆有，是古代漢字書寫的特點。

甲骨文完整地記錄當時的語言，初步奠定漢字「方塊」的形式、較為固定的構字成分與完備的造字方式，已然是體系成熟的文字。現存出土文物，亦見獸骨上僅有毛筆寫成而未見刻契痕跡者，乃為習刻之作。

(二)金文

　　金文指鑄於青銅器上的文字，青銅器以樂器鐘和禮器鼎為代表，故金文又稱「鐘鼎文」、「銘文」、「吉金文」，時代從商朝至戰國，以西周為代表（圖1-9～圖1-13）。

圖1-9　商朝 司（后）母戊方鼎及銘文

圖1-10 西周 散氏盤及銘文

圖1-11 西周 毛公鼎及銘文

圖1-12 春秋齊國 齊侯匜及銘文

圖1-13　戰國秦國 杜虎符

與甲骨文比較，金文有如下的特點：（龍異騰2002：40-42）

1. 筆畫肥厚圓潤：西周中後期的金文筆畫粗細和字形大小趨向於一致，圓潤肥厚的筆畫不僅使單字的書寫美觀，作銘者還注意到全篇章法的布局協調、氣韻的生動，具有很高的書法審美價值。
2. 符號性增強：原本在甲骨文裡表現象形的曲折線條被拉直，逐漸喪失象形的特徵，圖畫性越來越弱，符號性、線條化的傾向越明顯。
3. 異體字減少：構字要件較趨向於定形，有固定寫法，且在字中的位置很少隨意改變。金文這階段的漢字，是朝向定形化較快速發展的文字。

㈢戰國文字

戰國文字代表東周戰國諸侯國的文字，材料品類繁多，各地自有特色，「言語異聲，文字異形」乃戰國的最佳寫照。

若以材料來分，有金文、貨幣文字、古璽文、陶文、石刻文、簡帛文等，文字風格差異大（圖1-14～圖1-18）。

圖1-14　湖北省雲夢睡虎地秦簡

圖1-15　上海博物館藏楚竹簡

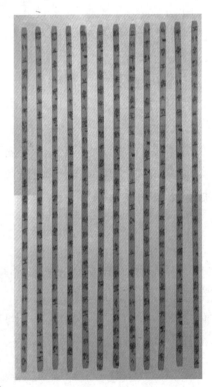

圖1-16　郭店楚墓竹簡

圖1-17　秦 封泥

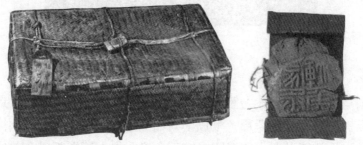

圖1-18　漢 馬王堆出土封泥

　　以地域又分為兩大系統：一是保持傳統的西方周秦文字，以大篆為代表；二是變異較大的東方六國文字，彼此差異大，簡化傾向明顯。如按照當時文字的風格，可以把戰國古文分為秦、楚、齊、燕、三晉（韓、趙、魏）五個類型。

　　大篆以籀文、石鼓文和〈詛楚文〉為代表（圖1-19）。

　　與東方六國文字相比，大篆較嚴謹正規、形體穩定、保存著漢字構形理據；與西周文字相比，大篆圖畫性進一步減弱、筆畫更線條化、重複部件而筆畫較多。整體而言，大篆筆畫粗細均勻，更加線條化，轉筆全是圓轉，偏旁部首的寫法和位置基本固定，異體字大幅減少，已趨向於定形化，字形基本勻稱整齊，有些字寫法已與後來的小篆差別不大，乃漢字由西周金文演變為秦代小篆的過渡橋梁。

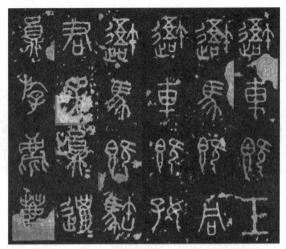

圖1-19　秦 石鼓文

㈣小篆

　　小篆是史上首次以人力徹底進行規範工作的成果，是古文字最後的階段。現今對於古文字的考釋，多以小篆為根基。秦始皇統一六國後，採取「書同文」的政策，罷去與秦國文字不合者，以大篆為基礎，進行文字改革、規範，故而稱之為「小篆」（圖1-20）。

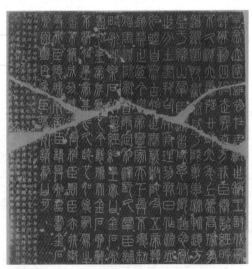

圖1-20　秦始皇 嶧山石刻

　　小篆進一步實現漢字的符號化，筆畫為平直和弧形相結合的線條，粗細均勻齊一，圖畫性又消失了一些；捨去重複的偏旁和簡化寫法；結構規範化、定形化，合體字選定偏旁，確定偏旁、部首在合體字中的位置，確立標準字體，漢字至此基本上已定形化。

(五)隸書

　　小篆的線條均勻圓轉，以整齊的長方形為主，卻不易書寫。秦漢之際，書吏為了快速記錄，把小篆圓弧形的線條變成了方折平直的筆畫，因在下層官吏、差役、工匠間流行，故稱之為「隸書」。另說是秦時管理監獄的小卒——程邈整理發明。秦代的隸書稱為「秦隸」或「古隸」。西漢以後，因應紙張發明和毛筆的改良，隸書由方變為扁，出現較多的波磔筆畫，故有「蠶頭燕尾」之說，稱為「漢隸」、「今隸」或「八分」。東漢中期以後，官方刻石立碑、宣告政令，都運用隸書，隸書成為正式字體（圖1-21～圖1-24）。

　　隸書「破圓為方」，把小篆的圓轉線變成點、橫、豎、撇、捺等筆畫，確立漢字以水平垂直的線條為基本元素的方型結構，擺脫象形特點，實現筆畫化、符號化，字的形義關係變得不明顯，漢字成了「不象形的象

圖1-21　西漢 居延漢簡

圖1-22　西漢 麃孝禹刻石

圖1-23　東漢 乙瑛碑

圖1-24　東漢 張遷碑

形文」。隸書破壞了篆書遺存的圖畫意味，稱之為「隸變」，是漢字發展史最重要的變革，結束了古文字階段，之後的漢字已無法完全由字形得出字義，隸書因而被稱為「古今文字的分水嶺」。

(六) 草書

　　草書，指書寫比較潦草的字，盛行於東漢章帝時期，輔助隸書快寫速記的簡便字體，實用性高，名為「章草」。它保留了隸書的「波磔」，書寫快速。魏晉起，新體草書，名為「今草」。以王羲之、王獻之為首的文人，寄寓心情流動於漢字筆畫線條之中，開展出獨特的審美藝術，甚至脫離文字「辨認」與「傳達」的功能。陳隋間王羲之第七代孫智永〈眞草千字文〉為典範型的教科書（圖1-25）。

　　初唐孫過庭《書譜》（圖1-26），既是書法作品，更是美學論著，總結魏晉書法美學的譬喻，如「懸針」、「垂露」、「奔雷」、「墜石」、「鴻飛」、「獸駭」、「絕岸」、「頹峰」等筆畫名稱。

　　盛唐，興起一種書寫更為自由、更加狂縱的草書，名為「狂草」，以張旭、懷素為代表（圖1-27、圖1-28）。

　　為方便書寫，草書的筆畫勾寫、字間勾連，形體高度簡化；但到了「狂草」階段，隨意性極高，辨認困難，實用性逐漸消失，僅成為書法藝術品。

圖1-25 智永〈真草千字文〉

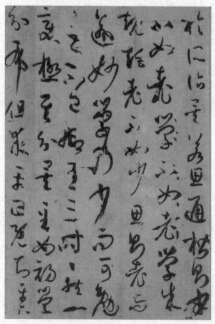

圖1-26 孫過庭《書譜》

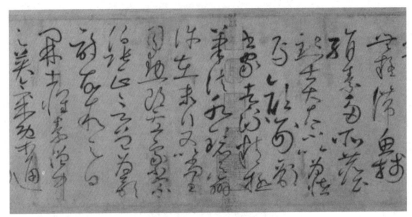

圖1-27　懷素自敘帖

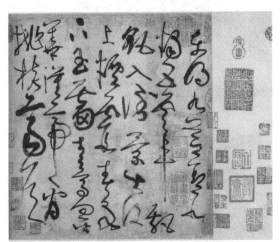

圖1-28　張旭古詩四帖

㈦楷書

　　「楷」是規矩整齊、以為楷模之意。楷書也是由隸書演變而來，又稱「眞書」、「正書」，產生於漢末，盛行於魏晉南北朝，至隋唐完全成熟，使用至今。以初唐歐陽詢、虞世南、褚遂良，中唐顏眞卿、柳公權為代表。唐楷尙法度，注重結構、間架，即基本工夫，故能為典範（圖1-29～圖1-34）。

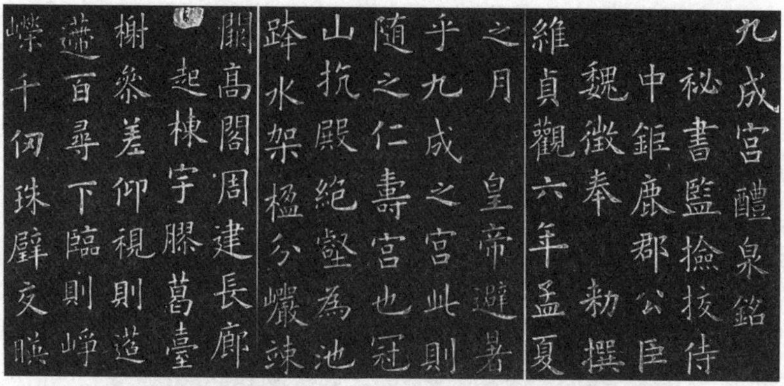

圖1-29　歐陽詢〈九成宮醴泉銘〉

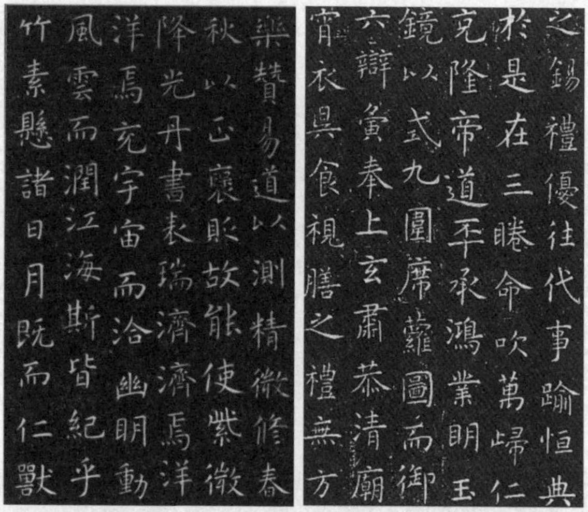

圖1-30　虞世南〈孔子廟堂碑〉

圖1-31　褚遂良〈雁塔聖教序〉

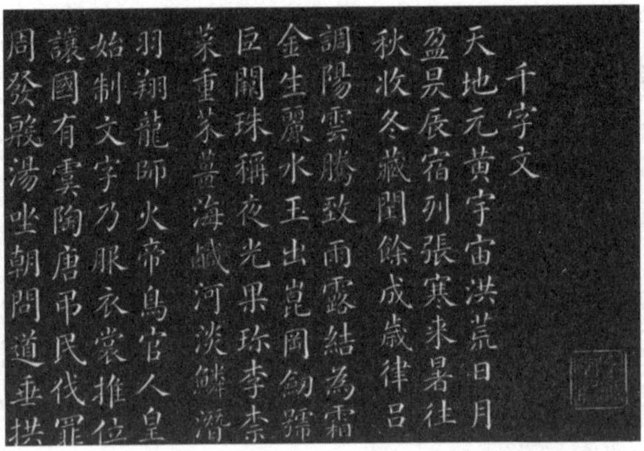

圖1-32　顏真卿真書〈千字文〉

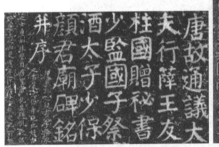

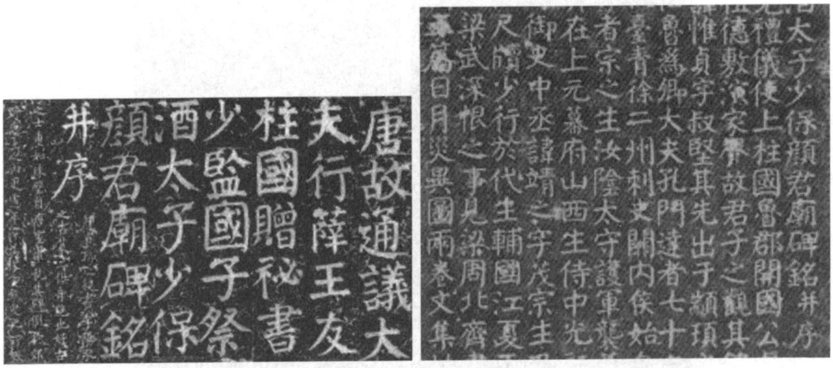

圖1-33　顏真卿〈顏氏家廟碑〉

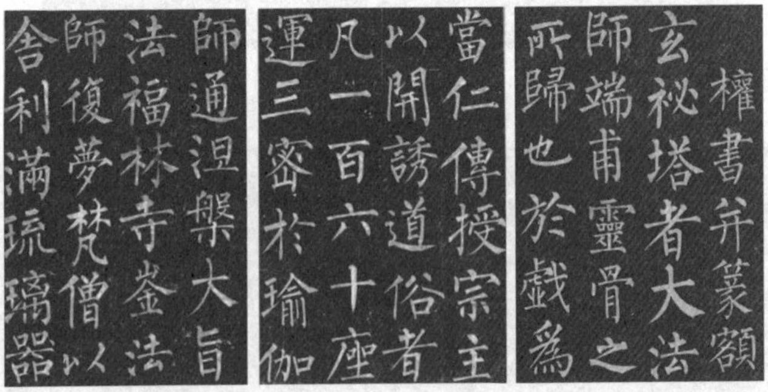

圖1-34　柳公權〈玄祕塔碑〉

　　楷書改變隸書的寫法，橫筆的末端不再上挑而改以收鋒、點筆由長形
變為帶圓狀、撇筆方向變為斜向下尖鋒、勾筆不用慢彎而改為硬勾。外形
由隸書的扁形，改而為方形。人們常把漢字稱為「方塊字」，就是針對楷
書的特色講的。

㈧行書

　　行書是介於楷書和草書之間的手寫字體，取簡易流行之意，興起於東
漢晚年。行書近楷不拘、近草不放，兼有楷書好認和草書好寫的優點，從
魏晉以來一直是人們應用最為廣泛的字體。書聖王羲之〈蘭亭集序〉為行
書典範，備受歷代文人喜愛與推崇，與中唐顏真卿〈祭侄文稿〉、北宋蘇
軾〈寒食詩帖〉並稱為「天下三大行書」（圖1-35～圖1-37）。

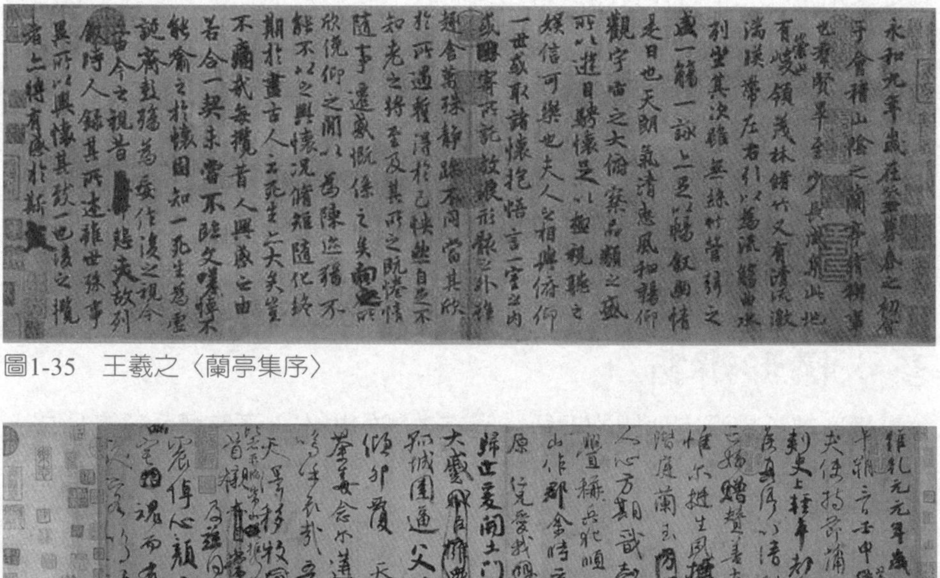

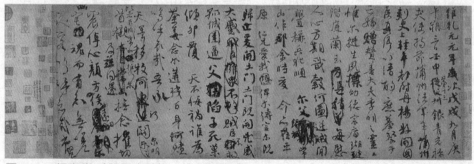

圖1-35　王羲之〈蘭亭集序〉

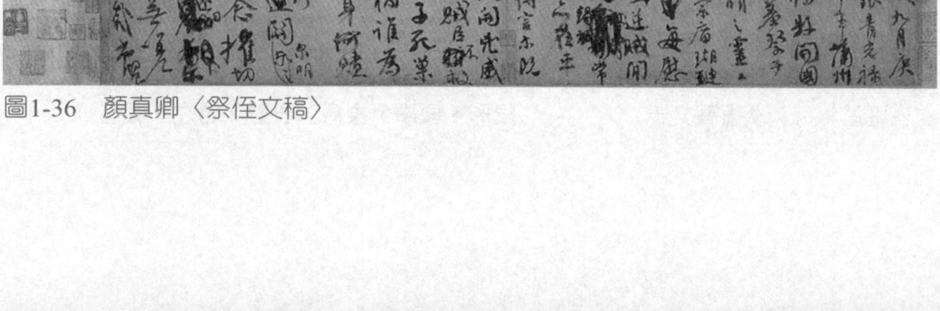

圖1-36　顏真卿〈祭侄文稿〉

圖1-37　蘇軾〈寒食詩帖〉

　　總體而言，漢字字體演變與朝代更替一致。甲骨文是殷商文字的代表字體，金文是西周春秋的代表字體；秦系文字上承西周、下啓漢魏，包含東周的秦國文字及小篆；六國文字是戰國時期東方六國的地域文字；小篆是秦始皇統一中國後實施「書同文」政策之下頒布的標準字體，它是秦系文字發展的結果。隸書歷經秦隸到漢隸400年發展，成為漢代的通行字體。楷書興於漢末，魏晉以後成為通行字體，沿用至今。草書、行書為書寫便利而產生的書體。

　　認識漢字流變裨益了解楷書的字義、判別楷書異體、合理筆順的依據、提供簡化字理據。客觀分析文字流變，以古而開今，由本形評鑒內涵，是漢字教師的基本知識。

參、構形辨析

　　構形辨析是漢字理據的理解、漢字教學的根本。漢字體系逐漸形成，即面臨分類的問題。古人整理漢字結構，歸納出「六書」，成為後世漢字分析的依據。六書是最早關於漢字構造的系統，討論者甚眾，主要集中討論名稱、次第。如表1-1：

表1-1　六書名稱次第表

人名	書名	名稱及次第
班固	漢書藝文志	象形、象事、象意、象聲、轉注、假借

人名	書名	名稱及次第
鄭眾	周禮解詁	象形、會意、轉注、處事、假借、諧聲
許慎	說文解字敘	指事、象形、形聲、會意、轉注、假借
衛恒	四體書勢	指事、象形、形聲、會意、轉注、假借
顧野王	玉篇	象形、指事、形聲、轉注、會意、假借
陳彭年	唐韻	象形、會意、諧聲、指事、假借、轉注
鄭樵	通志六書略	象形、指事、會意、諧聲、轉注、假借
王應麟	困學紀聞	象形、指事、會意、諧聲、轉注、假借
張有	復古編	象形、指事、會意、諧聲、假借、轉注
趙古則	六書本義	象形、指事、會意、諧聲、假借、轉注
吳元滿	六書正義	象形、指事、會意、諧聲、假借、轉注
戴侗	六書故	指事、象形、會意、轉注、諧聲、假借
楊恒	六書溯源	象形、會意、指事、轉注、諧聲、假借
王應電	同文備考	象形、會意、指事、諧聲、轉注、假借

（林尹 1971：52）

歷代學者針對「六書說」提出修正意見，力圖進一步完善漢字結構理論。當代學者尤為多元，尤以「三書說」、「構形學」著稱，簡述於下：

　　提出「三書說」的學者有唐蘭、陳夢家、裘錫圭。唐蘭將許慎的象形、指事歸併為象形、將會意字名為象意，故其三書說為「象形、象意、形聲」。陳夢家將許慎的象形、指事、會意歸併為象形，三者都以形象表達語言的內容；提出「象形、假借、形聲」三書，認為此三者不是造字原則而僅是文字發展過程。漢字從象形開始，在發展與運用中變作聲符，是為假借；有象形與假借增添形符與聲符，是為形聲字。唐蘭將許慎的象形、指事歸併為象形、將會意字名為象意，故其三書說為「象形、象意、形聲」。裘錫圭在陳夢家三書說的基礎上，提出新三書系統，認為漢字包括「表意字、假借字、形聲字」。表意字使用意符，也稱「意符字」；假

借字使用音符，也稱「表音字」或「音符字」；形聲字同時使用意符和音符，也稱「半表意字」或「意符音符字」。另有記號字、半記號字和變體表音字，均不能納入三書範疇。

　　王寧「漢字構形學」說，認為漢字構形根據所表達的意義來構形，漢字形體有可供分析的意義信息。再者，區別書寫單位和構形單位，書寫單位是筆畫、構形單位是構件。漢字的構形單位是構件，構件是一個形體可構成其他字，體現構意是其特殊處；根據功能分為表形、表義、示音、標示四種構件。

　　從唐蘭「三書說」到陳夢家「三書說」、裘錫圭「三書說」，漢字理論逐步完善，三位先生都掌握漢字形、音、義關聯以探討漢字的結構理論，突顯了漢字發展過程中不能忽視的「表意、假借、形聲」三種主要方式。裘錫圭注意特殊的記號字、半記號字和變體表音字。王寧「構形學」跳脫傳統六書的表達方式，落實於對字形的表層和深層分析，同樣得出字構件的表形、表義、示音和標示等功能。

　　此外，尚有多種說法，如表1-2所列：

表1-2　漢字分類學各家學說一覽表

學說	代表人	內容
新六書	李瑛	筆畫直接組合法，增添筆畫法，符號組合法，符號，會意，形聲
	李家祥	象形，會意，形聲，轉注，假借，會意兼形聲
	詹鄞鑫	象形，指示，象事，會意，形聲，變體
	孫化龍	象形，指示，會意，形聲，假借，記號
三書	唐蘭	象形，象意，形聲
新三書	陳夢家	象形，假借，形聲
	裘錫圭	表意，假借，形聲
	張世祿	寫實法，象徵法，標音法
	趙誠	形義字／表意，音義字／含假借，形聲字
	劉又辛	表形／象形＋指事＋會意，假借，形聲

學說	代表人	內容
	林澐	以形表義／表義字，借形記音／記音字，兼及音義／形聲字
	卜偉光	形象，形音，形意
七書	龍宇純	純粹表形，純粹表意，純粹表音，兼表形意，兼表形音，兼表音意，純粹約定
	高亨	傳統六書外加注：復體字／會意兼象形，會意兼形聲，形聲兼象形
	王鳳陽	象物，象事，象意，標示，形聲，會意，假借
二書	王力	表意字，形聲字
八書	任學良	傳統六書加上：比喻造字法，字中兩個構字成分之間在詞義上有比喻關係。臼齒綜合造字法，用兩種或更多種方法造一個字。
五書	王元鹿	指事，象形，會意，形聲，假借
	朱振家	象物，象事，象意，假借，形聲
四書	戴君仁	形表法，義表法，形義兼表法，取音法
	張玉金	表意法，表音法，音義法，記號法
漢字構形學	王寧	全功能零合成，標形合成，會形合成，形義合成，會義合成，標義合成，形音合成，義音合成，無音綜合合成，有音綜合合成

（林季苗2007：368-369）

　　以文字與語言關係觀之，六書可謂是記錄漢語的六種方法；且文字所記語言的內容，以表義為宗旨，手段不離形與音。就形而言，不離「獨體為文」、「合體為字」的根本觀點。

　　倉頡之初作書。蓋依類象形。故謂之文。其後形聲相益。即謂之字。文者物象之本。字者言孳乳而寖多也。（《說文解字‧敘》）

「獨體為文」、「合體為字」，是漢字可拆組、具層級的理據，架構了漢字結構的層次。

　　清代起始有「四體二用」共識，即指象形、指事、會意、形聲為造字之法，而轉注和假借為用字之法；細究之，前四者乃單個字形記錄語言之義，字與詞相當；後二者表述字間的關聯，即詞與詞的關係。以下依「獨體為文」、「合體為字」、「用字之法」，引用《說文解字》、小學堂的古文字，分析漢字結構。

一、獨體為文

　　文字的初文，包括象形和指事，以個體字形直接表示語言的意義。

㈠象形

> 象形者、畫成其物，隨體詰詘。日月是也。（《說文解字·敘》）

象形是造字初法，涉及最容易直接感知的事物，與圖畫最為接近，曲折的線條乃跟隨物體的外貌而定。字與圖還是不一樣，它是擷取實物的特徵而象之，這個特徵必定最具表義作用與辨義性，是象形最重要的特點。以下以「日、山、水、龜、馬、力、冊、大、止」等字為例：

1.日

> 日　實也。大昜之精不虧。从○一。象形。……⊖古文。象形。（《說文解字》）

甲骨文	金文	簡帛	小篆	楷書
⊙	⊖	⊜	⊟	日

古今變化不大，都像太陽的形狀；說文古字、簡帛文字像雲遮日。

2.山

山　宣也。謂能宣散气、生萬物也。有石而高。象形。
（《說文解字》）

甲骨文	金文	簡帛	小篆	楷書
山	山	山	山	山

甲骨文至小篆，都是以三個山峰代表。

3.水

水　準也。北方之行。象眾水竝流、中有微陽之氣也。
（《說文解字》）

甲骨文	金文	簡帛	小篆	楷書
水	水	水	水	水

古今文字裡以中間的線條表主流，其他四點表示支流，像水流動
之形。

4.龜

龜　舊也。外骨內肉者也。从它。龜頭與它頭同。天地之
性。廣肩無雄。龜鱉之類。吕它為雄。象足甲尾之形。
（《說文解字》）

甲骨文	金文	簡帛	小篆	楷書
				龜

　　甲骨文是一隻烏龜的側寫，腳掌、龜殼紋路清晰可見；金文則是從上俯視平躺的烏龜，背圓、四隻腳、下有小尾巴。

5.馬

　　馬　怒也。武也。象馬頭髦尾四足之形。（《說文解字》）

甲骨文	金文	簡帛	小篆	楷書
				馬

甲骨文像極了攝影，就是一匹馬的樣子；金文保留大眼睛、鬃毛、腳等特徵；簡帛文字腿變成直線，像奔跑之狀。

6.力

　　力　筋也。象人筋之形。治功曰力。能禦大災。（《說文解字》）

甲骨文	金文	簡帛	小篆	楷書
				力

《說文解字》認為力是人的筋骨，然甲骨文、金文字像耕田用的犁，上方彎曲的部分為木製的犁把、下方是鐵製的犁頭，與地面垂直的線條代表犁鑱。

7. 冊

冊　符命也。諸侯進受於王者也。象其札一長一短、中有
二編之形。（《説文解字》）

甲骨文	金文	簡帛	小篆	楷書
 冊	 冊	 冊	 冊	冊

古今字五條直線代表竹簡或木簡，中間的一圈就是韋編。現在閩南語仍呼
「書」為「冊」，即保留古代用語。

8. 大

大　天大。地大。人亦大焉。象人形。（《説文解字》）

甲骨文	金文	簡帛	小篆	楷書
 大	 大	 大	 大	大

從古而今都像一個人雙手張開、正面站立的樣子。

9. 止

止　下基也。象艸木出有阯。故吕止為足。（《説文解
字》）

甲骨文	金文	簡帛	小篆	楷書
 止	 止	 止	 止	止

人的左腳腳印，右上方特別突出，就是腳拇指。

(二)指事

指事者、視而可識。察而見意。二八是也。（《說文解字‧敘》）

表示抽象概念，可以原創，亦可在原有的符號添加某些符號，用指示性符號表現字所概括的事物或抽象概念。茲以與「木」和「大」有關字說明：

1.本

本　木下曰本。从木。从丁。𣎳古文。（《說文解字》）

金文	簡帛	小篆	楷書
 朱	 木	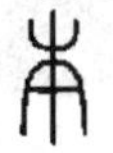 朱	本

金文加粗，簡帛畫圓點，小篆以橫線，表示樹木的根部。

2.末

末　木上曰末。从木。从上。（《說文解字》）

金文	簡帛	小篆	楷書
 朱	 末	 朱	末

在木上劃上橫線表示之，這就是曰末，指事。

3.朱

朱　赤心木。松柏屬。从木。一在其中。（《說文解字》）

甲骨文	金文	簡帛	小篆	楷書
				朱

金文在木中間以點表示，小篆則以橫線表示之，一橫者乃圓點之演變。這是標注紅色顏料用以計算樹木數量。「朱」乃「株」之初文。

4.立

立　侸也。从大在一之上。（《說文解字》）

甲骨文	金文	簡帛	小篆	楷書
				立

大，人也；一，地也。在大之下加一橫線，表示人的立足點，即地平線；人在地平線之上，就是站立。象人正立地上形。

5.天

天　顛也。至高無上。从一大。（《說文解字》）

甲骨文	金文	簡帛	小篆	楷書
				天

甲骨文以方框代表頭部，金文則塗黑，小篆則以一代之，表示在人頭上的那個地方。本謂人之顛頂，故象人形。

6.夫

> 夫　丈夫也。从大一。一曰象先。周制以八寸為尺。十尺為丈。人長八尺。故曰丈夫。（《說文解字》）

甲骨文	金文	簡帛	小篆	楷書
夫	夫	夫	夫	夫

在「大」之上加上「一」，一代指髮簪，即人加上簪，表示成年的男子。童子披髮，成人束髮戴簪。童子長五尺，故曰五尺之童；成人長一丈，故曰丈夫。

二、合體為字

合體為字，開始建立漢字的層次、組織性。合體為字，乃是運用兩個或兩個以上初文，重新組構成新的字，表達一個詞、一個意義，包括會意和形聲兩類。

㈠會意

> 會意者、比類合誼。以見指撝。武信是也。（《說文解字．敘》）

會意由組合表意的初文，表達新概念的造字法，個體字形直接表示意義。

1. 男

男 丈夫也。从田力。言男子力於田也。（《説文解字》）

甲骨文	金文	簡帛	小篆	楷書
田力	田力	田力	男	男

組合田地和犁器的符號，表示在田裡用犁的人，即男子。表現古代社會分工，此時經濟型態亦進入農業社會。

2. 步

步 行也。从止少相背。（《説文解字》）

甲骨文	金文	簡帛	小篆	楷書
步	步	步	步	步

由兩個腳印合成，以示人行進。

3. 涉

涉 徒行濿水也。从林步。（《説文解字》）

甲骨文	金文	簡帛	小篆	楷書
涉	涉	涉	涉	涉

水的兩側各有一個腳印，表示渡河。

4.筆

　　筆　秦謂之筆。从聿竹。（《説文解字》）

小篆	楷書
 筆	筆

聿，原為書寫工具，秦人以竹為之，故加竹為筆。

5.外

　　外　遠也。卜尚平旦。今夕卜。於事外矣。（《説文解字》）

甲骨文	金文	簡帛	說文解字古文	小篆	楷書
 ㄔ	 卜ㅏ	 外	 外	 外	外

由「夕」、「卜」組成。占卜一般都是在早晨；晚上占卜，對原本的占卜而言，就是額外之事。

6.教

　　教　上所施、下所效也。从攴孝。（《説文解字》）

甲骨文	金文	簡帛	說文解字古文	小篆	楷書
𢼊	𢼊 教	𢽳 𢽳	𢻴	𢽳	𢼊 𢼊	教

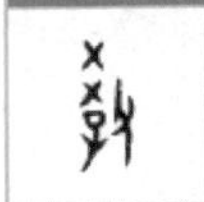

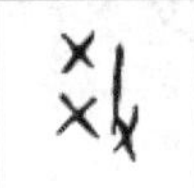

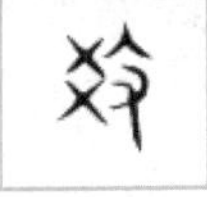

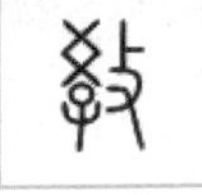

從甲骨文起，手執木棍、教鞭為攴，督促孩童學習算數、八術之爻，謂
之教。

㈡形聲

> 形聲者、以事為名。取譬相成。江河是也。（《說文解字·
> 敘》）

　　形聲由兩個或兩個以上的初文構成，形旁表示義類、聲旁表示讀音，
兼表音義的造字法。形聲是一種曲折表義的形式，形符表示類別，有些聲
符可表義、有些則只是單純地表聲。形聲也是漢字最大宗的構字法則。形
旁，提示字義的類屬，具有較強的概括性；聲旁，標示字音，雖然漢語語
音組織變化，聲旁與語音變遷脫節，但聲旁並未更替。

1.斧

> 斧　所呂斫也。从斤。父聲。（《說文解字》）

甲骨文	金文	簡帛	小篆	楷書
				斧

上聲下形字：父是聲符，斤表示形符。

2.景

> 景　日光也。从日。京聲。（《說文解字》）

小篆	楷書
	景

上形下聲字：日是形符、京是聲符。

3.江

江　江水。出蜀湔氐徼外崏山。入海。从水。工聲。（《說文解字》）

金文	簡帛	小篆	楷書
 江	 江	 江	江

左形右聲字：左邊水是形符，右邊的工是聲符。

4.雞

雞　知時畜也。从隹。奚聲。鷄籀文雞。从鳥。（《說文解字》）

甲骨文	金文	簡帛	說文籀文	小篆	楷書
 雞	 雞	 雞	 鷄	 鷄	 雞	雞

左聲右形字：從甲骨文起已見現今的聲符「奚」，右形「隹、鳥」同義。同時甲骨文、金文字也有象形文。

5.悶

悶　懣也。从心。門聲。（《說文解字》）

簡帛	小篆	楷書
 悶	 悶	悶

外聲內形字：內部的心是形符，外面的門以表聲。

6. 圍

圍　守也。从囗。韋聲。（《說文解字》）

金文	簡帛	小篆	楷書
圍	圍	圍	圍

外形內聲字：囗表形、韋表聲。

7. 寶

寶　珍也。从宀玉貝。缶聲。寳古文寶。省貝。（《說文解字》）

甲骨文	金文			簡帛	說文古字	小篆	楷書
寶	寶	寶	寶	寶	寳	寶	寶

多形形聲字：甲骨文「貝、玉」在「宀」內，寶之義已明，金文起增「缶」。宀、貝、玉都是形符，缶為聲符。

8. 家

家　尻也。从宀。豭省聲。（《說文解字》）

甲骨文	金文			簡帛	說文古字	小篆	楷書
家	家	家	家	家	家	家	家

省聲形聲字：宀為形符，原本的聲符「豛」省去「𢼸」而存「豕」。

9.屐

屐　屬也。从履省。支聲。（《說文解字》）

小篆	楷書
 屐	屐

省形形聲字：從履得義，支為聲符。屐，即履。形符「履」省去「复」。

三、用字之法

用字之法，論述兩個或兩個以上的字的關係，包括轉注和假借。這些字，彼此不一定屬於同一種構字法則，但並不影響彼此同義的關係。

㈠轉注

轉注者、建類一首。同意相受，考老是也。（《說文解字·敘》）

轉注是兩個部首（部件）相同的字，彼此可以相互解釋，且語音相近，以群體字形直接表現意義。

1.老—考

老　考也。七十曰老。从人毛七。言須髮變白也。（《說文解字》）

甲骨文	金文	簡帛	小篆	楷書
 老	 老	 老	 老	老

考　老也。从老省。丂聲。（《説文解字》）

甲骨文	金文	簡帛	小篆	楷書
𠄎	耂	耂	𦒍	考

二字都象老者倚杖之形。老像彎腰駝背而且長頭髮的老人，為象形文。考是在老的基礎省掉部分形體、加上聲符而構成形聲字。「考、老」二字，都有「老」的意義，是同義詞，可以互用，即轉注。

2.走—趨

走　趨也。从夭止、夭者、屈也。（《説文解字》）

甲骨文	金文	簡帛	小篆	楷書
𣥠	𧺆	𧺆	𧺆	走

甲骨文象人走搖兩手形。從止，止象其足。

趨　走也。从走。芻聲。（《説文解字》）

金文	小篆	楷書
𧻻	趨	趨

金文「走」，和奔一樣，像一個人在奔跑，「止」是他留下的腳印，本身是個會意字；「趨」是一個由「走」而來的形聲字，二字為同義詞。

3.福─富

福　備也。从示。畐聲。（《說文解字》）

甲骨文	金文			簡帛	小篆	楷書
畐示	畐	福	福	槀	福	福

富　備也。一曰厚也。从宀。畐聲。（《說文解字》）

金文	簡帛	小篆	楷書
宀	槀	富	富

「福」、「富」的共同部件聲符「畐」，為酒罈，如金文的福字；甲骨文的福畐示，與金文富宀，都是在建築內放置著酒罈，前者表示祭祀、祈福，後者表示富有，二者皆有完備之意。唯有糧食充足後才得以釀酒，且因其難得，故呈獻給祖先、神靈表示祭禮「完備、厚重」之義。

　　其他的字如「火─烪」、「枯─槀」、「絹─績」、「依─倚」、「顛─頂」、「舟─船」、「恐─懼」、「諆─欺」等皆是。

㈡假借

假借者、本無其字。依聲託事。令長是也。（《說文解字·敘》）

假借，凡一個語詞，無法用象形、指事、會意或形聲方法來造字時，就去借用一個與這語詞讀音相同或相近的文字來替代。它兩個詞借用同一個形

體，且需「依聲」來解義，假借是以個體字形間接表現意義。當原來的
文字被引申義或假借義占用，於是再新造一個字保留本義，是最常見的
方式。

1. 求—裘

裘　皮衣也。从衣。象形，與衰同意。……求古文裘。
（《說文解字》）

甲骨文	金文	簡帛	小篆	楷書
圖	圖	圖	圖	裘

甲骨文	金文	簡帛	小篆	楷書
圖	圖	圖	圖	求

古文「求」與「裘」為一字。古以獸皮為衣。甲骨文像衣裘，毛在外。金
文「求」於象形文加聲符「又」字為其聲，「裘」省形從「衣」，變為形
聲。從甲骨文、金文字形就可知道「求」是用帶毛的獸皮做成的大衣。後
來「要求、請邀」概念也用「求」記錄，為區別起見，就再加上「衣」
部，表示它是一件衣服，「裘」字保存本義「毛皮大衣」。

2. 自—鼻

自　鼻也。象鼻形。……𦣹古文自。（《說文解字》）

甲骨文	金文	簡帛	說文古文	小篆	楷書
圖	圖	圖	圖	圖	自

鼻　所吕引气自畀也。从自畀。（《説文解字》）

甲骨文	簡帛	小篆	楷書
			鼻

甲骨文、金文見「自」象鼻形，為鼻之本字。後借為自稱詞專用，新造「鼻」字保留「鼻」義。

3.其─箕

箕　所吕簸者也。从竹甘。象形。丌其下也。甘古文箕。
　亦古文箕。　亦古文箕。　籀文箕。匚籀文箕。（《説
　文解字》）

甲骨文	金文		簡帛	說文古文	說文籀文	小篆	楷書
							其箕

從甲骨文、金文、說文解字古文、說文解字籀文，皆顯示「其」即「畚箕」之本字，因「其」被用為代稱詞，後加「竹」成「箕」。二字亦為古今字，以新造形聲字保留本義。

　　其他如「北─背」、「丁─釘」、「莫─暮」、「主─炷」、「亦─腋」、「它─蛇」、「然─燃」、「才─材」、「來─麥」、「景─影」等都是假借。

肆、意義

　　漢字的意義源於漢語，漢字形音義三位一體，意義的建構與字形、語音有密切的關係。建構期，語言的意義不得之於音則得之於形。運用期，在單音節詞構成之後，可以靈活地構成雙音節詞或多音節詞，進而組詞為句，透過語序排列，以表達更完整的意義；有些則與語言環境相涉，甚至在運用時產生若干變化。「聲音」、「文字形體」、「詞彙結構」、「語序、虛詞」、「語境」皆與意義有關（周碧香2015，頁27）。

一、字義與詞義

　　區別字義與詞義，對教學而言，都是重要的根本。

㈠字義

　　字義，乃一個字在構造之時，造字者所賦予的意義，即託義於形體。不論何種結構，一個字總會有一個意義，這個意義就是「本義」，是固定不變的。如「大」，象正面站立的人；「豆」，是祭祀用的禮器；「萬」，原來指蠍子。

　　然而，古時造字是多時、多地、多人同時進行的工作，難免重複造字，就意義的角度來說，即「一義多形」、「一形多義」，這並非造字者反覆無常，而是多頭進行的結果，經過後人整理歸納出來。字形和意義的關係基本上是穩定的。

㈡詞義

　　詞所傳達的意義即為詞義。詞，指實際運用表意的基本單位，可以是單音節、雙音節，或是多音節；如「花」、「蘭花」、「牡丹花」就是不同的詞。就詞義內部來看，可以是一詞多義，如「馬子」，可指「馬車夫」和「女朋友」；「哈拉」在元曲指「宰殺、殺害」之義，現代則是「開心的聊天」。有時一群詞擁有共同的意義，為同義詞，如「哥兒們－麻吉－死忠仔」。或者一詞有很多分身，如「打火機－來打」，還有一種分身是字形寫法不同，為異形詞，如「古董－骨董」。

(三)辨別

　　古漢語以單音為主要的詞彙形式，字義、詞義須謹慎別之：

1. 字義可以做為詞義，而詞義未必是字義：如「易」，字義是「守宮」，可能因常見而被借為「容易」，動物名後來由「蜴」字保留。《易經》「易」的三個解釋——變易、不易、容易，都與守宮無關，皆用詞義。又如「娉」原本是問名，與婚禮有關，後來「聘」取而代之，「娉」則成為美貌義，如「娉娉嫋嫋十三餘」，亦與字義不同。

2. 字義具有穩定性，詞義的變動性高：字義既在構字時已完成，只有被接納與否的問題，而無改變的可能；詞義則與民族、社會、整個文化相關，可能會產生變化。簡言之，字義只有一個、詞義可以有無限多個。如「祭」，以字形分析，上部是右手拿著一塊肉，下部的示是供臺，是個會意字，表示祭祀；這個字義一直被漢語系統接受成為詞義，近代延伸出指於某個特定的時間進行的某件特殊的事情，如「豐年祭」、「櫻花祭」、「札幌雪祭」等詞，在這些「祭」裡，祭祀不是重點，如「雪祭」以冰雕為重頭戲，整體偏向歡樂的節日，即以「祭」表示「慶典」。又如「丙」，原為魚尾，後來借用為天干名，「魚尾」保留在字義而「天干名」進入詞義系統。此外，詞義會隨著時間不同而異，如「丈人」一詞，上古指「一般的老人」、中古之後稱「岳父大人」；或因地域差別，如「書本」一物，泉州稱「書」，漳州稱「冊」；「鍋子」，閩語稱「鼎」，客語稱「鑊」。

二、詞義類別

　　詞義於實際運用，意義可能會發生遺漏、推移、互用、增添等現象。依產生方式，詞義可分本義、引申義、假借義、通假義四者。本義是根本，與本義有意義關聯的是引申義，利用同音字賦予新義者為假借義，二者為孳乳新義的主要方式。通假義，因聲音而暫時借用的意義。往下個別舉例，最後以「說」為例，綜合觀看一詞的不同詞義。

(一)本義

　　詞義發展皆以字形之本義為根本，造字之本義，只有造字者最清楚，

後人用義各有所取，容易造成紛歧，故為求系統理解的便利，仍須探討文字之「本義」。本義既立，則其他引申諸義遂能有所串聯與安頓。這種造字時賦予的意義，又稱為「字義」，以古文字字形為準則，尤以甲骨文、金文為佳。

依據字形探討文字本義的書，以許慎《說文解字》為創始，其說解大致可奉為圭臬。少數字形分析與字義說解，雖囿限於所據資料不足，說解不及甲金文貼近本義，依然是瑕不掩瑜，現今有許多出土文獻的文字，可彌補其不足。

假如觀察引申諸義，由諸義和古文字字形相比對，可推測該字之本義。關於本義的說解，舉「休、閒、比」三字為例。

1.休

休　息止也。从人依木。，休或从广。（《說文解字》）

甲骨文	金文	簡帛	小篆	楷書
				休

從甲骨文至楷書，都像人依靠在大樹旁，人勞累時倚靠樹木來乘涼、消除疲勞，有休養、休息的意思。

2.閒

閒　隙也。从門月。（《說文解字》）

金文	簡帛	說文古文	小篆	楷書
				閒

金文如月光照入門內，門有縫而光可透入。古代「間」與「閒」通用。

3.比

> 比　密也。二人為从。反从為比。……𣬉古文比。（《說文解字》）

甲骨文	金文	簡帛	說文古文	小篆	楷書
𠤎	𠤎	𠤏	𣬉	𠤎	比

推敲字形，兩個人站在一起，「並立」為本義；而「親近、接近、偏私、連續、幫助、比較」等應為引申義。

(二)引申義

使用者以本義為基礎，進行自由聯想所生之義，即為引申義。這種聯想的方式是開放的，不具排他性，一個詞可以包括多個引申義。但是，造字非一人一時一地之事，造字之初，義常兼容，孰為本義，有時難以斷定，為說解之便，姑且取其中較明確者視為本義，而以其他為引申義。以下舉「行、道」二字為例：

1.行

> 行　人之步趨也。从彳亍。（《說文解字》）

甲骨文	金文	簡帛	小篆	楷書
行	行	行	行	行

《說文解字》解釋為動詞快走；古文字形像是十字路口，是個名詞。本義應當是「道路」，「行走」應為引申義。

2.道

道　所行道也。从辵首。一達謂之道。𢔏古文道，从首寸。（《說文解字》）

金文	簡帛	說文古文	小篆	楷書
𨖲	邊	𩠐	道	道

金文左邊為行的左文，代表路口；右部上方是個人頭、下方「止」是腳，代表人在路口行走，故「道」是會意字，本義是「所行道」，即道路，由此引申出「行走、行為、引導、方法、途徑、準則」等義。

其他引申者，如「龜」本指烏龜，引申為速度極緩慢之樣態，如「龜行」，或怕事者，如「縮頭烏龜」，也能指稱長壽，如「龜年」；「莫」原為日落，後來借給禁止的「莫」，也就另造「暮」保留本義，又再引申為年老，如「暮年」；「華」，原為植物的花，後用來指稱美好的，如「年華」；「閒」本義是隙縫，指空間，後引申為時間或心境，如「閒暇、閒適」；「要」原來是人的腰部，引申為「重要」，如「要務」；「結果」原為植物結成果實藉此繁衍後代，引申為產生的現象，如「因你獨斷『結果』朋友都跑了」；「蠶」是蛾的幼蟲，後變成「慢慢的」，如「蠶」食。

引申是詞義演變的主要方式，隨著時間、地域等因素而變化，如「辣」，原為一種刺激的味道，後引申為潑辣的性格，如「鳳辣子」，現代又轉變為視覺上的刺激，如「辣妹」、「辣媽」、「麻辣鮮師」。

(三)假借義

因著同音而借用形體，借了就不再歸還的情形，謂之假借。假借，當然解決了造字不易的瓶頸，對於原本的詞而言，這個後來加入的意義，就是假借義。造字的假借可造成文字分化，如「求－裘」、「要－腰」、

「采－探」、「丁－釘」、「北－背」等。另有一些文字的形體未變，本義已不見用或不常用，它的形體留在語言體系裡，而成為另一個意義的記錄符號，例如：

1.豆

豆　古食肉器也。从口。象形。（《說文解字》）

甲骨文	金文	簡帛	說文古文	小篆	楷書
豆	豆	豆	豆	豆	豆

本義，就是盛裝肉食的禮器，保留於特殊的場合或特定詞語，如「籩豆之事」、「鼎豆」；被借用指稱植物名，即「豆類」、「黃豆」、「豆漿」等，活躍於語言之中。

2.童

童　男有辠曰奴。奴曰童。女曰妾。（《說文解字》）

甲骨文	金文	簡帛	說文籀文	小篆	楷書
童	童	童	童	童	童

甲骨文字側寫跪著的人，依《說文解字》指犯罪的男子；今日稱「孩童」，並無性別之分。

　　上述各例可視為意義產生推移、造成詞義轉化的結果。還有如「乙」原為「紫燕」，「丙」原指「魚尾」，後均作天干名；「聞」原來是「聽覺」後指「嗅覺」；「去」原為「離去」，現為「前往」；「乖」原為「違背」，現在表示「聽話」；「難」原是「鳥名」，現在是「艱難、不容易」。諸如此類，可以說它們造字時的本義已死亡，或留在特定時空背

景，憑著同音而把形體借給了另一個詞彙，擁有嶄新的意義，它們與本義間並無關聯。

㈣通假義

通假是一個意義暫時性的借住在它詞之內，也就是臨時假用。古籍裡這種「本有其字的假借」的通假相當普遍，甚至借了卻不還，使得原本暫時性的借用成了佔用。這個通假的意義被我們接受，而加入一詞的意義之中。現代生活裡某些以聲表意，或者是無厘頭的話語，都是通假的現象。

1.本有其字的借用

⑴罪－辠

> 罪　捕魚竹网。从网。非聲。秦㠯為辠字。（《說文解字》）
> 辠　犯法也。从辛自。言辠人戚鼻苦辛之憂。秦㠯辠侣皇字。改為罪。（《說文解字》）

「罪」原來可沒有半點犯法的意思，只因秦人「以辠似皇」的心理因素，而捨「辠」取「罪」，後世沿用，「罪」才有「犯罪」義。這是人為因素造成的結果。

⑵敦－惇

> 敦　怒也。詆也。一曰誰何也。从攴。𦎫聲。（《說文解字》）
> 惇　厚也。从心。𦎫聲。
> 段注：凡惇厚字當作此。今多作敦厚。叚借。非本字。
> （《說文解字》）

原來「敦厚」可一點都不「惇厚」。

(3)娉－聘

> 娉　問也。从女。甹聲。
> 段注：凡娉女及聘問之禮古皆用此字。娉者、專詞也。聘
> 者、汎詞也。耳部曰。聘者、訪也。言部曰。汎謀曰訪。
> 故知聘為汎詞也。若夫禮經大曰聘。小曰問。渾言之皆曰
> 聘。此必有所專適。非汎詞也。至於聘則為妻。則又造字
> 所以从女之故。而經傳槩以聘代之。聘行而娉廢矣。（《説
> 文解字》）
> 聘　訪也。从耳。甹聲。（《説文解字》）

結婚用的「聘禮」原應作「娉禮」，後與「聘請」的「聘」共用一字；
「娉」字則轉用為「娉婷」之義。

　　以上這些字，就被借者而言，因為某種因素或者是誤用，成為其他意
義的書寫形式，這種本有其字的假借，本是通假，因久借不還而成為固定
意義。

2. 古籍的通假

　　古籍常見通假現象，以下以「由、猶」說明意義的臨時加入。
「由」，從也；「猶」，好像也。這是本來的意思，在運用時互相通假。

> 今夫天下之人牧，未有不嗜殺人者也。如有不嗜殺人者，
> 則天下之民，皆引領而望之矣。誠如是也。民歸之，由水
> 之就下，沛然誰能禦之。（《孟子・梁惠王上》）

乃借「由」作「猶」。

> 尺地莫非其有也，一民莫非其臣也。然而文王猶方百里
> 起，是以難也。（《孟子・公孫丑上》）

借「猶」作「由」。

3.生活的通假

歇後語是由歇面和歇底構成的一種有趣的語言現象，即是利用通假，如「外甥打燈籠——照舅——照舊」、「火燒罟寮——無網——無望」則是由同音字再次假借為歇底之義；「烏矸仔裝醬油——沒底看」，「底部」就借給了「底細」；「石灰刷標語——淨是白字」，白顏色的字，就借給了「錯字」。文學的雙關也是一種通假，如「東邊日出西邊雨，道是無晴卻有晴」，「情」借「晴」來表示；「春蠶到死絲方盡，蠟炬成灰淚始乾」，以「蠶絲」說「情絲」。

「愛國」，原本是很好的情操，現在卻指某人長相平凡，「長相平凡」對於「熱愛國家」而言，就是個暫時加入的意義。同理可證的還有「可愛」借給了「可憐沒人愛」，「賢妻良母」借給了「閒妻涼母」，「賢慧」當然就成了「閒閒什麼都不會」，「聖賢」變成「剩下來的閒人」，「袞袞諸公」則借給「滾滾豬公」。這些都是生活上常見的用語。

引申、假借、通假，節約造字的數量，是語言經濟原則的體現。

㈤實例說明

以「說」字為例，說明單個詞內部不同類型的詞義。

1.本義

說　說釋也。从言。兌聲。（《說文解字》）

本義「釋也」。例如「博學而詳說之。」（《孟子・離婁》）

2.引申義

⑴談述：例「癡人說夢」、「暗相思無處說。」（韋莊〈應天長詞〉）
⑵開導：例「忌諱不稱，袄辭不出，以仁心說。」（《荀子・正名》）
⑶了解：例「孰能說王之意。」（《莊子・說劍》）
⑷勸說、誘導，以言語論人使從己：例「遊說、說服」。
⑸言論：例「妙說」、「著書立說」。
⑹文體名：例雜說，如周敦頤〈愛蓮說〉、柳宗元〈捕蛇者說〉。

3. 假借義

  ⑴誓約之言，例「生死契闊，與子成說。」（《詩・邶風・擊鼓》）

  ⑵姓氏。

4. 通假義

  ⑴通「悅」，喜歡：例「學而時習之，不亦說乎？」（《論語・學而》）

  ⑵通「稅」，休息：例「蔽芾甘棠，勿翦勿拜，召伯所說。」（《詩・召南・甘棠》）

  ⑶通「脫」，解脫：例「利用刑人，用說桎梏，以往吝」。（《周易・蒙》）

  ⑷通「設」，設置：例「先張之弧，後說之弧。」（《周易・睽》）

以上，「說」具有四類詞義。然而並非所有的詞都具備四種詞義類型，如「紙」：本義：主要以植物纖維為原料製成，可供於書畫、印刷、包裝等用途的片狀物，例「報紙、面紙、色紙、紙雕、紙片」；引申義：量詞，計算文件書信張數的單位，例「一紙公文」。故而「紙」只有本義和引申義。

伍、漢字文化闡釋

    人類在創造語言的同時也創造了文化，人類在求生存發展的奮鬥當中，為文化的產生準備了物質條件，促進了人類思維的進步，也影響了語言的發展。語言影響著思維模式，以及人類看待世界的視角。語言與文化是人類社會的產物，任何社會都有其獨特的語言和文化。

    漢字具有記錄語言的功能價值，還能生動提示文化信息、負載淵博的典籍、蘊含且造就豐富文化，是中國文化的脊梁。漢字教學，以文化傳承為最終目的。如何透過文字解讀先民的思維與文化，是當前漢字教學的著力點和文化傳承的接力棒。

    往下由文字說明原始觀念、圖騰遺風、祖先崇拜、婚姻稱謂、社會經濟、日常生活、精神文化等七個文化現象，最後談文字如何理解量詞。

一、原始觀念

　　遠古時期，人類以微薄的力量對抗強大而神祕的大自然。漢字保留祖先對世界的體驗和獨特的自然觀。

　　昔（甲）（金），由日、水組成，洪水滔滔、遮天蔽日、吞噬所有生物，它記憶著遠古時代人們經歷大洪水的過往。神話「鯀偷息壤」、「大禹治水」與此字相印證。

　　神話「女媧煉石補天」印證了先民對天的景仰。天（甲）（金），像正面站立的人形，突顯頭部，本義為「頭頂」，也指頭頂上的天空。天空蒼茫、遼闊、無邊無際、日月星辰、風雨雷電在其中，古人認為天地所有、萬事萬物，都是由無所不能、至高無上的神主宰著。神（金）（金），原為申（甲）（金），本為閃電光耀閃動曲折之形，「神明」為引申義。神為天地萬物的創造者和主宰者，擁有無限的神力、威力，補天和造人的女媧、開天地的盤古、掌管眾神的玉皇大帝、掌管人間事物的土地公等都是庇佑人間的神祇。又如閃電娘娘、雷公有懲戒之能，行惡之人難逃天打雷劈，使人敬畏。

　　土（甲）（金），中國以農立國，植物生長、動物育養都在土地之上，土地是萬物之母，故（甲）左旁為示（甲），指祭臺、右旁為土，「社」為地主，代表古人對土地的崇拜與敬仰。傳說由女媧造人，搓捻泥塊、吹氣而成就人（甲）（金）形，顯示人與土地的關係緊密。

二、圖騰遺風

　　天命玄鳥，降而生商，宅殷土芒芒。古帝命武湯，正域彼四方。（《詩·商頌·玄鳥》）

　　商代以玄鳥為祖先，是為圖騰崇拜。「圖騰」為美洲原住民語言
*totem*音譯，意為「親族、氏族」。圖騰崇拜，將某種特定物體視為本氏
族的親屬、祖先或保護神的崇拜行為，大概發生在舊石器時代晚期。一般
表現為對某種動物的崇拜，是祖先崇拜的一部分，圖騰崇拜蘊含著重要的
歷史人文意義。「龍、鳳」是中國人最主要的圖騰，流傳至今。

　　中國人以「龍的傳人」自居，龍「鱗蟲之長。能幽能明，能細能巨，
能短能長。春分而登天。秋分而潛淵。」（《説文解字》）龍 （甲）
（金），字中「立」形為長著角的龍頭、「月」形為長著牙的龍口，
右邊是彎曲的龍身。考古學家認為龍是以蛇為主體的圖騰綜合體，它有蛇
身、豬頭、鹿角、牛耳、羊鬚、魚鱗、鷹爪。（韓鑒堂，2005）龍能騰雲
駕霧，主掌水利、降雨，使氣候風調雨順，為農業民族的守護神。

　　商代圖騰的玄鳥即為鳳凰。（韓鑒堂，2005）鳳，「神鳥也。天老
曰。鳳之象也。麠前鹿後。蛇頸魚尾。龍文龜背。燕頷雞喙。五色備舉。
出於東方君子之國。翱翔四海之外。過崑崙。飲砥柱。濯羽弱水。莫宿
風穴。見則天下大安寧。」（《説文解字》）鳳，為傳說中美麗吉祥的神
鳥，全身有彩色的羽毛、頭上漂亮的鳳冠、長長的尾羽，甲骨文的鳳
（甲）即生動地描繪它的形象。（金），右上的凡為讀音。鳳為百鳥
之王，飛翔於空中則百鳥跟從，現身則示天下太平安寧。

三、祖先崇拜

　　祖先崇拜是中華文化極其重要的一環，祖先是氏族血緣延續的根本，
靈魂也將永遠護祐後代，故崇拜、祭祀是必要的。

　　宗 （甲）（金），由「宀、示」組成，為會意字。示是祭臺、
宀是頂樑完善的房屋，「宗，尊祖廟也。」（《説文解字》）為供奉祖
先牌位的房子。且 （甲）（金）為墓碑或神祖牌，或為男性生殖
器，都代指祖先，加「示」，而成祖 （金），「祖，始廟也。」

（《說文解字》）為祭拜初祖之地，代表同一宗祖的血脈源頭。祭祀如何進行呢？由「享、祭、祥、福」等字可明。

　　亯即享，⬚（甲）⬚（金），「獻也。象孰物形。孝經曰。祭則鬼亯之。」（《說文解字》）孰物即熟食，熟食放置祭臺，描繪祭祀場景。進獻何物？肉食與酒為佳，祭⬚（甲）⬚（金），「从示。已手持肉。」（《說文解字》）祥⬚（金）⬚（金），羊性溫馴，以羊為祀，以為祈福，故「祥，福也。」（《說文解字》）

　　酒在古代是極其難得的，只有民生富庶、五穀豐登之時，才有餘糧製酒。古文常以「酉」為「酒」，酉⬚⬚（甲）⬚⬚（金），「八月黍成。可為酎酒。象古文酉之形也。」（《說文解字》）以酒為祭品，則為「奠」。奠⬚⬚（甲）⬚⬚⬚（金），「置祭也。从酋。酋、酒也。丌其下也。禮有奠祭。」（《說文解字》）福⬚（甲）⬚⬚（金），宗廟裡放置著酒罈，以珍貴之物進獻，顯示祈福之意。

四、婚姻稱謂

　　洞房昨夜停紅燭，待曉堂前拜舅姑。
　　妝罷低聲問夫婿，畫眉深淺入時無。（唐·朱慶餘〈近試上張水部〉）

為什麼稱「公婆」為「舅姑」呢？「結婚」的「婚」字為何有「昏」呢？只是表音嗎？

　　婚　婦家也。禮。娶婦已昏時。婦人套也。故曰婚。从女昏。昏亦聲。（《說文解字》）
　　姻　壻家也。女之所因。故曰姻。从女因，因亦聲。（《說文解字》）

嫁　女適人也。从女。家聲。（《說文解字》）
娶　取婦也。从女。取聲。（《說文解字》）

　　「婚姻」一詞，古代曾用來稱呼夫妻。鄭玄《禮記・經解注》「婿曰婚，妻曰姻。」唐孔穎達《禮記・婚義疏》對此補充云「此據男女之身，婿則昏時而迎，婦則因而隨之，古云婿曰婚，妻曰姻。」為何昏時迎娶呢？

　　上古早期可能出現過掠奪婚的習俗。當時男子可能在未經女子或其親屬同意的情況之下，奪取女子強娶為妻，趁著暮色的掩護較容易得手，兼防止被人認出尋仇或械鬥。搶婚反映在文字，娶妻的娶🖎（甲）最早用取🖎（甲）。「取」以右手拿著耳朵會意，是古時計算戰功的方法，把敵人的耳朵取下，來計算擊殺的人數。《周禮・夏官・大司馬》「獲者取左耳。」鄭玄注「得禽者取左耳，當以計功。」打獵就是軍事演習，取禽獸左耳正是模擬戰爭中取俘虜左耳的行為。「取」引申為「搶奪、取得」的意思。妻🖎（甲）像一個跪著的長髮女子，後面有一隻手，表示用手抓搶女子，就是搶親形式寫照。至今少數民族仍保留著搶婚的習俗，已成徒具形式。

　　後世雖然不再搶婚，仍沿用在夜間迎娶的習慣。《禮記・曾子問》「孔子曰：『嫁女之家三夜不熄燭，思相離也；娶婦之家三日不舉樂，思嗣親也。』」若回到遠古，「不熄燭」，是為了保護其他女兒；「不舉樂」，則是怕被女方人馬尋仇；「三夜」、「三日」或許是部落間的協議，三日為限，若未被尋回則承認彼此的身分。這些線索均透露著掠奪婚存在的事實。

　　女子從夫而居，謂之嫁🖎（小篆），「嫁，往也。」（《爾雅・釋言》）「嫁，適人也。段注：按自家而出謂之嫁。至夫之家曰歸。」（《說文解字》）女子走入婚姻，至今仍稱之為「歸宿」，是男權社會的婚姻形式。女子到男方家族生活，存在著如何稱呼丈夫父母的問題。由於丈夫的父親在輩分和地位，與娘家的舅舅相當，故稱為「舅」；丈夫的母

親，和娘家的姑姑同等，故稱為「姑」。中國最早的親屬稱謂專篇《爾雅・釋親》云：

> 妻稱夫之父曰舅，稱夫之母曰姑。
> 妻之父為外舅，妻之母為外姑。
> 父之姐妹曰姑，母之昆弟曰舅。
> 謂我舅者，吾謂之甥也。

稱夫父為「舅」，為群婚制、母系社會的遺留；稱夫母、妻母為「姑」則代表著另一個階段的制度。「姑」既是父親的姐妹，也是丈夫的母親；「舅」既是母親的兄弟，也是丈夫的父親。「姑」和「舅」兼具宗親和姻親兩種原本應該截然劃分清楚的身分。推測古代可能在一夫一妻制形成的初期，曾有「近親婚」，即「表兄妹婚」，血緣相近的家庭之間聯姻，藉此鞏固彼此的利益，以求生存和發展。當丈夫是表兄時，妻子稱丈夫的父母自然是「舅、姑」，而丈夫稱妻子的雙親為「外舅、外姑」。後來，不再盛行表兄妹婚，「公婆」自然取代了「舅姑」。

五、社會經濟

漢字記錄著古代物質生產，從漁獵到畜牧、從采集到農耕的演變。

采集是最簡單、最原始的生產。采 🖎（甲）🖎（金），「捋取也。從木。從爪。」（《說文解字》）摘取大自然植物生長的果實，無需工具，為最早的生產模式，但食物來源未必穩定、充足。

之後，發明工具，如網 🖎（甲），網即罟，在古代捕捉對象不同，名稱亦別，「鳥罟謂之羅。兔罟謂之罝。麋罟謂之罞。彘罟謂之羉。魚罟謂之眔。」（《爾雅・釋器》）能捕抓魚及體型較小的獸類，進入漁獵時期。

居住水澤邊，水產資源豐富，漁 🖎（甲）🖎（金），「捕魚也。」（《說文解字》）居住山林，獵取野生動物，逐 🖎（甲）🖎（甲）🖎

（甲）🐗（甲）🦌（甲）🦌（金），象獸走竄，人追之，留下止，被追趕的動物有豕、犬、兔、鹿等，不限何獸。甲骨文🐕在「止」之前有「犬、豕」，或許記錄著此時人們已馴服野狗，使之成為獵取野獸的助力。羅🦅（甲）、獲🦅（甲）則是捕捉禽類，亦為漁獵時期證明。後世，狩獵不再以取得食物為目的，而成了軍事演練、展現武力的方式。狩獵、軍事、政治合而為一，形成特殊的文化現象。

　　漁獵豐富，人們畜養未宰殺的動物，是生產活動的躍進。從古文字觀察畜牧時代，牧🐄（甲）🐄🐐（金）象手持鞭驅牛羊，記錄放牧。牢🔲🔲🔲（甲）🔲🔲（金），圈限在一個範圍內，飼養牛、羊、馬等動物，如《三字經》所言「馬牛羊，雞犬豕，此六畜，人所飼。」為人之家畜。

　　農業生產方式形成，需要適宜的土地，墾荒是初期的農業行為，焚🔥🔥🔥（甲）🔥🔥（金），「燒田也。」（《説文解字》）焚林墾荒，整地為田，是為種植作物的第一步驟。甲骨文🌾上方是何🌾（甲），人將農具擔荷於肩上，也記錄著耕種。田🔲🔲🔲🔲（甲）🔲（金），「陳也。樹穀曰田。象形。口十、千百之制也。」（《説文解字》）字形呈現一塊塊平整的土地，中間的「十」即為阡陌，是人們往來交通的路線，也代表著分界、分配，如「井田制」。田地既是生產作物之處，為安身立命之依靠，更是中國人家族延續的穩固基礎，故中國人有「安土重遷」、「人不親土親」的特殊觀念。

　　農業，需要大量的勞動人口和工具，工具如力🔨（甲），是原始農業中一種用尖頭木棒發展而成的挖土工具，成為日後「犁」的原型。農耕主要由力氣較大的男子承擔，男🔨（甲）表此工具用於田中耕作，以此為構意，表明其身分。與「力」相似者如耒🌾🌾（金），為「耕曲木也。从木推丰。古者垂作耒枱，已振民也。」（《説文解字》）

農，「耕也。」（《說文解字》）🔣🔣（甲）🔣🔣（金），上方是「田或田中作物」，下方「辰」是大貝殼，手持之在田地裡除草。耕🔣🔣（楚），「犂也。从耒丼。古者井田。故从丼。」（《說文解字》）

作物如禾🔣🔣（甲）、黍🔣🔣（甲）、來（麥）🔣🔣（甲）、稻🔣🔣（金）、粱🔣🔣（金）、粟🔣（說文籀文）等作物。如《三字經》所言「稻粱菽，麥黍稷。此六穀，人所食。」作物成熟，以利🔣（甲）🔣（金），「利，銛也。」（《說文解字》）表示用刀割禾為收成。年🔣（甲）🔣（金），人的背上有一綑禾穀，故「年，穀孰也。」（《說文解字》）表示收成、農作豐收，農穫的間隔時間，以之為時間的單位。農業的施作「春耕、夏耘、秋收、冬藏」，每個時間都是有固定的工作，以農業為主要的生產方式，一切是有順序的，也是中國重穩定、重次序的文化根基。

商業活動，必須有為交易的仲介物，古代以「貝」為之。貝🔣（甲）🔣（金），「象形。古者貨貝而寶龜。周而有泉。至秦廢貝行錢。」（《說文解字》）故引申為財富之意。寶🔣（甲）🔣🔣🔣🔣（金），不論在甲骨文、金文都以房屋內積存貝、玉為寶，「寶」是累積財富的證明。

六、日常生活

從古文字，可以觀察古人日常生活的面貌。

(一)食

食🔣🔣🔣（甲）🔣🔣（金），「一米也。」（《說文解字》）下面是裝熟食的容器為皀，上邊三角形是蓋子，象盛裝穀物熟食之形。從「食」字多與食物、進食相關，如「飯、餅、餃、飲、飽、餓」等。

「即」與「既」雖現代字形看不出從「食」，古文字實為進食，即 〔甲〕 〔金〕、既 〔甲〕 〔金〕，二字左半部為皀 〔甲〕，「穀之馨香也。象嘉穀在裹中之形，匕所以扱之。」（《說文解字》），就是把食 上方的蓋子掀起，表示可以食用，右半部為跪坐著的人；「即」是人面對著靠近食物，引申為「就、親近、靠近」義；「既」則是人與食物方向相反，表示已食用完畢，顧左右而將去之也，引申為「盡、結束、完成」之義。

其餘與食有關者如炙 〔小篆〕 在火上烤肉，代表熟食；鼎 〔甲〕 〔金〕是煮肉的器皿；甗 〔籀文〕 是蒸器；盛裝穀米食的器皿為簋 〔甲〕 〔金〕；飲酒的杯子為爵 〔甲〕 〔金〕等；飲茶的容器為碗或杯，茶是源於中國的飲品。

(二)衣

古代衣著與佩飾，不僅有蔽體、御寒、扮飾之功能，更是人們社會地位、貴賤尊卑的重要標誌。往下依身體部位分頭、體、足，了解古人的衣著。

頭首所著者，如冠 〔甲〕 〔楚〕，「絭也。所已絭髮。弁冕之總名也。從冖，元。元亦聲。冠有法制。故從寸。」（《說文解字》）冃 〔小篆〕，「小兒及蠻夷頭衣也。從冂，二其飾也。」金文作冒，今作帽。不論男女，用釵 〔小篆〕、笄 〔楚〕、簪先 〔小篆〕 等物固定頭髮，「先，首笄也。從儿。匸象形。……簪俗先。從竹。從兓。」（《說文解字》）

軀幹所著者，衣，「依也。上曰衣。下曰常」（《說文解字》）〔甲〕 〔金〕，上方是衣領、下方為衣襟，描繪著衣服的樣子。上半身，短衣為襦。裘 〔甲〕 〔金〕為毛皮大衣。下半身裳

裳（楚）、常常（楚），「常，下帬也。从巾。尙聲。裳常或从衣。」
（《說文解字》）故古代男女皆著裙，今另有「褲」。從衣之「衫、裳、裙、褲、袍、襖、裝、袞」等字，皆與穿著有關。

雙足所著者，有鞋襪。襪即為袜，襪乃織物，也作韈，以動物皮毛裹腳。如今日之鞋，古代稱「履、屨、屬、屐、韃、烏」等名。履 （甲）
 （金），「足所依也。」（《說文解字》）

(三)住

建築是體積龐大的文化產物，也是生活的場域。與居住相關的字多從「宀、广、木、土、尸」等部首。广 （小篆），「因厂為屋也。从厂。象對刺高屋之形。」（《說文解字》）象有屋頂、有屋檐的房子，如「廟、府、庭、庫、店、庠、廚、廣、廁、廟、廊」等。從「木」之字多為建築物的結構，如「梁、柱、棟、樓」等。從「土」之字，表示建材、結構，如「城、塔、礎、基」等。宀 （甲） （甲） （小篆），兩邊有木柱、上有屋頂，象「交覆深屋」之形。（《說文解字》）
「宮」，有 （甲）之類者，另有無「宀」的字形，例如：

 3447 3915 N5321 5386 5808 （李圃編，2003：874）兩個或緊臨、或重疊、或相交的方塊，代表著區域、隔間，為「宮」之本字，「象數室之形」，故「宮」是本字後加義符「宀」的形聲字。家
 （甲） （金）「宀」之下有一豕或二豕並列，「豕」代表財產，古時以「家」稱大夫的封地，後來也成了普通人的住處，如「家，尻也。」（《說文解字》）若家中有一女子，即安定的力量，為安
（甲） （金），「靜也。从女在宀中。」（《說文解字》）居，是「家」的同義詞， （小篆） （籀） （古文），「尻也。」

（《說文解字》）从尸从至，為會意字。形符「尸」，象人形或象屋形。

門<span></span>（甲）<span></span>（金），「聞也。从二戶。象形。」（《說文解字》）戶<span></span>（甲）<span></span>（金），「護也。半門曰戶。象形。」（《說文解字》）門有兩扇門扉，戶只有單扇門扉。「門」通常為統治者、貴族、宮殿、廟宇建築所用，如「高門大戶」之說；「戶」，乃庶民所用，稱「小戶人家」，故門戶帶有階級、身分之別。囧<span></span>（甲）<span></span>（金），「窗牖麗廔闓明也。象形。」（《說文解字》）月光透過囧照進來屋子，以示「明亮」之意，明<span></span>（甲）<span></span>（金），「朙，照也。从月囧。」（《說文解字》）囧就是窗子。囱<span></span>（古文）也是窗，「在牆曰牖。在屋曰囱。象形。」（《說文解字》）是屋頂的天窗，兼有照明和排氣的作用。向<span></span>（甲）<span></span>（金），「北出牖也。从宀。从口。」（《說文解字》）為專指開在北面的窗子，冬天來臨，必須「塞向墐戶」（《詩經·豳風·七月》），體現坐北朝南的建築格局。

(四)行

行<span></span>（甲）<span></span>（金）像四通八達的大馬路，故從「行」之字與道路有關，如「街、衕、衖、衢、衝、衛」等字，「行」後來引申為「行走」。近距離靠步行即可，從「足、止、辶、彳」，都與行走有關，如「跑、跳、路、走、趨、步、涉、巡、遠、近、過、達、廷、延」等。較遠的距離必須依賴交通工具，陸地為「車」、水路為「舟」。

車<span></span>（甲）<span></span>（金），「輿輪之總名也。夏后時奚仲所造。象形。」（《說文解字》）象兩輪、一軸、一輿、上蓋之形。從「車」之字，如「輪、軸、軒、軔、軌、軫、軻、較、輅、軾、輗、輔、輻、輻、輿」等為車的結構名稱；「輟、輸、載、轍、轉、輯、輛、輦」為車的種類或運作；「輯、輛、輦」也可當量詞。

舟是水路的主要交通工具，<span></span>（甲）<span></span>（金），「船也。古者共

彀、貨狄刳木為舟。剡木為楫。以濟不通。象形。」（《說文解字》）
為小木船之狀，如「獨木舟」。方 ◌ ◌（甲） ◌ ◌（金），「併船
也。象兩舟省總頭形。」（《說文解字》）為大船，如「諾亞方舟」即
謂。從「舟」之字，如「船、舸、舲、艇、艦、舫、舨」等為船的種類；
「舵、舳、艄、艙」等是船的結構；「艘」為量詞。

七、精神文化

古代樂舞與宗教、戰爭相關。

樂，「五聲八音總名。象鼓鞞。木、虡也。」（《說文解字》）◌
（甲）◌（金），甲骨文絲在木之上，如琴瑟箏之類的樂器，金文增◌
象調弦之器，故本義為絲弦樂器。

鼓（鼓）◌ ◌（甲）◌ ◌（金），「郭也。春分之音。萬物郭
皮甲而出。故謂鼓。從壴。從屮又。屮象乘飾。又象其手擊之也。周禮
六鼓。靁鼓八面。靈鼓六面，路鼓四面，鼖鼓、皋鼓、晉鼓皆兩面。」
（《說文解字》）擊鼓聲響且節奏強烈，以為戰爭攻擊之號令，亦為喜
慶之樂。喜 ◌ ◌（甲）◌ ◌（金），「樂也。從壴。從口。歡古文
喜。從欠。與歡同。」（《說文解字》）嘉 ◌ ◌（金）同之。

傳統儒家文化講究溫柔敦厚，詩、樂、舞三者密不可分：

> 詩者，志之所之也，在心為志，發言為詩，情動於中，而
> 形於言，言之不足，故嗟歎之，嗟歎之不足，故永歌之，
> 永歌之不足，不知手之、舞之、足之、蹈之也。（《詩·大
> 序》）

以「人本」切入，「志」為情感，「發言為詩，情動於中，而形於言」，
以語言表達情感，是之謂詩；倘若情感未能完整表達，嗟嘆、詠歌則繼
之，最後演變為「手之舞之、足之蹈之」，舞蹈即為表達情感的極致手

段。古代的舞蹈多樣，例如：

> 樂師：掌國學之政，以教國子小舞。凡舞，有帗舞，有羽舞，有皇舞，有旄舞，有干舞，有人舞。（《周禮・春官・宗伯》）

可依憑字形探索其文化底蘊。

　　古代跳舞之人為巫。巫 ▨（小篆）▨（秦），「祝也。女能事無形、已舞降神者也。象人兩褒舞形。」（《說文解字》）舞是降神的條件和過程。從字形能辨識「無、舞」的關聯性，無 ▨（甲）▨（金）、舞 ▨（甲）▨（金），皆手舞足蹈；依形而識，皆「執物而舞」，執祭品而舞，如爽 ▨（甲）▨（金）兩側若豆 ▨ 之形，表示祭品、禮器，記錄著「無、舞」與祭祀的關聯。就扮相而言，嬰 ▨（金）把代表財富的「貝」串聯成飾品，戴在頸部而舞；美 ▨（甲）▨（金），象飾羊首而舞。戴著面具、雙手揮舞趨鬼之舞，如異 ▨（甲）▨（金）。祭典之中，行巫、行舞、號唱，連貫相通、一氣呵成。舞蹈透過由手足動作、節奏旋律以表達情感，所傳敬神畏神、求雨祈福的情感，定然是言語、嗟嘆、詠歌無法準確表達者，故手之舞之、足之蹈之。（周碧香2018）

八、從漢字看量詞

　　豐富的量詞是漢語的特點，也是漢語教學和學習的重點與難點。漢語詞彙發展，以單音節詞為發展起點，且以文字為書寫單位；名量詞，大多由單音節名詞發展而來，為漢語語法研究與漢字研究的契合點。推究量詞的演變，必須仰賴本義理解，本義乃造字時最早寄託於形的意義，憑藉解析古文字方可獲得。以下從字源辨析稱人量詞、近義量詞「支、枝、隻、只」的初始樣貌。

㈠稱人量詞辨析

　　稱人量詞具有起源早、用法穩定的特點。列出甲骨文、金文、簡帛文、小篆等古文字字形，觀察量詞演變。

　1.人

甲骨文		金文		簡帛文		小篆

　　人　天地之性冣貴者也。此籀文。象臂脛之形。（《説文解字》）

古文字都是人直立的側面寫照，由名詞的「人」，直接模擬的指人量詞。

　2.口

甲骨文	金文	簡帛文		小篆

　　口　人所吕言食也。象形。（《説文解字》）

從古而今都是模擬人類或動物嘴部的外形，以部分器官借代人體或動物的全部，亦其做為量詞的開端。

　3.位

金文	簡帛文		小篆

位　列中庭之左右謂之位。从人立。（《說文解字》）

位，從人立，是會意字，指人所立之處，自古表示尊貴，指稱地位尊崇之人。

4.夫

甲骨文	金文		簡帛文		小篆
夫	夫	夫	夫	夫	夫

夫　丈夫也。从大一。一目象先。周制八寸為尺。十尺為丈。人長八尺。故曰丈夫。（《說文解字》）

夫，從大一，「大」是「人」的正面寫照，「一」代指簪子，指行過冠禮的人，即成年男子。

5.介

甲骨文		簡帛文		小篆
介	介	介	介	介

介　畫也。从人。从八。（《說文解字》）

介，從人八，為會意字。原義是動詞，亦用為名詞「甲冑」，後來成了指稱「人」的量詞。

6.名

甲骨文	金文		簡帛文		小篆
名	名	名	名	名	名

名　自命也。从口夕。夕者冥也。冥不相見。故呂口自
名。（《說文解字》）

名，從口夕，在昏暗的場合下，自報姓名。原義是動詞，指稱所報的「姓
名」而為名詞，後來成為指「人」的量詞。

7. 個（箇、个）

「個」是現代漢語最為強勢的量詞，指物和指人兼能之；以文字演變
論之，「個」最為晚起，甲、金文字未見「個、箇、个」，東漢許慎《說
文解字》僅見「箇、个」，「個」則更晚見，是後起字。

小篆

箇　竹枚也。從竹。固聲。（《說文解字》）
个　箇或作个。半竹也。（《說文解字》）
個　加賀切。偏也。鄭玄注儀禮云。俗呼个為個。（《重修
玉篇》）

「个、箇」最早是計算竹子的專用量詞，二者為異體字，而非「省文」
之說；「个、箇」音同而寫成本義「偏也」的「個」字，這是通假造成
的結果。「個」是後起字，與「箇」同以「固」得聲，進而與物量詞的
「个、箇」通假，由副詞演變為量詞；同時，「個」的形符為「人」，促
進「个、箇」從稱物量詞走向稱人量詞。

8. 員

甲骨文		金文		簡帛文		小篆
員	員	員	員	員	員	員

員　物數也。从貝。口聲。凡員之屬皆從員。（《說文解
字》）

依《說文解字》所言「从貝。口聲」為形聲字，甲骨文、金文的「員」，
都是「从鼎」而非「从貝」，「鼎、貝」二字在簡帛文字經常混用，這
是書寫造成的訛誤。「員」理當「从鼎。从口」，應為會意字而非形聲
字。就本義而言，當為計算物品的量詞，在計稱物之外，亦計量人物，為
引申。

9.尊（尊）

甲骨文	金文		小篆	

尊　酒器也。从酋，廾以奉之。周禮六尊。犧尊、象尊、箸
尊、壺尊、大尊、山尊。以待祭祀賓客之禮。尊尊或从寸。

（《說文解字》）

尊，在甲金文字都是雙手捧著酒器，表示尊敬，由名詞「酒器」引申為形
容詞「尊卑」之字。再者，因人乃「天地之性最貴者」，故以「尊」為稱
人量詞。

10.丁

甲骨文	金文	簡帛文	小篆

丁　夏時萬物皆丁實。象形。丁承丙。象人心。（《說文解

字》）

丁　鐕也。象形。今俗以釘為之，其質用金、或竹、若木。（《說文解字通訓定聲》）

從甲骨、金文、簡帛等字形，丁即為釘。甲骨文 □ 為描寫俯視釘帽之狀、▮ 為釘字的側身；金文 ●◗ 皆狀釘帽之形；簡帛文字、小篆都是釘的側寫。

根據古文字形稱人量詞可略分為三類：

(1)與人體的外形有關

「人、介、夫、位」四字都有人體的外形，「介」是動詞，餘者皆為名詞。

「人」是側寫站立的人形，以「人」稱人，為直接模擬。

「介」是動詞「劃分」，執行動作的是「人」，從動詞發展為來。

「夫」是正面的人形，原義為成年男子，故從古而今都指稱男子，不能計量女性。古代男子成年，可以婚配，亦代表其在社會的地位和責任，用於從事勞力工作者，如農夫、車夫等，多指稱地位卑下之人。

「位」，是人所立之處，能稱人，因與朝廷有關，故從古至今都用做尊稱。

(2)人體的器官

「口」，能進食、說話，是人類賴以維持生命、表達情意的重要器官，以此指稱人類，乃是借代手法。以「口」為稱人的量詞，多有親屬之意。

動詞「名」，「從夕口。」（《說文解字》），構形有「口」，故其做為計量人物的量詞，亦與「口」有關。

(3)其他

「尊」是酒器、「丁」是釘子，何以能稱人呢？「箇（个）」、「員」，原本只是指物的量詞，但都是沒有生命的器物，後來為何能稱人呢？

「尊」，由名詞進而為形容詞，量詞之義，當由形容詞義而來，天

地之間最為尊貴者，自是非人莫屬，故能稱人，運用時仍緊緊連繫著「尊貴」之意。

「丁」能做為稱人量詞，或許有二：甲金文字，其描繪釘帽的外形，與「口」相仿，而訛誤為之；其簡帛、小篆之字形與「人」之外形相似，故相混而訛用。

「員」，是古老的量詞，以計數物；其能指稱人，除了量詞的性質之外，或許與其構字上的「口」有關，使其有衍生的理據。

「箇」本為竹的專用量詞，「个」之外觀與「丁、人、介」等相似，為「箇、个」提供了理據；如古典文獻有「个」、「介」不分之證：「如有一介臣斷斷猗無他伎。」（《周書‧秦誓》）。再者，「個」與「个、箇」同音通假，進而使「個」成了稱人量詞。

梳理古漢語稱人量詞的關係，如圖1-38：

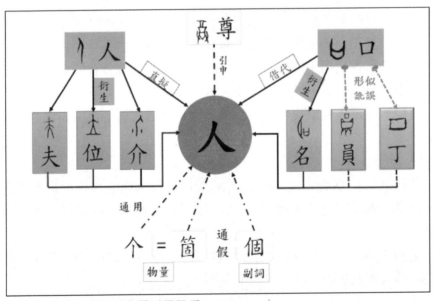

圖1-38　稱人量詞關係示意圖（周碧香，2020：81）

(二)「支、枝、隻、只」辨析

「支、枝、隻、只」四個是音近字，最簡單的就是以「同音通假」解

釋之；通假著重「音」的連繫，容易忽略詞語的理據。嘗試回到文字初始的面貌，尋找蛛絲馬跡，從字源說解本義，解釋混用之因。

1. 支

簡帛文	說文古字	小篆
支	𣏂	𡳿

支　去竹之枝也。从手持半竹。（《說文解字》）

> 支字从手持半竹以示其為去竹之枝，乃省卻特定之部分以
> 見其為半竹也。段注本於竹部「箇」下補入或體「个」，
> 並謂「箇或作个，半竹也」，而支下云「从手持半竹」，
> 不謂「从手持个」，可證《說文解字》本無「个」字。
> （王初慶2003：375）

「去竹之枝」即去除竹上的分枝，「半竹」應為動作「去」的結果；況且，若依 𡳿 字形，「上下各分竹之半」說明手中所持，乃是完整的一竿竹子。那麼「半竹」之「半」，就不是「支離」的概念，而是去除分枝的竿體。故具有「植物、主體、細長、可脫離」為其本義的特徵。由「主體」引申為「整體」，故能指稱「經組織的整體」之物。

　　因「支、枝」同音，又混用了「枝」的「分出」之義，由「分出」再引申為「單獨」，故能指稱「成對物的單獨部分」、「整體中的部分」之物。又因同音從「支」相借而得以表示「圓形狀」、「圓形開口」之物品。

2. 枝

小篆

　　枝　木別生條也。从木。支聲。（《說文解字》）

「枝」是標準的形聲字，從木得義、從支得聲。「條　小枝也。段注：
毛傳曰。枝曰條。渾言之也。條為枝之小者。析言之也。」（《說文解
字》）「枝、條」二字同義互訓。「枝」即主幹分歧的部分，亦為「分
枝」。故「枝」，可計量「植物之分枝」，「分枝」是由主體分別出去
的，「植物、分出、細長」為其本義的語義特徵；由「分出」又引申為
「整體中的部分」。

3.隻

甲骨文		金文		簡帛文		小篆

　　隻　鳥一枚也。从又持隹。持一隹曰隻。持二隹曰雙。
　　段注：雙下曰。隹二枚也。隹鳥統言不別耳。依韻會訂。
　　造字之意。隻與雙皆謂在手者。既乃泛謂耳。（《說文解
　　字》）

甲骨文 金文 ，甲骨文所抓是「隹」、金文所持是「鳥」，依段注
「隹鳥統言不別耳。」二者皆與小篆相同，都是手拿一隻禽鳥。甲骨文、
金文「隻」，多用動詞為「獲」字，指稱「捕取」之意，或為族徽名，並
無量詞用法。隻的動詞「獲得」義，源於「手持鳥（隹）」之「手持」；
量詞用法，應得於「鳥（隹）」，故能計量「禽鳥」，實為其量詞的初始
用法，再擴及其他動物。故能與動物、單獨、整體之物搭配為其本義的
特性。

　　再者，比較 ，二者有共同的部件「⺕又」右手， 所持
為竹之竿體、 所獲亦「鳥（隹）」的整體，故「隻」計量大物如

「船」，可能不單只是同義相借，而存在著與 🐟 的共同語義——「完整」。

至於「隻」指稱「整體中部分」、杆狀之物，純然因與「支」相音相混的結果。而「隻」指稱「圓形、開口」之物，則又因於與「只」相音相混。

4.只

簡帛文	小篆
𠬝	只

只　語巳詞也。从口。象气下引之形。
　　段注：巳止也。矣只皆語止之詞。庸風。母也天只、
　　不諒人只是也。亦借為是字。小雅樂只君子。箋云。
　　只之言是也。王風其樂只且。箋云。其且樂此而已。
　　按以此釋只。與小雅箋同。宋人詩用只為祇字。但
　　也。今人仍之讀如隻。（《說文解字》）

「讀如」乃古書注音的術語，以「隻」標注「只」之音，「只」與「隻」語音關係昭然，為「隻」、「只」同音借用提供了可能性。

只字於《詩經》、《楚辭》中尚作語巳詞，後借為副詞使用，亦用為「隻」之簡體。（王初慶2003：215）

「只」，做為「隻」的簡體字，二者為異體字，「只」、「隻」同音，自然可視為同音相借，「只」的量詞用法對本義而言就是通假義。然而，我們無法忽略「只」指稱特殊的物品，如「圓形狀、圓形開口」之物，這是無法由「隻」字的本義或引申義而來的。

「只」因字形的主體和字義皆有「口」字，「口」代指器物的圓形開口狀，如「鍋口、戒指、壺嘴」等物，與漢語對「只」的認知有關，關涉

量詞的理據性。經由音同相借，「只」使得「隻」、「支」也能計數「圓形狀、圓形開口」之物；同時，「只」也借得能表示「整體、經由組織的整體」，如「船、曲子」等物品。

　　整理量詞「支、枝、隻、只」的關係如圖1-39：

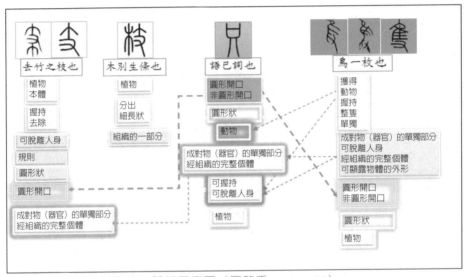

圖1-39　量詞「支枝只隻」關係示意圖（周碧香2017：139）

　　圖左「支」由本義「去竹之枝」得到基本義素為「植物、本體、可握持、可去除」；由「可去除、可握持」引申出「可脫離人身」；「握持」和「可脫離人身」引申出「圓形狀」；由「本體」引申為「規則」。「枝」由本義「木別生條也」得到基本義素為「植物、分出、細長狀」；由「分出」引申為「組織中的部分」。「支、枝」為古今字，故互用計量在「握持」、「去除」、「可脫離人身」、「分出」、「細長狀」、「組織中的部分」等義素特徵之物，圖中以橙色實線表示之。「支、枝」的「植物」，借給「只」，再由「只」借給「隻」。「支」的「圓形狀」借給「只」，再由「只」借給了「隻」。圖中以橙色虛線表示之。

　　圖中「只」，本義為「語已詞也」，無法引申出量詞用法，故量詞的義素均為假借義。「只」因字形有「口」，得出「開口」的義素，包括「圓形開口」、「非圓形開口」；「圓形開口」因同音借給「支」。「圓

形開口」、「非圓形開口」則影響了「隻」。圖中皆以綠色虛線表示之。「可握持」、「可脫離人身」可能得之於「支」和「隻」，故分別以橙色虛線、藍色虛線表示之。

　　圖右「隻」由本義「鳥一枚也」得到基本義素為「獲得」、「動物」、「握持」、「整隻」、「單獨」；由「單獨」和「握持」引申「可脫離人身」；由「單獨」引申「成對物（器官）的單獨部分」；由「整隻」引申「經組織的完整個體」；由「動物」引申為「可顯露物體的外形」。「動物」因著音近借給了「只」；「成對物（器官）的單獨部分」和「經組織的完整個體」，「隻」借給「只」；再由「只」借給「支」。圖中以藍色虛線表示之。

　　從圖中，可以發現量詞「只」雖然僅有「開口」義素，但經由同音相借、音近通假，擴展使用範圍，甚至成了語義演變的中繼站。

　　漢字是漢語文化的活化石。漢字的結構特點、形音義關係體現中國人思維特徵，字形凝聚著風俗習慣，故正確理解漢字演變、漢字形體，是對外漢語教師重要的根本能力。況且，漢字教學的主要目標是教學生掌握漢字的形音義，以傳遞文化為更高層次的目的。

第二編

漢字教學知識

思考與先備知識

> 　　何謂教學呢？什麼是對外漢字教學呢？會說中文是不是就能教中文？會寫漢字是不是就能教漢字？漢字，只是兩岸繁簡差別嗎？
>
> 　　如果你認同華語教學、漢字教學是個專業工作，請思考一下擔任這個工作的條件、能力是什麼？讓學習與教學更加清晰、有系統、有層第的規律是什麼？教師如何習得、如何運用呢？
>
> 　　漢字教學的目標是什麼？什麼是教學模式？教學時，應該識寫合一？或者識寫分流？華語教師常會疑惑到底辨識字形、讀音、意義之後，要不要執筆寫字呢？

　　「教學」發生在教師「教」、學生「學」二者的交互運作，內容架構如圖2-1：

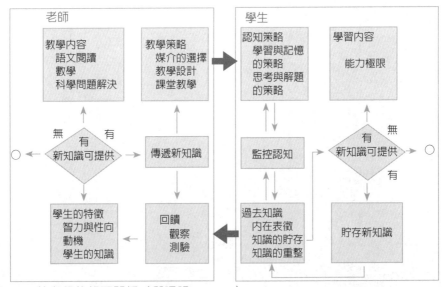

圖2-1　教與學的相互關係（鄭昭明2009：2）

　　從「教」來看，教師準備完成教學目標時，必須對學生「當前的狀態」，包括「智力」、「性向」、「動機」及「過去的知識」有所認識。

經由比對，才能決定哪些是必須傳授的「新知識」，進而擬定適切的「教學策略」，包括「傳遞媒介的選擇」、「教學的設計」與「課堂教學的方法」。最後，以「觀察」或「測驗」回饋、檢驗教學的目的是否達成。

　　從「學」觀之，學生學習時必須調整自己的「注意力」、「情緒」與「動機」、「緊張程度」、「記憶方式」以及「思維方法」在最佳的狀況，才能有效的「收錄」（encode）教師所傳授的知識，達到學習、理解與記憶。其次，還要比較判斷「教師傳授的新知識」和「自己過去的知識」的哪一部分有關，才能「理解」（comprehension），將新、舊知識整合為新的知識結構，達到學習與記憶的效果。

　　「教」與「學」從來就不是容易的事情，如何成為有效能的教師呢？

> 一個有效能的教師一定要精通相關教學領域的各種教學方法或模式，懂得如何將它們選擇及組織起來運用，不斷評鑑檢討改正，且還要能追求新知，吸收新的教學方法或模式來使用。換言之，一個有效的教師是需要創造、反省、革新等多方面的能力的。（黃政傑1992：128）

教師應具備相關的知識和能力，即教學知能，包括一般知能和專業知能，漢字教學知能屬後者。教學最根本，乃在探索「教什麼」和「怎麼教」兩個問題。「教什麼」與內容有關，文字是一種看得見的語言、是聲音的圖畫，需要後天學習方得掌握，教學內容的選擇與確定取決於教師對漢字文化的理解深淺程度；「怎麼教」則是教學方法、路徑，建立在教師的專業。漢字教學還要關注「教給誰」、「怎麼學」的問題，即學生學習起點與過程的差別，包括起始點、國別、目的、動機、興趣、觀察能力、分辨能力等。

　　詞本位是什麼？什麼又是字本位？

　　本位，指事物的基礎或計算標準。本位論體現在對語言基本結構單位的確認及教學法。從二十世紀五〇年代開始，漢語學界始討論，漢語究竟是以字為本位？還是以詞為本位？至八〇年代達成共識，認為漢字以詞為本位，代表漢語意義的最基本單位為詞而非字，字本身並沒有任何意義，

因為它的意義和讀音全部都是人為賦予的，而非自然形成的。法國學者白樂桑針對對外漢語教學提出「字本位」的概念。二十一世紀初期，語言學家徐通鏘再次為「字本位」發聲，以字為漢語基本結構單位的語言研究思路，稱為「字本位」（Sinogram as Basic Unit，簡稱SBU），以此建立漢語本體研究，更解釋合理之因：

> 形、音、義三位一體的字是漢語的載體，而且也是漢文化的「根」，因而需要以「字」這個「綱」為基礎探索漢語的結構規律、演變規律、習得機制、學習規律和運用規律，不然就難以有效地實現語言研究的預期目標，找到普遍有效的規律。百年來漢語研究的實踐已為此積累了豐富的經驗和教訓。（徐通鏘2008：2）

目前，少數獨立設立漢字教學（學習）的課程，乃採用字本位教學；多數都是將漢字納入漢語教學，以詞本位教學。不論，字本位或詞本位，漢字教學的目的都在解決漢字字形問題，培養識讀、書寫、閱讀、解決問題的能力。細探之，教學的任務包括字形辨認、字音識讀、正確地運用三者。字形辨認、字音識讀即識記；運用含括能夠「組字成詞、組詞成句」、正確地書寫、查找字辭典及數位工具。華語教師肩負著文化傳承的使命，如何科學化引導學生、教學，關鍵即在「漢字教學知能」。

漢字教學科學化主要體現在兩方面：一是漢字本體構造和使用的規律、一是學生學習漢字的認知規律。漢字本體知識、學生的認知規律，是華語教師的專業基礎。教師在漢字教學具有高度的指導性，建構漢字教學的層次性，即教師教學知能具體的表現，如何幫助學生獲取認字解碼的能力，以之為閱讀技能的基礎，端賴於教師的引導與協助。教師要建立良好的知能，以教學成效與學習成效為主軸，設計多元學習方式，讓學生能全面準確地了解與掌握漢字、承續文化，能喜愛文字、喜愛閱讀，方能進入自主學習、熱愛學習，喜愛和理解中華文化，此乃漢字教學的終極目標。培養良好的漢字教學知能，是對外漢語師資培育的基礎工作。

目前漢字教學研究，鮮少關注教師與教學內容的連繫，尤其識字教學

方法多元，現場教師若無基本知識，往往不知如何選擇，甚至是誤用，囿限了教學成效。

　　往下談談漢字教師知能、對外漢字教學及教學原則、漢字教學法、現代漢字、字際關係及教學問題、漢字書寫。

壹、漢字教學知能

　　對外漢語教師工作是一種跨文化交際，須寓文化價值觀於漢語教學，要具備掌握中華文化知識、跨文化交際能力。教師能覺知、管理自身的專業與熱忱，重新體認識字教學的意義、學習漢字的特質、精進不同的教學方法、正視學生差異、塑造優質的語文環境、進修與研究，是為漢字教學重要的知能，進而展現教師對漢字教學的認同感、形成教學理念，這就依憑漢字教學知能。

　　漢字教學知能從何而來？乃立基於漢字本體知識，轉而為方法，最後將方法轉為策略。漢字教學知能要素的關係如圖2-2：

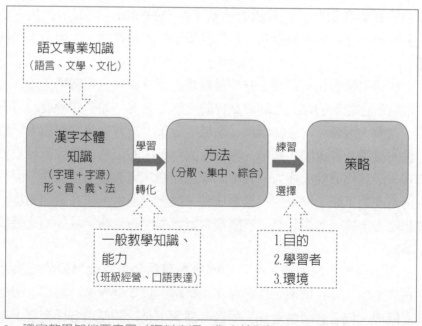

圖2-2　識字教學知能要素圖（資料來源：作者繪製）

　　本體知識需要學習，漢字是表意文字，形、音、義三者極為密切，漢字教學即在建立形音義的連結，教師理解漢字的字源、字理，體認其理據和科學性。如漢字的特性：結構方正、一字一形一音一義、源於孤立語的累進性、與圖象的血緣性、統合左右腦學習。教學以拆組與組合自由的特性，克服字形繁複和筆畫多的困難，提升學習動機；了解學習漢字從完形到細微，針對形似字的細部差別加以區辨，減少錯別字，提高用字準確率；本於字與字的統覺性加以類推，尋找漢字字形、字音、字義辨識和記憶的規律；因著漢字與圖象的血緣性，運用圖象或媒材模擬、再現原貌，使線條形象化、生動化；依據漢字構形規律，科學地講解字理，如獨體字回歸本形、本義，切莫望文生義；再現和聯想必須立足在科學性與真實的基礎上。

　　教學方法根源於本體知識，識字教學方法多元，如分散和集中，前者為語文教學的主要方法；集中根據形音義線索之別，而有形聲、部首、基本字帶字、韻語、部件、字族文等法。字源和字理二法都從造字原理出發。綜合式則有綜合高效和圖解識字二法。教師學習漢字本體知識、各種教學法的長處和限制後，有能力統整字與字的關係；再者，比較方法異同，各法相同之處即為融合點，是為教學知能的基礎功，必須紮實且持續學習。

　　方法透過練習化為策略，方法是教學的指導原則，策略則是施作的步驟，帶有一定的目的性。教師考量目的、學生狀況（如認知發展、目的、國別、意願、困難）、語文環境（區域、政策、校方對華文課思考、校方能提供的資源）等原因，選擇、施行、調整不同的策略，是教學最重要、最務實、最具挑戰性的能力。教師因學生而變、因教學內容而變，因時制宜施用不同的策略，使學生有機會統整、操作、運用，提高識字興趣、識字量和能力，綜合聽說讀寫，不斷複習以鞏固字詞。識字教學知能養成圖示如圖2-3。

　　教師將漢字本體知識，技巧地轉化為幫助學生有效學習的知識和方法，再依學生、外在環境，抉擇並施以策略，這就是專業。識字教學知能歷久而能成。依著教師的覺知、學習、練習，長時間循環方得完善，無法一蹴而就。一線教師應自覺、自知，學與教皆為長久進修之路，無望其速

圖2-3　識字教學知能養成圖（資料來源：作者繪製）

成，無誘於勢利，更應揚棄現學現賣的心態。長時間積累，方能有益於教
與學，教學知能值得被關照和重視。

貳、對外漢字教學及原則

　　對外漢字教學（Teaching Chinese characters）是以外國人
（Foreigner）為對象、以現代漢字（Contemporary Chinese characters）為
內容、用外語教學方法進行、旨在幫助學生掌握漢字運用技能（Skills）
的教學活動。對外漢字教學，趨向於實用性、目的性、功能性，故教學的
任務是讓學生建立形音義之間的連繫，知道某個漢字是什麼意思（建立
形義之間的連繫）、怎麼讀（建立形音之間的連繫）、怎麼寫（記住字
形）。再者，連結詞語、查尋、閱讀等實際運用。其間必須遵循第二語言
習得原則，尤其學生尚未習得漢語的聽說能力就要學習漢字，其實是困難
的，學習漢字對外國人而言，是學習第二外語書面語的記錄方式。

　　教學模式，指在一定理論指導下，演繹相關教學理論、總結概括教學
經驗，而形成的一種特定指向、教學目標較為穩定的基本教學範型。對外

漢語教學模式，從漢語和漢字的特點出發，結合以漢語作為第二外語的教學理論，提出全面的教學規劃和實施方案，使之教學最佳化。目前的教學模式大抵有幾種：

1. 先語後文：借鑒漢語為母語者學習漢字的經驗，先會說後會寫，符合使用語言快速交流的需要；學生學了七、八百個詞和基本語法後，再開始學漢字。
2. 語文並進：與本國小學語文相同，將漢字分散到漢語教學中，是目前最廣泛的教學模式；但隨文識字，漢字編排缺乏系統性。
3. 語文分開：口語和漢字同時學習，但漢字與課文生詞教學不完全同步；可能是依漢字特點、規律編排漢字，或者課文以漢字和拼音交錯編排。
4. 單獨設課：單獨開設漢字課能關注漢字系統性、提高識字效率。
5. 識寫分流、多認少寫、識寫合流：區別漢字教學的不同階段，進而提出不同要求；有助於分散難點、降低難度、提高識字量，強化學生自信。

　　目前，大抵採用「語文並進」、「識寫同步」模式，端視教學目標、學生能力、相關條件而調整，乃由教師專業而定。當今漢字教學趨向於科學化、現代化、比較與融合，且因應學習高效率的需求，嘗試突破傳統、革新方法、尋找不同的路徑，教具和媒材不斷革新，運用電腦、多媒體、科技等資源輔助識字。然而，教學模式最根本的目的，還是提升學習成效。華語教師如何幫助學生有效地掌握漢字、進而了解中國文化，是重要的課題。

　　往下說明華語教師漢字教學的原則。

一、以專業選擇、編輯教材

　　就認知教學而言，促進主動涉入認知的最主要方法就是使材料意義化，材料意義化足以強化學習效果。教材是教師指導學生學習的材料，根據一定學科的任務編選和組織，具有一定範圍和深度的知識和技能體系。（彭小明2013）華語文教材是外籍人士學習華語最重要的橋梁，不僅影響

學習華語的成效，也足以影響教學的成效；教材分級，一則做為教師擬定教學目標、編輯或採用現有教材的參考，一則讓學生選課有所依循，減少摸索時間與學習困擾。（蔡雅薰2009）

　　漢字教材是引領漢字教學和學習的地圖，必須豐富而有條理，如何使之意義化呢？

　　一般語文教材的編纂，大都從兩方面著眼：一、根據語文使用的情境，來設計教學內容。此一做法，具有一定程度的實用性，大多適用於口語學習。二、依照課文的內容由淺入深，循序漸進，以符合基礎語文教學的要求。然而若能從語文的整體效果來設計學程，可能更會有意想不到的收穫。（黃沛榮2006：101）

　　教材的選編必須仰賴教師的專業知能。教師的背景知識足夠，才能對教材增刪、修補、設計，整理出適合學生的教材，達到語文學習的整體效果。教師在編選之時，必須建立在了解漢字認知、學生認知歷程、學生差異等基礎上，方得以適切。再者，教師講授時要使教材意義化、具體化、動態化、影像化、組織化、以及個人化，如以圖片、影片、具體物品幫助理解和記憶，建立教材的內在連結，連結教材內容與個人的先備知識，促成學生認知結構產生變化、提升學習成效。

　　有意義地呈現教材、連繫學習，是教師專業知能的具體展現。

二、從根本理解漢字的認知特點

　　漢字是漢字教學的內容。漢字是漢語的紀錄，漢語單音節（monosyllabic）和孤立性（isolating）的特質，造就漢字單音、獨體、一字一音一形一義的本質。漢字不僅僅是文字的符號和書寫的單位，也是語義句法結構的基本單位。（周健2007）

　　漢字具有三項認知功能：

1. 記認認知對象，取形於物，構造某種視覺「圖形」，作為某物的標記

積澱於認知結構之中，形成知識。

2. 表達事物之間的某種連繫，形成範疇，造字過程中，人們通過形體表達出事物之間的連繫，使認知對象有序化，從而由感性認識上升到理性認識。

3. 表達事物間的區別，認識到事物之間的區別特徵，達到對事物的理性認知。（王玉新2000）

因此，漢字教學充分運用圖片、實物、媒材，引導歸納字的規則。

現代漢字研究指出文字識別受到文字結構的影響，漢字結構包括「筆畫、部件、整字」三個層次，此三者亦為漢字識記的層級。筆畫是識別所有漢字的基本單元，部件則層次更高一些。（徐彩華2000）從筆畫到整字逐次結合之外，整字還能構成其他字，即獨體為文、合體為字的概念。再者，漢字用法、讀音穩定，僅要學會一個字，可以像組合積木一樣，構成大量的詞彙，都是漢字累進性的表現。以筆畫為開端，累進而為字，是漢字結構系統的完成，也是漢字組合的開始。再進入實用，即漢字的進階，根據漢字組合與漢字結構系統的吻合性，學習漢字是以一個字為起點，逐次累進，學習語言與文字得以同時進行、相輔相成。

總之，漢字具備單音獨音、形音義結合緊密、結構累進性及次第性等特點，這些特點，即是漢字教學時統整教材的依據。教師必須徹底地認識和掌握漢字特點、漢字認知的本質，將有助於教學和學習。這些專業知識，皆是漢字教學系統性的前導組織。

三、確定漢字的層次、系統性

教學內容安排應有層遞性、教材應當有意義，教師必須熟悉漢字網絡系統。

漢字網絡系統實際包含漢字組合與漢字結構兩個系統。漢字的組合系統即字→詞→句→篇章的系統，漢字的結構系統指的是筆畫→部件→音義符→整字的系統，其中音義符也就是偏旁部首，是漢字結構系統中的關鍵要素，而整字包含了形、音、義三種成分。（周健2007：138）

漢字教學的教材，選編以字本位為出發點最為理想，確定漢字的層次和系統性，符合「先獨體後合體」、「先易後難」、「先常後罕」、「先具體後抽象」的原則。

1. 先獨體後合體：「獨體為文、合體為字」，獨體字是合體字的組成要件，是漢字組構的特點，由獨體字開始，讓學生掌握基本字義、建構文字的統整法則，利於字形與字義的類推。「部件教學法」展現漢字拆組靈活的特性，如「愁」字拆解為「禾、火、心」，此三者既可單獨成字、可共同組合成「愁」字，更是其他字的部件，如「禾」可構成「和、秀、委、稻、科」等字。

2. 先易後難：包括字形難易和具體程度高低，教學時從筆畫數、部件數少的字開始教學，便於連繫寫字，逐次增加部件數和筆畫數，建立動作技能，逐步強化學生的信心。實務上，習寫的字應少於15畫，大於15畫者認識即可，待習得相關部件再行書寫。

3. 先常後罕：指先教字頻高者、生活常用者。字頻是文字的使用頻度，字頻越高則出現書面語的比例越高，閱讀時會常用到的字應當先學會。生活常用者包括問候語、稱謂、天氣、食物、用品、方向、處所、身體、交通、動作等類別字，都應該優先學習。先學利用價值高的部件或字，具有工具性，據此能認識其他字，體現漢字的累進性，能夠化繁為簡、以少馭多。就認知心理而言，字的累計頻率是影響漢字識別的重要因素，高累計頻率的字的識別命名都要快一些，說明字只要能構詞，其心理表徵就具有語素的性質。（徐彩華2000）

4. 先具體後抽象：人類對事物的掌握是從具體到抽象，對於語言文字符號更是如此，尤其是字義，是漢字教學的重心。凡字義較為具體、形象，以及和學生生活經驗有密切關聯的字詞，比較容易被記住。先具體再抽象，乃配合思維方式，教學時以象形文為基礎，再學指事文、會意字、形聲字，益於學生再現客觀事物，進而聯想漢字文化。

以上四個原則，分則為四，合則一也。編製教材必須整體思考。具體的作法是整理歸納一個單元或一段學習時間內要教的漢字，分門別類，如獨體字、合體字、象形文、指事文、會意字、形聲字、簡化字、相同部件的字、相同場合運用的字等等。教學前心裡有數，教學時注意前後關聯，

有規律、成系統地教學。（王秀榮2013）尤其必須注意差異性，如國別、區域、種族、宗教、目的諸多個別因素，靈活掌握教導順序，或在詞本位教學之下適度加入漢字教材。

四、善用漢字特點

　　漢字的特點主要表現在字形、理解和功能三方面。教師如若掌握漢字的法則、靈活運用，更能以簡馭繁。教學時注重漢字在字形及字義理解。漢字尚有拆解與組合、再現與聯想、完形與細微、統覺與類推四項特點。

1. 拆解與組合：漢字雖是訊息密集、完整度高的方塊文字，源自「獨體為文、合體為字」精神，兼具拆解及組合的特性，此為教師不可忽視的，指導學生學習漢字時應把握組字規則，以提供認字策略。教學時可利用漢字的可拆解性，將字拆解若干部件（components），再以不同部件，組構成不同的字；如是類於積木，更運用自由靈活拆組，提升學生學習動機、活絡教學現場的氣氛。

2. 再現與聯想：漢字初造之時以寫實主義為基礎，由字形能再現形象或特徵；且因以象形文為構字的基礎字，象形文接近圖畫，字形可推知文字的意涵，即漢字的魅力所在。教學時應善加利用，緊密結合漢字與其所代表的實物，使抽象的漢字教學變得直觀而具體，讓學生發揮聯想，將文字生動化、生活化；由字形再現文化，寓文化於字形教學之中。

3. 完形與細微：根據完形理論（Gestalt），人類認識外在事物，是先認識整體、再理解細微差異，這種認知方法對於視覺型的漢字特別有意義。有些漢字從字形即能推敲字義，形似字阻礙著辨識與運用。教師明白了此認知規則，字義解釋、形似字教學，都要注重細部區辨，降低學生負遷移的可能性，減少書寫、運用錯別字。

4. 統覺與類推：學習某一個字以後，與此字相關的字便容易認識，稱之為類推。類推就是根據漢字的統覺性。統覺性是字與字之間的邏輯關聯，如同無形的規律，引領著學生進行學習遷移，如形聲字的部首代表類別、基本意義，如「江、河、湄、清、濁、灘、淡」等字都和

「水」有關，指水的名稱、位置、狀態等。聲符在記錄字音之外，亦能表義，如「賤、錢、棧、踐、箋、盞」等字的聲符「戔」帶有「小」義，所以貝小者稱賤、木小者為棧，以此類推。如是，尋找漢字字形、字義辨識記憶的規律，得以克服漢字字多難記的限制。

教師以學生為本位出發，實際教學之中，有意識地培養學生的觀察能力、推理能力、辨識能力和比較能力，讓學生不斷累積識字量及深化其能力，方得達到教學效率化、系統化、科學化的境地。

五、選擇有目的的遊戲

喜愛遊戲是人的天性，遊戲能提高學生的學習動機、強化教學重點、建立團隊默契。（殷彩鳳、謝欽舜2003）

遊戲能重現經驗，進而整合新舊知識、從中發展新認知結構，調整與環境的互動關係；藉由遊戲提供的機會，學生不僅能以不同的方法將吸收進來的刺激加以組合，還足以將相關訊息轉變為新的情境或待歸納的訊息，故遊戲被認為是最具備同化力的活動。（Edgar Klungman，Sara Smilansky 1990）遊戲講究以學生為主體，能將教學語言、教學內容轉化為有趣的形式，從中創造豐富的語言交際情境，促發學習興趣，從操作結合觀念和實例，同化新舊知識；而且統整的主角是學生，符合發現式學習、有意義學習的知識統合。教師選擇時，應考量學生人數、年齡及程度、空間大小、學生興趣、秩序控制與氣氛營造、教具、時間控制等因素。（殷彩鳳、謝欽舜2003）

對外漢字教學，教師應注意遊戲的適切性和目的性，舉隅如下：1.以生字教學的對象字為出發點，以形、音、義為線索，呈顯字的脈絡；2.考慮學生差異，A1級、A2級學生以肢體動作為主，如配對「圖象－古文字－現代文字」，或畫出古文字字形、走迷宮、比手劃字；B1級對字已有基本認識，嘗試加入整字拆組、文字加減法、文字疊疊樂、找尋字族、字詞填空等；B2級，加入詞語賓果、字謎、接龍、說故事、寫作字族文等練習活動。如是，融合漢字的文化性和知識性，有效提升學習漢字漢語的趣味性。

　　以遊戲進行識字教學，符合學生心理特點，激發學生的學習興趣，擴大學生的識字量及詞彙量，同時培養其注意力、觀察力、記憶力、思維力和想像力，鞏固識字的品質，享受學習語文的樂趣，激發主動學習的熱情。

六、掌控不同層第的學習

　　梳理教師、學生、教學內容、語文環境的關係，如圖2-4。

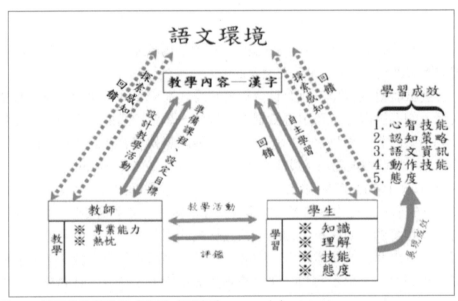

圖2-4　漢字教學與學習成效圖（周碧香2014d：70）

　　圖2-4內呈顯漢字學習包括課堂、自主、潛能三個層級，漢字學習和教學的成效是不同面向呈現的整體結果。

　　最內圈是實際課堂教學和學習，教師根據教學內容準備課程、設定教學目標，進而設計教學活動，展現個人的專業能力和熱忱，進行教學並評鑑學生的學習成效。同時，學生經由教學活動，習得知識、理解、技能、態度，評量教師的教學成效，這是有學有教的有形學習。課堂教學包括教學活動和評鑑學習成果，如領會漢字字形、結構特點、部件形音義、筆畫、筆順、部件組合等，此外，教師還應當統整漢字認知層級、了解學生

的認知程度，適時組織教材、調整教學內容、教學策略、練習活動等。

第二層，學生可將在課堂上習得的能力，主動學習漢字，如閱讀文本、拆組漢字、猜字謎等，為自主學習，此部分的成效，將回饋於學生自身的能力，如動作技能準確精巧、閱讀理解能力、注意策略及編碼能力的熟稔等。

第三層潛能學習，學生探索感知語文環境，進而回饋在自身的學習成效，甚至再行改造語文環境。教師可輔以設計作業，建立所學漢字與課外環境連繫，如教導菜餚相關漢字，讓學生看著菜單、學習點菜、了解菜名的來源和典故等，有意識地自主參與，在生活場景學習和應用漢字。教師也有潛能學習，致使改變專業能力和教學熱忱，進而影響有形教學，間接關聯學生的第一層學習。

最後，第一層學習、第二層學習，都受語文環境影響，學生融合三個層級的學習成效；同時也可改造語文環境、反饋語文環境。故語文環境兼有影響和被影響雙向的特質。

教師必須由自身開始，將語言的各個層級如部件、字、詞、句，與語文能力施展的不同形式如聽、說、寫、作等結合起來，建構良好的語文環境，提供優質的潛能學習場域，促發學生自主自動學習。

教學與學習的成效乃由教師掌控，教師定當預先知曉影響成效的因素，掌握不同層第的學習，才能因時制宜、因地制宜、因人制宜。

七、區別等級的學習重點

華語教師必須知道漢字教學不能「眾生平等」，學習產生認知變化的主體是學生，漢字教學目標當考慮教學對象的年齡、國別、學習目的等因素，亦可以等級衡量。

往下依據華語文能力指標（蔡雅薰2009），說明零起點、A1入門級、A2基礎級、B1進階級、B2高階級學生的漢字學習重點。

面對零起點的學生，教師應以設計語文環境為主要重點，如課室布置、學習角落等。從語音著手，誦讀簡單韻文，如歌謠、唐詩，著重聲韻覺識的刺激。以情境、目識、聆聽，準備漢字學習。

　　面對A1級學生，第一要務是強化「語音─字形─字義」的連結，運用文字與圖象的血緣性，以影片、圖片，介紹文字演變，提升其學習樂趣，建立形、義、音連結的規律。解決字形問題、培養識記漢字的方法、建立對漢字正確的認識，是教學重點。以認讀為主，多認少寫，書寫時以筆畫少、最常用的字為主。

　　教導A2級學生，繼續強化字形與圖象關聯性，由字擴展到詞語，建立「由字而詞，由詞而句」的關聯脈絡。嘗試教導閱讀、說故事、朗讀等語文活動，經由閱讀、說話等實作，不斷出現習得的字形，穩固識字品質。漸次加入部件教學，授以文字拆組的能力，建立細部觀察能力、組織能力。學生逐漸熟悉漢字的形體結構和基本筆畫、筆順後，得以增加認字、寫字的數量。

　　B1級學生已經學習一定數量的漢字，教學重點則著重於比較與集合。配合形似字分辨，陳列相似的現代字形、構字取象、古文字字形，帶領學生觀察，理解、比較字義，減少錯別字發生。再者，聚集同部件字，建立字與字之間的關係，培養字族概念。在A1、A2級的基礎上結合閱讀、說話，強調組字成詞、組詞成句、組句成篇段的能力，逐次達到識寫同步。

　　B2級學生已具備自學能力，引導他們統整一個字的各項元素，整理單字教學卡，從字而詞、從詞而句、從句而段落、從段落而篇章，層層遞進學習，由實作組織、輸出所學。如梳理「字─字族─字族文」。

　　教導A1級、A2級學生，側重在打好基礎，穩固質與量，多認少寫，教師遵循由易而難、由獨體到合體的原則，教導一些構字組詞能力漢字。進入B1級、B2級時，著重規律統整和運用，充分利用已有的識字基礎，讓學生有機會以不同的方式、不同的層級組織學過的字詞，在練習中鞏固所學，提高自主學習能力。

　　人類掌握字的過程是從具體到抽象，從一義到多義，從已知到未知，從理解到運用。凡字義較為具體、和生活經驗有密切關聯的詞、已知音義的生字詞，都比較容易被記住。從字延展到詞語教學，應配合學生的能力，採用實物、圖象、演示、舉例、比喻等多種形象生動的方法，提升學習動機，為主動、自主學習奠定根基。

八、正視學生差異

學習的主體是學生，發生變化的也是學生。在對外漢字教學中學生的差異性是不容忽視的，關注「教給誰」、「怎麼學」是必要的教師知能。往下談漢字文化圈、非漢字文化圈學生學習漢字的注意事項，外國人學習漢字的優越性，和如何依學生程度不同而調整。

㈠來自漢字文化圈的學生

漢字文化圈的學生，對漢字不陌生，對字形書寫掌握度高，但要注意其母語干擾學習漢字而產生負遷移。雖然母語環境也有漢字，但音讀、用法、書寫不全然與規範的漢字相同，逕自沿用而造成錯誤。如日語「桌子」寫作「机」，學生無法理解「机會」；以「聞」代「听」；以同音字代替寫不出來的字；混用「ㄨㄟ」，把「延」字寫成了「延」。

漢字教學時，應當遵守「字不離詞、詞不離句」的準則，使其藉由已存有的漢字形象，激活其字形進而帶出字音和字義的學習。

此外，日韓或東南亞學生，個性較為拘謹，偏好書面形式的閱讀寫作、紙筆測驗方式學習。

㈡來自非漢字文化圈的學生

對非漢字文化圈的學生而言，同時要學習一種外語——漢語，還得學習這種外語的文字，是極大的挑戰，尤其是初學漢語的學生，漢字學習確實存在相當大的障礙，因為尚無法以漢語思維、沒有漢語的口語基礎，對漢字的字形和表音、表意都是陌生的。況且，漢字教學直接影響漢語教學質量，也影響著學生聽說讀寫技能的全面發展，如何從字形著手、突破難點就是教師面對非漢字文化圈學生的考驗。

漢字教學初期，以培養學生對漢字的感覺、重新塑造對漢字的認知心理，皆為基礎工作；必須以科學化的教學方法，引導學生建立字感，且結合常用語境教學，在具象的氛圍內感受漢字的形音義。

培養字感，從具象字、生活常用字、構字能力強的部件著手，先有獨體文的概念，熟稔後再教導合體字。教學輔以相關的圖片，直觀說解字形、闡述字義。

　　書寫時從筆畫練習、安排筆順,進而掌握字的外形、間架結構布置,逐步學習。當中,教師具有引導作用,故教師的表達方式和能力,能否循序漸進、清楚授予規律就是學習成效重要關鍵。同時可輔以課室布置,適時、適當安排漢字,讓學生習慣有漢字的環境。

　　面對歐美學生,教師可以多安排任務型教學、角色扮演、討論演說等課堂活動。

(三)外國人學習漢字的優勢

　　漢字的形音義是有規律的,正確適切的教學法能幫助外國學生漢語學習、進而有效學習漢字。教師應當看重外國人學習漢字的優勢,並善加運用之。

　　首先,外國學生對新鮮事物擁有相當的理解能力,任何事物只要多接觸、了解其特點,沒有無法理解的。已具備一定知識結構的學生,他們懂得選擇適合自己的學習方法,也懂得尋找理解、接受新事物的捷徑。故而,學習漢字時,教師正確而有效的引導和幫助,是學漢字的重要依據。漢字字形的表意性、字形與字音之間的關係、漢字構形等特點,在初期是學習漢字的絆腳石,教師若能掌握規律,引發學習興趣,營造學習氛圍,學生較容易接受漢字。書寫時,反覆操作和加強語境練習,學生即能有效掌握筆畫、筆順、部件等知識和技巧。

　　再者,他們擁有分析能力、自學能力。漢字源於漢語的孤立性,故具有明顯的可分性,且視覺效果強。初學漢字時,學生必須仰賴教師,逐漸學會後,進一步掌握漢字書寫認讀方法、書寫筆順規則、一定數量的獨體字和構字部件後,可利用自學能力和分析能力,分析漢字結構、組構漢字、理解和記憶漢字的形音義,都不是難點。再經由生活運用,建立字感絕非難事。

(四)依學生程度不同而調整

　　教師必須要配合學生程度,設計不同的漢字教學活動。
1. 面對零基礎到初級的學生:零基礎到初級多為綜合課,漢語和漢字學

習同時進行，依著教材而隨文識字。

此時的漢字教學重點在於認字、習寫，建議直接識字，認識整個字、不拆解字，除象形文以外不多解釋。習寫則注意筆畫少、常用的字。在課室情境中，多布置圖象與象形文、指事文。

2. 面對中級到高級的的學生：可能是語文同步，也可能有專門漢字課。學生已有初步具體的漢字概念，也已經掌握了基礎的漢字書寫原則。

此時漢字教學要善用部件、部首、字理、圖解識字等多種教學方法，利用圖像引導連結意義，或編寫故事。逐漸加入漢字構形、漢字演變、加強形聲字教學。建立系統、倍增漢字量是此時的重點。

3. 面對認寫不拿手的學生：認寫不拿手的學生，大多是海外華裔學生，特點是能以漢語溝通無礙，卻對漢字認寫不熟悉、甚至是障礙。教師先要求認字，再要求寫字、輸入字。

教學時可運用部件、部首、字理、圖解識字等多種教學方法，多利用圖像引導連結意義，或編寫故事。逐漸加入漢字構形、漢字演變、加強形聲字教學。教師多鼓勵以降低排斥，建立系統、倍增漢字量，是此時的重點。

漢字教學的目的以培養學生的漢字認、讀、寫、用等能力及自學能力為要。漢字是表意文字，形、音、義連繫密切，學習過程三者連動。教師應該先了解漢字形音義的特點，關照學生的年齡特徵、心理特點、認知程度，最後，因時制宜運用不同的策略，才能有效地提高學生學習的興趣、識字量和識字的能力，更要結合聆聽、說話、閱讀、書寫、寫作等，不斷複習、鞏固字詞。

對外漢字教學教師以專業化知能為基準，充分了解教材和學生，注意匹配、趣味、系統原則，秉持以專業選擇及編輯教材、從根本理解漢字的認知特點、確定漢字的層次和系統性、善用漢字特點、選擇有目的的遊戲、掌控不同層第的學習、區別等級的學習重點、正視學生差異等八項原則，此八者相互統攝、相互縮結，體現華語文教師的重要性。期盼培育更多有心有法的教師，將漢字傳播到世界各地，是筆者殷切之盼。

參、漢字教學法

　　教學方法，特別是分析講解字形和形音義三者關係的方法，直接影響對漢字的掌握，乃教師的教學技能重要的一環。（萬雲英1991）教學方法多種，每種教學法都有開發之初衷，也有應用的情境。倘若教師知能不足，會造成選擇困難、容易混用，降低教學的自信心和嘗試新事物的意願，遑論創新教學。觀察常見的漢字教學法，分辨異同，期能幫助教師融會貫通。

一、分散VS.集中

　　「分散」和「集中」是漢字教學主要的方法。表面上，似乎僅在處理「集中」與否的問題，實則在思考觀點、教學脈絡及安排次序皆存著差別。

㈠分散識字教學

　　分散識字教學，又稱「隨文識字」、「隨課文分散識字」。1958年江蘇省南京師範學院附屬小學教師斯霞所創，採用邊識字、邊閱讀、寓識於閱讀之中；進而克服當時識字「少慢差費」的現象。生字詞分散在課文之中，強調在有意義的情境了解字的意義與用法，結合識字和閱讀，具備「字不離詞、詞不離句、句不離文」特性。優點是符合兒童的認知規律、強調語言環境，可減輕學生過重的課業負擔，促使學生身心健康發展，識字成效質量達到「多快好省」的境界。

　　就學習的原理而言，為學生提供了具體、形象、規範的語言環境，識了字立即可運用，運用同時鞏固所識之字，將識字與聆聽、說話、閱讀、寫字融合為一，提高識字的質量，是其貢獻。此法容易掌握住字的意義，照顧學生的認知規律和漢字「組字成詞、組詞成句」使用規律。但是較少教導歸類、比對，無法顯示漢字的理據，字形與字義連結困難，學生容易出現錯別字。

　　此法原為本國語文學習的主要方法，目前華語文教學亦採用之。在詞本位教學理念主導下，提取教材的生字，以為漢字教學的內容。

(二)集中識字教學

　　集中識字教學，與「分散識字教學」對稱，1958年遼寧省黑山縣教育局視導員賈桂枝、北關實驗學校教師李鐸共同設計。以提前「讀寫訓練、自學生字」為目標，讓學生有系統的大量識字。根據構字規律和學習遷移，將漢字歸類，集中教、分散練，教一批字，閱讀數篇課文，閱讀中鞏固生字。實務上採用基本字帶字，以熟字識記生字的方式。

　　以字形為核心，利用歸納、對比與結構規則，成批學習，短期內快速、大量學習，即為識字而識字。當然，依所集中的要點不同，進而發展出同音字歸類、形聲歸類、部首歸類、字義歸類和基本字帶字等教學法，共同特點如下：

> 　　一定量的漢字，便於歸類對比和突出漢字結構規則。例如形近字、同音字歸類和基本字帶字，由於突出異同便於兒童分析、比較、分化、辨認和理解；掌握了規律，更能舉一反三、觸類旁通、化難為易，減少難點。利於兒童有計畫地編碼、組合、儲存和檢索。（萬雲英1991：427）

　　集中大量識字，識字科學化是其優點。從字出發，先識字再閱讀，突出字形，便於比較形、音、義的區別和連繫。然而相似字過多，若缺乏練習，反而增加學習的負荷，易產生泛化及混淆是其缺點。

　　就時間先後，二者幾乎同時，識認之後皆由閱讀鞏固所識是共同點。側重點有別：集中識字，是根據漢字形音義統一原則，突出字形，兼顧音義特徵，關注字與字之間的連結。分散識字教學則邊識邊用，注重字在詞、句、上下文的關聯，在語言環境中學用結合，照顧學習心理，卻忽略字間的脈絡。

二、形音義vs.拆組

　　依據字與字間關聯教學，且依據漢字可拆組的特性教學，包括形聲、部首、基本字帶字、韻語、部件、字族文等六種方法。

(一)形聲識字教學法

形聲是漢字強勢的構形原理，一字之內既表示類屬、區分類別，又標示讀音。

形聲識字教學法即利用「聲旁表音」為識字線索，替換不同部首、產生不同的字，經由統整，學習相同「聲旁」的一群字。然而，漢字形體的變化、類別的意義改變、語音演變，造成無法全然類推，是此法的侷限。教學時，教師應該強調字與字之間的聲音關係、不同部首之間的差別，更要連繫造詞以鞏固生字。

因著同聲符字，存在著音同或音近關係，故韻語識字教學法、字族文識字教學法，亦可見同聲符字的集合，是為三法重疊之因。

(二)部首識字教學法

部首是漢字用以表示字義類別的部件，也是中文詞典依字義分類及筆畫數目編排所選定的領頭字。部首對於文字的價值，在於表示類別，共同部首的字意義存在共通性。部首運用於識字，利於推知字義、統整一群形體相似的漢字。

部首歸類以部首為出發點，替換不同部件，帶出更多同部首字，強化字義辨識，最能體現漢字「據形知義」的特點。通過同部首字的歸類，了解漢字的結構規律，強化合體字的敏銳度和自學的能力。再者，學習部首得以略知字義，提升同一語義範疇的識字量，強化閱讀能力。

教學時，先教部首意義，後教課文的生字，再延伸學習同部首字，培養組合字的能力。同時，培養學生查用字典的能力，強化自學能力。

(三)基本字帶字教學法

所謂「基本字」指能獨立成字的構字部件，可能是部首、聲符、非部首的獨體文，甚至是合體字。基本字帶字法以字形為重點，整合共同的部件成批認字，是集中識字最主要的施行方法，符合「先獨體字，後合體字」，突出字形特點，區分每個字的相異處，便於識記和比較。

基本字帶字法利用熟字識記新字，相互複習，同時認識一大群字，提

高識字效率，是其優點。形似字字數過多，容易產生混淆，且識字若不與閱讀結合，鞏固率不高是其缺點。使用此法時，必須特別注意帶出之字的使用率和構詞率，不宜教導罕用字，以免徒增形似而相混的困擾。

㈣韻語識字教學法

韻語識字法利用漢語同音字、近音字多的特性，以韻母相同的字，編寫成句式整齊的韻文，兒童朗誦韻文的同時認識生字，傳統童蒙教材多依此法編寫。

現代韻語識字法為1987年遼寧省東港市實驗小學校長姜兆臣設計，為了讓兒童盡早閱讀、大量閱讀，依據傳統韻語行文的方法，選編教材，先選取小學階段3,500個常用字，發展為常用的詞語，由一個中心思想或故事情節，編寫成句式整齊、通俗易懂、生字密度大的韻文。

年幼的兒童喜歡唱歌、喜歡模仿、喜歡表現等。韻語識字的課文簡短、故事性較強，足以引發學習興趣，刺激學習的動機，提高學習的效果。押韻，方便背誦、容易記憶。背誦後，可以經常表演，增加成就感，增強學習動機和複習所學，十分適合年齡較小的學生。

韻語識字教學法的特色，符合學習漢語「先識字，後閱讀」的規律，字就在韻語之中，與分散識字皆具備「字不離詞、詞不離句、句不離文」、遵循「先記憶後理解」、「先整體後部分」、「先形象後抽象」的認識規律，符合兒童喜歡活動、表現的心理活動特徵。

然而，韻語編寫不容易，較難達到「文質兼美」的素質；且體製短小，限制學習內容的數量，進而限制了使用的對象，造成推廣不易，皆為此法尚待解決的困難點。

㈤部件識字教學法

部件識字教學法是1965年河北省孟村回族自治縣教研員白海濱、蘇靜白等人設計。部件是由筆畫組成的、有組配漢字功能的構字單位，有固定的形體、明確的稱謂、一定的涵義。漢字的合體字都是由部件構成。以部件為線索，安排部件與整字出現的順序，從已知到未知、由小到大組合，

組成一個比較複雜的整字。教學原則是先教獨體字、次學簡單的合體字，最後教複雜的合體字。

　　特點在於利用部件識字，簡化識記字形的心理負荷，有理據的解析記憶，利於連繫和比較，符合人類善於分析歸納的理性思維。以「獨體字」為基礎、以「合體字」為教學重點、以學者舊經驗出發、以基本部件為根本，為部件識字教學重要的觀點。

　　將漢字剖析至小單位，清楚了解各個字的特殊性，易於掌握結構和造字過程，有助於分辨形似字，可融入語文遊戲如猜字謎，是此法的優點。化整為零，解決漢字字形難認難學的難題，是其功效。

　　漢字的拆分方法和原則不統一，尤其是非成字部件命名混亂，是目前此法推廣的難點。

㈥字族文識字教學法

　　字族文識字教學法為1960年四川省井研縣教育局局長鄢文俊，欲改善農村孩童識字成效不佳、小學語文教學「少慢差費」的困境而創立。

　　以字族文為載體，掌握「結構化、規律化」的漢字，是以吸收各家的識字經驗，如集中識字重視利用漢字結構規律、分散識字重視語言環境、注音識字重視在發展語言同時促進思維，自成一家，體現了「字形類聯、字音類聚、字義類推」的特點。選定330個具派生能力的常用獨體字，作為「母體字」，與常用偏旁組成子體字，母體字與音形相近子體字構成「字族」。以同一個字族的字為主編寫課文，即「字族文」。字族文，可以是韻文、散文、長短句、三字文、對子歌等，文體多樣，依文以識認漢字，就是字族文識字。

　　字族文形式新穎、內容貼近生活，多以韻文編排、易讀易記，富有教育意義，學生學習意願高，是其優點。字族中子體字的拼形組字材料和方法，揭示漢字的拼合規則，掌握母體字的形音義、偏旁的類屬意義，以及拼合規律，就能依著語境，自覺地認識其他漢字，達到舉一反三、以簡馭繁的效果。缺點是生字密度大，且用以負載生字的文字總量少，缺乏足夠的優質書面語言材料。與韻語識字法相若，因字造文，難以達到書面語言規範、優美、典雅的要求，造成閱讀材料質的先天缺陷，限制了書面語言

能力的發展。（劉靖年、曹文輝2009）

　　上述六法，韻語識字以語音為連繫，餘者皆著重字形，體現漢字「獨體為文、合體為字」的組構原則、拆組自由的特性，更是漢字累進性的表現。以熟字帶生字的基本字帶字法，如選用字是可單獨成字的部首或聲符，則與部首識字、形聲識字二法重疊，三者以字形為教學重點。部首識字教學法，兼具字義歸納的功用。再者，形聲識字教學法、部首識字教學法、基本字帶字法，所教者已為合體字，體現漢字的組合性，又與部件識字教學法重疊。形聲教學法與韻語教學法都是字音的連繫，選用字的相似或重疊；韻語識字法，也與字族文教學法相若。韻語識字法、字族文教學法、基本字帶字法，皆強調識字之後的運用，在閱讀鞏固所學，識用相合，與分散識字法的精神吻合。

三、造字原理

　　字源識字、字理識字是偏重「造字原理」而發展的教學法。

㈠字源識字教學法

　　字源，指漢字演變的源流。辨識字形之時，透過本形來說明本義，加深學生理解字形、認識中國文化與社會，強化學習的效果，是為「字源教學法」，由黃沛榮提倡。運用漢字與圖象的血緣性，多半施用在圖畫性較強的象形、指事與會意字。人類認知是從直觀、具體而到抽象思維，了解構字的理據，識記的效果會更好。教導象形文，展示演變過程，建立文字符號與實際事物之間的連繫，形成栩栩如生的表象。

　　此法考驗著教師漢字本體知識的深厚程度，教師必須熟稔掌握文字演變和漢字構形原理。根據學生的理解能力適當說明字體溯源書寫，便於辨析、理解和記憶。然而，非形聲結構者數量較少，且字義與常用義未必能吻合，限制了施行的範圍。

㈡字理識字教學法

　　字理即漢字的構字依據和組成規律，以此教學自古有之。現代字理識字教學法，又稱「造字理據識字法」，1991年湖南省岳陽市教育科學研究

所教研員賈國均設計，通過對象形、指事、會意、形聲等造字法的分析，運用直觀、聯想等手段識記字形，達到識字穩固，明確化、系統化和專門化，是其特點。此法揭示解析字理，激發學生學習興趣，引導想像，進而建立形音義間的連繫。教學的程序：讀準字音、解析字理、識記字形、指導書寫；操作的方法包括圖示、點撥、聯想、歌訣、猜謎、故事、遷移、推理、比較、遊戲、演示等。

此法以理解記憶優於機械記憶、化抽象符號為形象聯想。優點在於以形音義間的關係為切入點，發揮漢字的表意功能和形聲字聲符的標音功能；遵循從感性到理性的認知規律，任何語文教學的識字教學都可適用。然而，漢字演變複雜，對兒童而言，要從古體字到現代漢字過渡，有一定的跳躍性；形聲字多、形符的表義受到限制；對教師的漢字學功底要求較高，一般教師難以嫻熟運用。況且，漢字演變的複雜性，簡化漢字存在較大的跳躍和斷離，是運用時無法規避的問題。

字理教學法廣於字源教學法。二法，與組構類型的識字教學法有別，根植於漢字的構造原理，或多或少承繼著古代識字法，體現漢字「依形表義」的功能，且將識字建立在理性理解之上。再者，均高度要求教師知能，如培育、知理後的運用、引導手段和工具等，由此應正視漢字教師知能養成，都是語文教育不可忽視的關鍵。

四、融合式

融合式識字教學法乃兼具識字、用字，包括字族文識字教學法、綜合高效識字教學法、圖解識字教學法三者。字族文識字教學不但展現集中識字教學法「從字形出發、集中認識」的精神，更結合分散識字教學，縮短識字到閱讀的進程，當為融合式識字教學法，本文為了呈現與集中識字的各個教學法的相似性，故置於前處一併說明。往下說明綜合高效及圖解識字二法。

(一)綜合高效識字教學法

綜合高效識字教學法，為1998年香港大學謝錫金倡導，綜合中西方識字教學理論的優點，配合香港的語言環境而創立。

　　此法主張從生活習得的詞彙展開識字教學，在已知的音義基礎之下，教導學習字形。再者，擷取各家之長，綜合了隨文識字、基本字帶字、部件識字、韻語識字、字族文識字、字源識字等法，將各組字族分散在課文裡，釐清每個字的差異性，以達有效識字之效。另外，更要注重實際生活之應用，課文編寫不離生活，以易懂、實用的課文幫助學生快速學習。利用「分散教、集中練，邊識字、邊閱讀」的理念，結合課文、集中大量識字，將所識的字編成短文、詩歌或故事，掌握漢字結構，快速記憶及分辨生字。此外，還主張學習漢字應有不同的層次：認讀字詞，大量學習好幫助提早閱讀；書寫字詞以筆畫少和生活常用者為先。

　　綜合高效識字法的特點是結合文字學、認知心理學、兒童發展心理學及識字心理等綜合而成。

(二)圖解識字教學法

　　圖解識字教學法是2004年周碧香提倡，以圖象呈現造字本義、聚集學習要素、解釋相同成份的字族、分析形似字的教學法。教材包括構字取象圖、單字教學卡、形似圖及辨析形似字四部分。構字取象圖模擬先民造字的用心，即每個字的取義重點，運用圖象和古文字疊合的方式，輔助記憶字形和理解字義。單字教學卡含括辨形、讀音、部首、本義、常用義、造句等各項教學和學習的元素。形似圖提取一群字共同的相似成分當做連繫的線索，其他字環繞其四周，學生藉由形體的連結，建構字族的觀念。形似字分析，以現代形體相近、容易混用的字為主，以直觀辨析，提高用字正確率。

　　此法含有回溯性、含括性、符合書面語言學習模式、利於學習遷移和比較、強調環境潛移、以學生為教學重心、補充性與融合性，並且與其他教學不衝突，能強化學習動機，可收識記快速且印象深刻的效果。

　　圖解識字教學法，從傳統語文學出發，以學生為中心，著重提升教師專業、提升識字成效為中心意旨，主張教材分級、關注不同學生、潛能學習、教師再增能等輔助觀點。目前仍持續在教學現場實驗、推廣。

五、方法綜合化

　　上述各種方法，所關照重點亦有不同。實施時，教師應因應單字和群字而運用不同的教學法。如單字，重點在建立形音義連繫，可使用分散、字源、部件等教學法，及圖解識字的構字取象和單字教學卡等策略，穩固基本學習。群字教學點在統整和比較，則可運用部首、部件、同聲符、基本字帶字、字族文等教學法，及圖解識字的形似圖和形似字對比等策略。

　　每一種教學法，均以提升教學（學習）成效為出發點和最終目的。其次，沒有一種方法能脫離教學內容而獨立存在，故不論其如何巧妙、高深，皆不離漢字結構、運用的法則，而所掌握皆不離形、音、義三元素。教師必須理解各種教學法，都是從漢字的性質和特點出發，關注了某一特點，無可避免忽略其他特點。「合」是教師必須面臨的情況和能力，及教學研究必要的討論。識字教學方法綜合化是無可避免的趨勢：

> 任何一種方法都沒有充分運用漢字的種種優越性，漢字的任何一種優越性也都不是反映在每一個漢字身上。因此，識漢字的方法不可能由某一種方法「包羅萬象」。（戴汝潛1999b：42）

　　綜合化依憑著教學內容、學生的差異運用不同的方法，達到「因人而異」、「適字而別」；從字而詞、從詞而句、從句而段落、從段落而篇章，層層遞進學習；由實作組織而輸出所學。教學法綜合化取決教師的教學知能。

　　教學方法多元，然而任何一種教學法，都根源於漢字的特點。教師應當先了解漢字形音義的特點、各種「識字教學策略」的長處和限制，有能力統整字與字的關係。其次，關照學生的國別、學習目的、年齡特徵、心理特點、認知程度的差別而引導之。最後，因時制宜施行不同的策略，製造機會讓學生統整、操作、運用，有效地提高學生對漢字的興趣、識字量和識字的能力，更要結合聆聽、說話、閱讀、書寫、寫作等，不斷複習、鞏固字詞。

　　教師學習漢字的構造原理和各種教學法，比較各法異同，各法相通之處即融合的基礎，是為語文教學知能的基礎功，必須紮實且持續。實際教學時，因學生不同而變、因教學內容不同而變，不能死守一法，必須融會貫通、靈活運用。教師識字教學知能，只有紮實、苦練，才能活用，「學有定式、教無定法」，無招勝有招。

肆、現代漢字

　　現代漢字指記錄現代漢語的漢字，既包括現代漢語口語和書面的用字，也含括了現代和古代通用的漢字。現代漢字指經過變革、整理而規範化、標準化的用字，形體與過往的漢字不完全相同，是其首要特點。（楊潤陸2008）規範漢字，正體字指《常用國字標準字體表》所收錄的4,808個常用字。簡體字指見於《簡化字總表》、《現代漢語通用字表》的7,000個簡化字。不規範的漢字不屬於現代漢字範疇。歸納現代漢字具有規範化、正簡並存、區域性等特點。規範化是現代漢字的條件，往下先談漢字規範，再看現代漢字簡化、現代漢字結構。

一、漢字規範

　　漢字因時久、地廣、人眾，字形、字音自然發生歧異，不益於教育、政令推廣；規範化是政權掌握者必要工作。漢字規範化、標準化從古至今，都發生於漢字文化圈之內。

㈠古代規範史

　　傳說中造字的倉頡，就是首位整理和規範漢字的人。「秦始皇帝初兼天下。丞相李斯乃奏同之。罷其不與秦文合者。斯作《倉頡篇》。中車府令趙高作《爰歷篇》。大史令胡毋敬作《博學篇》。皆取《史籀》大篆。或頗省改。所謂小篆者也。」（《說文解字·敘》）《倉頡篇》、《爰歷篇》、《博學篇》即為「書同文」小篆的標準字體、規範字表。東漢許慎因見當時用字混亂，「諸生競逐說字解經誼。稱秦之隸書為倉頡時書，云父子相傳。何得改易。乃猥曰。馬頭人為長。人持十為斗。虫者屈中也。廷尉說律，至已字斷法。苛人受錢。苛之字止句也。若此者甚眾，皆不合

孔氏古文。謬於史籀。俗儒啚夫翫其所習。蔽所希聞。不見通學。未嘗
覩字例之條。怪舊埶而善野言。已其所知為祕妙。究洞聖人之微恉。」
（《說文解字・敘》）故以畢生之心力，著成《說文解字》，為漢字規範
化史的里程碑。東漢靈帝熹平年間，蔡邕上書要求匡正六經文字，以隸書
刻《周易》、《尚書》、《詩經》、《禮記》、《春秋》、《公羊傳》六
部經典於石碑，謂之「熹平石經」，統一、規範書寫形體。

　　魏晉南北朝戰亂流離，地域文化、民族文化交流頻繁，語言文字變化
巨大，用字尤為混亂，異體字、俗字、訛字、新造字雜沓紛至。《字林》
與《玉篇》應時而作。前者規範隸書，兼收正俗、異體和新造字，切合實
用；後者乃首部楷書字典，確立楷書的正統地位。餘者如梁武帝大同年間
周興嗣編《千字文》為識字之用，通行全國，亦起規範之功。

　　隋唐朝以科舉拔擢人才，迫切整飭文字，字樣學興起。字樣學是正
字之法的學問，主要制定文字規範、編纂規範字書辨析文字形體的正俗
訛謬，以指導用字之規範。隋代曹憲曾《文字指歸》、唐代顏師古《字
樣》、杜延業《群書新定字樣》、顏元孫《干祿字書》、唐玄宗《開元文
字音義》、張參《五經文字》、唐玄度《新加九經字樣》等，統一楷書字
形，對漢字規範化影響深遠。

　　北宋司馬光《類編》、遼僧行均《龍龕手鑑》，對規範社會用字和廣
大群眾學習、掌握標準漢字極具實用價值。

　　明代梅膺祚《字彙》、張自烈《正字通》以字形為依歸，得出214個
部首，部首及部首內隸屬字都以筆畫多寡排序，首創筆畫檢字法。《字
彙》成書宗旨乃「庶備同文之一助焉」，即規範文字；卷首附以筆畫為序
的「難檢字表」；後附「運筆、從古、遵時、古今通用、檢字」等資料，
其中「運筆」言「運筆之先後」亦即筆順，影響至今。張自烈以訂正《字
彙》之訛誤缺漏、拾遺補闕而作《正字通》。

　　清代《康熙字典》為漢字定音、定形、定義集大成。且正式提出「字
典」記錄語言文字應有「善兼美具」，合乎「典常而不易」，以「昭同
文之治」，是為示範。匯釋文字，使官吏民眾「備知文字之源流」有所遵
守，提高正確理解和使用文字的能力；作為文字範本，垂示久永之功。以
官方之力，在文字發展與社會約定成俗的基礎上，集合專家編纂字典，為

正字的總結之作。晚清用字混亂，李祕園《字學七種》、龍啓瑞《字學舉隅》在辨似、正訛上具明確性和實用性。

㈡現代漢字規範化

漢字規範化工作，包括簡化、定量、定形、定音。臺灣、大陸、香港、日本、韓國等地使用漢字，名稱、內容皆有別。經規範的漢字，各區域名稱的不同：臺灣稱「正體字」、大陸稱「規範漢字」、香港稱「常用字」、日本稱「當用漢字」、韓國稱「朝鮮漢字」。

1.中華民國

中華民國教育部頒布之《常用國字標準字體表》與《次常用國字標準字體表》裡規定之漢字（國字）標準字形寫法，主要用於中小學課本、政府公文。稱為「正體字」與「簡化字、俗字」相對（表2-1）。

表2-1　中華民國漢字規範歷程

發表年代	名稱	標準指定範圍	備註
1982	常用國字標準字體表	異體字、字形、字量	4,808字標準字體
1982	次常用國字標準字體表	異體字、字形、字量	6,341字
1998	常用國字標準字體筆順手冊	筆順	國字標準筆順寫法
1999	國語一字多音審訂表	字音	
2002	國語一字多音審訂表	字音	修訂初稿

臺灣之標準字主要用於學校、政府，社會用字並無嚴格規定。

2.中華人民共和國

規範漢字指具有法定地位的「國家通用文字」，為經過簡化、整理、頒布的漢字。社會一般應用領域的漢字以《通用規範漢字表》為準。中華人民共和國政府發布《簡化字總表》、《第一批異體字整理表》及《印刷通用漢字字形表》，並設立《通用語言文字法》，明確規定應當使用「規

範漢字」的場合，且說明繁體字、異體字、不規範簡化字均非規範字，不能使用於正規場合（表2-2）。

表2-2　中華人民共和國漢字規範歷程

發表年代	名稱	標準指定範圍	備註
1955	第一批異體字整理表	異體字	1,865字。此表名為「第一批」，但至今未出臺「第二批異體字整理表」，之後曾多次調整。
1958	漢語拼音方案	字音	注音識字、推廣普通話
1965	印刷通用漢字字形表	字形	被1988年出版的《現代漢語通用字表》取替。
1986	簡化字總表	簡化字	第一版於1964年出版，所據之《漢字簡化方案》於1956年出版。
1988	現代漢語常用字表	字量、字形	常用字2,500字、次常用字1,000字
1988	現代漢語通用字表	字量、字形	含《現代漢語常用字表》所有字。取替《印刷通用漢字字形表》成為字形標準。
1997	現代漢語通用字筆順規範	筆順	含《現代漢語通用字表》所有字。
2013	通用規範漢字表	字量、字形、簡化字、異體字	8,105字。上述字表停用，為現行統一規範。

3. 香港

　　《常用字字形表》是由香港教育署語文教育學院中文系制定的字形表，收錄四千多個常用漢字，應用於香港小、中學識字教育課本，是一份以教師為主要對象的語文教學參考資料。表2-3歷經多次修訂：

表2-3　香港《常用字字形表》修訂歷程

版本	字數
1986年	4,721
1993年修訂本	4,759
1997年修訂本	4,759
2000年修訂本	4,759
2007年重排本（附錄於《香港小學學習字詞表》）	4,762
2012年重排本附粵普字音及英文解釋	4,762

本表修訂的主要目的，在避免小學語文教師因異體字太多而產生困擾，並非日常使用印刷字型時需要依從的標準。

4.日本

　　日本國語國字問題（日語：国語国字問題／こくごこくじもんだい）指日本明治以來廢止、更改日語（標準語）的漢字的語言政策。包括近現代日語只用於特定用途、使用頻度較少的漢字、和某個時期的漢字使用問題等。

　　日本戰後的國語改革，是影響最大的漢字政策，制定了當用漢字（当用漢字）和現代假名遣（現代仮名遣い）。為了全部廢除漢字，內閣於1946年（昭和21年）公布在漢字全部廢除之前，仍可使用1,850個「當用漢字」，明確官方文書和傳媒使用漢字的範圍，嘗試簡化複雜或存在多種寫法的漢字，整體變更漢字的部件，及參照慣例簡略個別文字。

　　《當用漢字表》施行後產生若干問題，根據此表，若無法以當用漢字書寫的詞彙則得以替換漢字：有人用假名發音替代漢字，好繼續使用原有詞彙，即所謂「混同書寫（混ぜ書き）」。國語審議會於1956年（昭和31年），對漢語詞彙中超出《當用漢字表》所規定範圍的漢字，用同音的別字進行替換書寫。例如：（括弧內為原本的書寫方式，後為對應假名，以及中文釋義。）

　　⑴注文（註文）ちゅうもん（中文意為訂購）

⑵遺跡（遺蹟）いせき（中文意皆遺蹟、遺跡）

⑶防御（防禦）ぼうぎょ（中文意為防禦）

⑷扇動（煽動）せんどう（中文意為煽動）

⑸英知（叡智）えいち（中文意為睿智）

⑹混交（混淆）こんこう（中文意為混淆）

　　基於修改制定《當用漢字表》，1981年內閣公布《常用漢字表》，包含1,945個漢字。相對於以全廢漢字為目的的當用漢字，常用漢字是比較緩和的「標準」。

　　1978年日本標準協會（JIS）指定計算機和文字處理機中所使用的6,802個漢字，稱「舊JIS漢字」。1983年指定了6,877個標準文字，稱為「新JIS漢字」。二批漢字有些差別，如「戶」（舊）、「戸」（新）；「艷」（舊）、「艶」（新）；「衞」（舊）、「衛」（新）；「爲」（舊）、「為」（新）；「臺」（舊）、「台」（新）等。日本對舊字體無強制規範，仍能見於排印古籍、喜慶、喪葬等場合（表2-4）。

表2-4　日本漢字規範歷程

發表年代	名稱	標準指定範圍	備註
1946	當用漢字表	官方文書、媒傳	1,850個漢字
1956	同音漢字書寫	超出當用表	超出當用表的漢字以同音別字替換，以解決混同書寫的現象
1978	舊JIS漢字	計算機、文字處理機	6,802個漢字
1981	常用漢字表	官方文書、媒傳	1,945個漢字
1983	新JIS漢字	計算機、文字處理機	6,877個漢字

5. 韓國

　　韓國漢字（韓語：한자 / 漢字hanja）也稱韓文漢字或朝鮮漢字，指韓語使用的漢字，通常用來書寫由漢語、日語傳入的漢字詞。

　　漢字教育隨著時代而不同，戰後兩韓政府以諺文為國家官方文字，逐漸停用漢字，朝鮮民主主義人民共和國（北韓）完全停用漢字，而大韓民國（南韓）在名字、重要節日及場合會使用漢字，常見漢字諺文並記以消除歧義。今日能讀寫漢字的韓國民眾已逐漸減少。

　　韓國使用傳統漢字，字形大約同於香港的繁體字、中華民國的正體字、日本的舊字體，僅有些字的寫法和繁體中文不同。這是因為正史皆使用漢文，統治階層以使用當地諺文為恥，文字、文學等方面皆效仿中國歷代王朝，故直接使用正統字形傳承。

　　當然，若干字的正字、俗字的認定具有獨特性，如用「眞」而不用「真」、用「旣」而不用「既」、用「曺」不用「曹」。另如的「裵」在韓國以「裵」為正字，但漢字文化圈內其他國家以「裴」為正，以「裵」為異體字。

　　簡略比較五個地區用字，詳參附錄一「中日韓港標準漢字字體舉隅」。

二、現代漢字簡化

　　現行漢字一字二形，華語文教師必須嫻熟掌握繁、簡字及轉換規則，以避免錯誤。往下談簡化字的來源、簡化方式、簡化字問題。簡化字依《簡化字總表》共2,235個字。

㈠簡化字來源

　　簡化字的來源有三：

1. 源於古字：如「云」、「从」、「电」、「胡」、「須」為古字或古本字；「礼」、「尔」、「弃」、「无」是古異體字；「才」、「后」為古通用字。
2. 群眾流傳：如「体」、「声」、「铁」、「泪」等。
3. 大陸新造字：如「拥」、「护」、「灭」、「进」等。

㈡簡化方式

　　從繁體字到簡化字，歸納簡化方式有三：省略部件、改造字形、字形

替代。

1.省略部件

　　保留特徵或輪廓，以部分代替全體：如录（錄）、号（號）、里（裡）、制（製）、众（眾）、术（術）、爱（愛）、恳（懇）、类（類）、习（習）、开（開）、声（聲）、飞（飛）、齿（齒）、齐（齊）、换（換）、宝（寶）、舍（捨）、经（經）、参（參）、农（農）、国（國）、宁（寧）、爷（爺）、创（創）、奋（奮）、茧（繭）、亲（親）、灭（滅）、际（際）、妇（婦）、亩（畝）、虑（慮）、夺（奪）、竞（競）、杀（殺）、广（廣）、干（幹）等。

2.改造字形

　　⑴改換形符或聲符：如猫（貓）、唇（脣）、这（這）、优（優）、拥（擁）、历（歷）、认（認）、袄（襖）、构（構）、胆（膽）、审（審）、响（響）、础（礎）、辽（遼）、惊（驚）、极（極）、远（遠）、肤（膚）、进（進）、机（機）、窜（竄）、桩（樁）、邮（郵）、汉（漢）、赵（趙）、环（環）、区（區）、鸡（鷄）、枣（棗）、轰（轟）、归（歸）、观（觀）、灶（竈）、笔（筆）、帘（簾）、尘（塵）、厅（廳）、泪（淚）、体（體）、护（護）。

　　⑵草書楷化：如长（長）、车（車）、专（專）、乐（樂）、书（書）、尧（堯）、为（為）、马（馬）、韦（韋）、东（東）、兰（蘭）、汤（湯）等。

　　⑶用簡化偏旁或簡化字類推：如劳（勞）、茔（塋）；当（當）、挡（擋）；观（觀）、欢（歡）、权（權）；韦（韋）、伟（偉）、围（圍）、纬（緯）；钅（金）、银（銀）、铃（鈴）、钱（錢）；贝（貝）、贫（貧）、贵（貴）、费（費）等。

　　⑷新造符號：如义（義）、头（頭）、万（萬）、归（歸）等。

3.字形替代

　　⑴借用同音字或音近字：如怜（憐）、谷（穀）、后（後）、丑（醜）、只（隻）、干（乾幹）、斗（鬥）、卜（蔔）、据

　　（據）、划（劃）、几（幾）、板（闆）、千（韆）、台（臺）、出（齣）、冬（鼕）、面（麵）、涂（塗）等。

(2)借用古字：如云（雲）、从（從）、礼（禮）、須（鬚）、电（電）、胡（鬍）、尔（爾）、愿（願）、才（纔）、个（個）、无（無）、虫（蟲）等。

㈢簡化字的問題

　　簡化字省略了筆畫，書寫快速；同音相代，減少了通用漢字的數量；替換部件而強化表音或表意功能。如「从、灭、灶、众、尘、泪」表意都比「從、滅、竈、眾、塵、淚」來得直接；如「补、钟、惊、肤、护」聲符表音也較「補、鐘、驚、膚、護」來得準確，都是簡化字的長處。（王秀榮2013）當然也存在著一些問題，如失去造字理據、表意功能消失等。教學現場將面臨的問題尚有：

1. 表音功能弱化：部分簡化字替換部件後表音功能削弱或喪失，如「邓、鸡、层、爷、导、灿、际、环、赵、泪」等字部件無表音功能，如「响、础、辽、灯、邻、淀、拥、进」等字，表音部件與字音的聲調或韻母有別，無法完整表音。

2. 增加新部件：草書簡化，漢字體系得增加新的部件，如「专、乐、书、东、车」等。

3. 增加多音字、多義字：因以音同音近字替代，使得多義字和多音字數量增加，如「后、後」本為二字，簡化後為一字，「皇后」、「後來」都用「后」，「后」就成了多義字。「几、幾」本為二字，簡化後為一字，「茶几」、「幾個」都用「几」，「几」成了多音多義字。

4. 類推簡化未貫徹：採用簡化偏旁類推，但貫徹得不徹底，致使相同部件者有不同的結果，造成混淆，如「闌、瀾、欄、揀、練、煉」都從「柬」得聲，簡化後「阑、澜」等字，「柬」形體未變，而「揀、練、煉」簡化為「拣、练、炼」，右邊的部件與「东」形似，很容易混淆，造成了漢字書寫和記憶的麻煩。更甚者「欄」變為「栏」完

全脫離與「東」的連繫。「單」簡化為「单」，故「彈、撣」簡化為「弹、掸」，但是「戰」卻簡化為「战」。「貝」簡化為「贝」，故「貴、貨」簡化為「贵、货」，但是「賣、買」卻簡化為「卖、买」。「樂」簡化為「乐」，故「櫟、礫」簡化為「栎、砾」，但是「藥」卻簡化為「药」。

5. 繁簡對應：**繁體轉**為簡字時問題較少，簡體字轉換為繁體字時要特別注意，簡化字類推不徹底，無法完全類推。還有一字對應多體的問題，如发─發、髮；干─干、乾、幹；台─臺、檯、颱；歷─歷、曆等。如表2-5：

表2-5　常用漢字一簡多繁對照表

元：元旦 / 銀圓、一圓錢	核：核心 / 覈實	弥：彌補 / 瀰漫	席：宴席 / 草蓆
斗：鬥（dòu）爭 / 北斗（dǒu）	哄：哄（hǒng）騙 / 起鬨（hòng）	面：臉面 / 米麵	系：系統 / 確係 / 連繫
摆：擺佈 / 衣襬	后：太后 / 前後	蔑：蔑視 / 誣衊	咸：老少咸宜 / 海鹹河淡
板：木板 / 老闆	胡：胡人 / 鬍子 / 衚衕	匹：匹配 / 布疋	衔：軍銜 / 啣接
背：脊背（bèi） / 揹（bēi）負	糊：裱糊 / 餬口	凄：淒涼 / 悽慘	向：方向 / 嚮導
表：表面 / 鐘錶	回：回家 / 迴避	馆：飯館 / 旅館	效：效率 / 傚法
別：分別（bié） / 彆（biè）扭	汇：匯款 / 彙報	仆：前仆後繼 / 僕人	幸：幸福 / 寵倖、僥倖
驳：反駁、斑駁 / 駁船	获：俘獲 / 收穫	扑：扑棗 / 香氣撲鼻	凶：吉凶 / 兇惡
布：棉布 / 佈告	几：茶几（jī） / 幾（jǐ）多	朴：樸素 / 厚朴（pò）、朴（pō）刀、朴（piáo姓氏）	须：必須 / 鬍鬚

才：才能／剛纔	饥：飢餓／饑饉	戚：親戚／休慼相關	旋：旋風／鏇牀
采：神采／採訪	笺：箋註／信牋	干：千萬、鞦韆	御：駕御／防禦
尝：未嘗／嚐試	僵：僵局／凍殭	签：簽名／牙籤	岳：五嶽／岳飛
沖：沖茶／衝鋒、大門衝（chòng）	慨：慷慨／嘅嘆	曲：歌曲／麯酒	云：子曰詩云／雲雨
丑：子丑寅卯／醜陋	克：克服／尅扣	扇：扇子／搧（shān）扇子	脏：骯髒（zāng）／五臟（zàng）
出：出汗／一齣戲	昆：昆蟲／崑崙	沈：沈（姓氏）／瀋陽	赞：讚揚／贊助
淀：澱粉／白洋淀	困：困境／睏乏	升：升斗／昇旗／陞級	噪：鵲噪／鼓譟
渎：溝瀆／褻瀆	漓：淋漓／灘江	尸：屍首／尸位素餐	帐：蚊帳／賬目
讹：訛詐／以譌傳譌	里：里程／裏（裡）外	摔：摔碎／蟀跤	致：景致／細緻
恶：兇惡（è）、厭惡（wù）／噁（ě）心	历：經歷／日曆	松：松柏／鬆散	志：同志／誌喜
干：干涉、干支／乾燥／幹（gàn）部	痢：痢疾／瘌鬁頭	苏：蘇草／甦醒	钟：警鐘／鍾情
谷：山谷／五穀	梁：橋梁／房樑	台：台州／井臺／櫃檯／颱風	准：批准／標準
刮：刮臉／颳風	了：完了（le）、了（liǎo）不起／瞭（liào）望	团：團圓／飯糰	咨：諮詢／咨文
挂：掛號／罣念	霉：發霉／黴菌	挽：挽救／輓歌	旨：恉趣／聖旨
果：成果／水菓			

（周克庸2009：326—327）

　　一字對多體，造成多音、多義，必須回到語境的詞語，以正確理解詞義，教師選編教材及教學書寫時，都注意字體正確性，不要繁簡雜糅。

　　以上問題是教師必須特別明辨的。關於繁簡對應、多個簡化字對一個繁體字，亦可參考中華民國教育部2011公告的《標準字與簡化字對照手冊》、蘇勝宏2012《兩岸用語繁簡體對照表》等資料。

三、現代漢字結構

　　漢字層次由小而大，依序為「筆畫—部件—整字」，現代漢字結構包括筆畫、筆順、部件、字型、部首、偏旁等。

㈠筆畫與筆順

　　筆畫是漢字結構的最小單位，字中安置筆畫的順序為筆順。

1.筆畫

　　筆畫（stroke）指漢字書寫時，一次連續寫成的一條線條。筆畫是漢字的最小構成單位，分為基本筆畫和複合筆畫兩大類。日常使用時，一般指楷書書寫和印刷字形（例如明體、楷體）的最小書寫單位。

　　傳統上，楷書和印刷字形的基本筆畫有八種，包括：橫（一）、豎（丨）、撇（丿）、捺（㇏）、點（丶）、挑（㇀）、鉤（㇆）、彎（）），前六種基本筆畫都可以獨立出現，鉤、彎必須與其他筆畫組成複合筆畫。

　　複合筆畫由兩或多種筆畫組成，組合處稱為折。例如橫鉤（㇇）有一個折，豎鉤（亅）也有一個折，豎曲鉤（ㄥ）有兩個折，橫曲鉤（乙）就有三個折，橫撇橫折鉤（乃）更有四個折。

　　現代電腦以鍵盤輸入漢字，常把捺點合併、挑橫合併、複合筆畫歸進折或彎，成為「橫、豎、撇、點、折（或稱彎）」五種基本筆形。由於「札」字剛好由「橫、豎、撇、點、豎曲鉤」順序組成，因此以「札字法」稱呼筆畫。筆畫書寫有順序性、方向性，不允許逆反。

2.筆順

　　筆順（stroke order）是指在書寫漢字時，筆畫的次序和方向。筆順的基本規則為「從上到下，從左到右，先橫後豎，先撇後捺，底橫後寫，穿

底中豎最後寫，由外至內，先外後內再封口，先中間後兩邊，辶廴最後寫，『凵』最後寫」等等。

因地區、習慣不同、書法流派不同，有些字的筆順存在些許差異。嚴格來說，漢字並無絕對正確、統一的筆順，只能是某一地區、某一時間內規定的「相對正確」的筆順。

目前各地區的筆順準則：中華民國教育部1996年《常用國字標準字體筆順手冊》，為臺灣地區的教育標準；中國大陸1997年中華人民共和國國家語委標準化工作委員會《現代漢語通用字筆順規範》，為簡化字的教育標準；日本文部省1958年《筆順指導の手びき》，列出881個教育漢字的筆順；香港教育局課程發展處中國語文教育組2007年，在網站《香港小學學習字詞表》顯示參考筆順。

(二)部件和整字結構

部件是構成字的要件，整字結構是部件的平面安排的結果。

1.部件

部件是漢字字形結構的基本單元，擁有組配功能，由筆畫構成，介於筆畫與整字之間。

部件分類多元，以筆畫多寡分為單筆部件和複筆部件：只由單一筆畫構成，如「一」、「乙」為單筆部件；由兩個及以上筆畫構成，如「人」、「木」是複筆部件。以獨立成字與否，又分為成字部件和非成字部件，如獨體字「魚」、「水」、「山」、「木」、「日」、「女」等為成字部件；非成字部件，一般情況下不獨立出現，必須和其他部件構成合體字，如「享」字的「亠」、「同」字的「冂」、「敦」字的「攵」等。如以構字級次來分，當依層次將一個字拆分為各級部件，如「想」字，上下拆分，得到「相、心」是一級部件，也稱合成部件；一級部件「相」再左右拆分，得到二級部件「木、目」，「木、目」已不能再拆分，即基礎部件、單純部件。

部件體現漢字可靈活拆組的特性，是對外漢字教學經常運用的策略。

因為著重點不同，而部件的拆分原則亦有差別，如應該逐層切分？抑或一次切分出最小？純然依現代字形切分？抑或考慮造字理據切分？不成

字的筆畫是否能成為部件？筆畫交重的多筆字是自成部件？抑或切分為更小部件？

　　逐層切分，依組字規則，先將整字拆為合成部件，再將合成部件拆基礎部件，如「礎」先分為「石、楚」；「楚」再拆為「林、疋」；「林」又拆為「木、木」。平面切分，依書寫順序，直接拆為單純部件：如「礎」拆為「石、木、木、疋」；如依造字原則僅分為「石、楚」。

　　教學時應先展示整字，且避免妨礙學生對整字的理解，不宜切分得太過細碎，五個以內較妥。漢字構形是有規律的，理據仍可參考；此外，還應遵守連筆不拆、部首不拆、能再組構成其他字、單筆部件不宜過多等原則。

2.整字結構

　　現代漢字是正方型結構，如何安置一或多個部件於此空間之內，是書寫的先備知識。部件的組合即整字的結構，可分為單獨、對分、包圍、複合結構五類。

⑴單獨結構：只安置一個部件，即成字部件，如「目」、「戈」、「臼」、「大」、「方」、「弓」、「卜」、「一」、「竹」、「火」、「馬」、「魚」、「平」等字皆是。

⑵對分結構：部件依上下、左右排列者。如「集」、「秀」、「架」、「習」、「育」、「思」、「章」、「昆」、「吾」、「君」、「亮」、「品」、「貿」、「慧」等字為上下關係；如「倩」、「玲」、「新」、「理」、「誼」、「明」、「橫」、「敏」、「偉」、「抑」、「綵」、「淑」、「珩」等字為左右關係。

⑶包圍結構：部件間屬於內外關係，情況多樣。一個部件完全包圍另一部件，為封閉關係如「回」、「圓」、「國」、「困」等字。一個部件從左上向右下包覆其他部件，如「疾」、「原」、「反」、「虎」、「廓」、「屋」等字。一個部件從右上向左下包覆其他部件，如「勾」、「氧」、「或」等字。一個部件從上、左、右三方向包覆其他部件，如「鳳」、「風」、「問」、「戚」、「鬧」等字。一個部件從下、左、右三方向包覆其他部件，如「凶」、

「函」、「鼎」、「問」、「聞」等字。一個部件從左、上、下三方向包覆其他部件，如「匣」、「匡」、「巨」、「匿」等字。

⑷夾擊結構：一個部件居中，其他部件左右包夾，如「爽」、「坐」、「乘」、「亦」、「夾」等。

⑸複合結構：複合關係由以上多種結構關係組合而成，如「想」、「碧」、「學」、「恕」、「萍」、「贏」、「戀」、「驚」、「茹」等。複合字大部分可拆成多重層次的簡單結構，如「茹」字拆成「艹如」兩個部件，為上下結構，「如」再拆成「女口」，為左右結構。

部件與部件組合的整字結構，與書寫相關。

㈢部首和偏旁

善用部首、偏旁是現代漢語教師的能力。部首和偏旁具有字形歸類的作用。Redical大陸稱為「偏旁」、臺灣稱為「部首」；大陸稱indexing component為部首。

1.部首

部首是依照漢字字形所分的門類，所有漢字勢必歸類在某個部首中。

《說文解字》在字典學上的首要貢獻是創造部首，按照六書體系，根據小篆構造加以分析、歸類，確立「分別部居，據形繫連」的編排原則，且從中概括出540個偏旁為部首。至此，每個漢字都有統攝的條例，檢閱便利，也有了形、義的連結線索。每個部首的隸屬字，基本上以類相從，如木部的次序、木名、樹木的各個部分依序為「木、柢、根、末、果、權、枝、條、枚」，全部與木相關。

後世字書奉《說文解字》為圭臬，也以部首統攝字，如《玉篇》（542部首）、《類篇》（540部首）等，這些字書採用的字體已是楷書，內容以說明字義為主，而非解說文字的結構或保存異體字，然而所使用的部首幾乎與《說文解字》相同，若干字有所出入、不易檢索。

部首對學習漢字而言是極為重要的，掌握部首形體和意義、了解部首類別和位置；學生以字義做為認字參考、減少書寫偏誤。（黃沛榮2012）

(1)繁體漢字部首

　　現行214部首，是明朝萬曆43年（西元1615年）梅膺祚編纂《字彙》所創。《字彙》是第一本採用筆畫數為序的字書，且整併過往字書隸屬字過少的部首，使部首檢字容易許多，整體仍然保存以意義分類的精神。

　　清朝康熙55年（西元1716年）成書的《康熙字典》，承襲《字彙》214部首，是大部分字典部首的藍本，故現行部首也稱「康熙部首」。

　　臺灣出版的字典多符合214部首。香港的字典在康熙部首的基礎上加以刪減，如商務印書館出版的《商務新詞典》未見「二」部。顯然漢字文化圈內，部首歸類存在著地域差異。

(2)簡體漢字部首

　　康熙部首不能適應簡化字，中國文字改革委員會和中國國家出版局於1983年發布《漢字統一部首表（草案）》（參見《語言文字規範手冊》p.205-209）。現時中國大陸的漢字部首標準，是2009年教育部和國家語言文字工作委員會重新整理及發布《GF 0011-2009漢字部首表》，主要字書如《新華字典》和《現代漢語詞典》的新版本都據此準。本表規定部首（indexing component）為可以成批構字的一部分部件，含有同一部件的字，在字集中均排列在一起，該部件作為領頭單位排在開頭，成為查字的依據，包含規定主部首201個，附形部首100個，之後於正式文件中定為99個附形部首。考慮檢索的需要，依據現行漢字的字形特徵確立主部首和處理主附關係、增設附形部首並允許變通處理；基於方便檢索，漢語拼音序的字詞典，如《現代漢語詞典》即採取「多開門」式，一個字可能分別出現在多個部首之下，每個部首下都能直接找到該字所在的頁碼。

(3)日本漢字部首

　　日本的字辭典大體沿用《康熙字典》的部首，而加註新字體。類似中國大陸的「多開門」方式，如《國語辭典》（五十音順）加設「新部首」，可在該部首下查到漢字真正的部首；《漢和辭典》（部首序）在每個部首下會加註不屬於該部首的漢字，以引導至正確的部首，兼具實用和教育作用。

　　簡化後的文字該歸為哪個部首，在日本未嚴格規範，甚至不同字典採

用不同的歸部。

　⑷注意事項

　　現代漢字90%是形聲字，形聲字多使用意符為部首，有助於判斷部首。然而，完全由「形符」所組成的會意字，判斷部首較為困難。《康熙字典》原則上以文字的意符為分類依據，部首大致是一組文字的共通意義，部首所在位置未固定。

　　部首分類實際並無定案，同一個漢字在不同字典可能歸到不同部首。通常正統仍以《康熙字典》為據，甚至編輯者會依照團隊的理念、當時需求而加以調整，例如將「章」從「立部」改歸「音部」。

　　再者，簡化字雖然大部分是整個部首同步調整，但也有某些字簡化後部首完全消失，只能選擇相近字形為部首，例如「發（癶部）」與「髮（髟部）」都簡化作「发」，改而歸屬「又部」。大多字書均屬「入部」的「內」字，在中國大陸和日本因寫為「内」，均改從「冂部」。

　　在教學時要特別注意，地域的歸部差別，還有古今之別，如「牧」字，《說文解字》歸入「攴」部，現代屬於「牛」部。再者，因字體演變、檢索方法易動，故有些部首對所屬字無表義作用，例如「宀」是專為字形分類而造的部首，無表義功能；再如「甲」、「申」、「由」本為象形文，現代歸到「田部」，此「田部」無法表達「甲」、「申」、「由」之字義。諸如「來」歸入「人」部、「腃」納入「月」部，亦如是。

　　一部首之內的隸屬字，不盡然都與部首的意義有關，要特別分辨，如「烹」、「煮」、「燒」為烹煮方式，「燙」、「熱」為熱度，與部首「火」有關；「烏」、「燕」、「焉」、「熊」、「為」、「無」則否。「烏」、「燕」、「焉」三者皆為鳥名，羽或尾或足部訛變為「火」的變形「灬」；「熊」之本義為大能、「為」是人拉著大象的鼻子執勞役之事、「無」本義為舞蹈，「熊」、「為」、「無」都是動物或人類的下肢，皆與「火」字無關。

　　同一個部首若有多個變體，在不同位置名稱也不盡相同，某些偏旁或許會有已約定俗成的名稱，如部首「心部」，左偏旁為豎心旁「忄」，在下面時則分心字旁（如「志」）、恭字底「忄」（如「慕」），但完全不影響其歸入「心部」，因為《說文解字》以小篆為標準，「心」、「忄」

與「心」小篆中相同，隸變時產生差異，多數字典仍承襲原本分類，部首目錄「心部」通常為「心 忄 灬」或「心（忄 灬）」。

2.偏旁

偏旁，稱呼漢字一部分，是合體字的表音或表義單位。部首，即為偏旁之一，收字形歸類之效。會意字的不同偏旁，利用相互間的位置或意義關係表達詞義；形聲由形旁、聲旁構成，形旁表示詞的意義或類別、聲旁表示詞音。

有些部首本異，後來變得酷似甚至相同，如「阜部」、「邑部」作為偏旁時都寫成「阝」，但阜部固定在字的左側，邑部固定在字的右側，通稱「左阜右邑」。又如「胴」、「胸」、「胃」的「月」字旁酷似「月部」，其實是「肉部」；簡化字「月、月」不分，「胴」成了「胴」、「胸」成了「胸」、「胃」變成了「胃」。教學時要特別注意引導，以免學生混淆，而造成字義的混亂。

形聲字的聲符亦為偏旁，〈常用漢字聲符表〉（周克庸2009：328-414）是重要參考資料，運用時注意繁簡對應。學生對規則形聲字的辨認，同時依賴字音和聲旁的形體信息；若非規則的聲旁字會干擾形聲字讀音。形聲字的規則性會影響字形的再認，教學時要特別注意。（李蕊2014）

伍、字際關係與教學問題

漢字教學要達到辨識、讀音、運用的正確。往下談形體、讀音、用字的字際關係、漢字數量、形聲字等五個方面及教學注意事項。

一、形體

從形體來看字與字的關係，主要表現在異體字、形似字與錯別字、印刷體字形、形體說解問題。

(一)異體字

異體字亦稱又體、或體，《說文解字》稱為重文，指讀音、意思相同，但字形不同的漢字，換言之，一個字有兩個或兩個以上的字體。也指

與規範化的正體字相對的非規範字，因此各地區對正體字的認定不同，哪些字是另一些字的異體字，甚至完全相反。例如在臺灣「够」是「夠」的異體字、「强」是「強」的異體字，在中國大陸恰恰相反，可參看《第一批異體字整理表》（《語言文字規範》p.182-200）。

　　《說文解字》所言「重文」，包含異體字和古今字兩個部分。異體字是一個字的兩個寫法，二者音義全同。（林慶勳、竺家寧、孔仲溫編1995）此外，必須更進一步明定記錄同一個意義的不同字形，讀音相同，彼此間亦無分化或推移現象，以便與古今字或分化字區別。分析其產生的原因，有以下各點（周碧香2015：50-53）：

1. 異寫：同一個字不同書體，彼此間就是異體字，如「牢－界－𡧫－牢」，四個「牢」的關係是異寫，也是異體字。《說文解字》的「重文」亦是，如「礼－禮」、「籑－籃」、「冰－凝」等都是。目前，兩岸間的繁簡書體亦屬此，如「塵－尘」、「滅－灭」、「靈－灵」、「構－构」、「劉－刘」、「進－进」、「復－複－复」等。

2. 重複造字：造字之初或因不同地區，或因造字取象有別，產生重複構字的現象，如「灾－災」、「燿－耀」、「岳－嶽」、「俛－俯」、「隣－鄰」、「讙－歡」、「咏－詠」、「卻－却」、「滙－匯」、「障－鄣」、「彊－強」等等，即構字的差異。

3. 省符：不論口語或文字，人類語言的發展，大致由繁趨簡。省符是省略字的一部分，例如：

⑴星

甲骨文	金文	簡帛文字	小篆	楷書
𣉘	曐	星	曐	星

曐　萬物之精。上為列星。从晶。生聲。一曰象形。从○，古○復注中。故與日同。曐古文。星或省。（《說文解字》）

「星」甲骨文有兩個○，篆文從晶，三個日，後來由一個日代表之。

(2)善

甲骨文	金文	簡帛文字	小篆	楷書
𦍌	譱	䕼	譱	善

譱　吉也。从誩羊。此與義美同意。善篆文从言。（《說文解字》）

「善」原作有兩個言，現在乃採用只有一個言的「善」。其他如「䨻－雷」、「纍－累」、「灋－法」等皆同。

4. 增符：增符與省符相反，增添形符而意義沒有改變，可歸納為二種原因：

(1)強化類別

增加形符，未改變原來的意義，只使字義的類別更清楚，如「尋－得」：

甲骨文	金文	簡帛文字	小篆	楷書
𠬪	䙷	尋	得	得

得　行有所尋也。从彳，尋聲。䙷古文省彳。（《說文解字》）

「尋」原本就有「得」之義，加上「彳」符，只是讓類別更加清楚。如「尞－燎」、「臽－陷」、「艮－限」、「菐－僕」等字亦

同此。

⑵類化

類化文字在造字之時，語義已然完備，運用時因與某些字構成詞彙而受其影響添加形符，成為俗寫字。如「鳳皇－鳳凰」、「山岡－山崗」、「峨眉－峨嵋」、「家具－傢具－傢俱」、「橋梁－橋樑」等均是。類化（analogy）這個詞原為語法學上的名詞，指稱原本不同的成分於運用之中，反而逐漸相似，王力（1980）將其指稱甲字因為受乙字的同化，本來不相同的成分也會雷同起來。所增添的成分，本為多餘，如「鳳」的「凡」原為聲符，「凰」上的「几」無義；而「岡」原本即有「山」字、「梁」本有「木」字，變成「崗」、「樑」，這也是語言內部類推機制作用的結果。類化後語義並無改變，連強化作用都沒有，是俗體字產生的途徑、原因之一，當約定使之成俗，則為原字的異體字。

總之，異體字著重一個字有不同的形體，記錄同一個字，彼此間並無意義差異或分化的歷史，比較著重於共時狀態。教師要了解異體字彼此關係，教學時無論教材或板書，注意必須使用規範的標準字體。

㈡形似字與錯別字

形似字指形體相近，認讀時容易互相替代的字，又稱「形近字」或「近形字」。大致分為五種類型：

1. 筆畫數相同，字形特徵相同，筆形一致或稍微不同，如士－土－干、人－入、刀－力、手－毛、貝－見、古－占、考－老、秀－禿、目－旦、北－比、乒－乓、上－下、午－牛、名－各、日－曰等。
2. 輪廓相同，結構一致，差別在於筆畫多一筆少一筆，如了－子、兔－兎、日－白、目－自、代－伐、茶－荼、要－耍、帥－師、找－我、又－叉、刀－刃、牛－生、心－必、今－令、折－拆、日－旦、辛－幸、爪－瓜、准－淮、衷－衰、未－朱、烏－鳥、予－矛、尸－戶、戎－戒、弋－戈、人－个、弓－引、幻－幼、乞－气、侯－候、止－正、味－昧、司－同、丘－乒－兵、丘－乓－兵等。

3. 輪廓一致，結構一致，筆畫相同，差別在於筆畫擺放位置不同，如玉
　　一主、乒一乓、犬一太、才一寸、同一回、上一工、久一夕、本一末
　　一未、田一由一甲一申、矢一失、千一干、隹一佳、己一已一巳等。
4. 結構一致，構件相同，差別在於構件位置不同，如陪一部、呆一杏、
　　宴一晏、杲一杳一東、忙一忘、棗一棘、架一枷、吟一含、吧一邑、
　　帕一帛等。
5. 結構一致，大部分構件相同，差別在於某個構件不同，如粗一租、密
　　一蜜、槳一漿、梁一粱、炙一灸、賭一睹、裝一袋、貪一貧、泡一抱
　　一胞一飽、差一羞、辯一辦一辨一瓣一辮、崇一祟、岩一宕、科一
　　料、現一規、屋一室、即一既、史一更、藍一籃、熱一熟、因一困、
　　受一愛、怕一伯、戊一戌一戍等。

　　　如果用錯就成了錯別字，錯別字是錯字和別字的總稱。錯字是字的
筆畫、部件和字形結構錯誤，表現在指書寫不正確，如筆畫長短、部件位
置和正確的字形有些微差距；或部件排列組合錯誤，增添或遺漏筆畫或部
件。別字是對字義認識不清而誤用形近或音近他字代替正確的字，就是用
字錯誤。

　　　形似字分辨主要在於分清字形差異，及其背後體現的音義信息，引導
學生觀察、推理、辨識和比較。教學時，強化解析字體形義理據、比較相
異構字部件、組詞造句融入具體的語境；一群相似字，編成口訣或順口溜
法；利用圖解識字法以古文字辨析形似字等。教授新的形似字時，注意講
解區分形義，還要針對學生常錯的字，設計一定的情境提供辨析練習、練
習改正錯別字，藉由針對性的練習加以區分、鞏固形似字。教師要創設情
境，讓學生練習掌握形似字，熟悉形似字的常用語境。至於教師分辨形似
字備課用書，繁體字可參看中華民國教育部1996《常用國字辨似》，簡化
字可參考于振報2007《快速識別形似字》等工具書。

(三)印刷體字形

　　　印刷所用的字體，一般稱字型。同是楷書因著印刷字型不同，字形會
有差異，這種字形差異與字形演變無關。往下介紹常見的字型特點。

1. 宋體：宋代雕版印書用的字體，最早是宋代刻字工匠模仿唐代書法家歐陽詢、顏真卿及柳公權等人作品，因而稱為「宋體」。至明代中期，刻工進行改造，形體成了獨特的橫細豎粗，並有裝飾性點線的印刷體，又稱「明朝體」。因與「仿宋體」區別，故「宋體」又稱「老宋體」。宋體字結構方正勻稱、筆畫橫平豎直、字體秀麗遒麗，是現在通行的漢字印刷字體，多用於書報的正文。
   宋體字例：日月水火木金土大小多少遠近

2. 仿宋體：1920年仿照宋代刻本字樣刻寫的字體，採宋體結構、楷書筆法。仿宋體結構勻稱、字形清秀、頓筆講究、筆畫橫豎較細。
   仿宋體是現代常用漢字印刷體，常用於詩詞正文，一般文章的引文、序言和圖版說明。
   仿宋體字例：日月水火木金土大小多少遠近

3. 黑體：黑體也是「粗體字」，由工藝美術的發展產生的一種等線字體。黑體字形結構端正、筆畫粗重、筆端統一；經常用在標題、著重的文字，是比較莊重醒目的字體。
   黑體字例：日月水火木金土大小多少遠近

4. 楷體：亦為「正楷字」，是比較接近手寫體。楷體字比宋體字豐滿、筆畫圓渾、筆調自然流暢。楷體字形結構美觀，多用在通俗讀物、教科書及兒童讀物。
   楷體字例：日月水火木金土大小多少遠近

5. 印刷體字形問題：漢字印刷體的差別，表現在筆畫數、筆畫形狀、筆畫長短及構字部件不同。
   ⑴筆畫數不一：如黃—黄、者—者、呂—吕、奐—奂、蚤—蚤等。
   ⑵筆畫形狀：如吳—吴、直—直、俞—俞、令—令、壯—壮、教—教等。
   ⑶筆畫長短：如角—角、巨—巨、別—別、炭—炭、丑—丑、刃—刃等。
   ⑷筆順方向不一致：如肖—肖、尚—尚、兌—兑、過—過、骨—骨、半—半、曾—曾、采—采等。
   ⑸構字部件不同：如草—草、青—青、亮—亮、真—眞、彔—录、沒

一沒、爭—爭—爭等。

目前印刷體，簡化字以《印刷通用漢字字形表》為基準，以「半、平、兌、曾、尚、肖、直、者、勺、令、亡、即、搖、教、俞、骨、過」等字為準。

海外教學目前尚未統一印刷字體，課本、字典、書刊報紙都有一字多形並存的現象，給學生增添了記憶、書寫上的困擾和恐懼，提高漢字學習的難度。

教學時可參考國際電腦漢字及異體字知識庫。https://chardb.iis.sinica.edu.tw/、教育部異體字字典。https://dict.variants.moe.edu.tw/variants/rbt/home.do。

(四) 字形形體說解

漢字最初的本形本義是可說解的，又稱「字理」，亦即漢字的「理據性」。雖然字形演變已使漢字脫離了圖象性，有些象形文仍保留著原始的輪廓，由此而來的指事文、會意字、形聲字，都能在說解後，得出構字原理，提升學生學習興趣、觀察能力、辨識能力等，使其逐漸歸納規律，進而益助理解和記憶漢字。

說解漢字必須根據理據，定然要由古文字字形連繫本義，不應當望現代漢字而生義，如有人用「一百人住的房子」解釋「宿」字；甲骨文 ，它不一定有宀 ，也沒有「百」，從人在 旁或人在 上，皆示止意；，是簟蓆的初文，從宀從人從茵（簟），表示投宿。或強以楷書解釋，如把「琴」說為「兩個國王坐在一起說古道今」；回到古文字 （楚）（小篆）（隸），可以知道本為象形文，「今」是隸變後的訛誤，絕與「今」無關。

隨意編造理據解釋漢字，剛開始很有意思，學起來也很立竿見影，但是長久觀之反而得不償失，因為漢字的結構大部分是有系統的，許多同形旁的漢字在意義上都有繫連，任意地望文說義，無法以此類推，造成字與字的矛盾和困難，如若「宿」是房子裡有一百人，那個「陌」豈不成了

「一百個耳朵」嗎？

　　用正確的字源講解漢字，開始時教師勢必得多花點精力和時間，必須存著奠基的心態，日後學習到相關字時，即舉一而反三、觸類而旁通，收事半功倍之效。

二、讀音

　　從讀音來看字際關係，教學時要注意多音字、同音字。

(一)多音字

　　多音字也稱破音字、異音字，指擁有多個讀音的字。一字雙音或一字多音往往也是多義字。

　　文字如何承載無限的意義呢？當外在事物日益豐繁之際，本應創造一個新的文字表示新概念，一方面造字不易，況且造字的速度趕不及概念產生的速度。因此，如果新概念是由舊概念產生時，語言體系借用原來的形體，給予不同的讀音，讓原來的符號有兩個讀音、兩個意義，這是語言運用自然產生的結果。多音字，具有分辨語法詞性、分辨用字意義的作用。至於簡化字合併多字為一字，致使一字多音，乃人為因素。

1.因詞性轉異而變調者（周碧香2015：66-68）

　　(1)名詞與動詞

　　　王　ㄨㄤˊ　名詞：君主，或一種爵位。如「國王」、「親王」。

　　　　　ㄨㄤˋ　動詞：統治。如「王天下」、「王於南鄭」。

　　　衣　一　　名詞：人身上穿的，用來蔽體禦寒的東西。如「毛衣」。

　　　　　一ˋ　　動詞：穿著。如「衣錦還鄉」。

　　　乘　ㄔㄥˊ　動詞：搭。如「乘車」、「乘船」。

　　　　　ㄕㄥˋ　名詞：古代計算車輛的單位。如「萬乘之國」、「百乘之家」。

　　　藏　ㄘㄤˊ　動詞：躲、隱避。如「埋藏」、「躲藏」、「藏汙納垢」。

　　　　ㄗㄤˋ　　名詞：珍藏的寶物，指珍貴的資源。如「寶藏」。

背　　ㄅㄟ　　動詞：背負。如「背著洋娃娃」。

　　　　ㄅㄟˋ　　名詞：背脊。如「背上扛著一袋米」。

⑵形容詞與動詞

好　　ㄏㄠˇ　　形容詞：美善的、良善的。如「好人」、「花好月
　　　　　　　　　　圓」。

　　　　ㄏㄠˋ　　動詞：喜愛、喜歡。如「好客」、「好學不倦」、「投
　　　　　　　　　　其所好」。

遠　　ㄩㄢˇ　　形容詞：距離不近的。如「遠方」、「遠水救不了近
　　　　　　　　　　火」。

　　　　ㄩㄢˋ　　動詞：遠離、避開。如「遠小人」、「敬鬼神而遠
　　　　　　　　　　之」。

⑶動詞、形容詞與名詞

創　　ㄔㄨㄤˋ動詞：開始、開啟、製造、做。如「開創」、「首
　　　　　　　　　　創」、「草創」。
　　　　　　　　形容詞：獨特的。如「創見」、「創意」、「創舉」。

　　　　ㄔㄨㄤ　名詞：傷口、傷處。如「清創」、「創傷」、「刀
　　　　　　　　　　創」。

⑷動詞、名詞與形容詞

結　　ㄐㄧㄝˊ動詞：用繩或線相勾連。如「結網」、「結繩」。
　　　　　　　　締交、聯合。如「結婚」、「結識」、「締
　　　　　　　　結」。構成、形成。如「結冤」、「結仇」。
　　　　　　　　名詞：繩線所結成的紐。如「領結」、「死結」、
　　　　　　　　「蝴蝶結」。植物結果。如「結果」、「結實
　　　　　　　　纍纍」。

　　　　ㄐㄧㄝ　形容詞：強健。如「結實」。形容口吃的樣子。如
　　　　　　　　「結結巴巴」。

⑸自動詞與他動詞

禁 ㄐㄧㄣ 自動詞：承擔、受得住。如「禁得起」、「禁不住」、「弱不禁風」、「她禁不起風吹日晒」。

ㄐㄧㄣˋ 他動詞：制止。如「禁令」、「禁書」、「禁煙」、「禁倒垃圾」。

食 ㄕˊ 自動詞：吃。如「飲食」、「發憤忘食」、「食不知味」。

ㄙˋ 他動詞：餵食、供給食物。如「食馬者」。

2.因意義不同而變調者（周碧香2015：69-70）

⑴有上下之分者

養 ㄧㄤˇ 上對下：照顧、撫育。如「養育」、「撫養」、「養民」。

ㄧㄤˋ 下對上：奉侍親長。如「奉養」、「子欲養而親不待」。

⑵有引申關係者

雨 ㄩˇ 原義：空氣中的水蒸氣遇冷，凝結而降落的小水滴。如「下雨」、「雨水」、「梅雨」、「風雨交加」。

ㄩˋ 引申：潤澤。如「夏雨雨人」。

比 ㄅㄧˋ 原義：接連的。如「天涯若比鄰」。

ㄅㄧˇ 引申：較量。如「比較」、「比武」、「無與倫比」。

⑶義類相若，略有分別者

倒 ㄉㄠˇ 物體由於本身因素，或外力所迫由直立而橫躺下來。如「摔倒」、「跌倒」、「臥倒」。

ㄉㄠˋ 傾出。如「倒垃圾」、「倒茶水」。

相反、反過來。如「倒影」、「喝倒彩」、「海水倒
灌」。退。如「倒車」、「倒退」。

漢語詞彙雙音化至宋代已完成，以語音表示不同的意義退讓，而改採
複音詞來區別詞義。最主要乃因語音雖可用來區別語義，但漢語的同音字
為數不少，而同音字卻未必同義，即「音同義異」，容易造成混淆，添增
運用的困擾，如ㄅㄛ這個音有「玻、波、菠、撥、剝」等，人們在口頭上
無法精準地分辨意義，但只要說出「玻璃、波浪、菠菜、挑撥、剝削」，
立即有了確定的範圍和意義，所指也清晰；複音節的詞彙結構，自然成為
強勢的表意方式。

3.因簡化而造成

簡化因以音同音近字替代，增加多義字和多音字的數量，如「發、
髮」本為二字，簡化後為一字，「發現」、「頭髮」都用「发」，「发」
就成了多義字，故而捨棄原本「髮」的音，只存「發」的音。又如「斗、
鬥」本為二字，簡化後為一字，「五斗米」、「奮鬥」都用「鬥」，
「鬥」就成了多音多義字。如「只」，身擔「只、隻」二音及義，成了多
音多義字。多音字情形詳參附錄二「《漢語水平詞彙與漢字等級大綱》多
音字」。

漢字教學時教師要考慮多音字現象，不同的讀音給予不同的生活常
用語詞，創製具體的語境教學，使之明確讀音和詞義。考量學生程度，適
度加入字的源頭釐清字詞的音義關聯，加入組字成詞，選擇應用性強的內
容，最好是常用詞語。在生活場合中，更有規律地識記漢字多音字詞語。

(二)同音（近）字

同音（近）字，指字形不同、讀音相同或相近的漢字。漢語同音字、
音近字數量眾多，是漢語漢字難學的原因之一。

有些同音、音近字沒有字形上的連繫，如「沒花─梅花」、「克苦
─刻苦」、「植物─職務」、「美眉─妹妹」、「班主─搬豬」等，現今
以電子產品輸入如若未特別選字，可能造成同音、音近字而意義不同，帶
來溝通的困擾。有些同音字，也因簡化變成多義詞，如「后、後」本為二

字，簡化後為一字，「皇后」、「後來」都用「后」，「后」就成了同音多義字，單看「王无后」無法得知究竟國王是尚未娶妻？抑或生不出兒子？如是，造成語義理解的困擾。

有些同音、音近字字形也相似，如簡化字的「从一丛」只差一筆，从是丛的聲旁；「坐一座」音同、字形相近，意義也關聯，坐是座的聲旁；字族「蜻、清、情、晴」都從「青」得聲，只有形符差別。教學時應當特別引導分辨、強調，降低混淆。

生活中有許多諧音現象即利用音同、音近之字。

1. 數字：如「6」為「順」、「8」同「發」、「9」是「久」、「4」指「死」。生活中以「56」表示「無聊」、「168」是「一路發」、「5201314」稱「我愛你一生一世」等皆是。

2. 民俗：如過年時吃「年糕」，表示「年年高升」；吃「橘子」喻「吉利」；團圓飯上一定有一道「有魚」菜餚以示「年年有餘」；貼春聯時，「福、春」字倒著貼表示「福到了、春到了」；年畫上五隻蝙蝠喻意「五福臨門」。結婚時，新床要撒上「紅棗、花生、桂圓、栗子」，意喻「早生貴子」。

3. 詩文與歇後語：文學的雙關，如「東邊日出西邊雨，道是無晴卻有晴」，「情」借「晴」來表示；「春蠶到死絲方盡，蠟炬成灰淚始乾」，以「蠶絲」說「情絲」。
歇後語由歇面和歇底構成的一種有趣的語言現象，即利用音近的原理，如「外甥打燈籠—照舅—照舊」、「火燒罟寮—無網—無望」、「小蔥拌豆腐——青二白——清二白」等，語意雙關、幽默生動。

4. 廣告文宣：廣告、文宣也利用同音、音近字取得聆聽者、閱讀者的認同，達到宣傳效果。如以「悅讀」表示「閱讀」；以「賴你」代表「LINE你」；「默默無聞（蚊）」廣告蚊香產品；「情生（琴聲）意動」推銷鋼琴；「一步到位（胃）」賣胃藥；「刻（咳）不容緩」賣止咳藥；「享受（想瘦）一生」是減重藥品廣告詞。

運用字形、雙音詞減少同音、音近字帶來的困擾。以形體為憑證，既能打破時間、空間的限制，又強化語義表達的準確性；雙音節能解決一字多義和一音多義的問題，語義的表達至此已臻成熟。此外，由單音節詞走

向雙音節的表意形式，使文字不必無限擴增，又能清楚表達。

　　整體而言，漢字字音是教學的重點與難點，標準讀音臺灣地區請參考《國語一字多音審訂表》，大陸地區請參照《普通話異讀詞審音表》（《語言文字規範手冊》p.234-267）。

　　漢字形音義三位一體，會因形似、讀半邊字而訛讀。因此，運用上下文語境和常用詞語教導漢字字音，要求學生大聲朗讀字詞句、創設明確的語境，在任務、遊戲和練習中鞏固字音。對於讀半邊字訛誤，教師應歸納漢字同聲旁字的位置和表音特點，以為指導原則，讓學生掌握聲旁的表音特點，教導判斷漢字字音的技巧。至於常見的聲符，參見〈常用漢字聲符表〉（周克庸2009：328-414）、許進雄1995《古文諧聲字根》。

三、用字

　　用字的字際關係，包含分化字、古今字（周碧香2015：53-57）、同形詞、異形詞（周碧香2015：112-119）。

㈠分化字

　　當外在事物與日俱增，概念也隨之豐富，意義和字形間的關係，有可能是由字形推衍出新的意義，如引申義；或佔用的假借義、臨時借用的通假義。不論如何，一個字形要承載不同意義時，藉由不同讀音與之區別，即殊聲別義；還可運用字形分化的方式表達意義，都符合表意清楚原則。概述如下：

1. 新造字表示本義：當原來的文字被引申義或假借義佔用，另造一個字保留本義，是最常見的方式，例如：

　　⑴北－背

甲骨文	金文	簡帛文字	小篆	楷書
从	北	北	北	北

　　北　菲也。从二人相背。（《說文解字》）

背　脊也。从肉。北聲。（《説文解字》）

「北」的字形，象兩個人背對背的樣子，當「北」被當作方位名，在原來的字形加上「肉」，形成「背」字。

由分化字保留本義者，還有如「丁－釘」、「益－溢」、「莫－暮」、「要－腰」、「自－鼻」、「隻－獲」、「或－國」、「其－箕」、「采－採」、「乎－呼」、「八－分」、「然－燃」、「爰－援」、「斯－撕」、「州－洲」、「云－雲」、「丞－拯」、「無－舞」、「止－趾」等，多以添加形符造新字，保留了原來的讀音和意義。

此外，還有另以造形聲新字的方式，以保留本義者，例如：

(2)西（㢴）－棲

西　鳥在巢上也。象形。日在㢴方而鳥㢴。故因己為東㢴之㢴。棲㢴或从木妻。（《説文解字》）

西（㢴）原本是棲息，後來因被借為方位詞，另造「棲」字。與此相似者尚有「亦－腋」、「呆－某－梅」、「華－花」等字。

2.新造字表示引申義

(1)知－智（𣉻）

知　䚲也。从口。从矢。

𣉻　識䚲也。从白亏知。

　　段注：此與矢部知音義皆同。故二字多通用。（《説文解字》）

(2)昏－婚

昏　日冥也。从日、氏省。氏者、下也。一曰民聲。（《説文解字》）

婚　婦家也。禮。娶婦已昏時。婦人會也。故曰婚。从女
　　昏。昏亦聲。（《說文解字》）

「取—娶」、「弟—悌」、「羊—祥」、「見—現」等字亦如是，
不改動本義字形，僅添加某些成分，另造新字記錄引申義。

3. 新造字表示假借義

(1) 內—納

甲骨文	金文	小篆	楷書
內	內	內	內

內　入也。从冂入。（《說文解字》）
納　絲溼納納也。从糸。內聲。（《說文解字》）

內，古文字原指進入房子之內，「納入」是假借義，為了分別，借
用了完全無關的「納」字為之。

此外，還有「又—右」、「烏—嗚」、「左—佐」、「戚—慽」及
「西—栖—棲」等字亦同，由後起的字擔任假借義，這些後起字亦多以形
聲構成。

(二) 古今字

古今字是不同時期同一個詞使用的字形不同，時間較早者叫「古字」
或「本字」，較後者為「今字」、「分化字」或「後起字」。古今字是古
代用某字，後代習慣變了，換成另一個音義相同的字。僅針對同一概念而
言，如以「腰部」來說，「要」是古字、「腰」是今字；就「棲息」概念
而言，「西」是古字、「棲」為今字；以「沉沒」義而論，「湛」是古
字、「沉」是今字；如「稱揚」義，古用「偁」字、今用「稱」字；「犯
罪」義，先秦用「辠」字、秦代以後用「罪」字。

　　時代古今並非絕對，只是相對的概念，誠如段玉裁所言「古今無定時。周為古則漢為今。漢為古則晉宋為今。隨時異用者謂之古今字。」（《說文解字・注》）

　　因此，古今字著眼於歷時因素，在同一意義之中，或因文字分化、或因意義轉移，而利用不同形體的文字表示之。

㈢同形詞

　　某天同事問我「你那件<u>花</u>裙子<u>花</u>多少錢買的呢？」
　　有個未婚女子到婚友社網頁，輸入擇偶條件「要帥、有車」，過了不久電腦跑出來……「象棋」。

第一個例子的兩個「花」，前者為名詞「花卉」，後者為動詞「花費」。後一個例子「帥」有「主帥」、「英挺」二義，它們彼此的關係，是同形詞。

　　同形詞，指不同的詞寄用同一個形體，形同而義異，也就是「一詞多義」。考其來源，大致有以下各種：

1. 殊聲別義：殊聲別義是詞性或用法不同，給予不同的讀音，以分別意義。
   ⑴的：ㄉㄧˋ　名詞：箭靶的中心。如「眾矢之的」。目標。如「目的、標的」。
   　　　ㄉㄧˊ　形容詞：確實的。如「的確」。
   　　　ㄉㄜ˙　虛詞：①表所屬的介詞。如「我的書」、「公園裡的花」。
   　　　　　　　　　　②形容詞語尾。如「美麗的」、「可愛的」。
   　　　　　　　　　　③人稱代名詞。如「開車的」、「賣花的」。
   　　　　　　　　　　④副詞詞尾，等同「地」。如「慢慢的走」、「好好的讀書」。
   　　　　　　　　　　⑤句末語助詞，放在句末。如「這是我的」。
   ⑵紅：ㄏㄨㄥˊ　①名詞：似血的顏色。如「紅布」、「暗紅」、「臉紅」。

　　　②動詞：使變紅、呈現紅色。如「紅了櫻桃，綠了芭蕉」。

　　ㄍㄨㄥ　名詞：工作，多指女子所做的織布、縫紉、刺繡等工作，通「工」。如「女紅」。

2. 假借或通假：利用同音相借用，原本不同意義的詞都運用同一字形，彼此成了同形詞。

　⑴省：「省」字原有兩個讀音：ㄒㄧㄥˇ，為「反省」義，如「吾日三省吾身」、「省思」；ㄕㄥˇ為「節約、減少」義，如「節省」、「省電」。後者借給了地方行政區域名稱，如「臺灣省」、「省長」，或古代的一種行政機構名稱，如「中書省」、「門下省」。

　⑵帥：「帥」原指軍隊中職級最高的指揮官，借給了面容俊俏的「帥哥」、或舉止瀟灑有風度的「帥氣」。

　⑶方：「方」字為並頭的船，如「諾亞方舟」，後來借給了「方正」、「四方」的「匚」。「方」借給「匚」，原為暫時假用的通假，但「匚」卻不歸還而長期佔用。就「方」字而言，就多一個意義，「方舟」的「方」和「四方」的「方」，成了同形詞。

3. 引申

　⑴休：休，本義為「休息」，因為要停止工作才能休息，故又引申「停止」義，如「一不做二不休」、「休止符」。

　⑵閒：閒原為「空隙」，後指時間上或心境上的空隙，如「空閒」、「悠閒」。

　⑶要：要的本義是「腰部」，引申而為「重要」，如「要件」。

　⑷羽化：羽化原指「昆蟲由幼蛹長成成蟲的過程」；古人認為成仙亦能飛翔，故修練成仙亦稱「羽化」，指涉對象由昆蟲變為人。

4. 修辭

　⑴泰山：泰山原為五嶽的東嶽，後來借代為「岳父大人」。

　⑵粉黛：「粉黛」原來是女子修飾面容的物品，就是「粉餅、眉筆」；後來指稱女子、女色，如「六宮粉黛無顏色」。

5. 方言：不同方言有同一詞，所指卻有別，例如：

　⑴花枝：「花枝」，北京話指植物；閩南語指水產動物，與烏賊同類。

⑵媳婦：「媳婦」閩南語裡表示兒子的太太，也寫作「新婦」；北方方言則是自己的太太，即「媳婦兒」。

⑶牽手：「牽手」一詞源於臺灣平埔族語，原稱男子；閩南語借來表示妻子。平埔族為母系社會，女子從十七歲開始，可以別屋而居、擁有性自主權，直到決定與某男子廝守時，就會牽著男子的手，告知母親，這是自己要娶的男人，故「牽手」指男性配偶，當然她婚後依然有休夫的權利。平埔族消失的原因，與漢族男子移入有關，臺灣有句俗諺「有唐山公，無唐山婆」，「唐山」指大陸，大陸男子來臺灣開墾，與平埔族通婚，迅速改變了平埔族原有的婚姻、母系社會的文化形態，卻沿用「牽手」表示要娶的人，但已變成「妻子」。

⑷走路：走路，現代國語是「步行」，閩南語裡則表示「逃亡」。上古漢語「走」與「趨」同義，後來「走」變為「徐行」；而閩南語仍保留上古字義至今，等同於「逃亡」。

⑸土豆：「土豆」一詞兩岸都用，但所指不同，臺灣指「落花生」，大陸則稱「馬鈴薯」。

6. 語法變化：詞彙結構中某個詞素虛化，致使意義改變。

⑴馬子：「馬子」一詞，因「子」的讀音不同而有異，讀為上聲，「馬子」指稱御馬之人，即馬車夫；若做詞尾，「子」讀為輕聲，則是派生詞指「女朋友」，如「他的馬子很正點」。

⑵好手：「好手」，可以指「完整的手」；而「手」虛化成為詞尾後，就代表有某一種專長的人，如「他是衝浪的好手」。

7. 衍聲詞：擬聲詞同一個詞代表不同的聲音。

⑴「蕭蕭」紅葉帶霜飛。（無名氏〔雙調〕水仙子・秋）

⑵似這般爽氣清高。那堪夜雨「蕭蕭」。（趙明道〔越調〕科鵪鶉・題情〔紫花兒〕）

⑶斷送得他「蕭蕭」鞍馬出咸陽。（高克禮〔越調〕黃薔薇過慶元春・二首之二）

三個「蕭蕭」分別指稱風吹樹葉聲、雨聲、馬鳴聲，彼此的關係為同形詞。

其他如因禁忌而產生的「走了」、「回老家去」等亦是。又如「小

號」一詞,可以是銅管樂器、衣物的尺寸、尿尿,必須按照語境判斷眞正的意義。

　　無論如何,同形詞不必創造新字,就能表達新義,是一種符合經濟原則的表現,教學時要特別指導分辨。

㈣ 異形詞

　　異形詞指一個詞有許多的寫法,等於一個詞不同分身,同音、同義、異形,彼此互換而不影響表意清楚。

　　就產生的原因,乃因時代、社會、方言、個人的差異,使用不同字形記錄相同的詞語,這些不同的寫法都被流傳保留下來,形成一詞多形的狀態。包括異體字、古今字及衍聲詞類。

1. 異體字:如「保母-保姆」、「鄰居-隣居」、「修身-脩身」、「卻步-却步」、「高峰-高峯」、「訓詁-訓古」、「遨遊-敖遊」、「公雞-公鷄」等。當然還包括《說文解字》的重文,如「祀-禩」、「璽-壐」、「攷-考」、「皋-罪」等。

2. 古今字:時代不同而用字不同,古今字與文字分化有關,以形體的改變來說,必須指稱同一個意義才能成立,如「黃昏」的概念,古用「莫」而今用「暮」;表示「花朵」,古用「華」而今用「花」;「摘採」的概念,古用「采」而今用「採」。

3. 衍聲詞類:衍聲詞類包括聯綿詞、擬聲詞和音譯詞,以聲表意,字形的寫法本不固定,如「胡同-衚衕」、「葫蘆-胡盧」、「支吾-吱唔」、「恍惚-恍忽」、「哈哈笑-呵呵笑」、「軲轆-軲轤-轂轆」、「丁東-丁冬-叮咚」、「唉呀-哎呀」、「蒲桃-葡萄」、「橐它-駱駝」、「生生-狌狌-猩猩」等。

　　臺灣目前還尚未規範異形詞的用法,大陸地區已公布《第一批異形詞整理表》以為現代漢語書面語詞彙的規範用法。漢字教學時,無論教材或課堂板書,都應使用表中的推薦詞形。至於古典文獻或教材中的選文,若出現異形詞,都要說明清楚,強調是一詞的不同寫法,及大陸地區的規範寫法。

四、漢字數量

　　漢字是漢語的紀錄，隨著事物發展，漢語日益繁富、漢字亦日益豐富，漢語從古而今到底有多少個漢字呢？往下依據蘇培成2001，楊潤陸2008，黃偉嘉、敖群2009，說明漢字數量發展、漢字使用數量。

㈠漢字數量發展

　　從字書可以觀察漢字積累的情形，依據字體演變或年代先後，臚列字書如表2-6：（楊潤陸2008，黃偉嘉、敖群2009）

表2-6　歷代字書收錄漢字表

年代（公元）	字書	編者	收錄字數
1934	甲骨文編	孫海波	4,762
1925	金文編	容庚	3,771
東漢（100）	說文解字	許慎	9,353
魏　（230）	聲類	李登	11,520
晉　（400）	字林	呂忱	12,824
北魏（500）	字統	楊承慶	13,734
南朝（534）	玉篇	顧野王	22,726
隋　（601）	切韻	陸法言	12,150
唐　（751）	唐韻	孫緬	15,000
遼　（997）	龍龕手鑑	釋行均	26,430
宋　（1011）	廣韻	陳彭年	26,194
宋　（1066）	類編	司馬光	31,319
宋　（1067）	集韻	丁度	53,525
金　（1212）	改幷五音聚韻四聲篇海	韓道昭	35,189
明　（1615）	字彙	梅膺祚	33,179
明　（1675）	正字通	張自烈	33,549

年代（公元）	字書	編者	收錄字數
清　（1716）	康熙字典	張玉書	47,035
1915	中華大字書	徐元浩	48,200
1968	中文大辭典	張其昀等	49,888
1986	中文資訊交換碼第3冊	國字整理小組	53,940
1990	漢語大辭典	徐中舒等	53,768
1994	中華字海	冷玉龍等	87,019

（筆者整理自楊潤陸2008：44-45，黃偉嘉、敖群2009：186-187）

　　除了表2-6所列，目前收錄最齊整的，臺灣是教育部異體字字典，總計收錄106,330漢字；大陸為北京國安資訊設備公司漢字字庫，超過9萬個漢字。總之，漢字字數是不斷增加。當然，有是許多字不用的異體字、偏僻字、古今字，甚至是死字，每個時代實際使用的字只是少量。

(二)漢字使用數量

　　漢字使用量的統計包括歷時和共時的統計。歷時統計得分清楚記錄古代漢語用字量、現代漢語用字量。共時統計主要針對某一時期或某部作品用字量。字書收錄的字數是歷代累積的總字數，一個朝代的字書不代表該朝代的實際用字量。根據學者的研究，大致可推估：

　　以甲骨文統計推測商代後期文字使用量為5,000字左右。

　　根據十三經用字量，統計推測周朝文字使用，十三經總字數589,283字，單字有6,544個。

　　二十五史共計31,409,450字，單字13,966字，與先秦的用字量相比成倍數成長，主要是因為時代跨越較大。

　　從現代著作統計數可看出現代漢字使用數量：

　　孫中山《三民主義》所用單字有2,134個。

　　毛澤東《毛澤東選集》所用單字有3,136個。

　　曹禺《雷雨》、《日出》、《北京人》三部劇作，總計共17.2萬字，

所用2,808個單字。

　　老舍《駱駝祥子》全書10.7萬字，所用有2,413個單字。

　　以上說明人們在記錄現代漢語所需的漢字是有限的。目前兩岸情形，臺灣地區依教育部的《常用國字標準字體表》收錄4,808個常用字、次常用字6,341字。大陸地區的《現代漢語常用字表》收錄常用字2,500字、次常用字1,000字，能認識1,500個漢字，即能脫離文盲狀態。

　　常用字足以滿足閱讀及生活所需，故是學習、教學的首要對象。常用字查詢請參考國小學童常用字詞調查報告書、現代漢語語料庫詞頻統計、漢典現代漢語常用字表等相關網頁。漢字、詞彙等級查詢，簡化字請參考《漢語國際教育用音節漢字詞彙等級劃分：國家標準・應用解讀本》、繁體字請參考國家教育研究院「華語教學標準體系應用查詢系統」（https://coct.naer.edu.tw/standsys/），包含漢字分級標準檢索系統、詞語分級標準檢索系統、語法點分級標準檢索系統，是漢語、漢字教學重要的參考工具。

五、形聲字相關知識

　　形聲字是漢字教學的重點。往下談談形聲字的數量、構字能力強的聲符、聲符在現代的注音能力、常見的聲符表義等重點。

㈠形聲字數量

　　漢字中的形聲字佔比很高，以下的統計數據可說明一二：

　　《說文解字》9,353個漢字，形聲字就佔了7,697個，佔82.29%。（林尹2012：63）。李孝定（1977：41）統計甲骨文、小篆、宋代楷書的構字法則，發現甲骨文已有27.24%的形聲字，到了小篆增至81.4%，宋代楷書為總數的90%。《康熙字典》收字47,035個，形聲字42,300個，佔89.93%。（左民安2007：23）胡雲鳳（2015：4-5）分析教育部《常用國字標準字體表》之4,804個常用字，其中形聲字3,937個，佔總字數的81.88%。可見形聲是漢字最為強勢的結構。

　　對外漢字教學的相關統計：大陸較早的研究有馮麗萍（1998：94-101）分析《漢語水平詞彙與漢字等級大綱》中四級共2,905個漢字，其中

形聲字有1,920個，佔66.09%；李蕊（2014：29）統計大陸《高等學校外國留學生漢語教學大綱（長期進修）》的字表，形聲字佔68.6%。上述研究可知形聲字在漢語學習的重要地位。

　　教學上應該重視形聲字，但大多華語教師總是選擇較容易備課的象形、會意字，而忽略形聲字。葉德明（2005：72）調查62位外籍生對漢字六書結構認讀的難易程度，發現外籍生對形聲字的認讀難度遠高於象形、指事、會意三種结構。因此，漢字教學上，應該更強化形聲字的訓練。

㈡構字能力強的聲符

　　胡雲鳳（2015：12-13，209-212）統計聲符的構字能力，其中57個聲符構字數在10以上，當為最值得學習的聲符，依構字數高向低排序：

　　各、古、肖、包、隹、者、白、且、由、莫、分、尚、非、台、另、方、羊、卑、工、交、龍、圭、俞、辟、艮、丁、占、里、青、堯、僉、亥、甫、巴、合、高、婁、皮、其、干、監、比、可、寺、其、乍、倉、尞、登、票、巠、支、今、曷、區、易、召。

㈢聲符在現代的注音能力

　　許多教師認為形聲字的聲符在現代很難完全表音，例如：「你、做、破、柴」等字，需要老師進一步解釋才能辨別出來，故而認為利用聲符學習字音不太妥當。漢字使用了至少三千年，朝代遞嬗，加上不同統治者的政策等等因素，使得語音產生很大的變化，當然某些聲符已經無法完全表音。

　　胡雲鳳分析常用國字中3,937個形聲字的聲符與讀音關係，統計出（表2-7）：

表2-7　常用形聲字與聲符讀音關係統計表

	形聲字與聲符關係	字數	百分比	小計
⑴	聲、韻、調全同	1,585	40.26%	53.47%
⑵	聲、韻同，調不同	520	13.21%	

	形聲字與聲符關係	字數	百分比	小計
(3)	聲、調同，韻不同	143	3.63%	9.12%
(4)	韻、調同，聲不同	216	5.49%	
(5)	聲同，韻、調不同	125	3.18%	14.31%
(6)	韻同，聲、調不同	438	11.13%	
(7)	調同，聲、韻不同	320	8.13%	23.12%
(8)	聲、韻、調全不同	590	14.99%	
	合計	3937	100%	

（胡雲鳳2015：9）

由表2-7可以看出幾件事：

1. 聲符能完全注音的有40.26%；不考慮調，但聲、韻都相同的另有一名稱，叫做「規則形聲字」，也就是上表(1)+(2)，有53.47%，表示超過半數的現代常用形聲字都幾乎可從聲符唸出讀音。

2. 表格中(1)、(2)、(4)、(6)是韻相同的形聲字，統計有70.09%，細看這些韻相同、聲不同的漢字組，其聲母多屬發音部位相同的同組聲母，例如：

聲符	構字	聲母／發音部位
青	靖請蜻菁精晴清晴情	ㄐ、ㄑ（j, q）／舌面前
巴	吧把杷爬爸琶疤笆耙芭靶	ㄅ、ㄆ（b, p）／雙唇

也就是說有七成形聲字的現代發音仍與聲符非常近似。

3. 聲、韻完全不同的有23.12%，看起來接近四分之一，似乎有點高，但細看這些字，也多可以從同組的形聲字中看出規律，例如：

聲符	構字	發音
白 ㄅㄞˊ（bái）	魄迫珀怕帕	ㄆㄛ、ㄆㄚ po, pa
者 ㄓㄜˇ（zhě）	堵都賭睹屠褚署暑	ㄉㄨ、ㄊㄨ、ㄔㄨ、ㄕㄨ du, tu, chu, shu
台 ㄊㄞˊ（tái）	飴貽怡冶	ㄧ、ㄧㄝ yi, ye
京 ㄐㄧㄥ（jīng）	晾涼諒	ㄌㄧㄤ liang

　　此外，馮麗萍（1998）對大陸《漢語水平詞彙與漢字等級大綱》的考察中，規則形聲字佔字表中所有形聲字的37.2%；李蕊（2014：42）考察《高等學校外國留學生漢語教學大綱（長期進修）》的字表，規則形聲字佔字表中所有形聲字的36.5%。

　　因此，形聲字在現代未必然是全然無法表音，教師應具備相關的聲韻常識。

㈣常見的聲符表義

　　有一些聲符表聲兼表義，依學者意見（黃永武1965：46-48、60-168；林尹1971：138-140、266-267；黃侃1980：94-98；陳正治2000：14-45、159-169；劉克雄2019：370-392），整理如下：

1. 從「青」得聲的，多表示「美好」之義，例如：「清」、「倩」、「請」、「精」、「情」、「晴」、「靚」、「睛」等字。
2. 從「辰」得聲者多有「動」之義，例如：「震」、「振」、「賑」、「娠」等字。
3. 從「莫」得聲者多有「隱蔽」之義，例如：「慕」、「墓」、「幕」、「暮」、「漠」等字。
4. 從「侖」得聲者多有「條理」之義，例如：「倫」、「論」、「輪」、「淪」等字。

5. 從「巠」得聲者多有「長而直」之義，例如：「經」、「徑」、「莖」、「脛」等字。

6. 從「句」得聲者多有「彎曲」之義，例如：「鉤」、「笱」、「痀」、「雊」等字。

7. 從「農」得聲者多有「厚、重」之義，例如：「濃」、「膿」、「襛」、「醲」等字。

8. 從「叚」得聲者多有「赤色」義，例如：「霞」、「蝦」、「瑕」、「騢」等字。

9. 從「勺」得聲者多有「小」義，例如：「約」、「杓」、「的」、「酌」等字。

10. 從「半」得聲者多有「分」義，例如：「畔」、「胖」、「判」、「泮」等字。

11. 從「奇」得聲者多有「偏」義，例如：「畸」、「倚」、「觭」等字。

12. 從「多」、「皇」、「于（亏）」得聲者多有「大」義，例如：「侈」、「移」、「煌」、「瑝」、「芋」、「宇」、「夸」等字。

13. 從「悤」得聲者多有「中空、通透」之義，例如：「蔥」、「聰」等字。

14. 從「曾」得聲者多有「增益」之義，例如：「增」、「層」、「贈」等字。

15. 從「者」得聲者多有「分別」之義，例如：「諸」、「箸」、「緒」、「署」等字。

16. 從「少」得聲者多有「少」義，例如：「秒」、「妙」、「渺」等字。

17. 從「喿」得聲者多有「眾多、盛大」之義，例如：「噪」、「澡」、「燥」、「操」等字。

18. 從「軍」得聲者多有「包圍」之義，例如：「輝」、「暉」、「褌」、「渾」等字。

19. 從「臤」得聲者多有「堅固」之義，例如：「堅」、「緊」、「豎」、「賢」等字。

20. 從「戔」得聲者多有「小」義，例如：「淺」、「賤」、「棧」、「殘」、「盞」、「錢」、「箋」等字。

21. 從「夋」得聲者多有「高」義，例如：「俊」、「峻」、「駿」等字。
22. 從「冓」得聲者多有「交錯」之義，例如：「溝」、「構」、「搆」、「購」等字。
23. 從「辡」得聲者多有「分開、判別」之義，例如：「辨」、「辯」、「辦」、「瓣」、「辮」等字。

　　教學時可適當提示，幫助學生理解和記憶。

陸、漢字書寫

　　當前漢語教學強調「先語後文」、「認寫分流」、「識多寫少」，學生識記漢字之後，仍要進入書寫。識記是輸入、運用和書寫是輸出，識字是書寫的基礎。書寫與組字成詞，都是用字正確的表現方式。學生藉由書寫能正確認識和理解漢字的結構規律，諸如獨體字及部件、形聲字的形旁和聲符、形似字辨別等。書寫更能鍛鍊培養學生的觀察力、注意力、記憶力、表達力。

　　漢字書寫以正確、美觀為目標，書寫含括筆畫、筆順、間架三大要素，前二者以正確為目標，間架與美觀有關。往下依序說明書寫原則、筆畫教學、筆順教學、整字結構分析、書寫偏誤等。

一、書寫原則

　　漢字書寫的基本原則有三：循序漸進、筆順優先、重視整字結構。（別紅櫻、黃柏林、王蕾2015）
1. 循序漸進：漢字書寫涉及空間分布、次序性，對非漢字文化圈的學生而言，並非易事，教師要有耐心和方法。教學時要遵循先易後難、循序漸進的原則。
   (1) 筆畫優先於部件和整字書寫：筆畫是漢字的基礎，從單筆筆畫開始、再寫複合筆畫。
   (2) 部件、獨體字先於整字和合體字書寫：掌握了筆畫書寫，就能組合成部件、獨體字。應由筆畫數少者開始，先學習筆畫數少的部件或獨體字。

⑶合體字先拆解為部件再書寫：掌握了筆畫、部件和獨體字書寫，即可進入整字和合體字書寫。當前，漢字教學仍偏向隨文識記和書寫，無法依據字的筆畫多寡、字的難易排列，因此遇到合體字時，應拆解為部件，同時教導間架結構，以此降低學生的挫折，提升學習興趣。

2. 筆順優先：筆順是書寫的基礎。學完基本筆畫、由筆畫組合成部件時，就可以教導筆順規則，讓學生對筆順有正確的認識，諸如次序、不可逆、有方向性。實際書寫時，將筆順和筆畫融合為一，如「不」字筆順和筆畫為「一橫、二撇、三豎、四長頓點」，可以讓學生有建構整字的概念。當然，必須視學生的程度、意願和動機而決定。

3. 重視整字結構：整字結構對識記、書寫都有重要的意義，在識記的基礎上，要求學生了解漢字整體是方塊型，所有筆畫都要放在一個方格內。書寫前必須先分析部件的間架結構，如上下、左右、包圍或特殊，注意部件在整字裡的位置、大小比例。

二、筆畫教學

　　寫字教學之初，應先認識各種筆畫的筆形和名稱，熟悉其寫法，以組合出所有漢字。繁體字主要依據中華民國教育部所訂二十八種國字筆畫名稱，表2-8列筆畫及名稱、範字。

表2-8　漢字筆畫名稱及範字

序號	基本筆畫	派生筆畫	筆畫名稱	範字
1	、		點	犬、太
2		㇏	長頓點	不、委
3	一		橫	一、三
4		㇆	橫撇	又、水
5	｜		豎	十、中
6		ㄥ	豎折	七、匹

序號	基本筆畫	派生筆畫	筆畫名稱	範字
7		㇄	豎挑	比、長
8	ノ		撇	少、白
9	ノ		豎撇	月、周
10		㇃	撇頓點	女
11		㇈	撇橫	母
12		㇈	撇挑	公、去
13	㇀		挑	打、地
14	㇇		橫鉤	又、字
15	㇚		豎鉤	小、可
16	㇂ ㇉		彎鉤	了、豕、方
17	㇂		斜鉤	我、成
18		㇟	橫斜鉤	汽、風
19	㇃		臥鉤	心、怎
20	㇄		豎曲鉤	也、己
21		乙	橫曲鉤	乙、九
22	㇔ ㇏		捺	送、八
23	㇆		橫折	五、口
24		㇌	橫折橫	段、投
25		㇆ ㇆	橫折鉤	門、月、力、的
26		㇙	豎橫折	亞、吳

序號	基本筆畫	派生筆畫	筆畫名稱	範字
27		㇉	豎橫折鉤	姊、弟
28		㇌	橫撇橫折鉤	乃、孕

（彭雅玲2022：191-192）

大陸簡化字筆畫依據中華人民共和國教育部、國家語言文字工作委員會2001年頒布的《GB13000.1字符集漢字折筆規範》，明定漢字有五種筆畫的形狀：橫（一）、豎（丨）、撇（丿）、點（丶）、折（㇕），提（㇀）歸入橫、捺（㇏）歸入點，規範了25種合體筆形，如表2-9：

表2-9　GB13000.1字符集漢字折筆筆形表

折數	序號	名稱：全稱	名稱：簡稱（或俗稱）	筆形	例字
1折	5.1	橫豎折	橫折	㇕	口见达与己罗马丑贯／敢为
1折	5.2	橫折撇	橫撇	㇇	又祭之社登邪／令了
1折	5.3	橫鉤		㇖	买宝皮饭
1折	5.4	豎折橫	豎折	㇗	山世岵／母互乐／发牙降
1折	5.5	豎彎橫	豎彎	㇄	四西朮
1折	5.6	豎折提	豎提	㇙	长爪鼠以瓦叫收
1折	5.7	撇折橫	撇折	㇜	公离云红乡亥／车东
1折	5.8	撇折點	撇點	㇛	女巡
1折	5.9	撇鉤		㇓	[illegible]
1折	5.10	彎豎鉤	彎鉤（俗稱）	㇁	犹家
1折	5.11	捺鉤	斜鉤（俗稱）	㇂	代戈

折數	序號	名稱		筆形	例字
		全稱	簡稱（或俗稱）		
2折	5.12	橫折豎折橫	橫折折	㇗	凹卍
	5.13	橫折豎彎橫	橫折彎	㇜	朵
	5.14	橫折豎折提	橫折提	㇙	计頯鳩
	5.15	橫折豎鉤	橫折鉤	㇆	同门却永要万母仓／也
	5.16	橫折捺鉤	橫斜鉤（俗稱）	㇌	飞风执
	5.17	豎折橫折豎	豎折折	㇗	鼎卍亚吳
	5.18	豎折橫折撇	豎折撇	㇋	专／叟／矣
	5.19	豎彎橫鉤	豎彎鉤	㇄	己匕电心
3折	5.20	橫折豎折橫折豎	橫折折折	㇅	凸
	5.21	橫折豎折橫折撇	橫折折撇	㇞	及延
	5.22	橫折豎彎橫鉤	橫折彎鉤	㇉	几丸／艺亿
	5.23	橫折撇折彎豎鉤	橫撇彎鉤（俗稱）	㇌	阳部
	5.24	豎折橫折豎鉤	豎折折鉤	㇘	马与钙／号弓
4折	5.25	橫折豎折橫折豎鉤	橫折折折鉤	㇋	乃／杨

（黃偉嘉、敖群2009：128）

　　教學發給筆畫名稱表或筆形表，先教基本筆畫、再教組合筆畫。書

寫時必須先展示例字，注意區別相似筆畫，如捺ㄟ和長頓點　ヽ　的不同，「八」的最後一筆是捺，不是長頓點；「不」的末筆是長頓點不是捺。歸納筆畫常出現的位置，如平撇常出現在上方，如「千、毛、看、手」等字；短撇經常在左上方，如「牛、失、年、我」等字；豎撇則在字的左側，如「周、肚、鳳、用、戚」等字。要求相同筆畫的排列，如「目」第三畫、第四畫、第五畫的間隔要均等；「多」最後兩筆都是點，要上下排列；「次」的前兩筆要上下平行，是「二」不是「冫」；「舌」的第一筆和「化」的第三筆是橫一不是撇　ノ　。

三、筆順教學

習寫時，按著每字的首畫至末筆依順序書寫，一筆一畫的安排，即為筆順，具有方向性，大抵先橫後豎、先上後下、先左後右、先外後內、先中後旁、先右上後左下原則。繁體字依據教育部《常用國字標準字體筆順手冊》十七條筆順法則（表2-10）：

表2-10　繁體字筆順基本法則

法則	說明	範字
一	自左至右：凡左右並排結構的文字，皆先寫左邊筆畫和結構體，再依次寫右邊筆畫和結構體。	川、仁、街、湖
二	先上後下：凡上下組合結構的文字，皆先寫上面筆畫和結構體，再依次寫下面筆畫和結構體。	三、字、星、意
三	由外而內：凡外包形體，無論兩面或三面，先寫外圍，再寫裡面。	刀、勻、月、問
四	先橫後豎：凡橫畫與豎畫相交，或橫畫與豎畫相接在上者，皆先寫橫畫，再寫豎畫。	十、干、士、甘、聿
五	先撇後捺：凡撇畫與捺畫相交，或相接者，皆先撇而後捺。	交、入、今、長
六	豎畫在上或在中而不與其他筆畫相交者，先寫豎畫。	上、小、山、水

法則	說明	範字
七	橫畫與豎畫組成的結構，最底下與豎畫相接的橫畫，通常最後寫。	王、里、告、書
八	橫畫在中間而地位突出者，最後寫。	女、丹、母、毋、冊
九	四圍的結構，先寫外圍，再寫裡面，底下封口的橫畫最後寫。	日、田、回、國
十	點在上或在左上的先寫， 點在下、在內或右上的則後寫。	卞、爲 叉、犬
十一	凡從戈之字，先寫橫畫，最後寫點、撇。	戍、戒、成、咸
十二	撇在上，或撇與橫折鉤、橫斜鉤所成的下包結構，通常撇畫先寫。	千、白、用、凡
十三	橫、豎相交，橫畫左右相稱之結構，通常先寫橫、豎，再寫左右相稱之筆畫。	來、垂、喪、乘、面
十四	凡豎折、豎曲鉤等筆畫，與其他筆畫相交或相接而後無擋筆者，通常後寫。	區、臣、也、比、包
十五	凡以辶、廴為偏旁結構之字，通常辶、廴最後寫。	廷、建、返、迷
十六	凡下托半包的結構，通常先寫上面，再寫下托半包的筆畫。	凶、函、出
十七	凡字的上半或下方，左右夾中，且兩邊相稱或相同的結構，通常先寫中間，再寫左右。	兜、學、樂、變、贏

（彭雅玲2022：194）

　　簡化字據國家語言文字工作委員會1997年公布的《現代漢字通用字筆順規範》為標準（表2-11）。

表2-11　簡化字筆順基本法則

規則	例字	筆順
先橫後豎	十	一 十
	干	一 二 干
先撇後捺	人	丿 人
	木	一 十 才 木
從上到下	三	一 二 三
	合	丿 人 △ 今 合 合
從左到右	做	丿 亻 亻 亻 仁 估 估 做 做 做 做
	洲	丶 丶 氵 氵 沙 沙 洲 洲 洲
從外到內	月	丿 刀 月 月
	向	丿 亻 门 门 向 向
先外後內 再封口	日	丨 冂 冃 日
	国	丨 冂 冂 冃 用 国 国 国
先中間 後兩邊	小	亅 刂 小
	水	亅 刁 水 水
先兩邊 後中間	火	丶 丶 丷 火
	半	丶 丶 丷 半 半

（黃偉嘉、敖群2009：205）

教學時先展現例字，且附上田字格、米字格或九宮格，往下統一稱「輔助方格」。利用板書、多媒體，將例字寫在「輔助方格」之中，教師寫一筆、學生寫一筆，為跟隨式的教學。教師例字上以阿拉伯數字標示筆順，一段時日，學生已習慣書寫，鼓勵他們自行標注筆順。讓學生自行書寫時，教師可以在「輔助方格」寫下逐筆筆畫讓學生臨摹，並留下空白的「輔助方格」讓學生書寫整字。

　　筆順的重要體現在書寫的正確和美觀。教師對漢字的筆順必須正視且熟悉，養成良好習慣，對於自己無把握的漢字筆順，應先考查。正體字參看教育部《常用國字標準字體筆順手冊》，簡化字參看《新華寫字字典》、《現代漢語規範字典》。

四、整字結構分析

　　若欲達到美觀的教學目標，須加強掌握整字間架結構的能力。教學時，先分析整體字形再分析部件、先判斷字幾何外形再分析間架結構、先求平衡再求變化。（彭雅玲2022）

1. 外形：書寫時必須先觀察整體外形。

表2-12　漢字外形與範字

外形	範字	外形	範字
正方形	困、國	三角形	上、美、成
長方形	月、目	倒三角形	下
扁方形	四、血	菱　形	今、衣、身
梯　形	旦	圓　形	我、家
倒梯形	田、百	左斜形	刀
臥梯形	心	右斜形	戈

（彭雅玲2022：202）

2. 間架結構：漢字是方塊字，不論筆畫多少，都能寫在同樣大小的方格裡，這必須講究字的間架結構，即筆畫長短、粗細比例和筆畫間的銜接；分析合體字的部件組合，宜注意各部分的大小、寬窄、長短、高低、疏密的比例（表2-13）。

表2-13　漢字間架結構表

結構方式	範字	間架結構	
獨體	水木		方正
上下 結構	思架		上下相等
	字霜		上小下大
	香暫		上大下小
上中下 結構	冀意		上中下相等
	裹曼		上中下不等
左右 結構	群躬		左右相等
	傳稼		左窄右寬
	剛數		左寬右窄

結構方式	範字	間架結構		
左右 結構	謝街			左中右 相等
全包圍 結構	國園			方正勻稱
半包圍 結構	床句			偏左上 偏右上
	邊區			偏左下 上左下
	山岡			左下右 左上右
品字形 結構	森晶			端正

（張田若、陳良璜、李衛民2000：372-373）（外框虛線為筆者增補、修正）

　　在教學實務上，教師應將整字置於「輔助方格」之內，引導學生觀察字的外形、間架結構、比例，講解該字應注意的原則，再加入筆順、筆畫名稱；先書空，再習寫在「輔助方格」之內。此外，運用多媒體教育部「國字標準字體筆順教學網」（https://strokeorder.com.tw），播放筆順書寫動畫，幫助學生記住筆順，更可為課後自主學習、輔助學習的利器。

　　教師可視學生興趣、程度，將筆順與筆畫名稱合一，如「月」字四畫「一豎撇、二橫折鉤、三橫、四橫」，如是，能強化書寫的概念，即便客觀條件無法書寫，仍能書空或口說書寫。

五、書寫偏誤

　　寫字教學的目標是希望學生寫出正確、美觀的字體。（彭雅玲2022）書寫錯誤與書寫偏誤本同而側重點有別，錯誤是著重在使用不正確，偏誤

在錯誤的基礎上，歸納分析錯誤的規律、探討原因，偏重預防，故本文以「偏誤」代替常用的「錯誤」。

歸納偏誤原因，源於形體讀音相混，誤讀而致誤寫，或因辨識不夠清楚，導致筆畫增減、部件錯位。

㈠讀音而致的偏誤

畢竟←→必竟、嚮往←→響往、精緻←→精致、花費←→花廢、再見←→在見、祕密←→祕蜜、花瓣←→花辦、收穫←→收獲、堤防←→堤妨、揚名←→楊名、警察←→警查、愉快←→娛快。

㈡辨識未清的偏誤

筆畫錯誤包含筆畫增減和改易。增減筆畫「貳」寫作「貳貳」，「武」成了「武」，「染」變成了「染染染」，「少年」變成了「小年」。或改易筆畫，如「麻」寫成「麻」。

部件錯誤可能是部件寫錯，「勇」字上面部件寫作「角」，成了「勇」；「那」字左邊部件錯寫成「月、用、舟」，成了「那、那、郍」。或部件調換位置，如「群」本為左「君」右「羊」，寫成左「羊」右「君」。或者某一部件錯置，如「瞧」本為左右結構字，原本在「隹」下的「灬」跨越到「目」下，成了上下結構的「瞧」；如「荊」原為上下結構誤寫為左右結構的「荆」。這都是整字結構分析未到位、部件安置不妥所致。

㈢形似而致的偏誤

增減筆畫，如我←→找、互←→亙、折←→析拆、冷←→泠、心←→必、止←→上正。增減部件，如委←→萎、臀←→殿、安←→按。部件錯置，如忙←→忘、東←→杳杲、陪←→部。改換部件，如泊←→柏、安←→字、晴←→睛、驚←→警、炮←→泡、春←→泰秦。

上述偏誤，有時可能交錯、並發，於一詞之內相互干擾，如寫「環境」一詞時，「環」受到「境」的影響，「王」少了一橫成「土」，成了錯字「環」，「環境」成了「環境」；或「境」受同音字、聲旁干擾，移

失「土」，「環境」寫成「環竟」。

　　教師要根據學生的錯誤，分析其原因，予以補救，更為下次書寫奠基，減少發生錯誤，強化學生的書寫興趣和信心。

㈣容易寫錯的字

小尖刃丸瓦斤卞充於寒不丑妞吉寺舌吞憩喜壇彌揍尹吳印
昂皀丟訊些垂在插亮今琴事爭砍乇比北花老尼此嘴牝靴能
鹿它叱蛇系卑免晚佞侵倉吝佟假傲偏僚衣農來冊柵冒慢最
別割喇助務勢勾勻均次姿巨渠距臣監巷祀起倦告唐糖姊婦
庶燕焉奏忝添梳流沭述術殺弒麻麼麋魔色迢絕貧解懶楔梆
切忍靭殁戶雇啓癸凳酒湮淫聖任望忙閏考棄書黃眾風武條
稅銳鋤純纏羹窗總育俏俏肺腹腦膳湖隋潛厭髏贏炙搖祭恆
致唆俊後夏廈憂愛夔變修瓊沿鉛船躲處沉虎禿染鞏築彪貌
負賣貫賃頓頰領顛陝隙隱陰陳隔禹禽寓偶離將壯鼎獎飧食
飪養雨電犀遲錄華萬敬夢繭權懵獲寬甜舐舔與羽翱扇志憲
慈悠麥麵取度歧路堯兼謝哀虐箋肅覽徽獻獵龜鬱黌彝鐵
　（彭雅玲2022：211）

正確之餘，書寫還要注意掌握字體外形、部件結構比例分配切當、字體的重心平衡、點畫分配平均、字體大小行列整齊等，方能達到美觀。

附錄一　中日韓港標準漢字字體舉隅

正體字	簡體字	日本 新字體	韓國 漢字	港	正體字	簡體字	日本 新字體	韓國 漢字	港
卻	却	却	却	卻	帶	带	帯	帶	帶
腳	脚	脚	脚	腳	曹	曹	曹	曺	曹
強	强	強	強	強	灰	灰	灰	灰	灰
概	概	概	槪	概	黃	黄	黄	黃	黃
慨	慨	慨	慨	慨	床	床	床	床	牀
溉	溉	漑	漑	溉	戶	户	戸	戶	戶
雞	鸡	鷄	鷄	雞	淚	泪	涙	淚	淚
教	教	教	敎	教	裡	里	裏	裏	裏
舉	举	挙	擧	舉	祕	祕	祕	祕	祕
既	既	既	旣	既	臺	台	臺	臺	臺
起	起	起	起	起	為	为	為	爲	爲
都	都	都	都	都	衛	卫	衛	衛	衞
屠	屠	屠	屠	屠	骨	骨	骨	骨	骨
賭	赌	賭	賭	賭	臥	卧	臥	臥	臥
郎	郎	郎	郎	郎	嘆	叹	嘆	嘆	歎
廊	廊	廊	廊	廊	豔	艳	艶	豔	豔
朗	朗	朗	朗	朗	著	着	着	着	着
涼	凉	涼	涼	涼	次	次	次	次	次
鄰	邻	隣	隣	鄰	滑	滑	滑	滑	滑
裴	裴	裴	裵	裴	冢	冢	塚	冢	冢
翻	翻	翻	飜	翻	鎮	镇	鎮	鎭	鎮
併	并	併	倂	併	真	真	真	眞	真

正體字	簡體字	日本新字體	韓國漢字	港	正體字	簡體字	日本新字體	韓國漢字	港
瓶	瓶	瓶	瓶	瓶	即	即	即	卽	即
餅	饼	餅	餠	餅	著	着	着	着	著
冰	冰	氷	氷	冰	甜	甜	甜	甜	甜
產	产	産	産	產	青	青	青	靑	青
尚	尚	尚	尙	尚	清	清	清	淸	清
緒	绪	緒	緒	緒	晴	晴	晴	晴	晴
角	角	角	角	角	請	请	請	請	請
植	植	植	植	植	值	值	値	値	值
顏	颜	顔	顔	顏	置	置	置	置	置
昂	昂	昂	昂	昂	妒	妒	妬	妬	妒
彥	彦	彦	彦	彥	鬥	斗	鬪	鬪	鬥
研	研	研	研	研	豐	丰	豊	豊	豐
妍	妍	妍	妍	妍	恆	恒	恒	恒	恆
污	污	汚	汚	污	鄉	乡	郷	鄕	鄉
戶	户	戸	戶	戶	畫	画	画	畵	畫
吳	吴	呉	吳	吳	迴	回	廻	廻	迴
錄	录	録	錄	錄	攜	携	携	携	攜
為	为	為	爲	為	精	精	精	精	精
偽	伪	偽	僞	偽	諸	诸	諸	諸	諸
俞	俞	兪	兪	俞	眾	众	衆	衆	眾
喻	喻	喩	喩	喻	直	直	直	直	直
愉	愉	愉	愉	愉	稙	稙	稙	稙	稙
愈	愈	愈	愈	愈	絕	绝	絶	絶	絕
者	者	者	者	者	情	情	情	情	情
豬	猪	猪	猪	豬	靜	静	静	靜	靜

附錄二 《漢語水平詞彙與漢字等級大綱》多音字

一、甲級字中的多音字：（113個）

啊（ā / á / ǎ / à）	把（bǎ / bà）	便（biàn / pián）
参（cān / shēn / cēn）	差（chà / chā / chāi / cī）	
长（cháng / zhǎng）	朝（zhāo / cháo）	车（chē / jū）
处（chù / chǔ）	倒（dào / dǎo）	单（dān / chán）
当（dāng / dàng）	得（dé / děi / de）	地（dì / de）
的（de / dì / dí）	调（diào / tiáo）	都（dōu / dū）
分（fēn / fèn）	干（gān / gàn）	给（gěi / jǐ）
更（gèng / gēng）	观（guān / guàn）	好（hǎo / hào）
和（hé / huó / huò / hú）	还（hái / huán）	会（huì / kuài）
几（jǐ / jī）	济（jì / jǐ）	间（jiān / jiàn）
将（jiāng / jiàng）	教（jiāo / jiào）	结（jié / jiē）
解（jiě / xiè）	觉（jiào / jué）	假（jiǎ / jià）
卡（kǎ / qiǎ）	看（kàn / kān）	空（kōng / kòng）
乐（lè / yuè）	累（lèi / lěi）	了（le / liǎo / liào）
绿（lü / lù）	那（nà / nèi）	哪（nǎ / něi / né）
漂（piāo / piāo / piǎo）	切（qiē / qiè）	且（qiě / jū）
散（sǎn / sàn）	色（sè / shǎi）	少（shǎo / shào）
舍（shě / shè）	省（shěng / xǐng）	什（shén / shí）
熟（shú / shóu）	术（zhù / zhú）	数（shù / shǔ）
谁（shéi / shuí）	宿（sù / xiǔ / xiù）	系（xì / jì）
校（xiào / jiào）	兴（xìng / xīng）	行（xíng / háng）
要（yào / yāo）	应（yīng / yìng）	脏（zāng / zàng）
这（zhè / zhèi）	正（zhèng / zhēng）	只（zhǐ / zhī）
中（zhōng / zhòng）	种（zhǒng / zhòng）	
重（zhòng / chóng）	著（zhe / zhuó / zhāo / zháo）	
度（dù / duó）	发（fā / fà）	夫（fū / fú）

服（fú / fù）	咖（kā / gā）	个（gè / gě）
句（jù / gōu）	过（guò / guō）	哈（hā / hǎ）
号（hào / háo）	喝（hē / hè）	红（hóng / gōng）
划（huá / huà）	监（jiān / jiàn）	节（jié / jiē）
桔（jú / jié）	可（kě / kè）	俩（liǎ / liǎng）
六（liù / lù）	论（lùn / lún）	没（méi / mò）
占（zhān / zhàn）	相（xiāng / xiàng）	提（tí / dī）
为（wéi / wèi）	洗（xǐ / xiǎn）	说（shuō / shuì）
任（rèn / rén）	亲（qīn / qìng）	难（nán / nàn）
吗（ma / mǎ）	论（lùn / lùn）	角（jiǎo / jué）
吧（ba / bā）	百（bǎi / bó）	别（bié / biè）
查（chá / zhā）	答（dá / dā）	打（dǎ / dá）
大（dà / dài）	读（dú / dòu）	

二、乙級字中的多音字：（82個）

阿（ā / ē）	挨（āi / ái）	膀（bǎng / páng）
薄（bó / báo / bò）	背（bèi/bēi）	卜（bǔ / bo）
藏（cáng / zàng）	称（chēng/chèn）	曾（céng / zēng）
传（chuán / zhuàn）	创（chuàng / chuāng）	弹（dàn / tán）
斗（dòu / dǒu）	否（fǒu / pǐ）	冠（guān / guàn）
降（jiàng / xiáng）	尽（jìn / jǐn）	菌（jūn / jùn）
量（liáng / liàng）	率（lǜ / shuài）	露（lù / lòu）
落（luò / là / lào）	模（mó / mú）	弄（nòng / lòng）
朴（pǔ / piáo）	强（qiáng / jiàng / qiǎng）	区（qū / ōu）
圈（quān / juàn）	似（sì / shì）	吓（xià / hè）
血（xuè / xiě）	咽（yàn / yān / yè）	粘（nián / zhān）
折（zhé / shé）	著（zhù / zhuó）	转（zhuǎn / zhuàn）
撒（sā / sǎ）	奇（qí / jī）	肚（dù / dǔ）
佛（fó / fú）	夹（jiā / jiá / gā）	杆（gān / gǎn）

扛（káng／gāng）	搁（gē／gé）	盖（gài／gě）
供（gōng／gòng）	汗（hàn／hán）	糊（hú／hù）
渐（jiàn／jiān）	禁（jìn／jīn）	劲（jìn／jìng）
据（jù／jū）	卷（juǎn／juàn）	拉（lā／lá）
陆（lù／liù）	埋（mái／mán）	仔（zǐ／zǎi）
涨（zhǎng／zhàng）	召（zhào／shào）	扎（zhá／zhā／zā）
与（yú／yù）	挑（tiāo／tǎo）	吐（tǔ／tù）
属（shǔ／zhǔ）	石（shí／dàn）	铺（pū／pù）
嚷（rǎng／rāng）	扫（sǎo／sào）	纤（xiān／qiàn）
炮（pào／páo）	迫（pò／pǎi）	胖（pàng／pán）
脉（mài／mò）	秘（mǐ／bì）	磨（mó／mò）
混（hùn／hún）	盖（gài／gě）	辟（bì／pì）
扁（biǎn／piān）	冲（chōng／chòng）	臭（chòu／xiù）
担（dān／dàn）		

（胡文華2008：224-226）

第三編

漢字教學實務

壹、漢字教學──教師、教材與學生

一、教師的準備

漢字教師的準備功夫包含教學知能、教學意識、準備課程及教具。

㈠漢字教學知能

教師們大多對於教學前、備課時的三個思考面向──教什麼？怎麼教？教學的對象是誰？──耳熟能詳，那麼在漢字教學上是不是也有過思想上以及實質上的準備？要教漢字，首先必須了解漢字的特性、具備基本的漢字本體知識以及認識漢字教學上（即外籍生學習漢字上）的困難之處，就像身為對外漢語教師，我們應當先了解漢語的特點：缺乏型態的變化、詞序嚴謹、具有聲調、有豐富的量詞以及用有限的字可構成大量、豐富的詞彙等，教學才能踏實。

一般人熟知漢字的特質是「方塊文字」、「獨體單音」和「形音義三位一體」，此外尚有「以形聲結構為主」、「與圖像的血緣性」、「超越時空的穩定性」、「傳遞快速、資訊密集」以及「高度藝術性」等等。以上每一種特質，都能成為教師在教學上據以發揮的優勢。而掌握了漢字本體知識，了解漢字本身的特性、字源以及演變，認識字與字之間的連繫，才可避免在學生提問的時候瞎拼亂湊、心虛糊弄。

再說，漢字在運用上也呈現出相當的複雜性，例如「字義」和「詞義」是有所區別的，字義可以做為詞義，而詞義未必是字義；字義是穩定的，詞義是變動的；詞義還分為本義、引申義、假借義與通假義。（詳參〈第一編　漢字本體知識‧肆、意義〉）如果教師沒有深入思考過、積極尋找漢字教學的對策來幫助學生克服學習障礙，容易導致教師與學生雙方面產生挫折感、使教學成效不彰。例如，雖然我們都知道漢字並非拼音文字、字形必須特別教導，但是只憑我們母語者自身學習漢字的經驗來教外籍生，學生很難直接複製學習模式以達成有效學習，他們很可能需要另尋方法與自行發展策略。教師對於漢字的規律、難學的原因以及學習者本身的差異都有了基本的認識與了解之後，才能有效教學。（詳參〈第二編　漢字教學知識〉）

㈡漢字教學意識

　　要教好漢字，教師必須具備漢字教學意識，包括：在教學前，先客觀了解外籍生在學習漢字時的困難點，設想針對性的克服方法；在教學時，依原先視學生個別差異而定的教學方針來施教；下課之後，安排複練方式或延續性的教學活動，並建立學生的自學系統。

　　若沒有事先清楚認知教學重點（學生學習上的難點），則無法對症下藥；未先制定教學方針、安排教學步驟，教師與學生都難以感受自然流暢、漸入佳境，教與學的兩方都覺得痛苦。尤其在聽、說、讀、寫必須並進發展的綜合課上，能夠安排漢字教學的時間本就不多，若失了先機又浪費了寶貴的教學時間，實在很可惜！

　　不論零起點、初級、中級與高級班的學生，都有學習漢字的需求，其重要性與困難度雖從零起點到高級班遞減，但經過設計的漢字教學方式，能使學生在學習過程中更愉悅。其他方面，例如如何引起動機、由易而難層次遞進地教、維持住學生學習漢字的興趣等，如果可能，都應該先思索出最佳方案。教學意識也可以反應在課室環境的布置上，從外在營造漢字學習氣氛來影響學生的內在學習動機，並且時常從鼓勵的角度提升他們學習書寫漢字的興趣。雖然對於非漢字文化圈的學生來說學習漢字並不容易，但教師必須提醒自己避免把「漢字很難」掛在嘴邊。

　　「慎始」是在零起點的漢字教學上很重要的態度，在這個階段，教師應該帶領學生紮實練好每一項功夫，筆順、筆畫，從整字到部首部件，引導學生正確地認識漢字結構，為書寫漢字打好基礎。中級以上，對一般學生而言，漢字結構與書寫已不是難事，教師應當注重漢語詞彙近義詞中不同字義的差別，例如「建立」、「建設」、「建置」、「設置」等，並練習詞彙與詞彙的搭配。高級以上，可以帶入漢字背後的文化現象與歷史，或者加強字與字的連繫，例如「身、孕、好、保」等字的本義與婦女懷孕、生產、育兒的歷程相關（詳參〈第四編・第五單元　生老病死・部件：身 教學錦囊1〉），讓學生對漢字有深一層的認識。

㈢準備課程、教具

教師展現專業的先決條件，就是「教學前做足充分的準備」（可參考P.181「附錄一：漢字教學自我檢視表」）。首先必須對教材充分理解與掌握，才能精確地安排授課內容、教學順序、課堂活動次序與課後作業，並且準備妥當相應的教具。

漢字的教學內容，在字形、字音、字義上，應把握下列要點：正確解釋字形、字義，辨識字源與形似字；注意翹舌與非翹舌的差別，正讀是教師基本的自我要求；漢字筆畫的正確寫法、筆順、間架結構與比例。教授的程度不同，教師聚焦之處也不應相同，例如教中、高級程度的學生，在書寫正確的基礎上，可以視情況求其精進，教導學生寫得漂亮的方法（間架結構與比例），像是「木」當部首時要避讓，最後一筆捺筆要變成長頓，而「目」的中間必須均分等等。

漢字教學有一些經常利用的教具，例如九宮格紙、小白板、附有筆順的生字簿，以及「板書」。九宮格紙可以呈現「空間感」，協助零起點與初級程度的學生建立漢字的間架結構與比例的概念；人手一個的小白板，無論在初級或中、高級程度，都是很好利用的道具；可以呈現筆順的生字簿，不僅在課堂上是教師的好幫手，也可做為學生的課後作業。

「板書」也有基本要求，教師必須更審慎，不應是「提筆把字隨意地寫在黑板或白板上」而已，如果能預先思考、經過安排，則能避免亂無章法。

二、教學內容與方法

雖然大部分教學都有可依循的教材，但是仍須把握「二不」與「二要」原則，即「**不要照搬漢字知識**」、「**不要無意義地呈現漢字**」、「**要把握珍稀的漢字教學時間**」以及「**要提供豐富的說話材料**」。

㈠不要照搬漢字知識

作為專業的漢語教師，必須把了然於胸的漢字本體知識技巧地轉化，選擇方法，幫助學生發展學習策略，以達有效學習。如果照搬書中的內容，僵化地講授漢字知識，可能會使學生消化不良、感到挫折而失去學習

漢字的興趣。亦須視學生程度，嚴格地拿捏教學語言與教學內容。

【課堂小劇場】

　　X老師教零起點班的學生寫漢字，一時興起，用英文跟學生們講解了「國」字的涵義。

　　X老師：「國，外面的『囗』代表『土地』，『戈』代表『武器』，所以『國』有『用武器保衛國家』的意思。」

　　有一位學生很感興趣，後來X老師每教一個漢字，該生都舉手發問字的「來歷」。

　　有些漢字，教師可能清楚其字源或文化意涵，認為在課堂上講述漢字故事可以引起學生興趣，但這麼做也很可能是給自己挖了一個坑。例如本書許多的漢字知識，應當作為教學的紮實基底，是教師們自己練功用的，不是直接在課堂上給學生講授的素材。尤其零起點與初級班的教學，應當是越直觀越好，用最快的方式讓學生理解，再利用大量的時間練習。以「國」字的教學來說，應該以詞彙（如「美國」）為單位，教寫整字。

㈡不要無意義地呈現漢字

　　語言教學的課堂上，教學目標始終都是「溝通與交流」，因此教學的設計與呈現漢字上，必須要有意義而且具體化，因此不孤立教單一漢字、生詞或某個語法點，例如教拼音、發音，若只專注於練習拼合方式與發音，就不是理想的教學設計。「有意義」，自然是指「以溝通、交流為目的」，或者「用中文辦事」；「具體化」，則指教師可以利用圖片、影片或具體物品和情境幫助學生理解與記憶，並且使教材內容與個人經驗產生連繫，促使學生主動認知、重新組織，進而產生個人化內容。

【課堂小劇場】

零起點班的第一堂課，X老師帶學生練習發音、聲調與拼音。

X老師：「媽、麻、馬、罵。」

學生們：「媽、麻、馬、罵。」

X老師：「媽媽騎馬，馬慢，媽媽罵馬。」

學生們：「媽媽騎馬……」

下課鐘聲響起，學生們一臉無精打采地走出教室，練習了兩個小時的拼音、發音和聲調，但是不知道自己說的是什麼，大家心都累了！

　　舉零起點教學當例子，教學設計須循序漸進、重視過程，先讓學生能說話、進行有意義的交流，教師再利用已經認識的詞彙介紹拼音規則，最後認識漢字。語言教學的課堂上，呈現的應當都是用來溝通、交流的材料，教師單向地說明、學生被動地聽講的時間與比例也應該盡量減少為好。

　　有的時候，教師會忘了從學生的角度思考、主觀地認為講授的內容有趣，學生卻一頭霧水。對聲調還無法掌握的外國學生，只能跟著老師一遍一遍地重複句子，但是每次說的都不一樣，即使偶爾聲調對了，也無法穩定地再次發正確的音，在他們聽來，「媽媽罵馬」四個字都是一樣的發音，更別說能產生什麼趣味了！

(三)要把握珍稀的漢字教學時間

　　一般語言課堂，大多是必須兼顧聽、說、讀、寫的綜合型教學模式，教師在授課前充分地準備，務必使教學精緻化、內容精確，避免毫無組織、散漫費時的上課形式，才能促進學生有效學習。在綜合課中，漢字教學的時間更為稀少珍貴，更需仰賴嚴謹的設計。

　　從學生的個別差異來說，如果教師用心準備，為不同背景的學生選擇相應的教學策略，就能更確實地幫助他們。例如區別漢字文化圈（即使「漢字文化圈」亦有細分）和非漢字文化圈的學生，或是學生本身的漢字

習寫程度。也有不少學生原本學習的是中國大陸的簡化字，在繁、簡轉換上會否產生問題，都應列入考慮。

從漢字難學的方面考慮，如何處理漢字形音之間的差異、複雜的字形、相似的字形、一字多音、一字多義、同音字繁多等等，並設計出有趣又有效的活動來幫助學生理解與記憶，都是教師在漢字教學上的挑戰！

(四)要提供豐富的說話材料

雖然教師內心知道學習漢字不容易，但是不要因為害怕造成學生的負擔而謹守課本中少數的資訊（漢字、詞彙、句型），應該勇於提供「豐富的說話材料」或「對學生有所助益的內容」，只要謹慎地安排、自然地呈現即可。例如善用學習單，在課堂練習時，語法可以簡單、控制數量，而可代換的詞彙可以更多元、更貼近個人，使交流內容豐富、有變化。在學習環境之中，讓學生運用需要的資訊，透過不斷練習簡單的句式但豐富的詞彙來鞏固、掌握學習目標，正是「給予框架，但是讓學生在框架中自由發揮」。

教師在環境、背景下提供的資訊，學生們通常會各取所需，並且自然而然地記憶且內化。例如教書法時，教師毋須刻意避免提及基本筆畫的寫法，可以在上課的講義或學習單上介紹，輔以英譯說明，並事先發下學習單，上課時，教師領寫漢字時直接以中文說明，例如：「一橫、一豎、一點、一撇」，久而久之，這些課堂教學語言，也會或多或少地被學生吸收，有助於建立、增加教與學雙向的默契，也變成學生的基本功。

每位學生會有自己的實用漢字庫，例如特別記得自己住屋附近的捷運站、公車站名，教師可以提供更多貼近生活的內容，例如洗衣機面板、菜單、飲料品項單上常出現的漢字。

三、促進學生自主學習

「學生的學習動機」與「教師的教學時機」是學習效率高的兩個關鍵。教師們都知道引起學習動機和激發學習興趣的重要性，但是我們究竟能做到多少？換言之，學生到底被我們激發了多少程度的動機與興趣？

【課堂小劇場】

X老師今天要教「疒」部的字，並且準備了一張照片「引起動機」。

X老師：「大家知道這個字是什麼意思嗎？」

學生們搖頭。

X老師：「衣服上有漢字就是『酷』嗎？」

X老師：「這個字代表一種病。誰想知道是什麼病？」

沒有學生舉手。

　　小劇場裡，教師設想學生會對照片產生興趣與好奇心，能引發其「主動性」。或許照片有些趣味，學生聽了可能會覺得有意思，但，引起學生「主動」的程度可能還不夠。教師或許試試：1.上課前，在白板上貼一張照片。學生進教室的時候，都能看見這張照片。2.教師不說明這個漢字怎麼讀、是什麼意思，給學生一點時間七嘴八舌、互相詢問或討論或查閱手機這個漢字的相關資訊，然後若無其事地開始上課。3.當教師要開始講解「疒」部的漢字時，把這一行英文貼在照片底下：「當你的衣服上有一個漢字，很酷？」4.如果教師已經觀察到學生蠢蠢欲動、對這個漢字感到好奇，並且也有一些尋找答案的動作，這時指著白板上的漢字問：「這是什麼字？」學生答：「zhì」，再問：「這是什麼意思？」學生答：「他有不能上廁所的問題。」

　　以上是教師事先預測、在心裡預演過課堂上可能發生的情景，在做好準備、營造好氣氛的前提下，教師必須沉住氣、等待時機成熟，成功引發學生的好奇心、求知慾。如果學生顯得毫不好奇或是沒有查詢的動作，教師再設法催化一下，例如在旁邊貼上一張訕笑的表情圖片（圖3-1）。

圖3-1

　　如果學生沒有按照劇本走、還是沒反應怎麼辦？沒關係，這個時候再樸樸素素地由教師主動教學生這個字也不遲，所有好的嘗試都是值得的！下次再接再厲、想各種各樣的辦法引起學生主動的興趣！

附錄
一、漢字教學自我檢視表：

課前_備課

□我知道取得正確漢字資源的資料庫、知識庫。

□我能先預備好課堂上需要造詞或造句的例子。

□我能將漢字本體知識轉化為教學內容，不生硬地教「文字學」。

□我能將目標漢字與詞彙自然地連繫起來，設計成主題式教學。

□我先預想漢字教學的整套流程，並準備好所需教具。（如果課堂練習需要白紙，請教師事先準備好一疊，並裁成需要的大小，不要臨時請學生自行拿出一張紙來。）

課中_課堂教學

□我能幫助學生建立正確的漢字知識。

□我能帶領學生觀察近似字差異。

□我知道如何從鼓勵的角度建立學生學習漢字的信心。

□我能布置成就考核型與能力測試型的考試。

□我能給學生做與精讀主題相關的泛讀練習。

課後_布置作業

□我能將課堂中的練習延續到課後的習作。

□我能善用支持性環境中的漢字資源。

□我能布置成就考核型與能力測試型的作業。

□我布置的作業能看出學生能力上的個別差異。

□我能讓學生透過寫作業提升使用漢字的水平。

貳、漢字教學活動設計

　　教師設計漢字教學活動的目標是以「漢字」為核心，使學生通過與漢字有關的各種練習，如識讀、書寫與閱讀文章，掌握字、詞彙、句子乃至段落篇章，最終達到閱讀無障礙、我手寫我口的程度。

　　識讀練習不外乎識形、識音、識義；書寫除了寫得出字，還須注意漢字的間架結構與比例；閱讀文章則從理解詞義、句義至上下文組合而成篇章，甚至看出文章隱含的深意。

　　將漢字教學活動遊戲化，可以增強學生的學習動力、降低排斥感。雖說如此，「遊戲」的成分也不應太重，活動的趣味性應該由「達成語言任務、獲得學習成就感」來擔當，而不是跑得多快、投得多準的體能比賽。在以聽、說練習為主的綜合型課堂上，如果教學活動是用「中文來做事」達成溝通、交際任務，那麼漢字教學活動就是「用漢字來做事」，完成各項與漢字相關的任務。

一、零起點與初級班

按照零起點與初級階段的漢字教學進展，可以先做識形與辨音的訓練，然後開始練習書寫。以下提供幾個初級班課堂上可以安排的識讀與書寫練習活動的例子。

⧗【書寫漢字「我」「你」「他」☑漢字書寫原則 ☑數數

1. 活動主軸：

　教師利用練習寫漢字的時機，讓學生熟習數字的念法、知道漢字書寫原則以及具有筆順的概念。

2. 流程簡述：

⑴教師發下學習單，一邊用中文說明漢字書寫原則，例如「從左到右、從上到下」，一邊在黑板上示範寫字。

⑵在教漢字的筆畫與筆順時，乘機練習學生已經學過的數字說法，重複練習發音與聲調。教師適度糾正，直到學生發音正確。

⑶說明漢字的書寫原則是「從左到右，從上到下」。教師板書示範一遍，並請學生自己寫一遍。以「我」為例，讓學生邊寫邊說：「我，七畫，一、二、三、四……。」

⑷教師領寫漢字，學生各自仿寫。教學生們一邊寫字一邊數筆畫。

⑸讓學生利用生字練習簿和九宮格紙練習寫字。

⑹播放筆順學習網示範影片。並簡單介紹網站用法，鼓勵學生下課後自學。

3. 延伸或變化：

⑴小小成果展，請學生們上臺把習寫過的字寫在黑板上。或是做點小活動，教師發下字卡（只有漢字），請學生找出有「我」字的句子。之後教師把句子貼在黑板上，帶學生一起念句子，例如：我是美國人，他不是。我喜歡吃西瓜。（句子下方貼上原句的拼音與英譯）

⑵讓學生寫著玩！等學生筆順和筆畫寫熟了之後，可以找幾個超綱、字形較複雜但學生可能會有興趣的漢字來練習，如「龍、

　　鷹、鬱（展示漢字、拼音和簡單音譯）」，讓學生練練寫難字的手感，純粹好玩，不造成壓力。例如利用每天下課前的零碎幾分鐘，練習一個意義比較具象的難寫漢字。

⑶回家作業可利用生字練習簿習寫學生個人資訊，例如「你好，我是□□□（中文姓名），我是□□□□（國籍）人。」

4. 小提醒：

⑴教師在學習單的輔助下，可全程使用中文說明。

⑵教師可利用一開始教寫漢字的時機，輸入便於教學的常用短語、常用句，例如「請跟我唸」、「請跟我寫」……，使學生熟悉教學語言，聽懂教師指令，建立起教與學的默契。

⑶不一定要從最容易寫的漢字開始練習，應該從最實用的開始，漢字筆畫多，反而能練習數數。

⑷教具與輔助，如板書、九宮格紙、學習單（說明書寫原則、筆畫與筆順，視需要附上英譯）、筆順學習網（下載「生字練習簿」）與筆順字典（做教具時很好用，但須注意有少數字如「帶」、「龜」的筆順有誤。備課時，須確認目標字筆順是否正確）等。簡化字則可參考「漢字屋」。或參考本書漢字教學第29問。

5. 圖例（圖3-2、圖3-3）：

圖3-2

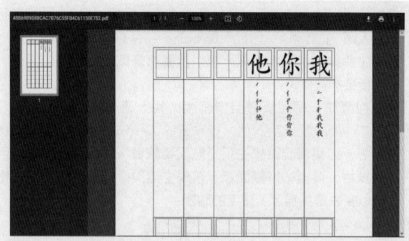

圖3-3

⏳【賓果不只是賓果】☑寫字 ☑聽力 ☑認讀

1. 活動主軸：

    認讀已經學習過的漢字，並組成句子。

2. 流程簡述：

    ⑴教師在黑板上寫下9、16或25個（視程度，初級班若字數太多，學生寫字時間長，會拖慢節奏）目標漢字，請學生們自行隨意填入自己的格子裡。

    ⑵玩法和數字賓果一樣，每位學生輪流說句子，說出的漢字可以劃掉。例如：甲生：「我是美國人。」乙生：「他是哪國人？」

    ⑶先連成五條線的人獲勝。

3. 延伸或變化：

    零起點班複習已經學過的漢字可用此法。初級、中級班以上可做詞彙組句練習，學生說出的句子含有數個目標詞彙。

4. 小提醒：

    ⑴不要只練習認讀單個的字、詞彙，能組成句子更為理想。

⑵學生若說出錯誤的句子，教師予以修正。例如：學生：「你是不是美國人嗎？」教師：「你是不是美國人？」「你是美國人嗎？」

⑶教學生劃掉的字不要塗黑，可以用圈起來或寫上數字的方式，以便之後檢核答案。

⑷教具與輔助，例如板書目標漢字（我、是、哪、國、你、好、日、本、不、是、英、他、美、國、人、您、嗎）、空白的16格紙張等。如果零起點學生只是做識讀練習，教師可以準備好目標字的紙片，背後貼好雙面膠，讓學生便於直接貼於空白的16格紙上，以省去學生描字、畫字的時間。

5. 圖例（圖3-4）：

你	美①	嗎	英
好	人①②	我①	您
不	是①	本	日
哪②	是②	國①②	他②

圖3-4

學生句子：

⑴我是美國人。

⑵他是哪國人？

⌛【中文數字心臟病】☑聽力 ☑認讀

1. 活動主軸：

初級班學習小數目數字時，認讀漢字「一、二、三、四、五、六、七、八、九、十」。

2. 流程簡述：

(1) 視班級人數分組，三到四人一組。以四位學生一組為例，教師洗牌後輪流發給每人卡片，一人拿到十五張。

(2) 教師盡量簡單說明玩法（同心臟病），並先試玩一輪，等學生確定知道玩法後，再讓各組學生自行操作。

(3) 每人手上的牌卡漢字面朝下，依序輪流翻開並丟出手中的牌，丟牌時大聲依序說出數字，例如：甲生：「一。」乙生：「二。」

3. 延伸或變化：

變化上，也可以作為練習認字的小活動，每組說不同句子。例如A組字卡「我是美國人」（每字各五張，共二十五張），甲生：「我。」乙生：「是。」丙生：「美。」……

4. 小提醒：

(1) 遊戲規則越簡單越好。

(2) 此遊戲用來振奮學生的精神很有效，或填補下課前的零碎時間。

(3) 教具與輔助：一疊數十張的漢字卡片。

二、中、高級班

到了中級以上程度，學生要能辨別形似字，並具備自我糾錯能力、減少書寫錯別字，更近一步了解漢字的文化意涵以及具備推敲字義的能力。高級班的學生，可以探討漢字的造字原理——六書，以及深入了解字與字之間的連繫。活動的設計，除了檢測個人使用漢字的水平，也應讓學生互相合作，善用同儕的力量，集思廣益。教師應常為學生複習與統整，增加成就感與自信心，以提高探究漢字世界的動機。以下提供幾個例子。

⛏ 【大家來找碴】☑字形 ☑閱讀理解

1. 活動主軸：

教師利用本課詞彙及語法編寫新短文，讓學生在課堂上閱讀。學生能辨別錯字，寫出正確的漢字字形。

2. 流程簡述：

(1)發給每位學生一篇短文，設定閱讀時間。

(2)請學生盡可能找出文章中的錯別字。

(3)設定的時間到了的時候即請學生停止閱讀與改錯，再分兩或三人一組，互相檢視與討論。

(4)請學生上臺把正確的漢字（或是詞彙）寫在黑板上。

3. 延伸或變化：

短文閱讀可以作為新詞彙及新語法的複習活動，甚或是預習活動。

4. 小提醒：

(1)教師可以安插字形相近的錯別字，乘機向學生說明兩字差異。例如：自「己」、「已」經。或是常被誤用的近似詞。

(2)教具與輔助，教師可利用目標詞彙與句型新編短文，或是找一些適合學生程度、可做泛讀練習的文章。

⌛【尋找我的另一半】☑閱讀理解 ☑聽力理解 ☑句意

1. 活動主軸：

理解句意，找到相合的另一半句子。

2. 流程簡述：

(1)每位學生拿到一個短句，或句子的一部分。

(2)甲生唸出自己的句子，認為自己的句子對得上的學生站出來，唸出自己的句子，完成整句話。

3. 延伸或變化：

可做「組成文章」活動，將一段文章切分為四個段落，每生閱讀一段。教師先念一小段文章開頭，由學生接續完成文章。

4. 小提醒：

拼出來的句子如果有問題，教師帶著學生們一起合班討論與修正。

例如：

甲生：「他的媽媽總是希望……」

乙生：「望子成龍。」（✕）

丁生：「自己不要成為兒女的負擔。」（○）

⏳【誰先寫出來】☑聽力理解 ☑小組合作 ☑詞義與句意

1. 活動主軸：

小組合作將聽到的複雜長句憑記憶拼湊出來，並派代表板書。

2. 流程簡述：

⑴教師事先準備好數個複雜的長句子，類似聽寫測驗，念給學生聽。

⑵小組討論，互補缺漏或推敲不確定的詞彙。

⑶確定句子內容的小組，就可以派人上臺寫出來，不以速度取勝，而是以句子完整度、正確性最高的小組得分。

3. 延伸或變化：

交換新聞的信息差練習。第一階段：兩人一組，分別閱讀A新聞與B新聞，閱讀完之後，A生與B生交換新聞內容。第二階段：換組練習，複述新聞內容。第三階段：驗證，由B新聞組學生接力報告A新聞內容，A新聞組學生接力報告B新聞內容。

4. 小提醒：

⑴因為句子長，所以學生不容易記得完全，小組合作可以互補缺漏，並且討論一些聽不清、可能產生爭議的詞彙。

⑵中、高級班須增加句子複雜性、歧義、同音詞或雙關等練習。

⏳【成語小老師】☑文化與歷史 ☑詞義

1. 活動主軸：

使學生認識並掌握更多成語與歷史典故。

2. 流程簡述：

⑴分組報告，起初讓學生合力完成報告任務。

(2)每一個小組須合力報告一個成語，說明典故、意思與用法。

(3)報告前須繳交作業，由教師批改之後，確定內容無誤後再進行課堂報告。

(4)教師安排好整個學期各小組、各人的報告時程。

3. 進階或延伸：

起初分組報告，熟悉方式之後，開始個人的報告。為期一整個學期。剛開始可由教師安排報告題目，讓學生抽籤，如「何不食肉糜、斷袖之癖」。之後可由學生自己找成語典故。

4. 小提醒：

(1)進行課堂報告前繳交的作業是很重要的，須由老師批改與修正，確保內容無誤。

(2)為期一整個學期，使高級班學生養成自動蒐集資訊、整理資料並呈現分享的能力。期末教師可整理成一本「高級班成語寶典」，放入學生們的文章，給學生們留念。

三、線上漢字課

1. 實體的課室活動搬到線上：許多實體使用的教學活動，搬到線上一樣可用，因此，教師並不需要太擔心線上可操作的教學方案，只要整理一下自己平時所用的教學活動，略加變化，線上也能和實體一樣快樂學習。

2. 善用共同白板（例如：Jamboard、Miro……），可共同編輯或競賽，藉以提升專注力，也促進師生、生生互動。須注意共同白板權限開放問題。

3. 當然，這裡例舉的活動，有一些也可以在實體課堂實施，端看教師的創意改編了。

⧖【線上寫漢字】☑聽力 ☑寫字

活動主軸：在紙上、小白板上寫漢字。

1. 流程簡述：實體課中，教師常請學生將漢字寫在紙上或小白板上，在線上當然也可行。學生直接寫在紙上、成品移到鏡頭前讓老師／助教／其他同學檢查。一方面實際拿筆書寫，加強對漢字的記憶，一方面也能鼓勵學生開鏡頭，有更多跟其他同學互動的機會，更積極參與課堂（圖3-5）。

圖3-5

2. 延伸或變化：可要求閉眼寫、用非慣用手寫或放到頭上寫。請學生拿筆及空白紙／小白板，閉上眼睛，或不閉眼但用非慣用手，聽老師指令寫下漢字，由於寫出來的字自然產生「笑果」，因此在線上能活絡班上氣氛。另外也可以在紙下墊著筆記本，再放在頭上，一樣聽寫，效果類似。

3. 小提醒：經過試驗，與其讓學生在螢幕畫面寫字，不如讓學生直接寫在紙上、成品移到鏡頭前讓老師／助教檢查的效果好。

⧖【文字雲圈字認字】☑聽力 ☑認字（圖3-6）

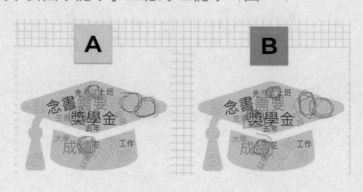

圖3-6

1. 活動主軸：在很多漢字中選出教師指定的目標漢字。
2. 流程簡述：教師事先在文字雲製作的網頁上製作好文字雲圖，學生聽到老師念的目標字，則將文字雲上的該字圈起來，有的字不只出現在一個地方，鼓勵學生都找出來。
3. 延伸或變化：可指定學生圈字，也可以設計成分組競賽。圈完後可要求學生在一旁準備紙寫下來，又可多練習寫字。
4. 小提醒：
   (1) 製作好的簡報或競賽圖（如圖3-6所示），要存成互動白板的背景，避免學生不小心刪除或改動內容。
   (2) 最好每一次的原始互動白板都先存一份副本，避免學生將整頁刪除。
   (3) 文字雲方式可增加課堂趣味性及變化性，在網上搜尋「文字雲」或參閱漢字教學30問第29題，有多個文字雲產生器可使用。

【連連看】☑認字 ☑識字 ☑字義理解 ☑寫字

這個字是幾號？

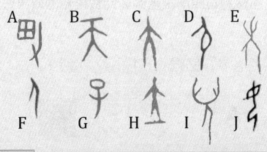

寫一寫：

1. 子	2. 大	3. 天	4. 立	5. 人	6. 男	7. 女	8. 兒	9. 身	10. 老

圖3-7

1. 活動主軸：將相對應的漢字形音義……等以線條連起來。
2. 流程簡述：在簡報上或互動白板上備好要搭配連連看的題目，可以是拼音——漢字、圖——漢字，本範例是很形象、有故事的甲骨文——漢字配對，課堂中讓學生畫線連起來。
3. 延伸或變化：此活動可用於引起動機，也可用於複習。若用於複習，建議完成連線後讓學生把目標字練寫幾遍。
4. 小提醒：配對的兩組項目請編號，有的學生無法在線上順利畫線，便可在聊天室打上自己的答案，例如圖3-7例：A-3，B-5……等，不至於無法參與練習（圖3-8）。

複習——連連看

圖3-8

⧗ 【筆順接力】☑筆順☑寫字

1. 活動主軸：練習依正確筆順寫字。（適用零到初級班）
2. 流程簡述：
   (1) 練寫字：在簡報上或互動白板上備好欲練習的漢字，教師先示範寫一個字，學生用畫筆在老師寫的字上再寫一次。
   (2) 練筆順：在簡報上或互動白板上備好欲練習的漢字，教師先示範（圖3-9左邊「叫」字），一個學生選一個顏色的畫筆，照筆順一個學生寫一筆，合力完成一個字。

圖3-9

3. 延伸或變化：可以全班合力完成，也可以分組競賽。分組競賽建議
　將兩組題目打亂順序出現，例如A組漢字出現順序為「請問貴姓」，
　B組為「姓請問貴」，就不會有作弊或不公平的疑慮。

4. 小提醒：
　一人一筆可以刺激學生的筆順意識，但此方式不需練習太多，畢竟
　學生多數時候是自己完成一個字，自己的寫字習慣養成更加重要。

【電流急急棒─線上白板寫字】☑筆順☑寫字

1. 活動主軸：在空心字中寫字

2. 流程簡述：電流急急棒是早期日本綜藝節目中的遊戲，以金屬棒通
　過兩條窄或扭曲鐵框架之間而不觸及鐵框架，觸及就失敗。以此概
　念設計本活動，鼓勵學生寫字。如圖3-10、圖3-11，以Word文字藝術
　師或其他方式製作空心字，放在互動白板上，做成背景圖。

圖3-10

學生要在白板上寫這些空心字，並小心不要觸及字的框線。

圖3-11

3. 延伸或變化：也可以布置成回家功課。
4. 小提醒：教師可以設定觸及外框的處置（如重寫、扣0.1分等），但請牢記，我們的目標是製造寫字的樂趣，讓學生無形中多練習，並不是處罰學生不小心寫出框外。

⌛【搶字卡plus】☑認字 ☑寫字

1. 活動主軸：線上白板認字活動
2. 流程簡述：在互動白板上以便利貼打上欲練習、評量的生詞，如圖3-12、圖3-13畫出中線，及標示組別、任務目標（如本範例是A組粉紅色，B組綠色）。

　　→ 搶完字卡換顏色：

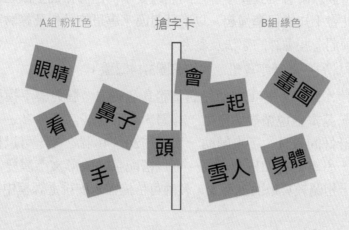

圖3-12

學生在時間內將認得的字拖曳回自己的組別,並換成指定顏色,一旦換成指定顏色後,另一組就不能再搶。

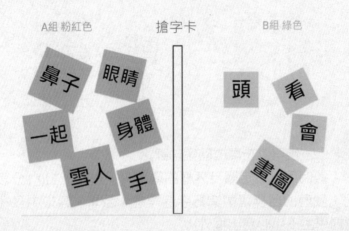

圖3-13

3. 延伸或變化:換好顏色標拼音:換好顏色要檢視學生是否真的認得,因此可延伸活動,請學生時間內打上正確的標音。搶到比較多字卡的組不一定能全部打完標音,因此前一階段落後的組別還是有機會反敗為勝。

四、漢字專班教學設計

　　有的時候教師會接到漢字專班的開班要求,由於市面上缺乏漢字專門教材,因此會不知從何準備起。以下針對漢字專班的分析及經驗談,希望提供給教師們一些備課的想法及參考。

㈠類別與特色:漢字專班,大約有圖3-14四種:

1. 幼兒識字寫字課:著重在幼兒的整體身心發展,腦力與手指抓握力都需考量,基本上遵循幾個原則:具體、象形、成字部件為主,並充分利用設計好的教具、字卡輔助。累積約20~40個之後,可以相互組構成新字,引導幼兒如拼圖組構。可以搭配字、象形文字演變、圖片、實物等,相關教具市面上不少,教師可依據需求安排進課程中。

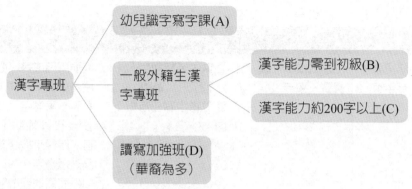

圖3-14

2. 一般外籍生漢字專班：要先評估學生的漢字能力，以決定專門課的授課內容。

(1) 若學生漢字能力接近零，應重視筆畫書寫及整字構形的掌握，建立學生看到新字不需查詢筆順就能下筆寫的能力。這些學生通常也同時在學習聽、說中文的技能，漢字專班所選取的漢字可以搭配學生所用的教材。

(2) 若學生已有大約150～200個漢字量，課程規劃則朝系統性的部件、字源設計教學，利用學生已懂的漢字歸納並了解造字規則，再類推到新字，以達迅速擴增漢字量的功效。

3. 讀寫加強班：有一種「讀寫能力」明顯低於「聽說能力」的特別族群，代表性學生是海外的華裔子弟，或者是一些起初不著重漢字認寫，後來希望將之學習好的學習者。這些學生可以根據學生進班時的漢字能力來安排課程，若已經限定了主教材，屬於輔助性質地為學生加強讀寫的話，教師可以盡量利用教材上的字為學生編製多元的認、寫練習；如果教師有較大彈性自己選擇教材的話，則可以依據學生自編合適教材進程及進度，例如按照部首分課、按照情境主題分課，或選擇程度適中的文本閱讀，從中識字，學生的學習會更有系統。

以下將此四類漢字專門課的相關重點表3-1如下：

表3-1

類別	教材	教學目標	教學特點
A. 幼兒識字寫字課	主題式繪本、圖畫書、字卡	1. 認識生活相關字、熟悉字形、筆順。 2. 練習將字寫在方格內。	1. 搭配肌肉成長、心理發展安排教學內容，不需急著拿筆寫字。 2. 多樣教具輔助，用五官、肢體來接觸漢字進而熟悉漢字。 3. 自然而然地習得整字。
B. 一般外籍生漢字專班──零到初級	1. 零到初級的華語教材 2. 漢字入門教材	1. 把字寫在方格中，且架構合宜、筆順正確。 2. 能自行查字，能內化筆順規則。	1. 整字學習，不拆字，部首、部件不是重點。 2. 較大量地習寫，以鞏固字形認知及筆順。
C. 一般外籍生漢字專班──中級以上	特別設計的系統性部件、字源教材，著重i+1，以舊帶新。	1. 了解造字原理、部件含意以倍增漢字量。 2. 能正確用字。 3. 能自行查字。	1. 歸納已會的漢字，利用部件、字源教學學得新字。 2. 能更利用形聲字多的特性擴增漢字量。 3. 與歷史文化相結合，強化整體中文能力。
D. 讀寫加強班（華裔為多）	特別設計的系統性部件、字源教材，著重在音義結合與形似字辨析。	1. 要打會說的語詞時可以選出正確的漢字。 2. 增加書寫機會。	1. 學生聽說能力強，甚至有較好的中華文化基礎、造字四書基礎，可以快速理解漢字的系統性。 2. 大多較抗拒書寫，因此要巧妙地增加課堂中書寫機會。

㈡教學內容與順序安排：

漢字專班的設計與一般聽說讀寫綜合課的設計邏輯不同，因為後者為

隨文識字，教學順序較無法更改。但漢字專班可以先擬定主題，再依據下
列四原則安排教學內容：

1. 先教獨體文，再教合體字。
2. 先教容易寫的字，再教筆畫繁複的字。
3. 先教詞頻高的常用字，再教詞頻低的字。
4. 先教意義具體的字，後教抽象的字。

　　以下以「一般外籍生漢字專班──中級以上」及「華裔學生讀寫加強
班」的教學規劃為例（表3-2）：

1. 學生特色：基本中文溝通沒問題，認得的漢字量150字以上。
2. 教材：自編的漢字知識及部件識字教材。
3. 總課程長度：20小時或以上。
4. 教學內容安排：視學期長短調整內容。

表3-2

課程進度	課程內容	時間
漢字知識	漢字小故事 漢字演變常識（視需要增加簡繁字體內容） 部件概念 造字四書認識並演練 查字、字源工具之介紹演練	4～6小時
部件教學	與人體相關的部件、相關舊字帶新字 （例如本書第四編第1～5單元）	每主題2～8小時
	與自然界相關的部件、相關舊字帶新字 （例如本書第四編第6～9單元）	
	與生活相關的部件、相關舊字帶新字 （例如本書第四編第10～14單元）	
形聲字教學	常見聲符及形聲字歸納演練	
漢字文化體驗	書法課、書法展欣賞、篆刻體驗、篆刻欣賞、畫甲骨文字圖、剪紙──漢字、猜燈謎、博物館賞古文物、古文字、做手工書、寫字……擇1～2個活動來體驗。	2～3小時

課程進度	課程內容	時間
期中／期末評量	報告：介紹自己名字中的兩個漢字，包含本義、演變、造字法、及自己對擁有這個名字的期許……等。 考試：依據部件說解漢字、閱讀測驗、寫漢字……等。	

(三)教學方式：教師講述、舉例及學生思考、習寫。例如：

1. 教師用圖講述「禾」代表稻米成熟下垂的樣子，表示快要收成了，稻子每年是固定時間成熟的，因此有「禾」部件的字多跟稻米，或者定期的事情有關，老師舉例並解說：「秋」及「租」字。

2. 問學生還認識哪些字帶有「禾」部件？學生可能能說出「稻、穗、租、種」等字。再要求學生思考，能否說出字義跟「禾」部件的關係？

3. 老師展示帶有「禾」部件的略難字，例如：「秉、兼、年」，請學生思考、推測其涵義及由來；或者分組查漢字演變資料、討論部件組合，嘗試說出或畫出字義或字音的由來，最後習寫新字。

(四)漢字知識的教學取捨

　　市售漢字入門教材中有一些漢字知識及練習，例如：結繩記事、倉頡造字、漢字演變、六書、簡繁體字的對應、合體字拆分部件、提取部首、筆畫名稱……等，這些內容有的重要，有的不重要但有趣，如果學期長度夠，一些漢字傳說、甲骨文挖掘的故事是能讓漢字課活潑一些的。許多小孩特別喜歡跟神獸相關的漢字，例如：「法」（古字「灋」）字跟「解廌（獬豸）」這種獨角神獸有關，西方也有獨角獸，特別引起學生興趣。（「灋」字詳參〈第四編‧第七單元　江河行地‧部件：水 教學錦囊6〉）因此相關知識、故事運用得當的話，對教師、學生都有很大的幫助（圖3-15）。

圖3-15

　　如果學期長度不夠的話，老師當然就要適度取捨了，老師應該是要引導較難的觀念，而那些比較容易的，可以當作課後補充或功課，甚至跳過不講。

㈤形聲字教學與教學活動舉例

　　由於形聲字在漢字中為數最多，母語者非常了解，所以常會「有邊讀邊」，可是卻不受華語教師及學生們重視，導致學生以為漢字都是象形字與會意字，每個字都嘗試要畫出圖案、說出故事，甚至有網站號稱所有漢字都是會意字，卻仍有為數眾多的教師、家長趨之若鶩。

　　形聲字數量比例最高，不善加利用來教學，其實非常可惜。漢字專班非常適合實施較完整的形聲字教學，但一般綜合課中，老師也應該花點力氣帶領學生多認識認識形聲字。

　　以下是一些形聲字教學活動舉例：

　⌛【發音歸納與發音預測】☑字形 ☑字音

1.活動主體：
　藉由聲符與其所構成形聲字的發音，歸納出發音規律，加深印象，未來見到新字時不會太害怕。

2. 教學流程簡述：

給學生如表3-3，第一個聲符作為範例，讓學生找出每個字的發音，接著歸納發音規則。

表3-3　形聲字練習

聲符	範例字及發音						發音規則
包 bāo	刨 páo	咆 páo	庖 páo	抱 bào	泡 pào	炮 pào	bao/ㄅㄠ：包抱胞飽苞 pao/ㄆㄠ：刨咆庖泡炮跑
	胞 bāo	跑 pǎo	飽 bǎo	苞 bāo			
喬 qiáo	僑嬌橋矯轎驕蕎轎						
巠 jīng	勁徑氫莖頸脛痙經涇輕						

學生做出來的成果應該會如表3-4：

表3-4　形聲字練習

聲符	範例字及發音						發音規則
包 bāo	刨 páo	咆 páo	庖 páo	抱 bào	泡 pào	炮 pào	bao/ㄅㄠ：包抱胞飽苞 pao/ㄆㄠ：刨咆庖泡炮跑
	胞 bāo	跑 pǎo	飽 bǎo	苞 bāo			
喬 qiáo	僑 qiáo	嬌 jiāo	橋 qiáo	矯 jiǎo	轎 jiào	驕 jiāo	qiao/ㄑㄧㄠ：喬僑橋蕎 jiao/ㄐㄧㄠ：嬌矯轎驕轎
	蕎 qiáo	轎 jiào					
巠 jīng	勁 jìng	徑 jìng	氫 qīng	莖 jīng	頸 jǐng	脛 jìng	jing/ㄐㄧㄥ：巠勁徑莖頸脛痙經涇 qing/ㄑㄧㄥ：氫輕
	痙 jìng	經 jīng	涇 jīng	輕 qīng			

接著可以拿出新字的字卡，包含上述練習過的聲符，請學生預測新字的發音，藉以鞏固記憶。

3. 延伸或變化：若學生對於部首或形符的概念也熟悉的話，甚至可以請學生嘗試推測字義。

若不用表格，用「漢字花」的方式也很好（圖3-16）。

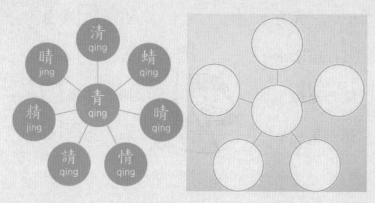

圖3-16

⏳【小詩朗讀與創作】☑字形 ☑字音

1. 活動主體：

設計聲符 —— 形聲字的小短詩，藉由朗讀加深學生對字形字音的印象。

2. 教學流程簡述：

尋找或自編、改編如下短詩，並準備聲符卡與目標字字卡。

老師帶念短詩並簡單說明，接著學生朗讀幾遍、要求書空或書寫目標形聲字、閃示字卡讓學生唸出來。

最後將目標形聲字在短詩中挖空，學生能唸出並寫出該字（圖3-17）。

短詩範例↓　　　　　挖空短詩範例↓

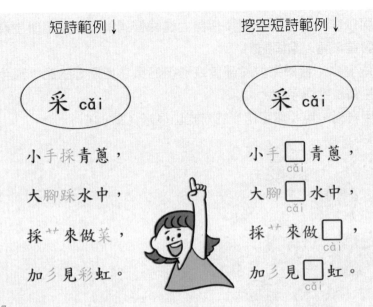

圖3-17

3. 延伸或變化：

　　(1)可設定闖關活動，一關就是一首聲符短詩，學生須輪流到各組闖
　　　　關，唸出及寫出挖空的漢字，可得分。

　　(2)學生程度比較好的話，教師也可選一兩組聲符——形聲字的組
　　　　合，給予一些相關語詞，讓學生集體創作小詩。

4. 小提醒：盡量選常用字。少數發音較不規則的形聲字，也可以利用
　　短詩設計讓學生較容易記憶。

⌛【形聲部件組合賽】☑字形 ☑字音

1. 活動主體：部件組合成字

2. 教學流程簡述：教師製作幾套如下所列的30張部件字卡，分組發給
　　同學挑戰，能夠拼湊出最多正確漢字，並查到讀音的組別獲勝。

喬	口	人亻	宀	艸⁺⁺	足
阜阝	門	青	土	肉月	車
里	東	言	心忄	巠	易
寸	女	日	木	子	十
水	工	匕	手扌	广	欠

3. 延伸或變化：由於是卡牌形式，若班上人數少，也可以用桌遊「鐵塔」或「深井」玩法，將手上的牌配對出漢字、累積或出清。因為需要由老師來評定配對出的漢字對不對，因此不適合人數多的班級。另外，部件可依學生當前所學來挑選。本書部件卡也可利用，但聲符部件仍需教師製作。

⏳【漢字轉一轉】☑字形 ☑字音

活動方式詳參〈第四編 主題漢字知識與教學建議・第十三單元　行遍天下・教學活動舉例1〉

第四編

主題漢字知識與
教學建議

第一單元
以人為本──人女母父子大

單元概覽

1. 6個部件：
   人女母父子大
2. 41個漢字：
   人、儿：你他位作件便
   　　　　代使傘債元先
   　　　　兒光兄
   女：姐姓嫌好婚要婦
   母：每拇
   父：爸斧
   子：孩孫字存孤孕孝孔
   大：天太夫尖夾央爽
3. 教學主題建議：
   初級：
   #人稱代詞#家庭成員的
   稱謂
   中、高級：
   #家族、親屬關係 #華
   人社會的家庭觀念 #重
   男輕女的觀念

(1)練習人稱代詞

(2)問題與討論
女部的字與古代重男輕女思想

小試身手

　　本單元介紹的字，都是從人形變化而來的，很基本，很重要，適合作為對漢字深入認識的起點。想知道自己對這些基礎漢字認識多深？開始前先小試身手！

一、連連看：下面四個甲骨文各是什麼字？

子 ・　　　　　　　　　・父

安 ・　　　　　　　　　・母

身 ・　　　　　　　　　・子

爵 ・　　　　　　　　　・女

二、是非題：【是】或【否】

1.「人」是象形文字，象的是什麼形？答：人邁步行走的樣子。【　】

2.「我」的本義是什麼？答：第一人稱代詞。【　】

3.「女」組成的字，可看出中華文化哪一現象？答：重男輕女。【　】

紮好馬步，一起練功！

教師應該知道的漢字知識

　　本單元的目標字是「人、女、母、父、子、大」，除了「父」以外，皆是從人形變化而來的漢字基本部首與部件。「人」像側面站立的人形；「女」像跪坐的女子形態；「母」像懷抱孩子或哺乳的母親的形態；「子」像嬰兒的形態；「大」是正面跨立的人形。教師應清楚地認識這些

基本漢字的字源以及演變、延伸義，幫助學生建立正確的漢字概念。

1.人、儿

　　甲骨文和金文的「人」像一個側面站立的人形，並且凸出了人有手和直立行走的特點。「人」在六書中是象形文，本義指人類，能製造並使用工具進行勞動，又能用語言和思維進行交際。後來字形的變化較大，楷書中「人」字的下端看起來像人邁開兩腿的樣子，已脫離了原形。

　　「人」字作為部首，常常位於字的左邊，寫作「亻」。人部的字，多和人事有關，王力《古漢語字典》大致分為三類：其一，關於人的行為、動作，例如「作、住、停、候、保、佇」；其二，關於人的品性，例如「仁、偉、健、侈、倨、僑、傲」；其三，關於人倫，例如「伯、仲、偶、伴、侶、僮、僕」。

　　「儿」是「人」的異體字，作為部首，位於上下結構的下方。《說文·儿部》：「古文奇字人也。象形。孔子曰：『在人下，故詰屈。』」明言「儿」字象形，與象「側人形」的「人」不同，「儿」象的是人股腳之形。

　　「儿」與「几」字形相近，須注意二者區別。《說文·几部》：「踞几也。象形。」「几」是小桌子。禿頭的「禿」，大陸規範字作「秃」，須注意下方字形是「几」，而不是「儿」。

常見例字：

部件意義	人	
例　字	你他位作件便元先兒	代使傘債光兄
級　數	初級	中高級

教學錦囊1　「文」是紋身之人

甲骨文  金文

　　「文」是一個與人形有關的字，甲骨文象人胸部有刺畫花紋之形，是「文身（紋身）」之意。《說文·文部》：「錯畫也，象交文。」許慎解釋「文」是一種交錯的符號形象，此應為引申義，漢字歷經演變，到了東漢許慎的時代，許多字在字形上已經發生變化，較難看出本義。

　　許進雄（《中國古代社會》1988：403-404）認為「文」反映中國古代周人的死亡儀式，並舉太伯與仲雍讓位於弟季歷一事為例：周朝祖先古公亶父欲讓三子季歷繼位，但依傳統須傳位給長子，長子太伯與次子仲雍為了成全父親，便離周入了吳、越二國，《史記·吳太伯世家》載：「於是太伯、仲雍二人乃犇荊蠻，文身斷髮，示不可用，以避季歷。」兩人「文身斷髮」，是以周人死亡儀式來象徵自己已不在人間，要周人擁立季歷。

「文」字在甲骨、金文都見於讚美死者，不使用於形容活人，引申為有文采、優雅等經過修飾的事物，應是源自刺紋屬於美化的工作。

想一想1

中文也有複數形態嗎？例如「我們、他們」的「們」？

解答請見237頁

2.女

| 甲骨文 | 金文 | 戰國文字 | 篆文 | 隸書 | 楷書 |

「女」甲骨文象女子雙手交錯於前、柔順跪坐之形，六書屬象形，隸書字形變化較大，已經很難看出原形。女部的字，王力《古漢語字典》大致分為以下幾類：女性親屬及稱謂，如「媽、姐、姨、姑、姊、妹」；反映出社會地位、階級與貶義詞，如「奸、嫌、妒、奴、婢、妃、嬪」；與女容、女性之美有關，如「妍、婉、姣、媚、姿」；與婚姻、懷孕及生產相關，如「嫁、娶、妊、娠、娩」等；姓氏，如「姜、姬」等。

「女」的本義即為婦女，但未嫁的女子稱「女」，已嫁的則稱「婦」。有關不良德行及行為的詞彙多從女，顯示出古代輕視女性的觀念。

常見的女部字大多是形聲字，字從「女」為義符，表示此字與女子有關，而右邊或上方部件多為不兼義的聲符，例如「奶、妹、媽、姑、婆、姨、娃、娘、媒、嬌、姿」等。

常見例字：

部件意義	女性或從女性延伸出來的涵義	
例　字	姐姓好婚要	嫌婦
級　數	初級	中高級

半農的時代，中國社會正邁入一個新時代，亦受到西方語言與文化的衝擊，「她」字的新義出現並被普遍採用，正好反映了當代訴求。

3. 母

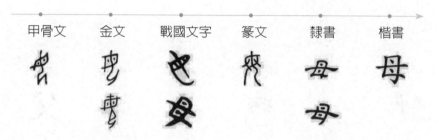

| 甲骨文 | 金文 | 戰國文字 | 篆文 | 隸書 | 楷書 |

「母」字在六書中屬象形，《說文》歸入女部。甲骨文字形是由「女」加上兩點而成，上部「　」，一說象人乳，一說象懷子之形，也有象哺乳之形的說法。「母」的本義是用乳汁哺育孩子的女人，因此產生「母親」的含意，引申有「雌性的」、「事物產生的根源」等意思。後來引申為對女性長輩的稱呼，如姨母、舅母、祖母。

常見例字：

部件意義	婦女	表示為首
例　字	每	拇
級　數	初級	中高級

教學錦囊3　「母」與「毋」是近親，「毌」與「母」是陌路人。

「毋」（ㄨˊ/wú）與「母」都是從「女」分化出來的字。「毋」的字形是由「女」加上一個虛像「一」（並非記數的一）構成，表示不要侵犯女子，因此含有禁止的意思。

「毌」（ㄍㄨㄢˋ/guàn）是《說文》的部首，本義是「貫穿」，象形字，象以繩或棍貫穿貝類等物之形。「毌」如今不單用，只作為偏旁，「貫穿」之義用「貫」來表示。從「毌」取義的字，皆與穿物有關。「串」與「毌」古文同源，本義是指把相關事物連貫起來成為整體。

想一想2

「毓」，甲骨文「」，本義是什麼？和「育」有什麼關係？

解答請見237頁

4.父

甲骨文	金文	戰國文字	篆文	隸書	楷書

「父」字象形，也有以其為指事字的說法，在甲骨文與金文的字形上都像是以手持杖的樣子。《說文·又部》：「父，矩也。家長率教者，從又舉杖。」家中或族中之長，「舉杖」是權力的象徵。古代涵義較廣，如「父親、父輩的通稱、年老者、對男子的美稱、從事某行業人士的美稱」等。而今專指父親或父輩兄弟的稱呼。

常見例字：

部件意義	父親	聲符
例　字	爸	斧
級　數	初級	中高級

教學錦囊4　古代有執教或治理權力的漢字，除了「父」，尚有：
　　　　　　攴（攴）、尹、教、君。

　　攴（攴）《說文·攴部》：「小擊也。从又，卜聲。」
　　尹《說文·又部》：「尹，治也。从又、丿，握事者也。」
　　教《說文·教部》：「教，上所施下所效也。从攴，从孝。」
　　君《說文·口部》：「君，尊也。从尹；發號，故从口。」

想一想3
「交」與「父」有關係嗎？

解答請見237-238頁

5. 子

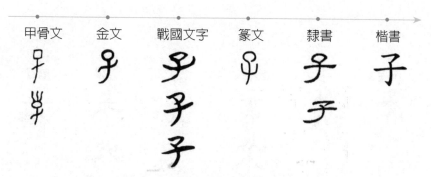

| 甲骨文 | 金文 | 戰國文字 | 篆文 | 隸書 | 楷書 |

　　「子」在六書中屬於象形，本義是嬰兒，甲骨文像嬰兒身體被包住、頭和手露在外面的樣子，甲骨文兩例的差別在於一例頭上還有像胎髮的部分。金文、戰國文字、篆文、隸書的形體變化不大，只有兩手的姿勢不同。

常見例字：

部件意義	兒子、小兒與嬰孩	
例　字	孩孫字	存孤孕孝孔
級　數	初級	中高級

教學錦囊5　「孑」、「孒」是缺了手臂的孩子

　　「孑（ㄐㄧㄝˊ/jié）」是象形字，象缺了一條手臂的人，義為「孤單」，如「孑然一身」、「孑立」、「孑遺」。

　　「孒（ㄐㄩㄝˊ/jué）」則是與孑相對，象缺了另一臂的孩子的形象。

　　「孑孒」雙聲詞，詞義為蚊子的幼蟲，取其「短小」之義。

想一想4

「子」的甲骨文 𣎆 像嬰兒身體被包住，頭、手露在外面的樣子，「子」
與「孑」是缺了一臂的孩子，那麼「了」是什麼意思呢？

解答請見238頁

6. 大

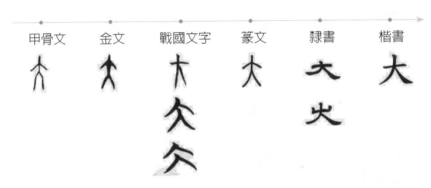

　　「大」像人正面跨立的樣子，其形象有頭、雙手、身軀與雙腳，在六
書中屬於象形。王筠《說文句讀》：「此謂天地之大，無由象之以作字，
故象人之形以作大字。」意為天地之大無法用實象來表示，因此以人為形
象，來表示大的涵義。古有「天大，地大，人亦大」的說法。

常見例字：

部件意義	人		其他
例　字	天太	夫夾爽央	尖
級　數	初級	中高級	中高級

教學錦囊6　「天」與「夫」都是「大」與「一」的結合，但是層
　　　　　　級差別很大。

　　清代段玉裁《說文解字注》：「从一大則爲天。从大一則爲夫。於此見
人與天同也。天之一、冒大上。爲會意。夫之一、毌大首。爲象形。亦爲會

意。」天的字形是从一、大，夫的字形是从大、一。從意義上來說，「天子」是萬人之上、握有最高權力的人，而夫只是指成年束髮的男子。

想一想5

「奮」與「奪」現今在字典中都歸在「大」部，這兩個字與「大」有什麼關係呢？

解答請見238頁

教學主題建議

初級：1. 人稱代詞（你／我／他／她）
　　　2. 家庭成員的稱謂（父／母／爸／媽／爺／奶／哥／姊／弟／妹／兒子／女兒／孫子／孫女）
中、高級：家族、親屬關係／華人社會的家庭觀念／重男輕女的觀念

教學活動舉例

1. 練習人稱代詞　☑零起點　☑口說　☑寫字
　(1)活動主軸：教師自編一段自我介紹的對話，包含人稱代詞，讓學生在練習對話的過程中，掌握人稱代詞的用法。
　(2)流程簡述：教師設計「認識新朋友」的情境對話，對話包含和對方打招呼、自我介紹，以及介紹自己的朋友。例如：

A：你好，我是王大明。
B：王先生，你好，我叫李小美。
　她是張文。
A：張小姐，你好！
C：你好，王先生。

學生熟練了對話之後，教師領學生讀對話內容（包含漢字與拼音），而後從「你、好、我、他、她」開始教寫漢字。

(3) 延伸或變化：把對話變成自我介紹和介紹朋友的內容，例如「大家好，我叫王大明，她們是我的新朋友，她叫李小美，她叫張文。謝謝大家！」也可以擴展自我介紹的內容，說說個人資訊及喜好等。

2. 問題與討論 ☑中、高級 ☑字形 ☑字音 ☑字義 ☑文化

(1) 活動主軸：設計能引起討論的提問，讓學生透過討論，熟記以「女」為部件的字所組成的常用詞彙，如「嫉妒、妄想、姦情、嫌棄、姘頭」等，並比較古、今與中、西方重男輕女的思想。

(2) 流程簡述：教師先根據下面兩個觀點設計問題：

①現在的人說到生孩子，開玩笑地說生一子一女剛好湊成一個「好」字，其實在古代，「好」的意思就是女人有了孩子（養育、照顧他）。

②這些字是貶義詞：姦、嬖、嫉、妒、妨、妄、嫌、姘，指不良德行和行為。先找出每個字構成的詞語，再討論它們的負面意義。

根據觀點①，例如：有人說，生女兒比生兒子強，因為現代社會裡，常看見陪父母上醫院的都是女兒。你同意這個說法嗎？又例如：有人說，兩個孩子恰恰好，一個男孩和一個女孩是一百分的組合。你認為呢？

根據觀點②，例如：有人說「女人善妒」，連「嫉妒」等負面涵義的詞彙都是女部，這是對女性的貶抑。你有何看法？

由教師引導，討論中國古代重男輕女的文化思想，與他國比較。由這些詞彙作為媒介，探討與比較中華文化與學生母國文化之間對男女看法上的異同。教師可以適時地添加學生在表達時所需要的詞彙，記錄在黑板上，總結時再一起回顧。之後請學生試著把在課堂上所討論過的內容概要地陳述出來，包含今日所學到的所有新詞。

(3)延伸或變化：下課後，請學生回家把今日討論、陳述過的內容，寫成一篇文章。每位學生的文章，經老師批改、修正語法錯誤之後，（取得作者同意）之後都能在課堂上做很好的發揮和利用。

例字說明

1.部件：人、儿

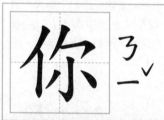

結構組合	簡化字	大陸發音
亻尔	－	nǐ

字源、字義

「你」是形聲字，後起字，古代原本借「尔（爾）」來表示。「尔（爾）」本義原指纏繞璽絲的架子，因為常被借作代詞和助詞，於是作「檷（ㄋㄧˇ/nǐ）」存其本義。「你」是「尔」的轉音，為了分化字義，後來加了「亻」偏旁，而成楷書的「你」。其義為指代談話的對方，第二人稱代詞。

例詞
你、你們。

小提醒
1.現在也有「妳」的寫法，可以代表女性第二人稱，但「你」仍通指男、女。
2.尊稱時用「您」。讓學生練習稱對方「您」的時機與情境。（詳參〈第五單元 生老病死〉部件：「心」之例字「您」）

結構組合	簡化字	大陸發音
亻也	－	tā

字源、字義

《說文》無「他」字。「他」原為「佗」的異體字。「佗」是形聲字，始見於篆文，從人，它（蛇）聲，本義為負荷（人背負物體），此義現在用「馱」表示。

「他」作為第三人稱代詞是後起義。

例詞
他、他們、其他、吉他、維他命、他人。

小提醒
1.女性用「她」來表示。
2.中、高級班教學，可整理「他、她、它、牠、祂」等用法。

字源、字義

「位」本同「立」，「位」是「立」的加旁分化字，由「人」、「立」二字構成，依六書，屬於異文會意字，始見於戰國文字。「立」依六書屬指事，是一人站在地上的形象，既表示站立，也表示站立之處所。為了分化字義，篆文加上義符「人」旁，專指人站立的位置。《說文》解釋「位」：「列中庭之左右，謂之位。」意為朝廷中群臣所處的序列、地方。因此引申為地位、職位，也引申為「人」的量詞，表示尊稱對方之意，例如：那位老師、這位先生、兩位客人。

結構組合	簡化字	大陸發音
亻立	－	wèi

例詞

座位、位、地位、各位、位置、位子、單位、地位、位於、學位、職位。

小提醒

教師舉例，或請學生想一想，一起舉出初級中（學生學過的）常用「位」做為量詞的〔數詞+量詞+名詞〕組合。

一
兩 + 位 + 老師 / 醫生 / 同學 / 校長……
三

字源、字義

「作」是形聲兼會意字，是「乍」的後起字。「乍」是會意字，本義是「從事耕種」，假借為「突然」，因此加上了「人」旁表示「人從事耕作」的本義。「乍」的甲骨文作，此部分為耒（一說為枱，耒的下端），是起土的農具，上面的部分則象被耒起的土塊。

結構組合	簡化字	大陸發音
亻乍	－	zuò

例詞

工作、寫作、佳作、傑作、名作、作畫、作詩、作戰、作簡報、作法、裝模作樣、裝腔作勢。

小提醒

1. 「做」是「作」的後起分化俗字，本義為人從事某種工作或活動。兩者有時通用，例如：做夢 / 作夢；也有必須區分的時候，例如：做事，作詩。
2. 中、高級程度教學時，分辨「做」與「作」在用法、構詞上的異同。

字源、字義

「件」是會意字，《說文‧人部》：「分也，從人從牛。牛大物，故可分。」在農業社會中，牛是重要的牲口，因此代表重要的財產、物件，「件」本義就是人分財物的意思。

結構組合	簡化字	大陸發音
亻牛	－	jiàn

例詞

件、電子郵件、條件、文件、零件、事件、郵件、證件、案件。

小提醒

為學生舉例，以「件」為量詞時，可與哪些學生學過的名詞搭配，例如：一件衣服、一件事情。

字源、字義

「便」是會意字，《說文‧人部》：「安也。人有不便，更之。」意思是人有不便，更易之後乃安。

結構組合	簡化字	大陸發音
亻更	－	pián/biàn

例詞

ㄆㄧㄢˊ（pián）：便宜、大腹便便。
ㄅㄧㄢˋ（biàn）：方便、便條、順便、隨便、便、便利、小便、糞便、便祕、以便、不便、簡便、便服、便鞋。

小提醒

1. 「便」是多音字，讀ㄆㄧㄢˊ（pián）時，如「便宜」，表示東西價格不高、不昂貴；讀ㄅㄧㄢˋ（biàn）時，有不同詞性及以下涵義：順利、方便、簡單的、非正式的、適宜、合宜、有利於、熟習、機會、即、就、豈、難道、縱然、即使、排泄屎尿或屎尿等的排泄物。
2. 注意「便宜」的發音，「不『便ㄆㄧㄢˊ（pián）宜』」指東西昂貴、價格高，「不『便ㄅㄧㄢˋ（biàn）宜』」指不方便、不適宜。「『便宜』行事」應讀「ㄅㄧㄢˋ（biàn）ㄧˊ（yí）」。

字源、字義

《說文‧人部》：「代，更也。从人弋聲。」「代」是形聲字，「更」就是「改」之義，有交換替代或人事更替的意思。「代」的涵義，除了「替代」之義，還有「世」、「世代」之義。據段玉裁注《說文》，借「代」字為「世」字是起於唐人避諱，兩者意義是不同的，因為唐人諱言「世」，所以有「代宗」。

結構組合	簡化字	大陸發音
亻弋	－	dài

例詞

代表、代替、古代、年代、時代、代溝、代價、交代、世代。

字源、字義

「使」、「史」、「吏」與「事」四字同源，「史」、「吏」是「事」與「使」的初文。《說文‧人部》：「使，伶也，从人吏聲。」段注將「伶」改正為「令」，發號施令的意思。

結構組合	簡化字	大陸發音
亻吏	－	shǐ

例詞

使得、使用、即使、使、促使、大使、假使、使喚、使勁、使命、行使。

小提醒

中級以上的學生在「使、讓、令」三字的使用上可能產生疑慮。

字源、字義

「傘」是晚出字，古有「繖」，《集韻》：「繖，亦作傘。」其字形很形象化，就像是人在傘下，上方像傘打開的樣子，下方有支架和把手。

結構組合	簡化字	大陸發音
人从从十	伞	sǎn

例詞

傘、陽傘、雨傘。

小提醒

俗有字謎：「五十人。猜一字。」答案即為「傘」。（中、高級程度可用）

 ㄓㄞˋ	字源、字義
	「債」是形聲兼會意字，表示人欠有債務，負有必須償還的責任。引申有待償還之恩惠、仇恨等含意，如「人情債」、「感情債」、「血債血償」等。

結構組合	簡化字	大陸發音	例詞
亻責	债	zhài	公債、欠債、還債。

 ㄩㄢˊ	字源、字義
	「元」的金文字形像人的側身、有一個大頭，其字就是強調人的頭部。《說文·一部》：「始也。从一从兀。」段注改爲「从一、兀聲。「元」有首、始之義。

結構組合	簡化字	大陸發音	例詞
二儿	－	yuán	元、公元、元旦、多元、元氣、元首、元素、狀元。

先 ㄒㄧㄢ	字源、字義
	「先」字的甲骨文字形從止從人，表示腳趾於前，有領先的涵義。篆文字形演變為從之從儿，表示前往的意思。《說文·先部》：「前進也。从儿从之。」

結構組合	簡化字	大陸發音	例詞
生儿	－	xiān	先生、先、祖先、領先、事先、首先、先進、原先、先驅、先天、優先。

 兒	ㄦˊ 儿

結構組合	簡化字	大陸發音
臼儿	－	ér

字源、字義

 「兒」的古文字形從甲骨文到隸書形體皆相近，《說文・儿部》：「孺子也。從儿，象小兒頭囟未合。」認為上方形體像臼的部分是表示幼兒的囟門尚未關閉。而學界有以為是總角之形的說法，「總角」是兒童頭上綁髮，左右各一，像羊角的樣子，總角之年大約八、九歲到青少年時期。可知「兒」是指幼兒、孩童的意思。

例詞

女兒、兒子、一點兒、畫兒、一會兒、兒童、托兒所、嬰兒、兒女。

小提醒

在初級詞彙裡出現兒化的用法，以區別詞性，如「畫、畫兒」。須注意兒化韻的發音。

 光	ㄍㄨㄤ

結構組合	簡化字	大陸發音
业（火）儿	－	guāng

字源、字義

「光」的字形像人的頭上有火，意為光明，《說文・火部》：「明也。從火在人上，光明意也。」光在火部，但現在已看不出火的字形。

現代漢語詞彙裡，「光」的涵義頗多。「明亮」義，如「光亮」；「時間」義，如「光陰」；「景色」義，如「觀光」；「榮耀、名譽」義，如「為國爭光」；「裸露」義，如「光腳丫」；「完、盡」義，如「花光積蓄」；「僅、只」義，如「光說不練」。

例詞

光、燈光、眼光、陽光、時光、光明、光榮、光線、風光、光是。

字源、字義

「兄」的字形從口從儿，上方似「口」的部分代表著什麼並不明確，甲骨文時即為「兄長」之義。《說文·兄部》：「長也。从儿从口。」

結構組合	簡化字	大陸發音
口儿	－	xiōng

例詞

兄弟、兄長、弟兄。

2.部件：女

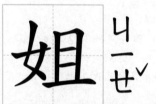

字源、字義

「姐」是形聲字，從女，且聲，始見於篆文，本義是母親。《說文》：「蜀謂母曰姐。」《廣韻》：「姐，羌人呼母。」在方言中，「姐」是母親的別稱，引申為婦女的通稱。指「同輩中年齡比自己大的女性」是後起義。古代也有以「姐」特指樂妓、妓女的用法。

一說「且」有祭祖的意思，整個字的意思是能去參加祭祖的女孩，指年紀比較大的女孩，因此而有「姐姐」的意思。

結構組合	簡化字	大陸發音
女且	－	jiě

例詞

姐姐、小姐、姐妹。

小提醒

老師應注意「姐」與「姊」在使用與組成詞彙上的異同。

「姐」的本義是母親，「姊」的本義是姊姊。兩者現代用法的差異是「姐」可以單用，也可以用在合成詞中，「姊」不能單用，只能用於「姊妹」一詞中。

結構組合	簡化字	大陸發音
女生	－	xìng

字源、字義

「姓」是會意兼形聲字，反映了母系社會。《說文》：「姓，人所生也。」本義為標誌家族系統的稱號。上古時期有姓也有氏，姓與氏不同。「姓」是一個家族所有後代的共同稱號（隨母系，不能改變），而「氏」是從姓（族號）中派生出來的分支，會隨著封地、官職的變動而改變。在戰國之後，姓與氏逐漸混用。「姓」能區別婚姻，「氏」能區別貴賤。

例詞

姓、姓名、貴姓、老百姓。

小提醒

中、高級程度教學時，談到姓氏，可以提一提在古代中國有同姓不能通婚的傳統（同氏不同姓則可以），直到近代才逐漸打破，但在一些地方民間仍視為禁忌。與「姓」有關的話題，老師還可以介紹百家姓，羅列一些常見的姓氏；說明「姓」與「名」之別，或是「複姓」和「單名」等意思。

結構組合	簡化字	大陸發音
女兼	－	xián

字源、字義

「嫌」是形聲兼會意字。指丈夫與妻子之外的女子有關連，引申為憎惡、仇怨之義。《說文》：「不平於心也，一曰疑也。」憎惡也，引申為仇怨。表示「不滿意」的用法是後起義。

例詞

嫌、涉嫌、嫌疑。

小提醒

學生對於「嫌」的正確用法可能較難掌握，尤其日文有「嫌い：討厭某對象」的用法，可能會使日本學生混淆，教師應該多舉例、造句，幫助學生理解含意與用法，再讓學生試著自己說出句子，藉以檢視學生的理解、掌握程度。

字源、字義

「好」是會意字，《說文・女部》：「美也。從女、子。」從字形結構上來看，「好」就是一名女子或婦女與一個孩子，婦女有了孩子並悉心照料他，具體表現出「好」的意思。

結構組合	簡化字	大陸發音
女子	–	hǎo/hào

例詞

ㄏㄠˇ（hǎo）：好、好看、不好意思、好像、只好、還好、好處、好玩兒、好幾、良好。

ㄏㄠˋ（hào）：喜好、好逸惡勞、好學不倦、潔身自好、投其所好。

小提醒

1. 初級教學以短語、短句子的形式，例如：「你好」、「太好了」、「好好吃」、「好了」。中、高級教學，可以整理一下「好」的各種詞性與用法，例如：「容易」之意，如「好辦」、「好解決」；「以便」、「便於」之意，如「早點出發，好避開塞車。」等等。
2. 「好」是多音字，讀ㄏㄠˇ（hǎo）時，表示美、善、理想的、友愛的、完整的、沒壞的、相善、彼此親愛、痊癒、很、非常、完成、完畢、容易、以便、便於、可以、應該，或是置於某些動詞之前，表效果佳，如「好吃、好玩、好笑」，或是置於數量詞或時間詞之前，表示多或久的意思，如「好些天、好半天」，表示稱讚或允許，如「好！就聽你的。」或表示責備或不滿意的語氣，如「好！這下子事情更難辦了。」讀ㄏㄠˋ（hào）時，表示喜愛之意，或心中所喜愛之事。

字源、字義

「婚」是一個形聲兼會意字，「女」與「昏」都是表義的義符，取義於古時婚禮在昏時舉行，「昏」也兼表聲音。《說文・女部》：「婦家也。《禮》：『娶婦以昏時，婦人陰也，故曰婚。從女從昏，昏亦聲。』」

結構組合	簡化字	大陸發音
女昏	–	hūn

例詞

結婚、婚禮、婚姻、離婚、訂婚、求婚、未婚、已婚、未婚夫、未婚妻。

小提醒

談談男與女「結婚」、男「娶」、女「嫁」的用法。

結構組合	簡化字	大陸發音
西女	－	yào/yāo

字源、字義

「要」應為「腰」的本字，戰國文字 ，字形的上半部像兩手插腰的樣子。《說文·臼部》：「身中也。象人要自臼之形。从臼，交省聲。」後來字形上方表示雙手插腰的部分誤變為「西」，因而定形為「要」。

例詞

一ㄠˋ（yào）：要、重要、需要、要是、必要、就要、快要、要不然、要緊、只要、主要、提要、綱要、摘要、要飯、要職、要道。
一ㄠ（yāo）：要求、要脅。

小提醒

「要」是多音字，讀一ㄠˋ（yào）時，表示關鍵、重點、索取、希望得到、收為己有、請求、重大的、重要的、應該、必須、即、將、要是、如果等意思；讀一ㄠ（yāo）時，表示約定、約會、求取、脅迫。

結構組合	簡化字	大陸發音
女帚	妇	fù

字源、字義

「婦」字甲骨文為「帚」，後來添加「女」旁，表示操持家務的婦女。《說文·女部》：「服也。从女持帚灑掃也。」《正字通·女部》：「婦，女子已嫁曰婦。」

例詞

夫婦、主婦、婦女、媳婦、婦人、寡婦、情婦、孕婦。

3.部件：母

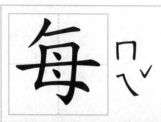

字源、字義

「每」為象形字，其字義，有以下分析：其一，「每」是「母」的異體字。象婦女頭上有盛飾形，表示頭飾盛美。象形字。其二，《說文》：「每，草盛上出也。」「每」的本義應當為頭飾盛美，引申為植物茂盛。凡從「每」取義的字，皆與茂盛等義有關。以「每」組字的常見字有：「海，敏，繁，霉」。

結構組合	簡化字	大陸發音
亠母	–	měi

例詞
每、每天、每每。

小提醒
現今用法，「每」借作代詞，指代各個；用作副詞，指反覆性的動作、行為中的任何一次。或呈現在此句型中「每……，都／總／就……。」表示一旦具備某種前提，就會出現相應的情況，例如「每看一次，就感傷一次」。

字源、字義
甲骨文與金文中，「拇」的字形從又，以一個記號標示出拇指部位，屬於指事字。到了篆文，改成從手，母聲，「母」兼表義，表示拇指在五指中為首之意。因此「拇」為會意兼形聲字。

結構組合	簡化字	大陸發音
扌母	–	mǔ

例詞
拇指。

小提醒
1.順便說明（或複習）五個指頭的說法：大拇指，食指，中指，無名指，小指。
2.搭配動詞的說法：「豎」起大拇指。
3.可以和學生聊一聊在各國社會文化中伸出指頭比手勢所表達的意思。例如：某些地方的華人伸出食指並動一動，表示「人死了」，但在某些國家是「你好」。豎起大拇指，在某些地區的意思是「讚」，在某些地區卻是罵人的意思，例如：在希臘或是中東，豎起大拇指表示「去你的」。

4. 部件：父

結構組合	簡化字	大陸發音
父巴	–	bà

字源、字義

《說文》沒有「爸」字，在古漢語裡稱「父」，而當時「父」的發音即近「爸」，「爸」是「父」的後起字（加旁分化字），為形聲字。

例詞

爸爸。

小提醒

1. 日常口語稱「爸爸」。「父」用法是父親、父母……，現代漢語口語中不單用「父」。可以向學生介紹臺灣的父親節是八月八號，八八與爸爸諧音，八八節也就是爸爸節。並詢問各國父親節是什麼時候。
2. 北方人呼父稱「爹」，是地域不同而產生的音變。現在指「祖父」的「爺」，本義也是「父親」。

結構組合	簡化字	大陸發音
父斤	–	fǔ

字源、字義

在甲骨文，「斧」已經是形聲字，從斤，父聲。但聲符「父」，一說是石斧的象形字，就是「斧」的初文，因為父被用作父親之義，所以後來加了「斤」分化出「斧」字。郭沫若《甲骨文字研究》云：「父乃斧之初字。石器時代，男子持石斧以事操作，故孳乳為父母之父。」

例詞

斧頭。

小提醒

中、高級程度教學，可介紹與「斧」相關的成語故事，如「大刀闊斧、班門弄斧」等。

5.部件：子

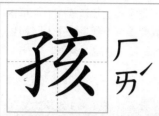

字源、字義

「孩」始見於篆文，其形體有作從子者，有作從口者，亥聲，孩與咳是古文異體。《說文》：「咳，小兒笑也。」楷書定體，從子亥聲，形聲字。

結構組合	簡化字	大陸發音
子亥	－	hái

例詞

孩子、小孩、孩童。

小提醒

1.須注意「子」作為偏旁時的寫法。

2.幫學生整理一下其程度內以「亥」構形的字，例如：孩、該⋯⋯。

字源、字義

「孫」是會意字，甲骨文從子從糸，「糸」是連續的意思，表示子與子連續，意為兒子的兒子。《說文》：「子之子曰孫，从子，从系。系，續也。」篆文改糸為系。

結構組合	簡化字	大陸發音
子系	孙	sūn

例詞

孫子、孫女、子孫。

小提醒

可以介紹華人講「內孫」與「外孫」的差異。

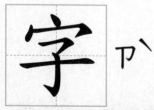

字源、字義

「字」從字形上來看，從宀，從子，表示在屋內生養孩子。「子」是聲符，兼表義。「字」為形聲兼會意字，本義是生養嬰兒。

例詞

名字、字、十字路口、字典、漢字、生字、數字、文字、字幕、八字。

結構組合	簡化字	大陸發音
宀子	－	zì

小提醒

可介紹漢語裡「字」和「詞」的差別。

字源、字義

「存」是會意兼形聲字，上部為「才」（草木初生之義），兼表聲義，下部為「子」（初生嬰兒），合二字有生存、存活之義。

例詞

存、存在、保存、儲存、存款、生存、存貨、庫存。

結構組合	簡化字	大陸發音
才子	－	cún

字源、字義

「孤」是形聲字，《說文・子部》：「孤，無父也。从子，瓜聲。」本義指年幼而無父，後來引申為「單獨」的意思。

例詞

孤單、孤獨、孤兒、孤立。

結構組合	簡化字	大陸發音
子瓜	－	gū

小提醒

可說明「孤」和「獨」的不同。（詳參〈第八單元 飛禽走獸〉部件「犬」之例字「獨」）

字源、字義

「孕」是象形字，《說文・子部》：「孕，裹子也。」就是懷胎的意思。從甲骨文的字形來看，像腹部隆起的人形，腹內有子。

結構組合	簡化字	大陸發音
乃子	－	yùn

例詞

懷孕、避孕、孕婦。

小提醒

可以介紹華人懷孕和坐月子的一些禁忌和習俗。

字源、字義

「孝」是會意字，上從「老」字省形，下從「子」。「老」表示應當孝養的對象，「子」表示施行孝養的子、女。

例詞

孝順、孝子、孝道。

結構組合	簡化字	大陸發音
耂子	－	xiào

小提醒

孝道在中華文化中很重要，可與中、高級班學生談談「孝」：

1. 儒家《孝經》說：「身體髮膚，受之父母，不敢毀傷，孝之始也；立身行道，揚名於後世，以顯父母，孝之終也。」
   問題討論：你認為在父母不同意之下刺青、染髮，是不是不孝？（身體自主權）
2. 所謂「不孝有三，無後為大。」不孝有三，指的是「阿意曲從，陷親不義，不孝也。家窮親老，不為仕祿，二不孝也。不娶無子，絕先祖嗣，三不孝也。」問題討論：第一指的是不明是非的愚孝，第二、第三從現代角度來看是啃老族與不婚不生族，你的看法呢？比較古代與現代，在現代社會，你認為何謂不孝？

字源、字義

「孔」與「乳」字同源，本義是孩子吃奶。金文字形 像孩子吸吮乳頭的樣子，孩子能吃奶，說明乳頭有孔。

另說「孔」之義即「通」， 是「孔」的初文，象嬰兒的囟頂、人身氣穴所在。

例詞

孔、鼻孔、面孔、孔子。

結構組合	簡化字	大陸發音
子乚	－	kǒng

小提醒

區別「孔」與「洞」有什麼不同。

6.部件：大

字源、字義

「天」的甲骨文字形在表現上突出了人的頭頂，表示「天」為人頭頂之上的地方。《說文》：「天，顛也。至高無上。」

例詞

今天、星期天、天、天氣、夏天、晴天、聊天、半天、白天、天堂、天下。

結構組合	簡化字	大陸發音
一大	－	tiān

小提醒

注意學生書寫「天」時的字形，不可寫成「天」。

字源、字義

「太」與「泰」、「大」同源。古文中「太」是「大」的分化字，太就是大，極大的意思。《說文》指太與泰本是一字之異體，但現在已分別使用，成了兩個不同的字。

例詞

太、太太、太陽、太空、太極拳、太平。

結構組合	簡化字	大陸發音
大、	－	tài

小提醒

說明「太」結合形容詞時所帶有的意義，例如：「太漂亮了」與「太漂亮」語意上有何不同。

字源、字義

甲骨文與金文的「夫」形體都是從大加一，大是人，一是冠簪，古時男子成年需束髮帶簪，所以「夫」指成年的男子。屬於象形字。

例詞

夫婦、功夫、大夫、夫妻、夫人、工夫、丈夫、未婚夫。

結構組合	簡化字	大陸發音
大一	－	fū

小提醒

中、高級程度教學時，可以補充中國古代男子成年時的文化習俗。

結構組合	簡化字	大陸發音
小大	–	jiān

字源、字義

「尖」為會意字。「尖」是一個晚出的字，望文會意，上小而下大，前小而後大，強調物體前端突出的細小、銳利的部分。

例詞

尖、尖銳、尖端、頂尖。

小提醒

介紹「尖」時，可順便介紹「鈍」。

結構組合	簡化字	大陸發音
大人人	夹	jiā

字源、字義

「夾」是會意字，像「大」被左右兩個「人」挾持的樣子。林義光《文源》：「象二人相向夾一人之形。」王筠《句讀》：「大，受持者也；二人，持之者也。」因此「夾」有「持」的意思。

例詞

夾、文白夾雜、髮夾、曬衣夾、炭火夾、講義夾、公文夾、書夾、皮夾、夾層、左右夾攻、夾擊、夾帶。

小提醒

「夾」在臺灣與中國大陸的讀音不同。

結構組合	簡化字	大陸發音
大焱	－	shuǎng

字源、字義

「爽」是象形字,象人腋下左右夾著器物,器物形體變化多樣,有火形、豆形、圓形或交叉斜畫,最後訛變為「爻」。《說文》釋「爽」為「明」,概從火形而來。若「大」兩側之物是「豆」形,則表示祭祀的禮器、祭品。若人形左右兩側是卜筮之物,此字也與祭典有關。由此推知「爽」字本義與祭祀相關,字形上左右對稱,而有相配、相輔之意。引申字義有:舒暢、愉快的,如「人逢喜事精神爽」;豪邁不拘小節的,如「豪爽」、「直爽」;明亮、清朗的,如「秋高氣爽」;差錯、違失,如「屢試不爽」、「爽約」。

例詞

爽、爽朗、爽口、爽直、爽快、涼爽、清爽、乾爽、舒爽、直爽。

結構組合	簡化字	大陸發音
大冂	－	yāng

字源、字義

「央」字的字義,從字形上來看,就是中央、正中的意思。《說文·冂部》:「中央也。从大在冂之內。大,人也。」徐鍇曰:「凡大字,皆象人之正立也。故央字從大,取其正中也。」

例詞

中央、央求。

解答

連連看

是非題

1. 人邁步行走的樣子。【否】
2. 第一人稱代詞。【否】
3. 重男輕女。【是】

想一想1

中文也有複數形態嗎？例如「們」？

答：中文的名詞一般沒有單複數之分，「們」只用於人稱代名詞或與人相
　　關的名詞之後，是表示多數的詞綴，例如：我們、他們、朋友們、學生
　　們、我的兄弟們。如果名詞的前面有數、量詞，後面則不可加「們」，
　　例如：三個學生。

想一想2

「毓」的本義是什麼？和「育」有什麼關係？

答：「毓」同「育」，本義是女人生孩子，孩子出生之後，「育」後來引申
　　有「養育」和「教育」的意義。

　　甲骨文一例「」，左像「女」，右像倒「子」，即明確表示女人

　　生孩子的形象。《說文》或體「」將「女」改為「母」，再變為

　　「每」形，倒「子」下的三點則像是初生嬰兒的胎髮，作「毓」字。

想一想3

「交」這個字與「父」有關係嗎？

答：「交」與「父」無關，與「大」有關。雖然以楷書的形體來看，「交」
　　的下方像是一個「父」字，但從甲骨文與金文看起來，「交」的字形與

「父」無關，像是「大」的變形。

「大」的甲骨文「 ✦ 」，「交」的甲骨文「 ✦ 」。「大」像是正面站立的人，「交」是站立的人兩腿相交的形象。

想一想4

「子」的甲骨文 ✦ 像嬰兒身體被包住，頭、手露在外面的樣子，「子」與「孑」是缺了一臂的孩子，那麼「了」是什麼意思呢？

答：「了」是失去二臂的孩子。「了」是象形字，此字始見於篆文，字形像「子」少了左、右手臂的樣子，表示人失去二臂。《說文·了部》：「了，尥（ㄌㄧㄠˋ／liào）也，从子無臂，象形。」

另有一說，認為《說文》的解釋並非本義，本義是指嬰孩兩臂與雙足皆被捆縛於襁褓之中，因而泛指糾結或收束之意。

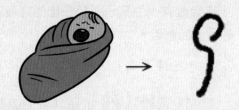

想一想5

「奮」與「奪」現今在字典中都歸在「大」部，這兩個字與「大」有什麼關係呢？

答：《說文》將「奮」、「奪」歸在「奞」部，曰：「鳥張毛羽自奮也。从大从隹。」指鳥張開翅膀奮力振翅的樣子。段注：「大其隹也。張毛羽故从大。」從「大」，象鳥張開翅膀之形。

從字形結構來看，「奮」表示鳥在田上；「奪」是以手持鳥，但是鳥飛走了，原意為「失之」，應是「脫」（脫離、失掉）的本字。

現今這兩個字歸在大部，頗失本義。

第二單元
眉清目秀──口目見耳自

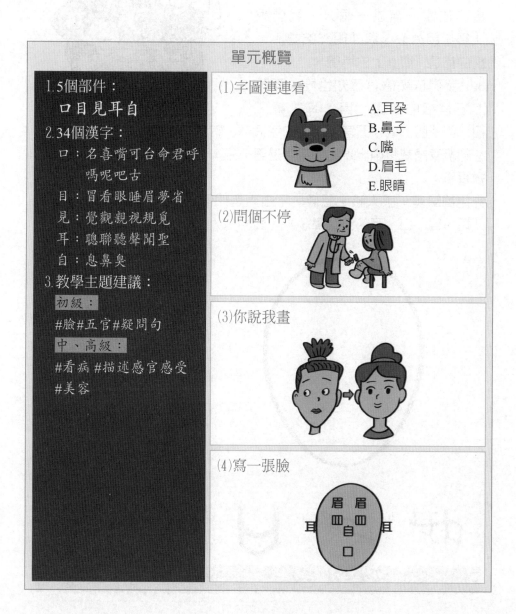

單元概覽

1. 5個部件：
   口目見耳自
2. 34個漢字：
   口：名喜嘴可台命君呼
   　　嗎呢吧古
   目：冒看眼睡眉夢省
   見：覺觀親視規覓
   耳：聰聯聽聲聞聖
   自：息鼻臭
3. 教學主題建議：
   初級：
   #臉#五官#疑問句
   中、高級：
   #看病 #描述感官感受
   #美容

(1)字圖連連看

A.耳朵
B.鼻子
C.嘴
D.眉毛
E.眼睛

(2)問個不停

(3)你說我畫

(4)寫一張臉

小試身手

　　與人初次見面，「臉」是我們第一眼認識對方、辨別一個人最直接的依據。描述一個人，我們說「眉清目秀」、說「明眸皓齒」，說的都是「臉」上的特徵。

　　我們依賴感官感知世界，而面上五官指的是眉、目、耳、鼻、口。與「臉」或「五官」相關的字很多，特別是包含「口」部件的字，在初級華語教材中出現的頻率可是第一名，一定要先認識它。

畫畫看：

先用簡筆畫一張人臉，想像一下古人是如何「畫」出這幾個漢字的：「眉、目、口、耳、自（鼻子）、面」。

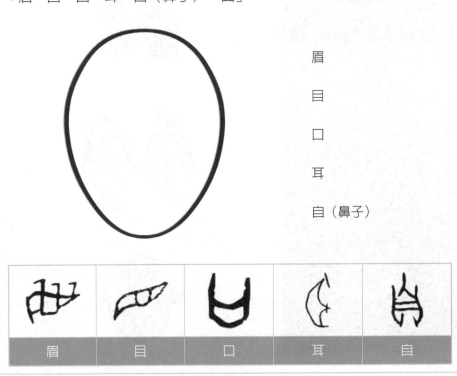

眉

目

口

耳

自（鼻子）

教師應該知道的漢字知識

　　臉是每個人都熟悉的部位，關於臉部五官的字，例如：「眉、眼、目、鼻（自）、口、嘴、耳」等，是學生很容易接觸到而且能引起學習興趣的好對象。這幾個部首也正好是初級漢字常見的，以下一一介紹本單元目標部件：口、目、見、耳、自。

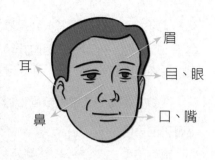

1. 口

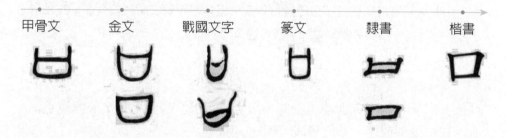

| 甲骨文 | 金文 | 戰國文字 | 篆文 | 隸書 | 楷書 |

　　「口」的字形源於嘴型，漢字中出現「口」部件，大概都表示與口相關，像是口的動作、口發出的聲音等，很直觀。不過日本學者白川靜的看法獨特，他認為「口」是一個祭祀的器皿，藉由它傳遞人的禱詞給神祇，這概念比較抽象，教師可以作為參考。直接視為「嘴巴」，學生較易理解。

　　口部的形聲字非常多，像是：「叫、吃、喝、唱、喉、嚨、呼、吸、喘」等，特別是擬聲詞或語氣助詞，例如：「哪、啊、喂、哇、哈」等。「口」作為部首時，位置大多在字的左邊，少數在字的其他位置，像是：「呈、否、臺、哲、史、和」等。

常見例字：

部件意義	與口的動作有關		口發出的聲音、擬聲詞、語助詞	其他
例　字	名喜嘴可台命	君呼	嗎呢吧	古
級　數	初級	中高級	初級	中高級

教學錦囊1　有意思的「牙」和「齒」

　　「牙」、「齒」兩字很有意思，「牙」的金文是 ，看似牙齒上下咬合的樣子；而「齒」的甲骨文有 形，有 形，看起來就是口中的門牙。有趣的是：「齒」字實際像門牙，而「牙」字反而像臼齒咬合。

　　「齒」字在金文中有一個形體 ，增加了「止」字標注發音，其實就是扮演聲符的角色。

　　那麼甲骨文有沒有形聲字呢？當然有，像是「春」字。「春」的甲骨文有一個形體是 ，從艸屯聲；有另一形體 ，從林屯聲，都表示了它是形聲字，由此可知雖然形聲造字法出現得較晚，但早在甲骨文時代就有了。詳細的「春」字說解，請參考第六單元〈日月經天〉。

想一想1

「回」、「單」兩字都有「口」，都是「嘴巴」的意思嗎？很多漢字都有「口」這個部件，都能看成「嘴巴」嗎？

解答請見267-268頁

2.目

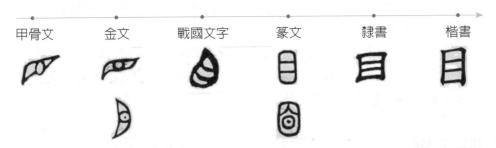

| 甲骨文 | 金文 | 戰國文字 | 篆文 | 隸書 | 楷書 |

　　由字形演變可以看出，在金文時期有橫寫的「目」跟直寫的「目」，橫寫較接近眼睛的原樣，直寫可能是為了適應竹簡。後來的「目」都是直寫的眼睛了。漢字出現「目」這個部件，大概都表示與眼睛實象相關，或指眼睛的動作。

　　目部的形聲字也有不少，像是：「睡、眼、睛、睹、眶、睜、瞪、瞧」等。「目」作為部首時，位置在字的左邊較多。

常見例字：

部件意義	眼睛或用眼的動作	
例　字	冒看眼睡	眉夢省
級　數	初級	中高級

教學錦囊2　認識「直」與「德」

　　楷書「直」這個字下方部件比「且」多一橫，是「目」還是「且」？

| 甲骨文 | 金文 | 戰國文字 | 篆文 | 隸書 | 楷書 |

　　甲骨文字形從目從｜，有一說為會意「以目量測材料，使之不彎曲。」，另一說為「目上一直筆」表示正面直視。金文字形從十、從目、從乚。乚表示隱蔽，十目所視，沒辦法隱蔽或遁逃。隸書以後稍微形變成為楷書現在的字形。但無論字形如何演變，「直」字下方部件應該是「目」加上一遮蔽物的樣子。

　　「直」字若再加個「心」，變作「悳」，也就是「惪」，表示心意正直，是古「德」字，有遵循正道的意思。

教學錦囊3　不一樣的眼睛：「臣」──監、鑒、臨、臥

　　甲骨文「目」是 ⟨⟩ ，而還有一個不一樣的眼睛「臣」 ⟨⟩ ，是一個立起來的眼睛，當一個人低頭看的時候，從側面望過去眼睛應該就是這個樣子。所以「臣」是「低頭俯視」，更表示認真仔細看。臣子看君王不敢抬頭，也是這樣的眼神。

監、鑒、臨、臥：「監」的金文為 ，很傳神地表現了人低頭望著皿裡水中的自己（可參考第十單元「皿」部「監」字）；加上「金」部成為「鑒／鑑」表示銅鏡；「臨」的金文為 ，像一人低頭細看他面前的東西，面臨之義；「臥」的小篆為 ，則像一個人俯臥在案几上休息，略抬眼看的樣子。

3.見

甲骨文	金文	戰國文字	篆文	隸書	楷書

　　甲骨文「見」字呈現一個人凸顯了他的眼睛，所以著重在眼睛「看」的意義。《說文・見部》：「見，視也。从儿、从目。」到了篆文，下方「人」改為「儿」。「人」與「儿」本為一字，音、義皆同。

　　「見」部首在大陸簡化為「见」，含「見」部件的字大多類推簡化即可，但「親」簡化為「亲」，要特別留意。

常見例字：

部件意義	與用眼「看」的意義相關	
例　字	覺觀親視	規覓
級　數	初級	中高級

想一想2

「視」的部首是什麼？

解答請見268頁

4.耳

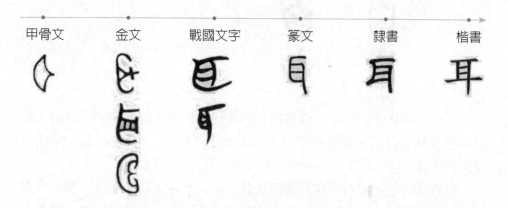

| 甲骨文 | 金文 | 戰國文字 | 篆文 | 隸書 | 楷書 |

　　甲骨文的「耳」畫出了耳朵的輪廓，金文的「耳」畫出了完整人耳的形象——有輪廓、中有孔洞。《說文》以功能來解釋「耳」，曰：「主聽也。」因此從「耳」的字，除了耳朵，就是與聲音和聽覺相關的意思。

　　耳部也多形聲字，像是：「聊、職、聘、聳、聾」等。「耳」作為部首時，位置大多在字的左邊或下方。

常見例字：

部件意義	耳朵		與聲音、聽覺相關	
例　字	聰	聯	聽聲聞	聖
級　數	初級	中高級	初級	中高級

5.自

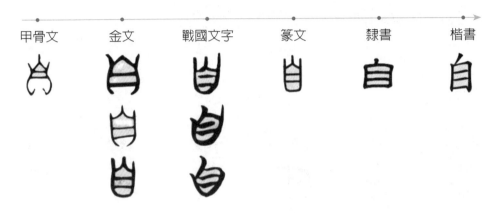

| 甲骨文 | 金文 | 戰國文字 | 篆文 | 隸書 | 楷書 |

　　「自」是鼻子的本字，像鼻形，引申代表自己，因為說到自己時，常以手指著鼻子表示。後來在「自」下方加上「畀」（ㄅㄧˋ/bì），成為後來的「鼻」字。

　　有意思的是字典有「自」部跟「鼻」部，想在「自」部找「鼻」字是找不到的。「鼻」部字很少，常用的只有「鼻、鼾」二字。近幾年網路用語中使用了一個「齁（ㄏㄡ/hōu）」字代表類似發音的臺灣口語，實際上此字原意為「甚、過於」，多表示不滿意的意思，現在幾乎未見使用。

常見例字：

部件意義	鼻子相關	
例　字	息	鼻 臭
級　數	初級	中高級

教學主題建議

初級：臉／五官、疑問句

中高級：看病／描述感官感受／美容

教學活動舉例

1. 字圖連連看 ☑初、中級 ☑認讀☑字義
   (1)活動主軸：找一張可愛的臉／五官圖，人或動物皆可，給學生連
   連看。例如：下圖。

   > 小提醒
   > 這裡選用的字都是現代口語用字，像是使用「眼睛」而非「目」，比較
   > 貼近學生日常使用。

   A.耳朵
   B.鼻子
   C.嘴
   D.眉毛
   E.眼睛

   (2)流程簡述：臉部器官的「口、目、見、耳、自」字都屬象形字，
   有圖像學生就能馬上理解，因此介紹這五個部首時，以圖像輔助
   說明。介紹其衍生字時，先選擇學生剛學過的生字，再讓學生思
   考類推到新的生字，以加深其印象。
   呈現並教過這些五官部位後，就可以使用本活動來練習認字及鞏
   固字與字義的連結。
   (3)延伸或變化：可以讓學生自己畫一張虛擬動物／妖怪／電影角色
   的臉，寫上五官的文字，讓其他同學連連看。這樣也能練習寫這
   些生字。
2. 問個不停 ☑初、中級 ☑聽力 ☑口說 ☑字義☑語法
   (1)活動主軸：一般外語學習者都比較會「回答問題」，較不會「發
   問」，所以應該給學生多一點機會練習發問。口部的字有多個疑
   問助詞，教師給相關情境，例如：看醫生、面試、購物詢價等圖
   片，試著讓學生用「嗎、呢、吧、哪」來問問題。盡可能加快節
   奏，讓學生在短時間問很多問題。

⑵流程簡述：例：教師展示「看醫生」的情
　境圖，學生可選擇扮演醫生或是病人，也
　可以是旁觀者，（或分三組，各組扮演不
　同角色。）盡量使用學生已學過的疑問詞
　來問問題，例如：「嗎、呢、吧、哪」，
　教師判斷問句對不對，酌情鼓勵。建議教
　師掌握節奏，適度加快，目標是學生能正
　確流利地運用這些疑問詞。

　例：
　醫生：你痛嗎？哪裡不舒服？是這裡痛吧？什麼時候開始痛的呢？
　病人：我可以打球嗎？我還可以跑步吧？
　旁觀者：他的腳不舒服嗎？她為什麼去看醫生呢？他們在哪裡？

小提醒

「讓學生設計問題」的活動，教師要【自己先把全部能想到的問題列出
來】（方便製作學習單或提示），尤其是面對初級班的學生。給予學生
材料與框架（詞彙、語法），最好有書面講義／學習單，不要讓學生空
口說白話。中級班以上則比較可以給大一點的自由發揮空間。

⑶延伸或變化：可搭配競賽，全班舉手搶問或限制時間分組競賽，
　哪一組問出最多問題得勝。
　如果學生學過的疑問詞更多，例如：什麼、幾點、多少……，則
　盡量開放學生問更多元的問題。可以增加限制讓挑戰更大，例
　如：至少要用到三個疑問詞、每個疑問詞最多用三次。
　這個練習並未著重書寫及認字，如果要加強認及寫，可請學生在
　聽到疑問詞時馬上寫下該疑問詞，或在字卡上圈疑問詞。

3. 你說我畫 ☑初中級 ☑聽力 ☑口說 ☑語法
⑴活動主軸：兩兩一組，一人看圖描述圖片，另一人看不到圖片，
　純粹聽描述，然後畫出來。看看哪一組畫的跟原圖最相像。

(2)流程簡述：教師準備一張圖，先不展示出來，直接描述幾句話，讓學生畫出來。然後將教師的原圖展示出來，讓學生自行比對，這樣學生就知道這活動要怎麼進行了。

學生兩兩一組，一人領取教師準備的圖片，例如某學生拿到了如右的化妝前後的對比圖片，他要描述化妝前後的差別，另一人聽描述，然後畫出來。句子使用可以搭配學生所學生詞語法，例如：她的眉毛本來短短的，後來畫成長長的。

最後大家互相看看哪一組畫的跟原圖最相像。

(3)延伸或變化：也可以用故事帶領，增進課堂活潑度。例如：學生是唯一看到犯人的人，要描述犯人的長相讓警察畫出來。或者是搭配相關遊戲卡牌，有眾多嫌疑犯的圖卡，目擊的學生要描述犯人的長相讓警察找出正確嫌疑犯。教師可以變化成各種不同主題的圖。

4. 寫一張臉 ☑初級 ☑聽力 ☑寫字 ☑字形 ☑字義

(1)活動主軸：教師先展示「眉、目、口、自（或「鼻」）、耳」字卡及教師準備好的「臉圖」，先帶領學生熟悉這些字的字形、字音及字義，然後教師閃示字卡或說出一部位，學生將漢字寫在空白臉形圖的對應位置上（參考以下臉圖範例）。

臉圖範例↓：　　　　　學生寫出來的臉圖範例↓：

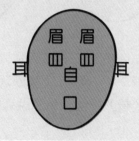

小提醒

這裡選用的字是「眉、目、口、自、耳」。設計本意是讓學生練習這幾個字，也讓學生同時體會這些字的造字緣由。其他象形字也可以類推使用。

⑵流程簡述：準備空白臉形圖發給學生。

　　準備幾張臉圖張貼在白板上，以下為範例（教師可自行設計）：

　　圖：臉一（眉毛很粗、眼睛很小、鼻子很大、嘴巴很小、耳朵很小）

　　圖：臉二（眉毛很粗、眼睛很大、鼻子很大、嘴巴很大、耳朵很小）

　　圖：臉三（眉毛很細、眼睛很大、鼻子很小、嘴巴很小、耳朵很大）

　　作法：讓甲學生看圖（臉一／臉二／臉三），然後在「空白臉形圖上寫／畫上漢字」，這樣每個字都有機會練習好幾次。都畫好後，讓同學們猜他所畫的是哪個圖。接下來請全班都畫，最後大家把畫好的圖貼在臉一／二／三下面。

臉一示意圖↓　　　　　學生畫的圖↓

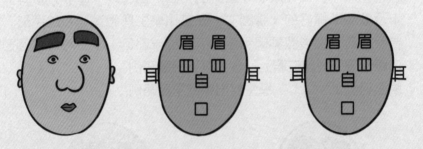

⑶延伸或變化：這個活動只有看、寫字，如果要增加聽、說的技能訓練，可以結合「教學活動設計⑶：你說我畫。」的方式操作，主要看教學目標是聽說或是認寫，視需要安排進課堂。

例字說明

1.部件：口

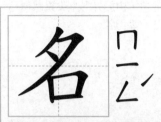

結構組合	簡化字	大陸發音
夕口	－	míng

字源、字義

《說文》「名，自命也。从口从夕。夕者，冥也。冥不相見，故以口自名。」字義是從夕、口而來，夕是黃昏，表示黃昏時看不清彼此，所以打招呼時就自報姓名。一說為黃昏時看不清，若找人要叫彼此的名字。是會意字。

例詞

名字、姓名、報名、名詞、簽名、有名、著名、名稱、名單、名片、名額、名勝、排名。

小提醒

外籍學生識字量不足200字的時候，建議「整字教學」，不需解釋字源，除非是學生問起。像這個「名」字是很好的例子，學生學到這個字的時候，一定還沒學到「夕」字，若用部件、字源教學的話，反而增加學習者負擔。

結構組合	簡化字	大陸發音
壴口	－	xǐ

字源、字義

「喜」字甲骨文 ![甲骨文]，此字從壴（ㄓㄨˋ zhù）、從口。壴是鼓的初文，「壴」字就像是鼓陳列在鼓架之上。因此「喜」有擊鼓為樂，歡樂而喜的意思；從口，表示歡樂，歡樂時會笑、會歌唱，是從口而來。

例詞

喜歡、恭喜、喜愛、歡喜、可喜、喜酒、喜劇、驚喜、喜氣、喜悅。

小提醒

提醒學生「壴」最下方的部分不要寫成「廾」。

結構組合	簡化字	大陸發音
口觜	嘴	zuǐ

字源、字義

口部觜（ㄗ/zī；ㄗㄨㄟ/ zuǐ）聲。觜字本義是貓頭鷹類頭上的毛角，由於外形呈尖銳狀似鳥嘴，後來才分化出「嘴」字。

例詞

嘴巴、插嘴、吵嘴、嘴唇。

小提醒

繁體字寫「角」與簡化字「角」有些微不同，要注意。

結構組合	簡化字	大陸發音
丁口	–	kě

字源、字義

「可」字的由來解釋頗多：

1. 較早的用法是作為助動詞，表示可以、能夠。《甲骨文合集》18897：「貞：其可？」（貞問：可以嗎？）引申為肯定、許可、值得。

2. 大徐本：「可，肎（肯）也。从口、ㄅ，ㄅ亦聲。」「肯」原義為附著在骨頭上的肉，語言切中要害謂之「中肯」。後有「願意、同意」之義，《詩・邶風・終風》：「惠然肯來」。

3. 《集韻・歌韻》：「歌，古作『可』」，歌詠之義。

例詞

可以、可是、可能、可愛、可憐、可怕、可靠、可樂、可惡、可惜。

小提醒

雖然「可」字組合成很多詞語，如「可愛、可是、可以」，「可」字意義很抽象，最好別拆開語詞單獨解釋「可」。因為太常見了，學生很可能會詢問「可」字的由來、含意，教師應該了解一下。上方三個字源字義以3.較容易闡釋說明，不需三種都說。

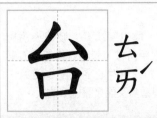

結構組合	簡化字	大陸發音
厶（目）口	－	tái

字源、字義

《說文》：「台，說也。从口㠯聲。與之切」（一ˇ/yǐ），以表示用口表達怡悅之情。此義今當音一ˊ/yí，可由「台」字做為聲符的字看出，例如：「怡、貽、飴」皆音一ˊ/yí。

另音ㄊㄞˊ/tái，是「臺」的簡化字。

例詞

台（量詞）、台（臺）灣、電視台、櫃台、上台、舞台、台階、月台。

小提醒

雖然越來越少人寫「臺」字，但仍應教學生認識「臺」這個字。

結構組合	簡化字	大陸發音
令口	－	mìng

字源、字義

甲骨文有「令」字，無「命」字，或說甲骨文的「令」通「命」。上方倒寫的口字「亼」表示發號施令的人，下方「卩」表跪坐的人，在此字表聽令的人。金文多加上一個「口」，變成從口、令聲。

毛公鼎：「膺受大命」。「大命」是「天命」之義，由天命引申出命運，再引申出生命、壽命的含意。

例詞

救命、革命、生命、命令、命運、拼命、維他命、命中、命名、使命、算命、致命。

字源、字義
《說文》：「君，尊也。从尹，發號，故从口。」「尹」象以手持杖，表示有權者及治事者，卜辭中「君」、「尹」字互用。從尹、口，表示握有治理權勢又能發號施令的人。

結構組合	簡化字	大陸發音
尹口	－	jūn

例詞
國君、君子。

字源、字義
形聲字，從口，表示口部的動作或由口發出的聲音。「乎」是表義的聲符，意思為「語之餘」，表示將剩餘的氣流吐出。

例詞
打招呼、呼吸、歡呼、稱呼、呼籲。

結構組合	簡化字	大陸發音
口乎	－	hū

小提醒
注意右邊部件「乎」的寫法，勿寫成「平」。

字源、字義
形聲字，從口，馬聲，從口，表示由口發出的聲音。「嗎」用作語氣詞，表示疑問、反詰語氣。

例詞
嗎。

結構組合	簡化字	大陸發音
口馬	吗	ma

小提醒
「嗎」、「呢」是初級學生很早學到的兩個疑問助詞，教師要協助學生辨別使用。「嗎」用於 yes/ no 問題、「呢」用在 wh- 問題。

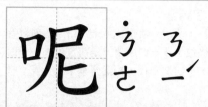

字源、字義

形聲字，從口、尼聲，從口，表示由口發出的聲音。「呢」用作語氣助詞，在疑問句中表示疑問語氣。

例詞

·ㄋㄜ（ne）：呢。

ㄋㄧˊ（ní）：呢喃、呢絨。

結構組合	簡化字	大陸發音
口尼	－	ne/ní

小提醒

1. 「呢」為多音字，讀·ㄋㄜ（ne）時是句末助詞，可表詢問及感嘆；讀ㄋㄧˊ（ní）的情況較少，現代漢語大概只有呢喃、呢絨兩個詞例。
2. 「嗎」、「呢」是初級學生很早學到的兩個疑問助詞，教師要協助學生辨別使用。「嗎」用於 yes/ no 問題、「呢」用在 wh- 問題。

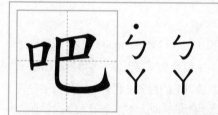

字源、字義

形聲字，從口、巴聲，從口表示由口發出的聲音。「吧」作語氣助詞可表示「同意、認可」，也可表示「商量、提議、祈使」。還表示疑問或揣測。

結構組合	簡化字	大陸發音
口巴	－	ba/bā

例詞

·ㄅㄚ（ba）：吧。

ㄅㄚ（bā）：酒吧、吧檯。

小提醒

「吧」為多音字，讀·ㄅㄚ（ba）時是句末助詞，可表感嘆、商量、推測等語氣；讀ㄅㄚ（bā）是從英文 bar 音譯而來，因此與「酒吧」意思相關的例詞就發此音。

字源、字義

《說文》：「古，故也。从十、口。識前言者也。」徐鉉：「十口所傳，是前言也。」一口為一代，十口為十代，相繼傳承十代，表示歷時長久。

另一說甲骨文 甴 金文 古 從「盾」從「口」，表示盾牌堅固，「古」是「固」的初文，本義是堅固。

結構組合	簡化字	大陸發音
十口	－	gǔ

例詞

古代、古蹟、古老、古典、古怪、古籍、古物、考古、古董。

2.部件：目

字源、字義

「冒」和「冃（ㄇㄠˋ / mào）」字本意都是「帽子」。甲骨文「冒」字為 冒 表現出帽子覆蓋在眼睛以上的位置。也有一說認為下方的「目」表示的是「面」。

結構組合	簡化字	大陸發音
冃目	－	mào

例詞

感冒、仿冒、冒險。

小提醒

繁、簡體的「冒、冕」字上方部件表示帽子戴在頭上，從篆書字形 冒 可看出上方不是「日」或「曰」，提醒學生要注意寫法。繁體字同樣要小心的還有「曼、最、塌」及以這些字作為偏旁的字，不過這系列字在大陸簡化字中則皆寫為「日」。

看	

結構組合	簡化字	大陸發音
手（手）目	–	kàn/kān

字源、字義

字義從目、手而來，手在目上，即以手遮蔽日光以遠望的樣子。

例詞

ㄎㄢ丶（kàn）：看、好看、看病、看見、看不起、看法、看起來、難看、看來、看樣子。
ㄎㄢ（kān）：看家、看守、看護。

小提醒

「看」為多音字，讀ㄎㄢ丶（kàn）時表示目視、觀賞、對待、拜訪、估量等義；讀ㄎㄢ（kān）時表示守護的意思。

眼	ㄧㄢˇ

結構組合	簡化字	大陸發音
目艮	–	yǎn

字源、字義

從目，表示與眼相關。艮為聲符。「眼」亦用作眼神；也可引申為眼力，即見識。「眼」還可引申為孔穴，宋代楊萬里〈小池〉：「泉眼無聲惜細流，樹陰照水愛晴柔。」

例詞

眼睛、眼鏡、親眼、眼光；眼淚、眼界、眼看、轉眼。

小提醒

「眼」字為形聲字，但學生可能會認為「眼」（ㄧㄢˇ/ yǎn）與「艮」（ㄍㄣ丶/ gèn）聲相去甚遠，可以其皆為鼻音結尾，並舉其他例字如「很」、「銀」來佐證。

睡	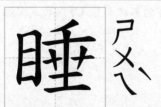

結構組合	簡化字	大陸發音
目垂	–	shuì

字源、字義

從目，表示與眼相關或眼部的動作。垂，聲兼義，垂從土，是邊陲的本字，表邊疆偏遠，引申有下垂之義，入睡時眼皮下垂，即為「睡」。

例詞

睡覺、睡著、睡醒、睡眠、入睡。

小提醒

右偏旁「垂」字的寫法要注意：中間是兩個「十」，不相連筆成「廿」。

	字源、字義
	甲骨文字形從目，上面的豎筆像眉毛形。到隸書及楷書時眉形訛變為「ㇿ」、「ㄕ」，但仍能表示在眼睛上方的眉毛。

結構組合	簡化字	大陸發音
ㄕ目	－	méi

例詞
眉毛、眉頭。

小提醒
可展示一些化妝品圖片以輔助教學，比如：眉筆、睫毛膏、唇膏等。

	字源、字義
	「夢」的甲骨文看起來像一個人在床上，凸顯其眼睛的樣子，學者大多解釋為夜晚睡夢中而覺醒，意識模糊不清的樣子。金文以後加上了「夕」部件代表夜晚。《說文》：「不明也。从夕，瞢省聲。」

結構組合	簡化字	大陸發音
苎夕	梦	mèng

例詞
夢、作夢、夢到、夢想、夢見。

小提醒
1. 注意「夢」字上方寫作「卝」，非「⺍」也不是「艹」，從甲骨文字形可知緣由。
2. 另外「夢」的簡化字寫作「梦」，原本就是「夢」字的俗體或異體字。由《宋元以來俗字譜·艸部》引〈太平樂府〉、〈白袍記〉、〈目蓮記〉、〈嶺南逸事〉並作「梦」。《康熙字典·木部》：「梦，俗夢字。」等文獻可知。

省	ㄕ ㄥ ˇ	ㄒ ㄧ ㄥ ˇ

字源、字義

「省」的甲骨文 ，金文  從「屮」從「目」。

一說表示眼睛生出一個東西，被東西擋住，看不清楚眼前的事物。「屮」是「草」的初文，表示眼睛長出的東西，就像地上長草。本義是一種目疾、眼病。後假借為省察的「省」。

一說「目」表示觀看；「屮」為初生之草。二者相合表示視察草木之意。

結構組合	簡化字	大陸發音
少目	－	shěng/ xǐng

例詞

ㄒㄧㄥˇ（xǐng）：省察、反省、省思。

ㄕㄥˇ（shěng）：省錢、節省、省得、省事、福建省。

小提醒

「省」是多音字，讀ㄒㄧㄥˇ（xǐng）時表示原義「省察」的意思；讀ㄕㄥˇ（shěng）時表示節約或地方自治劃分。

3.部件：見

覺	ㄐ ㄩ ㄝ ˊ	ㄐ ㄧ ㄠ ˋ

字源、字義

「覺」的字義是從下方部件「見」而來，表示看見、察覺。而上方部件為「學」的省寫「（ㄒㄩㄝˊ/xué）」，作為聲符。

結構組合	簡化字	大陸發音
舁（學省） 見	－	jué/jiào

例詞

ㄐㄩㄝˊ（jué）：覺得、感覺、發覺、覺悟、不知不覺、察覺、警覺、自覺。

ㄐㄧㄠˋ（jiào）：睡覺。

小提醒

1. 「覺」為多音字，讀ㄐㄩㄝˊ（jué）時作為動詞，例：覺得；讀ㄐㄧㄠˋ（jiào）時作為名詞，例：睡覺、一覺醒來。
2. 「覺」的本義是睡醒，從寢寐中覺察到什麼而醒，引申有覺悟之義。但因為「睡覺」這詞學生很早會學到，若此時告訴學生「覺」的本義是睡醒，跟「睡覺」意思正好相反，可能反而令學生混淆，因此毋需提及。

結構組合	簡化字	大陸發音
雚見	观	guān／guàn

字源、字義

雚（ㄍㄨㄢˋ／guàn）聲，聲兼義。雚的甲骨文  是雚鳥的象形。雚鳥是類似貓頭鷹的鳥，可以看見凸顯了大眼睛。雚鳥睜大眼睛看，表示觀察。是形聲兼會意字。

例詞

ㄍㄨㄢ（guān）：參觀、觀察、觀點、觀念、觀眾、樂觀、觀光。

ㄍㄨㄢˋ（guàn）：道觀。

小提醒

1. 「觀」為多音字，讀ㄍㄨㄢ（guān）時表「細看」的意思；讀ㄍㄨㄢˋ（guàn）時表示道教的廟宇，或六十四卦之一，坤（☷）下巽（☴）上。
2. 注意左部件「雚」字上方寫作「艹」，非「艹」也不是「卄」，從甲骨文字形可知這是貓頭鷹的象形，上方為其角羽。
3. 「觀」引申有動詞的欣賞義，也有指景象、情景和看法的名詞義。

結構組合	簡化字	大陸發音
亲見	亲	qīn

字源、字義

金文的「親」字：為左「辛」右「見」，意為探視犯罪受刑的人。字義從見而來，表示看、探視的意思；以「辛」、「辛」、「亲」為意義來源的字常有罪過、罪犯之義，在此也表示音讀，原義為探視犯罪受刑的人，引申為接近、密切之意。是形聲兼會意字。

例詞

父親、母親、親、親切、親手、親眼、親口、親自、親戚、親人、探親、相親。

小提醒

注意形似字「親」與「新」。

字源、字義

字義從「見」而來，表示用眼睛觀察；「示」表示音讀，又有「顯示」之義。

例詞

電視、視力、重視、忽視、監視、近視、歧視、輕視、視野、漠視、視為、巡視、注視。

結構組合	簡化字	大陸發音
礻見	视	shì

小提醒

「視」字義從「見」而來，因此在臺灣字典裡歸在「見」部。

字源、字義

從夫、從見。本義為法度、準則。一說本義是畫圓的工具。從「夫」，指成年人；從「見」，表示有見識，或者可見的規矩、規範。有見識的成年人言行必定中規中矩。

例詞

規矩、規模、規定、規畫、規律、規則、正規、犯規、規範、規格。

結構組合	簡化字	大陸發音
夫見	规	guī

小提醒

「無規矩不成方圓」，「規」表示畫圓的器具，「矩」是畫方形或直角的曲尺。可由此引申。

字源、字義

從「見」從「爪」，以手半遮眼睛而看，窺視之意，引申為尋找。一說為「用眼睛仔細看、動手仔細尋找的意思」。

例詞

尋覓、覓食。

結構組合	簡化字	大陸發音
爫（爪）見	觅	mì

4.部件：耳

結構組合	簡化字	大陸發音
耳悤	聪	cōng

字源、字義

從耳，表示是跟耳朵或聽相關。右邊部件「悤」（ㄘㄨㄥ/ cōng）聲兼義，取其疏通之意。表示耳朵中空疏通而聽覺靈敏。

例詞

聰明、耳聰目明。

小提醒

注意右上方部件是「囪（ㄘㄨㄥ/ cōng）」，不是「囟」（ㄒㄧㄣˋ/xìn）。

結構組合	簡化字	大陸發音
耳壬悳	听	tīng/tìng

字源、字義

《說文》：「聽，聆也。从耳、悳（ㄉㄜˊ/ dé），壬（ㄊㄧㄥˇ/tǐng）聲。」段玉裁注：「聽者，耳有所得也。」「悳」通「德」或「惪」（ㄉㄜˊ/ dé）。會意為由耳直達於心。壬為聲符。

例詞

ㄊㄧㄥ（tīng）：聽說、打聽、聽見、聽力、聽起來、聽眾、旁聽、收聽、聽寫。

ㄊㄧㄥˋ（tìng）：聽天由命、垂簾聽政。

小提醒

1. 「聽」為多音字，讀ㄊㄧㄥ（tīng）時表示用耳接收聲音；讀ㄊㄧㄥˋ（tìng）時表示任由，例如：聽天由命；表示治理，例如：垂簾聽政。

2. 「聽」字筆畫較多，學生難免覺得較難記憶，但此字多出現在初級，還是建議整字教學，勿拆部件。最多是提示字的左上方有個「耳」字。讓學生多點機會習寫，一樣可以牢記此字。

聲 ㄕㄥ

結構組合	簡化字	大陸發音
殸耳	－	shēng

字源、字義

從耳殸聲。「殸」（ㄑㄧㄥˋ/qìng）甲骨文 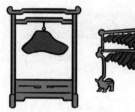，通「磬」，是一種古代的石製樂器。以手持槌擊「殸」，使其發出聲音，耳朵能聽見。

例詞

聲音、大聲、聲調、相聲、心聲、掌聲、吭聲、聲稱、聲明、聲勢。

小提醒

可介紹中國傳統的樂器，如編磬、編鐘等，除可說明字源，也可透過聲音感知漢字。

聯 ㄌㄧㄢˊ

結構組合	簡化字	大陸發音
耳絲（絲）	联	lián

字源、字義

耳部，連「幺」（或連「絲」）表示絲線相連。加上耳部表示「以繩貫穿器物之耳」。

《說文》：「聯，連也。從耳從絲。從耳，耳連於頰也；從絲，絲連不絕也。」林義光《文源》：「按：從耳，其連於頰之意不顯。凡器物如鼎爵盤壺之屬多有耳，欲聯綴之，則以繩貫其耳，（故）從絲、從耳」。

例詞

聯絡、聯合、聯合國、聯盟、聯繫、聯想。

結構組合	簡化字	大陸發音
門耳	闻	wén

字源、字義

從耳、門聲，原來是聽聞、耳聞之意，後來才被「嗅」這個意義借走。但是在由「聞」所結合的固定語詞中，表「耳聞」之義者仍多。

例詞

新聞、聞名、耳聞。

小提醒

1. 總有學生對「聞」（to smell）字為什麼有個「耳」不能理解，可用「新聞」這個詞為例，表示此字仍然保有「耳聞」之意，這樣學生就很容易理解了。
2. 聲符為「門」，可用閩南語唸唸「門」、新「聞」就可知道都是雙唇音。

結構組合	簡化字	大陸發音
耳口壬	－	shèng

字源、字義

《說文》：「聖，通也。从耳呈聲。」甲骨文是 從人從耳從口，人形突出耳朵，旁邊有口，口發出聲音傳入耳朵。本義為聽聞，由聽聞廣博會通達之意，進而引伸為聖賢、聖德。下方部件「壬（ㄊㄧㄥˇ/tǐng）」從人從土，甲骨文是 象人立於土上，當為「挺」之古文。一說象挺立有所企求之形；一說人直立地上形容端正，故訓善也。

例詞

聖賢、神聖、聖誕節、聖人。

小提醒〈壬 v.s. 壬〉

注意「聖」字下方部件為「壬（ㄊㄧㄥˇ/tǐng）」非「壬（ㄖㄣˊ/rén）」。兩個部件的詳細差異，請參閱第十二單元〈宜室宜家〉例字表格中的「庭」字小提醒。

5. 部件：自

字源、字義

從自、從心，自是鼻子，原義是從鼻子呼出氣息。《說文》段玉裁注：「人之氣急曰喘，舒曰息，引伸為休息之俑，又引伸為生長之俑。引伸之義行而鼻息之義廢矣。」又曰：「心气必从鼻出，故从心自。」

結構組合	簡化字	大陸發音
自心	-	xī

例詞

休息、消息、利息、氣息、出息、信息。

小提醒

兩岸「息」字發音不同。

字源、字義

字義從自而來，就是鼻子。《說文》：「鼻，所以引气自畁也。从自、畁（ㄅㄧˋ／bì）。」

例詞

鼻子、鼻孔、鼻涕、流鼻水。

結構組合	簡化字	大陸發音
自畀	-	bí

小提醒

1. 「鼻」字下方部件為「丌」，小心勿寫成「廾」。
2. 有趣漢字：擤鼻涕的「擤」是鼻加上提手旁，意象很鮮明。

結構組合	簡化字	大陸發音
自犬	－	chòu/xiù

字源、字義

從犬,表示跟狗或動物有關;從自,指鼻子。因為狗鼻嗅覺靈敏,所以也通「嗅」字,表示用鼻子辨別氣味,引申為氣味的總稱,再引申為難聞之氣與芳香之氣。最後「臭」字由穢惡難聞所專用。

例詞

ㄔㄡˋ(chòu):臭味、臭豆腐、口臭、銅臭。
ㄒㄧㄡˋ(xiù):無色無臭。

小提醒

1. 「臭」為多音字,讀ㄔㄡˋ(chòu)時,表示難聞的氣味,例:臭味、口臭;讀ㄒㄧㄡˋ(xiù)時,動詞通「嗅」,名詞則表示氣味,例:水是無色無臭的液體。
2. 「臭」原是動詞「嗅」(聞)的意思,現代因為最常用的意思為「臭味」,為了區別,所以加上口部來表示動詞的「嗅」。

解答

小試身手

先用簡筆畫一張人臉,想像一下古人是如何「畫」出這幾個漢字的:「眉、目、口、耳、自(鼻子)」。

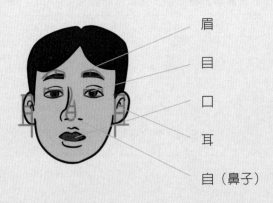

眉

目

口

耳

自(鼻子)

想一想1

「回」、「單」兩字都有「口」，都是「嘴巴」的意思嗎？很多漢字都有「口」這個部件，都能看成「嘴巴」嗎？

答：

1. 「回」：

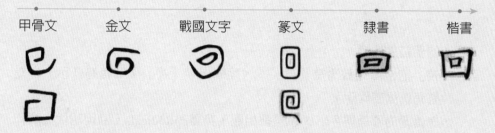

「回」的楷書看起來中間有個「口」，可是從演變圖可以看出，這並不是代表「嘴巴」的「口」字，而像是漩渦的中心。到篆文以前「回」字都還描繪了螺旋狀，後來才演變成為方形的「口」字。「回」有一個異體字「囘」，更保留了漩渦的樣子。

2. 「單」：

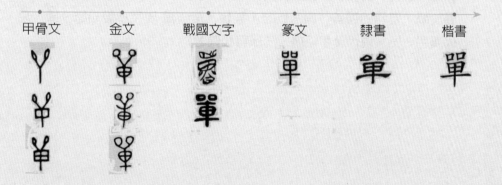

從演變上來看，「單」字的變化不大，但是古文字更像實物，樣子有點像現在的彈弓，應是狩獵或殺敵的武器，上方有兩個球狀物，可能是石頭、彈丸類可以發射出去攻擊之物。字體演變到後來，球狀物寫成了「口」形，很明顯的不是「嘴巴」義。

由上面兩個例子可以知道，有些原形是「圓形」的漢字部件，慢慢地演變成了方形，主要原因是過去使用毛筆，圓形不易速寫，寫成方形就好寫得多，形狀雖有差異也仍能識別，自然圓形的部件就慢慢消失了。也因為這樣，漢字有「口」部件的字非常多，不能都將其視為「嘴巴」，還是必須了解這些「口」的原形才好。

想一想2

「視」的部首是什麼？

答：「視」的部首在臺灣為「見」。大陸簡化字「视」，部首為「示」。為什麼有這個差異呢？

因為臺灣的部首與字形、字義都相關，英譯為Radicals。沿用明代梅膺祚《字彙》的214個部首，絕大多數代表字義的來源。「視」的字義來自於「見」，因此部首為「見」。

大陸的部首只與字形相關，在2009年公告的〈GB 13000.1 字元集漢字部首歸部規範〉中英譯為Indexing Components，將字歸進部首的原則近似於書寫的筆順，優先由左、上、外取部首，取不到部首再從其他位置取部首，因此「视」字從左取部就會取到「示」，歸為「示」部。

關於簡、繁體的部首、偏旁概念，詳參〈第一編 漢字本體知識·肆、現代漢字·三、現代漢字結構·㈢部首和偏旁〉。

第三單元
頭頭是道 —— 欠言頁髟

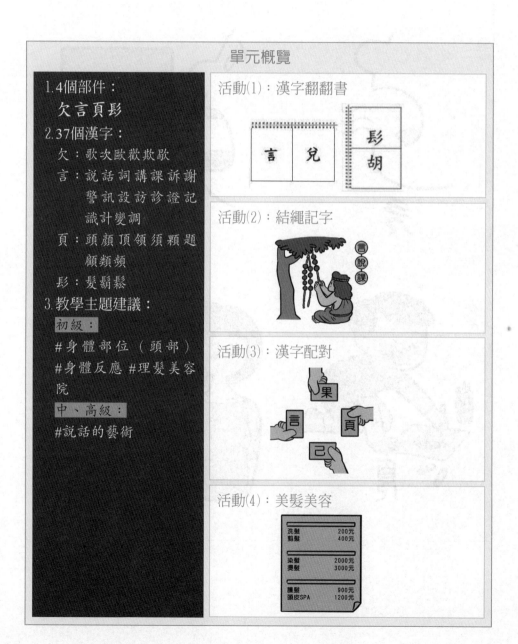

單元概覽

1. 4個部件：
   欠言頁髟
2. 37個漢字：
   欠：歌次歐歡欺歇
   言：說話詞講課訴謝
      警訊設訪診證記
      識計變調
   頁：頭顏頂領須顆題
      顧類頻
   髟：髮鬍鬆
3. 教學主題建議：
   初級：
   #身體部位（頭部）
   #身體反應 #理髮美容
   院
   中、高級：
   #說話的藝術

活動(1)：漢字翻翻書

言　兌　髟
　　　胡

活動(2)：結繩記字

言說課

活動(3)：漢字配對

果
言　頁
已

活動(4)：美髮美容

| 洗髮 | 200元 |
| 剪髮 | 400元 |

| 染髮 | 2000元 |
| 燙髮 | 3000元 |

| 護髮 | 900元 |
| 頭皮SPA | 1200元 |

小試身手

這四張圖和篆文，分別是「欠、言、頁、彡」四個部首，你知道正確的配對嗎？它們又分別代表什麼意義呢？

解答請見296頁

教師應該知道的漢字知識

　　有關身體部位的部首，常很直觀地描寫身體特徵，比如說：張開大嘴的「口」、邁步向前的「足」、炯炯有神的「目」、外觀清楚的「耳」、敏捷靈活的「手」等，都可以展現出漢字豐富的造字過程。

　　當我們想睡覺的時候總是會打哈欠，為什麼說「打哈欠」呢？「言中有口」，「言」主要表現什麼意思？「頭」的部首為什麼是「頁」？「髮」和「鬍」的「彡」又指的是什麼？

　　帶著好奇，一探究竟，原來當人跪坐時凸出了頭部「頁」，跪坐的人張口呼氣成了「欠」，說出的話成了「言」，而飄飄的長髮成了「彡」，讓我們從頭說起，體會古人藉由具象的身體部位，進一步闡釋抽象意義的造字智慧，一開口就能頭頭是道說漢字。

1.欠

| 甲骨文 | 金文 | 篆文 | 隸書 | 楷書 |

　　「欠」的甲骨文　　像一個人跪坐、張大口的樣子；到了篆文　，「口」改為「彡」，表示張口呼出氣體。後來經過隸變　，接近現代的「欠」字。「欠」字的本義是張口舒氣的樣子，引申指缺少、不足，如「欠缺」；或是借人財物未歸還，如「欠錢」。與「欠」字相關的字，都與「張口舒氣」有關，例如：「吹」。

常見例字：

部件意義	與張口舒氣有關		其他	
例　字	歌	歐	歡	欺歇
級　數	初級	中高級	初級	中高級

教學錦囊1　「嘆」和「歎」從「口」還是從「欠」有什麼不同？

　　「欠」和「吹」、「嘆」和「歎」這兩組字，「欠」的本義是指人張口舒氣的自然本能，如「打哈欠」；「吹」從口從欠，強調口吹氣，是有意為之的動作。

　　「嘆」和「歎」兩字在表示嘆息時可通用，從欠的「歎」，表示心中喜悅進而吟詠讚美的意思，如「詠歎」、「吟歎」；從口的「嘆」，則抒發心中的憂悶、感傷，如「感嘆」、「哀嘆」。

2.言

| 甲骨文 | 金文 | 戰國文字 | 篆文 | 隸書 | 楷書 |

　　常見的部首字「言」，古文字的字形，像張口伸出舌頭 （舌）的樣子，在舌頭上加上一橫，指從人口中說出的話。「言」的例字，大多都跟利用言語表達意念有關。言部字，繁簡字體不同，如「詞／词」，保留言部但有所簡化；有的字如「讚／赞」、「誌／志」，則刪除了「言」，易與其他漢字混淆，需特別注意。

常見例字：

部件意義	與言語有關		其他	
例　字	說話詞講課訴謝警	訊設訪診證	記識計變	調
級　數	初級	中高級	初級	中高級

想一想1

請看下圖甲骨文，你知道是哪些漢字嗎？他們的關係又是如何呢？

解答請見296頁

3.頁

甲骨文　金文　　　戰國文字　　　篆文　　　　　隸書　　　　楷書

　　「頭」為什麼是「頁」部呢？「頁」字的本義是「人頭」。從古文字可以看出，「頁」就像一個人跪坐時身體比較小，凸顯了頭部，「頁」和「欠」的甲骨文都是人跪坐的樣子，「頁」強調的是頭部，而「欠」則張著大口。

　　「頁」部字大都跟頭部、頭部動作有關，如「頓」，本義指以頭叩地，如「頓首」。「順」甲骨文 𦥑 描繪人看著川水，從「頁」從「川」，表示順應、依從。還有從「頁」從「予」的「預」，本義為安樂，現此義用「豫」表示，「預」現多指動腦設想思考，做好事前準備。「頁」這個字還有其他的變形，如去掉身體只留頭部的「首」 𦥮 、沒有髮型的「百」、加畫手足指人頭上有日的「夏」 𦥶 、指像新生兒頭骨未合之腦門「囟」 ⊕ ，如「腦」、「思」、「兒」，都很值得探究。

常見例字：

部件意義	與頭部相關		其他	
例　字	頭顏	頂領須顆題	顧	類頻
級　數	初級	中高級	初級	中高級

想一想2
「頁」跟「首」本義都是頭部的意思，兩字有什麼差別呢？

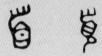

解答請見297頁

4.髟

| 篆文 | 隸書 | 楷書 |

在理髮院常見的剪「髮」、修「鬢」角、刮「鬍」等美容服務，都可以見到「髟」部件（音ㄅㄧㄠ/biāo）本義是長髮飄逸飛捲的樣子。「髟」字左邊 跟「長」的篆文 類似，「長」的甲古文 即凸顯了人的長髮，「彡」則形象化地表現髮的飄揚。與「髟」字相關的漢字，都與毛髮有關。

常見例字：

部件意義	與毛髮相關其他	
例字	髮	鬍 鬆
級數	初級	中高級

想一想3
為什麼規範漢語說「胸毛」不說「胸髮」，說「頭髮」不說「頭毛」呢？

解答請見297頁

教學主題建議

初級：身體部位（頭部）／身體反應／理髮美容院
中高級：說話的藝術

教學活動舉例

1. 漢字翻翻書　☑各程度 ☑認讀 ☑寫字 ☑字形 ☑字音 ☑字義
   (1)活動主軸：利用活頁筆記本製作部件翻頁，增
   加學生對漢字常見結構（左右、上下）的熟悉
   與認識。

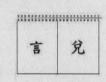

   (2)流程簡述：請學生準備一本雙環活頁筆記本，
   從頁面中間裁開，一半寫上部件，另一半則寫
   上搭配的構件，可上下左右調整。部首固定，
   學生翻出不同的部件組合，需說出漢字與詞語，
   比如「說、說話」。

   (3)延伸或變化：本活動也可以分組進行挑戰，由一個學生先唸出一
   個漢字、寫下漢字的一部分，再由另一位學生完成剩下的部分，
   然後說出詞組。
   不一定使用筆記本，也可利用字卡或多張紙釘牢後製作，學生在
   課堂上練習一個部件後，課後可當成作業自行製作不同部件字。

2. 結繩記字　☑各程度 ☑認讀 ☑寫字 ☑字形 ☑字義 ☑字音 ☑文化
   (1)活動主軸：結繩是古人記事的方式，
   透過漢字串的概念，讓學生建立部件
   和相關漢字的意義連結，幫助記憶漢
   字，也體驗古人結繩記事的文化。

   (2)流程簡述：教師準備多張圓形紙片和
   麻繩，紙片背後可以黏上厚雙面膠。
   或將紙片穿孔，讓學生綁在麻繩上。
   學生分組後，依照教師給的第一個部

件字，如「言」，在其他紙片上寫上有該部件的漢字，如「說」、「課」等，依序貼在麻繩上並說出讀音，完成漢字串。在一定的時間內，完成最多漢字串，或是一個部件寫最多漢字的組別獲勝。

(3)延伸或變化：教師可以把漢字串當作教室布置，活動也可以基於已經完成的漢字串，變化為教師說漢字串上的漢字讓學生認讀或造詞，還可設計成書面學習單，讓學生把學習過的部件，做似漢字串的練習。

3. 漢字配對　☑各程度 ☑認讀 ☑字形 ☑字音 ☑字義

(1)活動主軸：教師利用部件和聲符字卡，讓學生學習形聲字的組合，並提醒學生漢字的語音變化，所以不能有邊讀邊，需了解漢字的構成。

(2)流程簡述：教師準備漢字大紙片，將部件和聲符依漢字結構組合分開。分組進行遊戲，全部先蓋牌，不能事先看到，學生需先翻一張部件牌，再翻一張聲符牌，如果部件和聲符可以組合成一個漢字，須正確說出漢字讀音和造詞，才能獲得一分。待桌上的牌都配對完成，獲得最高分的學生獲勝（學生也可在混有部件和聲符的紙片中，每個人隨機拿一張，看能否兩兩配對出正確的漢字。）

(3)延伸或變化：學生可以依據所贏得的漢字，造詞造句或是編寫漢字小故事。也可以進行不蓋牌的搶牌比賽，先拿到部件和聲符的組合牌，說出正確的發音和字義就可以得分。

4. 美髮美容　☑初級 ☑口說 ☑文化 ☑語法

(1)活動主軸：為提高學生對生活中漢字的敏感度，並結合會話、句型、語法等綜合課所學，請學生注意坊間美容美髮的價目表上有哪些跟本單元有關的漢字，並設計美容美髮院的價目表，需包括「洗髮、剪髮、燙髮、染髮、護髮」等項目，也針對男性另加「刮鬍」服務，並介紹不同髮型，完成價目表後，可進行美容美髮院角色扮演對話。

(2)流程簡述：教師請學生分組開設美容美髮院，並討論價目表，教師可以事先給例子，和必須有的項目讓學生設計，完成後，請學生分別擔任美髮師和顧客，進行對話，美髮師要能介紹說明，顧客要能表達需求。

(3)延伸或變化：臺灣的美髮美容是很多外國人來臺時感興趣的生活體驗，不但坐著洗頭還有頭頸按摩，相當新鮮有趣。可以請學生拍攝影片記錄去美容美髮院的體驗，也可以分組上臺表演在美髮院可能碰到的狀況劇，或是分享在臺灣美容美髮院的經驗。

例字說明

1.部件：欠

結構組合	簡化字	大陸發音
哥欠	－	gē

字源、字義

「歌」以張口舒氣的「欠」作為形符，表示與口有關，「哥」為聲符。「歌」可當動詞，也可當名詞。例如「引吭高歌」。動詞還有頌揚之意，如「歌功頌德」。「歌」字的金文寫作「訶」，可見「言」與「欠」皆與口相關。

例詞

歌曲、歌詞、歌星、歌劇、歌唱、歌手、歌迷、歌聲。

小提醒

教師可以透過流行或經典華語歌曲讓學生感受華語的韻律和聲調，激發學生語言學習的動機，如現代版的「水調歌頭」，既是古詞又搭配現代音樂旋律，體驗古典文學魅力，高級班學生還可以透過詩歌體裁如〈長恨歌〉的賞析，了解中國文學中能歌唱的韻文。

結構組合	簡化字	大陸發音
二欠	－	cì

字源、字義

「次」的金文，「欠」像人張口說話的樣子，兩點可能是噴出的口水。「次」是「咨」的初文，表示商議、諮詢，謀求對策。另一說，則認為「二」為數字，表達等第、順序，如「名次」；也可當量詞，如「初次見面」；「二」因非首位，進而有品質較差的意思，如「次等」。

例詞

其次、次數、場次、次要、人次。

小提醒

「次」的左邊寫法應該寫作「二」的兩短橫，不是「冫」。「冫」是水凝結冰凍的樣子，「冰」的異體字。

ㄡ

字源、字義

「歐」，從「欠」，張口貌，「區」聲。原音ㄡˇ（ǒu），本義指「嘔吐」，同「嘔」字。「歐」當動詞時，音ㄡ（ōu），另與捶打的「毆」與歌唱的「謳」相通，也可用於姓氏。

結構組合	簡化字	大陸發音
區欠	欧	ōu

例詞
歐洲、歐美。

小提醒

1. 「歐」、「毆」、「鷗」、「謳」皆同音ㄡ（ōu），字形上的區別需提醒學生注意。
2. 透過地球儀或是地圖介紹各大洲，歐洲、亞洲、美洲、大洋洲、非洲等。讓學生自我介紹來自哪個國家區域。

ㄏㄨㄢ

字源、字義

「歡」，從「欠」，張口的樣子，「雚」聲。本義為快樂、喜悅的意思。

例詞
喜歡、歡迎、歡呼、歡樂、歡喜、歡送。

結構組合	簡化字	大陸發音
雚欠	欢	huān

小提醒

1. 請注意「歡」字左上部件「卝」的寫法，「雚」原為一隻貓頭鷹的 象形，所以不能將「卝」寫成「艹」。另可參見第二單元「觀」字，甲骨文像瞪著大眼的鳥，從「見」從「雚」，本義指觀察、觀看。
2. 「欣」，從「欠」、「斤」聲，本義也指喜悅、喜樂，如「欣喜」、「欣慰」。比較「欣賞」和「喜歡」，兩者皆指對人事物有好感，而「喜歡」還表示愛好、感興趣，如「他喜歡運動，特別喜歡游泳」，「欣賞」則有理解、愉快地享受的意思，如「音樂欣賞」、「一起欣賞欣賞」。近義詞比較可利用造句、編寫短文等實際應用的方式來區別詞義，避免艱難的分析論述。

字源、字義

「欺」，從「欠」，張口的樣子，「其」聲。本義是詐欺、欺騙。「欺」作為動詞，還有欺負、凌辱的意思，如「仗勢欺人」。

例詞

欺侮、欺瞞、欺壓。

結構組合	簡化字	大陸發音
其欠	－	qī

小提醒

1. 「欺」、「詐」、「騙」三字意義近似，《說文解字》：「欺，詐欺也。」，「詐」本義與「欺」相同，強調用言語作假、欺騙，可形容人狡猾虛偽，如「奸詐」。「騙」指用話術手段讓人上當吃虧。
2. 中、高級程度，可另說明「欺負」除了常用義，也可以作為委婉用法，例如指女性受辱被欺凌。

字源、字義

「歇」，從「欠」，「曷」聲，本義為休息、停止。「歇」另有住宿睡覺、短暫時間等義，但現多用於指商家歇業和休息義。

例詞

歇業、歇息、停歇、間歇、歇會兒。

結構組合	簡化字	大陸發音
曷欠	－	xiē

小提醒

1. 「歇」從欠，指張口呼氣。《說文解字》：「歇，息也。」「息」甲骨文 ᛤ 上面「自」是鼻子的本字，本義指從鼻孔呼吸的氣息。詳解可參見第二單元。
2. 「歇」字在日常生活中可見於店家張貼的通知公告，例如：停止營業的「歇業」。教師可以帶學生看中文招牌、告示等培養學生對漢字的識讀能力，比如：售、租、頂讓、歇業等。

2.部件：言

結構組合	簡化字	大陸發音
言兌	说	shuō/shuì

字源、字義

從「言」，「兌」聲。本義指告訴、解釋，如「說明」。引申有「介紹」、「責備」等義，如「說媒」、「說了他一頓」。也可以指一種言論、道理，如「學說」。

例詞

ㄕㄨㄛ（shuō）：小說、聽說、說法、比如說、傳說、據說、說謊、演說。

ㄕㄨㄟˋ（shuì）：說服、遊說。

小提醒

「說」是多音字，讀ㄕㄨㄟˋ（shuì）指用言語使他人接納並聽從意見，如「遊說、說服」，需要注意兩岸除了「說」字書寫不同外，「說服」（shuō）讀音亦有別。

古文中還可讀ㄩㄝˋ（yuè）指喜悅，通「悅」，如《論語・學而》：「學而時習之，不亦說乎！」

結構組合	簡化字	大陸發音
言舌	话	huà

字源、字義

「話」金文 𧥳 從「言」，「舌」聲，本義指言語。引申有談論之意，如「話家常」，也可指話題，如「話說回來」。

例詞

對話、話題、會話、實話、談話、笑話、廢話、神話。

小提醒

1. 「話」的寫法右邊寫作「舌」，上方是一撇不是「舌」的一橫，如同「刮」字，從「刀」，「舌」聲。

2. 另外言部的「語」從「言」，「吾」聲，指說的話，如「語言」，也可指表達思想、訊息的動作或信號，如「手語」。世界各地不同的語言如「英語」、「法語」等常用國家名加上「語」字，規模較小的方言，例如：「上海話」、「四川話」等常用地區加上「話」字。但方言中也有例外，如方言中使用範圍廣泛的「廣東話」也可以說「粵語」、「閩南話」也可說「閩南語」等。

結構組合	簡化字	大陸發音
言司	词	cí

字源、字義

「詞」甲骨文 ，從「言」，與言語文字有關，「司」聲兼有管理官吏之意，本義指官府文書的文字。「詞」代表語句中有完整概念、可以獨立運用的單位，也可以指有組織的語言文字，如「歌詞」，或文體，如「宋詞」。

例詞

詞彙、詞類、名詞、詞典、動詞、生詞、致詞。

小提醒

有關「詞」與「辭」的區別，「辭」金文 ，本義指整理絲線，引申治理、整理之意。在表示敘述、說明的語言文字時相通，文言、古雅多用「辭」，白話、淺近多用「詞」。「詞典」著重詞的意義、搭配和用法、「辭典」則側重修辭、措辭，進一步說明典故。請注意兩字絕不混用的情況，如表示「告別」之義，如告「辭」。

結構組合	簡化字	大陸發音
言冓	讲	jiǎng

字源、字義

「講」，從「言」表示用言語溝通，從「冓」，「冓」的本義是把木頭交互堆放在一起，有「交互」的意思。「講」的本義有相互溝通進而商議、和解的意思。

例詞

講話、講價、講究、演講、講理、講習、講義、講座。

小提醒

「講」、「說」、「談」同屬「言」部，皆有訴說的意思。「講」多指說明解釋道理，也有注重、顧及，如「講效率」；商議和解，如「講價、講條件」的意思。「講」和「說」有時通用，請注意不能通用的例子，如「說」表示責備，如「他被說了一頓」；介紹，如「說媒」。「談」則多指討論，如「會談」，也指說的話，如「美談」、「無稽之談」。從對象、內容上比較分析，一人能「講」、能「說」，兩人以上才能「談」。

結構組合	簡化字	大陸發音
言果	课	kè

字源、字義

「課」，從「言」，與言語有關，「果」聲。《說文解字・言部》：「課，試也。」，本義有測驗、考核成果的意思。引申學業，如「功課」；進度計畫的學習過程，如「上下課」，還可以指徵收，如「課稅」。

例詞

課本、課程、補課、開課、課外、代課、翹課、授課。

小提醒

「課」的本義是考試。同是言部字的「試」，從「言」，「式」聲。「式」有法規、標準之義。「試」本義指言語考核，為任用的標準。「試」除了可當名詞的「測驗」義外，也可當動詞的「嘗試」義。

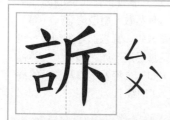

結構組合	簡化字	大陸發音
言斥	诉	sù

字源、字義

「訴」，從「言」，指使用言語，「斥」聲，「斥」有拒絕、責罵的意思。「訴」本義為告狀、控告，「起訴」與「上訴」都依本義構詞，但是「訴諸暴力」的「訴」為引申義，指藉用。現在常用的「訴說」是「訴」的陳述義。

例詞

告訴、訴苦、投訴、控訴、傾訴。

小提醒

在高階、流利級的華語教學中，「告訴」除了初級程度的動詞「告訴他」用法外，還有法律訴訟範疇的特殊涵義，如「提出告訴」、「告訴乃論」。

結構組合	簡化字	大陸發音
言射	谢	xiè

字源、字義

「謝」，從「言」，指言語表達，「射」聲，「謝」本義為辭去告別、凋零消逝。如「婉謝」、「凋謝」等，而現多引申用來表達感激，如「感謝」；認錯賠罪，如「謝罪」；更替，如「新陳代謝」。

例詞

謝謝、感謝、多謝、道謝、致謝、代謝。

小提醒

當對方向你說「謝謝」時，常聽見的回應有「不謝」、「不客氣」、「不會」、「沒事兒」等。其中「不會」在臺灣常聽到，主要受到方言影響。

結構組合	簡化字	大陸發音
敬言	－	jǐng

字源、字義

「警」，從「言」，指與語言有關的動作，「敬」聲，「敬」有恭敬、肅敬之意，「警」本義為告誡、戒備，如「警告」等動詞義，也形容觀察敏銳、反應迅速，如「機警」，還描述危險緊急情況，如「火警」，以及警察的簡稱，如「交警」、「刑警」。

例詞

警察、報警、警報、警覺、警惕、警衛。

小提醒

教師可以舉出在生活中可見具有警告意涵的三角形交通標誌，讓學生說出標誌所要表達的意思。

		ㄒㄩㄣˋ

字源、字義

「訊」的甲骨文 ，從「卂」從「口」，像人跪坐，雙手被反綁審訊、問口供的樣子，戰國文字 ⚈ 改為從「言」，本義為詢問、審問。「訊」從審問，如「偵訊」等動詞義，引申到消息、信息的名詞義，如「訊息」。

結構組合	簡化字	大陸發音
言卂	讯	xùn

例詞

通訊、資訊、簡訊、警訊、審訊。

小提醒

在臺灣用手機發「訊息」，大陸用「信息」，且音為ㄒㄧ（xī）。

	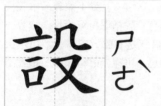	ㄕㄜˋ

字源、字義

「設」從「言」從「殳」，指用言語差使人去安置、擺設。「設」除了擺設、陳設的本義外，還有「預先規劃」、「籌畫想辦法」等引申義，如「設計」、「設法」。

結構組合	簡化字	大陸發音
言殳	设	shè

例詞

建設、設備、開設、設立、設置、設施、設想。

小提醒

「設」的本義是安置擺設，請學生設計自己的家，透過擺設家具練習句式，例如：請你將「家具、設備」放（擺）在「位置」，以活動體驗漢字的本義。

結構組合	簡化字	大陸發音
言方	访	fǎng

字源、字義

「訪」，從「言」，指與言語相關，「方」聲，「方」有方圓之方、四方之意。本義指廣泛地請教、徵詢。引申為調查，如「明查暗訪」；探望，如「拜訪」。

例詞

訪問、拜訪、採訪、訪客、探訪、參訪。

小提醒

「拜訪」和「參觀」的差異為：「拜訪」有一定的目的性，而「參觀」著重在實地觀察。可以「拜訪」人卻不能「參觀」人。

結構組合	簡化字	大陸發音
言㐱	诊	zhěn

字源、字義

「診」，從「言」，「㐱」聲不兼義，本義指察看、審視。另有一說指聲符可能是「沴ㄌㄧˋ（lì）」的假借或是省聲，由「沴」引申出惡氣、災病的意思，可視為聲符兼義，指言語問診找出病狀。

例詞

門診、急診、診斷、診所。

小提醒

查找「診」字搭配的字詞，可以發現多跟醫療、診視有關，可結合身體部位，介紹醫院不同的門診部門，也可介紹中醫「望、聞、問、切」的看診步驟。

字源、字義

「證」，從「言」，「登」聲，本義指告發、檢舉。「證」指憑據，如「停車證」，也指依據事實斷定，如「證明、證實」。

例詞

保證、准考證、證書、簽證、論證、證人。

結構組合	簡化字	大陸發音
言登	证	zhèng

小提醒

「證」與「証」兩字常混用，簡體字同為「证」。臺灣的字典將「証」視為「證」的異體字。「証」，從「言」，與言語有關，「正」聲，「正」有糾正之意，因此「証」有提出勸諫、諫正的意思。

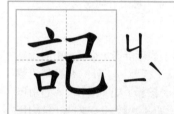

字源、字義

「記」，從「言」，與言語文字有關，「己」聲，「己」本指用來綑綁東西的彎曲繩子，古人用來記事。「記」本義為記載、登錄。「記」還引申指把事物印象留在腦海中，如「記住」，也指記載事物的文字書籍，如「日記」，或指符號標誌，如「戳記」。

結構組合	簡化字	大陸發音
言己	记	jì

例詞

記得、記者、記錄、記憶、忘記、筆記、登記、記性、記載、惦記。

小提醒

1. 「記」的相對是「忘」，「忘」金文 <img> 從「亡」從「心」，「忘記」可以解釋為「無心記住」，協助學生掌握詞義。

2. 另外，「記錄」、「紀錄」在辭典中時有通用的現象，但根據〈法律統一用字表〉[1]，可利用例句說明：他作為今天的「記錄」（做記錄的人），要將會議內容「記錄」（動詞）下來，做成會議「紀錄」（名詞：載於書冊上的資料）；方便掌握用法。「記」指記載，「紀」的金文 <img> 指彎曲的絲線，有條理、準則之意。「世紀」、「破紀錄」、「法紀」、「紀念」等詞都不可以與「記」通用。

---

[1] 行政院行政機關法制作業實務〈法律統一用字表〉，https://www.ey.gov.tw/Page/13757D5A74F701EA/
e2729694-1884-4577-96cf-9368abf1f3ac。

結構組合	簡化字	大陸發音
言戠	识	shí/zhì

字源、字義

「識」，從「言」，「戠」聲，「戠」指木椿。「識」本義指用語言、文字做標識，有標記、記憶之意。

例詞

ㄕ丶（shì）：認識、知識、常識、意識、辨識、見識、學識。

ㄓ丶（zhì）：標識。

小提醒

「識」為多音字，讀ㄕ丶（shì），此義大陸發音為二聲，見解、道理義，如「見識」、「知識」、「意識」等。「素不相識」中「識」當為動詞，表示知道、了解。

讀ㄓ丶（zhì），通「誌」，指「記住」，也通「幟」，有「記號」的意思。

結構組合	簡化字	大陸發音
言十	计	jì

字源、字義

「計」，從「言」表示計畫，從「十」表示計算，本義指打算、核計。「計」有謀劃、盤算，如「計畫」；核算，如「核計」；還引申為策略、方法，如「妙計」，或是計量的用具，如「溫度計、體重計」。

例詞

計程車、設計、估計、計算、計較、會計、統計、預計、總計、累計。

小提醒

教師可介紹三十六計的故事：

瞞天過海、圍魏救趙、借刀殺人、以逸待勞、趁火打劫、聲東擊西、無中生有、暗渡陳倉、隔岸觀火、笑裡藏刀、李代桃僵、順手牽羊、打草驚蛇、借屍還魂、調虎離山、欲擒故縱、拋磚引玉、擒賊擒王、釜底抽薪、混水摸魚、金蟬脫殼、關門捉賊、遠交近攻、假途伐虢、偷梁換柱、指桑罵槐、假痴不顛、上樓抽梯、虛張聲勢、反客為主、美人計、空城計、反間計、苦肉計、連環計、走為上策。

結構組合	簡化字	大陸發音
戀攴	变	biàn

字源、字義

「變」，從「攴」，「䜌」聲。「䜌」指頂部相連的兩條絲，「言」為聲符，本義指連繫、連結，《說文解字》指「䜌」為亂也、治也。「變」從「攴」或「又」，與手部動作有關，「䜌」作為聲符，本義為更改。

例詞

變成、變更、變化、改變、變動、轉變、變革、變遷、變通、變形、事變、演變、應變。

小提醒

「變」字，請注意繁、簡字體不同，結構組合與一般「言」部字不一樣。「變」可當動詞，指改動，如「千變萬化」，也能當名詞，指動亂災難，如「變故」。

結構組合	簡化字	大陸發音
言周	调	tiáo/diào

字源、字義

「調」，從「言」，「周」聲，「周」有完備、嚴謹之意。「調」字本義指調和、合適。

例詞

ㄊㄧㄠˊ（tiáo）：調整、調節、調皮、協調。

ㄉㄧㄠˋ（diào）：調查、強調、聲調、單調、語調、步調、調度、腔調。

小提醒

「調」為多音字，讀ㄊㄧㄠˊ（tiáo），表示使合適和諧，如「調解」；混和配合，如「調配」。

讀ㄉㄧㄠˋ（diào），指更動互換，如「調職、對調」；派遣安排，如「調度」；也指音樂韻律，如「音調」；語言的字音，如「語調、腔調」；言詞意見，如「論調」；人的風格思想，如「格調」等。

3.部件：頁

結構組合	簡化字	大陸發音
豆頁	头	tóu

字源、字義

「頭」，從「頁」，「豆」聲，本義是頭。有一說指「豆」形可以看成人頭到肩頸的樣子，音兼義。「頭」引申有名詞，首領，如「頭目」；頂端，如「山頭」；量詞，如「一頭牛」；也有形容詞，最前的，如「頭獎」；最先的，如「頭兩天」。

例詞

頭髮、石頭、點頭、頭腦、拳頭、出頭、關頭、口頭。

小提醒

「頭」音讀輕聲表示詞尾，可接名詞，如「舌頭、罐頭」，可接動詞，如「念頭」，也可以接形容詞，如「甜頭」，也可以接方位詞，如「外頭」。

結構組合	簡化字	大陸發音
彥頁	颜	yán

字源、字義

「顏」的本義指眉宇之間的額頭。從「頁」，與頭部有關，「彥」聲。「顏」引申為容貌，如「紅顏薄命」；臉色，如「和顏悅色」；面子，如「厚顏無恥」；色彩，如「五顏六色」，也作姓氏。

例詞

顏色、顏料、汗顏、容顏、顏面。

小提醒

初級班課程可以討論不同的顏色說法，中高級班學生可討論亞洲的面子文化，或是國劇臉譜中不同顏色代表的人物個性。

頂 ㄉㄧㄥˇ		
結構組合	簡化字	大陸發音
丁頁	顶	dǐng

字源、字義

金文 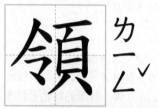 從「頁」表示頭部，從「鼎」是聲符，有一說認為「丁」，甲骨文作 ▢，像頭頂，是「頂」的初文。「頂」字本義指頭頂。

例詞

頭頂、山頂、屋頂。

小提醒

「頂」字由指頭頂進而指物體的最上面的部分，也可以做量詞，例如：一頂帽子。

領 ㄌㄧㄥˇ		
結構組合	簡化字	大陸發音
令頁	领	lǐng

字源、字義

「領」，從「頁」，「令」聲。本義指脖子，「領」從「頸部」義，引申指衣服圍繞脖子的部分，如「衣領」；也指大綱要點，如「要領」；還有動詞用法，統率，如「率領」；接收，如「失物招領」；了解，如「領悟」；引導，如「帶領」。形容詞義指管轄的，如「領土」。

例詞

領域、領導、本領、領帶、領土、領先、領袖、率領、綱領、領隊、領會、佔領。

小提醒

「領」與專指後頸的「項」不同，「項」的甲骨文 從「人」，強調了後頸的部位。頭與身體的連結稱為「頸」，俗稱「脖子」。瓶口和瓶身間稱為「瓶頸」，也引申為工作中遇到的困難阻礙。

 ㄒㄩ

字源、字義

由「頁」、「彡」構成的「須」字，甲骨文 ⚡ 像是臉上的鬍子，是「鬚」的本字。從「頁」，指與頭相關，從「彡」，像鬍子的樣子，本義指臉上的鬍子。「須」後來借給「必須」的「須」，所以另造「鬚」來表示本義。

結構組合	簡化字	大陸發音
彡頁	须	xū

例詞

必須、須知。

小提醒

請注意「須」跟「需」的不同，「需」本義為等待，引申為有所求的意思，如「需求」、「需要」，而必須的「須」則表示一定、必定，如「必須」。

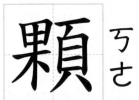 ㄎㄜ

字源、字義

從「頁」，「果」聲。本指小頭，形狀小而圓的物體。「顆」可以當量詞，比較同為計算粒狀物的量詞「粒」，「顆」計算的物體形狀多大於「粒」，如「一顆蘋果」、「一粒米」。

結構組合	簡化字	大陸發音
果頁	颗	kē

例詞

顆粒。

小提醒

「顆」的本義是小頭，「顧」字本義是「大頭」，但現在本義已消失，多用希望、期望的引申義，如「心願」、「如願以償」；樂意，如「願意」等意思。同是大頭義的「碩」字，從「頁」，「石」聲，雖然現在臺灣字典將之歸在「石」部，但在《說文解字》是屬於頁部，現在常用的「大」義，就是從頭大而來。

題 ㄊ一ˊ		
結構組合	簡化字	大陸發音
是頁	题	tí

字源、字義

「題」，從「頁」，指和人的頭部有關，本義是額頭的意思。「題」引申為標立的名目，如「標題」，也可以作動詞指簽署、寫上，例如：「題字」、「題詩」。

例詞

問題、話題、題材、題目、主題、難題、習題、議題。

小提醒

「題」字從「額頭」義來，可以設計漢字練習活動，讓學生出題，或是分組互考，考題可以貼在額頭上，讓學生互答互問，幫助記憶也增加趣味性。

顧 ㄍㄨˋ		
結構組合	簡化字	大陸發音
雇頁	顾	gù

字源、字義

「顧」本義是回頭看，金文從 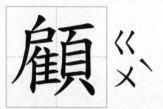「鳥」，「寡」聲，與「雇」音替換。從「頁」，表示與頭部動作有關，「雇」是一種鳥名，「顧」可能以「鳥回頭看」來表達詞義。「顧」從本義「回頭看」的「回顧」義，引申為拜訪，如「三顧茅廬」；關注，如「照顧」。

例詞

顧客、不顧、顧問、顧全、光顧。

小提醒

同樣有「看」的意思，「顯」字從「日」、從「絲」、從「頁」，金文 像人在陽光下張眼看絲，顯現絲絲分明的樣子，另外，「顯」有表露，如「顯現」；光耀，如「顯揚」等動詞義。也有明白、清楚，如「明顯」、「顯而易見」，以及有名望、地位的，如「顯要」等形容詞義。

結構組合	簡化字	大陸發音
米犬頁	类	lèi

字源、字義

「頪」是「類」的本字，根據《說文解字》，「頪」從「頁」從「粉」省，「頁」表示頭部，「米（粉省）」指塗粉，臉上塗粉化妝，所以有難以辨別的意思。另說「類」字從「犬」從「頪」，表示犬類種類相似、不易分辨，本義則表示種類和多種相似事物的綜合歸類。

例詞

詞類、人類、之類、種類、類似、類型。

小提醒

讓學生依據漢字不同的特性，如依部件、同音等歸類，建立學生自己的漢字庫。

結構組合	簡化字	大陸發音
步頁	频	pín

字源、字義

「頻」金文 寫作「瀕」，從「頁」從「涉」，表示人在水邊要涉水而過，但卻反覆思索，遲遲無法前進。「瀕」的本義是水邊。「頻」表示連續多次。

例詞

頻繁、頻率、頻道、頻傳。

小提醒

教師可以結合機率百分比介紹常用的頻率詞，如「總是」、「頻頻」、「常常」、「有時」、「從不」等。

4.部件：髟

ㄈㄚˇ

字源、字義
「髮」本義指頭上的毛髮，從「髟」，「犮」
（ㄅㄛˊ／bó）聲。

例詞
頭髮、髮型、剪髮、染髮、燙髮、髮飾。

結構組合	簡化字	大陸發音
髟犮	发	fǎ

小提醒
1.可結合理髮、剪髮沙龍中不同的髮型和剪、染、燙、護髮等各種服務延伸學習。
2.介紹中國傳統男女髮型樣式，討論其發展。

ㄏㄨˊ

字源、字義
「鬍」為後起字，《說文解字》：「胡，牛
頷垂也」，指牛下垂的下巴肉。「鬍」，從
「髟」，「胡」聲，指人長在下巴部位或嘴邊
的鬍毛。

例詞
鬍鬚、鬍子、刮鬍刀。

結構組合	簡化字	大陸發音
髟胡	胡	hú

小提醒
1.「鬍」與「鬚」比較。「鬚」同樣是後起字，從「髟」，「須」聲。須甲骨文 𩑋
是「鬚」的本字，本義是人臉頰上的鬍子，後來「須」借為表示必須的須，所以
另造「鬚」字。
2.「鬍」跟「鬚」的不同在於：「鬍」現只用於指人的鬍鬚，「鬚」還可指動物的
觸鬚、植物的細根、花蕊等，因此在字詞的結合上，我們說「刮鬍刀」，不說
「刮鬚刀」。

鬆　ㄙㄨㄥ

結構組合	簡化字	大陸發音
髟松	松	sōng

字源、字義

「鬆」是後起字，從「髟」，「松」聲，本義指頭髮凌亂的樣子。引申為不嚴格，如「鬆散」；不繁重，如「輕鬆」；精神懈怠，如「鬆懈」；東西軟而不緊密，如「鬆軟」；放開或解開，如「鬆綁」。

例詞

放鬆、蓬鬆、寬鬆、鬆脫、鬆動、鬆緊帶、鬆口。

小提醒

「髮」、「鬍」、「鬆」等字簡化之後，都不見「髟」，「鬍」、「鬆」以聲符「胡」、「松」替代，「髮」則用「发」。這些字簡化後容易與其他漢字混淆，如「发」的繁體字是「發展的發」、「胡」的繁體字是「胡椒的胡」、「松」的繁體字是「松樹的松」。

解答

小試身手

①欠②言③頁④髟

想一想1

請看下圖甲骨文，你知道是哪些漢字嗎？他們的關係又是如何呢？

答：透過古文字串起字形關連，分別是口、甘、舌、言，張嘴為「口」，口中含物為「甘」，口中伸出舌頭為「舌」，張口說話為「言」。

想一想2

「頁」跟「首」本義都是頭部的意思，兩字使用有何異同呢？

答：「首」像人頭的樣子，「首」代表著重要的人物或事物，也有第一的意思。其與本義同為人頭的「頁」字的區別在於是否畫出了人身，但現今我們多使用「頁」字來表達紙張或是量詞，本義消失。

想一想3

為什麼規範漢語說「胸毛」不說「胸髮」，說「頭髮」不說「頭毛」呢？

答：在閩南語方言中，說「頭毛」指頭髮，但在規範漢語中卻不能這麼說，是因為「髮」專指頭上的毛，如「頭髮」、「白髮」、「黑髮」等，兩者最大的區別為哪個位置的毛髮。「毛」的金文像毛髮分散的樣子，專指人或動物身上的毛，這類毛多細碎，因此「毛」亦引申為細微的意思，比如「毛毛雨」。

第四單元
手舞足蹈──手又寸爪攴廾臼止足走舛立

<table>
<tr><td colspan="2" align="center">單元概覽</td></tr>
<tr><td>

1. 12個部件：
   手（扌）、又（ナ、
   ヨ）、寸、爪
   （爫）、攴（攵）、廾
   （六）、臼、止
   （龰）、足（𧾷）、
   走、舛、立。

2. 53個漢字：
   手（扌）：拿打找指捷
   又（ナ、ヨ）：取及
   皮友有左右書掃
   寸：付射對專寺
   爪（爫）：爬爲亂采受爭
   攴（攵）：放教收散
   廾（六）：共弄算具
   臼：學興舉
   止（龰）：正歲是步企
   足（𧾷）：跟踢趾路
   走：起趕陡
   舛：舞鄰傑
   立：站並

3. 教學主題建議：
   初級：
   #動作 #身體部位 #運動
   #行走 #把字句 #布置
   陳設
   中、高級：
   #交通 #運動賽事 #足
   球歷史

</td><td>

(1)布置房屋──把字句

(2)漢字歸類

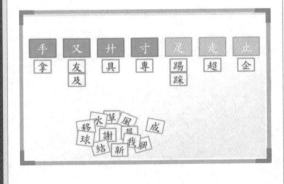

</td></tr>
</table>

小試身手

　　人類的手非常靈巧，能精準抓握及操作工具，而骨盆與腳的構造使人類能直立行走。

　　手舞足蹈是人類很自然的肢體活動，嬰兒也用手腳表達他們的情緒。自古至今，祭祀問卜乃至民俗慶典，都要歌舞娛神。所以我們手、腳的活動自然在古文字中留下很多痕跡。

　　試試看：以下是什麼字的甲骨文？這裡面有幾隻手？幾隻腳？

![]	1.	![]	4.
![]	2.	![]	5.
![]	3.	![]	6.

解答請見336頁

教師應該知道的漢字知識

　　仔細觀察常用漢字的結構組成，會發現含有非常多與「手」、「腳」相關的部件，找出漢字裡的「手」和「腳」就像尋寶一樣，常有意外驚喜。本單元將詳細介紹這些部件，其中常見的與手相關的有「手（扌）、又（ナ、彐）、寸、爪（爫）、廾（𠃊）、臼、攴（攵）」，與腳相關的有「止（𤴓）、足（𧾷）、走、舛、立」。

1.手（扌）

| 金文 | 篆文 | 隸書 | 楷書 |

　　「手」的古文字形是一隻伸出來的手，畫出了五隻手指，演變到楷書仍能看出「手」的實象。漢字中出現「手」這個部件，大概都表示「手的部位」或是「手的動作」。教育部《常用國字標準字表》4808個字中，手部字就有220個。

　　「手」部的形聲字非常多，胡雲鳳（2015）統計《常用國字標準字表》4804字中的形聲字，其中「手（扌）」作為形符的形聲字數量排名第二，一共構成了212個字，像是：「拍、抱、扶、摸、把、拌、指、接、掛、搖」等。「手」作為部首時，寫在左邊為「扌」；寫在下面為「手」，例如：「拿、掌、摩、摹、拳、摯」等；另有少數變形，如「看」的上方部件、「拜」的左邊部件也都表示「手」。

　　值得華語教師注意的是：「報、執、熱、勢」原無「扌」部件，簡化後變成「报、执、热、势」都帶有「扌」部件。「报、执」的「扌」是由「幸（古代刑具）」而來；「热、势」的則是因為簡化字將「埶（人種植植物）」簡化為「执」，所以一系列「摯、贄、鷙」就簡化為「挚、贽、鸷」了。

常見例字：

部件意義	手部動作	
例　字	拿打找	指捷
級　數	初級	中高級

想一想1

Origami（日語：折り紙），國字應寫為「折」紙，還是「摺」紙？

解答請見337頁

2.又（ナ、ヨ）

甲骨文	金文	戰國文字	篆文	隸書	楷書

　　「ヨ」與「又」是同源的部件，「又」的字形演變從甲骨文到篆文，都像五個手指省作三個手指，連著手臂，是一隻右手的形象。「ナ」則是一隻左手，甲骨文的「左」字就寫成，跟「又」的甲骨文正好成為一對。

　　繁體字中出現「又」這個部件時，幾乎都是「手」的意思，例如：友、支、皮、取，但是簡化字將許多複雜部件簡化成「又」，例如：「仅（僅）、汉（漢）、欢（歡）、对（對）、戏（戲）、邓（鄧）、圣

（聖）、聶（聶）、轟（轟）、鸡（雞）」，使得「又」成為一種符號，各自代表不同部件，不再只代表「手」，失去可以立即辨識、了解字義的優勢。

　　「彐」組成了一些常用部件，像是「尹、聿、肅、帚」等，都有手持物品的含意；如果反過來變成「⺕」，原意是虎爪，「虐」就像是以虎爪襲人，有殘暴、酷虐的意思。

常見例字：

部件意義	用手持物		其他
例　字	有左書	取及皮掃	友右
級　數	初級	中高級	初級

教學錦囊1　「承」是手部字，手在哪裡？

　　「承」字從甲骨文到篆文的字形都可看出是雙手奉承一人的樣子，引申有承接、繼承之義。篆書字形還可以看到雙手分別出現在字的兩側，但隸書以後形體變化很大，楷書承襲篆書字形，就看不出雙手的樣子了。

| 甲骨文 | 金文 | 戰國文字 | 篆文 | 隸書 | 楷書 |

---

3. 寸

| 戰國文字 | 篆文 | 隸書 | 楷書 |

　　從戰國文字及篆文來看，「寸」由「又」和「一」構成。「寸」的

意思是寸口，就是距離手腕一寸長的部位，「又」代表「右手」，「一」是一個符號，用來標示寸口的部位，所以「寸」是指事字。當漢字中有「寸」這個部件，也代表與手相關，引申有「守分寸、法度」之意。

常見例字：

部件意義	手		其他	
例　字	付	射	對	專寺
級　數	初級	中高級	初級	中高級

想一想2

「射」字與「矮」字是不是錯置了意義？

清人沈起鳳的志怪小說《諧鐸》中有個聰明的小孩子葉佩纕，他曾說：「『矮』字明係委矢，宜讀如射；『射』字明係寸身，宜讀如矮。」他說的對嗎？

解答請見337-338頁

想一想3

「時」、「寺」上方部件應為「士」還是「土」？

解答請見338頁

4. 爪（⺤）

甲骨文　　　　　　篆文　　　　　　隸書　　　　　　楷書

「爪」的字形像是朝下的手腕和五個手指省作三個手指，也是手的一種姿態，《說文》：「仰手曰掌，覆手曰爪」。古時「爪」字用於人，漢樂府詩〈上山採蘼蕪〉裡說「手爪不相如」，現代「爪」字則只用在鳥獸的腳。

　　「爪」作為偏旁時，大都出現在字的上部，寫作「爫」，；少數寫在字的左邊，如「爬」；而在「抓」字時，作為聲符。「爫」組成了一些常用部件，如「舀」、「孚」、「奚」、「爰」等，這些部件多作為聲符。常見例字：

部件意義	手的動作	
例　字	爬為（異體字：爲）	亂采（採）受爭
級　數	初級	中高級

教學錦囊2　「采」與「釆」

　　「采」（ㄘㄞˇ/cǎi）與「釆」（ㄅㄧㄢˋ/biàn）看起來很像，它們到底有什麼不同？

　　「采」是從手延伸出來的字，表示在樹上採集。而「釆」是從獸的指爪延伸出來的字，表示辨別動物指爪。兩者意義差別很大，看古文字形可清楚看到二者之甲骨文截然不同，因此不能混為一談。

　　采：🖐，《說文・木部》：「采：捋取也。从木从爪。」例字：採、彩、菜、䄂等。請注意例字當中的「䄂」，大陸簡化為「䄂」，變為從「釆」。

　　釆：🖐，《說文・釆部》：「釆：辨別也。象獸指爪分別也。凡釆之屬皆从釆。讀若辨。」例字：番、奧、粵、悉、釋等。請注意例字當中的「奧、粵」，大陸簡化為「奥、粤」，變為從「米」。

　　然而，部首中有個「釆部」，「釆部」下有「采、䄂、釋」等字，仔細看每個字的規範寫法，有的寫作「采」，有的寫作「釆」，因此教學中反而不要提示部首可能好一些，僅需在教到這些字時提醒學生注意寫法。

5.攴（攵）

| 甲骨文 | 篆文 | 隸書 | 楷書 |

　　「攴（攵）」代表手持枝狀物的樣子，也有小擊的意思。

　　攴（攵）部的形聲字非常多，像是：「放、政、故、效、救、教、攻、敲」等。「攴（攵）」作為部首時，位置在字的右邊，大多寫成「攵」，有時寫成「攴」，如「敲」。

　　與「攴（攵）」很像的「支」代表手持枝狀物的樣子，或者是折取竹枝之意。《說文》解其形為「从手持半竹」。

| 戰國文字 | 篆文 | 隸書 | 楷書 |

　　甲骨文的「鼓」字為，左上像鼓飾，中像有紋路的鼓面，下像鼓架，右從攴（支），表手持枝狀物（鼓棒）或表小擊，合起來則為擊鼓之意。不過現在「支」這個部件在字形結構中大多扮演聲符的角色，例如：「枝」、「技」、「肢」、「翅」；雖有「支」部首，但字數很少。

常見例字：

部件意義	手持枝狀物、小擊	
例字	放教收	散
級數	初級	中高級

6. 廾（六）

| 甲骨文 | 金文 | 篆文 | 隸書 | 楷書 |

　　「廾」（ㄍㄨㄥˇ/ gǒng）的甲骨文字形是由ㄑ、ㄣ二字相對構形，「ㄑ」是左手，「ㄣ」是右手，楷書作「廾」，表示雙手的動作。在漢字中，「廾」也常以「丌（六）」形出現，如「共、兵、興、與、具、典」的下方；但「六」還有許多別的意思，例如在「箕、其」下方表示為小桌子，在「六、異、眞」下方又是別的含意，教學前最好仔細查閱字源。

常見例字：

部件意義	雙手一起的動作（手掌在上，手臂在下）
例　字	共弄算具
級　數	初級

7. 𦥑

　　「𦥑」（ㄐㄩˊ/ jú，注意不是「臼」字）也是雙手，其小篆為𦥑，《說文解字注》：「𦥑，又手也……又手、指相錯也。此云又手者、謂手指正相向也。」是兩隻手的形態，常出現在漢字上方的兩旁，例如：「學、覺、興、舉、盥」。「興、舉」也有人拆解成從舁（ㄩˊ/ yú），舁就是𦥑＋廾，也就是有四隻手抬舉或扛的樣子。

| 篆文 | 楷書 |

常見例字：

部件意義	雙手一起的動作（手掌在下，手臂在上）	
例　字	學	興舉
級　數	初級	中高級

8.止（止）

| 甲骨文 | 金文 | 戰國文字 | 篆文 | 隸書 | 楷書 |

　　甲骨文的「止」，像一個左腳掌的腳印，上面像五個腳趾但省為三個，最右邊突起較高的為大拇指，其餘部分像腳掌與腳跟，屬象形。「止」在漢字中也常做「止」，若是右腳形則常寫為「少」。這個部件還引申出「辵（辶）」與「夊」，主要跟行走相關（此二部件收錄於第十三單元_行遍天下）。

常見例字：

部件意義	與腳掌、腳步相關	
例　字	正歲是	步企
級　數	初級	中高級

教學錦囊3　「之」與「止」有關係

　　甲骨文的「之」很明顯是一隻腳掌在「一」的上方，表示從「一」標示的地方邁出去。所以「之」有「前往、靠近、去」的含意。

　　甲骨文就有當作指示代詞的用法，表示「此」：「之日」、「之夕」。金文用作代詞，可代人與事物。君夫簋：「子子孫其永用之」；又相當於現代漢語助詞「的」，中山王壺：「夫古之聖王」；又相當於「所」，蔡公子果戈：「蔡公子果之用。」（參《金文形義通解》）

　　《孟子‧離婁下》「吾將瞯良人之所之也。」中前一個「之」是助詞，後一個「之」是動詞。所之，所去的地方。

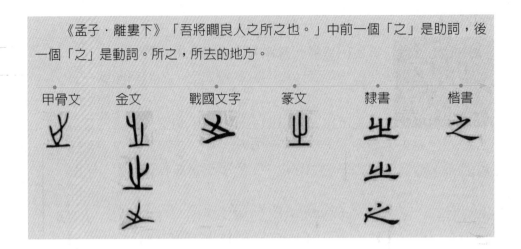

9.足（𧾷）

「足」字下方為「止」，像左腳掌之形，上方像腿肚，因此「足」字就代表了整隻腿到腳的部位。以「足」字為部件的字，多表示使用腳的動作或腳的部位。

　　足部的形聲字非常多，像是：「跟、踢、踏、跑、跳、蹲、趾、踩、趴、躁、路」等。「足」作為部首時，位置常在字的右邊，寫作「𧾷」；少數寫在字的下方，仍寫作「足」，如「踅、蹙、躉、蹇」等。

常見例字：

部件意義	腳的部位、動作		其他
例字	跟踢	趾	路
級　數	初級	中高級	初級

10.走

| 甲骨文 | 金文 | 戰國文字 | 篆文 | 隸書 | 楷書 |

　　甲骨文的「走」字，像人擺動雙臂跑步（或說「快步行走」）的樣子，金文加上了「止」作為形符，而上方的跑步的人形慢慢演變成了「土」的樣子，但是其實並沒有「土」的涵義。以「走」字為部件的字，多表示「疾走」的涵義。

　　走部的字幾乎都是形聲字，部首寫在左側，寫時需要拉長捺筆以包圍其他部件，像是：「趙、起、超、越、趕、趣、趟、赴、趁」等。但「陡」中的「走」是聲符；「徒」字實際不應拆解為「彳＋走」，而是拆解為「辵＋土」，「土」為聲符兼義符。

常見例字：

部件意義	疾走	其他
例　字	起趕	陡
級　數	初級	中高級

想一想4

「走」的閩南語怎麼說？「企鵝」的閩南語又怎麼說？ 如果會說別的南方方言，也可以試著說說看。

解答請見338-339頁

11.舛

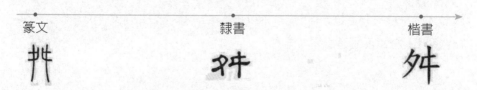

| 篆文 | 隸書 | 楷書 |

　　「舛」字形由正、反二止（腳掌）會意，以象兩腳相背向外之形，引申有「不順利、乖戾」的意思。《說文》舛：對臥也。從夂㐄相背。

　　「舛」組成了一些常用部件，如「桀」、「舜」等，這些部件多作為聲符。

常見例字：

部件意義	雙腳	其他	
例　字	舞	鄰	傑
級　數	初級	初級	中高級

12.立

| 甲骨文 | 金文 | 戰國文字 | 篆文 | 隸書 | 楷書 |

　　「立」字從甲骨文到篆文都像一個人站立在地面上的形象。這個偏旁位於字的左側多代表人站立的意思，在字的右側則大多作為聲符，例如「拉」、「泣」、「垃」，「粒」。

常見例字：

部件意義	站立之意	
例　字	站	並
級　數	初級	中高級

> **教學錦囊4　「並」跟「幷」本來不一樣**
> 　　「並」跟「幷」本來不一樣，但因為在大陸「並」字簡化為「并」，因此很多人以為這兩個字是一樣的。（但即使「發」跟「髮」都簡化為「发」，我們也應該都知道二者意思是不同的。）

　　從以下兩個字形演變過程，應可明顯看出不同。「並」只是兩人並立，「幷」則是多了一橫槓連接二人，表示要合此二人之力。現代較常用的「併」字，就是「幷」的累增字。

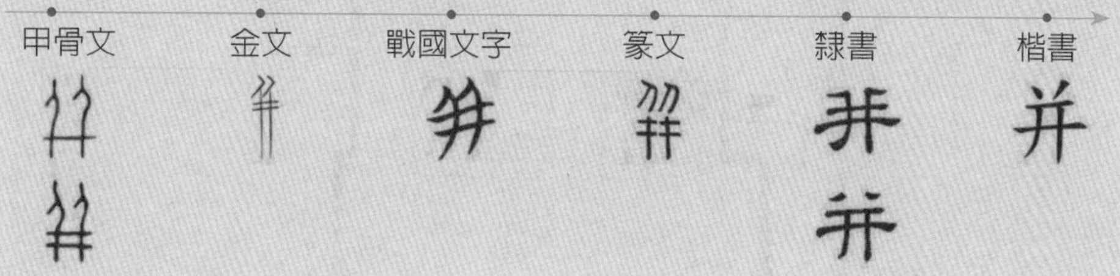

甲骨文	金文	戰國文字	篆文	隸書	楷書

甲骨文	金文	戰國文字	篆文	隸書	楷書

教學主題建議

初級：動作／身體部位／運動／把字句／布置陳設

中高級：交通／運動賽事

教學活動舉例

1. 布置房屋——把字句 ☑初級 ☑聽力 ☑認讀 ☑口說 ☑寫字 ☑語法

　⑴活動主軸：結合漢字認知的把字句教學

　⑵流程簡述：教師提供房屋平面圖及家具、家電等物品，搭配動作與家具、家電圖片，請學生設計／布置出房間的陳設，將過程說出來。教師先示範，再請學生分組操作。如果學生說出布置流程時，同時請同伴記錄下來，則增加了寫字的練習。

【可使用的手部動作：拿、搬、提、掛、抬、擺……】

(3)延伸或變化：布置房屋可以使用的動詞有很多，不一定都是手部字，例如：「放、移、靠……」，教師可視教學目標決定是否一起練習。

小提醒

提示「把字句」句型。

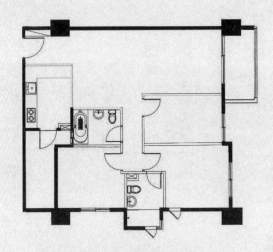

（陳玉明提供）

2. 漢字歸類 ☑中高級 ☑認讀 ☑寫字 ☑字形 ☑字義

(1)活動主軸：找到漢字部首並歸類

⑵流程簡述：運用本教材之「部件卡」，拿出手、腳的眾多部件
卡，用磁鐵貼在白板／黑板上；另將含有手、腳部件的漢字，寫
在小白板或卡紙上，平均發給學生，學生只要在該字找到含有
手、腳部件，則將字卡貼在白板／黑板上的相應部件字下，貼對
一個表示尋到一件寶物，教師檢驗時要求學生唸出漢字，甚至要
求說出字義。也可分組競賽，最後請各組學生唸出漢字，看誰搶
得的並念對的漢字寶物多則獲勝。

⑶延伸或變化：可製作多一點或讓學生自己寫下已經學過的更多漢
字，有的是不含手、腳部件的字，增加挑戰性。

小提醒
任一部首都可以做這個認字活動，重點在於教師事先挑選合適的、學生
學過需要複習的漢字來演練。

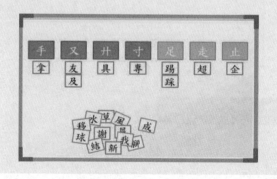

例字說明

1.部件：手（扌）

字源、字義

合手為拿，在六書中屬於異文會意。不過此字本字為「拏」，文字演變從金文  的手中有物——屬於合體象形，到篆文 改為從手、奴聲的形聲字，後來楷書使用俗體的「拿」又變為會意字。

例詞

拿手、捉拿。

結構組合	簡化字	大陸發音
合手	－	ná

小提醒

現代漢字「拿」為會意字，合手為拿，其實很容易理解。並不需要跟學生解釋此字由「拏」演變到「拿」的過程，免得反而讓學生混淆了。

字源、字義

形聲字，從手（扌），表示手部的動作。「丁」為聲符。

例詞

打電話、打球、打算、打開、打掃、打工、打架、打聽。

結構組合	簡化字	大陸發音
扌丁	－	dǎ

小提醒

「打」的用法、含意超過20種，非「擊打」的原始義的詞很多，建議教師以「詞」教學，不要拆開成「打+名詞」或「打+動詞」的方式來教，學生較不易誤解。

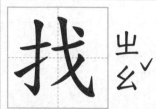

字源、字義

此字到楷書才出現，從手，戈聲，有一待考的說解為「用手拾起戈」，表示尋找。《集韻》：「音華，與划同，舟進竿謂之划。」《正韻》：「撥進船也。又俗音爪。補不足曰找。」

結構組合	簡化字	大陸發音
才戈	－	zhǎo

例詞

找錢、尋找、找麻煩。

小提醒

「找」跟「我」字形似，要提醒學生注意辨別。

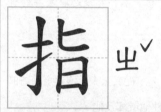

字源、字義

形聲字，從手（扌），表示手部的動作。「旨」為聲符。

結構組合	簡化字	大陸發音
扌旨	－	zhǐ

例詞

手指、戒指、指出、指導、指定、指責、指揮、指示。

字源、字義

形聲字，從手（扌），表示手部的動作。「疌」為聲兼義符，念作ㄐㄧㄝˊ / jié。《說文‧止部》：「疌，疾也。」

結構組合	簡化字	大陸發音
扌疌	－	jié

例詞

捷運、敏捷。

2.部件：又（ナ、ヨ）

結構組合	簡化字	大陸發音
耳又	－	qǔ

字源、字義

「取」的本義是割下左耳。古代戰爭中，士兵割取敵人左耳以記功。

例詞

錄取、取代、考取、取得、取笑、取消、吸取、爭取、採取、換取、取材、取締、取悅。

小提醒

戰爭殘忍無情古今皆然，現在「取」字只有「得到」之意，不再有殘忍取左耳的含意。

結構組合	簡化字	大陸發音
尸（人）又	－	jí

字源、字義

甲骨文為 𝄃，從人、從又，表示追趕上前方的人，伸出右手捉住他或觸及他。

例詞

來不及、來得及、等不及、及格、及時、普及、以及、波及、及早、涉及、提及。

小提醒

注意學生可能寫出形似字「乃」、「夂」。

結構組合	簡化字	大陸發音
广（革省形）又	－	pí

字源、字義

《說文‧皮部》：「剝取獸革者謂之皮。」甲骨文作 𝄃，金文作 𝄃。除了「又」以外的部件广是「革」字的省形，像獸皮在架上展開晾曬的樣子。

例詞

皮包、皮帶、皮膚、皮鞋、白皮書、調皮。

友	ー ㄡˇ	字源、字義 ナ、又都是手，甲骨文為 。「友」字表現了兩個人的手，相交友也。

例詞
朋友、小朋友、交友、友誼、校友、友好、筆友、室友、友愛、戰友。

結構組合	簡化字	大陸發音
ナ又	－	yǒu

小提醒
「又、ナ、ヨ」這幾個同源部件畫成甲骨文，型態一樣，所以很適合用古文字說解。

有	ー ㄡˇ	字源、字義 用手持肉，表示擁有。

例詞
有趣、有時候、有用、有空、所有、沒有、具有、擁有、有的、有名、有錢。

結構組合	簡化字	大陸發音
ナ月	－	yǒu

小提醒
「有」字本義雖然從「肉」而來，但是此字臺灣規範的標準寫法寫的是「ナ＋月」，非「ナ＋月」。

字源、字義

甲骨文的「左」真的是左手之義，寫作 ，像左手之形。金文作 ，從「工」，表示操作工具的意思，為形符，是以左手輔助之意。後起字「佐」就是幫助的意思。

結構組合	簡化字	大陸發音
ナエ	－	zuǒ

例詞

左邊、左右。

小提醒

由於「工」是古代木匠的曲尺，大部分人是右撇子，可以展示「左手拿尺，右手畫線」的情況，說明左手拿工具，便於學生記憶。

字源、字義

「右」從口、又（ナ）聲，手口相助之意，屬於形聲兼會意。

例詞

右邊、左右。

結構組合	簡化字	大陸發音
ナ口	－	yòu

小提醒

大部分人是右撇子，以右手取食物進食。

字源、字義

「書」的原意是書寫或記載，是形聲字。金文 上從聿，像以手執筆之形，是「筆」之本字；下為「者」（古時通「諸」）表音，後來將「者」省形為「曰」。

結構組合	簡化字	大陸發音
聿（聿） 曰（者省形）	书	shū

例詞

圖書館、讀書、教書、書法、書桌、書店、念書、書包、書架、證書、祕書、情書。

小提醒

簡化字寫成「书」，由行書字體而來，看不出手的樣子，但是筆的樣子仍很清晰。

結構組合	簡化字	大陸發音
扌帚	扫	sǎo/sào

字源、字義

「掃」是會意字，以手持帚，掃地的意思。右邊的「帚」字篆文為 ，從彐，持巾清掃冂內的意思。

例詞

ㄙㄠˇ（sǎo）：掃、打掃、清掃、掃地、掃除。
ㄙㄠˋ（sào）：掃帚。

小提醒

1. 可以提示具有「帚」部件的「婦」、「歸」，都與女性相關。《說文》：「歸，女嫁也。」
2. 「掃」為多音字，讀ㄙㄠˇ（sǎo）時表示清潔、消除，是動詞；讀ㄙㄠˋ（sào）時只表示掃地用具「掃帚」。

3.部件：寸

結構組合	簡化字	大陸發音
亻寸	－	fù

字源、字義

金文「付」為 ，像拿東西給人，交付的意思。

例詞

付、付出、對付、應付、付款、支付。

小提醒

「付」也是一個常用的聲符，組成一些常用字如：「附、府、腐、符」等。

結構組合	簡化字	大陸發音
身寸	－	shè

字源、字義

金文有一個字形是手拉著弓，正要射箭的樣子。篆文 從矢、從身，這個「身」可能為弓形的訛變。另外《說文》有一個或體 ，從身、從寸，隸書、楷書也都從「寸」。

例詞

發射、注射、反射、輻射、射擊、射手、影射。

小提醒

1. 「射」實為多音字，但因為其他讀音非常罕用，因此不特別註明。
2. 教「射」字可從射箭圖像或星座「射手座」帶入，學生便容易了解記憶。

結構組合	簡化字	大陸發音
丵（丵）寸	对	duì

字源、字義

「丵」，叢生之草，「寸」，手持義。甲骨文 與金文 都像面向植物，用手將樹栽種於土地的樣子，因此有朝向、面向的意思。篆文 出現「口」部件，因此也有「應答」之義。「寸」有「守法度」之義，因此「應答」能「守法度」，表示「正確」。

例詞

對不起、對面、對、對方、對話、對了、對象、絕對、相對、對策、對待、反對。

結構組合	簡化字	大陸發音
叀（叀）寸	专	zhuān

字源、字義

形聲字，從寸、叀（ㄓㄨㄢ/zhuān）聲。甲骨文 是手跟紡專（紡錘）的樣子。

例詞

專心、專業、專家、專利、專門、專人、專櫃、專員、專制。

寺 ㄙˋ	
結構組合 / 士 寸 ・ **簡化字** / 寺 ・ **大陸發音** / sì	**字源、字義** 形聲字，此字始見於小篆 寺，從寸、屮（ㄓ / zhī）聲，從「寸」，表示與法度有關。後來隸書、楷書「屮」變為「士」，仍為聲符。 **例詞** 寺廟、佛寺、清真寺

小提醒

臺灣繁體字「寺」上方為「士」，是聲符；但簡化字規範的「寺」字上方為「土」，教師要留意。

4.部件：爪（爫）

爬 ㄆㄚˊ

結構組合	簡化字	大陸發音
爪巴	－	pá

字源、字義

形聲字，從爪、巴聲。「爪」表示指爪，爬樹、爬山要依賴指爪緊抓。

有一說認為「巴」為一種大蛇，在此字可表示大蛇爬行之義，如這樣看待，「巴」就是聲兼義的部件。

例詞

爬、爬樹、爬山、爬行。

結構組合	簡化字	大陸發音
ㄨ（爪） 舄（象）	为	wèi/wéi

字源、字義

甲骨文 的形象非常鮮明，表示用手役使大象做事。篆書 與「為」的異體字「爲」更相似一些，上方為「爪」，下方「爲」為一頭象。《說文》以為像母猴形，應是誤解。

例詞

ㄨㄟˋ（wèi）：為什麼、因為、為了。
ㄨㄟˊ（wéi）：認為、為主、行為、以為、成為、為難、身為、視為。

小提醒

1.「為」是多音字，讀ㄨㄟˋ（wèi）時表示原因、目的、替、對；讀ㄨㄟˊ（wéi）時表示擔任、變成、是、被。
2.《國字標準字體研訂原則》認為無論「為」或「爲」形，都與原始字形相距甚大，因此選較為通俗簡易的「為」作為標準字體。[1]

結構組合	簡化字	大陸發音
矞乚	乱	luàn

字源、字義

金文 表示用手整理架子上混亂的絲線。

戰國文字有一個字形為 更可以看到整理出一條線出來；篆書 與現在的楷書「亂」字很相像，可以看到絲線上有「爪」，下有「又（右手）」，右邊呈現對比，從亂絲中抽出一條絲來。

例詞

亂、混亂、動亂、胡亂、紊亂、戰亂。

---

[1] 教育部（1997）《國字標準字體研訂原則》的研訂分則96，https://language.moe.gov.tw/001/upload/files/site_content/m0001/biau/f96.htm?open。

		字源、字義
		甲骨文「🐾」表示用手采摘樹上的果子。後在「采」旁增加「手」為形符，變成「採」，與「采」同義。

結構組合	簡化字	大陸發音	例詞
爫（爪）木	－	cǎi	采（採）集、精采。

小提醒

雖然現代漢語中都用「採」（簡化字為「采」）字表達「採摘」義，但一些文章中還會見到使用「采」的情形，教師可以適度提醒。而「采」字現在多用在表示「神色」，例：神采、丰采。

		字源、字義
		甲骨文 🤲 表示兩隻手傳遞一物（中間「舟」形，或說「凡」形）。「受」字本有傳授與接受之義，後來傳授一方另加手形成為「授」，而「受」就成為接受者的專用字。

結構組合	簡化字	大陸發音	例詞
爫（爪）冖又	－	shòu	受傷、接受、受不了、感受、難受、忍受、受到、享受、遭受、受訓。

結構組合	簡化字	大陸發音
爫（爪）尹	争	zhēng

字源、字義

甲骨文 ᵛ 從二手，中有 ∪ 形表示二手互相爭奪、牽引、拉扯的意味，似乎拉扯得東西都變形了。

例詞

戰爭、鬥爭、競爭、爭論、爭取、抗爭、爭辯、爭奪、爭氣、爭議。

小提醒

1. 注意繁簡字體非常相似但上方部件寫法不同。

2. 「爭」與「鬥」意義相近，字源也近，都有兩手拉扯狀。鬥的甲骨文為 ，像兩人用手互相拉扯對方頭髮，或以手打鬥。仇英的《清明上河圖》就有一幕兩人互扯頭髮，正好可以拿來解釋「鬥」字，參考：https://theme.npm.edu.tw/exh105/RiverQingming/common/images/selection/img2_11.jpg圖，大約在此局部圖之中間靠下方。

5. 部件：攴（攵）

結構組合	簡化字	大陸發音
方攵	–	fàng

字源、字義

《說文》：「放，逐也。」金文字形 從攴、方聲。從攴，本義是小擊，引申為教導、訓誡，現代用語的「外放」、「下放」應由此義來。聲符「方」，聲兼義，指放逐於遠方，現代用語的「放縱」、「豪放」有任由、不拘束之意，可能由此而來。

例詞

放、放假、放心、開放、放大、放棄、放手、放學、放蕩、放寬、放款、放任。

小提醒

「放」在臺灣為多音字，讀ㄈㄤˋ（fàng）時表示解脫、鬆開、安置、發出、在一定時間後停止等意。古文中有讀ㄈㄤˇ（fǎng）者，表示依據。《論語》：「放於利而行，多怨。」但大陸規範無ㄈㄤˇ（fǎng）音。

教　ㄐㄧ　ㄐㄧ
　　　ㄠˋ　ㄠ

結構組合	簡化字	大陸發音
耂（爻） 子攵	–	jiào／jiāo

字源、字義

甲骨文 從攵子、爻聲。從攵，本義為小擊，引申為教導、訓誡。從子，指受教者。爻聲，表示音讀，或以為「爻」為算數所使用的算籌，此處引申為知識的學習。至於算籌的樣子，可參考右圖[2]。

算籌（參看本頁注腳）

例詞

ㄐㄧㄠˋ（jiào）：教室、教堂、教師、教科書、宗教、道教、佛教、基督教、天主教、回教（伊斯蘭教）。

ㄐㄧㄠ（jiāo）：教書、教唱。

小提醒

「教」是多音字，讀ㄐㄧㄠˋ（jiào）時大都表示名詞：訓誨、規矩或宗教，也有動詞：使、讓之義。讀ㄐㄧㄠ（jiāo）時表示傳授，動詞義。

收　ㄕ
　　　ㄡ

結構組合	簡化字	大陸發音
ㄐ攵	–	shōu

字源、字義

《說文》收：「捕也。從攵ㄐ聲。」從攵，本義為小擊；聲符「ㄐ」，聲兼義，ㄐ字像草相纏繞糾結，表示將犯人拘捕。

例詞

收穫、收音機、吸收、回收、收據、收看、收入、收拾、沒收、收藏、收費、收集。

小提醒

「收」、「放」皆為攵部，意思相反。「收」為往內收攏，「放」為往外放遠，教師可於解說字源同時教成語「收放自如」。

2　此圖引自 https://zh.wikipedia.org/wiki/%E7%AE%97%E7%AD%B9，為國立自然科學博物館藏：漢朝骨製算籌複製品，File:Replica of Han Dynasty Counting rods in National Museum of Natural Science in Taiwan.JPG。

字源、字義

《廣韻・散》:「《說文》作『㪚』,分離也。」甲骨文「㪚」,從攴、從㐱,手持杖撲打麻的莖以分離纖維。

例詞

ㄙㄢˋ(sàn):散步、分散、擴散、懶散、散布、疏散。

ㄙㄢˇ(sǎn):散文、閒散、散沙、健胃散、運功散。

結構組合	簡化字	大陸發音
卅(㐱) 月攵	散	sàn/sǎn

小提醒

1. 「散」字為多音字,讀ㄙㄢˋ(sàn)時表示「由聚集狀態分離、分開、放出、撒出」或「排遣、抒發」;讀ㄙㄢˇ(sǎn)時表示「雜亂、零碎、鬆弛、安逸」及「藥粉」義。
2. 繁體字「散」字左下方部件為「月(肉)」,非「月」,簡化字則為「月」。

6. 部件:廿(六)

字源、字義

「共」字金文像兩手捧著容器,恭敬供奉的樣子。《說文》:「同也。从廿、廾。」

例詞

公共汽車、一共、公共、共同、總共、共產、共和國、共鳴。

結構組合	簡化字	大陸發音
廿六	–	gòng

小提醒

「共」字有一起、一同、總計(共計)、相同(共識)之意。

結構組合	簡化字	大陸發音
王廾	－	nòng

字源、字義

甲骨文「弄」字字形為 ，像兩手持玉賞玩。

例詞

弄、弄錯、玩弄、弄巧成拙。

小提醒

「弄」是個萬用動詞，有做、從事、處理的意思，學生較不易掌握其用法，需多練習。大陸較常使用「搞」來做為萬用動詞，無負面義，但在臺灣「搞」多表示負面義。「弄」另有探究、遊戲等意思。

結構組合	簡化字	大陸發音
竹具（目廾）	－	suàn

字源、字義

此字始見於戰國文字。戰國文字、篆文都從竹、具。《說文》：「算，長六寸，計歷數者。從竹。」從「竹」，表示竹做的算籌；從「具」，表示具備，「具」的下方是雙手。具備竹籌，用以計算。

算籌的樣子可以參考本單元「教」字附圖。計數方式則如下圖[3]：

古代算籌記數的排法
Ways in which counting rods were laid out

例詞

打算、就算、算了、總算、合算、計算、結算、算是、算帳、預算、算命、划算、算術。

小提醒

教師可準備一個算盤或者算盤的圖片在課堂上展示，學生更容易記住此字及相關語詞。

---

[3] 此圖於2021年12月25日攝於臺北市孔廟西廂「六藝之數」展覽。

具 ㄐㄩˋ 			字源、字義 甲骨文「具」的字形  是雙手捧鼎的樣子，鼎的樣子後來逐漸變成「目」形，再演變成現在楷書的樣子。
結構組合	**簡化字**	**大陸發音**	**例詞**
目廾	－	jù	家具、工具、具有、玩具、具備、具體、文具、用具、餐具、茶具、模具、農具。
小提醒 注意「具」與「眞、直、置」等字的短橫筆畫數。			

7. 部件：臼

學 ㄒㄩㄝˊ 			字源、字義 金文  表示孩子雙手持爻（算籌），於宀（施教之所）內學習。有一說「爻」是八卦的「爻辭」，意思是學習「爻辭」這類的知識；而宀像是書桌。
結構組合	**簡化字**	**大陸發音**	**例詞**
臼爻宀子	学	xué	學生、同學、學校、大學、中學、小學、學習、數學、上學、科學、學院、開學、留學。
小提醒 教師可介紹臺灣的教育制度，小學、中學、高中、專科學校、大學等相關制度。			

	結構組合	簡化字	大陸發音
興 (T一ㄥ / T一ㄥˋ)	舁同 / 臼同 ㄊ（廾）	兴	xīng/xìng

字源、字義

甲骨文 從舁、從凡。從舁（臼＋廾），指四手合力抬起，甲骨文的字形可清楚看見四隻手抬中間像「凡」字的東西；從凡，表示架子。眾人合力將架子抬起。篆文 從舁、從同，表示凝聚眾人力量，楷書承繼篆文字形。

例詞

T一ㄥ（xīng）：興奮、新興、興建、興隆。
T一ㄥˋ（xìng）：高興、興趣、興致。

小提醒

「興」字是多音字，讀T一ㄥ（xīng）時表示事情的發生或出現、發動、創立、建造、流行、昌盛的意思，為動詞義。讀T一ㄥˋ（xìng）時表示樂趣、情致、快樂、喜悅，為名詞義。

	結構組合	簡化字	大陸發音
舉 (ㄐㄩˇ)	舁与手 / 臼与廾手	举	jǔ

字源、字義

金文 ，篆書 從手、與聲。與，聲兼義，指兩雙手共舉。從手、與聲，表示用雙手將物品向上托起。

例詞

舉辦、舉手、舉行、選舉、舉例、舉止、舉重。

小提醒

舉的動詞義有推薦（選舉）、興起發動（舉行）、提出義（舉例）。也可以指行為動作的名詞義（一舉一動、壯舉）。

8. 部件：止（⺊）

結構組合	簡化字	大陸發音
一止	－	zhèng/ zhēng

字源、字義

甲骨文字形 或 ，下從止，表行走，上作填實圓點或「口」形，表城邑。「正」本義為征行，朝向城邑行走，是「征」的本字。後引申有正中、正確、公正等意思。

例詞

ㄓㄥˋ（zhèng）：正在、真正、正常、正確、正式、反正、糾正、修正、正方形、正好、端正。

ㄓㄥ（zhēng）：正月。

小提醒

1. 「正」為多音字，讀ㄓㄥˋ（zhèng）時表示合於規範、精純不雜、恰巧的意思；讀ㄓㄥ（zhēng）時只有「正月」，表示農曆一月。
2. 有的學生來臺一段時間後會發現臺灣人以「正」字的筆畫來數數，以為「正」字也有「五」的含意。課堂中可以對此展開討論。

結構組合	簡化字	大陸發音
步戌	岁	suì

字源、字義

《說文》：「歲，从步、戌聲。」甲骨文字形 像斧鉞形，為「歲」之本字，偶爾也作 ，從左右兩止之「步」，表示歲月推移之意。「歲」本指歲星（木星），歲星運行約十二歲（年）而繞天一周，所以古人於黃道附近設十二標點以觀察之。從子到亥共有十二辰，歲星移動一辰（一個星次）為一年，故由歲星再引申為年歲。

歲字從步，一來可突出歲星運行之義，二來亦可引申出年歲流轉之義。[4]

例詞

歲、歲數、歲月、壓歲錢、萬歲。

小提醒

日本漢字寫作「歲」，有些微差異，要特別提醒日本學生。

---

4 引自「漢語多功能字庫」，https://humanum.arts.cuhk.edu.hk/Lexis/lexi-mf/search.php?word=%E6%AD%B2。

字源、字義
《說文》：「是，直也。从日正。」段注：「从日正會意。天下之物莫正於日也。」

例詞
是、可是、還是、總是、或是、但是、要是、要不是、倒是、老是、於是、真是、只是。

結構組合	簡化字	大陸發音
日疋（正）	－	shì

小提醒
「是」字多與其他字結合成為虛詞，建議教師不需主動講解此字來源涵義，免得反而使學生混淆。可強調中文不在形容詞前加「是」字。

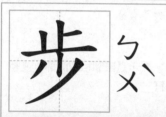

字源、字義
《說文》：「步，行也。从止，少相背。」少是反止，兩「止」組合，像前進時，左右兩腳前後相隨。

例詞
跑步、進步、散步、進一步、退步、初步、腳步、讓步、步調、步驟、地步、逐步。

結構組合	簡化字	大陸發音
止少	－	bù

小提醒
日本漢字寫作「步」，有些微差異，要特別提醒日本學生。「涉」字也由兩腳渡水得義，但日文不寫作「涉」，寫為「渉」。

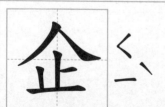

字源、字義
「企」字甲骨文 就是一人站立，強調腳掌形，有踮腳、引頸企盼之義。

例詞
企業、企圖。

結構組合	簡化字	大陸發音
人止	－	qǐ

小提醒
兩岸發音不同，教師宜注意。

9.部件：足（𧾷）

結構組合	簡化字	大陸發音
𧾷 艮	—	gēn

字源、字義

形聲字，從「足」表示是跟腳相關的部位或動作。「艮」（ㄍㄣˇ/g n）為聲符。

例詞

跟、跟進、跟前。

小提醒

學生最早學到「跟」是and的意思，較難與「足」聯想，但只要舉「高跟鞋」為例，學生能容易瞭解本義，並進而了解引申出遵循、跟隨、與等含意。

結構組合	簡化字	大陸發音
𧾷 易	—	tī

字源、字義

形聲字，從「足」表示是跟腳相關的部位或動作。「易」為聲符。

例詞

踢足球、踢開、踢踏舞。

小提醒

注意右邊部件為「易」，非「昜」，可教學生用聲符讀音判別寫法。

字源、字義

形聲字，從「足」表示是跟腳相關的部位或動作。「止」為聲符。

例詞

腳趾、趾高氣揚。

結構組合	簡化字	大陸發音
𧾷 止	–	zhǐ

小提醒

手「指」、腳「趾」的發音相同，但聲符不同，偶有學生部件搭配錯誤，教師宜留意，但不用主動提示學生，以免反而混淆。

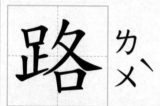

字源、字義

形聲字，從「足」表示是跟腳相關的部位或動作。「各」為聲符。

例詞

路、馬路、走路、十字路口、公路、迷路、鐵路、網路。

結構組合	簡化字	大陸發音
𧾷 各	–	lù

小提醒

「各」為聲符的字，有一部分發音近似ㄍㄜ/ge，例如：「格、胳、骼、閣、客、恪」，但有另一部分發音較近似ㄌㄨㄛ，例如：「路、洛、絡、落、駱、略」，「路」即是後者。

10.部件：走

 くー∨	字源、字義 形聲字，從「走」表示是跟行走相關。右邊部件為聲符。 例詞 對不起、起床、一起、起飛、起來、看不起、引起。

結構組合	簡化字	大陸發音
走巳	起	qǐ

小提醒
「起」字右邊部件在繁體為「巳」，但在簡化字為「己」。

 ㄍㄢ∨	字源、字義 形聲字，從「走」表示是跟行走相關。「旱」為聲符。 例詞 趕快、趕上、趕緊、趕忙。

結構組合	簡化字	大陸發音
走旱	赶	gǎn

 ㄉㄡ∨	字源、字義 從「阜」，「走」聲。本義是山的坡度峻峭，近於垂直，因此也引申出突然、驟然的意思。也作「阧」，《玉篇·阜部》：「阧，峻也。」《集韻·厚韻》：「阧，峻立也，或从走。」 例詞 陡坡、陡壁、陡峭、陡立、陡然。

結構組合	簡化字	大陸發音
阝(阜)走	－	dǒu

11.部件：舛

結構組合	簡化字	大陸發音
無 舛	－	wǔ

字源、字義

甲骨文 字形從大，手中持物，為「無」之初文，像人兩手持飾物而舞的樣子。至西周後，假借為有無的「無」字，故金文加上二腳形 以表示「舞」。

例詞

跳舞、舞會、鼓舞、舞蹈、舞臺、舞廳。

小提醒

「舞」的現代字形其實很像一個跳舞的人，下面的「舛」正好像一雙起舞的腳，教學時其實可讓學生就字形直接聯想，可能更容易記憶。

結構組合	簡化字	大陸發音
粦 阝（邑）	邻	lín

字源、字義

此字始見於戰國文字，字形從邑（阝）、舜聲。指在都邑中人們聚集之所。

例詞

鄰居、鄰里。

小提醒

鄰有附近的意思，也是戶籍的編制單位。

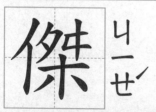

結構組合	簡化字	大陸發音
亻 桀	杰	jié

字源、字義

形聲字，從人、桀聲。《荀子・非相》：「古者桀紂長巨姣美，天下之傑也。」楊倞注：「倍萬人曰傑。」表示「傑」有「才過萬人、優秀出眾」的意思。

例詞

傑出、傑作。

12.部件：立

	字源、字義 形聲字，從「立」表示是跟人立於地上。「占」為聲符。 例詞 站、車站、網站、站住。

結構組合	簡化字	大陸發音
立占	－	zhàn

	字源、字義 甲骨文為 ，由二「立」組合，表示二人並立。 例詞 並且、並列、並重。

結構組合	簡化字	大陸發音
立立	并	bìng

小提醒
1.「並」字形並不容易看出要拆解為兩個「立」，若需講解字源時需適度引導。
2.參考本單元教學錦囊4，提醒學生「並」和「并／併」的差異。

解答

小試身手

答：這是這些字的甲骨文，裡面共有四隻手（實線框）、兩隻腳（虛線框）。

	1.止		2.竹

	3. 爪		5. 友
	4. 出		6. 史

想一想1

Origami（日語：折り紙），國字應寫為「折」紙，還是「摺」紙？

答：Origami日本跟大陸都叫做「折紙」，臺灣標準用語應該是「摺紙」。
由字源來看，「折」的右邊部件是「斤」，是「斧頭」之義，因此有斷開、破壞的含意；而「摺」是形聲字，意思是摺疊。Origami通常是將紙摺成不同重疊方式，並不會因此紙張就斷開、破壞了，因此依據字源，應該使用「摺紙」。

再從閩南語發音來看，「折、摺」二字發音完全不同，是不會混用的。然而查詢教育部國語辭典簡編本，「折、摺」二字可能因為從俗，在「摺疊」義上已通用。季旭昇老師於《漢字說清楚》中提到二字不應混用。我們也知道若遵循字本義，使用「摺紙」更為精準正確。

想一想2

「射」字與「矮」字是不是錯置了意義？

答：清人沈起鳳的志怪小說《諧鐸》中有個聰明的小孩子葉佩纕，他曾說：
「『矮』字明係委矢，宜讀如射；『射』字明係寸身，宜讀如矮。」你覺得他說的對嗎？

甲骨文	金文	戰國文字	篆文	隸書	楷書

「射」的甲骨文字形，像一把弓中間橫貫一支箭，代表箭已在弦上。金文 𝔸 則在弓箭右下方加一隻手，使射箭的形象更加鮮明。但是當演變為小篆 𝔸 時，左方的「弓箭」被誤寫為近似的「身 𝔸 」，而右方的「手」則寫成「寸 𝔸 」，結果就是我們今天寫的「射」字。

至於「矮」，甲骨文和金文皆不見此字，小篆「矮 𝔸 」《說文新附》：「矮，短人也。从矢，委聲。」，「矮」的「矢」用來表義[5]，「委」則當作聲符（可念一下「矮」、「委」的閩南語感覺一下）。明白了字形演變的過程，就知道「射」和「矮」字義並無錯置。

想一想3

「時」、「寺」上方部件應為「士」還是「土」？

答：「寺」最早出現於小篆 𝔸 ，從寸、㞢（㞢／ zhī）聲，「寸」，表示與法度有關。後來隸書、楷書「㞢」形變為「士」，仍為聲符。因此我們知道此部件表聲，不能是「土」聲。

　　然而大陸簡化字根據2013年公告的〈通用規範漢字表〉，則應寫作「寺」，上方部件為「土」，教師要留意。

想一想4

「走」的閩南語怎麼說？「企鵝」的閩南語又怎麼說？如果會說別的南方方言，也可以試著說說看。

答：「走」的閩南語是[tsáu][6]，意思是「跑」。閩南語保留比較多的古音，從甲骨文「 𝔸 」（像雙手大幅擺動）走的樣子，也可以知道原始的意思接近「跑」。而閩南語[kiânn]表示慢慢走的樣子，用的是「行」這個

5　古者弓長六尺，箭幹長三尺，故度長以弓，度短以矢，弓表長、矢表短之義。

6　「走」的閩南語讀音及解釋，參考：臺灣閩南語常用詞辭典 https://twblg.dict.edu.tw/holodict_new/result_detail.jsp?n_no=3404&curpage=1&sample=%E8%B5%B0&radiobutton=1&querytarget=1&limit=20&pagenum=3&rowcount=46。

字[7]。

企鵝不會飛行，在陸地上行走時狀如站立。「企」字甲骨文 𝄄 就是一人站立，強調腳掌形，從企鵝的閩南語音讀是[khiā-gô]，是「站鵝」也可以發現「企」就是「站立」。從這兩個例子可以知道，會說閩南語也能夠幫助了解字的原意，其實許多方言都比較古老，許多字不知含意的話，用閩南語、粵語、客家話念一念，可能都會有驚喜的收穫。

---

[7] 「行」的閩南語讀音及解釋，參考：臺灣閩南語常用詞辭典 https://twblg.dict.edu.tw/holodict_new/result_detail.jsp?n_no=2619&curpage=2&sample=%E8%A1%8C&radiobutton=1&querytarget=1&limit=20&pagenum=5&rowcount=99。

第五單元
生老病死——身心肉疒凸骨歹

單元概覽	
1.7個部件： **身 心（忄小） 肉 （月）疒凸骨歹 （歺）** 2.41個漢字： 　身：躬軀窮 　心（忄小）：愛思您 快慢忙忘怪慕恭悶 　肉（月）：臉腦胖腳 育胃腐肖 　疒：病瘦疼疾療癌疫 　凸：過禍 　骨：體骯髒滑 　歹（歺）：死列殘殖 餐燦 3.教學主題建議： 初級： #身體部位 #生病 #看 醫生 中、高級： #生老病死 #人的一 生	(1)身體部位大挑戰  (2)頭肩膀膝腳趾  (3)去醫院看病  (4)生老病死 

小試身手

　　「生老病死」是人生的重要課題，學習外語時，與身體、疾病相關的詞彙更顯重要。

　　從前面幾單元我們已經知道漢字很有系統性，與身體、疾病相關的漢字也有它的規律，這一單元我們就來學習它們的規律。

　　試試看：你能寫出哪些部位？你發現這些漢字都帶著什麼部首？

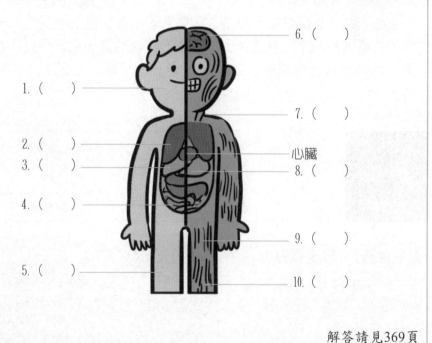

1. (　　)
2. (　　)
3. (　　)
4. (　　)
5. (　　)
6. (　　)
7. (　　)
心臟
8. (　　)
9. (　　)
10. (　　)

教師應該知道的漢字知識

　　本單元目標部首／部件與其本體知識：身、心（忄、⺗）、肉（月）、疒、骨、凸、歹（歺）。

1. 身

| 甲骨文 | 金文 | 戰國文字 | 篆文 | 隸書 | 楷書 |

「身」的字形從甲骨文、金文都可以看出就是一個凸顯腹部的人形側面，表示「身」部件與身體有關。但上一個單元提到的「射」字在演變到小篆時，弓箭形被誤寫為相似的「身」，實際上與身體無關。

身部字大多為形聲字，像是：「躺、躬、躲、軀」，「身」作為部件時，位置大多在字的左邊，少數在字的其他位置，主要是由「射」、「躬」作為聲符所構成的「謝、榭、麝」、「窮」等字，與「身體」無關。

常見例字：

部件意義	身體	其他
例　字	躬軀	窮
級　數	中高級	中高級

教學錦囊1　母親真偉大——勹包身孕好保

勹（ㄅㄠ/bāo）是「包」的本字。《說文》：「勹，裹也，象人曲行，有所包裹。」清·段玉裁·注：「今字『包』行，而『勹』廢矣。」

| 合14294(甲) 商 | 陶彙3.616 戰國.齊 | 璽彙0361 戰國.燕 | 說文·勹部 |

（圖片來源：中研院小學堂）

包：《說文》：「包，象人襄妊，巳在中，象子未成形也。」段玉裁注：「勹，象裹其中，巳字象未成之子也。勹亦聲。」

說文・包部	睡虎地簡28.7(隸) 秦	天文雜占末.上(隸) 西漢	孫臏157(隸) 西漢	縱橫家書230(隸) 西漢
漢印徵	熹.易.姤(隸) 東漢			

（圖片來源：中研院小學堂）

身：人的側身形，腹部明顯。李孝定《甲骨文字集釋》：「契文从人而隆其腹，象人有身之形，當是身之象形初字。」閩南語說人懷孕了叫做「有身」，「象人有身之形」表示看起來像人懷孕的樣子。

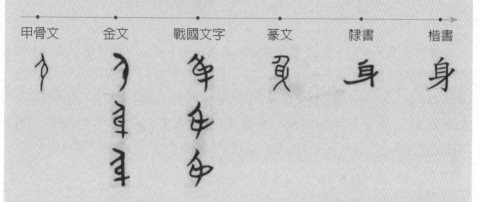

孕：《說文》：「孕，襄子也。从子，从几。」《漢語大字典》按：「唐蘭以為甲骨文孕，像人大腹之形，子在腹中。」

好：有妻有子，就是「好」事。

保：從人保護一幼子。唐蘭《殷虛文字記》：「負子于背謂之保，引申之，則負之者為保；更引申之，則有保養之義。」

甲骨文	金文	戰國文字	篆文	隸書	楷書

從古至今，懷孕、生產都是大事。「勹、包」表示已懷孕但小孩尚未成形，腹部不太看得出隆起的樣子；到了「有身」的階段，腹部已能明顯看出隆起，再到「孕」，已是大腹便便；辛苦懷胎十月，終於生下孩子，有妻有子，就是個「好」字。母親背負孩子、保護孩子，就成了「保」字。孕期的不同時期都造有不同的漢字，可知其重要，這些字也讓我們看到母親的辛苦與偉大。

2. 心（忄 小）

甲骨文	金文	戰國文字	篆文	隸書	楷書

心部在漢字中有三種寫法「心」、「忄」、「小」，從字形演變可看出是由一顆心的形象演變而來。心部的字非常多，漢字中有「心」這個部件的字，多與「心」、「思想」、「感覺」等心理活動有關。

「心」也常常和其他部件合成聲符，例如：「忍」、「悤」（ㄘㄨㄥ/cōng）、「悳」（ㄉㄜˊ/dé）、「㥃」（一ㄣˇ/yǐn）等，再組成其他字。

常見例字：

部件意義	心、思想、感覺	
例　字	愛思您快慢忙忘怪	慕恭悶
級　數	初級	中高級

想一想1

字典裡「必」屬於心部，有的人說「必定」是心意堅定，所以跟心有關。你同意嗎？

解答請見369頁

3.肉（月）

甲骨文	戰國文字	篆文	隸書	楷書
刀	夕	月	肉	肉

　　「肉」字的甲骨文就像一塊肉，後來增加了肉的紋路，隸書時字形變化較多，但從演變上還是看得出一塊肉跟其紋理。含有「肉」這個部件的字多表動物身體的某部分或器官，或跟身體部位相關。現在標準字形中，肉部有兩種型態：「肉」、「月」，簡化字則無「月」型態，都以「月」的樣子呈現。也因此從簡化字判斷字義時，首先要知道該字是使用「月」還是「月」。

常見例字：

部件意義	與身體部位相關	
例　字	臉腦胖腳育	胃腐肖
級　數	初級	中高級

教學錦囊2　古月胡？

　　「胡」先生自我介紹，說自己「姓胡，古月胡」，但實際上應為「古肉胡」。

　　「胡」，形聲字。從肉，古聲。《說文》說其本義是牛脖子下的垂肉。過去因為肉、月都寫成「月」，所以說到胡字時，常說古月胡，大家都能懂，但實際上我們應該要知道應為古月胡。且自1994年7月教育部國語推行委員會編訂《國字標準字體教師手冊》後，標準字體要求將字源為「肉」者，寫為「月」，此後學童學習相關漢字就能更清楚字的涵義了。

教學錦囊3　亦與腋

　　「亦」的字形演變如下，中央為一個人，兩腋下各一點，表明是腋下位置，因此「亦」為「腋」的初文。

亦戈(金) 商代晚期	甲896(甲) 商	鐵5.3(甲) 商	毛公旅方鼎(金) 西周早期	郭.老甲.22 戰國.楚
說文‧亦部	睡虎地簡12.50(隸) 秦	老子甲後337(隸) 西漢	武威簡.有司4(隸) 西漢	晉太公呂望表(隸) 西晉

（圖片來源：中研院小學堂）

4.疒（ㄔㄨㄤˊ/ chuáng）

| 甲骨文 | 戰國文字 | 篆文 | 隸書 | 楷書 |

　　「疒」字甲骨文可看出一邊是一個「人」，另一邊是一張床，雖然字形以直立方向呈現，但呈現人臥於牀，病人不舒服躺在床上的樣子。至於人旁邊的點，有人說是汗，也有人說是飾筆。病人在床上不舒服常會流汗，這樣解釋讓學生更容易理解。「疒」部的漢字，幾乎都與疾病、症狀或醫療相關。

　　疒部的形聲字非常多，像是：「疤、痕、痘、痔、痰、瘋、癢、瘀、瘡、癮」等，對於學生掌握讀音很方便。

常見例字：

部件意義	與疾病、症狀、醫療相關	
例字	病瘦	疼疾療癌疫
級數	初級	中高級

想一想2

現代人普遍愛瘦，認為胖容易造成各種疾病。但「瘦」字是「疒」部，為什麼呢？

解答請見370頁

5. 冎（ㄍㄨㄚˇ/ guǎ）

| 甲骨文 | 金文 | 篆文 | 楷書 |

　　「冎」的字形演變如上，可以看出是含有關節的幾段骨頭。《說文》冎，剔人肉置其骨也。象形。頭隆骨也。現代漢字則常見「咼」（ㄎㄨㄞ/ kuāi）作為聲符構成「過、禍、窩、渦」等形聲字，與骨頭義沒有相關性。

常見例字：

部件意義	咼作為聲符	
例字	過	禍
級數	初級	中高級

教學錦囊4　別拐另

　　別、拐、另，三個字形非常相似，但細看各不相同。（請注意大陸簡化字：「別、拐、另」三字都使用了「另」部件）

　　別：刀分解骨頭。《說文》：「冎，分解也。从冎，从刀。」「冎」即為「別」。

⺊	𦙶	𦙶	刐	另刂
乙768(甲) 商	說文·冎部	睡虎地簡11.34(隸) 秦	武威簡.服傳46(隸) 西漢	三公山碑(隸) 東漢

（圖片來源：中研院小學堂）

　　拐：從手、另（ㄍㄨㄞˇ/guǎi）聲，本義為拐杖。

　　另：從口、從力，表示單獨。現作為副詞，表示再、分別。例如：另外、另請高明、另行通知。

6.骨

　　下圖是「骨」的字形演變，可看出甲骨文還像是骨頭的樣子，從戰國文字之後增加了「肉」，成為從肉冎聲的形聲字。有「骨」作為部首的字，多跟骨頭相關。

| 甲骨文 | 戰國文字 | 篆文 | 隸書 | 楷書 |

　　教師要注意大陸簡化字「骨、冎」與繁體「骨、冎」在字體上方的微小差別。

常見例字：

部件意義	跟骨頭相關			其他
例　字	體	骯髒		滑
級　數	初級	中高級		初級

想一想3

王安石說：「波者，水之皮」。蘇東坡知道了，就跟他說：「滑者，水之骨」。兩個解釋都有道理嗎?

解答請見370頁

教學錦囊5　呂也是骨頭

　　呂字古字形像二節脊椎骨，篆文後增加豎筆連結兩節骨頭。「躬」有一寫法為「躳」，「身、呂」兩個部件合起來就是人身體的樣子。

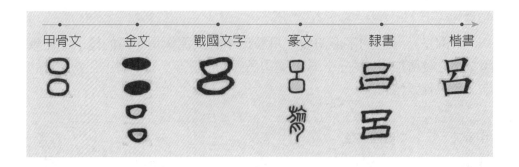

| 甲骨文 | 金文 | 戰國文字 | 篆文 | 隸書 | 楷書 |

7.歺、歹（ㄜˋ/è，歺的古字）

| 甲骨文 | 篆文 | 隸書 | 楷書 |

　　歺、歹其實是同一個字，表示殘缺的骨頭，也有學者認為甲骨文已有「骨」字且與「歹」字形迥異，所以認為此字不應釋為殘骨，所以未有定論，但有此部件的字多跟殘骨、死亡、禍殃相關。現代漢字則常見「歹」與其他部件組成聲符「奴」（ㄘㄢˊ/cán）作為聲符構成「粲、燦、餐」等形聲字，與殘骨義沒有相關性。

常見例字：

部件意義	跟殘骨相關		其他	
例　字	死列	殘	餐	殖燦
級　數	初級	中高級	初級	中高級

教學錦囊6　粲與燦

　　粲，本義是精米，《說文解字·米部》段玉裁注：「稻米九斗而舂為八斗，……則曰粲。……稻米至於粲，皆精之至矣。」《詩經·鄭風·緇衣》：「適子之館兮，還，予授子之粲兮。」

由本義引申有晶瑩明亮之義，《文選‧曹植‧贈徐幹詩》：「圓景光未滿，眾星粲以繁。」後來表示這個意思的「粲」字又加上了火字旁，成為「燦」字，因此粲與燦為古今字的關係。

教學主題建議

初級：身體部位／生病／看醫生
中高級：生老病死／東西方生死觀

教學活動舉例

1. 身體部位大挑戰 ☑初、中級 ☑認讀 ☐口說 ☑寫字 ☑字形
   (1) 活動主軸：身體部位名稱記憶書寫
   (2) 流程簡述：使用一張類似右圖的人體圖，依據學生所學過的人體部位或器官，請學生寫出各個部位名稱。再請學生圈出重複出現的部首／部件，鼓勵學生討論、歸納這些部首部件的意思，再由教師補充說明。

2. 頭肩膀膝腳趾 ☑初、中級 ☑聽力 ☑認讀 ☑口說 ☑字義
   (1) 活動主軸：指出聽到的身體部位
   (2) 流程簡述：先唱「頭肩膀膝腳趾」歌，請學生站起來，雙手依序指在歌曲的身體部位上。接著增加身體部位生詞，聽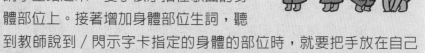到教師說到／閃示字卡指定的身體的部位時，就要把手放在自己身體該位置上。接著指定學生出題，其他學生依據指令動作。
   (3) 延伸或變化：或以大圖海報代替，學生可以用蒼蠅拍拍指定部位。

> **小提醒**
> 唱「頭肩膀膝腳趾」歌時建議略改編歌詞的「膝」成為「膝蓋」以符合平常口語說法。歌詞變成：「頭肩膀膝蓋腳趾，膝蓋腳趾，膝蓋腳趾。頭肩膀膝蓋腳趾，眼、耳、鼻和口」

3. 去醫院看病 ☑初、中高級 ☑聽力 ☑認讀 ☑口說 ☑寫字 ☑寫作 ☑字義

(1) 活動主軸：寫看病的短劇劇本

(2) 流程簡述：教師製作幾種病症的籤，請學生分組、抽籤，依據籤上的病症設計「去醫院看病」的劇本，寫下來，並表演。然後抽問觀眾關於短劇的情節。

(3) 延伸或變化：學生程度若比較高的話，可以設計較麻煩的症狀讓學生嘗試表述。

> **小提醒**
> 如時間較有限，可以選一兩組表演即可。

4. 生老病死 ☑中高級 ☑認讀 ☑口說 ☑寫字 ☑字形 ☑字義 ☑文化

(1) 活動主軸：系統性回憶學過的漢字

(2) 流程簡述：教師先簡短地說一段與人生歷程相關的引言，或展示人生歷程圖像或影片，然後請學生回憶或分組討論，在便利貼上寫出與「生」、「老」、「病」、「死」相關的漢字，張貼在如右圖的大海報上。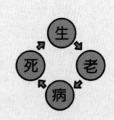

　⊃選字參考：

　「生」（出生）相關的漢字：孕媽母產子育流娩……

　「老」（年老）相關的漢字：壽叟公婆古鬍鬚弱……

　「病」（疾病）相關的漢字：痛癢癌瘋醫藥檢殘……

　「死」（死亡）相關的漢字：墓葬喪亡遺故鬼神……

(3)延伸或變化：視學生程度，

①教師可選擇要不要限定所選字的部件，例：可要求與「生」相
關的漢字要有「子」或「肉」這兩個部件。或者寫出語詞而不
是漢字。

②另可延伸讓學生依據這些漢字說出一個虛擬的人一生的故事。

例字說明

1.部件：身

字源、字義

「躬」原來是「躳」（ㄍㄨㄥ/gōng），小篆
字形為 ，從身、從呂。「呂」像人的脊椎
骨的樣子，所以兩個部件合起來就是人身體的
樣子。篆文時出現《說文》的或體字 ，從
身、弓聲，楷書承繼此字形，以「弓」的形狀
比擬人的脊椎形，是兼義的聲符。

結構組合	簡化字	大陸發音
身弓	躬	gōng

例詞
鞠躬、躬身、躬逢。

小提醒

「躬」字引申有親身親自的意思，例如：事必躬親。教師也可以介紹鞠躬等傳統禮
節。

字源、字義

此字始見於篆文，從身、區聲，表示跟身體相
關。隸書及楷書都沿襲了篆文字形。

例詞
身軀、軀體。

結構組合	簡化字	大陸發音
身區	躯	qū

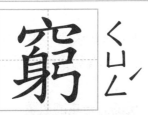

結構組合	簡化字	大陸發音
穴躬	穷	chóng

字源、字義
「窮」字始見於戰國文字，從穴、躬（ㄍㄨㄥ/gōng）聲，本義為狹小的土室，躬，聲兼義，本義是身體向前彎曲，此指因土室狹小而彎身的意思。躬為躳的後起形聲字。

例詞
無窮、貧窮、窮困、窮究。

小提醒
窮除了有貧乏、貧困的意思外，還有極端（窮兇惡極）、終極（詞窮）等意思。

2.部件：心（忄、小）

結構組合	簡化字	大陸發音
爫冖心夂	爱	ài

字源、字義
愛，金文 𢖻 是「㤅」，是「愛」的本字，從心、旡（ㄐㄧˋ/jì）聲，以表示愛惠的意思。後來經過隸變，楷書寫為「愛」。

例詞
愛、可愛、愛情、愛惜、愛心、戀愛、喜愛、愛好、愛護、愛國、愛滋病。

小提醒
「愛」字現代字形從兩個心，表示與心或心理活動相關；其餘部件有手（爫）與足（夂），教師教學時可稍作解釋，或讓學生自己聯想。

結構組合	簡化字	大陸發音
田（囟）心	－	sī/si

字源、字義

從篆文字形 來看，思由上方的「囟」、下方的「心」組成。從心，表示心理的活動；「囟」是人腦蓋的會合處，在嬰兒時期尚未閉合。從囟，表示與頭腦相關。經過隸變之後，「囟」寫成「田」，已不易看出原來的形義。

例詞

ㄙ（sī）思考、思想、沉思、思潮、思念。
˙ㄙ（si）意思、不好意思、小意思。

小提醒

「思」引伸有考慮（深思熟慮）、想念（思念）、情緒（愁思）、想法（心思）的意思。
「思」為多音字，但只有在在「意思」或由「意思」組成的語詞中，「思」讀輕聲。例：小意思、沒意思。其他都讀一聲。

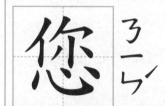

結構組合	簡化字	大陸發音
你心	－	nín

字源、字義

形聲字，從「心」表示是跟心或心理活動相關，表達尊敬時的第二人稱。「你」為聲符。

例詞

您。

小提醒

1. 教學時練習什麼時候用「你」，什麼時候用「您」。
2. 「您」也泛指「你們」，因此傳統上沒有「您們」的用法。

字源、字義
形聲字，從「忄（心）」表示是跟心或心理
活動相關，「快」的本義是喜悅。「夬」
（ㄍㄨㄞˋ/guài）為聲符。

例詞
快樂、愉快、涼快、趕快、快要。

結構組合	簡化字	大陸發音
忄夬	－	kuài

小提醒
「快」本意是喜悦，引申有「暢快、速度快、刀子鋒利」的含意。也可用作副詞，表示將要。

字源、字義
形聲字，從「忄（心）」表示是跟心或心理活
動相關。「慢」本義為怠惰、懈怠。「曼」為
聲符。

例詞
慢、慢慢、慢跑、慢用、緩慢、怠慢。

結構組合	簡化字	大陸發音
忄曼	慢	màn

小提醒
注意簡、繁體在「曼」上方部件的寫法。

字源、字義
形聲字，從「忄（心）」表示是跟心或心理活
動相關。「忙」本義為內心急迫。「亡」為聲
符。

例詞
忙、幫忙、繁忙、急忙、連忙、忙碌。

結構組合	簡化字	大陸發音
忄亡	－	máng

小提醒
「忙」、「忘」具有一樣的部件，而部件寫法與組合的位置不同。但教師不需刻意
強調這點，以避免學生因此混淆。

字源、字義
形聲兼會意字，從「心」表示是跟心或心理活動相關。「亡」表示「無」，也表聲。

例詞
忘、忘記、遺忘。

結構組合	簡化字	大陸發音
亡心	－	wàng

小提醒
「忙」、「忘」具有一樣的部件，而部件寫法與組合的位置不同。但教師不需刻意強調這點，以避免學生因此混淆。

字源、字義
形聲字，從「忄（心）」表示是跟心或心理活動相關，「怪」本義為奇異、罕見。「圣」（ㄎㄨ/kū）為聲符。

例詞
奇怪、難怪、古怪、怪不得、鬼怪。

結構組合	簡化字	大陸發音
忄圣	－	guài

小提醒
「圣」（ㄎㄨ/kū）部件與「聖」的簡化字相同，但「怪」字讀音由ㄎㄨ/kū 而來。

字源、字義
形聲字，從「小（心）」表示是跟心或心理活動相關，「慕」本義是思慕、嚮往。「莫」為聲符。

例詞
羨慕、仰慕、愛慕。

結構組合	簡化字	大陸發音
莫小	－	mù

小提醒
1. 有的學生會以為「慕」字在臺灣字典中部首是「艹」，教師可舉發音近似的「幕、暮」為例，說明「莫」為聲符。
2. 另有學生容易將「小（心）」以為是「小」，可以略加提醒。

字源、字義
形聲字，從「小（心）」表示是跟心或心理活動相關。「共」為聲符。

例詞
恭喜、恭敬、恭維。

結構組合	簡化字	大陸發音
共小	－	gōng

小提醒
學生容易將「小（心）」字形以為是「小」，可以略加提醒。

字源、字義
形聲字，從「心」表示是跟心或心理活動相關。「門」為聲符，不示義。

例詞
ㄇㄣˋ（mèn）：悶、納悶、煩悶、苦悶。
ㄇㄣ（mēn）：悶熱、悶雷、悶葫蘆。

結構組合	簡化字	大陸發音
門心	－	mèn/mēn

小提醒
「悶」為多音字，讀ㄇㄣˋ（mèn）時表示心情煩亂不愉快；讀ㄇㄣ（mēn）時表示空間密閉、空氣不流通、聲音不響亮、事情憋在心裡。

3.部件：肉（月）（注意：簡化字沒有「月」形體，皆寫成「月」。）

字源、字義
本義為兩頰。形聲字，從「肉（月）」表示是身體的一部分或器官，「僉」（ㄑㄧㄢ/qiān）為聲符。
（注意：簡化字沒有「月」形體，皆寫成「月」。）

結構組合	簡化字	大陸發音
月僉	脸	liǎn

例詞
臉、丟臉、臉色、翻臉、臉龐、臉譜。

腦 ㄋㄠˇ		
字源、字義 從肉，從巛，右上像頭髮，右下是囟，指腦。《正字通》：「腦，俗匘字。本作匘。」		

結構組合	簡化字	大陸發音
月巛	脑	nǎo

例詞
電腦、腦子、大腦、腦袋、腦筋、傷腦筋、頭腦、腦海、腦力。

小提醒
教師可以「電腦」舉例，讓同學思考組詞的智慧。特別是針對外來詞的翻譯，教師可以舉例：電腦、洗腦、手機……等讓學生聯想。

胖 ㄆㄤˋ ㄆㄢˊ		

字源、字義
本義為古代祭祀用的半邊牲肉，或者表示大塊的肉。形聲兼會意字，從「肉（月）」表示是身體的一部分或器官，「半」為聲兼義符。

結構組合	簡化字	大陸發音
月半	胖	pàng/pán

例詞
ㄆㄤˋ（pàng）：胖、肥胖、發胖。
ㄆㄢˊ（pán）：心寬體胖、心廣體胖。

小提醒
「胖」為多音字，讀ㄆㄤˋ（pàng）時表示體態豐滿，與「瘦」相對；讀ㄆㄢˊ（pán）時表示安泰舒廣。

腳 ㄐㄧㄠˇ		

字源、字義
從肉、卻聲。從「肉（月）」表示是身體的一部分或器官。「卻」表示音讀，也兼有退卻在後的意思，因古人跪坐，腳退卻在後。

結構組合	簡化字	大陸發音
月卻	脚	jiǎo

例詞
腳、腳踏車、腳步、腳本。

小提醒
現在漢字讀音難以判別此字為「卻」聲，所以以會意字來解釋可能較容易一些。

結構組合	簡化字	大陸發音
云月	育	yù

字源、字義

甲骨文為  明確的表示女人生小孩，嬰兒出生，頭向下。篆文變作從 ㄊ（ㄊㄨ tū）、肉聲。從「ㄊ」（倒「子」），頭下腳上，表現初生子的樣子；「肉」表示音讀。在六書中屬於形聲。《說文》有一個或體字 𣫸 來自金文中左「女」右倒「子」，子有胎髮，然又將「女」改為「母」，再變成「每」形，成為「毓」字。

例詞

體育、教育、發育、撫育、培育。

小提醒

簡化字寫法「育」，注意上方是ㄊ（四畫）；繁體「育」上方為「ㄊ」（三畫）。

結構組合	簡化字	大陸發音
田月	胃	wèi

字源、字義

《說文》：胃，穀府也。金文 上方像容納食物的袋狀物，下像「肉」。後來上方演變成像「田」的形狀，下從「肉」，表示為器官或身體部位。

例詞

胃、胃口、腸胃。

結構組合	簡化字	大陸發音
府肉	–	fǔ

字源、字義

形聲字，從「肉」表示是身體的一部分或器官。「府」為聲符。

例詞

豆腐、腐敗、腐爛、腐蝕、腐朽。

肖	ㄒ丨 ㄒ丨 幺 丶 幺	字源、字義
		子女與父母相像之義。是形聲兼會意字，從「肉（月）」表示是身體的一部分或器官，表自己身體承繼自父母親。上方為「小」，是示義的聲符。

結構組合	簡化字	大陸發音	例詞
⺌（小）月	肖	xiào/xiāo	生肖、不肖。

小提醒
在臺灣「肖」只有一種讀音，但在大陸為多音字，讀ㄒ丨ㄠˋ（xiào）時表示相像，例：肖像、不肖；若為姓氏則念ㄒ丨ㄠ（xiāo）。

4.部件：疒

字源、字義
形聲字，從「疒」表示是跟疾病、症狀、醫療相關。「丙」為聲符。

例詞
生病、看病、病人、毛病、病毒。

結構組合	簡化字	大陸發音
疒丙	－	bìng

字源、字義
形聲兼會意字，從「疒」表示是跟疾病、症狀、醫療相關。「叟」為老人義，是示義的聲符。

例詞
瘦、瘦弱。

結構組合	簡化字	大陸發音
疒叟	－	shòu

小提醒
「叟」字形看起來有一點像瘦骨嶙峋又駝背的老人，容易幫助聯想。

字源、字義

形聲字，從「疒」表示是跟疾病、症狀、醫療相關。「冬」為聲符。

例詞

疼、疼愛、心疼、疼痛。

結構組合	簡化字	大陸發音
疒冬	－	téng

小提醒

如需解說「冬」為聲符的話，學生可能覺得讀音相差甚遠，教師可以用閩南語念一下，就會發現讀音近似。

字源、字義

「疒」表示是跟疾病、症狀、醫療相關。甲骨文「疾」有一形：看起來是「矢」射到腋下，表示受傷之義。還有一形，呈現有人在床上冒汗的樣子。古人平時睡蓆子，不睡床，睡在床上則常為病人。

結構組合	簡化字	大陸發音
疒矢	－	jí

例詞

疾病、疾苦。

小提醒

「疾」也有「快速、猛烈」的意思，有需要可以補充：疾言厲色、大聲疾呼、疾風知勁草這些詞。

字源、字義

形聲字，從「疒」表示是跟疾病、症狀、醫療相關。「尞」（ㄌㄧㄠˊ/ liáo）為不示義的聲符。

例詞

醫療、治療、療癒。

結構組合	簡化字	大陸發音
疒尞	疗	liáo

字源、字義

形聲字，從「疒」表示是跟疾病、症狀、醫療相關。「嵒」（一ㄢˊ/yán）為聲符。

「癌」字晚出，一開始是中醫所說的「五發」之一，是癰疽一類的病症，其現代義為近代從日文中吸收過來的。

結構組合	簡化字	大陸發音
疒嵒	–	ái

例詞

癌症。

小提醒

此字最初讀為一ㄢˊ（yán），但因為發音容易與「炎」混淆，後來參考吳語，將讀音審定為ㄞˊ（ái）。

字源、字義

形聲字，從「疒」表示是跟疾病、症狀、醫療相關。「殳」在此為「役」的省寫，也就是聲符實為「役」。

例詞

免疫、瘟疫、防疫、疫情、疫苗。

結構組合	簡化字	大陸發音
疒殳 （役省）	–	yì

小提醒

近兩年因為新冠肺炎影響，新聞整日「疫情」、「防疫」、「疫苗」地播報，「疫」成為高頻字。

5. 部件：咼

字源、字義

本義為渡過。形聲字，從辵、咼（kuāi）音。表示與行走、路徑有關。

例詞

過、難過、過年、經過、過去、不過。

結構組合	簡化字	大陸發音
辶咼	过	guò

結構組合	簡化字	大陸發音
礻咼	祸	huò

字源、字義

本義是災害、禍殃。形聲字，從示、咼音。表示與神祇、祭祀有關。《說文》：「禍，害也。神不福也。」神若不保佑、福蔭，便會有災害發生。

例詞

車禍、人禍、災禍。

小提醒

搭配書法教學的漢字教師請留意：「福」與「禍」的書法字體要小心辨識。

「2021年某出版社推五『福』春聯 竟暗藏『禍』字」

大陸某出版社推出的新年禮盒《五福迎春・人文年禮2021》當中五幅「福」字春聯，竟然暗藏了一個「禍」字。出版社緊急發表道歉聲明，其解釋是，這五個字是從大陸已故知名書畫家啟功的《啟功書法字匯》中所選取的。之所以會誤收「禍」字，是因「對書法缺少專門研究」。

來源新聞與圖片引用自：https://udn.com/news/story/7333/5224276

6.部件：骨

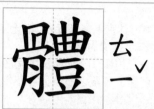

結構組合	簡化字	大陸發音
骨豊	体	tǐ

字源、字義

形聲字，從「骨」表示是跟骨頭相關的部位或動作。「豊」（ㄌㄧˇ/lǐ）為聲符。

例詞

身體、體育、體力、體能。

結構組合	簡化字	大陸發音
骨亢	肮	āng

字源、字義

形聲字，「亢」為聲符。

「骯髒」為連綿詞，其實本來念ㄎㄤˇ ㄗㄤˇ（kǎng zǎng），意思是高亢剛直的樣子。宋·文天祥〈得兒女消息〉詩：「骯髒到頭方是漢，娉婷更欲向何人。」元·元好問〈古意〉詩：「梗楠千歲姿，骯髒空谷中。」

後因與「齷齪」發音相像（「齷齪」閩南語ak-tsak [1]，音近「阿雜」，跟「骯髒」發音相像），因此訛變為「不潔」之義。《老殘遊記二編》第一回：「只是香鋪子裡被褥，什麼人都蓋，骯髒得了不得，怎麼蓋呢？」

例詞

骯髒。

小提醒

1. 簡化字的部首變為「月」部，要留意。而「肮」在《史記》張耳陳餘傳：「縱上不殺我，我不愧于心乎？乃仰絕肮，遂死。」已有此字，發音為ㄏㄤˊ（háng），咽喉之義。
2. 注意：「骯髒」為連綿詞，宜整詞教學。但字源、字義由於變遷較大，不解釋可能較好。

---

[1] 教育部臺灣閩南語常用詞辭典 https://twblg.dict.edu.tw/holodict_new/ 查詢「齷齪」發音。

結構組合	簡化字	大陸發音
骨葬	脏	zāng

字源、字義

形聲字，「葬」為聲符。

「骯髒」為連綿詞，其實本來念ㄎㄤˇ ㄗㄤˇ kǎng zǎng，意思是高亢剛直的樣子。

後因與「齷齪」發音相像（「齷齪」閩南語 ak-tsak，音近「阿雜」，跟「骯髒」發音相像），因此訛變為「不潔」之義。

例詞

骯髒。

小提醒

1. 簡化字的部首變為「月」部，且與心「臟」共用一個簡化字形，要留意。
2. 注意：「骯髒」為連綿詞，宜整詞教學。但字源、字義由於變遷較大，不解釋可能較好。

結構組合	簡化字	大陸發音
氵骨	滑	huá

字源、字義

形聲字，從水、骨音。表示與水有關。《說文》：「利也。从水，骨聲。」《三國志・魏志・王肅傳》：「今又加之以霖雨，山阪峻滑。」

例詞

滑、滑雪、光滑、下滑。

（多音部分見下方説明）

小提醒

1. 注意簡化字的「骨」字形寫法。
2. 「滑」在臺灣為多音字，但幾乎都念ㄏㄨㄚˊ（huá）。只有「滑稽」一詞口語音ㄏㄨㄚˊ ㄐㄧ（huájī），於文言音ㄍㄨˇ ㄐㄧ（gǔjī），如「滑稽列傳」、「突梯滑稽」。大陸則只有ㄏㄨㄚˊ（huá）音。

7.部件：歹（歺）

	字源、字義
	本義為死亡、生命結束。甲骨文 ![] ![] 看起來是一人跪於骨骸旁，頭低垂表示哀悼的樣子。《說文・死部》：「肍，澌（ㄙ，盡）也，人所離也。从歺、从人。」楷書「死」從歹、從匕，歹是殘骨骨骸，匕是人形，也有學者解為人死了剩下骨骸的樣子。

結構組合	簡化字	大陸發音
歹匕	－	sǐ

例詞

死、死亡、該死、生死。

	字源、字義
	本意為分解，引申為排列。《說文》：「㓝，分解也。从刀、㡿聲。」從刀，表示用刀分割裂解；㡿（ㄌㄧㄝˋ/liè）聲兼義，上方像東西碎裂，下方像殘骨，表示用刀分解殘骨，是形聲兼會意字。

結構組合	簡化字	大陸發音
歹刂	－	liè

例詞

列、陳列、排列、系列、並列、行列、列車、列國、列入、下列。

	字源、字義
	形聲字，從「歹」或「歺」表示是跟殘骨相關。「戔」（ㄐㄧㄢ/jiān）為聲符。

例詞

殘暴、殘酷、殘殺、摧殘。

結構組合	簡化字	大陸發音
歹戔	残	cán

 ㄓˊ	字源、字義 形聲字，小篆字形 。《說文‧歺部》：「殖，脂膏久殖也。从歺、直聲。」本意為脂膏因為久置而變質。後來意義轉變為表示生長、繁殖，或可視為脂膏一旦變質，範圍會慢慢擴大，像是生物生長、繁殖貌。

結構組合	簡化字	大陸發音
歹直	－	zhí

例詞
殖民地、繁殖、生殖、殖民。

 ㄘㄢ	字源、字義 形聲字，從食、奴聲，表示與飲食相關。 例詞 餐、餐廳、餐桌、西餐、野餐、中餐、餐具、聚餐。

結構組合	簡化字	大陸發音
奴食	－	cān

小提醒
「餐」看似筆畫繁複，臺灣民間簡寫成「歺」，但大陸規範字卻並沒有簡化，教師宜注意。

 ㄘㄢˋ	字源、字義 光亮義。形聲字，從火，表示與火相關。「粲」為聲符。 例詞 燦爛。

結構組合	簡化字	大陸發音
火粲	灿	càn

小提醒
「燦」爛與璀「璨」兩字很相像，意義也接近，然部首不同，宜提醒學生注意。

解答

小試身手

答：這是這些部位的名稱，每個部位的名稱都帶有「肉部」的字。

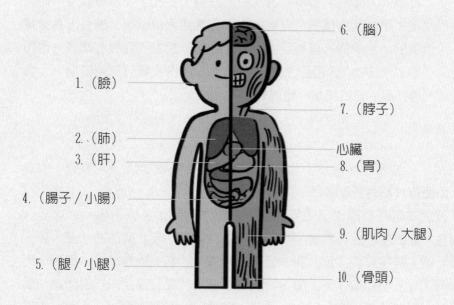

1.（臉）
2.（肺）
3.（肝）
4.（腸子／小腸）
5.（腿／小腿）
6.（腦）
7.（脖子）
心臟
8.（胃）
9.（肌肉／大腿）
10.（骨頭）

想一想1

字典裡「必」屬於心部，有的人說「必定」是心意堅定，所以跟心有關。你同意嗎？

答：「必」的甲骨文 ⚶ 像容器，短豎表示它的柄。在六書中屬於指事字。戰國楚簡、秦簡均見「必」字，而字義已用為「一定」、「必然」的意思。篆文 ⺈ 《說文》：「必，分極也。从八弋，弋亦聲。」在六書中屬於會意兼形聲。段玉裁注：「極，猶準也。凡高處謂之極。引伸為詞之必然。」隸書 ⺈ 變化已較大。看起來依「必」的現代字形將之歸類到心部只是一種顯而易見、字形索引的歸類，實際上與「心」並無字義上的關係。

想一想2

現代人普遍愛瘦，認為胖容易造成各種疾病。但「瘦」字是「疒」部，為什麼呢？

答：「瘦」本意是身體單薄而肉少。從「疒」，為病人依靠床上的樣子，「叟」為老人，年紀大者身形通常較為消瘦，在此字裡是聲兼意。古人一日兩餐，傳說西方傳教士見到的中國百姓都面黃肌瘦，應是因為營養不足造成的；生病的人營養吸收不好，也瘦，都是不健康的樣貌。也因此，「瘦」引申為沒有脂肪的肉（瘦肉）、長得不好（綠肥紅瘦），都可以知道「瘦」在古時是一種病態。

想一想3

王安石說：「波者，水之皮」。蘇東坡知道了，就跟他說：「滑者，水之骨」。兩個解釋都有道理嗎嗎？

答：「波」本義是水因湧流或風力震盪所產生的起伏，似乎稱「水之皮」也通，但即使不熟悉古音，我們仍可以從含有「皮」部件的「波、坡、玻、跛」等字發現「皮」為一個聲符，所以「波」應為從水、皮聲。而含有「骨」部件的「滑、猾、蝟」等字發現「骨」在字的右邊時為一個聲符，所以「滑」應為從水、骨聲。當然，從字義上看，「滑者，水之骨」意義更是天差地遠了。

第六單元
日月經天──日月風雨气

單元概覽	
1.5個部件： **日月風雨气** 2.43個漢字： 　日：早晚昨時春暑晴 　　　景晒昏普暴暈暫 　月：明望期閒朗朝 　風：颱飄飆颯颶瘋諷 　雨：雲雪電零需震雷 　　　霧露霾霉靈 　气：氣汽氧氛 3.教學主題建議： 　初級： 　#天氣現象 #天氣預報 　中、高級： 　#天氣現象 #自然災害	(1)我是漢字小老師 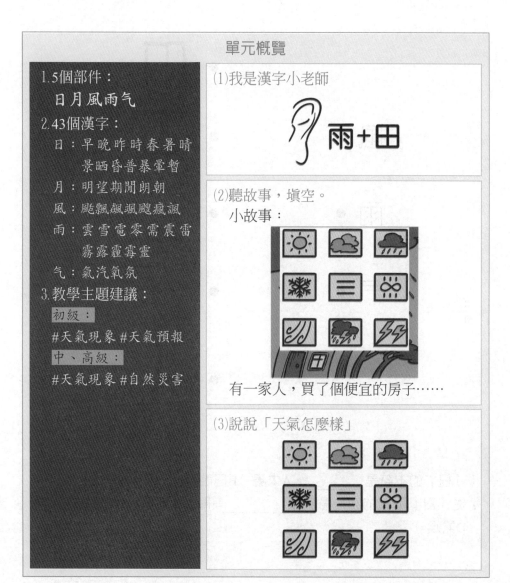 (2)聽故事，填空。 　小故事： 有一家人，買了個便宜的房子…… (3)說說「天氣怎麼樣」

小試身手

　　許慎說象形就是畫出那個東西，它直就畫直、它彎就畫彎，就像太陽跟月亮。那麼，「風」、「雨」、「气」古文字是怎麼表現的呢？

一、連連看：

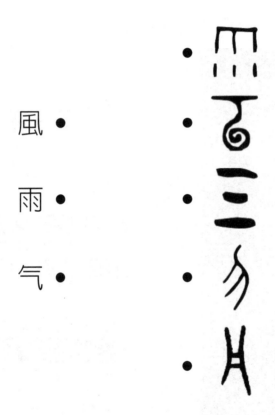

二、填入正確答案：

1.「日」的本義是＿＿＿＿＿。A太陽　B日蝕　C日暈　D強光。

2.從「日」取義的字，意義跟＿＿＿＿＿有關。A節慶　B季節　C光陰　D氣候。

教師應該知道的漢字知識

　　本單元的目標字是「日、月、風、雨、气」。「日」的本義是太陽；「月」是月亮；「風」字的形成，一說從「鳳」飛來，表示空氣流動的現象，或說從「凡」聲相近所假借而來；「雨」像雨滴落下的樣子；「气」用三條橫線表示氣流。以上皆是日常所見的自然現象，是認識漢字部首與部件的基本功夫，一起來探究！

1.日

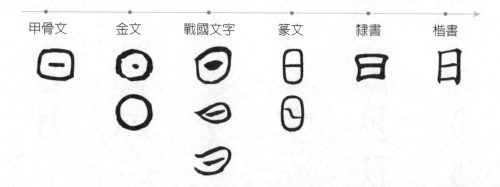

甲骨文	金文	戰國文字	篆文	隸書	楷書

　　「日」的本義是太陽。太陽的形象，整體形狀近似圓，中心是會發光的本體。甲骨文是用刀刻在龜甲或牛骨上，不易刻圓，其形更似方形，中間以橫畫表現；金文以圓形表現，像一個圓盤，中間是它的精光，接近太陽的樣貌。「日」常做為義符，也是部首，從「日」取義的字，都跟「太陽、光陰、時日」等意義有關。

常見例字：

部件意義	與太陽相關或含有時日、光陰等意義	
例 字	早晚昨時春暑晴景	晒昏普暴暈暫
級 數	初級	中高級

想一想1

「星」是形聲字，上形，下聲，那麼「日」和「星」在形體上有什麼關聯性呢？

解答請見401-402頁

教學錦囊1　易和「日」無關，卻和「水」有關。

「易」和「益」同源，從甲骨文  形體來看，是雙手持容器往器皿中注水的樣子，本義是「溢」。後來字形訛變，被誤解為蜥蜴的象形，以為本義是守宮、蜥蜴等爬蟲類。

2.月

甲骨文	金文	戰國文字	篆文	隸書	楷書

甲骨文的「月」像一個半月形（或弦月），除了有月亮的外緣，中間的筆畫，有人說是陰影，也有人說是表示月亮為發光之物。「月」在六書中屬於象形。大多從月取義的字，都與「月相、光亮」有關。

常見例字：

部件意義	與月亮相關	
例　字	明望期	閒朗朝
級　數	初級	中高級

教學錦囊2　「朋、服、勝、朕」雖然都是月字旁，但本義無關月
亮。
　　「朋」字的月字形本為「串貝」貌；「服」字的月字形本為「凡」；
「勝」和「朕」字的月字形本為「舟」，隸變為「月」。

想一想2
夕、夜、外、多，哪個字不關「月」的事呢？

解答請見402頁

3.風

甲骨文　　　戰國文字　　　篆文　　　隸書　　　楷書

　　看不見、摸不著的空氣流動現象要怎麼表達？甲骨文中「風」的兩種
字形，一個像「凡」，一個像「鳳」。有人說鳳飛之時，會形成風，因此
最早借「鳳」來表示風；有人說「風」無本字，借「凡」或是「鳳」來表
示，都是聲音關係的假借用法。後來「風」字的構成，其形象卻不像流動
的氣流，見戰國文字「📜」，「風」是由「凡」和「虫」構成，從風的功

能——「風動而蟲生」取義，宇宙萬物之所以生長。風，從虫、凡聲，是形聲字。

常見例字：

部件意義	與風有關	作為聲符
例　字	颭飄飆颮颶	瘋諷
級　數	中高級	中高級

教學錦囊3　「颱」風是不是臺灣當地特有字？

　　跟古文比起來，現代使用的風部字不多，而我們常用的「颱」不見於古文，此字應為臺灣地區所新造。《臺灣志略‧卷一‧地志》：「考六書無『颱』字，所云『颱』者，乃土人見颶風挾雨，四面環至，空中旋舞如篩，因曰『風篩』，謂颶風篩雨，未嘗曰『颱風』也。臺音『篩』同『臺』，加風作『颱』。」「颱」字從風、臺聲。從風，表示與暴風風力相關；從臺，閩南方言「臺」、「颱」、「篩」同音，表示音讀，兼表「夾雨環至，旋舞如篩」的意思，本義指由強烈熱帶性低氣壓或熱帶氣旋引起之暴風。教育部標準字作「颱」，而大陸規範字則將「颱」簡化為「台」，「颱風」寫作「台風」。另有「臺風」，指演員在舞臺表演中表現的風格，或指人上臺展演時的表現，如「臺風穩健」。（參考《中華語文知識庫》「颱」字條）

---

4. 雨

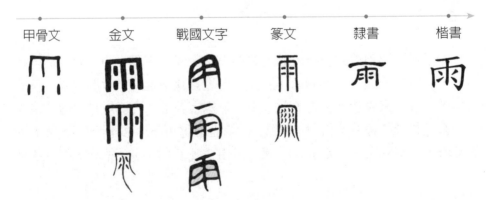

甲骨文	金文	戰國文字	篆文	隸書	楷書

　　「雨」的字形像從天上落下雨滴來的樣子，字形的演變大同小異、相去不遠。上方一橫表示天空或是雲層，在六書中屬於象形。凡從雨取義的字，其義大多為自然界的天氣現象。

常見例字：

部件意義	下雨相關或自然界現象	
例　字	雲雪電零需	震雷霧露霾霉靈
級　數	初級	中高級

想一想3

雨部的字都是自然界的天象，試想，常見用作女性名字的「雯」本義是什麼？

解答請見402頁

5. 气

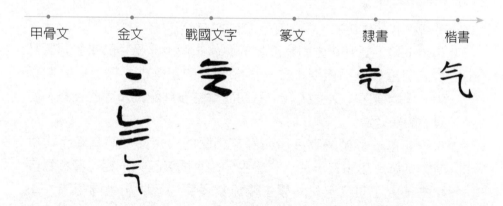

甲骨文	金文	戰國文字	篆文	隸書	楷書

　　「气」最早的字形是用三條橫線表示空中升騰而起的雲气，「三」有「多」的意思，表現雲气多而層疊的樣子，後來為了與表示數字的「三」區別，上、下兩橫筆改為曲折。後來「气」被假借作為「乞討」的意思，因此又借了「氣」來代表雲气。而後表示「乞討」之義的「气」被省略了中間的筆畫，定形為「乞」，因此「乞」是「气」的後起字。

常見例字：

部件意義	氣流、雲氣	
例　字	氣汽	氧氛
級　數	初級	中高級

想一想4
是「水蒸氣」還是「水蒸汽」？是「熱氣球」還是「熱汽球」？

解答請見402頁

教學主題建議

初級：天氣現象／天氣預報

中、高級：天氣現象／自然災害

教學活動舉例

1. 我是漢字小老師 ☑初、中、高級 ☑聽力 ☑寫字 ☑字形

   (1) 活動主軸：提升學生對寫漢字的興趣，減少非漢字圈學生對聽寫考試的壓力，不僅要求單一漢字詞語的正確性，還可以幫助聯想、串聯漢字，久而久之，有助於學生發展記寫漢字的策略，對漢字觸類旁通。

   (2) 流程簡述：教師編寫幾段與課文相關的小短文（需有漢字與拼音），做成小短文卡片。將學生分組，兩或三人一組。發給每位學生一張小短文卡片。學生輪流當漢字小老師，考同組的「學生」聽寫短文。「學生」不會寫的漢字，小老師必須提示或說明字怎麼寫。

   例如：小老師（甲學生）：「今天天氣非常好，我們一起去野餐，媽媽準備了好吃的豚骨拉麵。」學生（乙學生）：「老師，『豚』怎麼寫？」小老師：「豚的左邊是月亮的月，右邊是我家你家的家的下面的部分。」

(3)延伸或變化：對需要加強漢字書寫的班級或學生，教師可定期安排漢字隨堂考，把這種「『聽』寫漢字」作為固定模式，考學生程度範圍內的詞彙或短句。此屬「能力測驗」，而不是成就測驗。雖然學生無法事先準備考試內容，但是只要碰到不會寫的漢字，都可提問，教師用「拆解部件」的方式說明漢字寫法。或者也可以玩「猜字謎」的遊戲。例如：雨下在田裡。（雷）月躲進門。或，門中見月。（閒）火車票被風吹走了！（飄）也可以讓學生創造字謎。

小提醒

教師在旁觀察與記錄，如需糾錯或說明，在活動結束後，統一提出，合班講解。例如，教師於活動結束後說明：「日本人說的『豚骨』就是『豬骨』，『豚』的部首是『肉』部，請注意寫法（板書示範），和『月』不同。你們看，『家』這個字是房子裡有一頭豬……。」（中級以上程度，可以適度地說明字源與文化。「家」請參考第十二單元。）

短文卡片必須有漢字與拼音，讓扮演小老師的學生在念短文時沒有障礙。可以有兩、三個超綱的詞彙，讓扮演小老師的學生自由發揮、嘗試說明漢字的寫法，原則上小老師只要不用筆寫出來給「學生」看，用什麼方法都行。

如果是中、高級以上程度，教師可以適度帶入文化、字源與六書等知識，深化學生對漢字的認識。例如，說明「雷」是一個形聲字。（請參考本單元雨部例字「雷」。）

---

2. 聽故事，填空。☑中、高級 ☑聽力 ☑寫字
　(1)活動主軸：測驗學生的聽力理解程度，分為第一層「個人獨力完成」與第二層「小組討論合作」兩個層次。
　(2)流程簡述：教師發下「小短文填空」紙張，念故事（念兩次），請學生填空。等學生聽完故事、填完之後，分三人或四人一組，互相討論（驗證自己的答案或向對方求救）。

如果全組同學都不會寫的字，可以查字典、查手機。等學生們討論完、完成填空之後，請各組派人上臺寫出答案。最後合班檢討。

例：

「小短文填空」紙張

> 有一家人，買了個便宜的房子。有一天，1＿＿＿＿來了，2＿＿＿＿越來越強，大風急3＿＿＿＿，把他們的房子都4＿＿＿＿，他們也5＿＿＿＿到了半空中。人們不是都說「家是最安全的地方」嗎？可真是6＿＿＿＿啊！他們受不了打擊，最後都7＿＿＿＿！

〔原故事內容〕有一家人，買了個便宜的房子。有一天，颱風來了，颼颼的風聲越來越強，大風急飆，把他們的房子都颳跑了，他們也飄到了半空中。人們不是都說「家是最安全的地方」嗎？可真是諷刺啊！他們受不了打擊，最後都發瘋了！

(3)延伸或變化：可以仿照上面的形式，請學生根據課程中的目標詞彙自編一個小故事，教師批改完成後，就可以在課堂上利用，作為聽寫漢字活動或交換故事活動的文本。

> 小提醒
> 此活動的三個層次，第一層是教師念、學生寫，先依個人能力，嘗試獨力完成填空。第二層是分組，讓學生們集思廣益，透過討論、合力完成內容。到了第三層，則是處理那些即使互相討論也想不出的漢字，請學生運用其他資源查找。進行許多課堂活動，都可包含第一層和第二層。

3. 說說天氣怎麼樣 ☑初、中級 ☑認讀 ☑口說 ☑寫字

(1)活動主軸：認識天氣現象的說法以及漢字的寫法。能夠陳述天氣變化時的相應措施。若學生程度在中級以上，還能夠涉及天候與各國國情及文化等話題。（例如颱風假、大雨假、高溫假……）

(2)流程簡述：請教師先帶領學生說說〔學習單〕表格①②③。分二或三人一組，每組一疊天氣圖卡，學生輪流抽天氣圖卡（如下），先將漢字寫在背面，再依抽中的圖卡說句子：（天氣），你要（相應措施）。

例：〔學習單〕

①請說一說，這是什麼樣的天氣？

晴天	多雲	下雨
下雪	有霧	有霧霾；霾害
有風	下雷雨	有閃電

②請你說說看，這一日天氣如何？

日期	天氣
3月23日	請學生先說，之後寫出漢字
4月20日	可以寫字或拼音
6月5日	先說；後寫漢字

日期	天氣
6月26日	⛈ 先說；後寫漢字
11月15日	☀ 先說；後寫漢字
12月25日	❄ 先說；後寫漢字

③請說一說：　（日期）　，　（天氣）　，你需要（相應措施）。

　　例如：6月5日，下雨，你需要打傘。

　　你需要：

待在家裡 dāi zài jiālǐ	穿雨衣／雨鞋；打傘 chuān yǔyī yǔxié dǎ sǎn	戴口罩 dài kǒuzhào
穿雪靴／外套 chuān xuěxuē wàitào	戴手套 dài shǒutào	防曬 fáng shài
帶傘出門 dài sǎn chūmén	戴太陽眼鏡 dài tàiyáng yǎnjing	保暖 bǎo nuǎn

　　　例：天氣圖卡

⑶延伸或變化：若中級以上程度學生，請根據以上資訊，撰寫新聞稿、做天氣預報。

例字說明

1. 部件：日

結構組合	簡化字	大陸發音
日十	–	zǎo

字源、字義

是目前所見「早」最早的字形，是從日、棗聲的形聲字，從「日」，表示字義與太陽、時間有關。現今的「早」字形，在省形以及形誤的演變下，已看不出聲符。除了「早晨」的含意，也引申為時間靠前的意思。

例詞

早、早上、早晚、遲早、提早、及早。

小提醒

「早」在初級教學中很早就出現，用法只是一般的晨間問候語，在字形教學上，教師可利用學生已知的「日」與「十」領寫。教學語言如「『早』這個字的上面是一個『日』，下面像一個『十』」。

結構組合	簡化字	大陸發音
日免	–	wǎn

字源、字義

「晚」字始見於篆文「晚」，是形聲兼會意字，從日、從免，免亦表示聲音。《說文》：「晚，莫也。」是日暮、傍晚的意思。「免」的字義，從兩種解釋上看來，都有「除掉、去除、脫離」的涵義。其一，指人戴帽的形象，是「冕」的本字，本義是帽子，因為被假借為除掉、去除，所以有「冕」字後起。其二，本義為分娩，字像人出生、脫離母體胞衣的樣子，而後有後起字「娩」。「日」加上含有脫離、去除之義的「免」，就是「晚」的意思。引申為時間靠後、較遲，或是一個時期的後段。

例詞

晚上、晚會、傍晚、晚輩、夜晚、一天到晚。

小提醒

初級教學中，「晚」的幾層引申義與用法：一天時間中的後段——晚上；晚上的問候語——晚安；時間靠後、較遲——太晚了，我晚來了。
在使初級學生理解早、晚的概念時，可畫一條時間線，標示出「規定的時間」，靠前的時間段是「早」，靠後的時間段是「晚」。例如八點鐘應該到教室，七點半是早來了／來早了（來得很早），八點半是晚來了／來晚了（來得很晚）。
程度再高一點的，相對指接近結束的時間段：晚年、晚期。相對長輩：晚輩。

結構組合	簡化字	大陸發音
日乍	－	zuó

字源、字義

「昨」字始見於篆文「昨」，是形聲字，《說文》：「昨，累日也。从日、乍聲。」《廣韻》：「昨，昨日，隔一宵。」意指今日的前一日，引申為過去、往日。一說「乍」有剛（剛才）的涵義，因此「昨日」意即剛過去的一天。

例詞

昨天、昨日、昨夜、昨晚、今是昨非。

小提醒

初級教寫昨日的「昨」，順便教工作的「作」。

教學語言舉例如下：

昨（板書），部首是日，日是太陽，這個字有「時間」的意思。

作（板書），部首是人，人工作，也可以說「做『工作』」，我做教中文的工作。

結構組合	簡化字	大陸發音
日寺	－	shí

字源、字義

「時」是形聲兼會意字，金文字形 是上下結構，上為「止」（或說「之」），下為「日」。戰國文字所見「時」字，用為「經常」之意，除了上下結構的寫法，也見「止、日」合文的字形添加「又」的寫法「 」，亦有增從「寺」聲之「 」。《說文》：「時，四時也。从日，寺聲。」段注：「本春秋多夏之偁，引伸之為凡歲月日刻之用。」

例詞

時間、時候、時光。

小提醒

初級教寫昨日的「昨」，順便教工作的「作」。

教學語言舉例如下：

昨（板書），部首是日，日是太陽，這個字有「時間」的意思。

作（板書），部首是人，人工作，也可以說「做『工作』」，我做教中文的工作。

ㄔㄨㄣ

結構組合	簡化字	大陸發音
夫 日	－	chūn

字源、字義

「春」的金文字形 🌱 可以看出由屮、屯、日構成。「屯」像草木初生的樣子，表義也表示聲音。字形上增加了「日」，強調植物春生。在六書中屬於形聲字。《說文》：「春，推也。从日屮屯，屯亦聲。」

例詞

春、春天、春節、春季、春假、青春。

小提醒

利用春、夏、秋、冬的字形圖與示意圖畫來教四季。

ㄕㄨˇ

結構組合	簡化字	大陸發音
日 者	－	shǔ

字源、字義

「暑」是形聲兼會意字，從日、者聲，「者」兼表熱之義。「暑」的本義是炎熱。從字形來看，上從日，下從者，者是「煮」的初文，以燒煮表示炎熱，而炎熱是「日」造成的。《說文》：「暑，熱也。」

例詞

暑假、暑期、中暑、暑氣。

小提醒

順便教「煮」。用圖表示「灬」，例如 🌷、🌷。

教「暑假」時，一起教「寒假」。

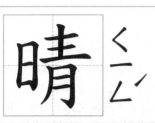

結構組合	簡化字	大陸發音
日 青	–	qíng

字源、字義

「晴」字晚出，始見於楷書。篆文作「眭」，從夕、從生，「生」也表聲，是會意兼形聲字。異體字「暒」，楷書改從日、青聲。《說文》：「眭，雨而夜除星見也。从夕、生聲。」意指雨止而星現，隔日必晴朗，後來泛指天空無雲或少雲的狀態。

例詞

晴、晴天、陰晴不定。

小提醒

介紹「晴」的寫法：「左邊是日，右邊是青」。

結構組合	簡化字	大陸發音
日 京	–	jǐng

字源、字義

「景」字本義是「日光」，《說文·日部》：「景，光也。从日、京聲。」段注：「日月皆外光，而光所在處物皆有陰，光如鏡，故謂之景。……後人名陽曰光，名光中之陰曰影，別製一字。……《爾雅》、《毛詩》皆曰：『景，大也。』其引伸之義也。」引申為「光明、大、景象、崇敬、陰影」等涵義。從「日光」引申為有光之處即有陰影的「影」，是從「景」加上「彡」分化出來的字。

例詞

風景、背景、景色、夜景、景觀、景氣、景物、景象、前景、情景、遠景。

結構組合	簡化字	大陸發音
日 西	－	shài

字源、字義

「晒」是晚出字，始見於楷書，篆文  從日從麗，《說文》：「曬，暴也。从日、麗聲。」楷書「晒」從日、西聲，是形聲字。

「晒」的本義是「曝曬」，上古用「暴」表示「曝曬」，但是後來「暴」專用在引申義如「暴力」的用法上，所以後人把「暴」加上一個義符「日」而成了「曝」，表示「曝晒」之意。

例詞

晒、晒太陽。

小提醒

試著讓中、高級程度的學生分析、討論字形，以加深印象或深化對漢字的認識，進而發展學生自己的習寫策略。例如：〔問題討論〕晒、曬，哪一個字形的涵義比較好呢？說說看，你為什麼這樣認為？

中、高級班：補充「『曬』衣服」的動詞用法，延伸出流行語「曬恩愛」的用法。

結構組合	簡化字	大陸發音
氏 日	－	hūn

字源、字義

「昏」的甲骨文字形  從日在人下，表示日落的意思，也有增點作「氏」的字形 。

《說文・日部》：「昏，日冥也。从日、氏省。氏者，下也。一曰，民聲。」「氏」者「低」之意，表示日落低下。黃昏時分，因有昏暗、模糊、看不清的含意，因而引申為「昏昧、昏沉」等含意。

例詞

黃昏、昏倒、昏迷、昏、昏庸、昏君、昏沉、昏暗。

結構組合	簡化字	大陸發音
並日	－	pǔ

字源、字義

「普」字表示廣大、普遍之意，如《玉篇・日部》：「普，徧也。」又如《左傳・昭公七年》引《詩》曰：「普天之下，莫非王土。」而《說文》解釋「普」義為「日無色」，即太陽無光，段注則說古籍少用此義。

例詞

普遍、普及、普通、普渡、普考、普選、普查、普通話、吉普車。

小提醒

普遍的「遍」，讀音ㄅㄧㄢˋ（biàn），語音ㄆㄧㄢˋ（piàn）。

結構組合	簡化字	大陸發音
日共水 / 日恭	－	bào/pù

字源、字義

「暴」本來表示「曝曬」之意，從上半部字形「〔日共〕」聲。裘錫圭認為「〔日共〕」象兩手持草木一類的東西在日下曝曬，是「曝」的初文。小篆字形「暴」，後簡化為「暴」。《說文》另有「暴」字，《說文・本部》：「暴，疾有所趣也。」是疾暴之「暴」的本字，也是從「〔日共〕」聲。後來多假借「暴」用為疾暴、暴力之意，因此又加注「日」旁分化出「曝」字來表示「暴」本來的曝曬義。（參考「漢語多功能字庫」）

例詞

ㄅㄠˋ（bào）：暴力、暴躁、暴雨、殘暴、暴虐、暴行、風暴、粗暴、暴雨、沙塵暴、暴青筋、暴飲暴食、自暴自棄、暴殄天物。
ㄆㄨˋ（pù）：暴露、一暴十寒。

小提醒

「暴」是多音字，讀ㄅㄠˋ（bào）時，表示急遽、猛烈、欺凌、毀壞、蹧蹋、鼓起、突出、殘酷凶惡、急躁的、急驟的、猛烈的。讀ㄆㄨˋ（pù）時，表示晒（同「曝」）、顯露。

	字源、字義
暈  ㄩㄣ ㄩㄣˋ	從甲骨文⊙來看，「暈」的本義是太陽周圍有雲氣凝聚、出現光圈的樣子，即「日暈」。後來也表示月亮周圍的光圈，即「月暈」。《說文‧日部‧新附》：「暈，日月气也。从日，軍聲。」日暈與月暈皆有「看上去模糊不清」的特性，因此引申為「視線不清」甚或「失去知覺」等詞義，如「頭暈、暈倒」。

結構組合	簡化字	大陸發音	例詞
日 軍	晕	yūn／yùn	ㄩㄣ（yūn）：暈倒、暈厥、暈車、暈機、暈眩、頭暈眼花。 ㄩㄣˋ（yùn）：日暈、月暈、光暈。

小提醒

「暈」是多音字，臺灣規範讀ㄩㄣ（yūn）時，表示昏迷、昏亂的或因外在環境而產生一種昏亂的感覺；讀ㄩㄣˋ（yùn）時，表示太陽及月亮周圍的光環、光影、色澤四周模糊的部分、面頰所泛生的輪狀紅色。大陸用法大致一樣，但臺灣念一聲的「暈」，若歸因於自身，在大陸仍念一聲；若歸因於搖晃、打針等外在因素，則念作四聲。

	字源、字義
暫 ㄓㄢˋ	「暫」的意思即「不久、短時間」。《說文‧日部》：「暫，不久也。从日，斬聲。」段注：「今俗語云霎時閒（間），即此字也。」

結構組合	簡化字	大陸發音	例詞
斬 日	暂	zàn	暫時、短暫。

小提醒

臺灣與大陸的讀音不同。

2.部件：月

結構組合	簡化字	大陸發音
日 月	－	míng

字源、字義

「明」是會意字，本義是「明亮」。《說文》：「明，照也。」甲骨文字形有「☉)」，從日從月，表示日月並出，意為白晝、明亮；另有「☉)」，從囧從月，表示月光照進窗戶，或從窗口看月亮之意。引申義為「明天」，日、月再次出現之意。

例詞

明天、明年、聰明、明信片、三明治、發明、明顯、明白、說明、證明。

小提醒

可利用畫時間線與標示日期的方式（如圖），來教（前天）昨天、今天、明天（後天）。

	6/4	6/5	6/6
	昨天	今天	明天

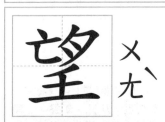

結構組合	簡化字	大陸發音
亡月壬	望	wàng

字源、字義

「望」甲骨文字形 𦣻 是一個人站在土堆上、眼睛（即「臣」字）眺看遠方的樣子，金文 𦣻 增加了「月」，表示遠眺的對象是月亮，六書屬於會意字。

有的金文字形 𦣻 將「臣」改成「亡」，用來表示音讀，因而成了形聲字。楷書字形「望」，由三個部分組成，已經很難看出「人直立在土堆上望月」的形象了。

例詞

希望、渴望、盼望、願望、失望。

小提醒

注意右上方部件的寫法。

期	くー

結構組合	簡化字	大陸發音
其 月	–	qī

字源、字義

「期」六書屬於形聲字，金文有從日、其聲「𦱧」或從月、其聲「𣎜」兩種字形，都表示在約定的時日來相會合的意思。

例詞

星期、日期、假期、學期、期間、定期、過期、期限、時期、初期、期待、期望、潛伏期、危險期、不期而遇。

小提醒

臺灣與大陸的讀音不同。

閒	ㄒ一ㄢˊ

結構組合	簡化字	大陸發音
門 月	闲	xián

字源、字義

「閒」由「門」、「月」二字構成，表示從門隙中看見月亮之義，是異文會意字。大陸規範字作「闲」，門中之「月」變成了「木」，已失其本義，「闲」之本義為「牢」，即圈養動物的欄杆。「閒」現今多指空暇無事或為了消遣、不甚重要之意，例如「休閒活動」、「閒逛」、「看看閒書」、「閒談一會兒」。

例詞

休閒、閒暇、清閒、閒談、閒逛、閒聊、閒錢、閒情、閒人、閒適、閒書、閒散。

朗	ㄌㄤˇ

結構組合	簡化字	大陸發音
良 月	–	lǎng

字源、字義

「朗」在六書中屬於形聲字，始見於篆文「𦜳」，從月、良聲。從「月」，取義月光明亮皎潔，而「良」表示音讀。楷書定體為「月」在右旁。

例詞

開朗、朗讀、朗誦、晴朗。

結構組合	簡化字	大陸發音
卓月	－	cháo/zhāo

字源、字義

「朝」六書屬於會意字，甲骨文 、，寫作從日從月、從二屮或四屮，表示清早太陽從草叢中升上來，而殘月還掛在天空中。

金文 、戰國文字 到篆文 ，「月」旁的變化有從表示「水流」或「潮汐」的「 」形（「潮」的初文）和「舟」的寫法，原因是「朝」字常被借為潮汐的「潮」。

後來有的隸書字形 （北海相景君銘）又回到甲骨文從「月」的寫法，楷書承之而定體為「朝」。

例詞

ㄔㄠˊ（cháo）：朝、漢朝、朝代、朝貢、朝廷、朝聖。
ㄓㄠ（zhāo）：朝氣、朝陽、有朝一日。

小提醒

「朝」是多音字，讀ㄔㄠˊ（cháo）時，表示以下涵義：古時諸侯拜見天子、舊時君主聽政或辦事的地方、某一家族或君王的統治時期、參拜神明、具方向性之「對、向」之意；讀ㄓㄠ（zhāo）時，表示早晨、日、天、有活力的。

3.部件：風

結構組合	簡化字	大陸發音
風舌	刮	guā

字源、字義

「颳」是形聲字，本字是「刮」，用「刀子削去物體表面的東西」形象化引申表示颳風時的情狀，後來加上「風」作為義符，且省形為「舌」，以此作為「刮」的後起字。大陸規範字又簡化作「刮」。

例詞

颳、颳風。

飄	ㄆㄧㄠ		

字源、字義

「飄」字六書屬於形聲兼會意字，始見於篆文，本義指「旋風、暴風」。《說文·風部》：「回風也。从風、票聲。」從「風」，表示「飄」與風的狀態有關；從「票」，表示音讀，也兼表「輕」之義。「票」本義是「火焰飄飛騰起」，所以有「輕」的涵義。

結構組合	簡化字	大陸發音
票　風	飘	piāo

例詞

飄泊、飄落、飄浮、飄零、飄流、飄動、飄飄蕩蕩、飄飄然、飄飄欲仙、飄忽不定。

小提醒

飄，飄在空中。

漂，漂在水上。（詳參〈第七單元 江河行地〉部件「水」之例字「漂」）

飆	ㄅㄧㄠ		

字源、字義

「飆」是會意兼形聲字，從風從焱，「焱」也兼表聲音。《說文·風部》：「飆，扶搖風也。」本義是「暴風、疾風」，「飆」是「扶搖」的合音。現今有動詞義，如「血壓飆高」。

結構組合	簡化字	大陸發音
焱　風	飙	biāo

例詞

飆車、發飆。

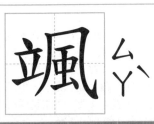

結構組合	簡化字	大陸發音
立 風	飒	sà

字源、字義

「颯」是狀聲詞，形容風聲，如「颯颯秋風、風聲颯颯」。唐・李白〈月夜江行寄崔員外宗〉：「飄飄江風起，蕭颯海樹秋。」蕭颯，秋風勁瑟之意。唐・杜甫〈丹青引贈曹將軍霸〉：「褒公鄂公毛髮動，英姿颯爽猶酣戰。」英姿颯爽或作颯爽英姿，是指英挺矯健、神采煥發的樣子。「颯爽」也有「清朗、清新、涼爽」等含意。先秦文人宋玉〈風賦〉有「有風颯然而至」、屈原〈九歌・山鬼〉：「風颯颯兮木蕭蕭，思公子兮徒離憂。」颯，從風、立聲，是形聲字。

例詞

蕭颯、颯颯風聲、英姿颯爽、精神颯爽。

小知識

從現代語音的角度來看，「颯（sà）」與「立（lì）」的發音相去甚遠，如何理解兩者有聲音關係？

閩方言中，有古次濁聲母「來」體現為舌尖擦音「s-」的現象，前人或者認為來自複輔音「*sl」，或者認為從「l（舌尖邊音）」到「s（舌尖擦音）」是因為外流空氣由舌邊改道經由舌央的變化，也就是「氣流換道」導致音變。（參考張光宇《切韻與方言》頁21~24，臺灣商務出版社。民國79年1月）

小提醒

「颯」雖指風聲，但杜甫詩中比作雨聲，如「寒雨颯颯枯樹濕」（〈乾元中寓居同谷縣作歌七首〉之五），這是文人、作者遣詞用字別具用心的體現。教師須注意，中、高級程度教學時，若採用文學作品或歌詞，容易遇到詞語形態與用法變異的現象。

結構組合	簡化字	大陸發音
風 叟	飕	sōu

字源、字義

「颼」是形聲字，本義是「風聲」，狀聲詞。如「啾啾颼颼，吟嘯相求。」（漢・趙壹〈迅風賦〉）杜甫詩中也作雨聲，如「雨聲颼颼催早寒，胡雁翅濕高飛難」（〈秋雨歎三首〉之三）。現在常見用法是作為形容詞後綴。

例詞

冷颼颼，風聲颼颼。

結構組合	簡化字	大陸發音
疒 風	疯	fēng

字源、字義

「瘋」是一個晚出字，始見於楷書，字形從疒、風聲。「疒」字義與「病痛」有關，其形象是「病人依靠在床上」的樣子。而「風」的意思是「流動的空氣」，看起來意義上與「瘋」沒什麼關聯，應僅是作為不示義的聲符，表示音讀，六書屬於形聲字。

例詞

瘋、瘋狂、瘋子、發瘋。

小提醒

「瘋」指人意識不清、精神狀態不正常之意。也可以當程度高的修飾語，例如「孩子們玩瘋了。」

結構組合	簡化字	大陸發音
言 風	讽	fèng

字源、字義

「諷」是形聲字，從言、風聲，《說文‧言部》：「諷，誦也。」本義是「背誦」，所以從「言」為義符，後來引申有「嘲諷、譏諷」的意思。

例詞

諷刺、嘲諷、譏諷、反諷。

4. 部件：雨

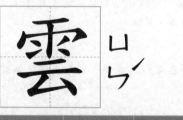

結構組合	簡化字	大陸發音
雨 云	云	yún

字源、字義

「雲」字的構形（云）從甲骨文 到戰國文字 ，都像天上的雲，屬象形；篆文 從雨、云聲，在六書中屬於形聲兼會意字。「雲」的本字「云」被借為「說」，後來增加了「雨」做為形符，以區別「說」義的「云」和天上的雲。

例詞

雲、雲朵、白雲。

結構組合	簡化字	大陸發音
雨 ⺕	－	xuě

字源、字義

「雪」甲骨文 ，從雨、從 、從小點，象從天上落下許多如羽毛般輕柔的東西（雪花、雪片），是會意字。金文 ，寫成從雨、彗聲的「䨮」，是「雪」的本字，篆文承之。隸書一例 （祝睦後碑）省作「雪」，為從雨、彗省聲的形聲字，「彗」表示音讀，兼表「彗帚」之義，故「雪」為上形下聲之形聲兼會意字。

例詞

下雪、雪、滑雪、雪花、雪人。

結構組合	簡化字	大陸發音
雨 电	电	diàn

字源、字義

「電」甲骨文字形 、 ，像閃電之形，六書屬象形，與「申」是同一個字。「申」後來假借為干支名，因此分化出增加了「雨」形的「電」字，以保留「閃電」的本義。《說文‧雨部》：「電，陰陽激耀也。從雨、從申。」六書屬會意。大陸規範字還原、簡化為「电」。

例詞

電話、電腦、電視機、電影、電子郵件、電梯、電、電車、電池。

小提醒

順便教「雷」。用〔問題討論〕引起動機，如「雷聲與閃電哪一個先出現？為什麼？」

請學生注意「電」與「雷」的區別。

結構組合	簡化字	大陸發音
雨 令	－	líng

字源、字義

「零」是形聲字，《說文·雨部》：「零，餘雨也。从雨、令聲。」本義是「天上落下細碎的雨滴」，後來表示「零碎、零落」以及數字「零」等意義。

例詞

零、零錢、零件、零售、零下、凋零。

結構組合	簡化字	大陸發音
雨 而	－	xū

字源、字義

「需」金文字形 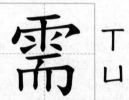，原本上半部是「雨」、下面像「天」，像雨下有一個人，是一個會意字。到了篆文 ，下半部的「天」訛變為「而」（本義是「頷下的鬍鬚」），在字形釋義上不合理。《說文·雨部》：「需，頷也。遇雨不進，止頷也。」「頷」是「待」之意，指人遇到下雨時，無法前進，等待雨停。「需」本義為「等待」。

例詞

需、需要、需求、供需平衡。

結構組合	簡化字	大陸發音
雨 辰	－	zhèn

字源、字義

「震」是形聲兼會意字，《說文·雨部》：「震，劈歷振物者。」從雨，表示自然界現象，本義是疾雷。下半部的「辰」表示音讀，也表示「震」、「振動」之義。「辰」的本義，或說象蜃蛤之形，或說像蟄蟲甦醒、蠢蠢欲動的樣子。《說文·辰部》：「辰，震也。」

例詞

地震、震動、震驚、震怒。

ㄌ
ㄟˊ

結構組合	簡化字	大陸發音
雨 田	－	léi

字源、字義
「雷」是形聲字，上半部的「雨」表示天象，下方的「田」是「畾」省聲，本字應作「靁」，「打雷」之義。

例詞
雷、打雷、雷達、雷同、地雷。

ㄨˋ

結構組合	簡化字	大陸發音
雨 務	雾	wù

字源、字義
「霧」是形聲字，上面的「雨」表示天象，下面的「務」表示音讀。《說文·雨部》：「地气發、天不應曰霧（「霧」的異體字）。」本義為「霧氣」，接近地面的空氣中，水蒸氣遇冷凝結而成的懸浮於空氣中的細小水珠，使人視野模糊不清，引申有「模糊不清」之意，如「一頭霧水、如在雲裡霧裡」。

例詞
霧、霧氣、起霧。

ㄌ　ㄌ
ㄨˋ　ㄡˋ

結構組合	簡化字	大陸發音
雨 路	－	lù/lòu

字源、字義
「露」是形聲字，上半部「雨」表示天象，下半部「路」是不表義的聲符。《說文·雨部》：「露，潤澤也。」本義是潤澤萬物的「露水」。「露」作動詞用，有「顯現出、表現出」的意思。

例詞
ㄌㄨˋ（lù）：露營、露、露天、玫瑰露、暴露、顯露、表露、原形畢露。
ㄌㄡˋ（lòu）：露口風、露馬腳、衣角外露。

小提醒
「露」是多音字，讀ㄌㄨˋ（lù）時，表示露水或花果蒸餾而成的飲料、酒，以及動詞涵義的顯漏、揭露；讀ㄌㄡˋ（lòu）時，表示口語「單用」的動詞義「顯現」。

霾 ㄇㄞˊ			字源、字義 「霾」本義是「大風揚起塵土、風中飽含沙塵」，《說文·雨部》：「風雨土也。从雨、狸聲。」空氣中細塵微粒含量高，因而空氣混濁、天色昏暗。
結構組合	簡化字	大陸發音	例詞
雨 貍	－	mái	霾、陰霾、霧霾、霾害。

霉 ㄇㄟˊ			字源、字義 「霉」義同「黴」，《康熙字典·雨部·七》：「霉，義與黴通。」《說文通訓定聲》指「霉」是「黴」的俗字。《說文·黑部》：「黴，中久雨青黑。从黑，微省聲。」物品因久雨受潮而產生黴菌，使之呈現黑青色。現今「霉」是「黴」的簡化字。
結構組合	簡化字	大陸發音	例詞
雨 每	－	méi	發霉、倒霉、霉味、長霉。

靈 ㄌㄧㄥˊ			字源、字義 「靈」字與天象無關，金文字形「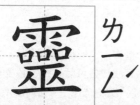」從示、霝聲，表示與祭祀的儀式有關。「靈」下方從「巫」的字形見於篆文，《說文》視「靈」為異體，正字作「靁」，下方字形為「玉」。《說文·玉部》：「靁，靈巫，以玉事神。从玉、霝聲。靈，靁或从巫。」「靈」本義與「祀神祈福的儀式」有關，或指從事此職的「靈巫」。
結構組合	簡化字	大陸發音	
霝巫	灵	líng	例詞 靈魂、靈活、心靈、靈、靈感、靈驗、失靈。

5. 部件：气

結構組合	簡化字	大陸發音
气米	气	qì

字源、字義
「氣」本義是「餽贈給客人的米糧」，《說文·米部》：「餽客芻米也。从米、气聲。」原本表示雲氣的「气」字被借走當作「乞求」的意思，「氣」因而被借去表示「雲气」的意思。後來用「餼（餼/xì）」存「氣」之本義。

例詞
天氣、生氣、客氣、空氣、氣溫、發脾氣、運氣、風氣、和氣、口氣、語氣。

字源、字義
「汽」為形聲字，是「气」的後起分化字。「气」加了水旁，分化出「汽」來專指「水汽」。

例詞
公共汽車、汽車、汽油、汽水、汽笛、水汽。

結構組合	簡化字	大陸發音
氵气	–	qì

字源、字義
此字晚出，始見於楷書，字形從气、羊聲，六書屬於形聲字。另有說法指氧氣是養生必需的氣體，故「羊」從「養」省形，表聲也兼表義，「氧」則是形聲兼會意字。

例詞
氧氣、二氧化碳、臭氧層、有氧運動。

結構組合	簡化字	大陸發音
气羊	–	yǎng

小提醒
教中、高級程度的學生生活中常用的氣體說法、認讀常用的氣體字，如「氫、氮、氟、氯、二氧化碳、臭氧層」等。

字源、字義

「氛」是形聲兼會意字，《說文‧气部》：「氛，祥气也。」指其本義是「預示吉凶的雲氣」。「气」像是一團團雲氣，「分」有「分散開來」的意思，因此引申出「特定環境給人某種強烈感覺的情勢、情調」等含意。

結構組合	簡化字	大陸發音
气 分	-	fēn

例詞

氛氛、氛圍。

解答

小試身手

一、連連看

答：

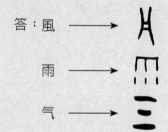

風 ⟶

雨 ⟶

气 ⟶

二、填入正確答案

答：1. 「日」的本義是A太陽。

2. 從「日」取義的字，意義跟C光陰有關。

想一想1

「星」是形聲字，上形，下聲，那麼「日」和「星」在形體上有什麼關聯性呢？

答：現在所見「星」字形上方的「日」是從「晶」省略而來的。晶，象

形，表示星星。《說文》中，「星」在晶部，上面不是指太陽之義的「日」，而是「晶」的省形，下方「生」是聲符。

想一想2

夕、夜、外、多，哪個字不關「月」的事呢？

答：「多」與月無關。「多」字形從二「夕」，是「⚫（肉）」的異體，指二肉相疊或並列，是會意字。

夕，甲骨文與「月」同形，二者字形與字義後來分明，「月」代表月亮，「夕」表示傍晚。

夜，從「夕」「亦」聲，「夕」是月亮之形，表示夜晚。

外，甲骨文與「卜」同形，與「卜問」有關。金文從「月」從「卜」，「月」也作「夕」，即夜晚卜問之意。

想一想3

雨部的字都是自然界的天象，試想，常見用作女性名字的「雯」本義是什麼？

答：「雯」的本義指成花紋的雲彩。「雯」字晚出，《廣韻・文韻》：「雯，雲文。」《集韻・文韻》：「雯，雲成章曰雯。」

想一想4

是「水蒸氣」還是「水蒸汽」？是「熱氣球」還是「熱汽球」？

答：水蒸氣；熱氣球。

水變成的氣是「水蒸氣」，也就是氣態的水，這是氣體，看不見、摸不著；水蒸氣凝結而成的微小水滴的集合是「水汽」，是氣體與液體的混合體，反光而成白色，雲和霧都是水汽。

參考網路資訊：劉源俊〈釋說新語之二十二-氣與汽〉，東吳物理。熱氣球是靠熱空氣上升原理，因此作「熱氣球」。

第七單元
江河行地——山石土阜田水冫

單元概覽

| 1.7個部件：
山石土阜田水冫
2.55個漢字：
　山：島岸密岩崇岔嵐
　石：碗碟破碰研砍硬確
　土：地坐在場壞基型
　　　塊塞堅址
　阜：附隊陽院陪陸險
　田：男畢界畫當留
　水：沒湯渴漂沙游活
　　　演泰
　冫：冬冰冷凝凋准凌
3.教學主題建議：
　初級：
　#與自然地貌相關的基
　礎部首字
　中、高級：
　#山嶽 #土部字 #水部字 |

(1)教寫漢字——認識基本筆畫

yǒng

(2)認識基礎漢字

小試身手

一、觀察下列三個甲骨文字形，猜一猜這三個字的現代字形為
　　何，試著寫在下方空格裡。提示：坐在界男岩石。

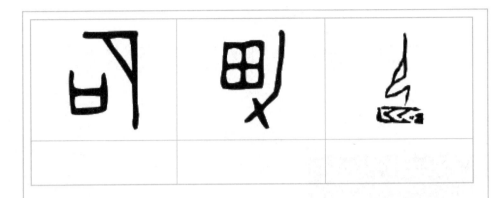

二、看看下面這個漂亮的甲骨文，猜猜這個字的解釋為何？

	隨風飄揚的旗幟
	太陽照射山之南
	受阻於險要之處

解答請見434頁

教師應該知道的漢字知識

　　由「山、石、土、阜、田、水、氵」等漢字部件所構成的漢字，大多與我們在地表上所見的自然環境、地貌有關，除了「田」是人力施作的結果，或說是文化的產物，其餘可說都是出自天工。

1.山

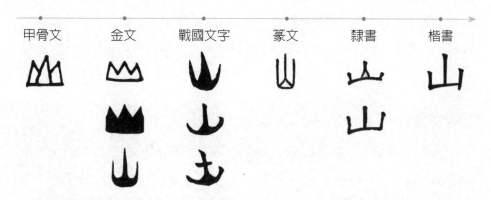

| 甲骨文 | 金文 | 戰國文字 | 篆文 | 隸書 | 楷書 |

　　「山」字象形，甲骨文看起來就像是聳立、連綿的山峰。山部的字，大致所見有「山的名稱」、「山的種類」、「山的部分」與「山勢、山貌」等四類。

常見例字：

部件意義	與山的種類、山勢或山貌相關
例字	島岸密岩崇岔嵐
級數	中高級

想一想1
「崗」是「岡」的分化字，兩者在意義與使用上有什麼不同呢？
解答請見434頁

想一想2
「出」字形是兩個「山」相疊嗎？
解答請見434-435頁

教學錦囊1　「岳」同「嶽」

　　「岳」字形最早的寫法見《說文》古文 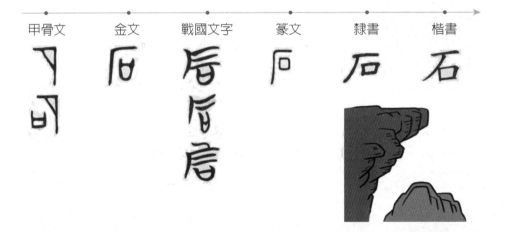，從丘、從山，是一個異文會意字，本義是高大的山，是「嶽」的異體字。《玉篇・山部》：「岳，同嶽。」

教學錦囊2　「幽」的字形與「山」無關

　　「幽」從甲骨文 到戰國文字 ，字形都是從絲、從火。從絲，表示絲線細微，隱而不易見；從火，指以火燭照明。「幽」字整體表示隱密而不得見之意，是一個異文會意字，與「山」並無關係，「山」的部分是篆文訛變的關係。

2. 石

甲骨文	金文	戰國文字	篆文	隸書	楷書

　　「石」是象形字，甲骨文其中一例可以看出像山崖下有石塊的樣子。石部所收的字，大致上可分為「美石」、「石製工具或器具」、「礦物名稱」以及「狀聲詞」等四類。除了這四類，現在常用的還有從石部、一般作為動詞使用的字，如砌、斫、砍⋯⋯，動作都與使用石製工具或從石料器具延伸出來的動態相關，也有的是名詞轉為動詞用。

常見例字：

部件意義	與石相關或具有石頭的特性	
例字	碗	碟破碰研砍硬確
級數	初級	中高級

想一想3

猜字謎的時候說：「王先生、白小姐坐在石頭上」，謎底是「碧」。「碧」字形既與「石」相關，那麼，請想一想，坐在石頭上的那位先生真的姓「王」嗎？

解答請見435頁

3. 土

甲骨文　　金文　　戰國文字　　篆文　　隸書　　楷書

「土」是象形字，像是地上有土塊、土堆的樣子。從「土」的字，大致上可分類為「地形與地貌」、「土器與工具」、「建築物相關」、「地域疆界」以及「與土相關的動詞」。教寫時，提醒學生注意「土」的寫法，上為短橫（和「士」區別）。

常見例字：

部件意義	與土地、土壤有關			與房屋、建築、器具有關	
例　字	地坐在場塊	塞堅	壞址	基型
級　數	初級	中高級	初級	中高級

教學錦囊3　「土」即「社」

　　「土」就是「社」的本字，其形像地上的土堆。古人把土聚集起來代表土地神（社），並視為祭祀的對象，祭土就是祭祀土地神。

教學錦囊4　「報」無關「土」，與「罪」有關。

　　「報」今雖收在「土」部，但古字形與「土」並無關係，如金文 報 。《說文・夌部》：「當罪人也。从夌从及。及，服罪也。」「夌」是刑具，字形右半邊 卩 像罪人手被上銬、跪坐的樣子。「報」的本義是罪人被判刑、服罪，六書屬於會意字。後來「夌」被訛寫成「幸」。

教學錦囊5　「土」、「士」有別

　　「士」金文字形 士 像「十」加「一」，「十」是今「甲」字，「一」像土地，表示甲士護土之義。

4. 阜（阝）

甲骨文	篆文	隸書	楷書
𨸏	𨸏	阜	阜

　　「阜」字甲骨文像山坡層層疊起，本義指土山、高地。「阜」作為偏旁，寫為「阝」，位在字的左邊。阜部例字大多是形聲字，從「阜」，表示與較高的地勢或土丘有關，具有地勢險要或地形升降等涵義，如「陡、阻、降」等。

常見例字：

部件意義	與高起的土丘相關	
例　字	附隊陽院險	陪陸
級　數	初級	中高級

想一想4

「陪」和「部」字，都有形似的部件「阝」，一個在左一個在右，我們常說「左阜右邑」，除了左右位置不同，兩者在意義上有什麼區別呢？

解答請見435頁

5. 田

| 甲骨文 | 金文 | 戰國文字 | 篆文 | 隸書 | 楷書 |

　　「田」字象形，就像整齊的稻田的樣子，有田地的邊緣和田間阡陌小路。田部的字，大致上可以分為「與農事相關的人、事、物」、「田地、疆土和行政區域」等幾類涵義，但有些字的字形中雖然看似有「田」，字義卻與土地、農事無關，例如「異、胃」等。

常見例字：

部件意義	與農事有關	其他
例　字	男畢界畫	當留
級　數	初級	初級

想一想5
「疊」、「雷」、「畏」、「異」、「胃」這些字的字形中都有「田」，若與田地無關，那是什麼意思呢？

解答請見435頁

6.水

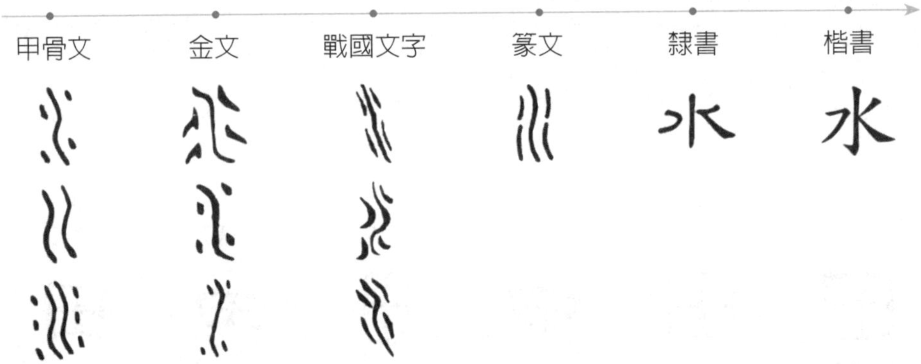

甲骨文　金文　戰國文字　篆文　隸書　楷書

　　「水」字象形，像流水的樣子。水部的字大多表示「河流與湖泊的名稱以及性狀」、「水的狀態」、「與水相關的事物」和「與水相關的動作」等幾類，而字形結構上大多是以「氵」作為偏旁的形聲字。

常見例字：

部件意義	與水相關的事物或狀態	
例字	沒湯渴漂沙游活演	泰
級數	初級	中高級

想一想6

《說文‧水部》同時收錄了「洗」、「澡」、「沐」、「浴」，它們的意思一樣嗎？

解答請見436頁

教學錦囊6 現行「法」字從水、從去，最重要的部分不見了！

　　「法」的字形，來自灋結構省作，從金文 及戰國文字 的字形來看，原本是「水、廌、去」三者的組合。相傳，「廌」[1]是古代一種能辨別是非的神獸，在人們發生爭鬥之時，能夠用頭上的角觸擊不直者而去之，因此作為刑法判準。而「水」，取其「平」義，表示「公平」的意思。「法」是一個有意思的異文會意字。（可參考第三編205頁圖）

7.冫

| 甲骨文 | 金文 | 篆文 | 隸書 | 楷書 |

　　「冫」（仌）是象形字，是「冰」的初文，甲骨文就像寒冰裂開的紋路，或說像水初凝結成冰花的樣子。因為「冫」做了偏旁，所以後來用「冰」字表示其義，如今「冫」不單用，從「冫」取義的字大多和「寒冷」之義有關。

常見例字：

部件意義	與冰相關或寒冷之意	
例　字	冬冰冷	凝凋准凌
級　數	初級	中高級

---

[1] 廌，音ㄓˋ／zhì，《說文‧廌部》：「解廌，獸也，似山牛，一角。古者決訟，令觸不直。」

想一想7

簡體字「冷」、「凍」、「冰」、「決」、「冲」、「況」的左邊部件都是兩點，字形上是否合理？

解答請見436頁

教學主題建議

初級：與自然地貌相關的基礎部首字

中、高級：山嶽／土部字／水部字

教學活動舉例

1. 永字八法 ☑全程度 ☑寫字 ☑字形

(1) 活動主軸：教師帶領每位學生使用毛筆「煞有其事」地寫漢字，宣紙九宮格幫助學生在寫漢字時，能寫出比例相當、具有平衡美感的漢字。帶學生認識漢字的筆劃與寫字的口訣。

(2) 流程簡述：教師帶領學生以毛筆蘸墨水寫字，增加新鮮感、困難度與趣味性。教師領寫漢字時，邊寫邊說出運筆方式，如橫、豎、點、撇……。學生練習書寫時，教師巡堂輔導、鼓勵學生。練習幾輪後，可以舉辦鼓勵性質的書法比賽，發下空白紙卡，讓學生抽字卡，依抽中的字卡、在空白紙卡上寫字，寫完後在紙卡背面簽名，之後全班投票選出最漂亮的字

(3) 延伸或變化：「永」的字形結構包含了八種基本筆畫，也可以視學生程度另找涵蓋基本筆畫的示範字。不論初級還是中、高級程度的學生都可以利用寫書法練習漢字的筆畫。初、中級程度是為了打好基礎，中、高級時可以導正學生錯誤的漢字筆法。如果準備宣紙與墨水不方便，現在也有「書法水寫布」與「筆畫練習水寫布」等方便的教具可供使用。

2. 漢字山水田園圖 ☑初級 ☑認讀 ☑口說 ☑寫字 ☑字形 ☑字音 ☑字義

(1)活動主軸：認識與自然地貌相關的基礎漢字。

(2)流程簡述：教師展示自然景觀圖，先請學生說說看見什麼。爾後幫助學生整理，教師指著圖中景物，邊說邊寫上漢字與拼音，例如：這裡有山（寫「山shān」），有河流，河流是水（寫「水shuǐ」），有田……。之後請學生再看圖描述一遍，並且習寫漢字：山、水、石、土、田、冰。

(3)延伸或變化：準備一張只有漢字的圖畫紙，請學生依漢字畫出圖的全貌。

圖例

山　　　　　　　河流／水　　　　　　崖下石塊

田　　　　　　　結冰　　　　　　　　土堆

例字說明

1.部件：山

字源、字義

「島」是形聲字，指海洋、江或湖中高起的陸地。《說文・山部》：「海中往往有山可依止。」本義是海島。一說從山從鳥，水中有山可以息鳥之意，是形聲兼會意字。

結構組合	簡化字	大陸發音
鳥山	岛	dǎo

例詞

島、島嶼、群島、半島。

小提醒

教寫或複習「鳥」。

字源、字義

「岸」是形聲字，指山邊高岸或水邊高起的地方。《說文・屵部》：「水厓而高者。从屵、干聲。」現代收在「山」部。

結構組合	簡化字	大陸發音
屵干	－	àn

例詞

對岸、彼岸、岸邊、沿岸、海岸線。

字源、字義

「密」是形聲兼會意字，從山從宓，「宓」也表示音讀。「宓」的本義是「安」，從「宀」有房屋義，《說文・山部》：「山如堂者。」認為本義是形狀像堂屋的山。

結構組合	簡化字	大陸發音
宓山	－	mì

例詞

祕密、保密、密切、稠密、機密、緊密、茂密、密集、密布、嚴密、周密、密謀。

小提醒

順帶教「蜜」。

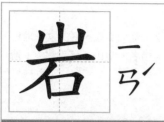

字源、字義
「岩」是會意字，字形的來歷有二。一是「巖」，《說文·山部》：「巖，岸也。」本義是高峻的山崖，隸書開始已是上「山」下「石」的結構。另一說「岩」的本字是「嵒」，《說文·山部》：「嵒，山巖也。从山、品。」

例詞
岩石、岩壁、攀岩、板岩、沉積岩、冰磧岩、火山岩。

結構組合	簡化字	大陸發音
山 石	–	yán

小提醒
岩是山，不是石，如臺灣名勝「仙跡岩」。或是構成地殼的石質、礦物的集合體，例如：「花崗岩」。

字源、字義
「崇」是形聲字，始見於篆文，《說文·山部》：「崇，嵬高也。」本義是山高大。

例詞
崇拜、崇高、崇尚、推崇、崇奉、崇信、崇敬。

結構組合	簡化字	大陸發音
山 宗	–	chóng

小提醒
「崇」和「祟」字形相近，可做比較。

字源、字義
「岔」是異文會意字，此字晚出，於楷書始見。字形從分從山，「山岐曰岔，水岐曰汊」，表示山脈分歧的地方。《字彙補·山部》：「岔，三分路也。」例如「三岔路口」。

結構組合	簡化字	大陸發音
分 山	–	chà

例詞
岔路、分岔、打岔、岔開、岔氣、出岔子。

結構組合	簡化字	大陸發音
山 風	岚	lán

字源、字義

「嵐」始見於篆文，從山從風，《說文》收在〈新附字〉，謂「山名。从山，葻省聲。」屬於形聲字。

例詞

山嵐、煙嵐、嵐氣。

2.部件：石

結構組合	簡化字	大陸發音
石 宛	－	wǎn

字源、字義

「碗」是形聲兼會意字，篆文作「盌」，異體作上「夗」下「瓦」，「夗」有「圓曲」之義，也兼表聲。楷書定體為「碗」。「碗」是石製的用具。

例詞

飯碗、丟飯碗、鐵飯碗、金飯碗、搶飯碗。

結構組合	簡化字	大陸發音
石 枼	－	dié

字源、字義

「碟」是形聲兼會意字，「石」部表示堅硬，「枼」表示音讀，有「薄而平」的意思。「碟」是石製的用具。

例詞

碟子、飛碟、光碟、磁碟、影碟、硬碟。

小提醒

順帶教「蝶」。

字源、字義

「破」是形聲兼會意字，《說文・石部》：「破，石碎也。」本義是石頭碎裂、不完整。「皮」除了表示音讀，也有「撕裂、剝離」的意思。

例詞

破、破壞、破爛、破裂、破敗、突破、爆破、破案、破產、破除、破獲、破例、破碎、破門（而入）。

結構組合	簡化字	大陸發音
石 皮	－	pò

字源、字義

「碰」是形聲兼會意字，意思是像兩石互相碰撞有聲，「並」也表示音讀。「碰」除了動詞義「碰撞」之外，還有做「狀聲詞」的用法。

例詞

碰、碰到、碰上、碰見、碰杯、碰壁、碰頭、碰觸、碰巧、碰運氣、碰釘子。

結構組合	簡化字	大陸發音
石 並	－	pèng

字源、字義

「研」是形聲字，從石、开（ㄐㄧㄢ/jiān）聲。《說文・石部》：「研，磨也。」本義是研磨成粉末。

例詞

研究、研究所、鑽研、研判、研磨、研發、研擬、研習、研修、研議、研討、研製、研墨。

結構組合	簡化字	大陸發音
石 开	－	yán

字源、字義

「砍」是形聲字，從石、欠聲，《說文》無此字，始見於楷書。指用刀斧劈砍像石頭一樣堅硬的東西。

例詞

砍、砍伐、砍頭、砍柴、砍殺。

結構組合	簡化字	大陸發音
石 欠	－	kǎn

字源、字義

「硬」是形聲字，從石、更聲，本義為物體組織緊密，質堅、結實。引申為「剛強」之意，如「硬漢」；「不靈活、不自然」之意，如「生硬」；「強行、執拗」之意，如「硬搶」。

例詞

堅硬、硬體、命硬、嘴硬、僵硬、硬化、硬底子。

結構組合	簡化字	大陸發音
石 更	－	yìng

小提醒

「軟」、「硬」一起教。

字源、字義

「確」是形聲字，從石、隺聲。《玉篇・石部》：「確，堅固也。」本義是像石一樣堅硬。

例詞

確定、確認、正確、明確、的確、確實、準確、確保、確切、精確、確立、確知、確鑿、真確。

結構組合	簡化字	大陸發音
石 隺	确	què

3.部件：土

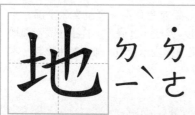

結構組合	簡化字	大陸發音
土也	－	dì

字源、字義

「地」是形聲字，戰國文字的字形是從土、它聲，篆文改為從土、也聲。《說文·土部》：「地，元气初分，輕清陽為天，重濁陰為地，萬物所陳劉也。从土、也聲。 𡎐 籀文地从隊。」段注：「地以土生物，故从土。」古時認為天為輕、清，在上；地為重、濁，在下。「地」應該是從「土」衍生出來的分化字，從土，以生萬物並承載之，而「它」、「也」和「土」的古聲相近，因此加為聲旁，以標注「土」字音讀，不示義。在籀文中，「地」與「墜」是異體字。

例詞

ㄉㄧˋ（dì）：地鐵、地方、地圖、地址、地球、當地、地帶，殖民地、目的地、道地。
·ㄉㄜ（de）：慢慢地、好好地、漸漸地。

小提醒

「地」是多音字，讀ㄉㄧˋ（dì）時，表示場所、區域、陸地、田地、土地、地位、位置、心意、意志的領域、本質、質地、底子、路程或用於副詞語尾；讀·ㄉㄜ（de）時，做為結構副詞，用在副詞之後，同「的」。

結構組合	簡化字	大陸發音
人人土	－	zuò

字源、字義

「坐」是會意字，從甲骨文到楷書，其字形結構應是從二人從土，以示「席地而坐」的意思。古人席地而坐，從土，表示歇息的地方。

例詞

坐、坐牢、坐鎮、並坐、跌坐、打坐、呆坐、連坐、坐禪、坐標。

字源、字義

「在」是形聲兼會意字。《說文・土部》：「存，在也。从土，才聲。」從土，表示與地面相關；從才，表示音讀，兼表初生之義。本義為存在。

結構組合	簡化字	大陸發音
才（才） 土	－	zài

例詞

現在、在、正在、存在，實在、在意、自在、在乎、內在、在世、在座。

字源、字義

「場」是形聲字，始見於戰國文字，從土、昜聲。《說文・土部》：「場，祭神道也。一曰田不耕；一曰治穀田也。从土，昜聲。」從土，表示與地形相關；從昜，表示音讀。本義是古代祭神的平地。

結構組合	簡化字	大陸發音
土 昜	场	chǎng

例詞

市場、廣場、操場、試場、會場、商場、運動場、飛機場／機場、停車場、超級市場、當場、場地、場合、場次、捧場、場所、場合、磁場、電場、登場、上場、開場、分場、終場。

小提醒

提醒學生注意「昜」跟「易」的差別。

字源、字義

「壞」是形聲字，從土、褱聲，始見於戰國文字。《說文・土部》：「壞，敗也。从土，褱聲。」「壞」字從土，表示與土石相關，「褱」表示音讀。本義是土石建築崩塌毀敗。

結構組合	簡化字	大陸發音
土 褱	坏	huài

例詞

壞、壞處、破壞、壞蛋、損壞、敗壞、腐壞、壞話、壞心、壞處、壞死、使壞、壞胚子。

	字源、字義
	「基」是形聲兼會意字。《說文・土部》：「基，牆始也。從土，其聲。」從土，表示與土地建物相關；從「丌」聲，「丌」為下基，從其、從丌，皆表示音讀，兼表下基之義，本義為牆腳。

結構組合	簡化字	大陸發音
其 土	－	jī

例詞
基本、基礎、基金、基層、基地、基督、基因、根基、地基、奠基、基準。

	字源、字義
	「型」是形聲兼會意字。《說文・土部》：「鑄器之法也。從土，刑聲。」從土，表示鑄造模子之材質；「刑」表示讀音，也兼表「典範」的意思。

結構組合	簡化字	大陸發音
刑 土	－	xíng

例詞
大型、典型、髮型、模型、血型、類型、造型、型態、定型、體型、句型、型錄、轉型。

	字源、字義
	「塊」是形聲字，從土、鬼聲，有一異體為「凷」，則為會意字。自篆文至漢代簡帛文字、漢隸，「凷」、「塊」二體並行，《說文・土部》：「凷，墣也。從土，一屈象形。」段注本謂：「從土、凵，凵屈象形。塊，俗凷字。」「凵」像竹筐之形，裡面是土，表示裝在竹筐裡的土塊。本義是土塊。後來「塊」字逐漸通用，取代了「凷」字。

結構組合	簡化字	大陸發音
土 鬼	块	kuài

例詞
冰塊、一塊、塊頭、塊根、塊莖、消波塊。

小提醒
「塊」在初級字中，最早出現的是量詞用法，計算「錢」的數量，例如十塊錢、一百塊。除了作為錢的量詞，教師也可以舉其他（成團的東西）用「塊」作為量詞的例子，如「一塊蛋糕」。

結構組合	簡化字	大陸發音
寋　土	－	sài／sè／sāi

字源、字義

「塞」本義是填塞。《說文・土部》：「隔也。从土，寒聲。」字形上，「塞」甲骨文、金文，到了戰國文字，添加了「土」為意符。古人多以土填塞，並有阻隔之義。（參照〈第十二單元 宜室宜家・部件：宀教學錦囊1〉）

例詞

ㄙㄞ（sāi）：塞、瓶塞、活塞、軟木塞、塞車、塞滿、塞住。
ㄙㄜˋ（sè）：堵塞、阻塞、閉塞、充塞、搪塞、塞責。
ㄙㄞˋ（sài）：要塞、邊塞、塞外。

小提醒

「塞」是多音字，讀ㄙㄞ（sāi），表示封口或填堵的東西、受阻不暢或填滿空際；讀ㄙㄜˋ（sè）時，表示阻隔不通、充滿、推託、應付；讀ㄙㄞˋ（sài），表示險要的地方、邊境。

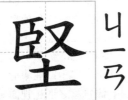

結構組合	簡化字	大陸發音
臤　土	坚	jiān

字源、字義

「堅」是形聲兼會意字，本義為土地堅硬。段注本《說文・土部》：「土剛也。从臤、从土。」實則「臤」也表示音讀，有「堅固」、「堅硬」義。

例詞

堅持、堅強、堅定、堅決、堅忍、堅固、堅信、堅毅、堅硬、堅果、堅貞、堅韌、堅苦、攻堅。

址　ㄓˇ

結構組合	簡化字	大陸發音
扌止	–	zhǐ

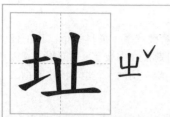

字源、字義

「址」原是「阯」的異體字，《說文・阜部》：「阯，基也。从阜，止聲。址，或从土。」意為地基，是形聲兼會意字。臺灣標準字以「址」為正字，「阯」是異體字。

例詞

地址、住址、遺址、館址、現址、舊址、故址、位址、網址。

4.部件：阜

附　ㄈㄨˋ

結構組合	簡化字	大陸發音
阝付	–	fù

字源、字義

「附」是形聲字，本義是小土山。《說文・自部》：「附婁，小土山也。从自，付聲。」

例詞

附近、附加、附上、附屬、附和、附設、依附、攀附、比附、附帶、附錄、附會、附件、附注、附著。

隊　ㄉㄨㄟˋ

結構組合	簡化字	大陸發音
阝豕	队	duì

字源、字義

甲骨文「」從阜從倒人，意指人從山阜墜落，是「墜」字的初文，本義是墜下。《說文・自部》：「隊，从高隊也。从自，㒸聲。」段注：「『隊』、『墜』正俗字。古書多作『隊』，今則『墜』行而『隊』廢矣。」

例詞

排隊、軍隊、部隊、隊員、球隊、大隊、隊伍、領隊、樂隊、編隊、分隊、掉隊、隊形、隊友。

字源、字義

「陽」是形聲兼會意字。從阜，指山丘；從易，表示太陽升起照在山坡上，易亦聲。《玉篇·阜部》：「陽，山南水北也。」本義指山的南面向光處。

結構組合	簡化字	大陸發音
阝易	阳	yáng

例詞

太陽、陽光、豔陽、朝陽、夕陽、斜陽、還陽、向陽坡、陽奉陰違。

字源、字義

「院」是形聲字，異體為「寏」，《說文·宀部》：「寏，周垣也。从宀，奐聲。院，寏或从𨸏。」本義是圍牆。現指圍牆內房屋四周的空地。

結構組合	簡化字	大陸發音
阝完	－	yuàn

例詞

院子、出院、法院、後院、劇院、前院、住院、學院、醫院、電影院、美容院。

小提醒

可指公共場所、政府機關或是大專院校的單位名稱，如「行政院」、「文學院」。

字源、字義

「陪」是形聲字，《說文·𨸏部》：「陪，重土也。一曰滿也。从𨸏，咅聲。」本義是重疊的土堆。引申為「伴隨、陪同」的意思。

結構組合	簡化字	大陸發音
阝音	－	péi

例詞

陪伴、作陪、陪同、陪禮、陪榜、陪嫁、陪考、陪客、陪小心、陪不是（也作「賠不是」）。

字源、字義

「陸」是會意兼形聲字，據《說文·𨸏部》：「陸，高平地。从𨸏从坴，坴亦聲。」本義是土丘或高平之地，引申為「陸地」。

例詞

ㄌㄨˋ（lù）：大陸、陸軍、陸續、登陸、陸路。
ㄌㄧㄡˋ（liù）：陸（「六」的大寫）。

結構組合	簡化字	大陸發音
𨸏 坴	陆	lù／liù

小提醒

「陸」是多音字，讀ㄌㄨˋ（lù），表示高出水面的平地或旱路、陸路；讀ㄌㄧㄡˋ（liù）時，表示「六」的大寫。

字源、字義

「險」字始見於戰國文字，是形聲字，《說文》中「險」與「阻」互訓。本義應為地勢不平坦所造成地勢上的險惡與艱危，如《戰國策·秦策》：「其居秦累世重矣，自殽塞、谿谷，地形險易盡知之。」古籍中多指地形險要、表示險阻與危難之意。引申義也形容人之陰險難測，或表示險些、差一點。

結構組合	簡化字	大陸發音
𨸏 僉	险	xiǎn

例詞

危險、保險、風險、驚險、冒險、探險、險勝。

---

5. 部件：田

字源、字義

「男」是會意字，從力、田，表示男子持耜耕種的意思。「力」是農具，本義是用來掘土的耜；「田」指工作場所。

例詞

男、男生、男人、男性、男方、男丁、男童、男子漢、男人婆、男伴、男主角、男校。

結構組合	簡化字	大陸發音
田 力	－	nán

字源、字義

「畢」是形聲兼會意字。《說文・華部》：「田罔也，从華，象畢形。」上部的「田」表示聲音兼意義，「田」聲其實是「由」（音同「福」）聲，形象是「网」的樣子，是田獵所使用的工具，用來捕鳥、捕兔。

例詞

畢業、畢竟、完畢、畢生。

結構組合	簡化字	大陸發音
田 華	毕	bì

小提醒

「畢」今收在田部，書寫時，先寫田，再寫餘下部分，中心豎筆並非一豎到底。

字源、字義

「界」是形聲兼會意字，字形從田、介聲，「介」也有將田地間隔開的意思。

例詞

世界、界線、外界、邊界、各界、眼界、分界、國界、撈過界、界碑、界分、界定。

結構組合	簡化字	大陸發音
田 介	－	jiè

字源、字義

「畫」是會意字，從甲骨文字形「 」來看，上從「聿」，象手拿筆狀，下面是畫出的圖形，「畫」的本義應是以手持筆畫出線條。金文「 」始，下方出現如田一般的字形，篆文承金文、戰國文字字形，形變為從聿、從田，《說文》據篆文作解。《說文・畫部》：「畫，界也，象田四界。」表示在田地上畫田界。

例詞

畫（畫兒）、畫家、漫畫、畫面、筆畫。

結構組合	簡化字	大陸發音
聿田一	画	huà

小提醒

「畫」與「劃」相通，「劃」有劃分之意，因此現今有「劃分」義的詞，可寫作「畫」或是「劃」。例如：「計畫（劃）」、「規畫（劃）」、「策畫（劃）」、「刻畫（劃）」等。

當

ㄉㄤ　ㄉㄤˋ

結構組合	簡化字	大陸發音
훝田	当	dāng/dàng

字源、字義

「當」是形聲字，從田、尚聲。從田，表示與田地有關，田與田相對等之意。《說文·田部》：「當，田相值也。」

例詞

ㄉㄤ（dāng）：當然、當、當場、當面、當年、當中、相當、當初、當局、當前、當心、當家、當位、當權、當政、當選、不敢當、當之無愧、當班、當時、當天、瓦當（屋簷頂端的蓋瓦頭）。

ㄉㄤˋ（dàng）：恰當、適當、妥當、典當、勾當、贖當。

小提醒

「當」是多音字，讀ㄉㄤ（dāng），表示擔任、主管、管理、承受、適合、相稱、面對、對著、值、正值、當作、作為、判決、判處、彼、那（指在事情發生的時間內）、應該或是頂端；讀ㄉㄤˋ（dàng）時，表示合宜、以物品抵押借款、成績不及格、圈套、詭計或抵押在當鋪的物品。古文裡亦有ㄉㄤˇ（dǎng）的讀音，例如：「螳臂當車」。

留

ㄌㄧㄡˊ

結構組合	簡化字	大陸發音
丣田	—	liú

字源、字義

「留」是形聲字，《說文·田部》：「畱，止也，从田、丣聲。」段注：「田，所止也，猶坐从土也。」從田，指停留的地方。所以留（畱）的本義是「留止」。另有「留」是會意兼形聲字之說，此說「丣」字像田邊溝洫，左右有儲水的池塘，以示水流停留於田間之意。還有一說指「丣」是「剖割」的意思，田間收割遺留之意。總之，「留」就是「停留、留止」的意思。

例詞

留言、留學、保留、留念、逗留、留、停留、遺留、滯留、留心、留神、彌留、留白、留置、留守、留存。

6.部件：水

結構組合	簡化字	大陸發音
氵殳	没	méi/mò

字源、字義

「沒」是會意兼形聲字，戰國文字左半邊上像「回」，深水有漩渦的樣子，下為「又（手）」，手沒入水中，因此有沉沒的意思。《說文・水部》：「沒，沈也。从水从夐。」

例詞

ㄇㄟˊ（méi）：沒關係、沒有、沒什麼、沒想到。

ㄇㄛˋ（mò）：沒落、沉沒、出沒、湮沒、泯沒、吞沒、沒收。

小提醒

1. 「沒」是多音字，讀ㄇㄟˊ（méi），表示無、不如、未；讀ㄇㄛˋ（mò）時，表示沉入水中、沉埋、掩覆、消失、隱而不見、終了、結束、扣收財物。
2. 臺灣標準字寫作「沒」；大陸規範字（簡化字）是「没」，視「沒」為異體。

結構組合	簡化字	大陸發音
氵昜	汤	tāng

字源、字義

「湯」是形聲兼會意字，從水，昜聲，昜也兼表「熱」之義。《說文・水部》：「湯，熱水也。」本義為熱水。

例詞

湯、湯匙、湯圓、湯藥、泡湯、湯頭、高湯、灌迷湯。

小提醒

日文的「湯」涵義和中文不同，「湯」在日文中是「熱水」的意思，或是「溫泉」，並不是指中文裡我們飲用的湯。

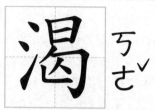

字源、字義

「渴」是形聲字,《說文・水部》:「渴,盡也。从水,曷聲。」本義是乾涸,由《說文》:「涸,渴也。」可見其義。「渴」是「竭」的本字,後來假借為「澱」(口乾想喝水之意)。

結構組合	簡化字	大陸發音
氵曷	–	kě

例詞

渴、渴望、渴求、解渴、止渴。

字源、字義

「漂」是會意兼形聲字,從水、票聲,「票」是火焰飛騰之意。《說文・水部》:「漂,浮也。」本義為浮在液體表面。

結構組合	簡化字	大陸發音
氵票	–	piào/piāo/piǎo

例詞

ㄆㄧㄠˋ(piào):漂亮。
ㄆㄧㄠ(piāo):漂浮、漂流、漂動、漂泊。
ㄆㄧㄠˇ(piǎo):漂洗、漂白。

小提醒

「漂」是多音字,讀ㄆㄧㄠˋ(piào),形容事物美麗、好看或作為精彩、出色;讀ㄆㄧㄠ(piāo)時,表示浮在液體面上、吹動、隨風而動、泛指流浪、居無定所或移動不定;讀ㄆㄧㄠˇ(piǎo)時,意為用水沖洗或染色。

字源、字義

「沙」是會意字,《說文・水部》:「沙,水散石也。从水、从少,水少沙見。」本義是微小細碎的石粒。因其有「粗糙」之意,故有聲音「沙啞」的引申義。

結構組合	簡化字	大陸發音
氵少	–	shā

例詞

沙發、沙、沙漠、沙灘、沙子、沙拉。

字源、字義

「游」是形聲兼會意字，初文  沒有水旁，原本像一子執旗的樣子，後增水字形，表示像水一般流動，也像是旗幟下緣的垂飾。

例詞

游泳、游泳池、上游、下游、優游、洄游、游民、游牧、浮游生物。

結構組合	簡化字	大陸發音
氵㫃（㫃）子	－	yóu

小提醒

大陸標準字體（簡化字）將「遊」簡化為「游」。

字源、字義

「活」是形聲字，《說文·水部》：「㿽，水流聲。从水，昏聲。」「昏」訛變為「舌」，本義是流水聲。其義引申為生存、有生命的。

例詞

活、生活、活潑、靈活、活用、細活、活人、快活、復活、活動、活寶、活埋、力氣活。

結構組合	簡化字	大陸發音
氵舌	－	huó

小提醒

應視情況使用詞彙，例如「我『活』了五十幾歲，第一次碰到這種事」；「陽光、空氣和水，是人類『生存』的條件」；「在這種環境中『生活』，真艱苦」。以上的句子，很可能學生都用「生活」。如果學生造出很怪的句子，在詞彙意思尚且正確的前提下，應檢視是不是口語與書面語混雜，或考慮該句中單、雙聲詞合適性等問題。

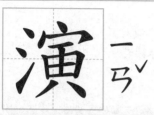

字源、字義

「演」是形聲字，《說文·水部》：「演，長流也。一曰水名。从水，寅聲。」段注：「演之言引也，故爲長遠之流。《周語》注曰：『水土氣通爲演。』引伸之義也。」除了引申出「水土氣通、滋潤」之義，還有「推廣、拓展、練習」等涵義。

例詞

表演、導演、演出、演講、演員、扮演、推演、演習、演練、演唱、演奏、演變、演戲、演化、搬演。

結構組合	簡化字	大陸發音
氵寅	－	yǎn

字源、字義

「泰」是形聲字，始見於篆文，小篆字形爲 𣳏，字形從廾、從水，大聲。《說文》古文作「太」，意「滑也」。

例詞

泰斗、泰山、安泰、否極泰來、處之泰然。

結構組合	簡化字	大陸發音
夵 氺	－	tài

7.部件：冫

字源、字義

「冬」是會意字。《說文·冫部》：「冬，四時盡也。」冬的上半部是古文「終」字，字形演變至後來加上冫，表示年末結冰的季節，意即「冬季」。

例詞

冬天、冬、寒冬、冬眠、冬粉、冬防、冬令、冬至、過冬、冬藏、窮冬、嚴冬。

結構組合	簡化字	大陸發音
夂 冫	－	dōng

字源、字義
「冰」是形聲字，原為「冫」，後來增「水」
為形，表示冰由水結成，「冫」表聲。

例詞
冰箱、冰淇淋、冰塊、溜冰、刨冰、冰雹、冰
棒、冰品、冰帽、冰封、冰刀、冰斗、冰雕、
冰點、冰糖、冰冷。

結構組合	簡化字	大陸發音
冫水	－	bīng

字源、字義
「冷」是形聲字。《說文・冫部》：「冷，寒
也。」本義是寒涼、溫度低。

例詞
冷、冷氣（機）、冷淡、寒冷、冷靜、冷飲、
冷凍、冷汗、冷門、冷清、冒冷汗、潑冷水、
冷板凳、冷處理。

結構組合	簡化字	大陸發音
冫令	－	lěng

字源、字義
「凝」是形聲兼會意字。「凝」的古字形在篆
文始見，有二體，一例是「冫」和「水」的結
合，一例是「冫」和「疑」的結合。《說文・
冫部》：「冰，水堅也。从冫、从水。凝，俗
冰，从疑。」指「凝」為「冰」的俗字。

例詞
凝固、凝結、凝聚、凝視、凝神、凝血、凝
重、凝望、冷凝、混凝土。

結構組合	簡化字	大陸發音
冫疑	－	níng

	凋 ㄉㄧㄠ	

字源、字義

「凋」是形聲字，從冫、周聲，《說文·冫部》：「凋，半傷也。」本義是草木、花葉枯萎、零落。隸書「殂」字改換義符「歹」旁為「歹」旁，因「歹」與死亡有關，強調「凋零」的死亡意思；楷書承篆文寫法，定為「凋」。

結構組合	簡化字	大陸發音
冫周	－	diāo

例詞

凋零、凋謝、凋敝、凋敗、凋殘、凋落、凋亡、不凋花。

	准 ㄓㄨㄣˇ	

字源、字義

「准」是「準」的俗體字，此字晚出，始見於隸書，六書屬於形聲字。「准」今雖收在現代字典中「冫」部，但字義與之無關。現今「准」與「準」的涵義及用法不同。「准」有「同意、許可」的意思，例如「准許」、「不准」；「準」有「準備」、「準確」以及「標準」等涵義。

結構組合	簡化字	大陸發音
冫隹	－	zhǔn

例詞

不准、包准、保准、批准、獲准、特准、准假、准許、拿不准、准考證。

	凌 ㄌㄧㄥˊ	

字源、字義

今見「凌」是左形右聲的形聲字，自金文至楷書，字形從上下結構變為左右結構。金文「凌」字是上下結構 ，表示音讀的「夌」在上，表示冰紋之義的「冫」在下；篆文變為左「冫」、右「夌」的結構，另有異體字從冫、朕聲，作「淩」；楷書隨篆文的左右結構而定體。《說文·仌部》：「淩，仌出也，從仌、朕聲。《詩》曰：『納于淩陰。』凌，淩或從夌。」本義是結冰。

結構組合	簡化字	大陸發音
冫夌	－	líng

例詞

霸凌、欺凌、凌駕、凌空、凌亂、凌屬、凌虐、凌遲、凌辱、凌晨、盛氣凌人、凌雲壯志。

解答

小試身手

一、觀察下列三個甲骨文字形，猜一猜這三個字的現代字形為何，試著寫在
　　下方空格裡。

| 石 | 男 | 坐 |

二、看看下面這個漂亮的甲骨文，猜猜這個字的解釋為何？

| 隨風飄揚的旗幟 |
| 答案：太陽照射山之南。（此字為「陽」） |
| 受阻於險要之處 |

想一想1

「崗」是「岡」的分化字，兩者在意義與使用上有什麼不同呢？

答：岡的本義是山脊，《說文·山部》：「岡，山骨也。」因為後來「岡」
　　作了偏旁，所以增加了義符「山」作「崗」。使用上的異同：「岡」只
　　用來表示「山岡」；「崗」只用來表示引申義如「崗哨」、「崗位」，
　　和「花崗岩」。

想一想2

「出」字形是兩個「山」相疊嗎？

答：「出」的結構，並不含有「山」字形，甲骨文和金文字形都是從止、從凵。（詳見第十二單元〈宜室宜家〉。）

想一想3

猜字謎的時候說：「王先生、白小姐坐在石頭上」，謎底是「碧」。「碧」字形既與「石」相關，那麼，請想一想，坐在石頭上的那位真的是「王」先生嗎？

答：其實這個說法是不對的，因為在《說文》中，「碧」是歸類在「玉」部，石的上半部是琥珀的「珀」，「珀」的偏旁是一般常說的「斜玉旁」，而不是「王」字。

想一想4

「陪」和「部」字，都有形似的部件「阝」，一個在左一個在右，我們常說「左阜右邑」，除了左右位置不同，兩者在意義上有什麼區別呢？

答：「阜」指自然界的小土山；「邑」是人為建築，多為依山而建的城市。一樣的形體，可見筆勢書寫的文字趨同性。

想一想5

「壘」、「雷」、「畏」、「異」、「胃」這些字的字形中都有「田」，若與田地無關，那是什麼意思呢？

答：「壘」的上半部像累疊的土塊，其本義是堆垛、累疊土石作為牆垣。

「雷」本字應作「靁」，下半部由「畾」省形作「田」，表示音讀。

「畏」的上半部原來應該是「甶」（甶），是鬼頭之形。

「異」的甲骨文 像頭部殊異的人形，雙手上舉，意為殊異、不同；亦有一說是人頭上戴甾器，當是裝水容器，戴在頭上，須以雙手扶持以防傾倒。

「胃」的金文字形 上像容納食物的囊袋，下從肉。

想一想6

《說文·水部》同時收錄了「洗」、「澡」、「沐」、「浴」，它們的意思一樣嗎？

答：依據《說文》的解釋：

「沐，濯髮也。」沐是洗頭的意思；「浴，洒身也。」浴是洗身的意思。

「洗，洒足也。」洗是洗腳的意思；「澡，洒手也。」澡是洗手的意思。

想一想7

簡體字「冷」、「凍」、「冰」、「決」、「沖」、「況」的左邊部件都是兩點，字形上是否合理？

答：簡體字中兩點水的字來由有二，一是原本就是「冫」部的字，如「冷、凍、冰、寒、冬」等字，一是由「氵」簡化而來的字，例如：「決、沖」。而「決」本義是疏通水道，「沖」本義是水沖擊，都與「水」有關，並無「寒冷」之意，因此簡化為「冫」並不合理。

第八單元
飛禽走獸──虫犬隹牛羊

單元概覽

1.5個部件：

虫、犬、隹、牛、羊

2.30個漢字：

虫：蟲蠢虹融蠻

犬：獸獲狂獨獎猶獻

隹：雞隻集雄難雜

牛：物特牢牧牲牽

羊：羞羨善群美義

3.教學主題建議：

初級：

#動物 #動物故事 #動物意象 #神獸 #動物園

中、高級：

#生肖文化 #天干地支紀年 #白蛇傳 #西遊記 #梁山伯與祝英臺（蝴蝶意象）

活動(1) 用動物漢字說故事

活動(2) 漢字搜尋

集	狂	蛇
特	牢	雄
難	蠱	獲
牲	雜	猶

活動(3) 猜猜我是誰（動物漢字）

活動(4) 漢字動物園

小試身手

這些甲骨文字你知道是哪些動物嗎？

這些是我們十二生肖的動物甲骨文字，你猜對了幾個？

讓我們進入漢字動物園，一探究竟吧！

解答請見465頁

教師應該知道的漢字知識

　　許多動物的漢字多是具體實象造字，分為家畜類、獸類、蟲類、鳥類和魚類等幾大類，我們可以從中發現古人對動物的分類與觀察，古人不但運用豐富的想像力創造出傳說中的神獸「龍」，還形象化的捕捉各種動物特色，讓動物漢字活靈活現，比如說：「象」字生動的描繪出大象長長的鼻子；「鹿」字凸顯了頭上的大鹿角；「虍」強調了張著嘴的虎頭。另一個特點是，如「龜」、「馬」、「犬」、「豕」等字因為從上到下書寫，空間有限，多數都轉了方向，而屬於這些動物部件字的漢字，多數是形聲

字，有的保有了部件的意義，例如：魷（魚類）、豹（野獸）、羔（小羊），有的則是作為聲符，例如：麓（鹿聲）。從動物漢字部件的原貌，更了解古人造字的原則和觀察大自然萬物的視角。

部件	鼠	龍	龜	鹿	魚	馬	羊	豸	豕	虍	黽	犬	虫	牛	鳥
象形文字															
例字	竄	龕	龜	麗	鮮	騎	美	豹	象	虎	鼇	狗	蟲	物	鳴

教學錦囊1　漢字部件中的動物

從古代字形到現代字形演變	例字說明
	「鼠」，從側視角度，描繪頭眼、身、腳和尾巴，現在「鼠」字是從戰國文字開始，可見鼠的正面，張口露齒，毛茸茸的身體和尾巴。「鼠」部字，體型不像獸這麼大，生活習性類似。
	「龍」，從側身看，可見頭、角，張口露齒，連著身脊和尾巴的樣子，本來一體成形的「龍」字，到了篆文為了字形平衡美觀，分割成了現在左邊頭角張嘴，右邊身軀背尾的形態。
	「龜」，從甲骨文則明顯看出頭、眼、四肢、龜殼和紋路，到了金文則以正面俯視，多了尾巴。

從古代字形到現代字形演變	例字說明
莧 苩 鹿 廌 鹿 鹿	「鹿」，突出了兩鹿角，鹿頭上畫出鹿眼、鹿身、鹿角、鹿尾，完全是鹿的具體呈現。「鹿」部字，多與鹿的形體外觀，例如：表示鹿角的「麗」字，或是與鹿習性有關，例如：指鹿在山林間活動的「麓」字；鹿群奔跑揚起沙土的「麈」字。
魚 魚 魚 魚 魚 魚	「魚」，直立的魚頭、魚身、魚尾，魚身上還畫了魚鱗和魚鰭。隸變後，魚尾則由四點取代。「魚」部字，多是各種魚名。
馬 馬 馬 馬 馬 馬	「馬」，馬頭上特寫了眼睛，馬身、馬尾、馬腳俱全，特別描繪了背上的鬃毛。「馬」部字，多與馬的動作習性與馬的利用有關，例如：「驕」指馬高；「驚」指馬易受驚；「駕」、「駛」、「騎」都指以馬當坐騎。
豸 豸 豸 豸 豸 豸	「豸」，側視野獸的樣子。張著大口露出牙齒，身、腳、尾直立，根據《說文解字》解釋為長脊猛獸，充滿殺氣。「豸」部字，多為四腳行走的動物，體型有大有小，例如：「貓」、「豹」、「貂」等。
豕 豕 豕 豕 豕 豕	「豕」，豬的直立側視，頭、腹部、兩腳、尾巴都很清楚呈現。現在的「豬」字則加上了聲符「者」。「豕」部字，例如：「豪」本義指豪豬；「豚」指小豬。特別的是「豕」是「象」字的部首。
虍 虍 虍 虎	「虍」，側視是虎頭張開大嘴的樣子。到了篆文 虍 虎頭增加了紋理，據《說文解字》解釋為虎紋。「虍」部字，例如：「虐」本義指猛虎伸出虎爪攻擊人；「號」指老虎的吼叫。

從古代字形到現代字形演變	例字說明
黽 黽 黽 黽 黽	「黽」，從俯視角度看，描繪的是青蛙的正面。可以看出頭，身體和四肢。
鳥 鳥 鳥 鳥 鳥 鳥	「鳥」，很具象地從側視的角度，描繪了鳥形體各部位。頭、眼、身、羽、腳（鳥爪成四點）和長尾。「鳥」部字，多指各種鳥類名或鳥的行為樣貌，例如：「鴨」、「鳴」。

想一想1

「能」、「為」、「萬」、「秋」等字的本字和哪些動物有關？

解答請見465-466頁

教學錦囊2　中國文化中的神獸

麒麟　　　鳳凰　　　龍　　　龜　　　長頸鹿

參考資料：網路、故宮博物院

　　神獸起源於原始群體的圖騰崇拜，中國傳統文化的四靈獸，分別是麒麟、鳳凰、龜和龍。除了「龜」外，三者都是傳說形象，各地造型各異。「龜」是長壽的象徵，傳說玄武是龜的祖先。

　　東西方文化「龍」的形象有很大的不同，東方的龍掌管雨水，龍能呼風喚雨對農業社會非常重要，現在「水龍頭」、「龍捲風」等詞可見特色，龍也是中華文化的重要圖騰，更是帝王的象徵。

　　傳說中的百鳥之王「鳳凰」是祥瑞的象徵，「鳳」是雄性、「凰」是雌性，頭像雞、身體像鴛鴦、翅膀像大鵬、腳像仙鶴、嘴像鸚鵡、尾巴像孔雀。

　　「麒麟」是性情溫和的仁獸，「麒」是雄性、「麟」是雌性，頭像龍有角，形體像鹿，腳像馬，尾巴像牛，背上有五彩紋路，腹部有黃色的毛，可以吐火，相傳只有在太平盛世或是有聖人時出現。有趣的是，古代中國沒有長頸鹿，明代人第一次看到長頸鹿稱為麒麟，臺灣話也叫麒麟鹿，日語、韓語也把長頸鹿叫麒麟。

　　四神獸依五行、八卦區分，為青龍、白虎、朱雀、玄武。左青龍，代表東方，東方屬木是青色，代表春季。右白虎，代表西方，西方屬金是白色，代表秋季。前朱雀，代表南方，南方屬火為紅色，代表夏季，朱雀和鳳凰不同，鳳凰有五色，象徵五行，朱雀只代表五行中的火。後玄武，代表北方，北方屬水是黑色，玄武是龜蛇合體，代表冬季。

漢代青龍拓片　　漢代白虎拓片　　漢代朱雀拓片　　漢代玄武拓片

參考資料：國立歷史博物館典藏圖像https://cm1955.nmh.gov.tw/ArtWork/List/303?sid=3503&page=2

1.虫

| 甲骨文 | 金文 | 戰國文字 | 篆文 | 隸書 | 楷書 |

　　「虫」字甲骨文，表現的是蛇，蛇頭、彎曲的身體和尾巴，沒有腳。金文特別強調了三角形的蛇頭和眼睛。篆文用線條描繪

了上揚吐信的蛇頭和彎曲的身體。「虫」有兩個讀音，可讀ㄔㄨㄥˊ（chóng），同「蟲」，也可讀ㄏㄨㄟˇ（huǐ），是「虺」的古字，本義是腹蛇，也指一種蜥蜴類動物。

在「虫」部字中，爬蟲昆蟲是大宗，例如：從「虫」從「黽」的「蠅」，「虫」指昆蟲，「黽」金文是有著大頭大肚的四腳青蛙，本義為大腹昆蟲。另外還有「蚊子」、「蜈蚣」、「跳蚤」、「蚯蚓」、「蚱蜢」、「蝌蚪」、「蜘蛛」、「水蛭」、「蜜蜂」、「蝙蝠」、「蜥蜴」、「蜻蜓」、「蝨子」、「蝴蝶」、「蟑螂」、「螞蟻」等。也有水產類，例如：「蚵」、「蜆」、「蛤蜊」、「蝦」、「蟹」、「蠣」等。從「虫」部的爬蟲、昆蟲類字大部分屬於形聲字，例如：蚊（文聲）、蜂（夆聲）、螞（馬聲）蟻（義聲）、蛙（圭聲）、蜘（知聲）蛛（朱聲）、蝴（胡聲）蝶（枼聲）、蝸（咼聲）、螂（朗聲）、蟬（單聲）等。

常見例字：

部件意義	與爬蟲、昆蟲類相關	其他
例　字	蛊蠢	虹融蠻
級　數	中高級	中高級

想一想2
「虫」跟「它」有什麼關係呢？

解答請見466頁

2.犬

甲骨文	金文	戰國文字	篆文	隸書	楷書

甲骨文 是「犬」的側面直立貌，可見對「犬」的頭、軀幹、腹部、兩腳和尾巴的描寫。但後期文字的演變則較難看出狗的樣子，因文字直排的需要，因此犬字改變了方向。「犬」作為偏旁常寫為「犭」，「犬」和「狗」本來在形體大小上有區分，犬為大型犬，狗為小型犬。日本漢字還保留了「犬」指狗的意思。

「狗」從「犭」，「句」聲，西周中期已出現，是「犬」字的方音分化字，本義為犬隻。看「犬」部字時，以是否為獸類動物來分類。動物類的漢字，多為形聲字，例如：猴（矦聲）、猩（星聲）、獅（師聲）、狐（瓜聲）、狼（良聲）。

常見例字：

部件意義	與動物相關
例字	獸獲狂獨獎猶獻
級數	中高級

教學錦囊3　「犬（犭）」、「豕」、「豸」三者有什麼不同？

　　三者都是根據實體造字，兩個類似的古文字「犬」 和「豕」 比較，「犬」字的特徵是肚子瘦而尾巴捲曲；「豕」字則肚子大尾巴下垂。「豕」和「豬」，「豬」字從「豕」，「者」聲，古代兩字相通，是方言的不同。古代的「豕」或是「豬」都指的是體型龐大勇猛的動物，「豕」曾是中國古代的重要圖騰，按照地域不同有不同的稱呼。「豸」甲骨文 強調了露齒大口和長脊。需要注意的是「貓」，繁體字是「豸」部，簡體字則變為「犭」，從「豸」的漢字多數為獸類（豹、豺、貂等），除了「貓」字外，其他多數豸部首字簡化後仍是「豸」部件。

想一想3

「臭」、「吠」、「哭」、「突」、「器」等字都從「犬」，但卻都不在「犬」部，意義有什麼關連嗎？

解答請見466-467頁

3. 隹

| 甲骨文 | 金文 | 戰國文字 | 篆文 | 隸書 | 楷書 |

　　甲骨文 ❦ 「隹」，像從側邊看鳥的樣子，有頭、身體和羽毛，發展
到金文 ❦ 多了腳，隸變 隹 後，則只保留了羽毛的樣子。「隹」部字裡
的鳥類品種，例如：雀、雁、雉、雞等。「雞」有異體字寫作「鷄」，
「雞」的簡體字「鸡」也保留鳥形，可見「隹」和「鳥」間的關連。

常見例字：

部件意義	與鳥類相關		其他
例字	雞隻	集雄	難雜
級數	初級	中高級	初級

> 想一想4
> 家禽鴨、鵝都屬於「鳥」部，雞屬於「隹」部，「鳥」跟「隹」都表示
> 鳥類，兩者有什麼不同呢？
>
> 解答請見467頁

4. 牛

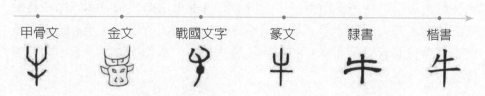

| 甲骨文 | 金文 | 戰國文字 | 篆文 | 隸書 | 楷書 |

　　「牛」很直觀，以線條凸出了「牛」的特色，中間是牛面，上面上
彎的是牛角，下面是牛耳。像牛這類大型的牲畜，能犁田拉車，牛的肉、
奶、骨、皮都有利用價值，在古代社會扮演重要的角色。所以古人對牛有

很多細微的觀察和名稱，公牛、母牛、小牛都有不同代表字。祭祀時用的牲畜叫「犧牲」，而用牛、羊、豬等豐盛祭品祭祀稱為「太牢」。

常見例字：

部件意義	與牛相關	
例　字	物特	牢牧牲犛
級　數	初級	中高級

想一想5

你知道把牛剖半是哪一個字嗎?還有哪些是屬於這類的漢字呢？

解答請見467頁

5.羊

| 甲骨文 | 金文 | 戰國文字 | 篆文 | 隸書 | 楷書 |

　　同樣是凸顯頭部特徵，「羊」字可見羊頭彎彎的羊角，「羊」和「牛」都是特寫動物的頭部，兩字的不同在於角的方向，「羊」角向下，「牛」角向上。古人以羊肉為主食也作為祭祀的食物，從「火」從「羊」的「羔」就是火烤羊肉的樣子。而「羹」從「羔」從「美」，從「美」指肉味鮮美可口，「羔」指羊肉，「羹」的本義是用肉或菜調味做出帶有湯汁的食物。古人認為「羊」是個美好吉祥的動物，所以從「羊」的漢字多有吉祥美善的意思，「祥」的本字就是「羊」，本義指神所表示出來的吉凶徵兆。

常見例字：

部件意義	與羊相關		其他	
例 字	羞	羨善群	美	義
級 數	初級	中高級	初級	中高級

教學主題建議

初級：動物／動物故事／動物意象／神獸／動物園

中高級：生肖文化／天干地支紀年／白蛇傳／西遊記／梁山伯與祝英臺
　　　　（蝴蝶意象）

教學活動舉例

1. 用漢字說故事　☑初級 ☑聽力 ☑認讀 ☑口說 ☑寫字 ☑語法 ☑文化

(1)活動主軸：用漢字說故事，教師以十二生肖為例，讓學生利用故事裡的動物類漢字畫出故事內容，並引導學生用漢字畫來說故事。也可讓學生自己選擇跟動物相關的短篇故事做類似活動。

(2)流程簡述：活動以漢光教育基金會的漢字的藝術-動物篇（十二生肖，網址見上方QR-Code）影片開場，介紹十二生肖的故事，讓學生找找裡面有哪些漢字？也可分組競賽，讓學生看影片後，寫出最多動物漢字的組別獲勝。最後可請學生把十二生肖的故事用漢字做出自己的漢字故事書。

(3)延伸或變化：介紹十二生肖的故事後，讓學生上臺報告自己的生肖漢字，分享相關的動物故事。也可以讓學生做動物漢字的皮影或是戴上動物漢字頭圈，演出十二生肖的故事。中高級的班級可以討論十二生肖故事內容，動物的個性，故事的啓示等主題。

另外因為生肖有次序性，所以可以利用生肖漢字心臟病遊戲，增加刺激感。教師準備十二生肖字卡，平均發給學生，不能看有什麼字卡，拿到卡後每個人輪流出卡，同時要依照十二生肖順序說出動物，如，第一位學生出卡並說鼠，第二位學生出卡說牛，依此類推。如果學生出卡和所說漢字吻合，那全體學生一起拍卡，最慢拍卡的學生輸，需要拿走所有字卡，由當輪輸的學生重新開始遊戲，最先出完手中卡片學生獲勝。

動物漢字大多都描繪出動物本身特徵，教師可以請幾位學生模擬古人造字的過程，教師先給一位學生看一張動物的相片，然後請學生利用線條畫出動物的輪廓，讓學生猜是哪一個動物，寫出正確的漢字得分。

2. 漢字搜尋　☑全程度 ☑認讀 ☑口說 ☑寫字 ☑字音 ☑字形

(1)活動主軸：透過漢字表搜尋同一個部件字，讀出字音與造詞，加強漢字認讀與部件的結合。

(2)流程簡述：教師準備一張有不同的動物部件漢字表，學生分組搜尋找出同一部件字，時間內找出最多漢字的組別獲勝，找出漢字後，可請學生造詞造句。

(3)延伸或變化：教師發下空白表格，分組讓學生出題，之後交換表格，進行漢字搜尋遊戲。

部件為提示以外，也可以學生輪流讀出字音，讓不同組其他學生圈找，完成任務。這類的尋找漢字活動，有各式各樣的變化，可以找同一部件、同一字音等，還可以改錯字，老師可以在表格中放一些形似字、或是錯別字，學生依照老師的提問找出錯字並改正。

3. 猜猜我是誰（動物漢字）　☑全程度 ☑聽力 ☑認讀 ☑口說 ☑字形
☑字音 ☑字義 ☑文化

(1)活動主軸：學生透過描述並說明漢字的
意義，或拆解漢字部件等提示，讓另一
位學生說出或寫出指定漢字。

(2)流程簡述：教師準備多張動物漢字卡，
字卡上有甲骨文和楷書，初級學生盡量
以象形的動物開始，請避免太抽象的漢
字。學生相互幫忙，把指定漢字貼在額頭上。學生不可以知道
自己額頭上的漢字。分組遊戲，學生引導對方說出額頭上的漢
字，如果正確，則換上新的漢字字卡，最後說出最多字卡的組別
獲勝。

(3)延伸或變化：教師利用漢字投影片，每組派出
一位代表，背對著投影白板猜字，由同組其他
學生說明給提示，在一定時間內，猜對最多字的組別獲勝。類似
活動還可以延伸為猜字謎，可以讓學生出題，或是由老師出題讓
學生猜，結合體驗元宵節文化活動。

4. 漢字動物園　☑初級 ☑聽力 ☑口說 ☑認讀 ☑寫字 ☑字形 ☑字音 ☑字
義 ☑語法

(1)活動主軸：請學生設計一個漢字動物園，裡面有各種不同種類的
動物甲骨文，並請學生介紹這些動物漢字。

(2)流程簡述：教師提供一張動物園地圖
（草圖），請學生設計自己理想中的動
物園。教師提供常見動物甲骨文字表，
例如：海洋生物、爬蟲類、草原動物等
各類動物，讓學生選擇甲骨文字並描繪
在動物園地圖上，完成設計。

請學生介紹自己的動物園裡有哪些動物、為什麼選擇這些動物、
他們有什麼特性等。

⑶延伸或變化：中高級班學生可以討論現在有關動物園存廢的爭
　議，動物園的存在對動物是福還是禍？人類如何跟大自然的動物
　和平相處，減緩瀕臨絕種動物的問題，環境自然生態保育的問
　題，可以報告或辯論會方式進行。

例字說明
1.部件：虫

結構組合	簡化字	大陸發音
虫虫虫	虫	chóng

字源、字義

「虫」像蛇昂首吐信的樣子。「蟲」戰國文字
𠂂 由三虫（三蛇）聚合，「蚰」指昆蟲的總
稱。「虫」、「蚰」、「蟲」三字讀音不同，
但常因為義近而通用。

例詞

蟲子、害蟲、昆蟲。

小提醒

1.古書上的「大蟲」、「長蟲」分別指的是老虎和蛇，「蟲」在古代是動物的通
　稱，現多指昆蟲類。
2.同為虫部的「蛋」字，是晚出字，爬蟲類和鳥類皆是「蛋」生，與昆蟲卵生不
　同，卵和蛋的區別在有殼的卵稱為「蛋」。

結構組合	簡化字	大陸發音
春虫虫	－	chǔn

字源、字義

「蠢」從「蚰」，「春」聲，本義是蟲類的蠕動，有蟲動春到的意思。「蠢」引申有騷動，如「蠢蠢欲動」；愚笨、笨拙的意思，如「蠢材」。

例詞

愚蠢。

小提醒

「蠢」、「笨」、「呆」、「傻」都指愚笨不聰明，語用稍有差異，「呆」、「傻」多指人。「笨」指理解、記憶力不佳，動作不靈活，如「笨手笨腳」；也形容東西沉重「笨重」。「傻」指發呆的樣子，如「嚇傻（呆）了」，形容人忠厚老實，如「傻呵呵」。「呆」指發呆，反應不靈敏，如「呆板」。

結構組合	簡化字	大陸發音
虫工	－	hóng

字源、字義

「虹」甲骨文古人認為彩虹是兩頭張大口飲水的動物，像雙頭龍蛇的蟲，篆文後變為從「虫」、「工」聲的形聲字。

例詞

彩虹。

小提醒

天象天文的「日全蝕」、「月偏蝕」的「蝕」也從「虫」部，戰國文字從「虫」、從「人」、從「食」，本義為蟲子啃食造成毀損，引申有「損耗、消失、缺損」的意思。

字源、字義

「融」金文 ，從兩「鬲」相疊，左右各一個「虫」。「融」從「鬲」、「蟲」省聲。「鬲」金文 ，是一種圓口三高足鼎的炊具，《說文解字》指炊氣上出。「融」還有融化，如「融雪」；調和，如「交融」；流通，如「融資」；和樂，如「其樂融融」。也指傳說中的火神「祝融」。

結構組合	簡化字	大陸發音
鬲虫	－	róng

例詞
金融、融化、融合、融洽。

小提醒

「融」，金文 從兩虫「蚰」，到篆文 從「蟲」，隸變後從「虫ㄏㄨㄟˇ/huǐ）」，甲骨文和金文中常見「蚰」，「蚰ㄎㄨㄣ/kūn）」是「昆蟲」的「昆」的本字，指蟲類總稱。「虫」在此作為形聲音讀，是「蟲」，省，「虫」和「蚰」、「蟲ㄔㄨㄥˊ（chóng）」比較讀音雖各不相同，但常常因為意義相近而通用。

字源、字義

「蠻」金文 ，像南方民族的頭飾。從「虫」指南方民族文化表徵，「䜌」聲。「蠻」本義為南方民族。蠻有強悍不通情理，如「蠻不講理」；落後未開化，如「野蠻」。

結構組合	簡化字	大陸發音
䜌虫	蛮	mán

例詞
蠻橫。

小提醒

「蠻」也可當程度副詞使用，指「挺」、「滿」、「相當」的意思。「蠻喜歡的」指喜歡的程度比平均高一點，雖然不到很喜歡、非常喜歡的高程度，但相對來說比較喜歡。超喜歡＞非常喜歡＞很喜歡＞挺喜歡的＞蠻喜歡的。

2.部件：犬

結構組合	簡化字	大陸發音
嘼犬	兽	shòu

字源、字義

「獸」甲骨文 ，從「犬」指狗追逐獵物，

從「單（嘼）」  是繫鈴的旗子。本義是眾人帶旗率犬狩獵。「獸」本指打獵，但引申為四足有毛的野獸後，另造「狩」字表本義。也有野蠻，不合理法之義，如「獸行」。

例詞

野獸、猛獸、怪獸、禽獸、獸醫。

小提醒

同指打獵義的還有「獵」字，從「犬」，「鼠」聲。打獵時多帶犬同行，本義是「追捕禽獸」。

結構組合	簡化字	大陸發音
犭蒦	获	huò

字源、字義

「獲」甲骨文  以手（又）持鳥（隹），「隻」為「獲」的初文。打獵所得為「獲」，從「犬」，「蒦」聲，獲得義。

例詞

獲、獲得、破獲。

小提醒

犬部的「獲」指打獵所獲，禾部的「穫」指穀物收成，簡體字皆是「获」。

狂  ㄎㄨㄤˊ			字源、字義
			「狂」甲骨文 ，從「犬」從「㞷」。
結構組合	簡化字	大陸發音	「㞷」是「往」的初文，指草木不受限制蓬勃成長，有不受拘束的意思。《說文解字》指「狂」為瘋犬，引申有自大傲慢，如「狂妄」；放縱，如「狂放不羈」；瘋癲，如「發狂」；不受束縛，如「狂歡」；急促，如「狂奔」。
犭王	－	kuáng	
			例詞
			瘋狂、狂風、狂妄。

小提醒
三犬「猋」 ，本義指很多狗奔跑，也引申有「迅速」的意思。

獨  ㄉㄨˊ			字源、字義
			「獨」戰國文字 ，從「犬」，「蜀」聲。
結構組合	簡化字	大陸發音	《說文解字》指羊為「群」，成群結隊。犬為「獨」，原野獨行，引申有「孤單」，如「孤獨」；僅、只，如「獨善其身」；專斷，如「獨裁」。
犭蜀	独	dú	
			例詞
			獨特、獨立、獨自、單獨、獨創、獨到、獨佔。

小提醒
與「犬」相關的字，如從「犬」，「艮」聲的「狠」字，在《說文解字》中認為本義是犬隻爭鬥聲。引申有忍住痛苦下定決心「狠下心」，兇惡「狠毒」義。

獎 ㄐㄧㄤˇ		

結構組合	簡化字	大陸發音
將犬	奖	jiǎng

字源、字義

「獎」篆文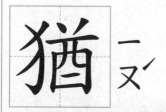，从「犬」，「將」省聲，「將」有指揮率領義。本義指對狗發令，引申有表揚鼓勵，如「誇獎」；勉勵，如「獎勵」。

例詞

獎學金、得獎、獎金、獎品、頒獎、獎賞、獎狀、中獎。

小提醒

為表揚鼓勵發的證書是「獎狀」，兩字皆從「犬」。「狀」戰國文字狀，從「犬」，「爿」聲。本義指犬的外形，引申有形狀、情況之義，也作獎勵或證明用的文書。

猶 ㄧㄡˊ		

結構組合	簡化字	大陸發音
犭酋	犹	yóu

字源、字義

「猶」甲骨文時，從「犬」，「酋」聲。一說「猶」指狗看守祭祀祖先的酒。金文猷，從「犬」，「酋」聲。「酋」指陳年酒。一說「猶」的本義是一種似獼猴的野獸，個性多疑。「猶」引申有如同，如「過猶不及」；仍舊，如「記憶猶新」。

例詞

猶豫。

小提醒

多疑的動物，在「犬」部字還有從「犬」，「青」聲的「猜」，有一說指犬性多疑，本義也指懷疑、忌疑。

結構組合	簡化字	大陸發音
虘犬	献	xiàn

字源、字義

「獻」金文 ，從「犬」，從「虍」，從「鬲」，「虍」指野獸（虎頭），「鬲」指炊具，「鬳」是盛食物的器皿，合指烹煮食物祭祀祖先神明，引申有進獻、奉獻的意思。「獻」有進奉，如「貢獻」；表演，如「獻藝」；故意顯露，如「獻寶」。

例詞

呈獻、奉獻、捐獻、文獻、獻身。

小提醒

「奉獻」的「奉」金文 ，從「廾」，「丯」聲，指雙手舉著丯的樣子，有進獻、祭祀的意思。「獻」由祭品、盛器和炊具組成，古代祭祀文化和飲食文化有很大的關係。

3. 部件：隹

結構組合	簡化字	大陸發音
奚隹	鸡	jī

字源、字義

「雞」甲骨文 從「鳥」，還畫出了雞冠，和張開的雞喙，本來是象形字，晚期卜辭增加了「奚」聲 ，和其他鳥類區別，本義是雞。

例詞

雞、雞肉、雞蛋。

小提醒

比較不同鳥類字，如「雀」甲骨文 從「小」從「隹」，從「隹」是鳥類義，字形強調了尾巴羽毛，從「小」代表體型。到了戰國文字 改從「少」。體型小是「雀」字的特徵，「麻雀雖小，五臟俱全」、「門可羅雀」等這類成語諺語可說明。

結構組合	簡化字	大陸發音
隹又	只	zhī

字源、字義

「隻」甲骨文 🐦 ，從「又」從「隹」，「隹」是所捕獲的東西，從「又」是捕獲的意思，是「獲」的初文。引申為計算動物的量詞。另有單獨，如「形單影隻」，指奇數、單一的意思。

例詞

隻、船隻。

小提醒

與捕鳥有關的漢字，另一個量詞「雙」，戰國文字 🐦 從「雔」從「又」，指抓著兩隻鳥，後引申為成對東西的量詞，也指偶數，如「雙號」；加倍，如「雙份」。

「離」由「离」和「隹」組成，甲骨文 🐦 指用捕鳥網捕鳥。

「禽」的甲骨文 🐦 即表現捕鳥網的樣子。

結構組合	簡化字	大陸發音
隹木	–	jí

字源、字義

「集」甲骨文 🐦 可見鳥在樹上，指群鳥聚集於樹。有棲息，聚合之義。所以市場可以說「市集」，多篇詩文的書籍是「詩集」、「文集」，也可以當量詞，指影劇系列的單位，如「第一集」。

例詞

集合、集郵、集中、聚集、集結、集權、集體、集團、交集、密集、募集、收集、搜集、召集。

小提醒

「集」的甲骨文 🐦 樹上聚集的是鳥，可見「隹」和「鳥」在部分漢字是通用的，如金文的「隻」 🐦 抓的是隻鳥，「進」 🐦 的金文也是鳥，指鳥類只能向前飛進。

雄

ㄒㄩㄥˊ

結構組合	簡化字	大陸發音
厷隹	－	xióng

字源、字義

「雄」戰國文字 **𧯪**，從「隹」，從「厷」，「厷」指聲符。「雄」指公鳥或雄性動物，引申指勇敢超群的人，如「英雄」；或國力強的國家，如「戰國七雄」。

例詞

雄偉、英雄。

小提醒

「雄」與「雌」相對。「雌」篆文 **𪅂**，從「隹」從「此」，本指母鳥，泛指雌性動物。「公」、「母」也可用來指稱動物的雄雌，但不能指稱人類性別。

難

ㄋㄢˊ ㄋㄢˋ

結構組合	簡化字	大陸發音
堇隹	难	nán/nàn

字源、字義

「難」金文 **𪀝**，從「隹」，聲符「堇」。「堇」和「莫」非成字部件，大多當聲符。《說文解字》指「難」為鳥名。引申有不容易、艱困的意思。

例詞

ㄋㄢˊ（nán）：難、難過、困難、難怪、難看、難道、難得、難受、難以、為難、艱難、難度、難關、難免、難題。

ㄋㄢˋ（nàn）：災難、難民。

小提醒

「難」為多音字，讀ㄋㄢˊ（nán），形容詞，指不容易，如「艱難」，不好，如「難看」。

讀ㄋㄢˋ（nàn），名詞，指災禍，如「災難」、「空難」，或是遭遇災難，如「罹難」、「難民」，也指責問，動詞，如「責難」。

			字源、字義
雜 ㄗㄚˊ			「雜」戰國文字，由「衣」，指衣料，和聲符「集」組成，《說文解字》：「雜，五彩相會。」引申有混合，如「摻雜」；不純粹，如「複雜」；繁亂，如「雜亂」。

結構組合	簡化字	大陸發音	例詞
𣎴隹	杂	zá	雜、雜誌、夾雜。

小提醒

「雜」在隹部，但跟鳥類無關，「雖」字也是如此。「雖」從「虫」，「唯」聲，指類似蜥蜴的動物，今多引申當連詞，表示儘管、容忍讓步，如「雖然」。

4.部件：牛

			字源、字義
物 ㄨˋ			「物」甲骨文，從「牛」，「勿」聲。本義指雜色的牛。後引申指各式各樣的東西，例如：「萬物」；也指選擇尋求，如「物色」；作品言談有內容，如「言之有物」。

結構組合	簡化字	大陸發音	例詞
牛勿	－	wù	購物、物品、器物、食物、動物、植物。

小提醒

「牛」當部首，左偏旁下橫寫法需斜挑「牜」，若為上偏旁，如「告」則只有上部不出頭，與「羊」同。

結構組合	簡化字	大陸發音
牛 寺	－	tè

字源、字義

「特」篆文 ，從「牛」，「寺」聲。本義指公牛，也指其他雄性的動物。引申有與眾不同，超出一般的意思，如「特別」。

例詞

獨特、特地、特色、特殊、特點、特此、特區、特權、特約、特徵。

小提醒

根據《說文解字》小牛稱「犢」，如成語「初生之犢不畏虎」比喻年輕人無所畏懼。公牛稱「牡」或稱「特」，母牛稱「牝ㄆㄧㄣˋ（pìn）」，成語「牝雞牡鳴」比喻女性取代男性專權。

結構組合	簡化字	大陸發音
宀牛	－	láo

字源、字義

「牢」甲骨文 和金文 都像把牛圈養在柵欄中。本義指飼養牲畜的圈欄，也指古代祭祀用的牲畜，有太牢、少牢之別，太（大）牢指天子以全牛或牛羊豬同時獻祭，少牢指卿大夫以豬羊獻祭。「牢」，引申被監禁，如「監牢」；也指堅固，如「牢固」。

例詞

牢、牢騷、坐牢。

小提醒

成語「亡羊補牢」，出自於《戰國策·楚策四》：「臣聞鄙語曰：『見兔而顧犬，未為晚矣；亡羊而補牢，未為遲也。』」指羊丟失了，只要趕快補強羊圈，都還不算太晚，後指及時更正還能有所補救。這類有關動物的成語相當多，教師可補充說明。

字源、字義

「牧」甲骨文，從「攴」從「牛」，指手拿著杖木驅趕牛羊，本義指放飼牲畜，後引申治理、統治的意思。

例詞

牧場、放牧、牧師。

結構組合	簡化字	大陸發音
牛攴	－	mù

小提醒

古人耕作田地（田、力、土、耒等）、種植作物（艸、禾、黍、麥、米、瓜等）、飼養牲畜（犬、豕、羊、牛、馬等），學習這些主題漢字，了解古人從採摘打獵，進而農耕畜牧的生產方式。

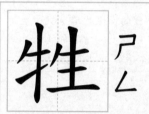

字源、字義

「牲」甲骨文，從「牛」，「生」聲。古代用全牛祭祀，祭祀所用的牛、羊、豬稱「三牲」，也泛指牛羊豬等家畜，如「牲口」。

例詞

犧牲、牲畜。

結構組合	簡化字	大陸發音
牛生	－	shēng

小提醒

「犧牲」本義指祭神用毛色純一的整隻牲畜，「犧」戰國文字，從「牛」，「義」聲。指古代供宗廟祭祀用的純色牲畜，引申為了達到某種目的而付出。

字源、字義

「牽」戰國文字 �，從「牛」，「玄」聲。
字中「糸」字形是拉牛的繩索「牛軶」。本義
是拉。引申有拘束，如「牽制」；涉及，如
「牽連」。

結構組合	簡化字	大陸發音
玄冖牛	牵	qiān

例詞

牽、牽連、牽掛、牽絆、牽累。

小提醒

「牽手」[1]在漢語中表示拉著手的意思，但在閩南語方言中，指妻子。連雅堂《臺
灣語典·卷三·牽手》：「謂妻也，土番娶婦，親至婦家，攜手以歸；沿山之人習
見其俗，因謂妻曰牽手。」根據文獻此一說法源自臺灣原住民平埔族的婚姻習俗文
化，特別的是「牽手」非指女性，而是男性，因為在南部部落社會中，男生「嫁」
入女方家。早期平埔族青年自由戀愛找對象，男生會對喜歡的女生吹奏音樂，並進
而送檳榔表達心意，如果女生收下，代表表白成功「攜手以歸」。當時的漢人看到
這樣的習俗，便稱妻子為「牽手」，進一步也象徵夫妻相互扶持，同甘共苦。

5. 部件：羊

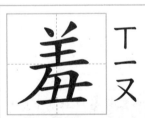

字源、字義

「羞」甲骨文 𦥑，從「又」（手），拿著
羊，本指進獻羊牲。後轉注為珍饈的「饈」
從「食」，「羞」聲，指美味的食物來保留
本義。「羞」引申有害怕慚愧，如「羞於見
人」、難為情，如「害羞」；侮辱，如「羞
辱」。

結構組合	簡化字	大陸發音
羊丑	－	xiū

例詞

害羞。

小提醒

「羊」的部件寫法有「𦍌」和「𦍡」兩種，大多數例字為「𦍡」，少數如：「羞」、
「羶」、「羚」等。

---

[1] 臺灣大百科全書——平埔族牽手，http://nrch.culture.tw/twpedia.aspx?id=11440。

	結構組合	簡化字	大陸發音
	羊次	羡	xiàn

字源、字義

「羡」篆文 ![篆文羡]，從「羊」從「次」，「次」是人貪心羨慕，張著口流口水的樣子，一說指「羡」指見美味的羊而流口水。「羡」還引申有超過、剩餘等義。

例詞

羡慕、稱羡。

小提醒

「羡」繁簡字體不同。「次」甲骨文 ![甲骨文次] 很形象的表現出人張口流口水的樣子，是「涎」的初文。

	結構組合	簡化字	大陸發音
	羊並口	－	shàn

字源、字義

「善」金文 ![金文善]，從「羊」從二「言」，「祥」的本字就是「羊」，有吉祥美好的意思，一說指「善」有吉祥、讚美的言辭。引申有擅長，如「能歌善舞」；容易，如「善變」的意思。

例詞

改善、善於、妥善、完善、慈善、行善。

小提醒

成語「隱惡揚善」指隱藏過失，宣揚善行。「惡」戰國文字 ![戰國文字惡]，從「亞」從「心」，本義指罪過。「亞」甲骨文 ![甲骨文亞] 像古代墓室的形式，本義是墓室的平面圖，在簡帛文字中多與「惡」相通讀。

字源、字義

「群」金文 ，從「羊」，「君」聲。因為羊常聚在一起成群行動，本義指眾多，引申有聚集、成群的意思，可當量詞來計算群聚的人或物。

結構組合	簡化字	大陸發音
君羊	－	qún

例詞

群眾、群島、群居、人群。

小提醒

1. 「群」的寫法有「群」、「羣」兩種，現以「群」為正體字，「羣」為異體字。
2. 代表人群的「眾」字，甲骨文 像眾人在烈日下勞動，金文將日訛變為目。「聚」戰國文字 也可以看到許多人會集的意思。

字源、字義

「美」甲骨文 ，上像羽飾，下像人形，人頭上戴著羽飾，這樣的裝扮古人認為美，代表著古代人的審美觀，也是地位的象徵，現在一些少數民族仍保有戴頭飾的文化。

結構組合	簡化字	大陸發音
羊大	－	měi

例詞

美麗、美好、美觀、優美、讚美、美滿、美食、完美。

小提醒

1. 古人透過強調頭飾「美」，或是一對美麗的鹿角「麗」 ，表達對美的欣賞與標準。「美麗」強調視覺上對容貌、外在事物的賞心悅目，而「漂亮」除了形容事物好看，還可以表示事情做得精彩出色。
2. 《說文解字》：「美，甘也。從羊、從大，羊在六畜主給膳也。美與善同意。」指味道甘美，如「美食」。甲骨文出現後，發現長年以許慎「羊大為美」來說解「美」字並非正解。由此可見漢字追本溯源的重要性。

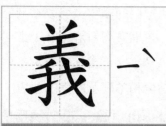

結構組合	簡化字	大陸發音
羊我	义	yì

字源、字義

「義」甲骨文 𦥑 是像兵器的樣子，因兵器的柄端有裝飾，而從像羊角的柄飾訛變為「羊」。「我」原指兵器，此指儀杖，「羊」表祭祀，「義」是「儀」字的初文。「義」本義指祭祀的儀杖，引申有意思、正道、合宜且合於正義的事情；另從柄飾引申有人工的意思，如「義肢」。

例詞

意義、義務、道義、定義、講義、正義、主義。

小提醒

「義」與「義」形似皆從羊，「義」的甲骨文 𦍌 指宰殺牲畜獻祭，「義」是「犧」的初文。「犧牲」原指獻祭的牲畜。

解答

小試身手

①鼠	②牛	③虎	④兔
⑤龍	⑥蛇	⑦馬	⑧羊
⑨猴	⑩雞	⑪狗	⑫豬

想一想1

「能」、「為」、「萬」、「秋」等字的本字和哪些動物有關？

答：這些漢字乍看之下很難跟動物有連結，其實「能」 𦬠 是熊獸的象形字，

「為」 𧰼 左手牽著大象表示馴服大象使之做事，「萬」甲骨文 𧌬 像蠍子的樣子，本義是蠍子，後來假借為數目字。「秋」甲骨文 𤊻 像蟋蟀

的樣子，聽到螽斯的叫聲就知道入秋了。其他類似的漢字，可以看到部分的動物部件，表現了動物的特性，如「鮮」可指食物新鮮美味，也可指新奇有趣，「鮮」字有魚有羊，金文 🐟 從「魚」，「羴」省聲，本義是一種魚名，指古代貉國產的魚，也有說法指魚和羊表示鮮美的意思，篆文 🐟 三魚，表示魚新鮮，與「鮮」音讀音相同。「奮」 🐦 表現鳥類為了掙脫奮起飛翔的樣子、「麗」 🦌 遠觀有著一對美麗鹿角的鹿結伴覓食、「塵」甲骨文 🦌、篆文 🦌 都可以看到鹿群奔跑揚起沙塵的意思。

想一想2

「虫」跟「它」有什麼關係？

答：「蛇」字在甲骨文 🐍 中即出現，戰國文字 🐍 簡化為「它」形，增加了「虫」部 🐍，表示蛇的本義。現在第三人稱它，即是蛇的初文，古文字就是像蛇盤屈垂尾的樣子，甲骨文中有一字 🐍 像是蛇咬到腳趾的樣子，有學者認為可能就是「它」字原形。根據《說文》指古人居住的地方草叢常有蛇，相見互問「無它乎？」（有蛇嗎？），「有它」、「無它」成為人們詢問的對象話題，慢慢演變成為指稱詞多指物。「它」和「他」古漢語表示同一個詞，沒有男女物之別，現代漢語因為受到英語的影響而有所區分。

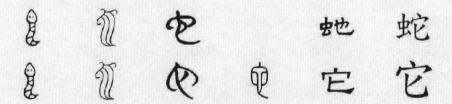

想一想3

「臭」、「吠」、「哭」、「突」、「器」等字都從犬，但卻都不在犬部，意義有什麼關連嗎？

答：「臭」、「吠」、「哭」、「突」、「器」，這些字雖然都不在犬部，但都表現出犬的特徵。「臭」，甲骨文 🐕，從「犬」從「自」，狗的

鼻子靈敏可以分辨氣味，本義是嗅覺。「臭」為多音字，音ㄒㄧㄡˋ（xiù）指氣味，動詞「聞」通「嗅」。音ㄔㄡˋ（chòu），與「香」相對，指難聞的氣味。

「吠」，篆文 𤘡 指狗叫聲，同是口部字的「哭」從甲骨文 𤘡 披頭散髮哭訴的人到篆文改為從「吅」，從「犬」，以犬的哀嚎表示哭聲。

「突」，甲骨文 𤘡 指犬突然從穴中衝出，引申有衝撞、忽然的意思。

「器」，金文 𤘡，從四器皿之口加上犬字，指由犬守護眾多器皿。現指器物總稱。

想一想4

家禽鴨、鵝都屬於鳥部，雞屬於隹部，鳥跟隹都表示鳥類，兩者有什麼不同呢？

答：「鳥」𤘡 和「隹」𤘡 兩字的古文字都像鳥側視的樣子，《說文解字》認為「隹」和「鳥」的差別在於尾巴的長短，「鳥」在甲骨文 𤘡、金文 𤘡 中都非常寫實，「鳥」靜態凸顯鳥嘴。而「隹」字甲骨文則把鳥的羽毛表現出來，強調尾巴羽毛動態振翅。字形和用法仍有別。觀察部分隹部字如「集」、「隻」等都與鳥類有關。但「隹」字部件還作語氣詞，如「唯」等其他用法。「鳥」部件多與鳥類有關。

想一想5

你知道把牛剖半是哪一個字嗎？還有哪些是屬於這類的漢字？

答：「半」𤘡 字，從「八」，指分別。從「牛」，本義為解剖牛，把物體切開一分為二，「半」有一半的意思。《說文解字》：「半，物中分也。從八從牛，牛為物大，可以分也。」

「片」𤘡 字，則是「木」字簡省，《說文解字》：「片，判木也。從半木。」片由木的右半邊字形而成，表示把木頭剖開，分成兩半，木頭劈成兩半後，左半塊稱為「爿」（ㄑㄧㄤˊ／qiáng）是214部首之一，例如：「牆」。

第九單元
花團錦簇──艸木禾竹

單元概覽

1. 4個部件：
   艸木禾竹
2. 37個漢字：
   艸：花茶菜苦藥藝薄
   　　落蒸藏若
   木：本果梯機校樂桶案
   禾：種穫稱季秀租秋和
   竹：箱筆節管簡籍笑
   　　等築範
3. 教學主題建議：
   初級：
   #植物花卉 #蔬菜水
   果 #五穀雜糧 #竹製品
   #木製品
   中、高級：
   #中醫中藥 #庭園文化
   #植物人文哲學

活動⑴ 甲骨文風景畫

活動⑵ 漢字花

活動⑶ 眼明手快

活動⑷ 漢字桌遊

小試身手

　　自古以來，植物不但是生活中美麗的裝飾，還能製作家具、樂器等製品，文人雅士更從植物旺盛的生命力、不同的成長姿態，體悟到人生應如植物般謙虛有節、清新脫俗、出淤泥而不染，進而寫下許多美好的吟詠詩篇。本單元進入花團錦簇的植物大觀園，下面幾種植物的古文字，你知道是哪些植物嗎？請你連連看。

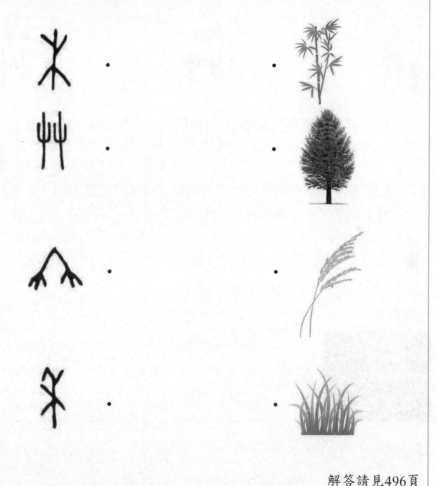

解答請見496頁

教師應該知道的漢字知識

　　本單元的部件和例字，在日常生活中隨處可見，可能是家中陽臺的花花草草，廚房裡的蔥、薑、蒜、青菜水果，室內竹椅木桌等家具。或是沏上一壺好茶，翻開書本欣賞文人雅士對花草樹木、稻禾等自然植物的歌頌，豐富我們的物質和精神生活。

1. 艸

| 篆文 | 隸書 | 楷書 |

　　「艸」最早出現在篆文 ，由兩個「屮」組成，表示多數，「屮」的中間一豎為莖，兩旁為枝，就像草初生的樣子，現在楷書多書寫成「艹」。「艸」是「草」的本字，現在的「草」從「艸」，「早」聲，作為草木的泛稱。「草」字還可引申為粗糙、粗略的意思，如「潦草」。

　　「艸」部字，常見各種蔬菜、水果、辛香料，如「菜、菇、莓、蕉、芒、蒜、蔥、薑」等，多為形聲字。一些「艸」部字本義不一定跟植物有關，如「蒸」 本義指雙手持豆獻祭，「藏」 本義是藏酒的地窖，「若」 更是像人跪坐梳理頭髮的樣子。

常見例字：

部件意義	與草木植物有關		其他
例　字	花茶菜苦藥藝	薄落	蒸藏若
級　數	初級	中高級	中高級

想一想1
下面是「花」字的字形演變，從裡面你還看到哪一個字呢？

華　華　蘂　蕐　花

解答請見496頁

2.木

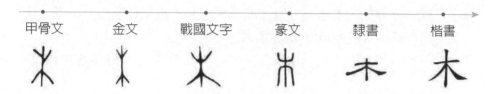

| 甲骨文 | 金文 | 戰國文字 | 篆文 | 隸書 | 楷書 |

　　「木」的樹枝、樹幹、樹根完整體現，屬於實象造字，是木本植物的通稱。從甲骨文到篆文都保持木形，經過了隸變，跟原來的樹木樣貌相比，有了一點的變化，但仍充分保有象形字的特色。木部字如「本」、「末」、「未」、「朱」都是在木字上做記號來表示字義，「本」木下從一表示樹根，「末」在樹梢加點表示樹末端。「未」像木上枝幹重疊，「朱」從木樹幹上一圓點，是「株」的初文，以紅點計樹，後借指為紅色。

　　作為五行之一的「木」，是重要的自然資源，被人們充分利用，將木材製成各類木製品，讓生活更便利。「木」也可用來形容人，「剛毅木訥」指人樸實，「麻木」指人沒有感覺，「呆若木雞」指人笨呆不聰明，「木」部例字相當多，多是與「木」連結的形聲字，比如說「柴」字，從「木」，「此」聲，本義指可供燃燒的零散枯枝木材。

常見例字：

部件意義	與木相關	
例　字	本果梯機校樂	桶案
級　數	初級	中高級

教學錦囊1　「麻」字裡是兩個木嗎？

　　麻字的金文 <img> 由「广」和「林」組成，「屮」是麻的莖葉，「八」指麻的表皮被分離後，合而成「朮」，兩個 朮 合而成，則表治麻的總稱。置於屋下，可會出已治之麻。其纖維長且堅韌，可用作織物，因此麻字裡不是木。麻部字裡有多音字「麼」，本義指細小，現多當助詞用。可用來織物，因此麻字裡不是木。麻部字裡有多音字「麼」，本義指細小，現多當助詞用。

想一想2
漢字可以一分為二，木字一分為二成了「片」，也可以疊加，一木二林三森，還有哪些有趣的漢字可以這樣組合呢？

解答請見497頁

3.禾

甲骨文　　金文　　戰國文字　　篆文　　隸書　　楷書

　　「禾」字作為穀類植物的總稱，字形就像熟成的稻穗下垂的樣子，上為稻穗、中間是稻葉、下面是根部。「禾」部字多與穀類植物有關，例如：「稻」金文 稻 像手在臼中舂米、「稷」 稷 是五穀之神，古代掌管農事的官吏，古文字左邊是禾，右邊是跪坐的人祝禱，「社稷」本指帝王祭拜的穀神，後來多用來稱國家。

　　穀類植物包括稻米、小米、大麥、小麥、玉米、燕麥等，從魚獵、畜牧到農耕文化，穀類作物的收穫，不僅是三餐的主食，更以之繳交租稅田賦。著名唐詩，李紳〈憫農詩〉：「鋤禾日當午，汗滴禾下土，誰知盤中飧，粒粒皆辛苦。」具體地描寫農人辛苦耕種，我們應該以感謝的心，面對一粒粒辛苦收穫的心血結晶，惜食不浪費。

常見例字：

部件意義	與穀類植物有關		其他
例　字	種	穫稱季秀	租秋和
級　數	初級	中高級	初級

想一想3

你知道「五穀雜糧」分別指的是哪些穀類嗎？

解答請見497-498頁

教學錦囊2　「年」的甲骨文有禾，兩者有什麼關係呢？

　　「年」的甲骨文 　，像人背著禾，本義指穀物收成，古代穀物一年一穫，進而用來計算時間。另外還有例字如「利」 　用刀收割農作物（禾），「差」 　用手搓取麥穗等。

4. 竹

| 甲骨文 | 金文 | 戰國文字 | 篆文 | 隸書 | 楷書 |

　　「竹」就像竹子枝葉，在古代被廣泛地應用，從好吃的筍子，到用來記事的竹簡、書籍、簿子，還有樂器，如「笛」、「簫」等，甚至是各種各樣的竹簾、竹筷、竹箱等生活用品密切連繫著華人社會的各面向。

　　「竹」更進一步深化成內在涵養，如宋代大文豪蘇東坡所言，「可使食無肉，不可居無竹。無肉令人瘦，無竹令人俗。」，更有「梅蘭竹菊」四君子、「梅松竹」歲寒三友等美稱，竹子中空有節，指人應該謙虛有氣節。人們常觀察植物的內、外在特色樣貌，從中體悟一些人生的道理，因此漢字的字義時常有所引申。

常見例字：

部件意義	與竹子相關		其他	
例　字	箱筆節管簡	籍	笑等	築範
級　數	初級	中高級	初級	中高級

教學主題建議

初級：植物花卉／蔬菜水果／五穀雜糧／竹製品／木製品

中高級：中醫中藥／庭園文化／植物人文哲學

教學活動舉例

1. 甲骨文風景畫　☑初級 ☑字形 ☑寫字 ☑文化

(1)活動主軸：教師引導學生利用「花、草、木、竹、禾」等表植物義的漢字，也可結合「山、石、雲」等自然現象、「鳥、魚」等動物類別的漢字，畫一幅漢字風景畫。

(2)流程簡述：教師先準備風景畫中需要的甲骨文字。並提供學生甲骨文字圖文列表，複習所學。然後教師發下白紙，讓學生作畫，並請學生在畫紙旁邊寫出畫了哪些字。最後讓學生展示畫作，請其他學生在風景畫中找找有哪些漢字。中高級班學生可以進而看圖說故事，把漢字的練習延伸到文句、篇章的學習。

(3)延伸或變化：教師可在課堂中，帶學生欣賞有名的山水風景、庭院畫，介紹國畫中「留白」的藝術哲學，畫面不畫滿，保有空間感的意境，還可以介紹松、竹、梅等植物的文化意涵，及中國著名園林的故事做延伸，讓學生了解古人庭院藝術文化與生活美學。

2. 漢字花　☑全程度 ☑認讀 ☑寫字 ☑字形 ☑字音 ☑字義 ☑語法

(1)活動主軸：透過中間部件字和花瓣上相關漢字，幫助學生記憶漢字和連結意義。

(2)流程簡述：學生分組後，聽教師所說的部首。接著將屬於該部首的漢字寫在紙片上，並貼到漢字花、唸出該字，在時間內哪一組完成的花瓣最多，即獲勝。

(3)延伸或變化：漢字花也可以變成漢字樹、漢字花園，作品可以布置教室。中高級班別的學生，利用寫好的漢字花瓣，練習造詞或是造句。

3. 眼明手快　☑全程度 ☑認讀 ☑口說 ☑寫字 ☑字形 ☑字音 ☑文化

(1)活動主軸：利用字卡練習識字，筷子夾字增加文化趣味，建立字音和字形的連結。

(2)流程簡述：教師先介紹筷子文化，教師依照班級人數準備筷子，務必確認學生會使用筷子。教師準備多張目標漢字字卡，紙張軟硬程度適中，方便用筷子夾取。學生分組並聆聽完教師所說的字後，夾起正確的漢字卡，夾最多字卡的組獲勝。

(3)延伸或變化：可以換成空白字卡，讓學生聽寫，或是讓學生找漢字出題。中高級班學生可以聽教師說詞組，再夾找漢字，增加難度。

4. 漢字桌遊　☑全程度 ☑認讀 ☑口說 ☑寫字 ☑字形 ☑字音 ☑字義

(1)活動主軸：漢字活動除了直接用字卡來變化，也可以透過改編經典桌遊，應用在漢字認讀活動，藉由遊戲激發積極性，增加學習趣味性，反覆練習，有助於學生漢字的記憶。適合做漢字遊戲的桌遊，例如：漢字Spotit!、漢字大富翁（蛇和梯子Snakes and Ladders）、漢字賓果等。

(2)流程簡述：

①漢字Spotit!：教師可以到Make your own Spot It clone網站[1]製作自己的字卡。輸入目標漢字以後可以設定卡片的模式、大小、形狀。submit送出後，即可看到製作好

[1] http://aaronbarker.net/spot-it/spot-it.html

的卡片，此時按滑鼠右鍵列印成PDF檔。教師依據學生人數印出相對數量，照卡片形狀剪下字卡。依照學生人數分組，將所有卡片放在中間，每一次每位學生拿一張卡片，第一位學生翻開卡片，其餘學生看自己手中的卡片，和翻開在桌面上的卡片是否一樣，如有，請大聲說出漢字，並手指答案，第一個說出正確答案的人即可拿走卡片得一分，接著繼續翻桌上新的卡片，大家一起完成遊戲，到翻開所有卡片為止，規定每次都要說不一樣的漢字，也可以說出詞組才算得分。

②漢字大富翁：漢字大富翁（蛇和梯子Snakes and Ladders）可上網搜尋模版或自己製作，根據學生程度製作各關卡的問題，可以是漢字認讀、猜字謎、漢字填空等，也可以有獎勵（跳進）和懲罰（倒退）。每組一張大富翁模版和問題集。學生分組進行，根據擲出的骰子點數前進，回答問題，最先到達終點者獲勝。

(3)延伸或變化：還有許多經典桌遊可以改良為趣味漢字活動，請注意遊戲規則的說明需淺顯易懂，時間的掌握也很重要，寓教於樂。

網路課程也可以把桌遊模版轉成PDF檔後，結合線上小白板讓學生進行，以上介紹的兩個桌遊是線上線下都可以操作的漢字認讀遊戲。

例字說明

1. 部件：艸

結構組合	簡化字	大陸發音
⁺⁺化	－	huā

字源、字義

從「花」的字形演變來看，金文 𦫿 是花朵綻放的樣子，到了篆文 𦼬 有了「華」字的雛形，隸書即可見 華。「花」的本字是「華」，直到楷書才有形聲字「花」。引申為耗費，如「花時間」；虛假，如「花言巧語」；式樣繁多，如「花式」。

例詞

花園、花心、開花、插花、花費、花盆、花瓶、花色、花生、梅花、棉花、鮮花、雪花、花紋、花辦、花朵、花樣。

小提醒

1. 「華」除了作為「花」的古字，也引申為美麗的事物，如「華麗」；時光，如「年華」；精要部分，如「精華」；繁盛，如「繁華」；或指「中華民族」、「中華文化」等帶有地域性華夏風俗民情的詞語。特別要注意的是，「華」字中間的寫法是兩個「十」，不可相連為「卄」。

2. 跟花的盛開有關的漢字，還有「英」，始見金文 𦰩 用於人名，篆文 𦬟 開始指花的盛開，從「艸」，「央」聲。《說文解字》指「英」為草木開花而不結果。現多使用「英」的引申義，指物質的精華，如「含英咀華」；才德出眾的人，如「精英」等。

字源、字義

「茶」，指樹木的花葉，可以沖泡當飲品，本義是「茗」，茶的通稱。

例詞

紅茶、奶茶、茶館、茶會、茶葉、下午茶、茶具、烏龍茶。

結構組合	簡化字	大陸發音
＋＋余	－	chá

小提醒

1. 茶文化是中華文化中重要的部分，中國是茶樹的原產地，可以結合採茶、製茶、品茶、茶道等文化課程讓學生體驗。
2. 臺灣珍珠奶茶手搖飲文化遠近馳名，過去臺灣大稻埕烏龍茶更是風靡世界，從傳統茶文化到創新茶飲，學生不只能學習如何在手搖飲店點一杯客製化飲料，還可以結合烹飪主題自己做一杯珍珠奶茶。

字源、字義

「菜」金文 用為地名。篆文 從「艸」，「采」聲。聲符同時表意，《說文解字》指「菜」為可以吃的草。中間的手說明了採摘可食用之蔬菜。

例詞

菜單、點菜、青菜、白菜、蔬菜、菠菜。

結構組合	簡化字	大陸發音
＋＋采	－	cài

小提醒

1. 教師可以讓學生到超市或是傳統市場找找蔬菜的漢字，讓學生用蔬菜漢字做買賣蔬菜的對話，或是讓學生分類，哪些蔬菜是綠色蔬菜，如「青花菜」，哪些蔬菜有菜字，如「菠菜」，哪些蔬菜沒有菜字，但菜名也有草字頭，如「番茄」等。
2. 「菜」的意義擴大，從過去單指蔬菜，進而隨著使用頻率的增加，還可指各式各樣熟食料理，如「臺灣菜」、「日本菜」，意義範圍越來越大。另外，還可以當形容詞用，指不出色，如「菜鳥」。

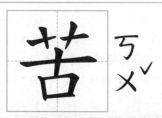

字源、字義

「苦」，從「艸」，「古」聲。五味（酸、甜、苦、辣、鹹）之一。引申為艱辛受累，如「辛苦」、「勞苦」。

例詞

痛苦、吃苦、艱苦、刻苦、苦工、苦難、苦惱、苦衷、貧苦。

結構組合	簡化字	大陸發音
⁺⁺古	－	kǔ

小提醒

「苦」當名詞指五味之一，或是艱難的境況，如「訴苦」；也可當動詞，指磨練、受累，如《孟子‧告子下》：「天將降大任於斯人也，必先苦其心志，勞其筋骨。」此外，形容詞義指有苦味的食物，如「苦瓜」；或是艱辛、愁悶的，如「苦日子」、「愁眉苦臉」。也能當副詞用，指竭盡心力，如「苦練」。

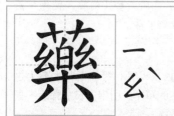

字源、字義

「藥」金文 🔯，從「艸」，「樂」聲。草本類植物。可用來治病，引申為藥草的總稱，也指某些能產生效用的化學物質，如「火藥」。

例詞

藥房、農藥、藥方、藥水、藥物、中藥、草藥、火藥、藥品、醫藥、炸藥。

結構組合	簡化字	大陸發音
⁺⁺樂	药	yào

小提醒

介紹中醫、中藥等文化。中國四大發明之一的火藥，一般認為是中國術士煉製長生不老藥而得到的副產品，後與煙火、火藥武器的發展密切相關。

	字源、字義
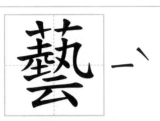	「藝」金文  像一個人把手中的樹苗種植在地上的樣子，本義為種植，通「蓺」。從「坴」，指土地。現多引申為才能、技術，如「工藝」。

結構組合	簡化字	大陸發音	例詞
＋＋執云	艺	yì	藝術、文藝、工藝品、技藝。

小提醒

1. 介紹古代學生要掌握的六種基本才能，「六藝」指禮、樂、射、御、書、數等六種教育科目，另外一說指《詩》、《書》、《易》、《禮》、《樂》、《春秋》六部儒家經典。
2. 介紹臺灣傳統藝術包括戲曲「歌仔戲、皮影戲、布袋戲」等、音樂「南管、北管」、建築工藝「交趾陶、木工、石雕、彩繪」等、民間工藝「刺繡、神像、蒸籠、製香」等、陣頭技藝「八家將、宋江陣、舞龍舞獅」等。

	字源、字義
薄 ㄅㄛˊ ㄅㄛˋ	「薄」從「艸」，「溥」聲。指草木叢生之地。本義指雜生的草木，引申為貧瘠稀疏、卑賤、微不足道之意。

例詞
ㄅㄛˊ（bó）：薄、薄弱、刻薄、淺薄、輕薄。
ㄅㄛˋ（bò）：薄荷。

結構組合	簡化字	大陸發音
＋＋溥	－	bó/bò

小提醒

「薄」為多音字，讀ㄅㄛˊ（bó）表示不寬厚、不尊重，如「刻薄、輕薄」；微不足道，如「薄禮」等。語音讀ㄅㄠˊ（báo）。與「厚」相對。
讀ㄅㄛˋ（bò），如「薄荷」是一種植物一般當點心的調味料，也可以當薄荷油等趨蟲、芳香劑。

落　ㄌㄨㄛˋ　ㄌㄠˋ　ㄌㄚˋ	字源、字義
	「落」從「艸」，「洛」聲。本義草木枝葉凋零掉落下。引申為掉下，如「落淚」；衰敗，如「衰落」；停留，如「落腳」；人聚居之地，如「村落」。

結構組合	簡化字	大陸發音
＋＋洛	－	luò/lào/là

例詞

ㄌㄨㄛˋ（luò）：角落、落後、落實、落伍、部落、擊落、流落、落得、落魄、落選、沒落、失落。

ㄌㄠˋ（lào）：落枕、落地。

ㄌㄚˋ（là）：丟三落四。

小提醒

「落」為多音字，讀ㄌㄨㄛˋ（luò），表示掉下，如「落淚」、衰敗，如「衰落」、停留，如「落腳」等。

讀ㄌㄠˋ（lào），指降落，如「落地」；讀ㄌㄚˋ（là），指忘記、遺忘，如「丟三落四」、跟不上「落在後頭」。

蒸　ㄓㄥ	字源、字義
	「蒸」從甲骨文  可見雙手持豆獻祭，到了篆文 明確有「蒸」字。「蒸」從「艸」，指麻草的莖桿。現常見的熱氣上行蒸發、蒸氣義，是從「烝」的本意。

結構組合	簡化字	大陸發音
＋＋烝	－	zhēng

例詞

蒸、水蒸氣、蒸發、蒸氣、蒸熟。

小提醒

「蒸」作為做菜方式的一種，不從「火」從「艸」，強調可生火的麻草桿，可介紹「小籠包、燒賣」等蒸食。

結構組合	簡化字	大陸發音
⁺⁺臧	－	cáng/zàng

字源、字義

「藏」金文  字形，從「宀」，從「酉」，「爿」聲。指屋舍藏酒的地窖，引申為收藏。戰國文字 從「貝」，指收藏財物。隸書 藏 始從「艸」。

例詞

ㄘㄤˊ（cáng）：藏、潛藏、收藏、隱藏。
ㄗㄤˋ（zàng）：寶藏。

小提醒

「藏」為多音字，讀ㄘㄤˊ（cáng）指儲存、隱匿，動詞，如「收藏、藏拙」。
讀ㄗㄤˋ（zàng），指儲物之處，如「寶藏」。

結構組合	簡化字	大陸發音
⁺⁺右	－	ruò

字源、字義

「若」的甲骨文 像人跪坐梳理頭髮，使頭髮柔順的樣子，所以本義有順從、應諾的意思。現多用於指如果的假設義。

例詞

假若、若干、倘若。

小提醒

1. 佛經中「般若」是梵語的音譯，指能悟道的大智慧，音讀ㄅㄛ ㄖㄜˇ（bō rě）。
2. 「諾」的金文 ，可見「若」，本義是應答聲，在古裝劇中有時可以聽到此一說法。「若」有順從義，「諾」從「言」，「若」聲，表示答應的意思。

2.部件：木

結構組合	簡化字	大陸發音
木一	—	běn

字源、字義

「本」金文 ⽊，表樹木的根本在底部，三點指根鬚，最後演變成木下的一點指出了根的位置。「本」從草木的根，引申當名詞，指事物的根源，如「本源」；資金，如「成本」；也可當量詞計算書籍單位。還能當動詞，指根據，如「一本初衷」；做形容詞，指主要、原來、現在的意思，如「本能」；也當副詞，指原來，如「本來」。

例詞

課本、本人、基本、劇本、本領、本身、本土、根本、影本、資本、本事、本位、本性、本質、腳本、書本、原本、治本。

小提醒

跟「本」形體近似的漢字，還有「末」跟「未」。

⽊「末」，樹上一橫，本義指樹梢。引申為事物的最後階段，如「歲末」；不重要的事物，如「本末倒置」、「捨本逐末」。

⽊「未」，字形像枝繁葉茂的大樹，本義是茂盛。引申為否定、沒有的意思。

結構組合	簡化字	大陸發音
果	—	guǒ

字源、字義

「果」甲骨文 ⽊，從「木」，像樹上結滿了果實，金文 ⽊ 突出了果實的紋路樣貌，本義指果實。引申為事情的成效、實現、堅決、確實。

例詞

水果、果汁、如果、成果、結果、效果、果然、後果、果斷、果實、果真、因果。

小提醒

1. 教師可以圖呈現植物的果實、花朵、枝葉、莖幹、根等，並結合漢字和實物做說明。
2. 臺灣是水果王國，不同時令有豐富的當季水果，教師可介紹從「木」部水果，如「橘子」、「李子」、「櫻桃」、「椰子」、「檸檬」、「梨子」、「柚子」、「柿子」、「楊桃」等。

結構組合	簡化字	大陸發音
木弟	－	tī

字源、字義

「梯」從「木」，「弟」聲。「弟」甲骨文 ? 像繩索纏繞在物品上，引申為次第順序，是示義的聲符。「梯」本義指可供登高下行的木階。

例詞

電梯、樓梯。

小提醒

1. 教師可以從「木梯子」→「樓梯」→「電梯」、「手扶梯」等組詞，讓學生熟悉「梯」字。並以此來說明中文造詞的一些規律和可掌握的方法。
2. 其中「樓梯」的「樓」字，也從「木」，「婁」聲。本義指兩層或以上的房子。「樓」可以指建築物「大樓」，也可以指「樓層」，中西方對樓層有不同的說法，可結合不同建築文化做說明。

結構組合	簡化字	大陸發音
木幾	机	jī

字源、字義

「機」從「木」，「幾」聲。本義指木製機器的通稱。引申為事物的發生緣由，如「動機」；重要祕密，如「機密」。

例詞

電視機、手機、冷氣機、飛機、機場、照相機、機會、洗衣機、班機、機器、機車、相機、機構、機關、機票、機械、時機、危機、轉機、動機、激動、機警、機密、機制。

小提醒

綜合生活中常見的機器詞語，如手機、洗衣機等。分別機器的「機」與用具的「器」的用法，「器」的金文 ? 從「犬」從四「口」，一說指犬守護貴重的器皿、器物。讓學生從例子「提款機、洗衣機、手機、充電器、變壓器、滅火器」等中歸納用法。

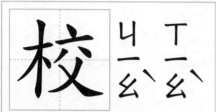

字源、字義

「校」甲骨文 ，從「木」，「交」聲。

「交」像人兩腿交叉，音ㄐㄧㄠˋ（jiào）指古代的刑具。引申為更正對錯，如「校稿」。

例詞

ㄐㄧㄠˋ（jiào）：校對、校量。

ㄒㄧㄠˋ（xiào）：學校、校長、校園、校車、校友。

結構組合	簡化字	大陸發音
木交	－	jiào/xiào

小提醒

「校」是多音字，讀ㄐㄧㄠˋ（jiào），表示訂正，如「校稿」，計較，如「校量」。

讀ㄒㄧㄠˋ（xiào）指求學的地方，如「學校」，也指軍職級別，如「上校」。

字源、字義

甲骨文 、金文 ，上面像是大小鼓，下面是木製鼓架。本義是木製樂器。

例詞

ㄩㄝˋ（yuè）：音樂、樂團、樂隊。

ㄌㄜˋ（lè）：吃喝玩樂、可樂、樂觀、樂趣、快樂、娛樂、歡樂、俱樂部、樂意。

結構組合	簡化字	大陸發音
丝白木	乐	yuè/lè

小提醒

「樂」為多音字，「樂器」彈奏出來的動人「音樂」可以使人「快樂」。

讀ㄩㄝˋ（yuè），指動人和諧的聲音，如「音樂」。

讀ㄌㄜˋ（lè），指喜悅愉快，如「快樂」。也可以當動詞指喜愛，如「樂於助人」。

讀ㄧㄠˋ（yào），指欣賞，喜好，如「知者樂水，仁者樂山。」。

桶 		
結構組合	**簡化字**	**大陸發音**
木甬	－	tǒng

字源、字義

「桶」戰國文字 𣏾，從「木」，「甬」聲。木製、有深度、圓形的裝盛器具，也可當量詞，如「一桶水」。

例詞

馬桶、桶子、一桶水。

小提醒

1. 比較「桶」、「杯」、「箱」、「盒」、「碗」、「盤」等各式盛具，部件代表不同材質和用途，多可當量詞。

   木部：杯，古代兩側有耳、裝液體的盛器。

   竹部：箱，本義指車廂，現多表示盛物的箱子。

   皿部：盒，有底有蓋相合的盛器。盤，金文 𥁑 從「皿」，淺底盛器。

   石部：碗，金文 𥂦 下從「金」，篆文 𥁵 下從「皿」，至楷書從「石」，指食物盛器。

2. 另外，「馬桶」一詞，本指皇帝使用的便器，在漢代稱「虎子」，但到了唐代為了避名諱而改名為「馬子」，後來演變為「馬桶」。

案 		
結構組合	**簡化字**	**大陸發音**
安木	－	àn

字源、字義

「案」戰國文字 𡨴，從「木」，「安」聲。本指古代盛飯的短足木盤，進而指長方形的桌子，後來表示在桌上處理的事件。引申為牽涉政治、法律、商業的事件，如「案子」；或是計畫提議的文件，如「方案」。

例詞

答案、檔案、案件、案情、辦案、報案、草案、破案。

小提醒

1. 「舉案齊眉」比喻夫親相互敬愛，此「案」指木盤。

2. 看古裝劇，常見古人「席地而坐，憑俎案而食」，隨著遊牧民族入中原帶入新家具，如「胡床」就是椅子的前身，改變了古人的生活形態。許多木製家具，如「桌」、「椅」、「架」、「櫃」等，可從漢字文化史切入，引起學生學習動機。

3.部件：禾

結構組合	簡化字	大陸發音
禾重	种	zhǒng/zhòng

字源、字義

「種」戰國文字 ，從「禾」，「童」聲，到篆文 改「重」聲。本義指穀物的種子，也可以指生物學上的分類、事物的類別，也當量詞來計算類別。

例詞

ㄓㄨㄥˇ（zhǒng）：種類、種子、種族、品種、種種。

ㄓㄨㄥˋ（zhòng）：種植。

小提醒

1. 「種」為多音字，讀ㄓㄨㄥˇ（zhǒng），表示穀物水果的種子，如「種子」，類別，如「種類」。

   讀ㄓㄨㄥˋ（zhòng），表示種植，動詞，如「種花」，也指疫苗注入人體，如「接種」。

2. 「科」與「種」的不同在於分類範圍的大小。「科」，從「禾」，指稻穀。從「斗」，是一種度量衡單位。「科」指從穀類等次之分，可以度量衡分類。

結構組合	簡化字	大陸發音
禾蒦	获	huò

字源、字義

「穫」戰國文字 ，從「禾」，「蒦」聲。從「禾」，跟農作物有關，本義指收割農作物，及穀物收成的次數。

例詞

收穫、一年三穫。

小提醒

比較形似字「穫」與「獲」。「獲」甲骨文 ，「蒦」，從「又」從「萑」，指「獲得」。「穫」指穀物收成，「獲」指獵取獵物。「穫」與「獲」簡體字都是「获」。

字源、字義

「稱」為「爯」的後起字。「爯」甲骨文 指用手抓物提舉。戰國文字 從「禾」，「爯」聲，以穀類植物來劃分春生秋熟的生長情況，也當度量標準，引申為名號，如「稱呼」；讚揚，如「稱讚」。

結構組合	簡化字	大陸發音
禾宀冉	称	chēng/chèng

例詞

ㄔㄥ（chēng）：名稱、簡稱、聲稱、稱讚、稱呼、稱霸。

ㄔㄥˋ（chèng）：稱重、稱職、稱心如意。

小提醒

「稱」為多音字，讀ㄔㄥ（chēng），表示名號，如「名稱」，讚譽，如「稱讚」。讀ㄔㄥˋ（chèng），同「秤」，指度量物體輕重的工具，也有適合之義，如「稱職」。

字源、字義

「季」甲骨文 ，從「子」，從「禾」，是「稚」的簡省，「稚」指幼禾，「季」本義指幼小，另指一段固定的時期，如「雨季」。

結構組合	簡化字	大陸發音
禾子	–	jì

例詞

季節、春季、冬季、秋季、夏季、四季、淡季、旺季。

小提醒

古代兄弟排行以「伯、仲、叔、季」排序，「季」指年齡最小。比賽名次第一名「冠軍」、第二名「亞軍」、第三名「季軍」，「季」有「末」的意思。

秀		ㄒㄧㄡˋ

字源、字義

「秀」戰國文字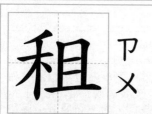，上面是穀類植物，下面是根禾成長的樣子，「秀」以根的繁茂，來指稻禾成長茂盛，開花結穗。引申為傑出優異，如「優秀」。

結構組合	簡化字	大陸發音
禾乃	－	xiù

例詞

優秀、眉清目秀、一枝獨秀。

小提醒

「秀」為表演show 的音譯，如「脫口秀talk show」。其他有趣的音譯詞包括：「粉絲fans」、「啤酒beer」、「俱樂部club」等，可讓學生猜猜看，是否能找到音譯的連結。

租		ㄗㄨ

字源、字義

「租」戰國文字租，從「禾」，「且」聲。在戰國秦簡文字中已有出租義，本義指田賦，現指稅捐、出借房屋、物品等收取的費用，如「租金」，也可當動詞，如「出租」。

結構組合	簡化字	大陸發音
禾且	－	zū

例詞

房租、出租、租賃。

小提醒

本義指租賃的「稅」，從「禾」，「兌」聲。「稅」指國家向人民徵收所得作為國家經費，過去人民多以農作物來繳稅收，因此從「禾」。

結構組合	簡化字	大陸發音
禾火	－	qiū

字源、字義

「秋」甲骨文像螽斯（蟋蟀），當螽斯鳴叫即表示入秋了。從「禾」，指禾類植物，從「火」，指秋收時要用火焚燒莖稈，順便去除蟲害。古代以兩次秋收為一年，因此引申為年，如「一日不見，如隔三秋」；時候，如「多事之秋」。

例詞

秋天、秋季。

小提醒

中秋節是華人文化裡重要的節日，分享「月餅典故」、「嫦娥奔月」、「后羿射日」、「吳剛伐桂」、「月兔搗藥」等故事，也能讓學生動手做小月餅，或是介紹臺灣特別的中秋烤肉文化。

結構組合	簡化字	大陸發音
禾口	－	hé/hè/huò

字源、字義

「和」，從「口」，「禾」聲。本義指相應和諧。引申為數字相加，如「總和」；安寧無戰，如「和平」；比賽不分勝負，如「和局」；溫和貌，如「和藹」；溫暖，如「風和日麗」，也指對、向、與、跟等義。

例詞

ㄏㄜˊ（hé）：緩和、溫和、飽和、和平、和解、和睦、和好、和諧、調和、中和、總和。

ㄏㄜˋ（hè）：附和、唱和。

ㄏㄨㄛˋ（huò）：攪和。

小提醒

「和」為多音字。讀ㄏㄜˊ（hé），表示相加總數，如「總和」，停戰，如「和平」。另一「龢」字，「龠」像編管樂器，同「和」，有聲音相應和諧的意思。

語音讀ㄏㄢˋ（hàn），是早期北京口語，指「跟、與」。

讀ㄏㄜˋ（hè），指聲音相應，如「附和」。

讀ㄏㄨㄛˋ（huò），指攪拌混合，如「攪和」。

4.部件：竹

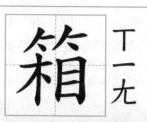

字源、字義

「箱」，從「竹」，「相」聲。本義指車裡能載人存物的箱子，如「車箱」。現指收納物品的器具。

例詞

冰箱、箱子、信箱。

結構組合	簡化字	大陸發音
竹相	－	xiāng

小提醒

1.箱子、盒子等不同收納容器可相互比較，如箱子容量多比盒子大。
2.介紹其他竹製器具，如「筷」，從「竹」，「快」聲。指用來夾取食物的細長餐具。可介紹中西餐具和筷子的不同、也可以介紹不同國家的筷子文化。

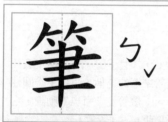

字源、字義

「筆」甲骨文 像用手拿筆，到了篆文 ，從「竹」從「聿」，增加了竹形來表示筆的材質，本義指書寫的工具，如「毛筆」。後引申為直挺的意思，如「筆直」。

例詞

鉛筆、筆記、筆試、鋼筆、原子筆、筆錄、筆友、下筆。

結構組合	簡化字	大陸發音
竹聿	笔	bǐ

小提醒

文字的記錄是歷史的開始，書寫工具的發展可了解人類文明的演進。西方從蘆葦桿、鵝毛筆到鋼筆、鋼珠筆，硬筆書寫工具非常多樣，而中國的軟毛筆也不斷地改進。從筆的文化發展看東西方文化，介紹毛筆的典故和種類，讓學生體驗毛筆書寫。

	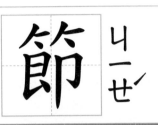		

字源、字義

「節」金文 ，從「竹」，「即」聲。本義指竹子外觀可見分段的竹節。引申為時令節慶，如「季節、節日」；音樂的拍子，如「節奏」；再引申為人的志氣操守，如「節操」；禮儀，如「禮節」。

結構組合	簡化字	大陸發音
竹即	节	jié

例詞

節目、春節、過節、節省、節約、細節、佳節、節儉、節慶、禮節、情節、時節、使節、調節。

小提醒

從竹子本身或特徵引申的漢字還有如「笨」，從「竹」，「本」聲，指竹子的內層竹膜。現在不用本義，而多指理解能力不佳，如「笨蛋、愚笨」；駑鈍不聰明、動作不靈活，如「笨手笨腳」。

字源、字義

「管」，從「竹」，「官」聲。竹製中空圓柱狀吹奏樂器，是管樂器的通稱，也指中空圓柱體，如「水管」、「燈管」。引申為動詞，主辦、教導，如「管理」、「管教」。

結構組合	簡化字	大陸發音
竹官	－	guǎn

例詞

管理、不管、儘管、主管、管道、管制、血管、保管、管教、管線、管子、接管、氣管、主管。

小提醒

竹製的吹管樂器除了「管」以外，還包括「簫」（直吹）、「笛」（多為橫吹）、「笙」，透過竹製樂器了解傳統音樂。

| 簡 | ㄐ一ㄢˇ |

字源、字義

「簡」，從戰國文字 的「竹」、「月」、「門」，到篆文 從「竹」，「閒」聲，楷書簡則變為「間」聲。本義指古代用來書寫的竹片。引申為省略，如「簡化」；單純不繁複，如「簡單」。

結構組合	簡化字	大陸發音
⺮間	简	jiǎn

例詞

簡直、簡便、簡稱、簡體。

小提醒

準備竹簡讓學生製作古書，可以將冰棒棍上下用棉線綁住，請學生在冰棒棍上寫字。

| 籍 | ㄐ一ˊ |

字源、字義

「籍」，從「竹」，「耤」聲，「耤」有憑藉借助之義。「籍」本義指竹編的書冊。現保留本義指書本，另有「戶籍」，指登記備考的名冊檔案，進而指隸屬關係，如「國籍」。

結構組合	簡化字	大陸發音
⺮耤	－	jí

例詞

國籍、書籍、古籍、籍貫。

小提醒

「籍」和「藉」形似但意思不同。「籍」從「竹」，指書冊。「藉」從「艸」，音ㄐ一ㄝˋ（jiè），指古代放置祭品的草墊，引申有依賴「憑藉」、假借「藉口」的意思。

結構組合	簡化字	大陸發音
竹夭	－	xiào

字源、字義

「笑」戰國文字 ，上像「艸」下像「犬」，表示犬奔跑在草原上，人犬之間的互動讓人開心。後篆文 訛化為從「竹」從「犬」，楷書笑從「夭」。本義指因喜悅而露出開心的表情或發出聲音。

例詞

開玩笑、微笑、笑話、可笑、取笑、玩笑、笑容、說笑、笑嘻嘻。

小提醒

「哭」戰國文字 有兩「口」，下從「犬」，本義指因傷心而發出哀鳴，如犬的哀嚎。「哭」和「笑」在文字演變過程中，都曾從「犬」，透過對狗的描寫來表現情緒。

結構組合	簡化字	大陸發音
竹寺	－	děng

字源、字義

「等」戰國文字 ，從「竹」，從「寺」。「寺」是古代的官員辦公的官署，是典藏書冊竹簡的地方。引申為品第種類之分，也有「等候」、「相等」的動詞義。

例詞

等等、平等、等不及、等到、等級、等於、不等、等候、等價。

小提醒

表示等級次序的意思，還可以介紹同為竹部的「第」字，從「竹」，從「弟」。「弟」甲骨文 像繩子盤旋纏繞木椿，指次第之義。

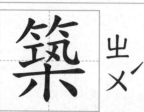

字源、字義

「築」金文 ，從「木」指木棍，「筑」聲，用木杵擣土。另一說，指「筑」是竹製樂器，所以「築」本義為「敲打」，進而有建造「建築」之義。

結構組合	簡化字	大陸發音
筑木	筑	zhú

例詞

建築、修築。

小提醒

介紹中華文化的傳統建築，探訪臺灣老街發現傳統建築之美。

字源、字義

「範」從「車」，「笵」省聲，「笵」指竹製的模型。「範」字引申為規矩，如「規範」；界線，如「範圍」；可仿效的模本，如「範本」。

結構組合	簡化字	大陸發音
⺮軋	范	fàn

例詞

範圍、防範、規範、模範、師範、示範。

小提醒

繁簡字體不同，「范」在繁體字中另有其字，「范」篆文 ，從「艸」，「氾」聲。本義是草名，在法則、模型的意義上通「範」。

解答

小試身手

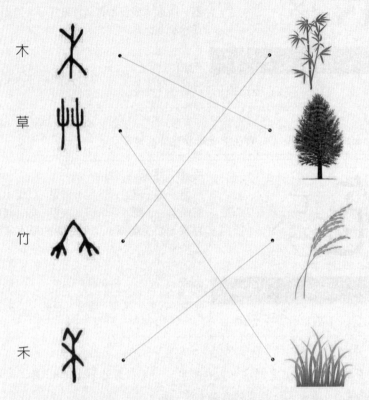

想一想1

下面是「花」字的字形演變，從裡面你還看到哪一個字呢？

答：從金文 ![金文] 看是花瓣綻放，花枝下垂的樣子，到了戰國文字 ![戰國文字] 加上了

　　艸，到了隸書 ![隸書] 寫成「華」，因此「華」是「花」的本字，。到了楷

　　書才改為從「艸」，「化」聲的「花」字。

想一想2

漢字可以一分為二，木字一分為二成了「片」，也可以疊加，一木二林三森，還有哪些有趣的漢字可以這樣組合呢？

答：一木二林三森，中國以三為多數，表示從樹木、樹叢到叢林。漢字由兩個或三個完全相同的字組成，表示集合（例如：林）、獨特（例如：鱻）、誇張（例如：犇）、比較（例如：矗）等概念，型式多為左右、上下、三角重疊，體現漢字的累進性。

木林森	火炎焱	水沝淼	石砳磊	日昌晶	土圭垚	女姦姦	馬騳驫
魚鱻鱻	虫䖵蟲	口吅品	佳雔雥	金鈜鑫	羊羏羴	犬犾猋	耳聑聶
車輀轟	月朋	人从众	力劦茘	毛毨毳	又双叒	朿棗棘	田畕畾

想一想3

你知道「五穀雜糧」分別指的是哪些穀類嗎？

答：五穀雜糧根據南北各地氣候、土壤環境、生長期、保存、變化性等差異，各有所別。隨著人們對糧食作物種植技術、石磨工具的進步，加上明末馬鈴薯、玉米等作物的傳入，人們糧食作物的選擇越來越多樣。

　　古代《論語・微子》以「四體不勤，五穀不分。孰為夫子？」來形容讀書人脫離現實缺乏生活技能，連五穀都分不清楚，「五穀」泛指各種穀物，但五穀為哪五種說法不同，根據南北方穀物種植差異，一說有稻無麻，另一說則有麻無稻。到了《孟子・騰文公》稱「稻」、「黍」、「稷」、「麥」、「菽」為五穀。

「稻」 𥝩 從「禾」，「舀」聲。以精緻化程度高低分，白米、胚芽米和糙米，以黏性可分蓬萊米和在來米兩種。

「黍」 𥡴 黍葉子末端下垂是帶有黏性的穀類，果實可用來釀酒，所以有水形。

「稷」 𥡧 指粟、小米。《字彙・禾部》：「稷，穀神。」指百穀之長。

「麥」 種類有黑麥、大麥、小麥等，小麥種子可磨成粉，大麥可製造啤酒，用途廣泛。

「菽」 像一隻手在摘豆夾，指豆類的總稱，指黃豆、紅豆、綠豆、黑豆等。

現在所謂的五穀雜糧，五穀常指稻米、麥、高粱、大豆和玉米五種，而雜糧則指米和麥（麵粉）以外的糧食如：燕麥、薏仁、黃豆等都稱雜糧。近年來，健康意識抬頭，大家更偏好選擇營養價值高的五穀雜糧做為主食，目前在花蓮、臺東地區原住民的「紅藜（臺灣藜）」有紅寶石之稱，相當受歡迎。從歷史悠久，品質優良的臺灣秈稻、蓬萊米、原住民的小米、用黑豆製麴發酵做成醬油、胡麻高溫壓榨成胡麻油，到用米磨成米粉各種加工米食品，不管是為美味加分的醬料，還是富有臺灣地方特色的穀物食品，都讓臺灣的飲食文化更加豐富多彩。

第十單元
酒食饜天──食皿麥米酉火示

單元概覽

1.7個部件：

食皿麥米酉火示

2.38個漢字：

食：飯飲飼館餘

皿：盤盡鹽益盜監

麥：麵麴麩

米：糕粥精糟

酉：酒酸醫配醬醜

火：熱照然熟焦災

示：祝福禮神祖祭禁社

3.教學主題建議：

初級：

#食物 #做菜方法 #調味料 #菜單 #臺灣小吃

中、高級：

#酒文化 #餐桌文化 #飲食文化 #祭祀文化

活動⑴：漢字抽抽樂

活動⑵：千里傳字

活動⑶：漢字大風吹

活動⑷：歡迎光臨

小試身手

　　聞名海外的中華美食，是許多外國朋友接觸中文的開始。中華料理因各地的氣候、地理、物產、風俗有別，發展出不同菜系和相應的烹調方式，到了現在飲食文化東西融合，除了可以吃到傳統美食外，還有許多創意料理可以嘗鮮。

　　不管是米飯麵食、家常小菜，還是一桌豐盛佳餚配上好酒，都可見華人對飲食文化的重視。對農業民族來說，更不忘在節慶祭祀之時謝天祝禱。從餐桌到祭桌，承載著人們對富足生活的嚮往。

　　這場以酒食饗天的祭典，看看桌上準備了什麼東西？

解答請見529頁

教師應該知道的漢字知識

　　民以食為天，菜單上琳瑯滿目的菜品，「飯」、「麵」、「粥」、「餃子」、「米粉」、「酥餅」、「飯糰」、「餛飩」、「米糕」、「醉雞」、「啤酒」等，看了讓人食指大動。俗話說：「開門七件事，柴、米、油、鹽、醬、醋、茶」，市井小民每天為生活奔忙，離不開這些生活必需品，對重視飲食的民族來說，從主食、飲品、點心糕點、做菜方法到最後與吃的文化息息相關的祭祀，透過文字能充分體驗豐富多元的飲食文化。

1.食

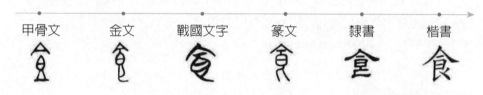

| 甲骨文 | 金文 | 戰國文字 | 篆文 | 隸書 | 楷書 |

　　「食」的本義是食物。從字形上看，就像一個古代用來盛食物的容器。上面「亼」像容器的蓋子，「皀」像器身，是古代裝盛五穀雜糧的加蓋容器。在漢朝，「食」也表示祭祀，在當時負責掌管祭祀的官員就被稱為「食監」，可見食物與祭祀有關。

　　「食」從屋裡的食器，進而指吃的東西，如「食物」；也指吃東西，如「進食」。另外，「食」還引申有承受，如「自食惡果」、違背，如「食言」。「食」作為部件寫為「飠」，簡化字寫作「饣」，繁簡字體不同。

常見例字：

部件意義	與食物有關	
例　字	飯飲館	飼餘
級　數	初級	中高級

想一想1

中華美食傳統小吃中，「餅」、「糕」、「酥」三者有什麼不同？

解答請見529頁

教學錦囊1　「即」和「既」它們有什麼關係呢？

　　「即」的甲骨文 𝌆 和「既」的甲骨文 𝌆 左邊都跟「食」一樣有 𝌆

「皂」，這是「簋」字的初文，「簋」是一種竹製的圓形食器，可以用來裝食物。「即」像人跪坐在食器前，即將開始吃東西的樣子，「既」則是背向食器，已經吃完要離開的樣子。由此我們知道「即」有立刻的意思，例如：「立即」，而「既」有已經的意思，例如：「既成事實」。

2. 皿

| 甲骨文 | 金文 | 篆文 | 隸書 | 楷書 |

　　「皿」甲骨文像盛器的剖面，本義是盛放東西的器皿，常見的「皿」部字，如「盤」、「盆」、「盒」等不同的形狀、深淺有不同的用途，皆可作為量詞使用。有的例字強調器皿的功用，不只是裝盛東西，還希望器皿裡能放的東西多多益善，象徵豐盛，器具還能用來照鏡子、放鹽塊，盛水、盥洗、沐浴，最後把用完後的器皿刷洗乾淨，物盡其用。

常見例字：

部件意義	與容器有關		其他	
例　字	盤	盡	鹽	益盜監
級　數	初級	中高級	初級	中高級

教學錦囊2　「豆」甲骨文看起來像什麼呢？

戰國 弦紋豆
圖片來源：故宮
博物院

甲骨文的「豆」字 🏺 是指先秦時代古代食物的盛器，可盛放穀物或醃菜、肉醬等調味料，高腳圓盤，上有蓋子，早期多淺盤，到了春秋戰國則變化多樣，豆不只作為食器，也常用於祭祀活動作為禮器。如豆部字「豐」甲骨文像禮器豆上裝盛了豐富的祭品。

用來表示豆類的字是「菽」，「叔」金文 ✦ 從「又」「尗」聲，像手在拔豆莢的樣子，是豆類總稱。三國魏・曹植〈七步詩〉：「煮豆持作羹，漉菽以為汁，萁在釜下然，豆在釜中泣，本是同根生，相煎何太急。」可見豆字已發展有不同意義。

3. 麥

| 甲骨文 | 金文 | 戰國文字 | 篆文 | 隸書 | 楷書 |

「麥」在甲骨文 🌾 中的字形就像一個麥穗的樣子。「麥」的種類相當多，有黑麥、燕麥、大麥、小麥等。除了米飯外，麵包、麵條、水餃、煎餃（鍋貼）、餅乾、蛋糕等這些由小麥磨成麵粉製成的食品，讓食物的選擇更豐富，「麥」還可以釀酒與製糖，人類重要的糧食作物之一。

常見例字：

部件意義	與麥等穀類有關	
例　字	麵	麴麩
級　數	初級	中高級

想一想2
「麥」和「來」古文字形類似，兩者有什麼關係嗎？

解答請見529頁

4.米

甲骨文　　戰國文字　　篆文　　隸書　　楷書

　　臺灣米品種多樣，不管是從口感分有點黏又不會太黏的「蓬萊米」、口感鬆硬的「在來米」和到了年節常用來做油飯、粽子的「糯米」，或是從加工方式分「糙米」、「胚芽米」與「白米」。農業技術的進步，品種不斷研發，米還可以做「年糕」、「板條」、「米粉」等各種加工品。

　　甲骨文的「米」字，中間有一橫，是放糧食的隔板，四周則是散開的穀粒，後來中間被十字代替，寫成現代的「米」字，本義是指去殼的穀粒。大多數都指的是稻米，也可指如米粒般體積小的東西，如「蝦米」。也可做為長度單位，一米指一公尺。

　　「米」部首字大都跟米等穀類相關並做意義的延伸，多指從米類穀物製作成相關製品，例如：糖、粥、粉、糯、糰、粽等；也有從穀物的形狀，如「粒狀」到「粉狀」；穀物品質，如「粗糧」或「精米」。

常見例字：

部件意義	與米等穀類有關	
例　字	糕	粥精糟
級　數	初級	中高級

5. 酉

| 甲骨文 | 金文 | 戰國文字 | 篆文 | 隸書 | 楷書 |

　　臺灣的飲料，除了經典的烏龍茶、深受歡迎的珍珠奶茶等各式手搖飲外，就屬臺灣啤酒和高粱酒最有名了。不同酒類的釀造過程各異，以高粱酒為例，經過「浸泡→蒸煮→涼飯→冷卻→加麴→入池→發酵→蒸餾」等八道工序完成後，還得照比例調配入窖保存到最佳風味才裝瓶出產。

　　中國酒文化淵源流長，在祭祀典禮上扮演重要的角色，還能在各種慶典場合助興賓主盡歡，更是許多文人雅士創作靈感的來源，早期用水果做酒精濃度低的甜酒，之後製酒技術不斷提升，出現製酒麴、蒸餾的技術，還引進了葡萄酒。「酉」直觀來看就像一個酒罈子，上面有蓋子，是有紋路的釀酒容器。「酉」旁加三點，表現出酒罈裝有酒水。「酉」部字，大多與酒類、發酵有關。

常見例字：

部件意義	與酒類、發酵有關	
例　字	酒酸醫	配醬醜
級　數	初級	中高級

6. 火

| 甲骨文 | 戰國文字 | 篆文 | 隸書 | 楷書 |

　　「火」字就像火焰向上燃燒的樣子，旁邊的兩點像火星點點，屬於實象造字。火可以烹飪，也可能帶來災禍，多數的火部字都與火相關，

例如：燙、烤、炒、炸、燉、燒、烘焙、煎、煮等烹飪方法，多數是從「火」的形聲字，不同的烹飪方式跟用油量的多少、烹煮的時間長短、用大火乾燒，還是小火燉煮，都是廚藝的大學問。

另外，少數火部字沒有火的意思，如烏、熊、燕等動物，單純都是動物形體的一部分或是特徵的描繪，屬於一種字形的訛變。另外一些例字如：「票」𥛱，「票」字現在歸部在示部，但是其本義從「火」，指火焰飛生的意思，因為隸變的關係從「火」改成了「示」。由此可知，不能一概而論，需針對個別漢字字形演變完整說明。

常見例字：

部件意義	與火有關	
例　字	熱照然	熟焦災
級　數	初級	中高級

想一想3
菜單上的中文菜名，例如：牛肉炒飯，不但有食材名，還能知道烹調方式，你知道有哪些烹飪方法的火部字呢？

解答請見530-531頁

教學錦囊3　部件的變形有哪些呢？

火（灬）	心（忄）（㣺）	手（扌）	示（礻）	攴（攵）	爪（爫）
辵（辶）	人（亻）	邑（阝）	足（𧾷）	玉（王）	犬（犭）
阜（阝）	艸（艹）	衣（衤）	肉（月）	刀（刂）	水（氵）（氺）

7.示

| 甲骨文 | 戰國文字 | 篆文 | 隸書 | 楷書 |

　　「示」字的字源說法很多，一說，指祭祀的供桌，也有說法指祭神的神主，左右兩短畫指神的到來。《說文解字》把「二」看成上下指天，下面的三畫看成日月星，所以是觀天象顯徵兆，預知吉凶禍福，進而對人們有所啓示，所以引申有顯示、表示之意。另一說，是從甲骨文來看像運算的竹片，數量不一。這幾種說法雖略有不同，可歸納為觀天象，啓發人事，進而用竹片記錄之以示人，作為決策處世的參考。

常見例字：

部件意義	與祭祀有關	
例　字	祝福禮	神祖祭禁社
級　數	初級	中高級

教學主題建議

初級：食物／做菜方法／調味料／菜單／
　　　臺灣小吃
中高級：酒文化／餐桌文化／飲食文化／
　　　　祭祀文化

教學活動舉例

1. 漢字抽抽樂　☑全程度 ☑認讀 ☑口說 ☑寫字 ☑字形 ☑字音 ☑字義
　(1)活動主軸：字卡配對，可練習部件或是組詞，加強漢字認讀。

⑵流程簡述：教師先發下目標漢字的字卡，平均分給每位學生。學生分組，決定先後抽排順序後，開始依序抽牌。依照遊戲規則，如果是部首搭配，輪流抽卡後，學生拿到相同部首的字卡，可以拿出來，分別說出字音後得一分。最先完成手裡字卡的配對者，獲勝。

⑶延伸或變化：依照不同的配對遊戲規則，增加難度。除了說出字音外，也可以練習說出詞組。

2. 千里傳字　☑全程度 ☑聽力 ☑口說 ☑寫字

⑴活動主軸：加強學生字形與字音的結合，注意讀音與聲調，寫出正確漢字。

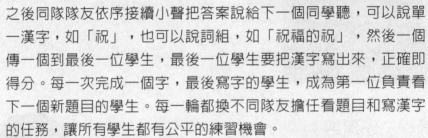

⑵流程簡述：學生分組，一組人數不宜太多。第一位學生負責看題目，之後同隊隊友依序接續小聲把答案說給下一個同學聽，可以說單一漢字，如「祝」，也可以說詞組，如「祝福的祝」，然後一個傳一個到最後一位學生，最後一位學生要把漢字寫出來，正確即得分。每一次完成一個字，最後寫字的學生，成為第一位負責看下一個新題目的學生。每一輪都換不同隊友擔任看題目和寫漢字的任務，讓所有學生都有公平的練習機會。

⑶延伸或變化：教師準備的題目，可依學生程度調整，建議每一組有不同的題目，以避免有的隊伍說得太大聲，以致洩漏答案讓別組同學聽到，另外，活動能設定時間，增加刺激感。

3. 漢字大風吹　☑初級 ☑聽力 ☑認讀 ☑字形 ☑字音 ☑字義

⑴活動主軸：透過刺激好玩的漢字大風吹遊戲，幫助學生熟悉目標漢字。

⑵流程簡述：老師準備多張目標漢字或是各部件的字卡，平均發給每一位同學，並在教室排椅子，如果學生有八人，椅子排七張。遊戲開始前，學生都圍著椅子走，等老師的指令搶椅子。老師說：「大風吹」，學生說：「吹什麼？」，老師說：「吹有酉字部的人」，如果學生手裡有「酉」字部的字就要趕快找椅子坐下來，最後沒有找到椅子坐下的學生，如果他手裡有「酉」部字就出局，換他來說「大風吹」，吹下一個部件字。

⑶延伸或變化：如果有空間、安全、學生年齡等考量，也可改變傳統規則不排椅子，改為在教室特定區域裡，學生聽到目標部件席地而坐，或是把字卡在規定時間內放在指定位置。這些特定位置可以依照部件字做規劃，比如「酉」部區、「皿」部區等。字卡可從教師準備的單個漢字，改為每個學生負責寫一到兩個漢字，單字也可改為詞組。

4. 歡迎光臨　☑初級 ☑聽力 ☑口說 ☑寫字☑打字 ☑語法 ☑文化

⑴活動主軸：讓學生開餐廳或是在夜市擺攤，透過設計菜單，複習學過的食物、飲料漢字和餐廳對話。

⑵流程簡述：教師先提供一些菜單範本讓學生參考，並協助學生完成設計菜單的內容。菜單需要提供餐點名稱、冷熱飲料、價格、不同口味、忌口過敏等，越詳細越好。教師說明餐廳會話流程，練習常用句型。可簡單布置教室，讓學生進入餐廳情境。進入餐廳（訂位、人數）→點菜（菜單介紹詢問）→狀況解決（上錯菜、特殊需求等）→結帳。學生分組，進行餐廳實境對話。

(3)延伸或變化：情境對話後，請學生分
　享實際用餐經驗，印象深刻的臺灣食
　物。也可介紹自己國家的特色餐點。
　也能進一步讓學生學習做中華料理，
　從準備食材、烹飪步驟和方法等，可
　結合把字句等實用語法，拍做菜影片
　做口語表達練習。

例字說明

1.部件：食

字源、字義

「飯」金文𩛄，從「食」從「反」，本義是
食，吃東西的意思，動詞。引申為所吃的東
西，穀類食物，如「白米飯」、「稀飯」；也
指正餐，如「早飯」、「午飯」、「晚飯」。

結構組合	簡化字	大陸發音
食 反	饭	fàn

例詞

飯館、飯店、米飯、開飯。

小提醒

「餐」篆文𩚣，從「食」，「𠬛」聲。跟「飯」一樣，也是由吃、食的動詞義，引
申到食物的名詞義，「餐」還可以當量詞，如「一日三餐」，「飯」則沒有這個用
法。「我要吃飯」可能是餓了要吃東西或是專指吃米飯，有認知的歧異。

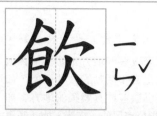

字源、字義

「飲」甲骨文 ，像人大口喝酒水的樣子，本義指喝酒。進而引申指可以喝的流質食物。

例詞

飲食、飲料、冷飲。

結構組合	簡化字	大陸發音
食欠	饮	yǐn

小提醒

1. 「飲」實為多音字，讀ーㄣˇ（yǐn），指喝酒，動詞，如「對飲」。液體流質食物，名詞，如「冷飲」。讀ーㄣˋ（yìn），指將液體流質的食品給人或動物喝，多用於古文。例如：飲馬、《詩經·小雅·綿蠻》：「飲之食之，教之誨之。」
2. 臺灣的代表飲品「珍珠奶茶」深受大家的喜愛，可介紹臺灣有名的手搖飲料文化。初級學生可以學習如何點一杯客製化的飲料，中高級學生可以討論如何在他們自己的國家開一家手搖飲店。

字源、字義

「飼」的篆文 ，從「食」字分化，「食」又音（ㄙˋ/sì）同「飼」，從「人」從「食」，《說文解字》：「飤，糧也。」本義指人的食物。引申指餵養動物。

例詞

飼養、飼料、飼主。

結構組合	簡化字	大陸發音
食司	饲	sì

小提醒

「飼養」的「飼」本指糧食，而「養」甲骨文 　像手拿著木棍趕著羊群，本義指牧養動物。其中「養」和「牧」一字趕羊，一字養牛，都與飼養牲畜有關。「養」引申有照顧，如「撫養、供養」；治療，如「調養」；保持，如「保養」；培植，如「養殖」。

結構組合	簡化字	大陸發音
食官	馆	guǎn

字源、字義

「館」篆文 ，從「食」，「官」聲，「館」指招待往來賓客的地方，如提供食宿的「旅館」；也指文化活動的公共場所，如「美術館」；提供顧客飲食娛樂的地方，如「餐館」。進而指公家單位、官署，如「領事館」、「大使館」。

例詞

圖書館、博物館、茶館、賓館、酒館。

小提醒

「館」本義指招待賓客往返之處，處所詞常見如「館」、「店」、「局」等，其不同在於「店」多指陳列出售貨品的地方，如「書店、便利商店」，「局」則多指政府或相關專門單位，如「郵局、藥局、警察局」。

結構組合	簡化字	大陸發音
食余	余	yú

字源、字義

「餘」戰國文字 ，從「食」，「余」聲。本義指有所剩。食物能有所剩餘，往往多是富足的象徵。引申有剩下、殘留，如「遺留」；未完，如「心有餘悸」。

例詞

其餘、業餘、多餘、廚餘、剩餘、殘餘。

小提醒

「餘」指飽足而有所剩，同為食部的「飽」，從「食」，「包」聲，指吃得滿足充足。「飽」的相對是「餓」，從「食」，「我」聲，本義指飢餓。

2. 部件：皿

結構組合	簡化字	大陸發音
般皿	盘	pán

字源、字義

「盤」的甲骨文  右上角可見其初文「凡」，「凡」甲骨文，像一個側立的盛水器，外型口大而淺，容器底部有圈狀突出的部分，後來寫為從「皿」，「般」聲。本義指盥洗用的盛水器，小盤可盥洗，大盤可沐浴，後多指淺底的盛器，引申像盤狀的東西，如「棋盤」。

例詞
盤、盤子、鍵盤、方向盤、開盤、全盤。

小提醒
「盤」和「盆」形狀相似，都用來裝盛物品，兩者最大的不同在於「盆」比較深，盆口大盆底較小。可以裝盛東西的器物還有「盒」，有底有蓋可相合的容器，如「禮盒」、「紙盒」。

結構組合	簡化字	大陸發音
聿皿	尽	jìn

字源、字義

「盡」甲骨文  像手拿刷子把吃完的容器清洗乾淨的樣子。到了篆文演變成從「皿」、「聿ㄐㄧㄣˋ（jìn）」聲。火變成了四點。引申有完結、終了的意思，如「取之不盡」，也指完備，如「詳盡」。

例詞
盡、盡力、盡量。

小提醒
「盡」本義指清潔用過的器皿，器皿本身也可用來盥洗清潔，「盥」字甲骨文 就像在器皿中洗手的樣子，也可指洗滌用的盛水器皿。今天常聽到的「盥洗室」就是指「廁所」、「洗手間」、「化妝室」。

ㄧ
ㄢ
ˊ

結構組合	簡化字	大陸發音
匚广鹵皿	盐	yán

字源、字義

「鹽」金文 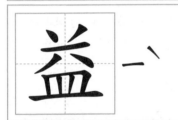 從「水」、從「鹵」、從「皿」，指由海水曝曬後得到的鹽塊，放在器皿裡。戰國文字後形聲化為從「鹵」、「監」聲，本義為食鹽。

例詞

鹽巴。

小提醒

料理因為「鹽」的應用帶出了「鹹」味，讓食物有更豐富的味道。「鹽」、「鹹」兩字都有「鹵」 ，字義有一說指西方所產自然生成的鹽，像鹽地裡有點點鹽粒的樣子，根據《說文解字》：「鹽，鹵也。天生曰鹵，人生曰鹽。」

益

ㄧ
ˋ

結構組合	簡化字	大陸發音
八（水）皿	—	yì

字源、字義

「益」甲骨文 像水要從器皿中滿溢出來的樣子，本義是溢出，是「溢」的本字，引申有增加，如「延年益壽」；幫助，如「助益」；好處，如「益處」；更加，如「精益求精」。

例詞

利益、公益、權益、日益、收益、有益。

小提醒

「益」本義有滿溢的意思，「盛」音ㄕㄥˋ（shèng），甲骨文 ，器皿旁數點也指器皿滿載外溢的樣子，「盛」有豐富，如「興盛」、「茂盛」，大規模，如「盛大」等意思。

音ㄔㄥˊ（chéng）則是用容器來裝東西，如「盛湯」、「盛飯」，也指古代放在祭祀食器裡的穀物。

結構組合	簡化字	大陸發音
冫欠皿	盗	dào

字源、字義

「盜」的甲骨文 像一個人站在船上張著大嘴流著口水的樣子，金文 改舟成皿，「次」從欠只張大口，從三點指口水，意指看上別人的東西心生羨慕欲佔為己有，指竊取財物的人或是用不正當的手段去偷盜、搶劫他人財物。

例詞

強盜、盜竊、盜取、盜賊。

小提醒

「盜」、「偷」、「搶」都是以不正當的手段去牟取他人財物，「盜」是以暴力手段威迫強奪，「盜」後面可接盜取的東西，如「盜木」、「盜墓」、「盜獵」等，跟「搶」強調速度快的奪取類似，如「搶劫」、「搶錢」等。「偷」則是暗中竊取，受害人沒有立即察覺。

結構組合	簡化字	大陸發音
臥皿	监	jiān

字源、字義

「監」的甲骨文 和金文 都形象地畫出像一個人跪坐在水盆前，低頭由盆中水的反射看到自己的倒影。「監」字中「𠂉」字指的是人，一是水，「臣」甲骨文 像睜大眼睛的樣子。「監」字的本義是察看、照看，也指盛水照面的容器，早期古文沒有鏡子，後期才有「鑑」字指的就是古代的鏡子。

例詞

監視、監獄、監督。

小提醒

1. 「監」由視看、督察義，引申含有統率、管理，如「總監」。另外還引申有拘禁、牢獄，例如：「監獄」。
2. 中高級班級可以補充法律相關用字，或是找一些刑罰主題的古文字做介紹，比如：「罪」、「罰」、「刑」、「民」、「僕」、「縣」、「奴」等。其中一些字，古今字義有所不同，例如：「民」甲骨文 指對戰俘以刀刺瞎一眼以防逃跑、「僕」甲骨文 指受刑人做清掃的勞役工作、「奴」金文 指手抓著女罪犯、「縣」金文 指樹上吊掛著人頭以示警惕等。

3.部件：麥

結構組合	簡化字	大陸發音
麥面	面	miàn

字源、字義

「麵」篆文 𪍥，從「麥」，「丏」聲。楷書麵，改「丏」聲為「面」聲。指由麥子磨成粉再加工的食品。

例詞

麵、麵包、麵粉、麵條、速食麵（泡麵）。

小提醒

1. 中華文化裡的麵食文化源遠流長，從麵粉製作出各式各樣加工麵食，例如：麵包、包子、饅頭、麵條、麵線、麵疙瘩、泡麵（速食麵）等，教師可以請學生分享介紹不同國家的麵食特色，如日本拉麵、義大利麵等。
2. 請注意繁簡字體不同，簡化字「面」與其他字義共用字形，可能造成文義理解的困擾。

結構組合	簡化字	大陸發音
麥匊	曲	qú

字源、字義

把米麥蒸過，使菌種繁殖，發酵後再曬乾，用來釀酒，稱為「麴」，也稱為「酒母」、「酒麴」。也可寫作「麯」。

例詞

大麴、酒麴。

小提醒

從葡萄酒到啤酒，「酒麴」是釀酒過程中必不可少的關鍵，教師可介紹釀酒過程與文化。以臺灣有名的「金門高粱」為例[1]，根據金門酒廠網站介紹，釀造的過程第一步就是製麴，原料使用金門當地的小麥，透過研磨→攪和→製麴塊→培麴→堆麴→磨麴→加入高粱發酵，完成製麴後開始釀酒，經過浸泡→蒸煮→冷卻→拌麴→發酵→蒸餾（第一道酒）→再拌麴→再發酵→再蒸餾（第二道酒，釀酒後最後就是將蒸餾過後的酒，調配酒度再放入地窖熟陳，之後包裝上市。

照片取自金門酒廠官網

---

[1] 金門酒廠，https://www.kkl.com.tw/tc/about04.aspx。

字源、字義

「麩」小篆 ，《說文解字》：「麩，小麥屑皮也。」本義指小麥磨成麵粉過篩後剩下的皮屑。

例詞

麩皮、烤麩。

結構組合	簡化字	大陸發音
麥夫	麸	fū

小提醒

1. 麥的繁簡字體寫法不同，請提醒學生注意。
2. 教師可提供學生相關食物過敏原的生詞，例如：牛奶、蛋、花生、大豆類、堅果類、麩質、魚、甲殼海鮮等過敏，或是食物不耐受，常見如乳糖不耐症等。

4. 部件：米

字源、字義

「糕」篆文 ，原來寫作「餻」，從「食」或是從「米」是義符的替換。指的是用米、麵、豆粉經過蒸烤製成的糕餅。

例詞

蛋糕、年糕、糕餅、糕點、糟糕。

結構組合	簡化字	大陸發音
米羔	－	gāo

小提醒

製作糕點時，常常需要使用「糖」，「糖」從「米」，「唐」聲。「糖」和「飴ㄧˊ（yí）」（麥芽糖漿）、「餳ㄒㄧㄥˊ（xíng）」（麥芽糖塊）本為一字。指的是用麥芽、米或是甘蔗製成的糖漿或是甜食。

			字源、字義
粥 ㄓㄡ			「粥」篆文，是「鬻ㄓㄨˋ（zhù）」不同的字體，「鬻」和「鬲」都是古代的炊具，該字指用米放在炊具中煮。兩旁弓形可想像為裊裊的炊煙。

結構組合	簡化字	大陸發音	例詞
弓米弓	－	zhōu	粥、白粥、臘八粥。

小提醒

「稀飯」和「粥」不同，「稀飯」指用少許米加水煮，材料比較簡單，水分較多。而「粥」需要比較長的時間，比較濃稠。

			字源、字義
精 ㄐㄧㄥ			「精」戰國文字，指揀選過品質優良純淨的好米。從「米」，「青」聲。引申指物質經提煉後無雜純淨的部分，例如：「酒精」；也指心神，如「聚精會神」；擅長，如「精通」；也可以用來形容細緻，如「精細」；優質，如「精兵」；最好，如「精品」。

結構組合	簡化字	大陸發音	例詞
米青	－	jīng	精神、精彩、精力、味精、精光、精華、精明、精髓。

小提醒

「精」有細緻的意思，相對是「粗」。「粗」篆文，從「米」，「且」聲。本義指糙米等粗糧。有不精密細膩，如「粗茶淡飯」；疏忽，如「粗心大意」；不文雅，如「粗野、粗話」；也有「粗略」的意思。「粗」隸書指三隻鹿齊跳，引申有「魯莽」的意思，是「粗」的異體字。

字源、字義

「糟」，指用米這類穀物來釀酒，從「曹」表音，酒糟指釀酒留下的酒渣，也指未經過濾的酒渣酒。從做酒剩下的酒渣這些無價值的東西，進一步引申有敗壞，如「糟糕」；無條理，如「亂七八糟」；損害，如「糟蹋」。

結構組合	簡化字	大陸發音
米曹	－	zāo

例詞

糟、酒糟、糟糕。

小提醒

「糟糠」也指酒渣，不只比喻粗食，也比喻共患難的，如「糟糠之妻」。

5.部件：酉

字源、字義

「酒」甲骨文 ，「酉」是酒器，「酒」的本字，「酉」指裝酒之酒尊，從「水」，指酒水類飲料。酒字本義即指裝在酒杯裡的酒。從金文 到戰國文字 ，「酒」字都不帶三點水，但當「酉」字做地支紀年後，字形開始從「水」。

結構組合	簡化字	大陸發音
氵酉	－	jiǔ

例詞

啤酒、酒吧、敬酒、酒會、喜酒、酒店、酒館、醙酒。

小提醒

1. 「醉」從「酉」，與飲酒有關，從「卒」指終止，喝酒到不能再喝，本義指適量飲酒，但現多指飲酒過量。「醉」字引申有沉迷、迷戀的意思，如「沉醉」、「陶醉」；或用酒浸漬，如「醉雞」。
2. 「醒」，《說文解字》指飲酒後身體不舒服，或神智不清的樣子。「醒」本意指從酒醉的狀態中醒來。「他醒了」和「他起床了」意義有些許不同，「醒」雖然指眼睛睜開，但可能還賴在床上，強調是從睡眠狀態中甦醒，「起床」則比較明確指起身離開床。

酸　ㄙㄨㄢ

結構組合	簡化字	大陸發音
酉夋	－	suān

字源、字義

「酸」金文 ，左從「酉」，似酒罈的樣子，與酒的釀製有關，本義是「酢ㄘㄨˋ（cù）」的意思，「夋」聲。「酸」從本義「酢」，發展成酸甜苦辣鹹五味之一。

例詞

酸、辛酸、心酸。

小提醒

「醋」，從「酉」，因在古代酒宴席間，主人獻酒於客，客以酒回敬主人曰「醋」。今多指調味帶有酸味的「醋」。從「酉」與宴飲有關，「昔」聲。醋從「酉」，以米麥高粱等經發酵釀成，有烏醋、紅醋、白醋，是中華料理中重要的調味料。

醫　一

結構組合	簡化字	大陸發音
殹酉	医	yī

字源、字義

「醫」戰國文字𣪍，從「殹」，病人呻吟的聲音、從「酉」，以酒治病。「醫」字可指治療疾病的人、也指學術學科，如「中醫」，還有治療的動詞義，如「醫療」，和相關方面，如「醫界」。

例詞

醫生、醫院、醫學、西醫、醫療、醫術、醫藥、中醫。

小提醒

《漢書·食貨志》提到「酒為百藥之長」，酒可製成藥酒防疫，如端午節飲雄黃酒驅蟲避邪。李時珍《本草綱目》記載許多不同功效的藥酒，酒在古代醫學上的應用很廣，現代則常見消毒用酒精。

配	ㄆㄟˋ

結構組合	簡化字	大陸發音
酉己	–	pèi

字源、字義

「配」，從甲骨文 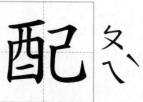 到金文 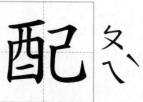，從「酉」，與釀酒有關，右邊像人跪坐的樣子，像人看著釀酒的過程，「配」，本義是釀酒調配絕佳，酒色很好。從酒調製得好，到「搭配」、「調配」都可見其依一定的比例標準協調之意。進而引申指安排，如「分配」。

例詞

配合、配給、配音、相配、支配、裝配。

小提醒

「配」除了指酒色，還有結合的意思，例如：夫妻也可以說「配偶」；女子嫁人，如「許配」、男女結婚「婚配」。另也指資格足夠，媲美，如「配得上」。

醬	ㄐㄧㄤˋ

結構組合	簡化字	大陸發音
將酉	酱	jiàng

字源、字義

「醬」戰國文字 醬，指用酒調味醃製肉品，從「爿」表聲，本義是醃製的肉醬。從肉醬引申到現在作為醬料如「醬油」、「辣椒醬」（豆麵發酵後加鹽製成調味品）等，或指經久煮攪爛的食物，「果醬」、「花生醬」；或是用醬油做的醃製物，如「醬瓜」。

例詞

醬料、醬菜、蕃茄醬、辣醬、豆瓣醬。

小提醒

「醬油」是相當具有東亞特色的調料，亞洲不同地區都有各地特色口味的醬油。除了醬油以外，「醬」造詞能力很強，任何食材透過醬造的程序都可以成為醬，如「蕃茄醬、辣椒醬」，請學生介紹自己家裡廚房常見的調味品。

	醜	ㄔㄡˇ

字源、字義

「醜」甲骨文，從「酉」從「鬼」，指在祭祀中戴著面具扮演鬼怪的巫者跪坐在酒器前，「醜」引申指樣貌難看，進而有污辱，如「醜化」；惡劣之事，如「醜聞」。

結構組合	簡化字	大陸發音
酉鬼	丑	chǒu

例詞

美醜、醜陋、醜事。

小提醒

請注意繁簡字體不同，簡化字的「丑」甲骨文像手臂從手肘到彎曲的手指的樣子。「丑」字後來借為地支第二位，也可表示凌晨一點到三點的時辰名，也指在傳統戲曲中，扮演滑稽喜劇角色的人物稱「丑角」。

6. 部件：火（灬）

字源、字義

「熱」篆文，一說「埶」像人手執木種植，一說指人手持火把，從火，本義指溫度高、「埶」聲。「熱」還引申為受人喜愛，如「熱門」；強烈的，如「熱愛」；為人親切友好，如「熱心」；使溫度升高，如「加熱」。

結構組合	簡化字	大陸發音
埶灬	热	rè

例詞

熱鬧、熱狗、熱水、熱烈、悶熱、親熱、熱帶、熱潮、熱量、熱水瓶。

小提醒

1. 「熱」從「火」，指溫度高，形容天氣熱到如火在燒一般，如「炎熱」。「炎」，兩火重疊，火光上升，火燒得很大很旺的樣子。從「火」而來的焚燒義，進而形容酷熱，如「炎熱」；或指生病時發熱、紅腫、疼痛的現象，如「發炎」。
2. 「熱」與「燙」皆指高溫，兩者的差別在「熱」可指天氣，與「冷」相對，還可以做動詞，如「加熱」；形容詞，如「熱門」；副詞，如「熱愛」等。「燙」除了形容溫度高外，只能做動詞，指物體受高溫後有所變化，如「燙頭髮」；食材放入滾水中快速撈出，如「燙青菜」。

結構組合	簡化字	大陸發音
昭灬	－	zhào

字源、字義

「照」金文，像手拿著火的樹枝，從「火」，照明義，「昭」表音讀，也有明亮的意思。本字從以火照明的本義，引申了映射義，如「照鏡子」；攝像，如「照相」；明白知曉，如「心照不宣」；比對，如「對照」；依據，如「比照」；看顧，如「照顧」。

例詞

照片、照相機、照顧、護照、按照、照常、關照、拍照、依照、照例、照耀、執照。

小提醒

古代照明用的「燭」，從「火」，「蜀」聲。用蠟或油製成，可燃燒發光的火炬或條狀物。從「火」，照明用。進而引申出照亮或是察明的意思，如「洞燭先機」。另一常用照明器具「燈」，從「火」，「登」聲，一樣表示能照明。

結構組合	簡化字	大陸發音
夕（月）	－	rán
犬灬		

字源、字義

「然」就是燒，「燃」的本字。從金文 看，左上方是肉，右方像「犬」，像火上燒烤狗肉的樣子。然從本義引申出來很多虛詞的用法，當形容詞，指正確，如「不以為然」；當代詞，指如此，如「古今皆然」；還有很多連詞用法，指但是、雖、然後，或是當詞尾，如「恍然」；也可在句末表肯定，還能當嘆詞表應答。

例詞

當然、然後、雖然、忽然、仍然、突然、自然、果然、既然、竟然、居然、偶然、然而、天然、顯然、必然、固然、茫然、坦然。

小提醒

表達燃燒的火勢，可另見從「火」，「列」聲的「烈」字，指燃燒的火勢猛烈強勁，引申有成分味道濃重，如「烈酒」；也指剛質正義，如「烈士」。

結構組合	簡化字	大陸發音
孰灬	－	shú/shóu

字源、字義

「孰」是「熟」的本字。但當「孰」假借為誰、什麼等疑問詞後。便加上火再造「熟」字。從「火」，指用火煮，「孰」聲兼指熟食。本義指用火烹煮後可食。引申有農作物、或是人的成長，如「成熟」；常見認識，如「熟人」；或是有深刻的印象，如「耳熟能詳」；仔細詳細，如「深思熟慮」。

例詞

熟悉、熟、熟練、不熟、面熟。

小提醒

1. 熟字有讀音ㄕㄨˊ（shú）和語音ㄕㄡˊ（shóu）的區別，臺灣幾乎都說ㄕㄡˊ（shóu）；大陸則大多說ㄕㄨˊ（shú）。
2. 用火烹煮的「熟食」與沒有煮的「生食」相對。

結構組合	簡化字	大陸發音
隹灬	－	jiāo

字源、字義

「焦」甲骨文 ，像鳥在火上燒的樣子。字形發展漸成上從「鳥」的簡形「隹」，下從「火」。從物體火燒後變硬黑，如「燒焦」，引申形容人心情著急煩惱，如「焦急如焚」、「焦慮」。

例詞

焦急、焦點、對焦。

小提醒

燃燒過度焦黑，「黑」其中一個金文 下面有火花，上像熏黑的煙囪。篆文 從「囧」和「炎」，煙囪被炎炎的大火熏成黑色。燃燒焦黑後留下來的碎末成「灰」，「灰」戰國文字 ，從「火」從「又」。手不能去碰火，但物體燃燒後所剩灰燼可用手去拿。引申指塵土，如「灰塵」；顏色如灰燼般，如「灰色」；還指沮喪消沉，如「心灰意冷」。

結構組合	簡化字	大陸發音
巛火	灾	zāi

字源、字義

「災」是三種自然和人禍的通稱。甲骨文有三種字形，一是（甲骨文一）有火在房中燒，「灾」指「火災」。第二是（甲骨文二）淹大水，「巛」指「水災」。第三是（甲骨文三）是兵器戈，「𢦏」指「戰爭」。發展到篆文𤈦𥡝即可見「災」字初形，從「火」指火造成的傷害與不幸。

例詞

災害、災難、天災、災禍、災情。

小提醒

「災」泛指一切災難，在甲骨文中有三種不同的表現，繁簡字體不同，繁體字「災」以洪水「巛」來表示，而簡體字則以火災「灾」代表。

7.部件：示

結構組合	簡化字	大陸發音
礻兄	–	zhù

字源、字義

「祝」甲骨文𥛠，像人跪在神主之前祈禱。指祭祀時負責祝禱詞的主祭者。從「示」，與祭祀儀節有關，從「人口」，指說祭祝詞的人。也當動詞，指祈禱，如「祝福」；慶賀，如「慶祝」、「祝賀」。

例詞

慶祝、祝福、祝賀。

小提醒

介紹常用的節慶祝福語。幫助學生掌握如節慶、祝壽、結婚、開店、新居落成、搬家喬遷、工作升遷、表達祝福感謝等不同時機的賀詞表現。

結構組合	簡化字	大陸發音
礻畐	－	fú

字源、字義

「福」甲骨文，從「示」從「酉」。像兩手捧著酒器祈求保佑。從「示」，與祭祀儀典有關，「畐」聲，「畐」是滿的意思，表示酒象徵豐富完備，本義希望保佑降福。「福」除了表示幸運外，也有運氣、機會的意思，如「口福」、「耳福」。

例詞

幸福、福利、祝福、福氣。

小提醒

1. 傳統文化剪紙中，常見五隻蝙蝠的設計，「五蝠」象徵「五福」，以其諧音象徵。其他諧音象徵好運祝福的還有「蘋果」代表「平平安安」，「橘（桔）子」代表「大吉大利」，「魚」代表「年年有餘」等。
2. 「禍」與「福」相對，指災難禍害。「禍」從「示」，表與祭祀有關，「咼」聲，像骨骼的「咼」指割骨離肉，隱含禍害之意。《老子》第五八章：「禍兮福之所倚，福兮禍之所伏。」自古有「福禍相依」的哲學，從不同的角度看事情，轉心轉念，境遇想法也因而有所改變。

結構組合	簡化字	大陸發音
礻豊	礼	lǐ

字源、字義

「禮」甲骨文，從「示」，「豊」聲，本義指舉行禮儀以祭神祈福。「豊」字下面「豆」字為食器也是祭器，「豆」中放了兩串玉，指祭品，用來獻祭，表示行禮敬神。從祭祀供品之器，進而指事奉神靈祭祀之事稱為「禮」。

例詞

禮物、禮拜、禮貌、婚禮、禮堂、典禮、敬禮、禮品、葬禮、禮服、禮節、洗禮。

小提醒

自古有「禮儀之邦」之美名，從祭祀之禮到生活禮節，人跟人之間的禮貌尊重，可就相關主題補充討論。如中高級班學生可討論怎麼做到「禮尚往來」？或是有哪些禮節已經不合時宜？

結構組合	簡化字	大陸發音
礻申	－	shén

字源、字義

「神」金文 𤰉，從「申」，「申」是「神」的初文。「申」像閃電，古人對這類自然現象往往因無法理解而心生畏懼視為天神。從「示」，與祭祀相關，從「申」，表讀音也表神奇難料之意。本義指天地萬物的主宰。引申指人的精氣神，如「聚精會神」。

例詞

精神、神話、神經、神祕、神奇、神氣、神聖、神仙、傳神、神情。

小提醒

可補充有關寺廟、佛教、道教、天主教、基督教、回教等各大宗教文化，和臺灣本土如媽祖信仰，每年一次盛大的媽祖遶境活動。

結構組合	簡化字	大陸發音
礻且	－	zǔ

字源、字義

「祖」甲骨文 𤰉，像宗廟裡祖先的神主牌位的樣子。也有說法指「且」像切肉放肉的架子，表示獻祭，從「示」，指祖先神靈，從「且」是音讀兼表義，本義指祖先神主。除了指先人外，也可指稱謂，如父親的父母「祖父母」，也引申指創始者，如「鼻祖」。

例詞

祖父、祖母、祖先、祖國、外祖父、外祖母、祖宗。

小提醒

教師可介紹清明節祭祀祖先，緬懷先人的由來，並比較其他國家是否也有類似習俗。比如：墨西哥亡靈節。

| 祭 | ㄐㄧˋ |  |

字源、字義

「祭」甲骨文 ，指祭祀。上半部指用手拿著祭品，祭祀祖先。祈求庇佑賜福。

例詞

祭祀。

結構組合	簡化字	大陸發音
夕示	－	jì

小提醒

祭祀有不同的習俗，可補充祭孔大典的儀式讓學生感受一下祭祀典禮的盛況。

字源、字義

「禁」戰國文字 禁 ，從「示」，表示與吉凶禍福、避諱禁忌有關，「林」聲。本義指有所忌諱而禁止不做，也涵蓋法律習俗不允許的事。「禁」的動詞義除了制止外，還指拘押，如「囚禁」。

例詞

ㄐㄧㄣˋ（jìn）：禁止、禁令、嚴禁。
ㄐㄧㄣ（jīn）：弱不禁風。

結構組合	簡化字	大陸發音
林示	－	jìn/jīn

小提醒

1. 從吉凶到禁忌，可以談談風水、禁忌等文化觀。
2. 「禁」為多音字，還有另一個讀音ㄐㄧㄣ（jīn），指承擔、受得住的意思，如「弱不禁風」。

字源、字義

「社」甲骨文 ，以「土」為「社」，「社」有地主之意，本義指土地神，引申指有共同目標的團體組織，如「社團」。

例詞

報社、旅行社、社會、社交、黑社會、社論、社區。

結構組合	簡化字	大陸發音
礻土	－	shè

小提醒

有土斯有財，祭拜土地公，落葉歸根等觀念，可見華人文化對土地的重視。

解答

小試身手

①瓜、②皿、③雞、④豆、⑤食、⑥米、⑦麥、⑧酉、⑨火、⑩示

想一想1

中華美食傳統小吃中，「餅」、「糕」、「酥」三者有什麼不同？

答：「餅」用米粉、麵粉製成，大多是扁圓形，例如：餅乾、月餅、蔥油
　　餅、蛋餅。

　　「糕」穀物磨成粉後，加入奶、蛋，蒸烤後而成塊狀，外形則方圓不
　　拘。例如：蛋糕、黑糖糕。

　　「酥」，本義是酥油，指用油和麵粉等製成鬆軟酥脆的食品，例如：鳳
　　梨酥。

想一想2

「麥」和「來」字形很類似，兩者有什麼關係呢？

答：「麥」字由「來」和「夊」組成，「來」是「麥」的初文，「夊」指
　　倒「止」向下的腳掌，指行動緩慢，在此表示成長，也有說法認為是麥
　　根，「來」的甲骨文像一株完整的麥子，有麥根、麥稈、麥葉和麥穗，
　　是「麥」的初文，本義指小麥。後經過隸變漸失原形，並假借為往來、
　　來去之意。有一說指小麥為外來品種非中國原產，在當時中原南稻北粟
　　的農耕文化下，來自西亞的小麥經過漫長的適應與發展，成為僅次於水
　　稻的第二大的糧食作物，是最成功的外來作物。

| 甲骨文 | 金文 | 戰國文字 | 篆文 | 隸書 | 楷書 |

想一想3

菜單上的中文菜名，例如：牛肉炒飯，不但有食材名，還能知道烹調方式，你知道有哪些烹飪方法的火部字呢？

答：烹飪方法有燙、烤、炒、炸、燉、燒、燜、烘、焙、煎、煮、熬、烹等
　　字，指用火烹調，多數是形聲字、晚出字。

例字	字源、字義說明	小提醒
燙	從「火」，「湯」聲。湯字的本意為熱水。	菜單中常見的燙青菜，指把青菜放入滾燙的水中快速加熱後撈起，和溫度感覺的燙不同。
烤	從「火」，「考」聲。用火加熱使食物烘乾烘熟。	烤可指烘焙如烤餅乾、烤麵包，也可火烤，如烤肉。
燒	從「火」，指著火焚燒起來，「堯」聲。	燒可指燒烤，也指先用油炸再加湯汁燒煮，如紅燒。
炒	從「火」、「少」聲。	加少量油後把食物放入鍋中拌炒。
炸	從「火」，遇火加熱而爆，「乍」聲，也有忽然之意。形聲兼會意。	將食物放在油鍋裡炸。請注意二聲，如炸雞，和四聲，如炸彈，讀音意義不同。
燉	從「火」，「敦」聲。小火慢煮使爛熟。	燜與燉的不同，在於燉是小火慢煮，而燜則是關火蓋上蓋子用餘熱繼續加熱。
燜	晚出字。指關火蓋上蓋子用餘熱燜熟食物。	
烘	從「火」，指火烤，「共」聲。用火烤的方式使之受熱乾燥。	焙可用於焙茶。烘焙可用於咖啡豆、麵包的烘焙。
焙	可與烘字相參見。指微火烘烤。	
煎	從「火」，「前」聲。現行字從篆文的火變成四小點。	煎和炸不同，兩者的用油量有差別，煎油少，炸多油。

例字	字源、字義說明	小提醒
煮	篆文有從鬲（炊器），或從「水」指米在水中煮粥，從「者」聲。	煮和燒的不同。燒有著火之義故火較大，煮則多數放在水中燒煮。
熬	從「火」，「敖」聲。	花較長的時間小火慢煮。由烹煮食物引申有勉強忍耐之意，如煎熬、熬夜。
烹	從「火」，「亨」聲。	烹調、烹煮、烹飪，都指做菜。

第十一單元
衣冠楚楚——衣糸白革巾玉

單元概覽

1.6個部件：
　　衣糸白革巾玉
2.45個漢字：
　　衣：裡表袋初被裝衰複
　　糸：給紙約級總練終
　　　　統緩繪系
　　白：的習伯迫拍
　　革：鞋鞭勒靴鞠靶
　　巾：帶常希幫帥帳幣布
　　玉：玩現班球珍理環
3.教學主題建議：
　　初級：
　　#衣飾
　　中、高級：
　　#衣飾與文化

(1)我說你畫

(2)徵選時尚大使

小試身手

一、孔子曾言：「微管仲，吾其被髮左衽矣！」管仲當了齊桓公的宰
　　相，而使中原免受蠻夷侵擾，孔子因此推崇他。當時中原人士所
　　穿的傳統漢服，一般是「右衽」。下圖哪一件衣服是「右衽」？提
　　示：甲骨文「𧘇」字。

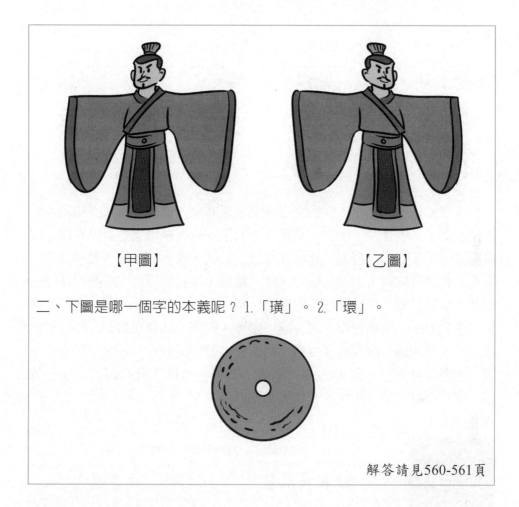

【甲圖】　　　　　　　　　【乙圖】

二、下圖是哪一個字的本義呢？ 1.「瑇」。 2.「環」。

解答請見560-561頁

教師應該知道的漢字知識

　　本單元的目標字是「衣、糸、白、革、巾、玉」，以此為部件組成的漢字，本義大多與服裝、飾物有關，然而本義可能已逐漸被引申義取代，成為現代常用的詞義、用法。現在一起來認識古人加工製造的成品，欣賞古代工藝！

1.衣

| 甲骨文 | 金文 | 戰國文字 | 篆文 | 隸書 | 楷書 |

　　「衣」是象形文字，從篆文以前的字形看來，就像衣領、衣襟和左右衣袖的樣子，甲骨文、金文、戰國文字的第一例和篆文還能看出衣襟是向左掩覆，到了隸書與楷書，逐漸失去原形。從「衣」的字，一般都與衣物和身上的穿著有關，例如衣服的部件、種類、樣式或是似衣服的物件等。如裁（裁製衣服）、補（修補衣服）、製（本義為剪裁）、裂（分割、剪裁之意）等字，都與製作衣服有關；如襯（內裡、貼身衣物）、衫（短袖單衣）、裙、褲、襪、袍（本義「內衣」，後指長外衣）、裳（下衣）、衷（本義「內衣」）、袖、裔（本義「衣邊」，即下身衣服的末端）等字，則是穿戴在身上的衣物或衣服的某部分。

常見例字：

部件意義	衣物部件、種類及似衣的物件	
例　字	裡表袋被裝	初衰複
級　數	初級	中高級

想一想1
「裡」和「裏」是異體字，那「裸」和「裹」呢？

解答請見561頁

2. 糸

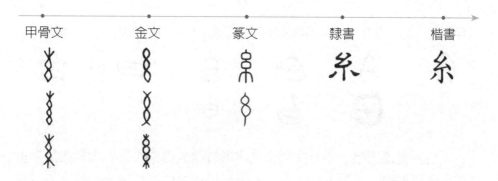

| 甲骨文 | 金文 | 篆文 | 隸書 | 楷書 |

　　「糸」是象形字，《說文·糸部》：「糸，細絲也，象束絲之形。」從甲骨文與金文的字形來看，都像是絲線纏結的樣子。從「糸」的字，都與絲或織品有關，從此延伸出各種不同的涵義與用法，以下列舉一些糸部的常見字，如生活工具、用品類的字「繩、線、網、索」；如顏色類的字「紅、綠、紫、素」；從絲、線等延伸出來的動作，如「纏、繞、繫、縫、結、編、織、綁、維、繼、續、納、縮」；表形容詞義的字，如「細、緊、紛、繁」等。

常見例字：

部件意義	與絲相關的事物	
例　字	給紙約級總練	終統緩繪系
級　數	初級	中高級

想一想2

「累」屬於哪一類文字呢？ 1.象形　2.指事　3.會意　4.形聲

解答請見562頁

3. 白

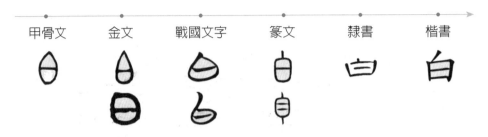

| 甲骨文 | 金文 | 戰國文字 | 篆文 | 隸書 | 楷書 |

　　「白」是象形字，甲骨文與金文字形皆象大拇指之形，大拇指是手指之首，所以伯仲之「伯」從「白」，表示兄弟之中排行第一。後來假借為白色的「白」。

常見例字：

部件意義	原形為「日」	作為聲符	其他
例　字	的 習	迫 拍	伯
級　數	初級	中高級	中高級

教學錦囊1　「百」就是「白」的分身。

　　「白」除了假借為白色的「白」之外，從出土文獻中也可以看到假借為數詞「百」的用法。從「百」的甲骨文 △ 字形來看，是在「白」的字形基礎上添上一些筆畫，分化出了與「白」有別的「百」字。

教學錦囊2　「泉」和「白」沒有關係。

　　「泉」是一個象形文，從甲骨文到篆文的字形都像是水從泉眼中湧出。隸變之後，如今所見上為白、下為水的形構。

想一想3
我們用肥皂來洗淨髒汙，但常說「不分青紅皂白」，如此看來，「皂」
應該是什麼顏色呢？

解答請見562頁

4.革

| 甲骨文 | 金文 | 戰國文字 | 篆文 | 隸書 | 楷書 |

　　「革」字據具體實象造字，甲骨文與金文的字形像撐開獸革待乾的樣子，是象形字。《說文·革部》：「革，獸皮治去其毛，革更之。象古文革之形。」本義是刮去獸皮上的毛，引申為「除去」的涵義。因此，「革命、改革、革新」，皆有「除舊（迎新）」的意思。

常見例字：

部件意義	皮革製品	
例　字	鞋	鞭勒靴鞠鞄
級　數	初級	中高級

教學錦囊3　全球瘋「足球」，原來中國早有「蹴鞠」。

元代錢選所繪《宋太祖蹴鞠圖》

「蹴鞠」相傳最早是為了訓練士兵而發明的一種以腳擊球的運動，依文字記載可上溯至戰國時代，從本來的軍事訓練用途逐漸演變成遊戲。明代之後，貴族與官吏間仍流行蹴鞠，甚至使他們耽誤職守。清朝有鑑於明代的蹴鞠之風，所以全面禁止蹴鞠，以防荒廢政事，此項運動就此沒落。

教學錦囊4　日文漢字「鞄」，本義並不是指「包包」。
　　意為「包包」的日文漢字「鞄」，本義其實是製革的工人，《說文》：「柔革工也。」

5.巾

| 甲骨文 | 金文 | 篆文 | 隸書 | 楷書 |

「巾」是象形文，本義是佩巾，甲骨文像佩巾下垂的樣子，中間的「｜」，一說像佩巾的摺痕，另一說是「絲」之義。大略地說，「布」是織物，「巾」是飾物。

常見例字：

部件意義	與巾相關的織物	
例　字	帶常希幪	帥帳幣布
級　數	初級	中高級

教學錦囊5　你所不知道的「烏紗帽」

　　我們常用「烏紗帽」來代稱「官職」，說一個人「丟了烏紗帽」，意指他「失了官位」。這頂「烏紗帽」是如何演變成「官職」的呢？「烏紗帽」就是以烏紗製成的帽子，在東晉時期流行於民間，不論官或民、富或貧，人人都可以戴，其源自古代男子裹髮。到了隋唐時期，烏紗帽開始鑲上玉飾，並具有區別官位大小的功能。而我們印象中長了長長翅膀的烏紗帽，卻是來自宋朝皇帝的小心機。

　　據說宋太祖趙匡胤怕議會時朝臣們私下交頭接耳議論他，因此在帽的兩側加上翅，群臣稍稍轉頭，兩翅就會晃動，皇帝在上，一覽無遺，以此防止底下人們竊竊私語。到了明代，始定為官帽，後世比喻官職，沿用至今。

教學錦囊6　「帝」與「巾」沒有關係。

　　「帝」字今雖收在巾部，但含意與「巾」無關，其字源有幾種不同的說法，如「祭檯」、「花蒂」、「兵器」。第一種說法，指「帝」是「禘」的本字，其甲骨文字形 ⽶ 像架了幾段木材作為祭檯，進行隆重的祭祀儀式。後來「帝」假借為帝王的「帝」。

6. 玉

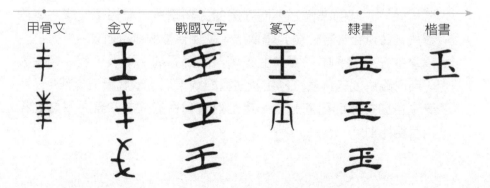

| 甲骨文 | 金文 | 戰國文字 | 篆文 | 隸書 | 楷書 |

　　「玉」是一個象形文字,甲骨文和金文都像以繩串玉的樣子,後來的變化是為了與「王」字區別而多了筆畫,例如 **玊**、**玊**,多出一、兩點,或 **玉**,加上了繩飾,但大約都是承戰國以前的文字形象而來,變化不大。

常見例字:

部件意義	與玉相關的事物	
例　字	玩現班球理	珍環
級　數	初級	中高級

想一想4

「琴」和「玉」有關係嗎?

解答請見562頁

教學主題建議

初級:衣飾

中、高級:衣飾與文化

教學活動舉例

1. 我說你畫　☑初、中級 ☑聽力 ☑認讀 ☑寫字

(1)活動主軸:認識日常衣著與服飾,能簡單介紹人物的穿著。

(2)流程簡述:教師準備好不同衣飾的人物圖片,發給每位學生數張圖片。合班看【穿什麼】學習單,認識各種服飾的說法。

請學生在自己手中的圖片上先寫上服飾名稱。兩人一組,甲生說明自己圖片上的穿著,乙生聽並且記錄下來。依此輪流操作。

學生各自根據自己的記錄,畫出對方圖片的人物衣著,畫好之後再互相比對。

例：〔學習單〕

【穿什麼】大家一起看：

帽子 màozi	耳環 ěrhuán	襯衫 chènshān	上衣 shàngyī
短裙 duǎnqún	長褲 chángkù	無袖 wúxiù	皮鞋 píxié
靴子 xuēzi	皮帶 pídài	絲巾 sījīn	項鍊 xiàngliàn

(3)延伸或變化：可布置「介紹自己和朋友」的回家作業，把自己
　或好朋友喜歡的穿著與服飾畫出來並寫下來，在課堂上展示、
　報告。

2. 徵選時尚大使　☑中、高級 ☑聽力 ☑文化

(1)活動主軸：深入討論穿著與服飾主題，以及其文化意義。

(2)流程簡述：將班上學生分二至三組，每一小組代表一個時尚團
　隊。每一位學生也都是時尚圈記者。小組討論：時尚團隊設計走
　秀服飾（用A3紙畫一張海報）。服裝、配件、飾品……
　各組報告：時尚團隊總監（小組報告者）拿著海報向眾人介紹走
　秀服飾以及文化意涵。
　記者提問：該時尚總監介紹完畢之後，眾記者（他組學生）可針
　對服飾提問。
　選舉大使：各組介紹完畢後，眾人（全班學生）投票選出心中的
　時尚大使。

(3)延伸或變化：請學生將今日課堂上的活動寫成一篇時尚雜誌中的
　報導，包括走秀服飾介紹、選舉結果出爐以及個人的評論。
　例：〔海報〕

小提醒
課堂活動注重炒熱氣氛、輕鬆有趣，教師較難嚴格糾錯，無論初、中、高級班的學生，若能把課堂活動延伸成回家作業，請學生寫成文章，不僅「輸出」更有系統，教師也能據此改正詞彙或語法上的錯誤，並且再將學生產出的文章利用於課堂上，做聽力理解或閱讀理解的其他活動。
教師先提供一些詞彙與句式（框架），引導學生討論的方向。例如：象徵、富有／承載……的文化意涵、與時俱進……。在小組討論時，教師巡堂、聆聽各組言談，提供協助，伺機擴展或深化學生使用的詞彙。
此類活動，適合發展高級班無文本式教學，即「課文最後產出」，形式雖是課堂討論，但不是讓學生散漫閒談，須由教師事先設計好框架並且設定目標。

例字說明

1.部件：衣

結構組合	簡化字	大陸發音
衤 里	里	ㄌㄧˇ

字源、字義
「裡」是後起字，同「裏」，兩者都是形聲字。《說文·衣部》：「裏，衣內也。從衣，里聲。」段注：「引伸為凡在內之偁。」
本義是衣服的內層，後來普遍引申為裡外的「裡」。現代的涵義與用法，除了衣服內層襯布與內部之外，尚有一定的時、空範圍之意，如「這裡、那裡、夜裡、三月裡」。

例詞
哪裡、裡面、裡邊、裡頭、背地裡、不明就裡、表裡不一、裡應外合。

小提醒
「裡」與「裏」是異體字，意思相同。
「裏」與「裹」字形相近，利用形聲字特點（里、果）記憶。

結構組合	簡化字	大陸發音
圭（毛） 化（衣）	－	biǎo

字源、字義

「表」古作「表」，是會意字，本義是外衣。《說文・衣部》：「表，上衣也。从衣从毛。古者衣裘，以毛為表。褾，古文表从麃。」古文的「褾」是形聲兼會意字。

例詞

表演、表達、表面、表示、表現、代表、發表、表、表格、表情、表揚、表白、表明、地表、圖表、外表、儀表、報表。

結構組合	簡化字	大陸發音
代衣	－	dài

字源、字義

「袋」字晚出，是形聲字，許慎《說文》本無收錄；《說文・巾部・新附》有「帒」，謂：「囊也。从巾，代聲。或从衣。」《玉篇・衣部》：「袋，囊也。」從衣、代聲。本義是可以盛裝東西的布袋。現代漢語中可以作為量詞，如「一袋蘋果」。

例詞

袋子、口袋、腦袋、眼袋、袋鼠、睡袋、暗袋、手提袋、麻布袋、塑膠袋。

結構組合	簡化字	大陸發音
衤刀	－	chū

字源、字義

「初」的古文形構從刀、從衣，《說文・刀部》：「始也。从刀，从衣。裁衣之始也。」表示以刀剪裁衣服，是起始之意，六書屬會意字。

例詞

初、最初、初級、初步、起初、當初、初期、初次、初衷、初戀、初學、年初、初民、初心。

被 ㄅㄟˋ		
結構組合	簡化字	大陸發音
衤皮	－	bèi

字源、字義

「被」是形聲兼會意字，《說文‧衣部》：「被，寢衣，長一身有半。从衣，皮聲。」本義是睡覺時用來蓋在身上保暖的小被子。「被」字通「披」的用法，如《論語‧憲問》：「微管仲，吾其被髮左衽矣！」有「分散」之意；如屈原《九歌‧國殤》：「操吳戈兮被犀甲。」是「披上外衣」之意。「被」也引申為「覆蓋」和「表面」的意思，如「植被」。

例詞

被、被動、被告、棉被、被子、植被、被褥、被窩。

小提醒

1. 「被」也表示「遭受」之意，由此虛化出表示被動性的用法，被動句式多有負面涵義，如「他被老師罵了」；「小王被警察抓了」；「他的錢包被搶了」。但被動句式也有以強調被動性來表示正面含意的用法，如「他被上司誇了」、「李先生被選為好人好事代表」、「小李被學校表揚」。
2. 古文中「被」有ㄆㄧ（pī）的讀音，如《論語‧憲問》子曰：「微管仲，吾其『被』髮左衽矣！」「被」同「披」。

裝 ㄓㄨㄤ		
結構組合	簡化字	大陸發音
壯衣	装	zhuāng

字源、字義

「裝」是形聲字，《說文‧衣部》：「裝，裹也。从衣，壯聲。」本義是包裹、行囊，引申為穿戴、修飾的意思。「裝」的名詞義可表示「服裝、裝扮」，動詞義可表示「裝載、假扮、裝配、安裝」等。

例詞

裝、服裝、假裝、安裝、包裝、西裝、化裝、裝飾、武裝、裝備、裝置。

結構組合	簡化字	大陸發音
衣ㅁ	－	shuāi

字源、字義

「衰」是一個象形字，是「簑（蓑）」的本字。金文 、戰國文字  皆像用草編製成的雨衣，隸書變體作 ，楷書定體作「衰」。《說文・衣部》：「艸雨衣。秦謂之『萆』。從衣，象形。」《說文》釋「萆」曰：「雨衣，一曰衰衣。」後來「衰」假借為衰弱、衰減的「衰」，假借義乃通行於今。

例詞

衰退、衰弱、衰減、衰竭、歷久不衰。

結構組合	簡化字	大陸發音
衤复	复	fù

字源、字義

「複」是形聲兼會意字，《說文・衣部》：「重衣皃。從衣，复聲。一曰褚衣。」意為重複的衣服裡子。

「复」是「復」的初文，有「往返、來回」之意。「複」因此有衣服夾裡之意。

例詞

複習、複雜、複數、複述、重複、複製、複本、繁複、複方、複利、複檢、複句、複寫、複試、複印、複姓。

小提醒

須注意「複」與「復」的區別，詳參〈第十三單元 行遍天下〉部件「彳」之例字「復」。

2.部件：糸

結構組合	簡化字	大陸發音
糸合	给	gěi/jǐ

字源、字義

「給」是形聲兼會意字，《說文・糸部》：「給，相足也。从糸，合聲。」本義為豐足。「合」有聚集之意。聚集、豐足而後能供給，引申為「給予」的意思。

例詞

ㄍㄟˇ（gěi）：給。

ㄐㄧˇ（jǐ）：給假、供給、補給、俸給、加給、配給、給付、自給自足。

小提醒

「給」是多音字，讀音ㄍㄟˇ（gěi），表示與、替、為、向、被、交付、用某種動作對待別人或加強語氣；讀ㄐㄧˇ（jǐ）時，意為供應、授與、賜予或軍公教人員的薪俸。

結構組合	簡化字	大陸發音
糸氏	纸	zhǐ

字源、字義

「紙」是形聲字，從糸、氏聲，本義是紙張。《後漢書・宦者傳・蔡倫》：「自古書契多編以竹簡，其用縑帛者謂之為紙。縑貴而簡重，並不便於人。倫乃造意，用樹膚、麻頭及敝布、魚網以為紙。」指紙張的原料為絲與其他植物纖維。

例詞

報紙、衛生紙、紙張、便條紙、貼紙、濾紙、紙條、紙巾、摺紙。

小提醒

可當量詞，如「一紙公文」。

字源、字義

「約」是形聲字，《說文‧糸部》：「纏束也。从糸，勺聲。」本義為纏束。引申為「束縛」、「管束」、「限制」、「雙方約定共同遵守」等涵義。

例詞

約、大約、約會、節約、簽約、合約、條約、解約、特約、違約、隱約、預約、約束、赴約、約略。

結構組合	簡化字	大陸發音
糸勺	约	yuē

小提醒

數學上的用法：約分。

字源、字義

「級」是形聲字，《說文‧糸部》：「級，絲次弟也。从糸，及聲。」段注：「本謂絲之次弟，故其字从糸，引申為凡次弟之偁。」本義是指絲的次第優劣，後來更廣泛地引申，用來表示次第與等級。

例詞

年級、超級市場、超級、初級、等級、高級、級、上級、分級、階級、升級、晉級、級別、級數、保護級、比較級。

結構組合	簡化字	大陸發音
糸及	级	jí

字源、字義

「總」是形聲字，《說文‧糸部》：「總，聚束也。从糸，悤聲。」段注：「謂聚而縛之也。悤有散意，糸以束之。」本義是聚束，引申為「聚集」、「集合」、「統率」、「總結」、「全」、「都」之意。

例詞

總是、總而言之、總算、總統、總之、總、總共、總理、總裁、總和、總經理、總數、總計。

結構組合	簡化字	大陸發音
糸悤	总	zǒng

 練 ㄌㄧㄢˋ		**字源、字義** 「練」是形聲字，從糸、柬聲，《說文·糸部》：「練，湅繒也。」本義是把生絲或絲織品加工得更柔軟、潔白。
結構組合	**簡化字**	**大陸發音**
糸柬	练	liàn

例詞
練習、教練、練、訓練、熟練、老練、歷練、練兵、練功、練就、幹練、練家子、苦練、簡練、精練。

 終 ㄓㄨㄥ		**字源、字義** 「終」是形聲兼會意字，甲骨文 ∧、金文 ∩ 都像在繩子的終端打結的樣子，本義就是終端。
結構組合	**簡化字**	**大陸發音**
糸冬	终	zhōng

例詞
終於、始終、終究、終身、年終、臨終、告終、劇終、終點、終年、終了、終極、終止、終須、終生、壽終、最終、善終。

 統 ㄊㄨㄥˇ		**字源、字義** 「統」是形聲字，《說文·糸部》：「統，紀也。從糸，充聲。」《說文》釋「紀」曰：「絲別也。」段注：「別絲也。……別絲者，一絲必有其首，別之是為紀。眾絲皆得其首，是為統。」此謂「紀」的意思是別理、找出絲的頭緒，而「統」的意思是眾絲皆得頭緒。引申為「系統」、「統率」、「總括」、「管理」等涵義。
結構組合	**簡化字**	**大陸發音**
糸充	统	tǒng

例詞
傳統、系統、總統、統計、統一、統治、正統、統統、體統、統括、統共、統領、統合、統轄、統稱、統帥、統率、籠統、血統。

小提醒
「統統」也作「通通」，如「他把菜統統（或「通通」）吃完了」。

結構組合	簡化字	大陸發音
糹爰	缓	huǎn

字源、字義

「緩」是形聲字，本是「緩」的異體字。《說文·素部》：「緩也。从素，爰聲。緩，緩或省。」從素，指與未染色的生絲或白色的絲有關的事物。《說文》以「緩（緩）」與「緩（綽）」互訓，「緩」與「綽」後來的引申義也有相近之處，「緩」意為「慢」、「不急」、「延遲」、「放鬆」，而「綽」有「寬鬆」、「餘裕」之意。

例詞

緩和、緩慢、平緩、和緩、緩緩、放緩、緩頰、緩刑、減緩、暫緩、舒緩、延緩、遲緩、緩兵之計。

結構組合	簡化字	大陸發音
糹會	绘	huì

字源、字義

「繪」是形聲兼會意字，《說文·糸部》：「繪，會五采繡也。《虞書》曰：山龍華蟲作繪。《論語》曰：繪事後素。从糸，會聲。」本義為集合五彩絲線的刺繡。古時繪、繡不分，兩者義同互訓。現在引申義可表示「圖畫」、「作畫」和「描寫」之意。

例詞

彩繪、繪畫、描繪、繪製、歷歷如繪、人體彩繪。

小提醒

「浮世繪」是日本一種繪畫藝術的形式，與木板活版印刷結合，在江戶時代廣為流行，主要描繪人們日常生活、風景和戲劇。

系 丁`丨`		

字源、字義
「系」是形聲字，甲骨文和金文字形都像絲握於手中下垂的樣子。篆文字形變為兩部分，從「糸」，「絲」，以及糸上方的部分，表示音讀。

結構組合	簡化字	大陸發音
系	－	xì

例詞
學系、系級、系統、系列、體系、派系、母系、科系、親系、星系、直系、生態系、轉系、色系、語系。

小提醒
大陸簡化「繫」為「系」。

3.部件：白

的 ㄉ ㄉ、ㄉˊ		

字源、字義
「的」原本作「旳」，是形聲字，《說文·日部》：「旳，明也。從日，勺聲。《易》曰：『為旳顙。』」古義為「明顯」。「的」是「旳」的俗體字，日光明亮與「白」義相關，故從「白」。

結構組合	簡化字	大陸發音
白勺	－	de／dì／dí

例詞
·ㄉㄜ（de）：我的、美麗的。
ㄉ一、（dì）：目的、標的。
ㄉ一ˊ（dí）：的確。

小提醒
「的」是多音字，讀音ㄉㄜ（de），表示是結構助詞或語尾助詞；讀ㄉ一、（dì），指箭靶的中心；讀ㄉ一ˊ（dí）時，表示確、真、實在、確實的、可靠的。

	字源、字義
	「習」按《說文・習部》：「習，數飛也。从羽从白。」解釋為鳥兒重複試飛，引申為「熟習」、「學習」之義。據學者研究，「从羽从白」是許慎看到訛變後的「習」字的解釋，其實「習」的甲骨文 <img> 既不從白也不從羽。

結構組合	簡化字	大陸發音
羽白	习	xí

「習」原本的構形從日、羽（彗）聲，本義為暴乾，後來被假借為「學習」之義。

例詞

練習、學習、習慣、複習、預習、補習、補習班、講習、實習、溫習、演習、習題、習性、習俗、陋習、積習、見習、習氣、習作。

	字源、字義
	「伯」是形聲兼會意字，《說文・人部》：「伯，長也。从人，白聲。」「伯」是兄弟之中年紀最長的，即排行第一之人，依次為「仲」、「叔」、「季」。

結構組合	簡化字	大陸發音
亻白	–	bó

例詞

伯伯、伯父、大伯、伯母、里長伯、伯樂、伯仲、世伯。

	字源、字義
	「迫」是形聲字，《說文・辵部》：「迫，近也。从辵，白聲。」本義是接近。還可表示「強逼」、「困窘」、「緊急」之義。

例詞

迫切、強迫、壓迫、迫害、被迫、逼迫、窘迫、迫近、迫降、迫使、急迫、迫不及待。

結構組合	簡化字	大陸發音
辶白	迫	pò

拍 ㄆㄞ	字源、字義
	「拍」是形聲字，金文 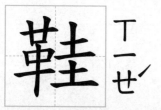 從手、白聲，篆文作「拍」。《說文·手部》：「拍，拊也。从手，百聲。」本義是以手擊打。引申為名詞義，如「網球拍」、「蒼蠅拍」，為擊打東西的器具；或樂曲節奏，如「節拍」。

結構組合	簡化字	大陸發音	例詞
才白	－	pāi	拍、拍馬屁、拍攝、拍照、拍子、拍板、拍片、拍打、拍桌、法拍、節拍。

4.部件：革

鞋 ㄒㄧㄝˊ	字源、字義
	「鞋」本作「鞵」，是形聲字，《說文·革部》：「鞵，革生鞮（革履）也。从革，奚聲。」本義是皮鞋。「奚」、「圭」古音相近，今教育部標準字以「鞋」為正字，「鞵（音同「鞋」）」為異體。

結構組合	簡化字	大陸發音	例詞
革圭	－	xié	鞋子、皮鞋、鞋帶、平底鞋、釘鞋、拖鞋、鞋幫、鞋跟、鞋底。

鞭 ㄅㄧㄢ	字源、字義
	「鞭」是形聲兼會意字，從革、便聲，本義是皮鞭。「便」，金文 ，像手持鞭子抽人的背；從「革」，表示鞭子的材質。

結構組合	簡化字	大陸發音	例詞
革便	－	biān	鞭子、鞭炮、鞭策、鞭刑、鞭毛、鞭笞、教鞭、鞭長莫及、快馬加鞭。

勒 ㄌㄜˋ ㄌㄟ	

字源、字義

「勒」是形聲字，《說文・革部》：「勒，馬頭絡銜也。從革，力聲。」本義是馬銜。取自動物的皮革具有韌性，因此揉製成繩索，做成套在馬嘴上、控制方向的工具。

結構組合	簡化字	大陸發音
革力	－	lè/lēi

例詞

ㄌㄜˋ（lè）：勒令、勒索、勒戒、懸崖勒馬。
ㄌㄟ（lēi）：勒住、勒緊、勒斃。

小提醒

「勒」是多音字，讀ㄌㄜˋ（lè），表示駕御、約束、限制、統率、率領、強制、強迫或書法中橫畫的筆法；讀ㄌㄟ（lēi）時，表示以繩索繫緊且用力拉扯或使向上緊附。

靴 ㄒㄩㄝ	

字源、字義

「靴」是形聲字，從革、化聲，本義是靴子，一種長筒的鞋子。《玉篇・革部》：「靴，亦履也。」

結構組合	簡化字	大陸發音
革化	－	xuē

例詞

皮靴、雨靴、馬靴、隔靴搔癢。

鞠 ㄐㄩˊ	

字源、字義

「鞠」是形聲字，《說文・革部》：「，蹋鞠也。從革、匊聲。」《繫傳》：「蹋鞠，以革為圓囊，實以毛，蹋蹋為戲，亦曰蹴鞠。」本義為蹴鞠所用之皮球，外部用皮革縫合，並塞入羽毛等柔軟物品。

結構組合	簡化字	大陸發音
革匊	－	jú

例詞

鞠躬。

結構組合	簡化字	大陸發音
革巴	–	bǎ

字源、字義

「靶」是形聲字，《說文·革部》：「靶，轡革也。从革，巴聲。」本義是馭馬的韁繩，後用來指靶子，即練習射箭或射擊用的目標。

例詞

打靶、槍靶、箭靶、靶心、靶場、標靶。

5.部件：巾

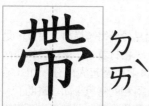

結構組合	簡化字	大陸發音
帶	带	dài

字源、字義

「帶」是象形字，《說文·巾部》：「帶，紳也。男子鞶帶，婦人帶絲。象繫佩之形。佩必有巾，从巾。」金文 像中央佩有飾物的帶子，另一例 下方像裙子。本義是腰帶。

例詞

帶、帶來、帶領、帶頭、地帶、皮帶、領帶、帶動、連帶、熱帶、溫帶、一帶、佩帶、帶路、帶勁。

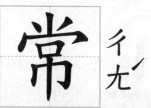

結構組合	簡化字	大陸發音
㡀巾	–	cháng

字源、字義

「常」是「裳」的本字，《說文·巾部》：「常，下帬也。从巾，尚聲。裳，常或从衣。」本義是穿在下身的衣服。後來常被借為「恆久」、「經常」、「普通」等義。

例詞

非常、常常、日常生活、平常、常識、常情、尋常、常規、倫常、無常、反常，綱常、經常、話家常、家常菜、常態、常客、常設。

字源、字義

「希」是「稀」的本字，是會意字，戰國文字，從爻、從巾，合二者，表示麻布織得不密，本義為「稀疏」。

例詞

希求、希望、希冀、幾希、希臘。

結構組合	簡化字	大陸發音
爻（爻）巾	－	xī

小提醒

通「稀」，如「希罕」、「希有」。

字源、字義

「幫」字晚出，始見於楷書，從帛、封聲，是形聲字。從「帛」，指材質，本義是鞋的側面部分。引申為物體兩旁豎起的部分，如「船幫」；表示協助、附和的意思，如「幫助」、「幫腔」；指同性質的人因為同樣目的而組成的團體，如「幫會、丐幫」；表示群體的量詞，如「一幫人」。

例詞

幫、幫忙、幫手、幫派、幫襯、幫兇、幫倒忙、幫腔、幫助、跑單幫、黑幫、穿幫、腮幫子。

結構組合	簡化字	大陸發音
封帛	帮	bāng

字源、字義

「帥」的甲骨文從二爪、丨，像一手持杖牽引另一隻手，本義是牽引，引申為「率領」之義。

另一個說法指「帥」的本義是佩巾，象兩手持巾（丨），金文加了「巾」旁，強化佩巾的涵義，從巾、𠂤聲，成了形聲字。

例詞

帥、帥哥、帥氣、統帥、元帥、主帥。

結構組合	簡化字	大陸發音
𠂤巾	帅	shuài

 帳 ㄓㄤˋ			**字源、字義** 「帳」是形聲兼會意字，《說文・巾部》：「帳，張也。從巾，長聲。」本義應為張掛起來的布幕。
結構組合	**簡化字**	**大陸發音**	**例詞** 蚊帳、營帳、帳篷、報帳、買帳、不認帳、付帳、呆帳、翻舊帳、賴帳、流水帳、糊塗帳、混帳、結帳。
巾長	帐	zhàng	

小提醒
有關錢財、財物的出入也稱「帳」，如「記帳」、「算帳」、「轉帳」。

幣 ㄅㄧˋ			**字源、字義** 「幣」是形聲字，《說文・巾部》：「幣，帛也。從巾，敝聲。」本義為帛，古時可作為貨幣。後指有標準價格、可作交易媒介的東西。
結構組合	**簡化字**	**大陸發音**	**例詞** 錢幣、紙幣、硬幣、外幣、新臺幣、幣值、貨幣、銅幣。
敝巾	币	bì	

 布 ㄅㄨˋ			**字源、字義** 「布」是形聲字，《說文・巾部》：「布，枲織也。從巾，父聲。」段玉裁注：「引伸之，凡散之曰布，取義於可卷舒也。」金文與戰國文字，「布」的字形都是下像「巾」上像「父」，「父」為聲符，表示音讀，但隸變後，至今已不能字形上看出來。「布」的本義就是織品，後來引申有發散、散開的意思。
結構組合	**簡化字**	**大陸發音**	**例詞** 布置、布告、分布、擺布、頒布、遍布、布匹、布丁、布景、布局。
ナ巾	–	bù	

小提醒
「佈」有遍及、宣告、安排及設置的意思，同「布」，但只作動詞用。例如：遍佈、佈滿、公佈、佈道、佈陣、佈地雷。

6.部件：玉

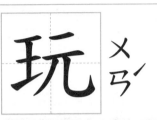 ㄨㄢˊ	字源、字義
	「玩」是形聲字，《說文·玉部》：「玩，弄也。从玉，元聲。」本義為擺弄玉石。後引申為「玩弄、戲弄」等含意。

結構組合	簡化字	大陸發音	例詞
王 元	－	wán	玩、玩具、玩笑、玩弄、把玩、童玩、玩偶、電玩、玩花招、玩手段、玩賞、古玩。

小提醒
「玩」原有ㄨㄢˋ（wàn）音，併讀為ㄨㄢˊ（wán）。

 ㄒㄧㄢˋ	字源、字義
	「現」是形聲字，此字晚出，楷書始見，從玉、見聲，表示玉質呈現、顯露的意思。今有「即時、馬上」、「目前、當前」、「實有的、目前有的」等幾種涵義。

結構組合	簡化字	大陸發音	例詞
王 見	现	xiàn	現在、發現、表現、顯現、呈現、出現、現代、現時、現況、現金、現貨、實現、現場、現成、兌現、體現、現學現賣

小提醒
「現」有目前、當前的意思，如「現代」。也是現金的簡稱，如「付現」。

	**字源、字義** 「班」是會意字，《說文·珏部》：「班，分 瑞玉。从珏从刀。」本義是以刀分玉。 **例詞** 上班、加班、班長、值班、大夜班、補習班、 航班、班機、班底、放牛班。

結構組合	簡化字	大陸發音
王 丿 王	－	bān

小提醒
作為量詞，有下列用法：1.計算人群，如「一班人馬」；2.計算定時行駛的交通工具，如「那班飛機」；3.計算班級，如「全校有十五班」；4.計算工作時段，如「我昨天上了兩班，小夜和大夜，累死我了！」

	**字源、字義** 「球」是形聲字，從玉、求聲，異體字為 「璆」，《爾雅·釋器》曰：「璆，美玉 也。」《商頌》：「小球大球。」《傳》曰： 「球，玉也。」本義是美玉。 **例詞** 足球、籃球、網球、棒球、地球、球、球場、 球賽、球員、球隊、球鞋、全球、北半球、白 血球、變化球。

結構組合	簡化字	大陸發音
王 求	－	qiú

	字源、字義 「珍」是形聲字，《說文·玉部》：「珍，寶 也。从玉，㐱聲。」本義是珠玉之類的寶物。 引申為「看重、愛惜」、「貴重的」的意思。 **例詞** 珍貴、珍惜、珍珠、珍藏、珍愛、珍寶、袖 珍、珍重、珍視、珍禽異獸。

結構組合	簡化字	大陸發音
王 㐱	－	zhēn

結構組合	簡化字	大陸發音
王 里	－	ㄌㄧˇ

字源、字義

「理」是形聲字，《說文‧玉部》：「理，治玉也。从玉，里聲。」本義為治玉，表示須按玉的紋理進行雕琢、加工。引申有「紋理」、「治理」之意。

例詞

經理、管理、辦理、處理、道理、地理、理解、理論、理想、心理、修理、整理、真理、助理、代理、合理、理由、理所當然。

結構組合	簡化字	大陸發音
王 睘	环	huán

字源、字義

「環」是形聲兼會意字，《說文‧玉部》：「環，璧也。肉好若一謂之環。从玉，睘聲。」本義是玉璧、玉環。「環」為圓形，中間有孔，「肉好若一」指玉的周邊和璧孔相約。

例詞

手環、耳環、環境、循環、連環、環節、光環、環保、環抱、環環相扣。

小提醒

大陸標準字體「环」與「坏」相近。

解答

小試身手

一、孔子曾言：「微管仲，吾其被髮左衽矣！」管仲當了齊桓公的宰相，而使中原免受蠻夷侵擾，孔子因此推崇他。當時中原人士所穿的傳統漢服，一般是「右衽」。下圖哪一件衣服是「右衽」？提示：甲骨文「𠆢」字。

答：「衽」的本義是「衣襟」。「右衽」是指左前襟向右掩覆，左襟在

外，右襟在內，看上去像一個「y」字形。反之稱為左衽。

【甲圖】　　　　　　　　　　　　　　　　　　【乙圖】

二、下圖是哪一個字的本義呢？1.「璜」。2.「環」。

　　答：「環」的本義是玉璧，圓形、中間有孔。

　　　　「璜」是「半璧」，如下圖。

想一想1

「裡」和「裏」是異體字，那「裸」和「裹」呢？

答：「裸」是「臝」的異體字。《說文・衣部》：「臝，袒也。從衣，羸
　　聲。裸，臝或從果。」據此可知，裸的本字是「臝」，其義「袒」即
　　「袒露、無遮掩」的意思。而「裹」，《說文・衣部》：「裹，纏也。
　　從衣，果聲。」則與「裸」無關。

想一想2

「累」屬於哪一類文字呢？

答：4.形聲。「累」的上半部「田」是聲符，是省「畾」的形體而作。

想一想3

我們用肥皂來洗淨髒汙，但常說「不分青紅皂白」，如此看來，「皂」應該是什麼顏色呢？

答：「皂」是晚出字，始見於楷書，和「皀」同屬「草」的俗體字。「草」本來是櫟木所結的果實，汁液可以用來染成黑色，所以「皂」即是黑色。

想一想4

「琴」和「玉」有關係嗎？

答：「琴」是象形字，今收在玉部，但本義是古琴，一種撥弦樂器，與「玉」無關。《說文》篆文字形 ，像古琴的側面，下半部弧形的部分是琴身，上半部有琴弦。《說文》收在「珡部」。

第十二單元
宜室宜家——宀穴广厂門戶口邑

單元概覽

1.8個部件：

宀穴广厂門戶口邑
（阝）

2.55個漢字：

宀：宜家宿賽安富室
　　客寫寄

穴：穿突窩窗空窄究

广：床庭廁廠底廣廟康

厂：危原崖厭雁

門：間開關閃閣閱闖問

戶：房扇所雇

口：國園圖困圓圈因

邑（阝）：都郵部郊
　　　　　那鄉

3.教學主題建議：

初級：

#房屋 #家庭 #租屋

中、高級：

#環境 #城鄉

(1)賣場標示牌尋字

會議室 Conference	電腦室 Computer Room	休息室 Lounging Room
警衛室 Guard Room	訪客請登記 Visitor's Registration	化妝室 Toilet
男 Men	女 Women	化妝室 Restrooms
安全門 Exit	疏散方向 EXIT	疏散方向 EXIT

(2)夢想社區

小試身手

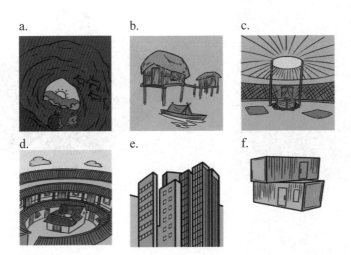

我們現在居住在房子、高樓裡，古時候的人住在哪裡呢？

《易‧系辭下》：「上古穴居而野處，後世聖人易之以宮室，上棟下宇，以待風雨，蓋取諸大壯。」

《墨子‧辭過》：「子墨子曰：『古之民，未知為宮室時，就陵阜而居，穴而處，下潤濕傷民，故聖王作為宮室。』」

《孟子‧滕文公下》：「當堯之時，水逆行，氾濫於中國。蛇龍居之，民無所定。下者為巢，上者為營窟。」

我們可以看出上古時候大約是以穴居或巢居兩種形式為主，再慢慢演變到在地面上築屋，能擋風雨，能避洪水蛇龍；到後來聚集成聚落、村莊，發展出現代的城鎮與各種建築。

你知道從漢字也可以一窺中國人的居住建築史嗎？讓我們來看看本課的相關漢字吧！

試試看：你認得以下這些人類居住的地方嗎？

a.

b.

c.

d.

e.

f.

解答請見599頁

教師應該知道的漢字知識

大家熟悉的「孟母三遷」故事說明了居住環境對人的影響。本單元目標部首／部件就要來探討跟居住環境相關的八個重要部件：宀、穴、广、厂、門、戶、囗、邑（阝），看看歷史上居住文化的演變，並且更認識相關的漢字。

1. 宀

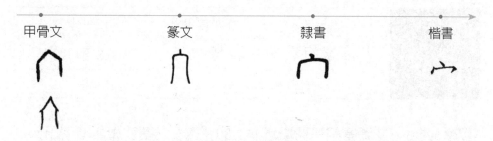

甲骨文　　　　　篆文　　　　　隸書　　　　　楷書

甲骨文之「宀」的字形像屋子側面正視的樣子，有屋脊以及兩側的牆壁。隸書字形是牆壁縮短了的樣子。能蓋出有屋頂、牆壁來遮蔽風雨的房子是人類文明的一大進步。我們可以從《爾雅‧釋宮》[1]了解公元前兩世紀以前的房子：「宮謂之『室』，室謂之『宮』。牖戶之間謂之『扆』，其內謂之『家』。東西牆謂之『序』。西南隅謂之『奧』，西北隅謂之屋『漏』，東北隅謂之『宦』，東南隅謂之『窔』。」這些雙引號裡的字，有超過一半都是「宀」部字，足見「宀」的是古時人們居住空間的主要形式。

葉昌元《字理——漢字部件通解》將部首從宀部的字整理出大概有以下三種[2]：

(1) 指房屋或房屋的某一部分，例如：房屋——宅、室、家、宮、宗、宣、寮、官（本意：官府）；房屋的一部分——宇（屋檐下）、宙（房屋的大樑）、宸（屋檐下，後指帝王的宮殿）、宦（屋子的東北角）。

---

[1] 《爾雅》的成書年代，依據郭沫若《甲骨文文字研究》所說，以其中文字考慮，最有可能是周秦之際，漢武帝之前（即公元前二世紀之前），因為漢武帝時代已見《爾雅注》。

[2] 葉昌元，《字理——漢字部件通解》，北京：東方出版社，2008。頁374-378。

⑵與房屋中的東西或發生在房屋裡的活動相關，例如：安靜的氛圍——定、寧、寂、寮、宴、寬；房子用途——字、宿、寢、寤、寐；房中人的身分——賓、客、守、宰、寇；房中的財物狀況——富、實、寶等。

⑶由他形訛變而來，例如：它（甲骨文 🐍 本意為蛇）、寅（甲骨文 🏹，金文 🏹，本意為雙手捧矢，有尊敬意）。

常見例字：

部件意義	與房屋相關	
例　字	宜家宿賽安室客寫	富寄
級　數	初級	中高級

教學錦囊1　「賽塞寨寒騫搴蹇」上的「実」（塞字頭與寒字頭）

　　「賽」、「塞」、「寨」、「寒」、「騫」、「搴」、「蹇」這些字看起來擁有相同的「実」部件，發音上也似乎有些關聯，它們的「宀」部表示這些字跟房子有關嗎？他們有什麼不同？

　　關於這個問題，我們分成「塞」字頭與「寒」字頭兩部分來說。

⑴ 睡虎地秦簡上的「塞」字為 𡨄，「宀」是房屋的象形，「𦥑」為雙手。塞的上半部像用雙手往屋裡填東西（𡍨），表示有填塞之義。下部再加「土」，因為常用土堵塞漏洞、填補坑窪等。

　　寨，從塞字頭、從木，會意為用木頭做的防守工事，如柵欄一類。

　　賽，從塞字頭、從貝，並以塞表音。「貝」與錢財有關。「賽」本義是賭博，不過後來轉指競技、比賽。

⑵ 寒，雖然從今天的字形看，與塞字頭相同，「宀」仍是房屋，但其來源不同。金文「寒」字寫作 𡨄，像屋子裡有一人，上下是草（屮），以草禦寒。下方的兩點，與冰、凍、冬等字中的兩點相同，表寒冷。

　　寒、騫、搴、蹇等字韻母為ㄢ(ān)，是「寒」字頭；而塞、賽、賽等三字韻母都是ㄞ(āi)，是「塞」字頭，兩者是可以區分的。「寒字頭」與「塞字頭」字形相同，其實是演化過程中的巧合。

2.穴

| 戰國文字 | 篆文 | 隸書 | 楷書 |

穴字看起來像是山洞，精準一點說是「土室」的象形，從地面向下掘的坑室。許進雄《文字小講》對穴居形式有許多說解，簡單來說，商代以前長江以北的基本住家形式為半地下穴居，長江以南則是高於地面的杆欄式建築，主要原因是要適應自然條件。地下穴居很容易修建，只要向下挖掘即可；華北多為黃土，土質疏鬆，孔隙度高，又有輕度膠結性，乾燥時不易崩塌，因此半地下穴居成為華北最主要的居住形式。[3]

有「穴」部的字，一指地下的坑洞，如「窩、窟、窖、窠」；或指引申的中空、下陷、孔洞等義，例如：「窄、窮、穹、窨、究、窒、窺、容、穿」。

另外有一點要注意，「穴」兩岸發音不同，臺灣發四聲，大陸發二聲。

常見例字：

部件意義	洞穴、地下的坑洞		其他	
例　字	穿	突窩	窗空	窄究
級　數	初級	中高級	初級	中高級

教學錦囊2　跟洞穴相關的部件「凵」

有一些漢字跟洞穴相關，且形體上看得出來。像是從「凵」（ㄎㄢˇ/kǎn）的字。「凵」是溝坎、低窪處的象形，它與「穴」的差別是有無遮蔽。由凵而來的漢字有：「出」、「各」、「凶」、「臽」（「陷」的初文）等。

---

3 許進雄，《文字小講》，臺北：臺灣商務印書館，2014。頁368-370。

《說文》：「凵，張口也。象形。凡凵之屬皆从凵。」清‧饒炯《說文部首訂》：「按其音，則凵又當為坎之古文，象地穿形者。」

「出」，甲骨文為 ，從止從凵。字形像一隻腳從凵向外跨出的樣子，所以表示出門離去的意思。

「各」，甲骨文為 ，可以看出此字與「出」的甲骨文腳掌方向正相反，字形像一隻腳要踩入凵的樣子。有「來、下臨、下降」的意義。有的甲骨文字形下方畫得像「口」字 ，但表示的是「坑穴」，後來的漢字字體演變延續了「口」形，且字典中編入「口」部，但與發聲的器官——口無關。此字後來假借為指示代詞「各自」之「各」。

「凶」，戰國文字為 ，從凵，表示地面凹陷的坑穴；乂為不成文符號，像交陷於坎中，表示遭遇險惡的狀況。

「臽」，甲骨文為 ，金文有 等形態，從人在阱中，或可謂「陷」的初文。

想一想1
跟「宀」、「穴」很像的「冖」是什麼意思？

解答請見600頁

3. 广

篆文	隸書	楷書
广	广	广

「广」也是房子的象形，但宀有前後兩牆，广只有後牆。《說文》：「因广為屋。」也就是依山崖而建的房子，以石壁作為後牆，前面開啟。因此有「广」的字與有「宀」的字比起來，有「广」的字表示比較簡易的建築，例如：廊、廂、庫、庖（廚房）、廁，多是大房子當中的一部分，通常在屋子側邊，有專門用途。

　　至於有一些字看起來有「广」部件的字，如「度」、「應」、「鷹」，實際上拆解時應拆為「庶＋又」、「雁＋心」、「雁＋鳥」這三個形聲字。而「康」字在演變過程中經歷過較大的字形字義變化，所以「广」部件並非「房屋」，而是由米糠義的「禾」訛變而來。

常見例字：

部件意義	與房屋相關		其他
例　字	床庭廁廠	底廣廟	康
級　數	初級	中高級	初級

教學錦囊3　古代的床與蓆

　　古代家具的演進是從矮家具往高家具發展，古時候的床和現代的床，在形制及作用上也很不相同。

　　距今7000多年前的河姆渡遺址中發現房屋地面上蘆葦編織的蓆子殘片；「宿」字甲骨文為⿷，說明在一間屋子裡，有一個人坐臥在蓆子上。可以想像，在很早以前的一段時間內，我們的先人睡覺都是席地而臥的。

　　1957年河南信陽長臺關1號戰國墓出土的黑漆床，長218公分、寬139公分，是考古發掘中所見木床之最早的實例之一（圖4-12-1上：俯視圖，下：側視圖）。它的床足僅高17公分。[4] 右下圖是其結構復原圖，大小接近於今天的雙人床，總高度約有40公分。較現今的床矮了很多。床體四周用木條拼出一圈圍欄，中間留出半公尺多的寬度，便於上下床。而且此木床可以折疊[5]。這時的床還不是專用的寢具。

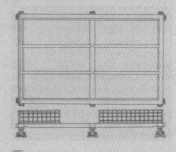

圖4-12-1

---

[4] 孫機2014《中國古代物質文化》頁161-162。北京：中華書局。俯視圖也引用自此書之圖4-21　戰國漆床，河南信陽長臺關出土。

[5] 大陸中央電視臺《探索‧發現》欄目，http://www.cctv.com/science/special/C14009/20070705/102668.shtml，圖片也引用自此。

　　《說文》認為床是「安身之坐者」。《釋名》的解釋更明確，說：「人所坐、臥曰床。」在漢代，床是陳於堂上顯著位置的傢俱，尊者應坐床，與後世臥室中擺放的眠床不同。宋・王觀國《學林》特別指出：「古人稱床、榻，非特臥具也，多是坐物。」這種情況到了唐代仍無多大變化，敦煌唐代壁畫中所繪人物故事（圖4-12-2），可看到居室中坐在床上的主人。[6]

圖4-12-2

　　清代的學者黃廷鑑在〈考床〉一文中指出：「古之床主于坐而采臥，今之床主于臥而兼坐。……古者坐寢皆于地；用席，貴賤有等。凡經言『席』，皆指坐席。言『衽』，皆指臥席」[7]。

　　許進雄（1995）：「床開始時不像是為睡眠而設的……睡眠以蓆，臥病於床」。[8]（2014）：「疒：一人病危，睡臥於床上，預備接受死亡儀式。」古代醫療較不發達，得病致死的機率很大，「因此一旦得病，就得做最壞的打算，把病人放到可以移動的床，搬到適當的地點，以備萬一不幸時刻來臨，可以死得其所。」[9]

想一想2

有的「广」部的字簡化以後變成「厂」部，有些日文漢字也有這種現象，該怎麼對學生解釋？

6　孫機2014《中國古代物質文化》頁161-162。北京：中華書局。圖也引用自此書之圖4-22　堂上置大床，莫高窟217窟唐代壁畫。

7　黃廷鑑《第六絃溪文鈔》卷一，取自中國哲學書電子化計畫，https://ctext.org/library.pl?if=gb&res=79047。

8　許進雄1995《中國古代社會──文字與人類學的透視（修訂本）》頁332-335。臺北：臺灣商務印書館

9　許進雄2014《文字小講》頁251-254。臺北：臺灣商務印書館。

繁體字	簡化字	日文漢字
廁	厕	厠
廚	厨	厨（同簡化字）
廠	厂	廠
廈	厦	厦（同簡化字）
厮	厮	厮（同簡化字）
厢	厢	厢（同繁體字）

解答請見600頁

4. 厂

| 金文 | 篆文 | 隸書 | 楷書 |

　　「厂」像是崖壁，上方懸空向前突出一塊遮蔽物，相較於「宀」、「广」，是更簡易的建築物。所以有「厂」的字可能指的是山崖，也可能指的是較簡易的建築物。有的與「山」字結合成為「屵」，讀音さˋ（è），岸高的意思。

常見例字：

部件意義	與山崖、簡易建築物相關		其他
例　字	危原	崖	厭雁
級　數	初級	中高級	中高級

5.門

| 甲骨文 | 金文 | 戰國文字 | 篆文 | 隸書 | 楷書 |

　　「門」字就像兩扇對開的門，十分易懂。值得注意的是以下幾個字雖有「門」作為部件，但在臺灣的字典中並不是歸類在門部，「門」裡的部件才是部首，是該字意義來源，而「門」是擔任聲符：問、悶、聞。至於為什麼是聲符，可以用閩南語唸唸看「門、問、悶、聞」。

常見例字：

部件意義	門		其他
例　字	間開關	閃闆閱闊	問
級　數	初級	中高級	初級

6.戶

| 甲骨文 | 金文 | 戰國文字 | 篆文 | 隸書 | 楷書 |

　　「戶」字的古文形體都像單扇門，一般來說，較大的門使用「門」，居室門則用「戶」。戶也被借代為家、住戶，所以有「戶口」、「一戶人家」的用法。從戶的字主要有兩種，一與門有關，例如：「房、扇、扉」；二從戶表音，例如：「戽、雇、扈」。簡化字中「护」（護）為戶聲，「芦、炉、庐、驴」的「戶」字表聲，則是由「盧」簡化而來。[10]

---

[10] 「盧」的簡化方式有兩種，「蘆、爐、廬、驢」簡化為「芦、炉、庐、驴」，而「盧、顱、鸕、鱸、臚」則簡化成「卢、颅、鸬、鲈、胪」。

　　簡繁體的「戶」字字形有一個小小的區別，繁體的「戶」第一筆為撇，簡化字「户」的第一筆為點，雖字形差異不大，但有的學生非常仔細，建議教師稍加留意。

常見例字：

部件意義	跟門有關		其他	
例　字	房	扇	所	雇
級　數	初級	中高級	初級	中高級

想一想3

「肩」這個字跟單扇門有關係嗎？

解答請見601頁

7.口

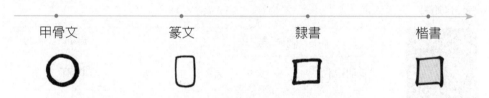

| 甲骨文 | 篆文 | 隸書 | 楷書 |

　　「口」字描繪出一個四周有邊界的空間，原義為包圍。因此從「口」的字大概有兩種含意，一是有範圍、有邊界的地方或區域，例如：「國、圈、園、圖」；另為引申的囚禁或限制活動範圍之義，例如：「囚、困、圍」等。

　　初級常見的「因」字比較特別，口部件表示的是一張蓆子或是憑藉物，本單元例字詳解中有詳細說明。

常見例字：

部件意義	有範圍、有邊界的地方		其他
例　字	國園圖	困圓圈	因
級　數	初級	中高級	初級

8. 邑（阝）

| 甲骨文 | 金文 | 戰國文字 | 篆文 | 隸書 | 楷書 |

　　邑是人們聚居之地，凡是以「邑」作為偏旁的，變體作「阝」，寫於字的右邊。但以「阜」作偏旁的也作「阝」，寫於字的左邊，為了區辨，有所謂「左阜右邑」的口訣。

　　甲骨文的邑，由口及跪坐人形構成，表示有土地、有人民的方國或區域。從邑的字多半與群居之地相關，例如：「都、郡、邦、郭」；也有許多是地名，例如：「鄭、鄂、郢、鄒、那」等；有些姓氏也用「邑」部字，大多因其祖先封邑於該地。所以以地名為姓。

　　值得注意的是：「卩（ㄐㄧㄝˊ/jié）」、「阝」兩部件不一樣，需要提醒學生注意，例如「卻」、「郤（ㄒㄧˋ/xì）」就是兩個不同的字。

常見例字：

部件意義	人們群居之地		其他
例　字	都郵部	郊	那鄉
級　數	初級	中高級	初級

教學主題建議
初級：房屋／家庭／租屋
中高級：環境／城鄉

教學活動舉例
1. 賣場標示牌尋字　☑初、中級 ☑認讀 ☑口說 ☑寫字 ☑字形 ☑字義
　(1)活動主軸：百貨公司／居家量販店標示牌識字

⑵流程簡述：教師展示百貨公司樓層圖／指示牌／貨架標示圖等，請學生圈出指定部首的字詞，並說出該字詞及其涵義。教師最後可以引導學生歸納出各部首字的特徵。

　　例如：指定找出本課部首：宀、穴、广、厂、門、戶、囗、邑（阝）

⑶延伸或變化：可分組進行，學生在便利貼寫下圈出的字詞之涵義，貼在圖上。

2. 夢想社區　☑初、中、高級　☑口說　☑寫字　☑寫作　☑字形　☑字義

⑴活動主軸：畫出夢想的社區圖並口頭介紹

⑵流程簡述：教師展示一張社區或房屋圖，先帶領學生說說其上的設施，再請學生繪製一張自己心裡夢想的社區或房子，接著以漢字標示出每個區域、房間。可包含一些附近的設施。

　　例如：指定使用本課部首：宀、穴、广、厂、門、戶、囗、邑（阝）

　　可用到的漢字可能有：室、客、廳、房、窗、店、庫、廊、庭、廁、廚、廈

⑶延伸或變化：完成後小組或全班可以統計誰使用的特定部首字最多，增進學生使用漢字的動機。中、高級程度學生可以安排寫作練習，就這個夢想社區寫一篇文章。

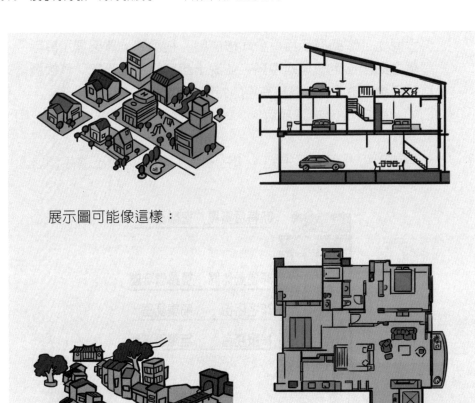

展示圖可能像這樣：

本課漢字索引

1. 部件：宀

結構組合	簡化字	大陸發音
宀且	－	yí

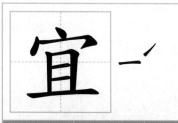

字源、字義

「宜」的甲骨文 ，金文 ，看起來由「且（俎）」及二「肉」組成，「俎」是古代祭祀時，用來盛祭品的禮器，因此「宜」本義應為祭祀用的肉。小篆字形 ，或解為「且」字形改變，或解為肉上加上屋頂，表在宗廟內獻肉祭祀，但都可會為祭祀時供奉的祭肉恰當合宜之義。

例詞

便宜、不宜、適宜、事宜。

小提醒

本課標題：「宜室宜家」實際含意為：「女子嫁入夫家，夫妻和諧，家庭美滿。」語本《詩經‧周南‧桃天》：「之子于歸，宜其室家。」今多用為女子出嫁時的祝賀語。

結構組合	簡化字	大陸發音
宀豕	－	jiā

字源、字義

甲骨文「家」字有一些形體跟 相像，都是由「宀」、「 （公豬）」所構成。 是「豭」（ㄐㄧㄚ/jiā）之初文，所以是聲符。又因為「房屋」、「豬」的組合有家族、繁衍相關含意，所以「家」字是形聲兼會意字。

例詞

家、大家、國家、家人、家具、家庭、搬家、畫家、家鄉、家長、人家、家事、看家。

小提醒

有的教師將「家」字拆解後，解釋成「能夠在房子裡養豬，表示食物、安全無虞，才可以稱為『家』。」雖然學生較易理解，但實不是「家」字源流。

宿 ム乂ˋ Tー乂ˋ Tー乂ˇ		

字源、字義

「宿」甲骨文 ，左邊為人，右邊 因像竹蓆，表示人在蓆上休息，也有 加「宀」的字形，表示人在屋中休 息。後來到了隸書，因變作「百」， 成為現在的字形。

結構組合	簡化字	大陸發音
宀亻百	－	sù/xiù/xiǔ

例詞

ム乂ˋ（sù）：宿舍、住宿。
Tー乂ˋ（xiù）：星宿。
Tー乂ˇ（xiǔ）：一宿無話、借宿一宿。

小提醒

1. 「宿」是多音字，大多時候念ム乂ˋ（sù），表示居住、過夜，念Tー乂ˋ（xiù）時表示星座，念Tー乂ˇ（xiǔ）時表示夜晚。
2. 由於外籍學生初次學到「宿」字，應該是因為學到「宿舍」這個詞，一些教師為了方便，便解說為「一百人居住的房子」就是「宿舍」，雖然很容易記住這個字，但也會從此誤會「宿」為多人居住的地方。建議仍將「百」這個部件解釋為蓆子較好。

賽 ムㄞˋ		

字源、字義

「賽」原意指祭祀時獻貝、玉給神鬼。首見於戰國楚簡文字 ，從宀、從廾持貝和二玉。篆文字形變為 ，從四工，就看不出原來獻玉的形體。

結構組合	簡化字	大陸發音
宩貝	－	sài

例詞

比賽、球賽、賽跑、競賽、決賽、預賽。

 安 ㄢ		

字源、字義

「安」由「宀」、「女」二字構成。從女，泛指女性。從宀，表示居家，有女在家，表示安心、安定之義。

例詞

安靜、安全、安定、安排、安心、平安、安慰、安裝、不安、安撫、安寧、安詳、保安。

結構組合	簡化字	大陸發音
宀女	－	ān

富 ㄈㄨˋ		
結構組合	簡化字	大陸發音
宀畐	－	fù

字源、字義

「富」字由「宀」、「畐」組成。「宀」為有屋頂的房舍，一說為「祠堂」；「畐」甲骨文 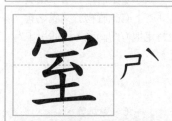，金文 為酒罈的象形，祠堂內有祭祀的酒罈，示家業頗優，所以此字為形聲兼會意。

例詞

豐富、財富、富貴、富有、富人。

小提醒

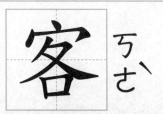 坊間許多人用「一人一口田」來解「畐」字，如果房子裡（「宀」部）一人都有一口田，豈不是「富」嗎？這是硬湊的假會意法，不懂「畐」是一個祭祀的酒罈，常作為聲符。一旦要應用到「幅」、「蝠」、「匐」、「副」字時便解釋不通了。

室 ㄕˋ		
結構組合	簡化字	大陸發音
宀至	－	shì

字源、字義

形聲兼會意字，從「宀」表示是跟居住、房子相關。「至」甲骨文 ，義為箭矢所到之地，在此為表義的聲符。

例詞

辦公室、教室、臥室、浴室、室友。

客 ㄎㄜˋ		
結構組合	簡化字	大陸發音
宀各	－	kè

字源、字義

客的甲骨文為 ，是形聲兼會意字，從「宀」表示是跟居住、房子相關，客所到臨的地方。「各」的甲骨文為 或 ，有「來、下臨、下降」的意義，在此為表義的聲符。

例詞

客廳、不客氣、顧客、客人、客滿。

結構組合	簡化字	大陸發音
宀舄	写	xiě

字源、字義
形聲字，從「宀」表示是跟居住、房子相關，原義是「置物於屋下，從一處將物品移到另一處」，所以引申有輸送、傾吐、去掉、書寫、寫作等義。
「舄」讀作ㄒㄧˋ（xì），金文寫作 本意可能是一種有高聳羽冠的鳥，在此作為聲符。

例詞
寫字、描寫、書寫、聽寫、寫作。

小提醒
「寫」的簡化字上方不是「宀」，而是「⺍」。

結構組合	簡化字	大陸發音
宀奇	－	jì

字源、字義
形聲字，從「宀」表示是跟居住、房子相關。「奇」為聲符。「寄」有託置物於某處之義，託物則有移動至特定地方的涵義，因此引申為寄信、遊記之義。

例詞
寄信、郵寄、寄放、寄託、寄居蟹。

2.部件：穴

結構組合	簡化字	大陸發音
穴牙	－	chuān

字源、字義

《說文》「穿」，通也。从牙在穴中。指老鼠以牙齒在土穴中鑿孔。《詩經‧召南‧行露》：「誰謂鼠無牙，何以穿我墉。」就是指老鼠在牆上以牙鑿洞。

例詞

穿衣服、穿著、試穿、穿越、穿梭、看穿、揭穿、拆穿。

小提醒

俗話說：「龍生龍，鳳生鳳，老鼠生的孩子會打洞」，要說「穿」這個字為什麼有一個「牙」？就得想想古人的生活，看到牆上打穿了的洞就是老鼠的牙打的，可真是氣得牙都癢了，非常地傳神。教師可以先讓學生想一想，為什麼穿衣服的「穿」字跟「牙」有關，更引發學生的好奇心與求知慾。

結構組合	簡化字	大陸發音
穴犬	－	tū

字源、字義

甲骨文字形從犬在穴中，徐鍇《說文繫傳》說：「犬匿於穴中伺人，人不意之，突然而出也。」表示狗突然從土穴中衝出來。

例詞

突然、突出、突破、衝突、突擊、突兀。

小提醒

注意「突」字兩岸發音不同。

 ㄨㄛ

結構組合	簡化字	大陸發音
穴咼	－	wō

字源、字義
形聲字，從「穴」表示是跟洞穴、空間相關。「咼」為聲符。值得注意的是「咼」現在發音為ㄎㄨㄞ（kuāi），跟「窩」字發音似乎相去甚遠，可舉同樣聲符的字如：「過、禍、蝸」協助學生了解。

例詞
燕窩、被窩、蜂窩、鳥窩、酒窩、窩藏。

小提醒
「窩心」在兩岸意義不同，在臺灣的意思為「內心十分溫暖、感動」是褒義；在大陸為「受到委屈、侮辱或誣衊，不能表白而心中苦悶」，是貶義。

 ㄔㄨㄤ

結構組合	簡化字	大陸發音
穴囪	窗	chuāng

字源、字義
形聲字，從「穴」表示是跟洞穴、空間相關。「囪」ㄘㄨㄥ（cōng）為聲符。

例詞
窗戶、窗口、窗簾、天窗、同窗。

小提醒
「窗」字兩岸寫法有微小的差異，要留意。

空 ㄎㄨㄥ ㄎㄨㄥˋ			字源、字義 形聲字，從「穴」表示是跟洞穴、空間相關。「工」為聲符。 例詞 ㄎㄨㄥ（kōng）：空氣、航空、空間、空軍、太空、天空、空曠。 ㄎㄨㄥˋ（kòng）：有空、抽空、空地、虧空。
結構組合	簡化字	大陸發音	
穴工	－	kōng/ kòng	

小提醒
「空」為多音字，讀ㄎㄨㄥ（kōng）表示空間相關的意思；讀ㄎㄨㄥˋ（kòng）表示閒暇的時間或缺乏、短少。

窄 ㄓㄞˇ			字源、字義 形聲字，從「穴」表示是跟洞穴、空間相關。「乍」為聲符。 例詞 狹窄、窄門、窄小、冤家路窄。
結構組合	簡化字	大陸發音	
穴乍	－	zhǎi	

究 ㄐㄧㄡˋ			字源、字義 表示要探究的土穴，是形聲兼會意字，從「穴」表示是跟洞穴、空間相關。「九」是單位數字中的最大值，常表示窮盡之意，為兼意的聲符。 例詞 研究、講究、究竟、研究所、研究生。
結構組合	簡化字	大陸發音	
穴九	－	jiū	

小提醒
注意「究」的發音兩岸不同。

3.部件：广

結構組合	簡化字	大陸發音
广木	－	chuáng

字源、字義

「床」原寫作「牀」，楷書標準字訂為「床」。甲骨文字形 ꓕ 像豎寫之牀（甲骨文有很多將字豎寫的例子）。ꓕ字與後起的片字形近，為避免形混，金文才累增偏旁「木」字成為「牀」。

例詞

床、起床、床單、病床、臨床。

小提醒

現「牀」為異體字。

結構組合	簡化字	大陸發音
广廷	－	tíng

字源、字義

形聲字，從「广」表示與房屋相關。「廷」為聲符。

例詞

家庭、庭院、中庭、法庭。

小提醒

「壬」與「壬」

1. 「廷」的右上偏旁——「壬」的寫法要注意，標準字體規範「廷、庭、蜓、挺、艇、鋌」等讀音為ㄊㄧㄥˇ（tǐng）或字形由「廷」而來的，寫作「壬」，第一筆為撇，中間的橫畫較下面的橫畫短。

2. 相似的部件為「壬」——「任」的右偏旁，讀音為ㄖㄣˊ（rén）或字形由「任」而來的，寫作「壬」，第一筆為橫筆，最短，中間的橫畫最長。

廁 ㄘㄜˋ		
結構組合	簡化字	大陸發音
广則	厕	cè

字源、字義

形聲字，從「广」表示與房屋相關。「則」為聲符。「廁」有狹窄義，也可了解廁所一般來說都不大。

例詞

廁所、男廁、女廁、公廁。

小提醒

1. 簡化字、日文漢字從「厂」，非從「广」。
2. 廁身、廁足的「廁」表示加入、參與，有自謙的意涵。清·龍啓瑞：「某雖不才，蓋亦廁身士林，略知大義。」教師可補充說明。

廠 ㄔㄤˇ		
結構組合	簡化字	大陸發音
广敞	厂	chǎng

字源、字義

形聲兼會意字，從「广」表示與房屋相關。「敞」指寬闊無遮掩的樣子，為示意的聲符。

例詞

工廠、廠商。

小提醒

「廣」、「廠」兩字的簡化字很相像，分別為「广」、「厂」，辨讀、書寫時要多加留意。

字源、字義

形聲兼會意字，從「广」表示與房屋相關。「氐」，指根柢而言，表示房舍的底層，為示意的聲符，讀作ㄉㄧ（dī）。

例詞

到底、底、底下、徹底、底片。

結構組合	簡化字	大陸發音
广氐	－	dǐ

小提醒

注意提醒學生分清楚「氐」及「氏」。此二字字形相似，本義又皆有地或根柢之義，所以辨讀及書寫時應多加注意。

字源、字義

形聲字，從「广」表示與房屋相關。「黃」為聲符。

例詞

廣播、廣場、廣告、廣大、推廣。

結構組合	簡化字	大陸發音
广黃	广	guǎng

小提醒

「廣」、「廠」兩字的簡化字很相像，分別為「广」、「厂」，要多加留意。

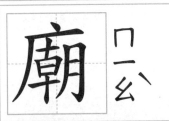

字源、字義

《說文》：「廟，尊先祖皃也。从广，朝聲。庿，古文。」

例詞

廟、寺廟。

結構組合	簡化字	大陸發音
广朝	庙	miào

小提醒

如果學生人在臺灣，建議教師一併教「寺」字，學生在戶外見到寺廟時，似乎更多機會看到ＸＸ寺，而非ＸＸ廟。另「廟」字簡化成為庙，與「宙」很像，要多加留意。

結構組合	簡化字	大陸發音
广隶	－	kāng

字源、字義

「康」的甲骨文是 ，金文是 ，從「庚」，像懸鐘的樣子，旁邊四個小點是樂聲或是懸鐘震動灰塵掉落的樣子。因此有一說「康」字本義就是「康樂」。

到了小篆，因為受到假借為米穗之義所影響，形體訛變並增加了偏旁禾部，分化為從禾、康聲的穗字（穛）及康字（薾）。隸書、楷書字形慢慢演變成從「广」，但此「广」沒有房屋的含意。

例詞

健康、安康、康復。

4.部件：厂

結構組合	簡化字	大陸發音
产巳	－	wēi

字源、字義

《說文》：「危，在高而懼也。从产，自卩止之。」那麼「产」是什麼？《說文》：「产，仰也。从人在厂上。」，音ㄓㄢ（zhān）。

甲骨文「危」 本像是敧（ㄑㄧ/qī即𢀴字）器之形。敧器（如下圖示）是一種底部尖尖的瓶子，將其置於水中，注入恰好的水量，則中正不偏，過多或過少的水量，就會傾側或翻覆，因此引申有不安、危險的意思。

戰國文字 逐漸形變為人在山崖之上，有高危不安的意思，其後又累加卩為偏旁，形成從卩、产聲的累增字 ，就跟現代漢字很像了。

例詞

危險、危機、危害。

小提醒

1.如需跟學生說明字源時，可以從敧器著手，有圖，字形也與「危」字較近，學生容易理解。
2.兩岸發音不同，請留意。

原	ㄩㄢˊ	字源、字義 甲骨文看起來像是山邊流出的泉水，表示為水流源頭。《說文》小篆從三泉，表示眾泉匯流的意思。

結構組合	簡化字	大陸發音
厂泉（泉省）	－	yuán

例詞
原來、草原、平原、原諒、原因、高原。

崖	ㄧㄞˊ	字源、字義 形聲字，從「屵」表示高高的邊岸。「圭」為聲符。

結構組合	簡化字	大陸發音
屵圭	－	yá

例詞
懸崖。

小提醒
兩岸發音不同，教師宜注意。

厭	ㄧㄢˋ	字源、字義 形聲字，原字為「猒」，聲符為「厂」。「猒」字金文從口、肰，肰是狗肉，表示人飽食狗肉的意思，也有一說認為是犬大口食肉，都是飽食的含意。後來「口」形變為「甘」，再變為日，成為「猒」。後來經典假借「厭」成為飽足的「猒」字，「猒」字則不復用了。

結構組合	簡化字	大陸發音
厂猒	厌	yàn

例詞
討厭、厭惡。

字源、字義		
「雁」這種鳥通常成群飛行，飛行時呈「人」字排列，以「厂」表音。		
例詞		
大雁、鴻雁、沉魚落雁。		

結構組合	簡化字	大陸發音
厂イ隹	－	yàn

5.部件：門

字源、字義		
「間」是「閒」的後起字，所以「間」、「閒」的字源是一樣的。「閒」，從門從月，表示門中見月，得門隙、間隙之義。		
例詞		
ㄐㄧㄢ（jiān）：中間、洗手間、房間、時間、空間、期間、人間、之間。		
ㄐㄧㄢˋ（jiàn）：間接、間隙、間隔、間諜、反間。		

結構組合	簡化字	大陸發音
門日	间	jiān/jiàn

小提醒
「間」為多音字，讀ㄐㄧㄢ（jiān）時表示兩者之中；讀ㄐㄧㄢˋ（jiàn）時表示空隙、夾雜或奸細。

字源、字義		
說文古文 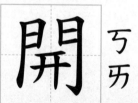 可看出「門」中有廾（雙手），「一」為門閂，合在一起表示「開門」之義。		
例詞		
開車、開、開始、開心、開會、開水、打開、離開。		

結構組合	簡化字	大陸發音
門一廾	开	kāi

小提醒
大部分含有「門」部件的字簡化時都簡為「门」，但「開、關」二字簡化後拿掉了「门」。

	關《ㄨㄢ	字源、字義
		形聲字，從「門」表示是跟門相關。「絲」為聲符，讀作《ㄨㄢ（guān）。有一說「絲」像門閂的樣子，如以這種看法，則此字為形聲兼會意字。

結構組合	簡化字	大陸發音	例詞
門絲	关	guān	關、開關、關門、機關。

小提醒
大部分含有「門」部件的字簡化時都簡為「门」，但「開、關」二字簡化後拿掉了「门」。

	閃ㄕㄢˇ	字源、字義
		從門從人，表示在門內探頭窺視之樣子，或說從門縫看人一閃而過的意思。

結構組合	簡化字	大陸發音	例詞
門人	闪	shǎn	閃電、閃爍、閃耀。

	闖ㄔㄨㄤˇ	字源、字義
		從門，從馬，表示馬經由門戶跑出之義。

結構組合	簡化字	大陸發音	例詞
門馬	闯	chuǎng	闖、闖紅燈、闖禍。

ㄩㄝˋ

結構組合	簡化字	大陸發音
門兌	阅	yuè

字源、字義

形聲字，從「門」表示是跟門相關。「兌」為聲符。

例詞

閱讀。

小提醒

注意簡化字聲符寫法為「兑」，與繁體字的「兌」上方寫法不同。

ㄎㄨㄛˋ

結構組合	簡化字	大陸發音
門活	阔	kuò

字源、字義

形聲字，金文為 𨶀，從門、活聲。從門，表示門口寬闊通達之義。

例詞

廣闊、開闊、遼闊。

小提醒

「闊」有異體字「濶」，到底三點水（氵）應放門裡還是門外？

由於聲符為「活」，所以三點水應該在門裡。從古文字形也可以知道「氵」應該在門裡。

金文	篆文	楷書
𨶀	𨶀	闊

字源、字義
形聲字,字義由「口」而來,聲符為「門」。以口詢問之義。亦有解為叩門詢問之義。

例詞
問、請問、問題。

結構組合	簡化字	大陸發音
門口	问	wèn

小提醒
臺灣字典本字部首為「口」,因為字義由「口」而來。聲符為「門」,可用閩南語唸唸「門」、「問」就可知道都是雙唇音。

6. 部件:戶

字源、字義
《說文・戶部》:「房,室在旁也。从戶、方聲。」古代屋室之門大多為單扇,因此房字從戶,本義指正室兩邊的房間。

例詞
房子、房間、廚房、房租、藥房、房東、房客、病房、書房、臥房、健身房。

結構組合	簡化字	大陸發音
戶方	–	fáng

結構組合	簡化字	大陸發音
戶羽	扇	shàn

字源、字義

睡虎地秦簡「扇」字**扇**，從戶、從羽。《說文．戶部》：「扇，扉也。從戶、羽。」從戶，表示和門戶之相關；從羽，表示鳥翼，表示門扉的開關猶如飛鳥之開合羽翼，本義指門、門扉。因此計算門的量詞為「扇」，就很容易理解了。

例詞

電扇、扇子、一扇門。

小提醒

1. 此字本義與現代常見義差異較大，因此建議不需要對學生說明字源。可以從「戶」表門戶著手，聯想為處所。
2. 「扇」實為多音字，另一讀音為ㄕㄢ（shān）時，因為表搧風時通「搧」字，表煽動時通「煽」字，因此本書不列此讀音。

結構組合	簡化字	大陸發音
戶斤	－	suǒ

字源、字義

金文從戶、從斤，本義為伐木的聲音。斤是伐木的斧頭，戶是一扇門，後引申表示處所。

例詞

所以、廁所、所有、所謂、無所謂。

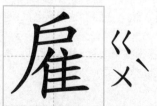

結構組合	簡化字	大陸發音
戶隹	－	gù

字源、字義

形聲字，「雇」本指布穀鳥，所以從隹，「戶」為聲符。但現今已不見此義。

例詞

雇用、雇主。

7.部件：囗

	字源、字義
 《ㄨㄛˊ	國的甲骨文 ，從戈、從囗。戈為武器，引申為武力、軍隊；囗是有邊界的地方，在此類似土地、國土，合起來表示以武力保衛土地，這個需要保衛的地方就是「國」了。金文 。仍從戈、從囗，但囗字內有加上飾筆成為「或」的樣子，一說從囗或聲。

結構組合	簡化字	大陸發音
囗或	国	guó

例詞
中國、美國、國家、外國、國內、國外、國語、民國、國會、國際、國旗、國小、國中。

	字源、字義
 ㄩㄢˊ	形聲字，從「囗」表示有邊界、範圍之意。「袁」為聲符。

例詞
公園、校園、花園、動物園、園林。

結構組合	簡化字	大陸發音
囗袁	园	yuán

	字源、字義
 ㄊㄨˊ	從囗、從啚（ㄊㄨˊ/tú、ㄅㄧˇ/bǐ）。一說「圖」表示版圖，因為「啚」是「鄙」的初文，邊鄙、邊疆之義，「囗」是有範圍的地方。 另一說「圖」為謀劃困難之義，因為「囗」表示有邊界、範圍之意，「啚」為艱難的意思。

結構組合	簡化字	大陸發音
囗啚	图	tú

例詞
圖書館、圖片、地圖、插圖、企圖、圖書、圖章、試圖、圖表、圖畫、圖騰、意圖。

字源、字義
木在口中。樹木在一個範圍中生長是受阻的。《說文》古文從止木，表示樹木成長為物所止之形，也是困頓、阻礙之意。

例詞
困難、困境、困擾。

結構組合	簡化字	大陸發音
口木	－	kùn

小提醒
傳說紫禁城三大殿外，一棵樹也沒有，就是不想造就出一個「困」字，困住皇帝，困住了國運。

字源、字義
形聲兼會意字，從「口」表示有邊界、範圍之意。「員」為物圓，有圓義，因此是示義的聲符。

例詞
圓、團圓、圓滿、圓形、湯圓。

結構組合	簡化字	大陸發音
口員	圆	yuán

字源、字義
形聲兼會意字，從「口」表示有邊界、範圍之意。「卷」本義是膝蓋彎曲處。圈起一個有範圍的小地方，肢體因此屈曲不能伸直，所以「卷」是示義的聲符。

例詞
ㄑㄩㄢ（quān）：圈、圈子。
ㄐㄩㄢˋ（juàn）：豬圈、牛圈。

結構組合	簡化字	大陸發音
口卷	－	quān/ juàn

小提醒
「圈」為多音字，讀ㄑㄩㄢ（quān）時表示中空的環形，讀ㄐㄩㄢˋ（juàn）時表示飼養牲畜的地方。

字源、字義
甲骨文、金文有一組演變為 到 ，另有一組演變為 到 ，顯示的是一個人靠或躺在一物上，引申有憑藉、依照、順著、沿著之義。

結構組合	簡化字	大陸發音
囗大	－	yīn

例詞
因為、因此、原因、因而、因素、基因、因果。

小提醒
「因」跟「囚」都看起來是人在口中，但字源不同，教師說解時要清楚辨別。

8.部件：邑（阝）

字源、字義
從邑、者聲。從「邑」，是人們居住活動的城市或村莊；「者」為聲符。都字本義為大城市，特別是指有宗廟或先君神主的城。

結構組合	簡化字	大陸發音
者阝	－	dū/dōu

例詞
ㄉㄨ（dū）：都市、首都。
ㄉㄡ（dōu）：都、大都。

小提醒
「都」為多音字，讀ㄉㄨ（dū）時表示大城市，讀ㄉㄡ（dōu）時表示全部。

字源、字義
字形從邑從垂。從「邑」，指人們居住活動的城市或村莊；從「垂」，指國家的邊境、邊陲。本義是指古代設置於邊境用來傳遞文書的驛站，主要提供郵吏食宿、馬車的需求。因此後來引申為寄送郵件相關的涵義。

結構組合	簡化字	大陸發音
垂阝	邮	yóu

例詞
電子郵件、郵局、郵票、集郵、郵差、郵件。

結構組合	簡化字	大陸發音
咅阝	–	bù

字源、字義
形聲字，從「邑」表示是跟人居住活動的城市或村莊相關。「音」為聲符。

例詞
東部、西部、南部、北部、全部、部分、部門。

小提醒
學生很容易將「部」、「陪」寫錯。教師宜多加留意，但不需在教其中一字時刻意補充另一字，反易混淆。

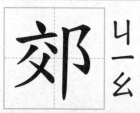

結構組合	簡化字	大陸發音
交阝	–	jiāo

字源、字義
形聲字，從「邑」表示是跟人活動的城市或村莊相關。「交」為聲符。

例詞
郊區、郊外。

	字源、字義

<table>
<tr><td colspan="3">字源、字義</td></tr>
</table>

字源、字義

《說文》：「那，西夷國。从邑，冄（「冉」的異體字）聲。安定有朝那縣。」表示古時「那」為國名或是地名。邵瑛《羣經正字》：「那，今作那。」

「那」作介詞「於」的用法見於《爾雅·釋詁》「爰、粵、于、那、都、繇，於也」。與近指代詞相對，這個詞則用來遠指。

「那」用來遠指，目前我們所看到最早的資料是南北朝小說《幽明錄》：「明朝起，自不覺，而人悉驚走藏，云：『那漢何處來？』」[11]

結構組合	簡化字	大陸發音
冄（冉）阝	－	nà/nèi

例詞

ㄋㄚˋ（nà）：那、那裡、那兒、那邊、那個、那些、那麼。

ㄋㄚˇ（nǎ）：那裡、那能。

小提醒

1. 「那」為多音字，讀ㄋㄚˇ（nǎ）時音義同「哪」。大陸無ㄋㄚˇ（nǎ）音，但將「那一」合讀，讀作nèi，一些華語教材中也注有此發音。
2. 「一刹那」的「那」念作ㄋㄚˋ（nà），已不復有ㄋㄨㄛˊ（nuó）音。

	字源、字義

字源、字義

甲骨文字形 🔣，像兩人相向對坐，面對食器「皀」（簋字的初文）進食，為宴「饗」字的初文。

戰國文字 🔣「兩人相向對坐」訛變為喲，皀字訛變為皀聲。後來更假借成為鄉里的意思。現代字典「鄉」字歸於邑部，與群居之地相關，這個假借義倒更符合此部首了。

結構組合	簡化字	大陸發音
幺（喲）良（皀）	乡	xiāng

例詞

鄉下、家鄉、故鄉、鄉村、老鄉、同鄉、鄉土、異鄉。

---

[11] 參考楊秀芳（2002）〈論閩南語疑問代詞「當時」「著時」「底位」〉，《南北是非：漢語方言的差異與變化》155-178。第三屆國際漢學會議論文集語言組。

解答

小試身手

試試看：你認得以下這些人類居住的地方嗎？

答：

a. 穴居：人類在原始社會初期，選擇乾燥的天然洞穴為棲息處所，在中國華北地區常常是低於地面，地下穴居的形式。

b. 杆欄式建築，又稱高腳屋、吊腳樓、棚屋：屬於木頭結構建築，即在選好的建築基地上，先打木樁，再架木板作為房基，並於其上搭建房室，其特點是「編竹苫茅為兩重，上以自處，下居雞豚，謂之麻欄」，除了透氣涼爽外，也有避免瘴氣、潮濕、淹水，並防止蟲蛇進入和抗震的功能。主要分布在長江流域及其以南地區，現在仍盛行於東南亞、馬達加斯加、海南等地區。

c. 蒙古包：是滿族對蒙古族牧民住房的稱呼。這類住房形式在中亞地區遊牧民族中很常見，用特製的木架搭起，羊毛氈圍裹而成，頂部呈天幕狀圓形，可通風、採光，常為遊牧人家自己居住，現在也有成片的，多為旅遊開發供遊客居住的賓館式蒙古包。

d. 土樓：一般土樓多以圓形夯土建築為主，明朝中葉以來為求安定及抗禦外敵，於是建造具有防衛性質、集居式的夯土高樓。現今各式土樓估計約有六、七千棟之多，多分佈於客家人及閩南人聚居之福建、廣東內陸山區。

e. 現代高樓：現代高樓首次興起於十九世紀末美國紐約市與芝加哥等寸土寸金的區域，接著在都會地區逐漸變成常態。到2021年，世界最高的摩天大樓是杜拜的哈里發塔，高度828公尺，而臺北101則是508公尺，高度是世界第11名。

f. 行動木屋或貨櫃屋：船屋、貨櫃屋等易於遷移的居住形式由來已久，但近五年來更加盛行，也出現各式精美的行動木屋。方便、建造、施工時間短，相較於一般的房子造價便宜許多，用途則以工地臨時辦公室、工寮及警衛亭等佔多數，也有當作度假屋或民宿、租屋等用途。貨櫃屋內部容易悶熱，且不易散熱，如果遇上颱風、地震更是危險。

想一想1

跟「宀」、「穴」很像的「冖」是什麼意思？

答：「冖」有兩種情況，一種是覆蓋物，因此有「覆蓋」的意思。例如：
　　「冠、冥、冤」；另一種是由其他形狀訛變成「冖」。例如：「軍」，
　　其冖是包圍狀；「學」，其冖是桌子一類的東西；「豪豪毫」的上方則
　　是「高」的省略。

想一想2

跟「广」很像的「厂」是什麼意思？有的「广」部的字簡化以後變成「厂」
部，有些日文漢字也有這種現象，怎麼對學生解釋？

繁體字	簡化字	日文漢字
廁	厕	厠
廚	厨	厨（同簡化字）
廠	厂	厰
廈	厦	厦（同簡化字）
厮	厮	厮（同簡化字）
厢	厢	厢（同繁體字）
廄	厩	
廳	厅	

答：首先教師必須了解字體的演變歷史，文字傳抄的過程中，有時會有筆畫
　　多一點少一點的字體出現，在國家召集專家學者，依據字源等考量訂定
　　出標準字後，其他曾出現過的字體便是異體字。日文漢字多為唐朝流傳
　　過去，保留許多古字；大陸簡化字傾向減少筆畫數，因此有些字選擇了
　　筆畫較少的異體字作為規範字，因此造成上表中的情況。
　　然根據字源，「广」部很多字都是簡易建築，而「厂」為更簡單天然的
　　遮蔽物，因此依據字源就可跟學生清楚解釋，至於各地不同字形，可列
　　表給學生參考記憶。

想一想3

「肩」這個字跟單扇門有關係嗎？

答：此字始見於戰國文字 肩，上像人頸下與手臂相連接的部分，下從
　　「肉」。篆文從肉，上像髆（ㄅㄛˊ/bó，肩）形。《說文》另有一或體
　　從肉，上所象的髆形與「戶」形相雷同，但並不是從「門戶」的「戶」
　　字。楷書從《說文》或體演變而來，作「肩」。

第十三單元
行遍天下——車辵行彳舟

單元概覽	
1.5個部件： 車辵（辶）行彳舟 2.33個漢字： 　車：轉輸較輪載輯輩 　　　輕軟軍 　辵：道遊進迎達適週 　　　邊連 　行：街衝衛衡 　彳：往後從得復徒微 　舟：船航般 3.教學主題建議： 　初級： #交通工具 #陸路交通 #水路交通 #路上交通 街景 #問路 　中、高級： #交通安全 #絲綢之 路 #鄭和下西洋 #地名 （艋舺）	活動⑴：漢字轉一轉 
	活動⑵：漢字藏寶圖
	活動⑶：漢字九宮格 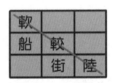
	活動⑷：漢字停看聽 

小試身手

　　車子往返在四通八達的交通要道上，河川上也可見舟船點點，交通的便利讓人們能行遍天下，拓展視野，帶動文明的發展。下圖文字畫中，你知道是哪些字的甲骨文嗎？

解答請見627頁

教師應該知道的漢字知識

　　中國很早就開始造車和使用車，馬車不只是交通工具，更作為戰車馳騁沙場，以乘為單位，代表著國力的強弱。水上交通的舟船也有相當久遠的歷史，不管是秦漢時期軍事上有名的「草船借箭」，還是明朝鄭和下西洋的寶船，造船工藝都達到高峰。「千里之行，始於足下」，人們除了使用交通工具行遍天下，更靠著雙腳行走四方。

1.車

| 甲骨文 | 金文 | 戰國文字 | 篆文 | 隸書 | 楷書 |

　　你玩過象棋嗎？這個象徵古代戰場攻城掠地的鬥智遊戲，棋子有黑和紅兩色，據說代表著軍旗的顏色，項羽是黑色，劉邦是紅色。棋子分別有：將（帥）、士（仕）、象（相）、車ㄐㄩ（jū）（俥）、馬（傌）、砲（炮）、卒（兵）等，中間劃有楚河和漢界，兩人對奕輪流走棋子，誰先攻破對方將帥就得勝。在古代，「車」象徵國力和財力，約在公元前2000年中國有了「車」的雛形，牛車、驢車、騾車到馬車，還出現了「輦」字形有兩夫的手推人力車，還有古代車輛導航機械技術的偉大發明指南車。從現在殷墟出土車馬坑的考古資料中可見早期馬車的樣貌。

　　甲骨文「車」字 是一個象形字，有車蓋、車軸、車輪，還有車軸頭防止車輪脫落，「車」的字形多變，寫法不固定，到了戰國文字 車 改為直立，本義是車輛。除了指路上靠輪子的轉動而行的交通工具以外，還指一些不是車但利用類似原理運轉的機械，例如：「風車」、「水車」、「紡車」等。

　　「車」部例字，許多字本屬於車子的部位，例如：「輪」、「轅」、「軾」、「軸」、「輻」、「軌」、「轄」等，部分到了現在都有了別的引申義，如「軌」原指車跡、兩輪間的距離，引申有常規、法度；「輔」原指車旁的夾木，現在多用於扶持、幫助的意思；「轄」本來指防止輪子脫落貫穿車軸的金屬鍊，現在則指管理、治理的意思。此外，多數的車部例字都為從「車」的形聲字。

常見例字：

或　是	與車輛相關		其他	
例　字	轉輪較	輪載輯輦	輕	軟軍
級　數	初級	中高級	初級	中高級

教學錦囊1　指車上部位的車部字有哪些呢？
　　有很多的車部字本義都原指車上的部位，例如：輪、軛、輻、輔、軸、軒、軾、轂、軫、轄、轅、軹、轆、輮、輕、輬等，「輪」指車輪、「軛」指駕車時放在牛馬頸上的曲木、「輻」指車輪中連接車轂和輪圈的直木、「輔」

指車兩旁的夾木以加強載重力、「軸」指控制輪子轉動的橫桿、「軒」指前頂高有帷幕的車子、「軾」指車子前供乘客當扶手用的橫木、「轂」指車輪中心的圓木、「軫」指車後的橫木、「轄」指車軸兩端的金屬鍵、「轅」指車前用來套駕牲畜的兩根直木、「軹」指貫穿車輪中心圓木的小孔、「轆」指機械上的絞盤、「輮」指車輪的外框、「輊」指車前較低的部分、「輳」指車輪上的輻條集中於轂內等。

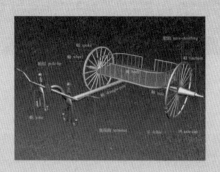

西周馬車復原圖

圖片來源：中研院歷史語言研究所歷史文物陳列館http://museum.sinica.edu.tw/education_detail.
php?id=39

2. 辵（辶）

篆文　　　　　　隸書　　　　　　楷書

　　「辵」字由彳和止構成，表示人在路上行走。「彳」是「行」的省形，表示道路，「止」是人的左腳掌，表示走路。而現在我們使用的「走」字，篆文寫作夭，像人走很快或是小跑步雙臂擺動的樣子，後來金文夌加上「止」強調腳部動作，本義指「跑步」。辵部字寫為「辶」。

常見例字：

部件意義	與行走有關		其他	
例　字	道遊進迎	達適	週邊	連
級　數	初級	中高級	初級	中高級

想一想1

辵（辶）和又字形類似，是否也有類似的意思呢?

解答請見628頁

3.行

甲骨文	金文	戰國文字	篆文	隸書	楷書

「行」字在甲骨文像四通八達的道路，像十字路口，本義指「道路」。「行」不只有走路、行走的意思，也有流通、從事、實施、可以等動詞義，還有表示能幹的形容詞義。「行」更是一個多音字，有不同的音讀，例如：指行為舉止ㄒㄧㄥˋ（xìng），如「品行」；作名詞ㄏㄤˊ（háng）指營業交易場所，如「銀行、分行」；職業，如「各行各業」；指兄弟姊妹次序，如「排行」；或指直列，如「行列」等義。

常見例字：

部件意義	與道路相關		其他
例　字	街	衝	衛衡
級　數	初級	中高級	中高級

4. 彳

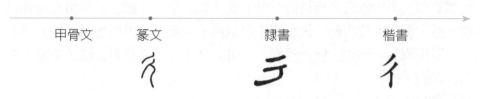

| | 甲骨文 | 篆文 | 隸書 | 楷書 |

彳是「行」字的省形，本義指道路，引申有行走前進的意思。由「彳」部組成的字多與行走、行為或動作有關。常見「彳」部字，如「往」、「後」、「從」、「得」、「復」等，都保有行走的本義。

　　另外如：「很」、「律」、「德」等字則由此行走義延伸指動作，「律」甲骨文 𣃚 指手拿著筆，制定規劃，本義指將法律頒布施行於天下。「德」甲骨文 𢔻 從「彳」從「直」，直指眼睛直視前方，走在正道上，行為正直，金文加上心，強調精神心靈共同遵循的規範，表示道德、德行。「很」現在大都用作表示程度的副詞，本義從「彳」從「艮」，「艮」有不聽從的意思，後來多作「狠」。

常見例字：

部件意義	與行走相關		其他
例字	往後從得復	徒	微
級　數	初級	中高級	中高級

想一想2
「行」字裡有「彳」和「亍」，分別指什麼意思呢？

解答請見628頁

5. 舟

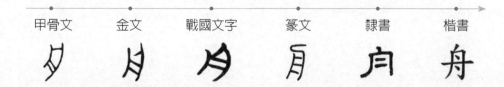

| 甲骨文 | 金文 | 戰國文字 | 篆文 | 隸書 | 楷書 |

　　「舟」甲骨文 ⿱ 字直觀就像木船的樣子，本義指船。「舟」部字中，根據船的大小，輕舟、扁舟的「舟」比「船」小，「艇」則可指輕便狹長的小船，例如：救生艇、快艇，也可以指潛水艇、大型船隻。「艦」指大型的軍用戰船，例如：航空母艦。「舟」部字大多與舟船相關，如船上控制方向的「舵」。

常見例字：

部件意義	與舟船相關		其他
例　字	船	航	般
級　數	初級	中高級	初級

教學主題建議

初級：交通工具／陸路交通／水路交通／路上交通街景／問路
中高級：交通安全／絲綢之路／鄭和下西洋／地名（艋舺）

教學活動舉例

1. 漢字轉一轉　☑全程度 ☑認讀 ☑口說 ☑寫字 ☑字形☑字音☑字義
   (1)活動主軸：本活動適合較多形聲字的部件，教師先選擇一個部件字，如「車」，透過部件形符與聲符的搭配，讓學生熟悉漢字。簡單說明語音的演變。
   (2)流程簡述：教師準備兩張紙或圓紙盤，一大一小，中間部件字的紙盤較小，也可用不同顏色當區隔，上層的中間寫上部件字，下層在外圍寫上本部件字搭配的多個聲符，如「交」，兩張紙重疊後中間用雙頭針固定，學生轉動底盤，即會出現不同的車部字，請學生說出字音和字義，或造詞練習。

(3) 延伸或變化：本活動可請學生透過部
件轉盤完成形聲字表。也可進行分
組，一個學生說一個目標漢字，請另
外一個學生轉到正確的漢字。

2. 漢字藏寶圖　☑全程度 ☐口說 ☑認讀
☑寫字 ☑字形 ☑字音 ☑字義 ☑語法

(1)活動主軸：透過漢字藏寶圖，讓學生
綜合練習漢字相關的形音義搭配。

(2)流程簡述：老師準備一張
漢字藏寶圖，藏寶圖裡有
不同的漢字關卡讓學生解
決找出寶藏。

本次活動以字卡、延伸詞組與短文來做三關卡設計：

關卡一：教師準備多張透明或空白字卡，先把多個部件字和聲符
拆開分別寫在不同紙卡上，一張紙卡是聲符，一張紙卡是形符，
學生分組開始拼出正確的漢字組合。請注意選字時應盡量避免爭
議，也需要提醒學生注意組合時部件的書寫和認字會有差異，例
如：「地」字，「土」當部件時的寫法不同。

關卡二：教師準備多張詞卡，但只寫出部分漢字，讓學生把關卡
一收集來的漢字，填寫在詞組卡上，完成詞組。

關卡三：學生可把關卡二收集來的詞組卡，
根據詞義完成關卡三的短文克漏字（文章填
空），該文章的內容就是寶藏的藏寶地點，學
生需要理解短文後並找出寶藏。

(3)延伸或變化：各關卡可以依照聽力、認讀、口說、寫字等各學習
目標做設計。

3. 漢字九宮格　☑全程度 ☑認讀 ☑寫字 ☑字形 ☑字音 ☑字義
   (1)活動主軸：基本認字活動，透過遊戲訓練學生漢字認讀。
   (2)流程簡述：將學生兩兩分組，兩位學生
   在一堆字卡中任意選擇九張字卡，翻面
   先不看字，排成九宮格如右圖，學生猜
   拳決定先後順序，贏的學生先翻，正
   確唸出字卡讀音即得分，唸錯需翻回背
   面，三字成一線，最先完成連線，或是
   完成最多連線的學生獲勝。

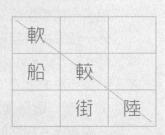

   (3)延伸或變化：遊戲可從3×3的九個字，擴充到5×5二十五個字，
   或將各種字卡打散，學生任意翻字卡，翻到同樣部件後唸出正確
   讀音得分，最後根據找到的漢字造詞或造句。
   　九宮格的漢字表也可以進一步延伸做漢字五子棋，老師可以把目
   標字詞做成表格，練生詞可以空字讓學生填寫，練漢字用拼音
   讓學生寫字，讓學生兩兩分組對弈，先連成五子棋得一分，最後
   得最多五子連線者獲勝。

4. 漢字停看聽　☑全程度 ☑聽力 ☑口說 ☑寫字 ☑字音 ☑字形 ☑字義
   ☑語法 ☑文化
   (1)活動主軸：教師利用多張動態字卡，
   讓學生練習漢
   字認讀與聽力，提升漢字能力。

   (2)流程簡述：教師用PPT製
   作多張字卡投影片，利用動畫讓字卡
   投影片自動慢速播放，教師說其中一
   個字，學生分組合作，聽到教師的關
   鍵字音後，如果在螢幕上看到那個字

   出現就拍手，老師會暫停播放，看是否正確，也請學生再唸出該
   漢字，正確該組得一分。

⑶延伸或變化：教師準備適合學生程度的旅遊交通短文，做關鍵字填空。或將活動中複習的關鍵字應用，嘗試寫會話或是短文，也可以請同學寫劇本，上臺演出交通情境狀況劇。

例字說明

1.部件：車

結構組合	簡化字	大陸發音
車專	转	zhuǎn/ zhuàn

字源、字義

「轉」金文🜚，從「車」，「專」聲，本義指轉運、徙移。引申有改換方向，如「轉彎」；變換，如「轉學」、「扭轉」；間接傳送，如「轉交」、「轉播」。

例詞

ㄓㄨㄢˇ（zhuǎn）：運轉、轉變、轉播、轉達、轉告、轉機、轉身、轉向、扭轉、旋轉、周轉、轉動、轉化、轉帳。

ㄓㄨㄢˋ（zhuàn）：打轉、公轉。

小提醒

「轉」為多音字，讀ㄓㄨㄢˇ（zhuǎn），表示變換、間接傳送，如「轉變」、「轉交」，改變方向，如「轉彎」，方向轉換可提醒學生先說方向再加上動作，左＋轉、右＋轉。

讀音ㄓㄨㄢˋ（zhuàn），指依照一個固定軸進而環繞循環，如地球的公轉和自轉，也有巡視的意思。

ㄕ
ㄨ

結構組合	簡化字	大陸發音
車俞	输	shū

字源、字義

「輸」戰國文字，從「車」，「俞」聲，本義指運送、運輸。引申有在比賽較量中失敗的意思。

例詞

輸出、輸入、運輸、灌輸、輸血。

小提醒

「負」、「敗」、「輸」三者都可以表示失敗，「勝」與「負」、「輸」和「贏」對比賽結果的敘述都比較直觀，但「敗」一詞，甲隊大「敗」乙隊、甲隊大「敗」，則表示兩個不同的結果，第一句的結果是甲隊打敗乙隊，第二句則是甲隊大大的失敗，輸了比賽。

ㄐ
ㄧㄠˋ

結構組合	簡化字	大陸發音
車交	较	jiào

字源、字義

「較」金文中，左邊像兩個車輪，右邊像車廂兩旁的車欄上，有銅鉤裝飾的橫木，篆文改為從「車」，「爻」聲。現多指事物相比評比較之意。可作副詞，指略、稍的意思，如「較高」、「較好」。

例詞

比較、計較、較量。

小提醒

針對「比」和「比較」的使用差異說明。「比」大多需要比較的參考值，而「比較」則可以不提及參考值，比如：甲比乙大，甲比較大。

結構組合	簡化字	大陸發音
車侖	轮	lún

字源、字義

「輪」戰國文字輪，從「車」，「侖」聲，「侖」是有條理的意思。「輪」本義指車輪，也是輪船的簡稱，如「郵輪」、「渡輪」。依照輪的外型，引申有周圍、邊緣，如「輪廓」，輪的功能引申有依次更替，例如：「輪班」、「輪流」。

例詞

輪胎、輪船、輪流、輪子、輪廓。

小提醒

「輪」可以作為量詞，指電影播放的順序，例如：「首輪電影」；計算時間，如十二年為一輪。

結構組合	簡化字	大陸發音
𢦏車	载	zài/zǎi

字源、字義

「載」金文𢦏，從「車」，「𢦏」聲，本義為用車來乘載、乘坐、裝運。引申有記錄，如「記載」；充滿，如「怨聲載道」；承受，如「水所以載舟，亦所以覆舟」。

例詞

ㄗㄞˋ（zài）：轉載、滿載、搭載、連載、刊載。
ㄗㄞˇ（zǎi）：一年半載、千載難逢。

小提醒

「載」是多音字，讀ㄗㄞˋ（zài），多作動詞，指乘坐、裝運和記錄等義，如「搭載」、「記載」。
讀ㄗㄞˇ（zǎi），作名詞，指計算時間的單位，如「一年半載」、「千載難逢」。

結構組合	簡化字	大陸發音
車咠	辑	jí

字源、字義

「輯」篆文 ，從「車」，「咠」聲。本義指車廂，泛指車子。引申爲蒐集後整理，如「編輯」，也可以當作量詞，計算叢書期刊的出版。

例詞

特輯、專輯、剪輯、邏輯。

小提醒

學生可以製作自己的漢字小書，能分組讓學生選字編輯，說明字義、字形演變、造詞造句等，可帶入線裝書等文化課程體驗。

結構組合	簡化字	大陸發音
非車	辈	bèi

字源、字義

「輩」篆文 ，從「車」，「非」聲，本義指車百輛，也指分列的車。現多用於表示家族長幼排行，同類或同等級的人，也可作量詞。

例詞

晚輩、長輩、後輩、前輩。

小提醒

介紹華人文化中家族輩分（長輩、晚輩）的稱謂和尊老文化（前輩、後輩）。比較東亞文化圈中，各國不同的輩分文化，如日本和韓國分別針對輩份高低有敬語的使用。

結構組合	簡化字	大陸發音
車巠	轻	qīng

字源、字義

「輕」戰國文字，從「車」，「巠」聲，本指分量小、數量少、程度淺。引申有不重要、不在乎之意，如「輕視」；隨便，如「輕率」。也有舒緩義，如「輕音樂」；細微柔弱，如「輕聲細語」；沒有負擔壓迫、簡單方便，如「輕便」。

例詞

年輕、減輕、輕鬆、輕傷、輕薄、輕蔑、輕易。

小提醒

「輕」與「重」相對。「重」，從「人」，「東」聲，「重」金文像人背負著重物，本義指分量大、沉重。引申有濃厚義，如「口味重」；嚴峻義，如「重罰」；尊敬義，如「尊重」。

「重」為多音字，音ㄔㄨㄥˊ（chóng），指再，如「重來」；添加，如「重複」的意思。

結構組合	簡化字	大陸發音
車欠	软	ruǎn

字源、字義

「軟」篆文輭，從「車」，兩個「而」，「而」的本義是鬍鬚，重「而」表示車有很多垂飾就像長鬚，後起「軟」字是俗體，本義為柔軟不堅硬。引申為沒有力氣「軟而無力」、意志容易動搖而不能堅持的「心軟」意。

例詞

柔軟、軟弱、軟體。

小提醒

「軟」與「硬」相對。「硬」像石頭一樣堅固，引申為剛強，如「強硬」；不靈活，如「生硬」；能力強、紮實，如「硬底子」。除了「軟硬」外，還可一併說明「粗細」、「輕重」、「厚薄」等描述物體的形容詞。

結構組合	簡化字	大陸發音
冖（勹）車	军	jūn

字源、字義

「軍」金文 ，從「勹」從「車」，表示軍隊。現多指部隊、兵種，如「陸軍、空軍、海軍」。

例詞

軍隊、軍人、冠軍、軍事、將軍、軍備、進軍、軍閥、軍官、軍艦、亞軍。

小提醒

軍隊可依不同顏色的軍服作軍種的介紹。有關名次說法，第一名「冠軍」，本指軍功卓越優於他人、第二名「亞軍」，次之、第三名「季軍」，季有末之義。

2.部件：辵（辶）

結構組合	簡化字	大陸發音
辶首	－	dào

字源、字義

「道」甲骨文 ，從「人」、從「行」，表示人所走的「道」，本義是道路。金文  從「行」從「首」。到了戰國文字  從「辵」為義符，辵由「彳」道路形、「止」人形組成，表示與行動有關，從「首」也是義符，表示行走所向的方向。引申有方法道理，如「頭頭是道」、思想學說等意思，可用於表達量詞概念，如「十道題目」、「一道手續」、「四道菜」。

例詞

知道、味道、道德、道理、道歉、道路、管道、街道、難道、人行道、走道、大道、道別、渠道。

小提醒

我們可以從「道」字的字形演變，了解部件「辵」的演變，從「人」從「行」，進而「行」省形為「彳」，「彳」和「辵」是義近的形符，「止」指人形，合而為「辵」指人走在路上。

遊　ㄧ　ㄡˊ

結構組合	簡化字	大陸發音
辶 方 子	游	yóu

字源、字義

「遊」甲骨文 ，從「㫃」、從「子」，意思指舉旗遊行，「斿」是遊的本字。金文 改為從「辵」，「斿」聲，本義指出遊、遊行。引申有玩耍、閒逛，如「遊蕩」；求學，如「遊學」；說服，如「遊說」。

例詞

旅遊、遊客、導遊、遊戲、遊行、遊覽、周遊。

小提醒

比較「遊」跟「游」兩字，簡體字中「遊」寫成「游」，建議可分享「夜遊西湖」的故事，是需要帶著泳衣的夜游還是遊憩的夜遊呢？「游」從水表示像水一樣的流動，在水中行動「游泳」，也指漂泊不定或指河流的「上游」「中游」「下游」三段。

進　ㄐㄧㄣˋ

結構組合	簡化字	大陸發音
辶 隹	进	jìn

字源、字義

「進」甲骨文 從「止」，從「隹」；金文 從「辵」，從「隹」，本義指前進。從「隹」指鳥只能往前飛行。引申呈獻奉上，如「進貢」；積極努力，如「進取」；收入買入，如「進帳」、「進貨」。

例詞

進來、進步、進去、促進、進入、進口、前進、跟進、進度、進化、進修、進展、先進、引進。

小提醒

進的方向可指由外入內「進門」，也可以指向上或向前移動，相對是「退」，「退」的甲骨文 從「皀」從「夊」，「夊」是向下的「止」（腳掌），表示離開，本義表示退席。引申有離開，如「遲到早退」；辭去職務，如「退休」；解除取消，如「退租」；衰減消失，如「衰退」；歸還，如「退貨」。

結構組合	簡化字	大陸發音
辶印	－	yíng

字源、字義

「迎」篆文 ，從「辵」、「卬」聲，本義指相遇、相逢。引申有朝向，如「迎風」；奉承，如「逢迎」。

例詞

歡迎、迎接、迎合。

小提醒

「迎」的相對是「逆」，「逆」甲骨文 从「辵」，「屰」聲。「屰」像對面的人向著自己迎面而來，「逆」的本義跟迎一樣，從不同角度看都是迎接，引申有違背不順從，如「忤逆」；不順，如「逆境」。

結構組合	簡化字	大陸發音
辶幸	达	dá

字源、字義

「達」甲骨文 ，從「止」，「夲」聲。金文 從「辵」指跟行動有關，「夲」聲。

「達」本義指通達、到、至。引申有實現，如「達到目的」；表現，如「詞不達義」；告訴，如「轉達」。

例詞

表達、達成、抵達、發達、到達、轉達、豁達、雷達。

小提醒

「達」有通達義，「通」甲骨文 ，從「彳」，「用」聲；金文 從「彳（或辵）」，「甬」聲，「用」和「甬」古音近，字本義也是到達。與本義相關的有往來交往，如「通商」；報告通曉，如「通知」。另引申指流暢，如「暢通」；靈活，如「圓通」；也有共同，如「通病」；整個，如「通宵」。

適　ㄕˋ

結構組合	簡化字	大陸發音
辶商	适	shì

字源、字義

「適」戰國文字 ，從「辵」，「商」聲，本義為往、去。現多用於表示舒服自得的意思，如「舒適」。

例詞

適應、合適、適當、適合、適用、適宜、適中。

小提醒

比較「適合」和「合適」的用法，一個當動詞，「你『適合』穿這個顏色的衣服」；一個當形容詞，「你穿這個顏色的衣服很『合適』」。

週　ㄓㄡ

結構組合	簡化字	大陸發音
辶周	周	zhōu

字源、字義

「週」，從「辵」，「周」聲，晚出字，本義指環繞循環，通「周」字。也可當名詞，指星期，如「週末」；滿一年，如「週年」。

例詞

週末。

小提醒

說明「周」和「週」的用法。「周」字，甲骨文 田 字形像農田中種植農作物的樣子。金文 圕 在下方加上口，借用當國名。「周」有完密嚴謹的意思，如「周密」；普遍，如「眾所周知」；區域環繞外圍的部分，如「周圍」。其他有關時間循環的意思，則可與「週」通用，如周（週）末、周刊、週歲、周（週）年慶等。

結構組合	簡化字	大陸發音
辶鼻	边	biān

字源、字義

「邊」甲骨文 ，從「自」從「丙」，金文 ，指從「彳」、「鼻」聲，本義指旁邊。「邊」多用來指四周，如「邊緣」；方向，如「左邊」；兩地交界處，如「邊界」；也可以用來指一面，「邊……邊……」的語式表達，如「邊做邊學」。

例詞

旁邊、海邊、裡邊、身邊、外邊、周邊、這邊、那邊、右邊。

小提醒

1. 說明「面」和「邊」的不同。「邊」指交界處，如「左邊」、「右邊」、「旁邊」，「面」指方向、部位，如「對面」、「上面」、「下面」、「前面」、「後面」。

2. 「面」，甲骨文 畫出了眼睛代表五官，像臉的輪廓，本義是臉部。引申為物體外部表層，如「路面」；方向，如「正面」；情況，如「局面」、相見，如「見面」。

結構組合	簡化字	大陸發音
辶車	连	lián

字源、字義

「連」金文 ，從「辵」從「車」，字形左右相反，本義表示車子相連，接續的意思。引申有把、將、甚至的抽象意思。

例詞

連結、連接、連忙、連續、連帶、接連、連任、連線、牽連、一連串。

小提醒

「連」的同音字「聯」同樣有接續之意，「聯」字甲骨文 ，從「耳」從「幺」，指綁繫飾物於耳，有結合的意思。而不同在於「連」指一個接著一個，例如：「連任、連鎖、連結」。而「聯」與由人事物等結合在一起，例如：「聯盟、聯想」，不可用「連」代替。

3.部件：行

結構組合	簡化字	大陸發音
行圭	－	jiē

字源、字義

「街」甲骨文，從「行」，「圭」聲。本義指城市中的大道，泛指一般的馬路。現在也用來指某類行業集中的商業區，如「小吃街」、「家具街」。

例詞

逛街、上街、大街、街道、街坊。

小提醒

介紹常見中文地址的說法（市、區、路、段、街、巷、弄、號、樓等）。請依照大小區分路、街、巷、弄的不同。

結構組合	簡化字	大陸發音
行重	冲	chōng/ chòng

字源、字義

「衝」戰國文字衝，從「行」，「童」聲。隸書漸改為「重」聲，本義指通道、交通要道。現多用引申義，指衝擊、冒犯，如「衝撞」；快速往同一方向，如「橫衝直撞」。

例詞

ㄔㄨㄥ（chōng）：衝動、衝擊、衝突。
ㄔㄨㄥˋ（chòng）：衝。

小提醒

「衝」為多音字，讀ㄔㄨㄥ（chōng），表示快速往某方向移動，如「橫衝直撞」；頂撞冒犯，如「衝撞」。
讀ㄔㄨㄥˋ（chòng），常用一字來表示激烈無禮「說話很衝」；氣味強烈，如「生魚片上的芥末太衝」；「衝你的面子」指看你的面子的意思。

	字源、字義
衛 	「衛」甲骨文𧗽，從「行」、從「止」、從「方（囗）」。「行」是道路，「止」為足表示人，「方（囗）」指都邑，本義指武士環行街道來守護城邑。引申有擔任保護防守工作的人，如「警衛」，也可作動詞防守保護，如「防衛」。

結構組合	簡化字	大陸發音
行韋	卫	wèi

例詞
保衛、衛生、衛生紙、衛星。

小提醒
「衛」繁簡字體不同，簡體字為「卫」。另一個「行」部字「術」，本義指城市中通行的道路。引申有策略方法，如「戰術」；技藝，如「武術」、「美術」、「技術」，簡體字形「术」，也有很大的差異，部件「行」都省去。

	字源、字義
衡	「衡」金文𧗞，從「角」，從「大」，「行」聲。從「角」指牛角，從「大」指人，牛角衝撞人。另有一說，指像人頭戴獸角站在路上的樣子。另指放置在車轅前端的橫木。引申有斟酌考量，如「權衡」之意。

結構組合	簡化字	大陸發音
行奐	–	héng

例詞
度量衡、平衡、衡量、均衡、抗衡。

小提醒
「度量衡」分別是計算長度的「度」、體積「量」和質量「衡」的計量單位制度，可介紹常用的計量單位用語。

4.部件：彳

結構組合	簡化字	大陸發音
彳主	－	wǎng

字源、字義

「往」甲骨文 ᵁ 從「之」 ᵁ 立在「土」 △ 上，金文增加了「彳」形，有行走前進之意。「往」的本義是去、到，如「前往」、「人來人往」；進而指人際來往，如「交往」。往還可以表示動作行為的方向，如「往前看」；歸向，如「嚮往」；也可以指過去的時間如「往年」。

例詞

前往、往往、以往、往來、嚮往。

小提醒

「往」和「向」都可指動作的方向，後面都可以加地方、處所，如「向前走、往前走」，主要的差別在於「向」後面可接人，「往」不可以，如「向您請教」、「向我們揮了揮手」，另外，「往」後必須接具體的事物，如「飛往美國」，「向」具體、抽象皆可，如「飛向天空」、「走向勝利」。由此可見「往」的行走義相較於「向」的面向義有一些語用限制。

結構組合	簡化字	大陸發音
彳夋	后	hòu

字源、字義

「後」甲骨文 ᵁ 從「彳」指行走，從「幺」像繫繩，從「夊」像足的樣子，本義指繩子纏住腳，落後不能前進。引申有遲、晚的意思，也指時間的先後和空間的前後。

例詞

以後、最後、然後、後代、後果、後悔、落後、後輩。

小提醒

「後」有一解指押解犯人走在後面，同為「彳」部的「役」甲骨文 ᵁ，從「彳」從「殳」，「殳」是武器，甲骨文字形像拿著武器驅趕人的樣子。之後由人改為「彳」，強調驅使的意思，本義是使喚差遣。

結構組合	簡化字	大陸發音
彳从龰	从	cóng/zòng/ cōng

字源、字義

「從」甲骨文 ，從「彳」從「从」，本義指兩個人前後相隨走在路上。引申有跟隨、依順、參與、來自等義。

例詞

ㄘㄨㄥˊ（cóng）：從前、從不、自從、從此、從事、服從、順從。
ㄗㄨㄥˋ（zòng）：侍從。
ㄘㄨㄥ（cōng）：從容。

小提醒

1. 繁簡體字體不同，以字體演變來看，「从」為初文，本義是跟隨，「從」則是从加上「辵」部（彳止）而成，突顯了方向、來自義。
2. 「從」是個多音字，讀ㄘㄨㄥˊ（cóng）指依順，如「服從」；讀ㄗㄨㄥˋ（zòng）表示隨侍，如「隨從」；讀ㄘㄨㄥ（cōng），指悠閒沉著貌，如「從容」。

結構組合	簡化字	大陸發音
彳旱	－	dé/děi/de

字源、字義

「得」甲骨文 𧴨，從「又」從「貝」，手拿著貝，表示得到財寶，或 𢔀 從「彳」指行於路而有所得，本義指獲得財富，引申為得到。

例詞

ㄉㄜˊ（dé）：得意、心得、值得、得分。
ㄉㄟˇ（děi）：總得。
ㄉㄜ（de）：覺得、記得、來得及、認得。

小提醒

1. 「得」為多音字，讀ㄉㄜˊ（dé），表示獲取，如「得分」，滿足，如「得意」。
   讀ㄉㄟˇ（děi），指應該、必須，如「總得」。
   讀ㄉㄜ（de），放在動詞或形容詞後面，表示動作的表現或是某個情況產生的影響或結果。
2. 「得」、「的」、「地」常做比較，「得」常當動詞或形容詞的補語，「的」常放在形容詞後來形容名詞，也可以放在名詞後表示所有的關係等用途，特別提醒學生哪些情況可以省略，而「地」則多放在副詞後來修飾動詞，表示程度。在初級語法教學時，可多舉例句讓學生觀察並歸納後面接常的詞性，掌握的關鍵在「的」＋名詞；「得」＋形容詞；「地」＋動詞。

復

ㄈㄨˋ

結構組合	簡化字	大陸發音
彳复	复	fù

字源、字義

「復」甲骨文 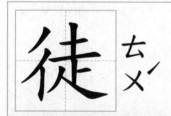，上像古代土室半穴居的形狀，上下有出入口，下從「夂」表示腳出入居處，人們行走往返土室，本義有來回、反還的意思。引申有還原，如「恢復」；回報仇恨，如「復仇」；再、又，如「死灰復燃」。另有一說指像腳反覆踩壓操作鼓風袋幫助燃燒的樣子（許進雄）。

例詞
恢復、報復、復甦、復原、康復。

小提醒
1. 簡化字「复」同時代表了「復」和「複」，「畐」是住所的進出通道，所以有重、再的意思。加上「彳」表示行走，「復」強調往來、重新回來的意思。加上「衤」，「複」從衣复聲，本義指「重衣」有夾層裡子的衣服，與「單」相對，也指相重疊繁雜的意思，如「重複」、「錯綜複雜」，強調重複、兩次以上、多雜的意思。
2. 另外還有同音字「覆」從「襾」，「復」聲，表示覆蓋，東西上下相反覆蓋，如「反覆」。可透過例句來學習，例如：「復健的動作雖然複雜，但只要反覆練習，就能很快恢復健康。」

徒

ㄊㄨˊ

結構組合	簡化字	大陸發音
辵土 （彳止土）	－	tú

字源、字義

「徒」甲骨文 ，從「止」從「土」，加上兩黑點，像腳走在土上揚起塵土的樣子。本義指步行，如「徒步」。引申指人，如「暴徒」；也指相信宗教、學說的人或是弟子門人，如「教徒」、「徒弟」；也指空的、平白，如「徒手」、「徒勞無功」。

例詞
歹徒、教徒、徒弟、信徒、學徒。

小提醒
同為「彳」部字的「徙」和「徒」形似，「徙」 從彳指道路，從二「止」為腳，像兩腳走在路上，指移動、遷徙的意思。現代「徙」仍多用本義，「徒」則多用引申義。

字源、字義

「微」甲骨文 ，從 <img> 像人長髮飄逸的樣子，從「攴」指修剪，本義指整理頭髮，髮細小而有現在常用的細小、稀少義，如「細微」。引申有稍、略，如「稍微」；衰弱，如「衰微」。另有暗中、祕密、隱匿等義。

結構組合	簡化字	大陸發音
彳𢼸	—	wēi

例詞

微笑、稍微、微弱、微小。

小提醒

同為「彳」的「徵」，戰國文字為徵，根據金文 <img> 省去貝，而從微省，有徵兆的意思，見微知著，徵兆往往是事情發展之初，隱微不明顯，所以從微，如「徵兆」。引申有召集，如「徵召」；詢問，如「徵詢」；公開尋求，如「徵婚」等義。另讀ㄓˇ（zhǐ）是古代宮、商、角、徵、羽五音之一，相當於西方音樂裡的sol。

5. 部件：舟

字源、字義

「船」金文 <img>，從「舟」，「㕣」聲，本義指水上運輸工具。引申有形似船的物體，如「太空船」。

結構組合	簡化字	大陸發音
舟㕣	—	chuán

例詞

輪船、船隻。

小提醒

甲骨文「船」字跟「舟」 <img> 字同，「船」與「舟」的差別在於大小，船比舟大。另外，計算船隻的單位量詞為「艘」，例如：「一艘船」，但不與「舟」使用。

		字源、字義
		「航」篆文 <img>，從「舟」，「亢」，聲，本字為「斻」，本義為兩船相併而成的方舟。可當動詞，指船、飛機的行進，如「導航」、「巡航」。

結構組合	簡化字	大陸發音
舟亢	－	háng

例詞
航空、航行、航廈、飛航、通航、航道、航太。

小提醒
請注意「航班」、「航線」、「航行」可指飛機也可指船。

		字源、字義
		「般」甲骨文 <img>，從「凡」從「攴」，「凡」像側放的淺盛水器皿，是「盤」的初文。「凡」和「舟」的甲骨文和金文差異不大，所以多有混用。篆文 <img> 改「攴」為「殳」。引申有種類、同樣的意思。

結構組合	簡化字	大陸發音
舟殳	－	bān

例詞
一般、一般來說、一般而言。

小提醒
1. 「般」在《玉篇・舟部》：「般，運也。」表示運送的意思，後作「搬」。
2. 「運」的篆文 <img>，從「辵」，「軍」聲。本義指移動，另有搬送，如「搬運」；使用，如「運筆」；也指命中注定的遭遇，如「命運」等義。

解答

小試身手

答：①車 ②行 ③舟 ④川

想一想1

辵（辶）和廴字形類似，是否也有類似的意思呢？

答：辵（辶）ㄔㄨㄛˋ（chuò）由ㄔ和止組成指人走在路上，「ㄔ」（ㄔ）
是行（行）字的省形，廴ㄧㄣˇ（yǐn）則是「ㄔ」字的訛變，行字的省
形。意思指連續行走。例字不多如：延、建、廷等，大多跟「廴」義無
關，多是「ㄥ」轉變為「廴」。

「延」甲骨文 ，從「ㄔ」、從「止」，行走在路上，本義指遠行。引
申有伸長、擴展、向後推遲等義。

「建」甲骨文 ，從「又」從「丨」，指手拿著木棒，從「ㄥ」轉變為
「廴」，本義指樹立、設置，引申有提出建議。

「廷」金文 ，像人站立在庭院空地「ㄥ」的土上打掃的樣子，本義指
庭院，進一步指官員辦公的處所。

想一想2

「行」字裡有ㄔ和亍，分別指什麼意思呢？

答：《說文解字》中「ㄔ」ㄔ「象人脛三屬相連也」，根據段注三屬指股、
脛、足，意指三部分連動走出左腳步伐，而「亍」 從反ㄔ，右腳小步
而行。左步「ㄔ」右步「亍」組成的「ㄔ亍」ㄔˋㄔㄨˋ（chì chù）有
小步、慢慢走的意思。

第十四單元
先利其器──貝金刀斤戈弓矢工皿

單元概覽

1. 9個部件：

貝、金、刀（刂）、斤、戈、弓、矢、工、皿（網）。

2. 49個漢字：

貝：買賣賞贏貼貧負責賊

金：錯鑰釣銜

刀（刂）：分別利切刻則到

斤：新兵斯斤

戈：我成幾戲戚

弓：張彎弦引弱

矢：知候侯族矯

工：功巧差

皿（網）：置羅罩署罵罰罪

3. 教學主題建議：

初級：

#職業 #工具 #買賣

中、高級：

#工藝 #武器 #戰爭 #金融 #影劇（古裝劇）#歷史文化對比

(1)外幣挑戰

(2)形似字辨析

小試身手

Image by kerut from Pixabay. from: https://pixabay.com/vectors/tool-seminar-work-screwdriver-5656897/

　　「工欲善其事,必先利其器。」從石器時代就有人類使用工具的記錄,但其實不只人類,研究發現猴子、野豬、烏鴉等多種動物都知道使用工具,讓生活更順利。

　　人類不只會使用工具,還會發明工具、改進工具。漢字能看出商朝人使用的工具,例如:「刀」的甲骨文為 𝑓,金文 𝑓,非常形象;刀磨「利」可裁布做衣服,「初」就表示做衣服之初要先用刀剪布。古時部族多,征戰頻繁,「戈」、「矢」、「斤」等武器也早就出現,這一個單元就來看看人類使用工具的智慧吧!

試試看:百工百業

　　以前的工匠使用各種工具,造就了各種工藝。現代人的職業更多樣了,想一想,以下這些職業,可能會使用那些工具呢?

警察	
銀行員	
農夫	
木匠	
油漆匠	
造型師	
醫生	
護士	
廚師	

參考解答請見670頁

教師應該知道的漢字知識

古人將許多天然的材料加工，成為日常生活中好用的工具、戰場上的武器，甚至是刑罰、刑具。

本單元將介紹「貝、金、刀（刂）、斤、戈、弓、矢、工、罒（網）」九個部件及其組合成的漢字，從中可了解古時生活，也可看到對現代的影響。

持矟（ㄕㄨㄛ丶/shuò）的具裝甲騎攻擊步戰者，莫高窟285窟西魏壁畫。
取自孫機《中國古代物質文化》p.362。

1.貝

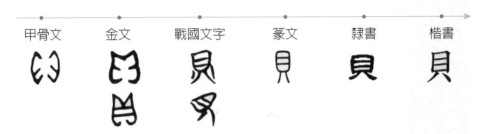

| 甲骨文 | 金文 | 戰國文字 | 篆文 | 隸書 | 楷書 |

　　「貝」的古文字形就像貝殼，還看得出貝殼的紋路。上古時候以海貝作為錢幣，因此漢字中以「貝」為部首的，多與錢幣、交易有關。作為錢幣用的海貝有很多種，但最流通者為貨貝（齒貝）。

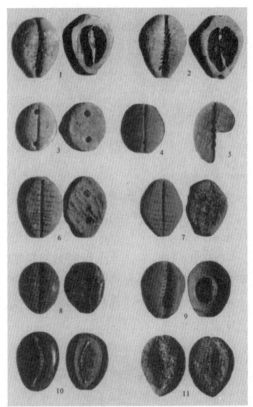

1-2 真貝。　3.無齒紋的桃貝。　4.有齒紋的桃貝。　5.蚌裂貝殘片。　6.兩穿孔的骨貝。
7.一穿孔的骨貝。　8.染（綠）色骨貝。　9.石貝。　10.曲齒紋的銅貝。　11.直齒紋的銅貝。

圖4-14-2　圖版文　殷周間的貝幣㈠

彭信威（2007）《中國貨幣史》

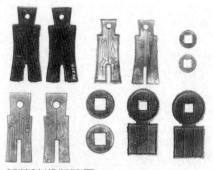

新莽時期貨幣圖

引用自2002馬飛海 汪慶正等《中國歷代貨幣
大系2-秦漢三國兩晉南北朝貨幣》

　　商代常見齒貝，背面通常會磨平，或鑽一孔，所以可以穿繩串起來，便於攜帶與計算。戰國文字的「貝」就出現了串貝幣的繩子。以前有「一貫錢」的說法，「貫」就是用繩子將貝幣串起來的樣子，而且在民國以前，中國通用的金屬貨幣大都有孔，方便穿繩攜帶。

常見例字：

部件意義	錢、交易	
例　字	買賣	賞贏貼貧負責賊
級　數	初級	中高級

想一想1

為什麼「贏」從「貝」，「輸」卻從「車」？

解答請見670頁

想一想2

這是一個有名的古錢幣，裡面有幾個漢字呢？

解答請見670-671頁

教學錦囊1　「朋」與「貝」有關，與「月」無關

　　貝作為貨幣的時期，它的計算單位是「朋」。甲骨文、金文的「朋」字就像兩串貝連在一起，後來筆畫稍變，才慢慢變成現在的字形，實際上跟月亮無關。

後2.8.5(甲) 商	甲777(甲) 商	中作且癸鼎(金) 西周早期	睡.日甲65背(隸) 秦	尹宙碑(隸) 東漢
熹.易.解(隸) 東漢				

圖片來源：中研院小學堂

2.金

甲骨文　　　　戰國文字　　　　篆文　　　　隸書　　　　楷書

　　「金」古文字為「金粒在土中」的樣子。含「金」部件的漢字，多為金屬材料或金屬製品。「金」部字幾乎都是形聲字，例如：銀、銅、鐵、錢、錄、釘、鐘、鍾……等，因此學習金部字時可以多利用聲旁幫助記音。

常見例字：

部件意義	與金屬相關	
例　字	錯鑰	釣銜
級　數	初級	中高級

教學錦囊2　中國貨幣簡史與漢字：貝、幣、金、錢、元（圓）
　　簡單來說，中國的貨幣是從貝幣→布幣、刀幣、環錢、爰金→通寶、元寶→銀票、紙幣、銀元等階段。

　　漢字發展之初，還是在貝幣的年代，因此產生了許多從「貝」，與錢、交易相關的漢字。至於「幣」字，本義為「作為禮物的布帛」，久而久之演變出支付功能，有了錢的功用。春秋戰國時候開始使用的布幣，傳統說法認為「布」是「鎛（ㄅㄛˊ bó）」的同音假借字，因外形似鎛——鋤狀的農具而稱為布幣。（如右圖）。

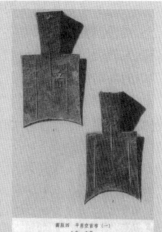

　　無獨有偶，「錢」原也是一種農具，外形似鏟。「錢」字從金，「戔」聲兼義，表小義，說明「錢」是一種小型農具。秦始皇統一幣制時，以黃金為「上幣」，稱銅圓形方孔錢為「錢」，「錢」的名稱自此沿用至今。

圖版四　平肩空首布（一）
1.面，2.背。
上圖引自彭信威（2007）《中國貨幣史》

　　至於錢的現代單位「元」，則是因為「圓」形而來。明朝西方的銀製圓形貨幣開始傳入中國，因其材質及形狀，稱其為「銀圓」，一枚就稱一圓，大家可以看看現行新臺幣、人民幣紙鈔上都印的是「圓」。因為使用頻繁，為了書寫方便，便以同音字「元」字代替。

想一想3
我們每天用的鏡子的材料為玻璃和水銀，但「鏡」字為什麼是「金」部？

解答請見671頁

3. 刀（刂）

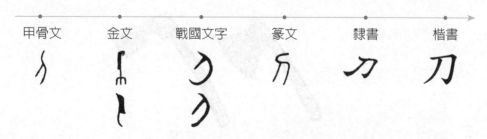

甲骨文	金文	戰國文字	篆文	隸書	楷書

　　「刀」字是根據實象所造的字，金文尤其明顯，刀柄、刀刃、刀背俱全；慢慢演變到現代漢字，仍可見刀刃、刀背模樣。也可由此知道，殷商時期人們就已經會使用刀了。而刀可能還因為常用，戰國時期開始也出現了以刀為造型的刀幣。

　　以「刀」為部首的字，多與刀、鋒利相關。「刀」作為偏旁，寫在右邊的話，寫作「刂」；如寫在下方則維持「刀」。

常見例字：

部件意義	與刀相關		其他
例　字	分別	利切刻則	到
級　數	初級	中高級	初級

4. 斤

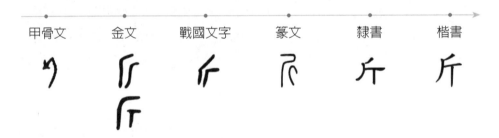

| 甲骨文 | 金文 | 戰國文字 | 篆文 | 隸書 | 楷書 |

　　「斤」的字形像是伐木的斧頭，也有一說是像「錛」（又叫「錛子」，形似小型鋤頭，有人認為是斧的變形，仍為斧的一種）。「斧」跟「錛」非常像，斧的金屬部分跟柄的方向同向，而錛的金屬部分跟柄的方向垂直。「斧」、「斤」也略有不同，可參見第一單元「斧」字。

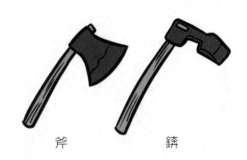

斧　　　　　錛

成語「運斤成風」可以感受「斤」可能不小。漢字中有「斤」部件的，有的為聲符，若表意，則多與斧頭、攻擊、破壞相關。

常見例字：

部件意義	與斧頭相關		其他
例　字	新	兵斯	斤
級　數	初級	中高級	中高級

教學錦囊3　析、折本是同一字

《說文》：「析，破木也。一曰折也。从木，从斤。」

3789析（析）

共搜尋到10字，字形大小：36 點

乙1568(甲) 商	河828(甲) 商	倗生簋(金) 西周中期	鄘侯少子簋(金) 春秋晚期	璽彙2398 戰國
說文・木部	睡虎地簡4.9(隸) 秦	相馬經5上(隸) 西漢	西狹頌(隸) 東漢	張遷碑(隸) 東漢

圖片來源：中研院小學堂

從「析」的演變來看，表現了正要以斤劈木的樣子。

628（又1527）折（䚳）

共搜尋到18字，字形大小：36 點

前4.8.6(甲) 商	京都3131(甲) 商	不嬰簋蓋(金) 西周晚期	虢季子白盤(金) 西周晚期	毛公鼎(金) 西周晚期
洹子孟姜壺(金) 春秋晚期	中山王嚳鼎(金) 戰國晚期.晉	璽彙4299 戰國.晉	郭.老甲.19 戰國.楚	上(2).容.18 戰國.楚
說文籀文	說文・艸部	說文篆文	睡.日乙255(隸) 秦	睡.秦127(隸) 秦
折風闕當瓦(隸) 西漢	鮮于璜碑(隸) 東漢	張壽殘碑(隸) 東漢		

圖片來源：中研院小學堂

　　而從「折」的演變來看，呈現的是已經以斤將木劈開，成了兩個斷木。金文把斷木寫成兩個「屮」，到了篆文以後把兩「屮」形連起來，樣子跟「手」旁就混同了，於是到現代楷書都沿用了「手」部。

　　簡單來說，「析」是即將劈木，而「折」已劈斷了木。

想一想4　「拆」與「折」
「拆」跟「折」看起來很像，它們有沒有什麼關聯呢？

解答請見672頁

5.戈

| 甲骨文 | 金文 | 戰國文字 | 篆文 | 隸書 | 楷書 |

　　「戈」是大約商朝到戰國近一千年間很常見的兵器，樣子如右圖，是一種以勾殺為主要傷害方式的兵器，有的在下方有支撐腳，因此可以立在地上。短戈約八十幾公分到一公尺左右，可單手

上圖取自孫機《中國古代物質文化》

使用；戰車上得使用長戈，長度往往超過三公尺，必須使用雙手。金文中出現過執「干戈」的勇士，「干」是盾，防守的武器，「戈」是長兵器，用以進攻。因此，「戈」作為部件除代表一種武器以外，也有戰爭、攻擊、戒備等含意。

　　「戈」除了殺敵以外，也可以充當儀仗，增加威儀，敬神時也可作

為跳舞的工具，這種戈較美麗，或無尖銳的戈刃。《禮記·樂記》中有「大武」舞的具體描寫，成排的隊伍齊步揮舞戈盾，含有誇耀、鎮嚇的功效。（右圖）

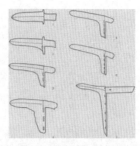

上圖取自孫機《中國古代物質文化》

中文學習者在初學第一課就學到「我」字，大約第二課會學到「國」字，都是不容易解釋的含戈部件字，建議要秉持初級學生整字教學的原則，不要拆部件來教學。

常見例字：

部件意義	武器、戰爭、攻擊、戒備有關	
例　字	我成幾	戲戚
級　數	初級	中高級

教學錦囊4　戈、弋怎麼區別

「戈」、「弋」在現代為不同的漢字，「戈」是一種長兵器，「弋」本義為木樁，後來有「弋射」的打獵法，射箭時箭上綁著繩子，射中獵物時便可循著繩子找到該獵物。但戰國文字中「戈、弋」二形常相混，這是因為在演變過程中，兩個字的字形分別有了改變，有的「戈」凸顯戈的刃部，以至於形變成「弋」；而有的「弋」增加了飾筆，看起來像「戈」。

例如：「武」是會意字，以止（腳掌）戈（武器）表示站著持戈的樣子。

「代」，《說文》：「代，更也。从人，弋聲。」，但小篆字形看起來聲符字形是「戈」。

「弍」是數字「二」的一種寫法，金文有一形從「戈」，戰國文字也從「戈」，但《說文》古文就變成從「弋」了。

「貳」是形聲字，從貝，式聲。

幸好現代漢字有「戈」部件者多半使用「戈」含意，有武器、防衛、攻擊相關含意；有「弋」部件者，多作為聲符，或與其他部件合成聲符，要特別記憶的，大概就是「武」這個字而已了。

8352 武

共搜尋到17字，字形大小：36 ∨ 點

鐵67.4(甲) 商	甲3946(甲) 商	利簋(金) 西周早期	作冊大方鼎(金) 西周早期	繖鐘(金) 西周中期
璽彙1321 戰國.燕	中山王䝮壺(金) 戰國晚期.晉	三晉51 戰國.晉	包2.169 戰國.楚	陶彙7.5 戰國.秦
說文·戈部	繹山碑(篆) 秦	睡.日乙241(隸) 秦	老子乙208上(隸) 西漢	孫臏21(隸) 西漢
曹全碑(隸) 東漢	熹.春秋.昭十四年(隸) 東漢			

圖片來源：中研院小學堂

5057 代

共搜尋到9字，字形大小：36 ∨ 點

石鼓文.吳人 春秋晚期或戰國早期. 秦	信1.06 戰國.楚	陶彙7.8 戰國.秦	說文·人部	睡虎地簡24.19(隸) 秦
老子乙前102上(隸) 西漢	漢印徵	代大夫人家壺(隸) 東漢	華山廟碑(隸) 東漢	

圖片來源：中研院小學堂

8966 二（弍）

共搜尋到12字，字形大小：36 ∨ 點

甲540(甲) 商	洹子孟姜壺(金) 春秋晚期	繖曩君扁壺(金) 戰國.燕	東周左自壺(金) 戰國.晉	郭.語3.67上 戰國.楚
郭.五.48 戰國.楚	說文古文	說文·二部	睡虎地簡23.3(隸) 秦	春秋事語16(隸) 西漢
禮器碑(隸) 東漢	光和斛二(隸) 東漢			

圖片來源：中研院小學堂

3947 貳（戒）

共搜尋到2字，字形大小：36 點

瑪生簋(金) 西周晚期	中山王𗀮壺(金) 戰國晚期,晉	說文・貝部	睡虎地簡52.14(隸) 秦	春秋事語10(隸) 西漢
縱橫家書169(隸) 西漢				

圖片來源：中研院小學堂

教學錦囊5　國、或本是同一字

「國」、「或」本是同一字，本義都是封國、用戈保衛一個範圍內的區域。

《說文》：「或，邦也。從囗，從戈以守一。一，地也。域，或又從土。」段玉裁注：「《邑部》曰：『邦者，國也。』蓋或、國在周時為古今字，古文祇有或字，既乃復製國字。」孫海波《卜辭文字小記》：「囗象城形，從戈以守之，國之義也。」

3897 國（或、邦）

共搜尋到12字，字形大小：36 點

保卣(金) 西周早期	彔𢐗卣(金) 西周中期	宗婦鄁𨤲鼎(金) 春秋早期	國差𦉜(金) 春秋	陶彙3.106 戰國,齊
璽彙3078 戰國,晉	曾174 戰國,楚	新甲3.285 戰國,楚	帛乙4.21 戰國,楚	說文・囗部
老子甲46(隸) 西漢	史晨碑(隸) 東漢			

圖片來源：中研院小學堂

8342（又3897）或（域）

共搜尋到16字，字形大小：36 點

或作父癸方鼎(金) 西周早期	保卣(金) 西周早期	𠁁尊(金) 西周早期	明公簋(金) 西周早期	禹鼎(金) 西周晚期
毛公鼎(金) 西周晚期	齡鎛(金) 春秋中期	舒㝬壺(金) 戰國晚期,晉	包2.120 戰國,楚	包2.135反 戰國,楚
或 說文・戈部	域 說文或體	睡虎地簡16.117(隸) 秦	天文雜占2.6(隸) 西漢	武威醫.有司12(隸) 西漢
華易.益(隸) 東漢	域 曹全碑(隸) 東漢	域 晉辟雍碑陰(隸) 西晉		

圖片來源：中研院小學堂

6.弓

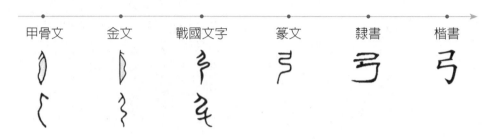

「弓」也是古代常見的遠程兵器，張弓時須拉到很緊再鬆手射箭，因此以「弓」為部首的漢字，除了與「弓」相關，也與緊張、鬆弛相關；另外在古代，要描述彎曲，常會聯想到彎曲的弓，因此像是「彎」、「弱」的「弓」都表示彎曲；在一些字中「弓」也作為聲符，如「躬、穹、窮」。

常見例字：

部件意義	與弓相關	
例　字	張	彎弦引弱
級　數	初級	中高級

教學錦囊6　「弟」與「第」：
　　「弟」這個字看起來有「弓」部件，是否跟「弓」有關係呢？

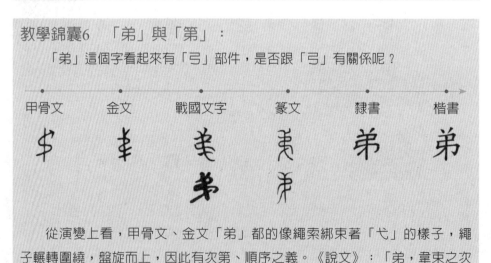

　　從演變上看，甲骨文、金文「弟」都的像繩索綁束著「弋」的樣子，繩子輾轉圍繞，盤旋而上，因此有次第、順序之義。《說文》：「弟，韋束之次

弟也。从古文之象。」後來引申為「兄弟」之「弟」，轉注為從竹、弟聲的「第」字，保留「次第」的本義。

　　因此「第」從「竹」，指材質；從「弟」表示次序，也是音讀。

　　我們以為「弟」字有「弓」在裡面，其實是一條繩子。

7.矢

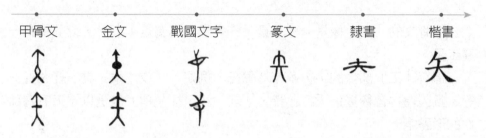

　　甲骨文的「矢」是為箭矢的象形，在古代是很活躍的字，除了戰爭、狩獵常用，也有「直」的意思，古人還常折箭發誓；加上速度快、殺傷力大，因此造就了許多從「矢」的字，例如：「知、疾、候／侯、族」等，使用了箭矢義及引申的多種涵義。

常見例字：

部件意義	與箭矢、速度快相關		正、直相關
例　字	知候	侯族	矯
級　數	初級	中高級	中高級

教學錦囊7　「矢」與「至」：

　　甲骨文的「矢」是↑，「至」是↓，是一支倒過來的「矢」到達了地面。因此有「至」做為表義部件的如：「到、屋、致、臻」等字都有到達的含意。

8. 工

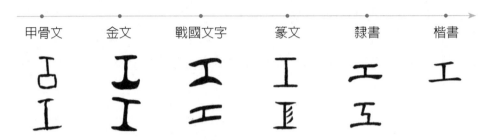

| 甲骨文 | 金文 | 戰國文字 | 篆文 | 隸書 | 楷書 |

甲骨文的「工」像是一種工具，許多學者認為是工形尺，或解釋為一種工具。

但有「工」部件的字，多作為聲符，例如：「攻、汞、貢、紅、虹」等。且因為古音較接近「缸」音，「缸、江、扛、項」也是以「工」為部件的形聲字。

常見例字：

部件意義	與工具相關		其他
例　字	功	巧	差
級　數	初級	中高級	初級

9. 罒（網）

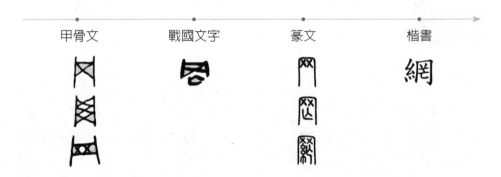

| 甲骨文 | 戰國文字 | 篆文 | 楷書 |

　　「罒」是「網」在字中當作偏旁時的樣子，通常都位於字的最上方。古時候有各種不同的網，網小鳥的、網大鳥的、網魚的、網不同野獸的，都有不同的名字。《爾雅·釋器》：「緵罟謂之九罭，九罭魚罔也。嫠婦之笱謂之罶。翼謂之汕。篧謂之罩。椮謂之涔。鳥罟謂之羅。兔罟謂之罝。麕罟謂之罞。彘罟謂之羉。魚罟謂之眔。繴謂之罿，罿罦也。罦謂之罦，罦覆車也。」可知今日常用字「罩、羅」一為捕魚籠，一為捕鳥網。

　　以罒作為部件的字多帶有由網引申出的搜集、布置義。但是「罪」這個字倒是一個政治力改變文字的例子，本來是捕魚的竹網，《說文·网部》：「罪，捕魚竹网。从网、非聲。秦以為辠字。」本來「違法行為」的ㄗㄨㄟˋ/zuì字為「辠」，秦始皇認為此字跟「皇」字太像，因此下令改為同音的「罪」字。

　　然而有許多「罒」部件，是「目」，眼睛的意思。像「曼、蔑、蜀、悳、罠、睪」中的「罒」都是「目」，「眔」中的「罒」本為「目」，後訛變為「目」。但因眼睛義的「罒」多跟其他部件合成聲符，因此不似「網」義的這些例字易於拆分識別出來。

常見例字：

部件意義	跟網、搜集、布置相關	其他
例字	置羅罩署罵罰	罪
級數	中高級	中高級

> **教學錦囊8　「辛」與「辛者庫」**：清宮劇中，犯錯的宮人常被罰到辛者庫，為什麼叫做「辛者」庫呢？
>
> 　　「辛」是個象形字，像古代的一種刑具，用來執行黥刑的一種刀，因此表示「罪」，從「辛」部件的字多有罪、罰、刑、刀相關的含意或引申義。例如：「辜、辟、宰、辠（罪）」，而「辡」（ㄅㄧㄢˋ/biàn）從兩刀，有辨別之義。

甲骨文	金文	戰國文字	篆文	隸書	楷書

所以「辛者庫」是不是就是將犯罪的人聚集在一起的地方呢？「辛者庫人」是不是罪犯或罪奴？其實並不是哦！

「辛者庫」實際上是滿文sin jeku的音譯，也有譯作「身者庫」、「新者庫」或「薪者庫」的。sin的漢義為斤斗或金斗，是量糧食之器，一斗八升為一金斗；jeku的漢義為糧米。因此，辛者庫乃管領下食口糧人也。

乾隆年間所修的《大清會典則例》卷三十七中，便直接做出這樣的詮釋：「辛者庫，即內管領」，「管領，即辛者庫」，[1]所有管領下人都是辛者庫人，但分為管領下原有的組成成員「辛者庫人」和「緣罪入辛者庫人」兩種。

顯然，如果把辛者庫人都算作罪奴是不正確的，因罪罰入辛者庫，只是很少一部分。傅克東先生曾論述：「辛者庫人分為內在和外入。」因罪罰入管領下的辛者庫人，只是少數「外入」者。

大內、王公府第、陵寢、雍和宮、避暑山莊等皆有服役之辛者庫人。服役內容大約是紫禁城內庭院、道路之掃除、清除積雪，運送米、麵、油、水、木柴等，司管燈火、採買雜物，承應各處祭祀，及看守陵墓、牧放牛羊駝馬，以及「各公事需用驅使」等等。管領下包衣辛者庫人雖然屬於奴僕，但在社會上，他們有自己的獨立戶籍，可科舉為官，可與良人通婚，並有權擁有奴婢。在旗人中，他們的身分低於旗分在領下人及包衣在領下奴僕，但大大高於旗下家奴。

---

1 中國哲學書電子化計劃--欽定大清會典則例，https://ctext.org/wiki.pl?if=gb&res=703462。

教學主題建議

初級：職業／工作工具／買賣

中高級：工藝／武器／戰爭／金融／影劇（古裝劇）／歷史文化對比

教學活動舉例

1. 外幣挑戰　☑初、中高級 ☑口說 ☑字形 ☑字義
   (1) 活動主軸：認識各種幣別及名稱
   (2) 流程簡述：教師先製作外幣及匯率表，有金額或沒金額的都可以，重要的是要包含班上同學的國家及其幣別名稱大約10-15個。請學生找到或圈出各種幣別名稱，並為之分類，例如：

   元——歐元、紐元

   幣——加拿大幣、瑞典幣……

   盾——印尼盾、越南盾

   接著給學生3分鐘Google一下自己國家幣別名稱，中文名稱由來（有的是音譯，有的學生可能也找不到），接著請同學互相分享，最後教師補充名稱由來、帶唸帶寫。

   教師可以事先準備好一些各地錢幣圖，放在投影片上，最後讓學生說出幣別、金額做為評量。
   (3) 進階或延伸：初級學生可以練習去銀行換錢的對話，如果學生程度較高，且關心世界金融或商業活動，也可以和學生準備一些新聞來討論，例如：比特幣的未來……。

小提醒

教師要事先做好全班學生國家幣別的相關知識蒐集，並熟悉本單元教學錦囊1關於貝、金、錢、幣、元（圓）的知識，必要時可以和學生說明或答疑。

2. 形似字辨析 ☑全程度 ☑認讀 ☑口說 ☑寫字 ☑字形 ☑字音 ☑字義

⑴活動主軸：辨別字形相似的字，並能正確運用

⑵流程簡述：教師先列出學生所學過的形似字（教師可依學生所學過的漢字挑選合適漢字，所以全程度適合），以下以「戊、戍、戌、戒」、「拆、折、析」兩組來說明。

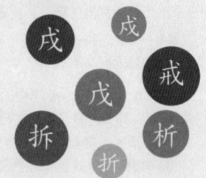

首先在白板或簡報上展示所有漢字，請學生識讀看看，最好學生已認識其中的1/3-1/2。接著請學生說說看形似字的任兩個字有什麼字形上的不同。

教師依據字源說明（甚至表演）這些漢字的差異，例如：「戒」為雙手持戈，很緊張地在警戒的樣子，教師可以表現出緊張的情緒；「戍」則是一個人背著戈要去邊疆戍守防衛國土，教師則可以表現出鎮定、背著戈遠行疲憊的樣子。

最後可閃示字卡看學生能否正確辨識出不同漢字，更進一步可以讓學生聽寫，確認學生能將字形、字音、字義辨別出來。

⑶進階或延伸：給班上學生分組，依據組數製作幾組形似字字卡。例如班上分為四組，教師就製作四組字卡，讓學生在小組中討論字形差異，接著再全班討論。如果學生對漢字部件的認識較多，也可以請學生在分組時說說和這些漢字的字源故事，說錯也沒關係，學生自己創作的故事可以加深他的印象。

小提醒

常見的形似字組還有「戈、弋」、「市、巿」、「朵、朶」、「票、栗、粟」、「既、即」、「籍、藉」……等，教師可視學生目前進度適度安排。

例字說明

1.部件：貝

字源、字義

甲骨文 ，上方為網，最早只表示用網取
貝。《說文》：「買，市也。从网貝。」貝在
古時當作錢幣，「買」與「錢」自是相關。

例詞

買、購買、買單、買賣、買主、收買。

結構組合	簡化字	大陸發音
罒（網）貝	买	mǎi

小提醒

「買、賣」發音只有聲調不同，但意義相反，因此要提醒學生多練習將聲調發
準確。

字源、字義

小篆寫作 ，上方為「出」，下方為
「買」。《說文》：「賣，出物貨也，从出
从買。」隸書 以後形變，到楷書時，上方
部件變為「士」形，看不出「出物貨」的原
義了。

結構組合	簡化字	大陸發音
士買	卖	mài

例詞

賣、買賣、出賣、販賣、賣座。

小提醒

「買、賣」發音只有聲調不同，但意義相反，因此要提醒學生多練習將聲調發
準確。

字源、字義
古代「賞」、「商」本為同一字，後來加「貝」分化出「賞」字，成為從貝、尚聲，應該是要突顯「賞」的意思為財貨的賜予。

例詞
欣賞、獎賞。

結構組合	簡化字	大陸發音
龸（尚）貝	赏	shǎng

小提醒
學生可能會認為此字由「龸」及「員」組成，教師可提示「尚」作為聲符的字群，例如：「當、堂、掌、常、嘗、裳、賞」，加深字音與字關聯。

字源、字義
金文從「貝」，「羸」（ㄌㄨㄛˋ/luò）聲，本義為經商獲得的利益，篆書以後才有輸贏之義。「羸」傳說中為一種像龍的神獸，但在此擔任不釋義的聲符。

例詞
贏、贏得。

結構組合	簡化字	大陸發音
羸貝	赢	yíng

小提醒
1. 由於語音變遷，「贏」與其聲符「羸」在現代漢語的發音相去較遠，但可由另一字「羸弱」的「羸」發音ㄌㄟˊ（leí）來佐證。
2. 網路流傳一個「贏」的要件，就在「贏」字的五個部件中（如右圖所示），雖非正確字源，但或許對於難以記住此字的學生會有點幫助，教師可參考。

	結構組合	簡化字	大陸發音
貼 ㄊㄧㄝ	貝占	贴	tiē

字源、字義

《說文》：「以物為質也。从貝，占聲。」本義為典押，就是以物質錢。

例詞

貼紙、體貼、貼心、津貼、張貼。

小提醒

學生最早學習到的「貼」應為「張貼」義，較不容易與「貝／錢」聯想在一起。教師可提示如右圖的廣告，簡單說明「支票貼現」就是用支票換取現金；或者求職廣告中的「生育津貼」等例也能幫助理解。當然教師可以視學生對於金融認識的情況決定要講解得詳細些或簡略些。

富貴融資　支票貼現

	結構組合	簡化字	大陸發音
貧 ㄆㄧㄣˊ	分貝	贫	pín

字源、字義

本義是貧窮、缺少錢財。《說文》：「貧，財分少也。从貝分，分亦聲。」錢財分了幾份，自然就少了，因此就貧了。

例詞

貧窮、貧苦、貧民。

小提醒

「貧」是錢財少、「賤」是價少之義，如需要可以一起解說。「賤」字從貝，「戔」聲兼義，表小或少。《說文》：「賤，賈少也。」段注：「賈，今之價字。」

字源、字義

小篆負從人，從貝。《說文》：「負，恃也。從人守貝，有所恃也。一曰，受貸不償。」人守著貝，表示有所依靠。想像人依靠物時，背靠在物上，表示與物相背，因而有背棄、離棄意。後來隸、楷字形變化，上方部件寫法略有變化，較不像「人」了。

結構組合	簡化字	大陸發音
ク（人）貝	负	fù

例詞

負擔、負責、欺負、抱負、擔負、負面、辜負、負數。

小提醒

負的異體字有「員」形，跟「賴」右方寫法一樣，教師宜注意二字的標準寫法。

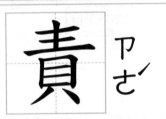

字源、字義

金文 $\color{black}{}$，從貝，束聲，本義是賦稅，引申為責任。也有認為「責」就是古「債」字，《周禮·小宰》：「聽稱責以傅別。」稱責，即今之舉債，古無債字，俗作債。

結構組合	簡化字	大陸發音
圭（束）貝	责	zé

例詞

負責、責任、指責、苛責、責備、職責。

小提醒

「責」常為「積、績、蹟」的聲符，可以閩南語發音唸唸看即知。

結構組合	簡化字	大陸發音
貝（則）戈	贼	zéi

字源、字義

金文 從「戈」，「則」聲。「戈」是武器，所以有傷害之意。《說文》：「賊，敗也。」段注：「敗者，毀也。毀者，缺也。」隸書、楷書字形訛變為從貝、戎。

例詞

賊、竊賊。

小提醒

「賊」的字源、本義與現代常用義相差較遠，但「賊」竊取財物，且傷及失主利益，因此從「貝」應該很好理解。

2. 部件：金

結構組合	簡化字	大陸發音
金昔	错	cuò

字源、字義

從金，昔聲，本意為礪石、磨石。《說文》：「錯，金涂也。」段注：「涂俗作塗……謂以金措其上也。或借為措字，措者，置也。或借為摩厝字，厝者，厲石也。或借為逪遣（即「交錯」）字，東西曰逪，邪行曰遣也。从金昝聲。」

玉石在礪石上交錯琢磨，磨痕什麼方向都有，故有交錯、混雜義。

例詞

錯、不錯、錯誤、差錯、錯過、錯字、犯錯、交錯、弄錯、認錯。

小提醒

「錯」與「昔」的現代發音差異較大，但可由「錯、厝、措、醋」字發音得知「昔」為這幾字的聲符。

	字源、字義
	從金、龠聲，表示金屬製的鎖。龠，一種吹奏的竹管樂器，有孔，甲骨文為 ，大概可想見樂器的原樣。有學者就認為「龠」是有孔的樂器，就像鎖有鎖孔，可用來開鎖，是釋義的聲符。

結構組合	簡化字	大陸發音
金龠	钥	yào

例詞
鑰匙、鑰匙圈。

	字源、字義
	《說文》：「釣，鉤魚也。从金，勺聲。」金文有一形為 ，十分傳神。

結構組合	簡化字	大陸發音
金勺	钓	diào

例詞
釣、釣魚、海釣。

	字源、字義
	《說文》：「馬勒口中。从金从行。銜，行馬者也。」是青銅或鐵製品，放在馬口內，用以勒馬，控制它的行止，又稱為馬銜。因此引申出「以口含物」的動詞義。歐陽修《秋聲賦》：「又如赴敵之兵，銜枚疾走，不聞號令，但聞人馬之行聲。」

結構組合	簡化字	大陸發音
行金	衔	xián

例詞
銜、頭銜。

3.部件：刀（刂）

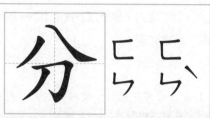

結構組合	簡化字	大陸發音
八刀	–	fēn/fèn

字源、字義

《說文》：「分，別也。从八、从刀，刀以分別物也。」用刀把物品剖為兩半就是「分」。

例詞

ㄈㄣ（fēn）：分鐘、分開、公分、分數、得分、分別、分布、分工、分手、分析。

ㄈㄣˋ（fèn）：部分、充分、身分。

小提醒

「分」為多音字，讀ㄈㄣ（fēn）時多為動詞，表示將整體變為好幾部分，或使合在一起的事物離開；讀ㄈㄣˋ（fèn）時為名詞，表示構成事物的質素，或社會中所擁有的名位。

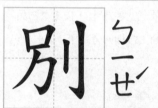

結構組合	簡化字	大陸發音
另刂	别	bié

字源、字義

別，刀分解骨頭。小篆字形為 ，《說文》：「冎，分解也。从冎，从刀。」「冎」即為「別」。

例詞

別人、特別、別的、差別、性別、分別、區別、別墅、道別、告別。

小提醒

注意「別」字左邊部件的寫法。別、拐、另，三個字形非常相似，但細看各不相同。但大陸簡化字：「別、拐、另」三字都使用了「另」部件。詳參〈第五單元 生老病死‧教學錦囊4〉。

字源、字義

甲骨文，從禾從刀，像是以刀割禾之形，引申出鋒利、利益之義。

例詞

福利、利益、利用、順利、便利、利潤、利息、流利、權利、勝利。

結構組合	簡化字	大陸發音
禾 刂	－	ㄌㄧˋ

小提醒

「權利」表權勢和貨財。或指人民依法律規定得享有並受法律保護的地位或利益。「權力」則表示具有控制、指揮等影響的力量。宜注意二者區別。

字源、字義

從刀、七聲。「七」也兼表義。「切」本作「七」，甲骨文「七」字為十，橫畫為物品，直畫像把物品切斷，後加刀旁寫作「切」。

例詞

ㄑㄧㄝ（qiē）：切菜、切磋。
ㄑㄧㄝˋ（qiè）：密切、親切、一切、迫切、關切、確切。

結構組合	簡化字	大陸發音
七（七）刀	－	qiē/qiè

小提醒

「切」為多音字，讀ㄑㄧㄝ（qiē）時多為動詞，表示用刀割斷、分開之義或由此義引申者；讀ㄑㄧㄝˋ（qiè）時表示貼近、密合、急迫、一定等涵義。

	字源、字義
刻 丂ㄜˋ	《說文》：「鏤也。从刀，亥聲。」 古代用漏壺記時，一晝夜共一百刻。今用鐘錶計時，一刻等於十五分鐘。

字源、字義

《說文》：「鏤也。从刀，亥聲。」

古代用漏壺記時，一晝夜共一百刻。今用鐘錶計時，一刻等於十五分鐘。

例詞

一刻、立刻、時刻、片刻、刻苦、刻意、雕刻、刻畫。

結構組合	簡化字	大陸發音
亥刂	－	kè

小提醒

「刻」本為多音字，但兩岸現行規範已統一為丂ㄜˋ（kè）。

然由於目前臺灣依據的是1999年公告的「一字多音審訂表」，此字讀音有爭議，所以正在編修新的語音規範，本書付梓前尚未公告實施，未來極可能恢復為丂ㄜ（kē）、丂ㄜˋ（kè）兩個讀音，未來請隨時參閱教育部國語辭典簡編本：https://dict.concised.moe.edu.tw/。

字源、字義

甲骨文 ，金文 都是從鼎從刀，表示用刀在鼎上刻畫。《說文·鼎部》：「則，等畫物也。从刀、貝。」後來「鼎」字訛變成「貝」，才成為現在標準字形。

結構組合	簡化字	大陸發音
貝（鼎形變）刂	则	zé

例詞

否則、規則、原則、原則上、法則、準則。

結構組合	簡化字	大陸發音
至 刂	－	dào

字源、字義

從至，刀聲。「至」是 ，表示「矢」到達了地面。

例詞

遲到、到底、到處、直到、報到、到達、周到、獨到、得到、沒想到、碰到、提到、遇到、夢到、受到。

小提醒

在臺灣的部首歸部方式依形也依義，但此字歸到聲符的「刀」部，如果需要教部首的教師，要注意這個例外。

4. 部件：斤

結構組合	簡化字	大陸發音
亲斤	－	xīn

字源、字義

大部分學者認為「新」是「薪」的初文，以斧斤取柴薪之義。後因為假借為新舊的「新」，所以另造「薪」字，表示取柴薪的本義。

《說文》：「新，取木也。從斤，亲聲。」「辛」亦是聲符，或增「木」在下方，象以斧砍木取柴薪之形。

例詞

新年、新聞、新鮮、重新、新生、新郎、新娘、新式、新興、革新、翻新、新潮、新手、新穎、嶄新。

字源、字義

甲骨文  從「廾」（六，雙手）從「斤」，「斤」是斧頭，「兵」雙手持斧，引申為持兵器的士兵。

例詞

兵、當兵、士兵。

結構組合	簡化字	大陸發音
斤六（廾）	－	bīng

小提醒

教「兵」時，以字源說明已經很容易理解。

不過先前有個教象棋的經驗，學生同時學到「兵」、「卒」都代表士兵，他們認為「兵」字的樣子是個稍息站好的士兵，而「卒」則是立正腳併攏站好的士兵，因此馬上連結了字形跟涵義，很快地學會下象棋。這經驗或許能給想要教象棋的老師參考。

字源、字義

《說文》：「斯，析也。從斤，其聲。」「斯」用來表示砍伐木頭、劈開柴薪。

後來「斯」的意義虛化，成為代詞（此）、連詞（則）、副詞（都）、語氣助詞等，到現代漢語就更少使用了。

例詞

斯文、瓦斯、伊斯蘭教。

結構組合	簡化字	大陸發音
其斤	－	sī

小提醒

外國人名翻譯常出現「斯」字，像是布魯斯威利、湯姆克魯斯、茱蒂佛斯特。其實瓦斯、伊斯蘭教也是外來詞，由 Gas, Islam 音譯而來，所以雖然「斯」的字頻不高，但外國學生可能很早就需要認識它。

結構組合	簡化字	大陸發音
斥丶	－	chì

字源、字義

「斥」小篆作「庍」，隋唐後俗寫作「斥」。《說文》：「庍，郤屋也。从广，屰聲。」季旭昇解說「斥」本義為開拓住屋，故懷疑「斥」是古文「宅」字的引申分化字，開拓必有所斥除。

例詞

排斥、充斥、斥資。

5. 部件：戈

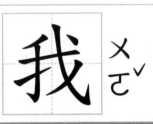

結構組合	簡化字	大陸發音
我	－	wǒ

字源、字義

甲骨文 為一武器的樣子。李孝定《甲骨文字集釋》：「契文『我』象兵器之形，以其秘似戈故与戈同，非从戈也⋯⋯卜辭均假為施身自謂之詞。」《說文》：「我，施身自謂也。」。

有一說認為此「我」為由自我延伸之「大我——我的國家」，持「我」這種武器保衛「我的國家」之義。

例詞

我、我們、自我。

小提醒

此字不應拆部件教學，因為其本身就像一種武器，不可拆分。

成 			字源、字義
結構組合	簡化字	大陸發音	《說文》：「成，就也。」甲骨文 从「戉」从「口」，用武器防守城邑的意思，因此，「成」是「城」的初文。
戊丁（丁）	－	chéng	或解為從「戉」從「丁」，「丁」是聲符，甲骨文「口」、「丁」同形，都表圍起來的城邑。

字源、字義

《說文》：「成，就也。」甲骨文 从「戉」从「口」，用武器防守城邑的意思，因此，「成」是「城」的初文。

或解為從「戉」從「丁」，「丁」是聲符，甲骨文「口」、「丁」同形，都表圍起來的城邑。

例詞

成功、成績、變成、成果、成就、成熟、成長、達成、完成、造成、成本、成天、成為、成語、成效。

小提醒

「成、戊、戌、戎、戒」字形差異小，但常用字不多，教師要留意學生所寫字形，告知橫、點不分會誤會為別的字。

幾 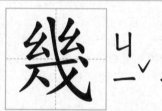			字源、字義
結構組合	簡化字	大陸發音	《說文》：「幾，微也，殆也。从絲，从戍。」「絲」象兩束絲線，指細微的事情，因此「幾」有細微、微小的涵義。
丝戍	几	jǐ／jī	「戍」象人持戈戍守，戍守的人需要留意細微的事情。「幾」字後來多用於虛詞上，如「幾乎」、「幾希」、「庶幾」等，其中的「幾」字都從「微」的原義引申而得。

字源、字義

《說文》：「幾，微也，殆也。从絲，从戍。」「絲」象兩束絲線，指細微的事情，因此「幾」有細微、微小的涵義。

「戍」象人持戈戍守，戍守的人需要留意細微的事情。「幾」字後來多用於虛詞上，如「幾乎」、「幾希」、「庶幾」等，其中的「幾」字都從「微」的原義引申而得。

例詞

ㄐㄧˇ（jǐ）：幾、好幾、幾何。

ㄐㄧ（jī）：幾乎。

小提醒

「幾」是多音字，讀ㄐㄧˇ（jǐ）時表示疑問，如詢問數量、時間等；讀ㄐㄧ（jī）時表示稀少，人名、翻譯之地名、國名也念一聲。

結構組合	簡化字	大陸發音
虘戈	戏	xì

字源、字義

《說文》的說法：「戲，三軍之偏也。一曰兵也。从戈，䖌聲。」表示軍隊中的一偏師，不是主力的軍隊。

但「戲」的「戲劇」、「遊戲」義是從何來的？一說金文 𢧆 像是由老虎、戈、凳子（金文時期應無凳子，因此有人認為是鼓，似較合理）組成，似是表示一人持戈表演刺虎的樣子，漢畫像石上也有戲虎圖，表示與虎搏鬥以展現威猛、勇氣的表演，可能很早就有了。

例詞

戲劇、遊戲、戲曲。

結構組合	簡化字	大陸發音
戊未	－	qī

字源、字義

「戚」字甲骨文 𢧐，金文 𢧐，像一種斧鉞形兵器，其上帶齒，因此可能容易嚴重傷人，引申出憂戚之義，與「慼」相通。

《禮記・明堂位》：「朱干玉戚，冕而舞大武。」持紅色盾牌和玉製的戚，戴上帽子跳「大武」這種樂舞。所以戚也可能作為禮器。

例詞

親戚、悲戚。

6. 部件：弓

結構組合	簡化字	大陸發音
弓長	张	zhāng

字源、字義

從弓，長聲。拉開弓弦，拉開時弓弦變緊，是「張」，放鬆時，是「弛」。

例詞

張、緊張、誇張、紙張、主張、慌張、開張、擴張、伸張、張開、張貼。

字源、字義

從弓，䜌（ㄌㄨㄢˊ/luán）聲，本義為拉弓。弓本身是彎的，常用來表示彎曲的形象，拉弓時，弓身更彎了。

例詞

彎、彎腰、彎曲。

結構組合	簡化字	大陸發音
䜌弓	弯	wān

小提醒

學生初學「灣、彎、變」字時常忘記書寫糸下的三點，教師批閱時請留意。

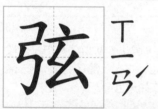

字源、字義

從弓，玄聲，為緊繫在弓上的索、線。後來琴弦、弦月的形象都由弓上弦的樣子而來。

例詞

撥弦、弦月、管弦樂。

結構組合	簡化字	大陸發音
弓玄	－	xián

小提醒

「弦」與「絃」雖可通用，但「弓弦」、「弦月」等從「弓」得義的用「弦」，而樂器的「絲絃」、「管絃」用「絃」字應較貼切。教育部異體字字典收「絃」為常用字。

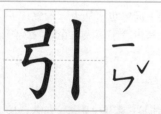

字源、字義

甲骨文⼸，金文⼸都從「弓」，以一小撇表示引弓、拉弓。其後小撇形變成豎筆，成為現在的「引」字。

例詞

吸引、引起、引發、引導、引進、引擎、指引。

結構組合	簡化字	大陸發音
弓丨	－	yǐn

字源、字義
「弱」從二「弓」，本義為曲木，直者多強，曲者多弱，在以前的社會，弓是一個常見的彎曲物體，所以用弓來表現彎曲、弱的義涵。段玉裁注：「曲似弓，故以弓象之；弱似毛弱，故以彡象之。」

結構組合	簡化字	大陸發音
弓弓	－	ruò

例詞
弱、薄弱、脆弱、懦弱、軟弱、微弱、削弱、弱者、弱勢。

7. 部件：矢

字源、字義
《說文》：「知，詞也。從口、從矢。」段注：「按此『詞也』之上，當有『識』字。識敏，故出於口者疾如矢也。」。

例詞
知道、通知、知識、須知、不知不覺、知足。

結構組合	簡化字	大陸發音
矢口	－	zhī

小提醒
「知」實為多音字，兩岸都有ㄓˋ（zhì）音，但為古音，通「智」，表智慧。

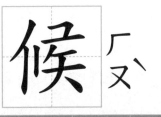

字源、字義
《說文》：「候，伺望也。從人，矦聲。」「矦」與「候」為古今字。人在企盼等候的意思。

例詞
時候、有時候、問候、氣候、等候、伺候、候選人。

結構組合	簡化字	大陸發音
亻矦（矦）	－	hòu

小提醒
注意「候」、「矦」讀音、意義與寫法。

侯　ㄏㄡˊ

結構組合	簡化字	大陸發音
亻ᅩ矢	－	hóu

字源、字義

甲骨文  從「厂」從「矢」，象箭矢擊於箭靶之形，本義是箭靶，古稱箭靶為射侯。

例詞

侯門、侯爵。

小提醒

注意「候」、「侯」讀音、意義與寫法。

族　ㄗㄨˊ

結構組合	簡化字	大陸發音
𠂉（㫃）矢	－	zú

字源、字義

甲骨文 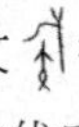 從「㫃」從「矢」，像旗和箭矢，反映古代氏族間有軍事需求，旗幟象徵氏族標幟，箭矢是武器，保衛氏族、宗族。

例詞

民族、貴族、種族。

小提醒

注意「族、旅、旗、旋、施、游、於」的寫法。

矯　ㄐㄧㄠˇ

結構組合	簡化字	大陸發音
矢喬	矫	jiǎo/jiáo

字源、字義

《說文》：「揉箭箝也。从矢，喬聲。」揉箭使之直，本義為使曲變直。孔穎達疏：「使曲者直為矯，使直者曲為輮，水流曲直故為矯輮也。」

例詞

矯正、矯捷。

小提醒

1. 成語「矯揉造作」比喻故意做作，不自然。其中「揉」通「輮」，使直者曲之義，但現在都寫為「揉」。
2. 「矯」在大陸為多音字，讀ㄐㄧㄠˇ（jiǎo）時，表糾正、假託、強健，例：矯正、矯命、矯捷；讀ㄐㄧㄠˊ（jiáo）時，指強詞奪理，或故意違反常情，例：矯情。

8. 部件：工

	字源、字義 《說文》：「功，以勞定國也。从力从工，工亦聲。」功勞必須費力、費工，是很好理解的字。

結構組合	簡化字	大陸發音	例詞 功課、成功、功夫、功能、用功、功勞、功利。
工力	－	gōng	

	字源、字義 技巧、技藝。《說文》：「技也。从工，丂聲。」《周禮・考工記序》：「天有時，地有氣，材有美，工有巧。合此四者，然後可以為良。」

結構組合	簡化字	大陸發音	例詞 巧克力、技巧、巧妙、湊巧、巧合。
工丂	－	qiǎo	

小提醒

學生初學到「巧」字時，大概是因為學到「巧克力」，與字源沒什麼關係，不建議這時候拆字詳解。

結構組合	簡化字	大陸發音
𦍙（來／麥）工	－	chā/chà/chāi/cī

字源、字義

金文  從「來」從「手」、「口」（或從「右」），另有一形為 𦍙，從「來」從「左」，都像以手搓麥子（來）的樣子，是「搓」的初文。

例詞

ㄔㄚ（chā chà）：差、差不多、差別、差異、差一點、差錯、差距、時差、誤差、偏差。

ㄔㄞ（chāi）：出差、郵差、差遣。

ㄘ（cī）：參差。

小提醒

「差」為多音字，但兩岸的多音方式不大相同，以下分述之：

1. 臺灣讀ㄔㄚ時，表缺失、不同、略、不好的，例：誤差、差異、差強人意、差勁；但這些含意在大陸分為chā 及 chà。讀chā時表缺失、不同、略，例：差錯、差異、差強人意；讀 chà時表錯誤、不相當、欠缺、不好，例如：說差了、差不多、還差一個人、成績差。
2. 讀ㄔㄞ（chāi）時，表工作、職務或派遣，例：出差、郵差、差遣。
3. 讀ㄘ（cī）時，表示不整齊或等級，例：參差、愛無差等、尊卑之差。
4. 讀ㄘㄨㄛ（cuō）時，則通「搓」，例：差沐。現代少用，故不列出。大陸則無此發音。

9.部件：罒（網）

結構組合	簡化字	大陸發音
罒直	－	zhì

字源、字義

甲骨文  從「臼」從「之」。「臼」表雙手，下方短橫像放置東西的底座，手持一物置放於底座上。後來小篆形變成從「网」，「直」聲。

捕獵動物，常會布置補網、陷阱，因此從網的字也常有布置涵義。

例詞

布置、位置、安置、設置、裝置。

 ㄌㄨㄛˊ		字源、字義

字源、字義
甲骨文 從「网」從「隹」。表示用網捕鳥，後增義符「糸」表示材質，成為「羅」。

例詞
網羅、羅列、包羅萬象、門可羅雀。

結構組合	簡化字	大陸發音
罒 糸 隹	罗	luó

小提醒
姓羅的人常會介紹自己姓「羅，四維羅」，其實應該是「網」維羅。

 ㄓㄠˋ

字源、字義
《說文》：「罩，捕魚器也。从网，卓聲。」本來是捕魚的竹籠，引申為覆蓋、遮蓋的意思。

例詞
口罩、眼罩、籠罩。

結構組合	簡化字	大陸發音
罒 卓	－	zhào

 ㄕㄨˇ ㄕㄨˋ

字源、字義
《說文》：「署，部署，有所网屬。从网者聲。」指為事情張羅佈置。用網捕獵物都要安排布置，因此有部署的涵義。

例詞
ㄕㄨˇ（shǔ）：移民署。
ㄕㄨˋ：部署、簽署、署名。

結構組合	簡化字	大陸發音
罒 者	－	shǔ

小提醒
「署」在臺灣為多音字，讀ㄕㄨˇ（shǔ）時表機關、組織，例：衛生署；讀ㄕㄨˋ時表安排、簽寫、暫代職務，例：部屬、署名、署理。大陸則只有shǔ這個發音。

字源、字義

本義為用惡言侮辱人。《說文》：「罵（ㄌㄧˋ/lì）也。从网，馬聲。」

「詈」，《說文》：「从网从言，网罪人。」表示蒐羅罪人般的的語言，就是罵的意思，是書面語。

例詞

罵、罵人、大罵、怒罵。

結構組合	簡化字	大陸發音
罒馬	骂	mà

小提醒

過去有異體字「駡」，簡化字上方部件也是兩個口，教師宜留意區辨。

字源、字義

金文從「刀」，「詈」（ㄌㄧˋ/lì）。詈是罵的意思，所以「罰」表示持刀罵人，應罰。

例詞

處罰、罰站、罰寫、懲罰。

結構組合	簡化字	大陸發音
詈刂	罚	fá

字源、字義

犯罪的「罪」本來是用「辠」字表示的，秦始皇認為「辠」的字形近於皇帝的「皇」（篆文或從「自」作「皇」），因此下令用同音的「罪」來替代。

不過用「網」將為「非」做歹的人抓起來，也可以說這個替代字選得還不錯。

結構組合	簡化字	大陸發音
罒非	罪	zuì

例詞

得罪、犯罪、罪惡、罪名、罪行。

解答

小試身手

以前的工匠使用各種工具，造就了各種工藝。現代人的職業更多樣了，想一想，以下這些職業，可能會使用那些工具呢？

答：

警察	槍、警棍、手銬、電擊棒、無線電、防彈背心
銀行員	筆、計算機、點鈔蠟、電腦、印章
農夫	犁、鐮刀、手套、圓鍬、推車、耙、花剪
木匠	斧頭、鋸子、工字尺、刨刀、鑽子、扳手、鑿子
油漆匠	油漆刷、水桶、油漆滾筒、補土、刮刀、膠帶
造型師	剪刀、髮網、梳子、吹風機、粉撲、腮紅刷、唇筆、眉筆、鑷子
醫生	聽診器、口罩、手套、手術刀、鑷子、壓舌棒
護士	針筒、體溫計、棉花棒、酒精、棉花、紗布、繃帶
廚師	刀、鍋、碗、瓢、盆、勺子、鍋鏟、量杯、擀麵棍、篩子、秤、計時器

想一想1

為什麼「贏」從「貝」，「輸」卻從「車」？

答：「贏」的金文從「貝」，「羸」聲，本義為經商獲得的利益。既為利益，跟「貝」相關很合理。

「輸」從「車」，「俞」聲，本義為輸送。《說文》：「委輸也。從車，俞聲。」

想一想2

這是一個有名的古錢幣，裡面有幾個漢字呢？

答：這個古錢中有四個漢字：「唯吾知足」，因為錢幣中間的方孔被巧妙地
　　當作了漢字的「口」部件，組成了「唯吾知足」，表達知足常樂之義，
　　不但結合了漢字與生活而且寓意深刻。這個錢傳說最早出現在漢朝，不
　　是真正拿來流通花用的，由於借了錢幣中方孔似「口」字，因此也有稱
　　為「借『口』錢」的。

　　另有一吉祥合體字，組成「唯善呈和」，教師或學生都可以試著寫
　　寫看。

　　明末清初，我國民間的祕密會黨天地會專為其首領掛佩而鑄造的「唯
　　吾知足」錢，其意思是告誡佩者要嚴守天地會內祕密，凡會內祕密，
　　只能天知、地知、「唯我知」足也。首領們將此錢佩於衣衫之上，可起
　　到「座右銘」的作用。我國民間凡絕密之事，常稱「天知、地知、我
　　知」，此錢明鐫「唯吾知」而隱去了「天知、地知」實際上隱含了「天
　　地」二字，會名也就隱藏其中了。萬一此錢落入統治者手中，亦難解其
　　中奧妙，從而保全了佩帶者，真可謂構思巧妙。

想一想3

我們每天用的鏡子的材料為玻璃和水銀，但「鏡」字為什麼是「金」部？

答：大約在明末中國才開始有玻璃、水銀做的鏡子，在那以前，都是使用銅
　　鏡，所以自然是「金」部。《舊唐書・魏徵傳》：「夫以銅為鏡，可以
　　正衣冠；以古為鏡，可以知興替；以人為鏡，可以明得失。」

想一想4

「拆」與「折」看起來很像，它們有沒有什麼關聯呢？

答：「拆」字從手、斥聲。從「手」表示是與手部有關的動作，「斥」為聲
　　符。用手拆，拆了後物品就分開了。「折」字從手、從斤，斤是斧頭。
　　從頁637的折字演變圖來看，呈現的是已經以斤將木劈開，成了兩個
　　斷木。

　　「折」字以手持斧劈斷，「拆」字以手分解，但字形中部件「斤、斥」
　　雖相近，但「斤」表義，「斥」表聲，字源實際不同。

參考文獻

書籍

〔東漢〕許慎撰，〔清〕段玉裁注，《說文解字注》，高雄：高雄復文圖書出版社，2000年，經韻樓藏版。

〔清〕朱駿聲，《說文通訓定聲》，北京：中華書局，1984年，臨嘯閣刻本。

Edgar Klungman，Sara Smilansky著、桂冠前瞻教育叢書編譯組譯1990《兒童遊戲與學習》，臺北：桂冠圖書股份有限公司。

于振報2007《快速識別形似字》，西安：陝西師範大學出版社。

中國國家對外漢語教學領導小組辦公室、教育部社科司2010《漢語國際教育用音節漢字詞彙等級劃分：國家標準‧應用解讀本》，北京：北京語言大學出版社。

中華民國教育部1996《常用國字辨似》，臺北：教育部。

中華民國教育部2011《標準字與簡化字對照手冊》，臺北：教育部。

王　力1980〈漢字的形體及其音讀的類化法〉，《龍蟲並雕齋文集第一冊》，頁407-412，北京：中華書局。

王　寧2017《漢字六論》，北京：中國大百科全書出版社。

王　寧2018《漢字與中華文化十講》，北京：三聯書店。

王玉新2000《漢字認知研究》，北京：商務印書館。

王立軍、宋繼華、陳淑梅1999《漢字應用通則》，瀋陽：春風文藝出版社。

王秀榮2013《國際漢語漢字與漢字教學》，北京：高等教育出版社。

王秀榮2017《國際漢語教師漢字教學手冊》，北京：高等教育出版社。

王初慶1989《中國文字結構析論》，臺北：文史哲出版社。

王初慶2002〈論漢字生活圈中對漢字應有之認識〉，《輔仁國文學報》第18期，頁43-65。

王初慶2003《六書釋例》，臺北：洪葉文化事業有限公司。

王鴻賓2018《對外漢字教學教學研究》，北京：北京師範大學出版社。

北京語言大學漢字研究所、北京語言大學對外漢語研究中心合編2011《漢字教學與研究》（第一輯），北京：北京語言大學出版社。

左民安、王盡忠2005《細說漢字部首》，北京：九州出版社。

左民安2005《細說漢字-1000個漢字的起源與演變》，北京：九州出版社。

左民安2007《細說漢字》，臺北：聯經出版社。

朱歧祥1998《甲骨文研究——中國古文字與文化論稿》，臺北：里仁書局。

何九盈2000《漢字文化學》，瀋陽：遼寧人民出版社。

余成功2015《漢字裡的中國文化》，北京：群言出版社。

別紅櫻、黃柏林、王蕾2015《漢字教學方法與技巧》，北京：北京語言大學出版社。

吳蘇儀編著2015《畫說漢字圖解說文解字》，臺北：樂友文化。

呂必松2005《語言教育與對外漢語教學》，北京：外語教學與研究出版社。

宋建華2009《漢字理論與教學》，臺北：新學林出版社。

李　梵2001《漢字的故事》，北京：中國檔案出版社。

李　蕊2014《外國漢字習得與教學》，廣州：中山大學出版社。

李大遂2003《簡明實用漢字學》，北京：北京大學出版社。

李孝定1965《甲骨文字集釋》，臺北：中央研究院歷史語言研究所。

李孝定1977《漢字史話》，臺北：聯經出版社。

李香平2006《漢字教學中的文字學》，北京：語文出版社。

李圃編2003《古文字詁林第六冊》，上海：上海教育出版社。

李梵2002《文字的故事》，臺中：好讀出版。

李景生2009《漢字與上古文化》，北京：中國社會科學出版社。

李楓、孫陸2016《漢字字形與對外漢字教學》，北京：中國石化出版社。

李運富編2013《漢字與漢字教育國際研討會論文集》，北京：中華書局出版社。

李學勤2013《字源》，天津：天津古籍出版社。

周　健2005《對外漢語語感教學探索》，杭州：浙江大學出版社。

周　健2007《漢字教學理論與方法》，北京：北京大學出版社。

周克庸2009《漢字文字學》，貴陽：貴州人民出版社。

周碧香2009〈從學習理論談漢字形似字教學〉，《聯大學報》第6卷第1期，頁79-98。

周碧香2010〈第十章語法理論與運用〉，《國語文教學理論與應用（第二版）》，頁341-375，臺北：洪葉文化事業有限公司。

周碧香2011〈從學習遷移談漢字教學的改進策略〉，《臺北市立教育大學學報》第42卷第2期，頁1-22。

周碧香2014a〈鑒往知來——漢字教學研究趨勢解析〉，《第二十五屆中國文字學國際學術研討會論文集》，頁661-694，臺北：中國文化大學中國文學系、中國文字學會。

周碧香2014b〈自知與自律——談漢字教學教師應有的知能〉，《臺中教育大學學報：人文藝術類》第28卷第1期，頁46-64。

周碧香2014c〈規律與有效的漢字教學〉，《語教新視野》第2期，頁16-46。

周碧香2014d《圖解識字教學原理與實務》，臺北：洪葉文化事業有限公司。

周碧香2015〈談利用字源的科學化識字教學〉，《第二十六屆中國文字學國際學術研討會論文集》，頁471-487，臺中：逢甲大學中國文學系、中國文字學會。

周碧香2015《實用訓詁學（第二版）》，臺北：洪葉文化事業有限公司。

周碧香2016〈國小教師語文教學知能養成之建言〉，《語教新視野》第4期，頁49-59。

周碧香2017〈回歸文之本——談漢語近義量詞分辨〉，《華文世界》第119期，頁116-141。

周碧香2018〈詠歌之不足——談古文字中的舞蹈〉，《Journal of Chinese Writing Systems》第2卷第4期，頁297-310。

周碧香2020〈正本清源——從字本位談稱人量詞〉，《語文教育與思想文化》，頁62-81，香港：中華書局。

季旭昇2004《說文新證》上、下冊，臺北：藝文印書館。

季旭昇2007《漢字說清楚》，臺北：商周出版。

季旭昇2020《常用漢字》，臺北：新學林。

林尹1971《文字學概說》，臺北：正中書局。

林尹2012《文字學概說》，臺北：正中書局。

林西莉、李之義2006《漢字的故事》，臺北：貓頭鷹出版。

林季苗2007〈漢字分類及認知心理學與對外教學應用〉，《漢字的認知與教學》，頁355-369，北京：北京語言大學出版社。

林慶勳、竺家寧、孔仲溫編1995《文字學》，臺北：空中大學出版社。

胡文華2008《漢字與對外漢字教學》，上海：學林出版社。

胡雲鳳2015《形聲字研究與教學》，臺北：萬卷樓圖書出版社。

唐生周2013《漢字學教程》，北京：語文出版社。

唐蘭2016《殷虛文字記》，上海：上海古籍出版社。

孫機2014《中國古代物質文化》，北京：中華書局。

徐彩華2000〈漢字教學中的幾個認知心理問題〉，《北京師範大學學報》第6期，頁127-130。

徐彩華2010《漢字認知與漢字學習心理研究》，北京：知識產權出版社。

徐通鏘2008《漢語字本位語法導論》，濟南：山東教育出版社。

殷彩鳳、謝欽舜2003《暢談遊戲教學》，臺北：師德出版社。

郝文華編2015《漢字識字教學基礎教程》，杭州：浙江大學出版社。

馬顯彬2005《現代漢字用字分析》，長沙：岳麓書社。

崔永華主編1997《詞彙文字研究與對外漢語教學》，北京：北京語言文化大學出版社。

崔希亮編2007《漢語教學：海內外的互動與互補》，北京：商務印書館。

張玉梅、李柏令2012《漢字漢語與中國文化》，上海：上海人民出版社。

張田若、陳良璜、李衛民2000《中國當代漢字認讀與書寫》，成都：四川教育。

張光宇1990《切韻與方言》，臺灣：臺灣商務印書館。

張和生2006《漢語可以這樣教——語言要素篇》，北京：商務印書館。

張書岩2004《異體字研究》，北京：商務印書館。

許進雄1988《中國古代社會——文字與人類學的透視》，臺北：臺灣商務印書館。

許進雄1995《中國古代社會——文字與人類學的透視（修訂本）》，臺北：臺灣商務印書館。

許進雄1995《古文諧聲字根》，臺北：臺灣商務印書館。

許進雄2014《文字小講》，臺北：臺灣商務印書館。

許進雄2018《字字有來頭：文字學家的殷墟筆記》1-6冊，新北市：字畝文化創意出版。

許進雄2018《字字有來頭—甲骨文簡易字典》，新北市：字畝文化創意出版。

許進雄2018《漢字與文物的故事》一套四冊，臺北：臺灣商務印書館。

郭沫若1982《郭沫若全集 考古編第一卷 甲骨文字研究》，北京：科學出版社。

陳正治2000《有趣的中國文字》，臺北：國語日報社。

陳正治2000《有趣的中國文字》，臺北：國語日報社。

彭小明2013《小學語文課程與教學論》，北京：科學出版社。

彭信威2007《中國貨幣史》，上海：上海人民出版社。

彭雅玲2022〈第六章寫字教學〉，《國語文教學理論與應用（第三版）》，頁179-216，臺北：洪葉文化事業有限公司。

曾志朗 1991〈華語文的心理學研究：本土化的沉思〉，《中國人‧中國心—發展與教學篇》，頁540-582，臺北：遠流出版社。

曾昭聰2002《形聲字聲符示源功能述論》，合肥：黃山書社。

馮麗萍1998〈對外漢字教學用 2905 漢字的語音狀況分析〉，《北京師範大學學報》第6期，頁94-101。

黃　侃1980《黃侃論學雜著》，上海：上海古籍出版社。

黃永武1965《形聲多兼會意考》，臺北：文史哲出版社。

黃沛榮2006《漢字教學的理論與實踐》，臺北：樂學書局。

黃沛榮2012〈漢字部首及其教學問題〉，《中國文化大學中文學報》第24期，頁19-44。

黃政傑1992〈教學法與教學效能〉，《從學習心理談教學策略：臺灣省國民小學新進教師教學參考手冊》，頁125-133。

黃偉嘉、敖群2009《漢字知識與漢字問題》，北京：商務印書館。

黃巽齋1998《漢字文化叢論》，長沙：岳麓書社。

黃德寬、常森2016《漢字闡釋與文化傳統》，桃園：昌明文化出版社。

楊寄洲、賈永芬2003《1700對近義詞語用法對比》，北京：北京語言大學出版社。

楊潤陸2008《現代漢字》，北京：北京師範大學出版社。

萬雲英1991〈兒童學習漢字的心理特點與教學〉，《中國人、中國心－發展與教學篇》，頁404-448，臺北：遠流出版社。

萬業馨2005《應用漢字學概要》，合肥：安徽大學。

萬業馨2012《萬業馨漢字與漢字教學研究論文集》，北京：北京語言大學。

葉昌元2008《字理──漢字部件通解》，北京：東方出版社。

葉昌元2008《字理──漢字部件通解》，北京：東方出版社。

葉德明1999《華語文教學規範與理論基礎》，臺北：師大書苑。

葉德明2005《中文教學理論與實踐的回顧與展望》，臺北：師大書苑。

裘錫圭2004《文字學概要》，臺北：萬卷樓圖書出版社。

漢語大字典編纂委員會2010《漢語大字典第二版》，武漢：湖北長江出版集團崇文書局、成都：四川出版集團四川辭書出版社。

語文出版社編1997《語言文字規範手冊》，北京：語文出版社。

語言文化大編輯部2010《漢語國際教育用音節漢字彙等級劃分》，北京：北京語言大學出版社。

劉克雄2019《漢字入門》，北京：社會科學文獻出版社。

劉克雄2019《漢字入門》，北京：社會科學文獻出版社。

劉志成2003《文化文字學》，成都：巴蜀書社。

劉志基1996《漢字文化綜論》，南寧：廣西教育出版社。

劉靖年、曹文輝2009《漢字規範部件識字教學法》，長春：吉林大學出版社。

劉興均2014《漢字的構造及其化意蘊》，北京：人民出版社。

厲兵2004《漢字字形研究》，北京：商務印書館。

蔡雅薰2009《華語文教材分級研制原理之建構》，臺北：正中書局股份有限公司。

蔣勳2009《漢字書法之美》，臺北：遠流出版社。

鄭昭明2009《華語文的教與學理論與應用》，臺北：正中書局。

龍異騰2002《基礎漢字學》，成都：巴蜀書社。

戴汝潛1999a《漢字教與學》，濟南：山東教育出版社。

戴汝潛1999b《識字教育科學化與小學語文教育新體系探索》，北京：教育科學出版社。

謝錫金、李黛娜、陳聲珮2015《幼兒綜合高效識字：中文讀寫的理論及實踐》，香港：香港大學出版社。

韓鑒堂2005《漢字文化圖說》，北京：北京語言大學出版社。

韓鑒堂2009《圖說殷墟甲骨文》，北京：文物出版社。

蘇培成2001《二十世紀的現代漢字研究》，太原：書海出版社。

蘇勝宏2012《兩岸用語繁簡體對照表》，臺北：華志出版社。

期刊

周碧香2018〈詠歌之不足──談古文字中的舞蹈〉，《Journal of Chinese Writing Systems》第2卷第4期，頁297-310。

孫海波1935〈卜辭文字小記〉，《考古學社社刊》第三期。

畢新偉2013〈「她」字的來源與女性主體性──評《「她」字的文化史》〉，《二十一世紀》總第一三六期，頁136-142。

楊秀芳2002〈論閩南語疑問代詞「當時」「著時」「底位」〉，《南北是非：漢語方言的差異與變化》，頁155-178。第三屆國際漢學會議論文集語言組。

葉德明2005〈漢字認讀與書寫之心理優勢〉，《中文教學理論與實踐的回顧與展望》，臺北：師大書苑，頁72。

網站

ACCESS全漢字檢索系統。http://huayutools.mtc.ntnu.edu.tw/MTCHanzi/。

ACCESS全漢字檢索系統。http://huayutools.mtc.ntnu.edu.tw/MTCHanzi/。

大陸中央電視臺《探索‧發現》欄目。http://www.cctv.com/science/special/C14009/20070705/102668.shtml。

小學堂文字學資料庫。https://xiaoxue.iis.sinica.edu.tw/。

小學堂文字學資料庫。https://xiaoxue.iis.sinica.edu.tw/。

中研院歷史語言研究所歷史文物陳列館。http://museum.sinica.edu.tw/。

中國文化研究院。https://chiculture.org.hk/。

中國古代交通。https://www.chiculture.net/0904/html/index.html。

中國哲學書電子化計劃。https://ctext.org/zh。

中國哲學書電子化計劃——玉篇。https://ctext.org/wiki.pl?if=gb&res=598705。

中國哲學書電子化計劃——字典。https://ctext.org/dictionary.pl?if=gb。

中國哲學書電子化計劃——孟子。https://ctext.org/mengzi/zh。

中國哲學書電子化計劃——易經。https://ctext.org/book-of-changes/yi-jing/zh。

中國哲學書電子化計劃——欽定大清會典則例。https://ctext.org/wiki.pl?if=gb&res=
703462。

中國哲學書電子化計劃——黃廷鑑《第六絃溪文鈔》卷一。 https://ctext.org/library.
pl?if=gb&res=79047。

中國哲學書電子化計劃——爾雅。https://ctext.org/er-ya/zh。

中國哲學書電子化計劃——墨子。https://ctext.org/mozi/zh。

中國哲學書電子化計劃——學林。https://ctext.org/wiki.pl?if=gb&res=305436。

中國哲學書電子化計劃——釋名。https://ctext.org/shi-ming/zh。

中華語文大辭典——漢字源流。http://chinese-linguipedia.org/search_source.html。

中華語文知識庫。http://www.chinese-linguipedia.org/index.html。

中華語文知識庫。http://www.chinese-linguipedia.org/index.html。

引得市。http://www.mebag.com/index/。

引得市。http://www.mebag.com/index/。

交通文化。https://children.moc.gov.tw/calture/14。

舌尖上的中國紀錄片第一季。https://tv.cctv.com/2017/01/19/VIDAtIyRXSWBaJGZ1it-
GdZFE170119.shtml。

舌尖上的中國紀錄片第二季。http://tv.cctv.com/2014/06/09/VIDA1402305877952729.
shtml。

舌尖上的中國紀錄片第三季。http://jishi.cctv.com/special/shejian3PC/shouye/。

車錯轂兮短兵接——中研院歷史語言研究所歷史文物陳列館。http://museum.sinica.
edu.tw/education_detail.php?id=39。

金門酒廠。https://www.kkl.com.tw/tc/about04.aspx。

商王武丁的藍寶堅尼。https://ihp.openmuseum.tw/muse/exhibition/91f909fc8898c014aa8
5ef2cce5ffc5b#front。

商王動物園：甲骨中的蟲魚鳥獸。http://museum.sinica.edu.tw/exhibitions/75/。

國小學童常用字詞調查報告書。https://language.moe.gov.tw/result.aspx?classify_
sn=44&subclassify_sn=456&content_sn=10。

國立自然博物館鄭和下西洋特展。https://www.nmns.edu.tw/exhibit/history_exhibits/
cheng/。

國立故宮博物院：故宮動物園特展。https://theme.npm.edu.tw/exh108/zoo/ch/?fbclid=I
　　wAR3XiJjMNRZmpKo8A6KXK3bqvY6rRE8AubPHOfz-UmDfg_7cqO0a12PpCog。

國字標準字體筆順教學網。https://strokeorder.com.tw。

國字標準字體筆順教學網。https://strokeorder.com.tw。

國語一字多音審訂表。https://language.moe.gov.tw/result.aspx?classify_
　　sn=42&subclassify_sn=443&content_sn=25。

國際電腦漢字及異體字知識庫。https://chardb.iis.sinica.edu.tw/。

國際電腦漢字與異體字知識庫。https://chardb.iis.sinica.edu.tw/。

國學大師。http://www.guoxuedashi.com/。

國學迷。http://www.guoxuemi.com/。

教育部重編國語辭典修訂本。http://dict.revised.moe.edu.tw/cbdic/index.html。

教育部重編國語辭典修訂本。https://dict.revised.moe.edu.tw/index.jsp。

教育部國語推行委員會編訂《國字標準字體教師手冊》。https://language.moe.gov.
　　tw/001/Upload/files/SITE_CONTENT/M0001/STD/c4.htm?open

教育部國語辭典簡編本。http://dict.concised.moe.edu.tw。

教育部異體字字典 https://dict.variants.moe.edu.tw/variants/rbt/home.do。

教育部異體字字典。https://dict.variants.moe.edu.tw/variants/rbt/home.do。

教育部語言文字規範標準。http://www.moe.gov.cn/s78/A19/yxs_left/moe_810/s230/。

現代漢語常用字表。http://www.zdic.net/z/zb/cc1.htm。

現代漢語語料庫詞頻統計。https://elearning.ling.sinica.edu.tw/CWordfreq.html。

現龍二代中文字詞學習系統。http://www. dragonwise.hku.hk/dragon2/schools/archives/
　　morph.php。

博物館的動物園。https://ihp.openmuseum.tw/muse/exhibition/80e2a9cf3000599b7d6125
　　ab6d4bad10。

普通話異讀詞審音表。http://old.moe.gov.cn/publicfiles/business/htmlfiles/moe/
　　s230/201001/75598.html。

筆順字典。https://strokeorder.com.tw/。

絲路，從歷史走來。http://tv.cctv.com/2017/05/10/VIDAo2VmV3dxb4OGqn8y-
　　oV3L170510.shtml。

華語教學標準體系應用查詢系統。https://coct.naer.edu.tw/standsys/。

萌典。https://www.moedict.tw/。

筷子文化。https://www.youtube.com/watch?v=EpvdetXmRic。https://www.youtube.com/
　　watch?v=-d4Lkh7m1qY&vl=zh-Hant。

葉昌元〈冫与氵的纠葛〉。http://blog.sina.com.cn/s/blog_4961d68501000bz1.html。

葉昌元的博客。http://blog.sina.com.cn/s/articlelist_1231148677_2_1.html。

漢字開放資料庫。http://data.chinese-linguipedia.org/index.php。

漢字解密──十二生肖。http://m.hbtv.com.cn/hzjmzt/index.html。

漢語多功能字庫。https://humanum.arts.cuhk.edu.hk/Lexis/lexi-mf/。

臺北市孔廟儒學文化網。https://www.tctcc.taipei/。

臺灣大百科全書-平埔族牽手。http://nrch.culture.tw/twpedia.aspx?id=11440。

臺灣農業故事館──千變萬化、五穀雜糧。https://theme.coa.gov.tw/theme_list.
　　php?theme=storyboard&pid=44。

臺灣閩南語常用詞辭典。https://twblg.dict.edu.tw/holodict_new/。

劉源俊〈釋説新語之二十二-氣與汽〉東吳物理。http://www.scu.edu.tw/physics/date/
　　teacher/ytliu/971010_22.pdf。

藝術-動物篇（十二生肖）。https://www.youtube.com/watch?v=6hjvPPhG-gE。

觀光局文化信仰。https://www.taiwan.net.tw/m1.aspx?sNo=0027010。

觀光局臺灣飲食文化。https://www.taiwan.net.tw/m1.aspx?sNo=0020546。

附錄　漢字索引表
（依漢語拼音、標記單元、國教院字表等級）

漢字索引表使用說明：

1. 以下索引表列出「第四編」中所解說的漢字946個，依臺灣發音拼音
   首字母A-Z排序，破音字於不同發音處皆可尋得，例：「調」音diào、
   tiáo於D、T皆可找到。

2. 索引表標注方式為：

漢字	國教院字表	主要說明位置	頁碼	次要說明位置	頁碼
⑴父	基礎第2級	1.教師應知：父	214		
⑵穋	進階第5級	9.禾	487	8.犬：獲：小提醒	453
⑶焙	未收	10.想一想3	530		

　　⑴ 如該字僅於一個地方提及，則僅列出「主要說明位置」。例如：
　　　 「父」字。在國教院字表中的分級為「基礎第2級」，在本書「第1
　　　 單元，『教師應該知道的漢字知識』中的『父』部件，第214頁」可
　　　 以找到說明。

　　⑵ 如該字於兩個地方提及，則列出「主要說明位置」及「次要位
　　　 置」。例如：「穋」字。在國教院字表中的分級為「進階第5級」，
　　　 在本書「第9單元，『禾』部件例字，第487頁」可找到詳細說明；
　　　 在「第8單元，『犬』部件例字『獲』中的『小提醒』，第453頁」
　　　 中也有說明。

　　⑶ 若選字為國教院字表未收字，則於「國教院分級」欄位註記「未
　　　 收」。例如：「焙」字。在國教院字表中「未收」，在本書「第10
　　　 單元，『想一想第3題』，第530頁」可找到詳細說明。

3. 如果在索引中想查某字卻沒找到，並不一定是本書未收錄，可以：

　　⑴ 試著從該字的部件組成查詢相關部件章節，也有很大機會找到說
　　　 明。例如想找「蜂」，其部件組成為「虫、夆」，就可查找一下

　　「第8單元飛禽走獸中的『虫』部件」。

⑵ 查閱本書第一編漢字本體知識（第32～81頁）也有多字解說。

第四編漢字索引表

A

漢字	國教院字表	主要說明位置	頁碼	次要說明位置	頁碼
癌	精熟第6級	5.疒	363		
矮	基礎第3級	4.想一想2	337		
愛	基礎第1級	5.心	354		
安	基礎第1級	12.宀	578		
岸	進階第4級	7.山	414		
案	進階第4級	9.木	486		
骯	未列	5.骨	365		
熬	精熟第6級	10.想一想3	530		

B

漢字	國教院字表	主要說明位置	頁碼	次要說明位置	頁碼
靶	未列	11.革	555		
爸	基礎第1級	1.父	230		
吧	基礎第1級	2.口	255		
白	基礎第1級	11.教師應知：白	536		
百	基礎第1級	11.教學錦囊1	536		
班	基礎第2級	11.玉	559		
般	基礎第3級	13.舟	627		
爿	未列	8.想一想5	467		
半	基礎第1級	8.想一想5	467		

漢字	國教院字表	主要說明位置	頁碼	次要說明位置	頁碼
幫	基礎第2級	11.巾	556		
ㄅ	未列	5.教學錦囊1	342		
包	基礎第1級	5.教學錦囊1	342		
保	基礎第3級	5.教學錦囊1	344		
飽	基礎第2級	10.食：餘：小提醒	512		
暴	進階第5級	6.日	388		
報	基礎第3級	7.教學錦囊4	408		
杯	基礎第1級	9.木：桶：小提醒	486		
焙	未列	10.想一想3	530		
被	基礎第3級	11.衣	545		
輩	進階第5級	13.車	614		
貝	進階第4級	14.教師應知：貝	632	14.教學錦囊2	634
本	基礎第1級	9.木	483		
笨	基礎第3級	9.竹：節：小提醒	492		
鼻	基礎第2級	2.自	265		
筆	基礎第2級	9.竹	491		
必	基礎第2級	5.想一想1	369		
畢	基礎第3級	7.田	426		
碧	精熟第6級	7.想一想3	435		
幣	進階第5級	11.巾	557	14.教學錦囊2	634
鞭	進階第5級	11.革	553		
邊	基礎第2級	13.辵	620		
便	基礎第2級	1.人	221		
變	基礎第3級	3.言	289		

漢字	國教院字表	主要說明位置	頁碼	次要說明位置	頁碼
釆	未列	4.教學錦囊2	304		
髟	未列	3.教師應知：髟	274		
飆	進階第5級	6.風	393		
猋	未列	8.犬：狂：小提醒	454		
表	基礎第2級	11.衣	544		
別	基礎第1級	14.刀	655	5.教學錦囊4	348
冫	未列	7.教師應知：冫	411		
冰	基礎第2級	7.冫	432		
兵	進階第4級	14.斤	659		
餅	基礎第3級	10.想一想1	529		
幷	未列	4.教學錦囊4	310		
併	精熟第6級	4.教學錦囊4	311		
並	進階第4級	4.立	336	4.教學錦囊4	310
病	基礎第2級	5.疒	361		
波	進階第5級	5.想一想3	370		
薄	進階第5級	9.艸	480		
伯	基礎第2級	11.白	552		
步	基礎第3級	4.止	331		
布	基礎第3級	11.巾	557		
部	基礎第2級	12.邑	597		

C

漢字	國教院字表	主要說明位置	頁碼	次要說明位置	頁碼
猜	基礎第3級	8.犬：猶：小提醒	455		
采	精熟第6級	4.爪	323	4.教學錦囊2	330

漢字	國教院字表	主要說明位置	頁碼	次要說明位置	頁碼
採	進階第4級	4.爪	323		
菜	基礎第2級	9.艸	478		
餐	基礎第2級	5.歹	368	10.食：飯：小提醒	557
殘	進階第5級	5.歹	367		
粲	未列	5.教學錦囊6	350		
燦	精熟第6級	5.歹	368	5.教學錦囊6	381
藏	進階第5級	9.艸	482		
艸	未列	9.教師應知：艸	470		
草	基礎第2級	9.教師應知：艸	470		
廁	進階第4級	12.广	585	12.想一想2	657
差	基礎第2級	14.工	667	9.教學錦囊2	518
茶	基礎第1級	9.艸	478		
岔	精熟第7級	7.山	415		
拆	進階第5級	14.想一想4	672		
常	基礎第1級	11.巾	555		
場	基礎第2級	7.土	420		
廠	進階第4級	12.广	585	12.想一想2	627
朝	進階第5級	6.月	392		
炒	進階第4級	10.想一想3	530		
車	基礎第1級	13.教師應知：車	603		
臣	精熟第6級	2.教學錦囊3	243		
塵	精熟第6級	8.想一想1	466		
稱	進階第4級	9.禾	488		
承	進階第5級	4.教學錦囊1	302		

漢字	國教院字表	主要說明位置	頁碼	次要說明位置	頁碼
盛	進階第4級	10.皿：益：小提醒	514		
成	基礎第2級	14.戈	661		
齒	基礎第3級	2.教學錦囊1	242		
彳	未列	13.教師應知：彳	607		
斥	精熟第6級	14.斤	660		
沖	進階第4級	7.想一想7	436		
衝	進階第4級	13.行	621		
崇	精熟第6級	7.山	415		
蟲	進階第5級	8.虫	450		
重	基礎第2級	13.車：輕：小提醒	615		
醜	進階第4級	10.酉	522		
丑	精熟第7級	10.酉：醜：小提醒	522		
臭	基礎第3級	2.自	266	8.想一想3	511
初	基礎第3級	11.衣	544		
出	基礎第1級	12.教學錦囊2	567	7.想一想2	478
亍	未列	13.想一想2	628		
穿	基礎第2級	12.穴	581		
船	基礎第3級	13.舟	626		
舛	未列	4.教師應知：舛	309		
窗	基礎第3級	12.穴	582		
疒	未列	5.教師應知：疒	347		
床／牀	基礎第2級	12.广	584	12.教學錦囊3	621
闖	進階第5級	12.門	590		
吹	進階第4級	3.教學錦囊1	271		

漢字	國教院字表	主要說明位置	頁碼	次要說明位置	頁碼
春	基礎第2級	6.日	385	2.教學錦囊1	262
蠢	精熟第6級	8.虫	451		
辵 (辶)	未列	13.教師應知：辵	605		
詞	基礎第2級	3.言	282		
辭	進階第5級	3.言：詞：小提醒	282		
雌	精熟第7級	8.隹：雄：小提醒	458		
次	基礎第2級	3.欠	278		
聰	基礎第3級	2.耳	262		
從	基礎第1級	13.彳	624		
粗	進階第4級	10.米：精：小提醒	518		
醋	進階第4級	10.酉：酸：小提醒	520		
存	基礎第3級	1.子	232		
寸	基礎第3級	4.教師應知：寸	302		
錯	基礎第2級	14.金	653		

D

漢字	國教院字表	主要說明位置	頁碼	次要說明位置	頁碼
達	進階第4級	13.辵	618		
打	基礎第1級	4.手	314		
大	基礎第1級	1.教師應知：大	216		
歹	精熟第6級	5.教師應知：歹	350		
代	基礎第3級	1.人	222	14.教學錦囊4	639
袋	基礎第2級	11.衣	544		
帶	基礎第1級	11.巾	555		

漢字	國教院字表	主要說明位置	頁碼	次要說明位置	頁碼
單	基礎第2級	2.想一想1	267		
蛋	基礎第2級	8.虫：蟲：小提醒	450		
當	基礎第2級	7.田	427		
刀	基礎第2級	14.教師應知：刀	635		
島	進階第4級	7.山	414		
稻	進階第5級	9.想一想3	497		
盜	進階第5級	10.皿	515		
道	基礎第1級	13.辵	616		
到	基礎第1級	14.刀	658		
德	進階第4級	2.教學錦囊2	243		
得	基礎第1級	13.彳	624		
的	基礎第1級	11.白	551		
燈	基礎第2級	10.火：照：小提醒	523		
等	基礎第2級	9.竹	494		
底	進階第4級	12.广	586		
地	基礎第1級	7.土	419		
第	基礎第2級	9.竹：等：小提醒	494	14.教學錦囊6	642
帝	進階第5級	11.教學錦囊6	539		
弟	基礎第1級	14.教學錦囊6	642		
電	基礎第1級	6.雨	396		
凋	精熟第7級	7.冫	433		
調	進階第4級	3.言	289		
釣	精熟第6級	14.金	654		
爹	未列	1.父：爸：小提醒	230		

漢字	國教院字表	主要說明位置	頁碼	次要說明位置	頁碼
碟	進階第5級	7.石	416		
頂	進階第4級	3.頁	291		
冬	基礎第2級	7.冫	431		
凍	進階第5級	7.想一想7	436		
都	基礎第1級	12.邑	596		
陡	精熟第7級	4.走	334		
鬥	進階第5級	4.爪：爭：小提醒	324		
豆	基礎第2級	10.教學錦囊2	503		
獨	進階第4級	8.犬	454		
對	基礎第1級	4.寸	320		
隊	基礎第3級	7.阜	423		
燉	精熟第7級	10.想一想3	530		
多	基礎第1級	6.想一想2	402		
奪	精熟第6級	1.想一想5	238		

E

漢字	國教院字表	主要說明位置	頁碼	次要說明位置	頁碼
惡	進階第4級	8.羊：善：小提醒	463		
餓	基礎第2級	10.食：餘：小提醒	512		
兒	基礎第1級	1.人	224		
耳	基礎第3級	2.教師應知：耳	245		
二	基礎第1級	14.教學錦囊4	639		
弍	未列	14.教學錦囊4	639		
貳	未列	14.教學錦囊4	639		

F

漢字	國教院字表	主要說明位置	頁碼	次要說明位置	頁碼
罰	進階第5級	14.皿	669		
髮	基礎第3級	3.髟	295		
法	基礎第1級	7.教學錦囊6	411		
範	精熟第6級	9.竹	495		
范	精熟第6級	9.竹：範：小提醒	495		
飯	基礎第1級	10.食	510		
房	基礎第1級	12.戶	592		
訪	進階第4級	3.言	286		
放	基礎第2級	4.攴	324		
吠	未列	8.想一想3	466		
氛	進階第5級	6.气	401		
分	基礎第1級	14.刀	655		
奮	進階第5級	1.想一想5	238	8.想一想1	466
風	基礎第1級	6.教師應知：風	375		
瘋	進階第4級	6.風	395		
諷	精熟第6級	6.風	395		
奉	精熟第6級	8.犬：獻：小提醒	456		
夫	基礎第3級	1.大	234	1.教學錦囊6	216
麩	未列	10.麥	517		
服	基礎第1級	6.教學錦囊2	375		
福	進階第4級	10.示	526		
斧	進階第5級	1.父	230		
腐	進階第4級	5.肉	360		
父	基礎第2級	1.教師應知：父	214		

漢字	國教院字表	主要說明位置	頁碼	次要說明位置	頁碼
婦	進階第4級	1.女	228		
付	基礎第3級	4.寸	319		
阜	未列	7.教師應知：阜	408		
附	基礎第3級	7.阜	423		
複	進階第5級	11.衣	546	13.彳：復：小提醒	625
富	進階第4級	12.宀	579		
復	進階第4級	13.彳	625		
覆	精熟第6級	13.彳：復：小提醒	625		
負	進階第4級	14.貝	652		

G

漢字	國教院字表	主要說明位置	頁碼	次要說明位置	頁碼
甘	進階第5級	3.想一想1	296		
趕	基礎第3級	4.走	334		
崗	精熟第7級	7.想一想1	434		
岡	未列	7.想一想1	434		
糕	基礎第2級	10.米	517	10.想一想1	529
歌	基礎第2級	3.欠	278		
戈	未列	14.教師應知：戈	638	14.教學錦囊4	638
革	進階第5級	11.教師應知：革	537		
各	基礎第2級	12.教學錦囊2	567		
給	基礎第1級	11.糸	547		
跟	基礎第1級	4.足	332		
躬	精熟第6級	5.身	353		

漢字	國教院字表	主要說明位置	頁碼	次要說明位置	頁碼
恭	進階第4級	5.心	358		
弓	進階第5級	14.教師應知：弓	642		
工	基礎第1級	14.教師應知：工	644		
功	基礎第2級	14.工	666		
廾	未列	4.教師應知：廾	306		
共	基礎第1級	4.廾	326		
孤	進階第5級	1.子	232		
古	進階第4級	2.口	256		
鼓	進階第4級	4.教師應知：攴	305		
骨	進階第5級	5.教師應知：骨	349		
顧	基礎第3級	3.頁	293		
雇	精熟第6級	12.戶	593		
颳	精熟第6級	6.風	392		
冎	未列	5.教師應知：冎	348		
拐	精熟第6級	5.教學錦囊4	348		
怪	基礎第3級	5.心	357		
觀	基礎第3級	2.見	260		
關	基礎第2級	12.門	590		
管	基礎第3級	9.竹	492		
館	基礎第2級	10.食	512		
毌	未列	1.教學錦囊3	213		
光	基礎第2級	1.人	224		
廣	進階第4級	12.广	586		
規	進階第4級	2.見	261		

漢字	國教院字表	主要說明位置	頁碼	次要說明位置	頁碼
龜	精熟第6級	8.教學錦囊1	439	8.教學錦囊2	441
過	基礎第1級	5.冎	363		
國	基礎第1級	12.囗	594	14.教學錦囊5	641
果	基礎第1級	9.木	483		
裹	精熟第6級	11.想一想1	561		

H

漢字	國教院字表	主要說明位置	頁碼	次要說明位置	頁碼
孩	基礎第2級	1.子	231		
寒	進階第4級	12.教學錦囊1	566		
厂	未列	12.教師應知：厂	571		
航	進階第5級	13.舟	627		
好	基礎第1級	1.女	227	5.教學錦囊1	344
禾	未列	9.教師應知：禾	472		
盒	基礎第3級	9.木：桶：小提醒	486	10.皿：盤：小提醒	513
和	基礎第1級	9.禾	490		
黑	基礎第1級	10.火：焦：小提醒	524		572
狠	精熟第6級	8.犬：獨：小提醒	454		
衡	精熟第6級	13.行	622		
烘	精熟第7級	10.想一想3	530		
虹	精熟第7級	8.虫	451		
侯	精熟第6級	14.矢	665		
後	基礎第1級	13.彳	623		
候	基礎第1級	14.矢	664		
呼	進階第4級	2.口	254		

漢字	國教院字表	主要說明位置	頁碼	次要說明位置	頁碼
虍	未列	8.教學錦囊1	440		
鬍	進階第5級	3.髟	295		
胡	進階第5級	5.教學錦囊2	346		
戶	基礎第3級	12.教師應知：戶	572		
花	基礎第1級	9.艸	477		
滑	進階第5級	5.骨	366	5.想一想3	370
華	基礎第2級	9.想一想1	496	9.艸：花：小提醒	477
話	基礎第1級	3.言	281		
畫	基礎第2級	7.田	426		
劃	進階第5級	7.田：畫：小提醒	426		
壞	基礎第3級	7.土	420		
歡	基礎第1級	3.欠	279		
環	進階第4級	11.玉	560		
緩	精熟第6級	11.糸	550		
灰	進階第5級	10.火：焦：小提醒	524		
回	基礎第2級	2.想一想1	267		
虫	未列	8.教師應知：虫	442		
繪	進階第5級	11.糸	550		
婚	基礎第3級	1.女	227		
昏	進階第4級	6.日	387		
活	基礎第2級	7.水	430		
火	基礎第1級	10.教師應知：火	505		
禍	進階第4級	5.咼	364		
獲	進階第5級	8.犬	453	9.禾：穫：小提醒	487

漢字	國教院字表	主要說明位置	頁碼	次要說明位置	頁碼
穫	進階第5級	9.禾	487	8.犬：獲：小提醒	453
或	基礎第2級	14.教學錦囊5	641		

J

漢字	國教院字表	主要說明位置	頁碼	次要說明位置	頁碼
基	進階第4級	7.土	421		
雞	基礎第2級	8.隹	456		
機	基礎第1級	9.木	484		
及	基礎第3級	4.又	316		
疾	精熟第6級	5.疒	362		
集	進階第4級	8.隹	457		
籍	精熟第6級	9.竹	493		
即	進階第4級	10.教學錦囊1	502		
級	基礎第3級	11.糸	548		
輯	精熟第6級	13.車	614		
給	基礎第1級	11.糸	547		
幾	基礎第1級	14.戈	661		
記	基礎第2級	3.言	287		
紀	進階第4級	3.言：記：小提醒	287		
計	基礎第2級	3.言	288		
季	進階第4級	9.禾	488		
稷	未列	9.想一想3	497		
既	進階第4級	10.教學錦囊1	502		
祭	進階第5級	10.示	528		
寄	基礎第3級	12.宀	580		

漢字	國教院字表	主要說明位置	頁碼	次要說明位置	頁碼
家	基礎第1級	12.宀	577		
夾	進階第5級	1.大	235		
尖	進階第4級	1.大	235		
堅	進階第4級	7.土	422		
監	精熟第6級	10.皿	515	2.教學錦囊3	243
煎	進階第4級	10.想一想3	530		
間	基礎第2級	12.門	589		
肩	進階第5級	12.想一想3	601		
簡	基礎第3級	9.竹	493		
蹇	未列	12.教學錦囊1	566		
件	基礎第1級	1.人	221		
鑑／鑒	精熟第7級	2.教學錦囊3	244		
見	基礎第1級	2.教師應知：見	244		
建	進階第4級	13.想一想1	628		
講	進階第4級	3.言	282		
獎	進階第4級	8.犬	455		
醬	進階第4級	10.酉	521		
交	基礎第2級	1.想一想3	237		
焦	進階第5級	10.火	524		
郊	進階第5級	12.邑	597		
腳	基礎第2級	5.肉	359		
矯	精熟第7級	14.矢	665		
教	基礎第1級	4.攴	325	1.教學錦囊4	214
校	基礎第1級	9.木	485		

漢字	國教院字表	主要說明位置	頁碼	次要說明位置	頁碼
較	基礎第2級	13.車	612		
街	基礎第2級	13.行	621		
孑	未列	1.教學錦囊5	215		
捷	基礎第3級	4.手	315		
傑	精熟第7級	4.舛	335		
節	基礎第2級	9.竹	492		
姐	基礎第1級	1.女	225		
姊	基礎第3級	1.女：姐：小提醒	225		
界	基礎第3級	7.田	426		
藉	進階第5級	9.竹：籍：小提醒	493		
巾	進階第4級	11.教師應知：巾	538		
金	基礎第2級	14.教師應知：金	634	14.教學錦囊2	634
斤	基礎第2級	14.教師應知：斤	636		
盡	進階第5級	10.皿	513		
禁	進階第4級	10.示	528		
進	基礎第2級	13.辵	617	8.隹：集：小提醒	657
精	基礎第3級	10.米	518		
警	進階第4級	3.言	284		
頸	精熟第6級	3.頁：領：小提醒	291		
景	基礎第2級	6.日	386		
鏡	進階第4級	14.想一想3	671		
酒	基礎第3級	10.酉	519		
究	基礎第3級	12.穴	583		
臼	未列	4.教師應知：臼	306		

漢字	國教院字表	主要說明位置	頁碼	次要說明位置	頁碼
鞠	精熟第6級	11.革	554	11.教學錦囊3	536
矩	精熟第6級	2.見：規：小提醒	261		
舉	基礎第3級	4.臼	329		
具	基礎第3級	4.廾	328		
聚	進階第4級	8.羊：群：小提醒	464		
圈	進階第5級	12.囗	595		
孑	未列	1.教學錦囊5	215		
覺	基礎第1級	2.見	259		
決	基礎第3級	7.想一想7	436		
君	精熟第6級	2.口	254	1.教學錦囊4	214
軍	基礎第3級	13.車	616		

K

漢字	國教院字表	主要說明位置	頁碼	次要說明位置	頁碼
開	基礎第1級	12.門	589		
砍	進階第4級	7.石	418		
凵	未列	12.教學錦囊2	567		
看	基礎第1級	2.目	257		
康	基礎第3級	12.广	587		
烤	進階第4級	10.想一想3	530		
顆	進階第4級	3.頁	292		
科	進階第4級	9.禾：種：小提醒	487		
可	基礎第1級	2.口	252		
渴	基礎第2級	7.水	429		
課	基礎第2級	3.言	283		

漢字	國教院字表	主要說明位置	頁碼	次要說明位置	頁碼
客	基礎第2級	12.宀	579		
刻	基礎第3級	14.刀	657		
空	基礎第1級	12.穴	583		
孔	進階第4級	1.子	233		
口	基礎第1級	2.教師應知：口	241	3.想一想1	296
哭	基礎第2級	9.竹：笑：小提醒	494	8.想一想3	466
苦	基礎第3級	9.艸	479		
快	基礎第1級	5.心	356		
塊	基礎第1級	7.土	421		
筷	基礎第2級	9.竹：箱：小提醒	491		
狂	進階第4級	8.犬	454		
困	進階第4級	12.囗	595		
闊	精熟第6級	12.門	591		

L

漢字	國教院字表	主要說明位置	頁碼	次要說明位置	頁碼
來	基礎第1級	10.想一想2	529		
嵐	未列	7.山	416		
朗	進階第5級	6.月	391		
牢	進階第5級	8.牛	460		
樂	基礎第1級	9.木	485		
勒	精熟第6級	11.革	554		
了	基礎第2級	1.想一想4	238		
雷	進階第4級	6.雨	398	7.想一想5	435
壘	精熟第7級	7.想一想5	435		

漢字	國教院字表	主要說明位置	頁碼	次要說明位置	頁碼
類	基礎第3級	3.頁	294		
累	基礎第2級	11.想一想2	562		
冷	基礎第2級	7.冫	432		
離	基礎第2級	8.隹：隻：小提醒	457		
禮	基礎第2級	10.示	526		
裡／裏	基礎第1級	11.衣	543	11.想一想1	561
理	基礎第3級	11.玉	560		
立	基礎第3級	4.教師應知：立	310		
麗	進階第4級	8.想一想1	466		
利	基礎第3級	14.刀	656	9.教學錦囊2	473
聯	進階第4級	2.耳	263	13.辵：連：小提醒	620
連	基礎第3級	13.辵	620		
臉	基礎第2級	5.肉	358		
練	基礎第2級	11.糸	549		
療	進階第5級	5.疒	362		
列	進階第5級	5.歹	367		
獵	進階第5級	8.犬：獸：小提醒	453		
烈	進階第5級	10.火：然：小提醒	523		
臨	進階第4級	2.教學錦囊3	244		
鄰	進階第4級	4.舛	335		
零	進階第4級	6.雨	397		
靈	進階第5級	6.雨	399		
凌	精熟第6級	7.冫	433		
領	基礎第3級	3.頁	291		

漢字	國教院字表	主要說明位置	頁碼	次要說明位置	頁碼
另	基礎第3級	5.教學錦囊4	348		
留	基礎第3級	7.田	427		
龍	基礎第3級	8.教學錦囊1	439	8.教學錦囊2	441
樓	基礎第2級	9.木：梯：小提醒	484		
呂	精熟第6級	5.教學錦囊5	349		
路	基礎第1級	4.足	333		
露	進階第4級	6.雨	398		
陸	進階第4級	7.阜	425		
鹿	進階第4級	8.教學錦囊1	440		
亂	進階第4級	4.爪	322		
輪	進階第4級	13.車	613	13.教學錦囊1	604
羅	進階第5級	14.皿	668		
裸	精熟第7級	11.想一想1	561		
落	進階第4級	9.艸	481		

M

漢字	國教院字表	主要說明位置	頁碼	次要說明位置	頁碼
麻	基礎第3級	9.教學錦囊1	471		
馬	基礎第1級	8.教學錦囊1	440		
罵	進階第4級	14.皿	669		
嗎	基礎第1級	2.口	254		
霾	未列	6.雨	399		
買	基礎第1級	14.貝	649		
麥	進階第4級	10.教師應知：麥	503	9.想一想3	498
賣	基礎第2級	14.貝	649		

漢字	國教院字表	主要說明位置	頁碼	次要說明位置	頁碼
蠻	精熟第6級	8.虫	452		
慢	基礎第2級	5.心	356		
忙	基礎第2級	5.心	356		
毛	基礎第2級	3.想一想3	297		
冒	基礎第3級	2.目	256		
眉	基礎第3級	2.目	258		
霉	精熟第6級	6.雨	399		
沒	基礎第1級	7.水	428		
每	基礎第1級	1.母	229		
美	基礎第1級	8.羊	464		
門	基礎第1級	12.教師應知：門	572		
悶	進階第4級	5.心	358		
爛	未列	10.想一想3	530		
們	基礎第1級	1.想一想1	237		
夢	進階第4級	2.目	258		
米	基礎第2級	10.教師應知：米	504		
覓	精熟第7級	2.見	261		
密	進階第4級	7.山	414		
糸	未列	11.教師應知：糸	535		
冖	未列	12.想一想1	600		
宀	未列	12.教師應知：宀	565		
麵	基礎第2級	10.麥	516		
面	基礎第1級	13.辵：邊：小提醒	620		
廟	進階第4級	12.广	586		

漢字	國教院字表	主要說明位置	頁碼	次要說明位置	頁碼
民	基礎第3級	10.皿：監：小提醒	515		
䨲	未列	8.教學錦囊1	441		
皿	精熟第7級	10.教師應知：皿	502		
名	基礎第1級	2.口	251		
明	基礎第1級	6.月	390		
命	基礎第3級	2.口	253		
末	基礎第2級	9.木：本：小提醒	483		
母	基礎第2級	1.教師應知：母	213		
拇	未列	1.母	229		
目	基礎第3級	2.教師應知：目	242		
慕	進階第5級	5.心	357		
沐	精熟第6級	7.想一想6	436		
牧	進階第5級	8.牛	461		
木	基礎第2級	9.教師應知：木	471		

N

漢字	國教院字表	主要說明位置	頁碼	次要說明位置	頁碼
拿	基礎第1級	4.手	314		
那	基礎第1級	12.邑	598		
男	基礎第1級	7.田	425		
難	基礎第2級	8.隹	458		
腦	基礎第2級	5.肉	359		
呢	基礎第1級	2.口	255		
能	基礎第1級	8.想一想1	465		
你	基礎第1級	1.人	219		

漢字	國教院字表	主要說明位置	頁碼	次要說明位置	頁碼
妳	基礎第1級	1.人：你：小提醒	219		
逆	精熟第6級	13.辵：迎：小提醒	618		
年	基礎第1級	9.教學錦囊2	473		
鳥	基礎第3級	8.教學錦囊1	441	8.想一想4	467
您	基礎第1級	5.心	355	1.人：你：小提醒	219
凝	精熟第6級	7.冫	432		
牛	基礎第1級	8.教師應知：牛	445		
弄	基礎第3級	4.廾	327		
奴	精熟第6級	10.皿：監：小提醒	515		
女	基礎第1級	1.教師應知：女	212		
諾	精熟第6級	9.艸：若：小提醒	482		

O

漢字	國教院字表	主要說明位置	頁碼	次要說明位置	頁碼
歐	進階第4級	3.欠	279		

P

漢字	國教院字表	主要說明位置	頁碼	次要說明位置	頁碼
爬	基礎第3級	4.爪	321		
拍	基礎第2級	11.白	553		
盤	基礎第3級	10.皿	513		
胖	基礎第3級	5.肉	359		
鞄	未列	11.教學錦囊4	538		
陪	基礎第3級	7.阜	424	7.想一想4	435
配	進階第5級	10.酉	521		

漢字	國教院字表	主要說明位置	頁碼	次要說明位置	頁碼
盆	進階第5級	10.皿：盤：小提醒	513		
烹	精熟第7級	10.想一想3	530		
朋	基礎第1級	6.教學錦囊2	375	14.教學錦囊1	633
碰	進階第4級	7.石	417		
皮	基礎第3級	4.又	316		
便	基礎第2級	1.人	221		
片	基礎第2級	8.想一想5	467		
飄	進階第5級	6.風	393		
漂	基礎第2級	7.水	429		
頻	精熟第6級	3.頁	294		
貧	進階第5級	14.貝	651		
破	基礎第3級	7.石	417		
迫	進階第5級	11.白	552		
攴 （攵）	未列	4.教師應知：攴	305	1.教學錦囊4	214
僕	精熟第6級	10.皿：盥：小提醒	515		
普	進階第4級	6.日	388		
暴	進階第5級	6.日	388		

Q

漢字	國教院字表	主要說明位置	頁碼	次要說明位置	頁碼
欺	進階第5級	3.欠	280		
戚	進階第5級	14.戈	662		
期	基礎第1級	6.月	391		
起	基礎第1級	4.走	334		

漢字	國教院字表	主要說明位置	頁碼	次要說明位置	頁碼
企	進階第5級	4.止	331		
气	未列	6.教師應知：气	377		
汽	基礎第2級	6.气	400	6.想一想4	402
氣	基礎第1級	6.气	400	6.想一想4	402
器	基礎第3級	8.想一想3	466	9.木：機：小提醒	484
牽	進階第5級	8.牛	462		
搴	未列	12.教學錦囊1	566		
鶱	未列	12.教學錦囊1	566		
錢	基礎第1級	14.教學錦囊2	634		
欠	進階第4級	3.教師應知：欠	271		
巧	基礎第3級	14.工	666		
切	基礎第3級	14.刀	656		
親	基礎第2級	2.見	260		
禽	精熟第7級	8.隹：隻：小提醒	457		
琴	進階第5級	11.想一想4	562		
輕	基礎第3級	13.車	615		
晴	基礎第3級	6.日	386		
窮	進階第4級	5.身	354		
秋	基礎第2級	9.禾	490	8.想一想1	465
球	基礎第2級	11.玉	559		
軀	精熟第7級	5.身	353		
麴	未列	10.麥	516		
取	基礎第3級	4.又	316		
圈	進階第5級	12.口	595		

漢字	國教院字表	主要說明位置	頁碼	次要說明位置	頁碼
泉	進階第4級	11.教學錦囊2	536		
犬	進階第5級	8.教師應知：犬	443	8.教學錦囊3	444
確	進階第4級	7.石	418		
雀	進階第5級	8.隹：雞：小提醒	456		
群／羣	進階第4級	8.羊	464		

R

漢字	國教院字表	主要說明位置	頁碼	次要說明位置	頁碼
然	基礎第2級	10.火	523		
熱	基礎第2級	10.火	522		
人	基礎第1級	1.教師應知：人	210		
儿	未列	1.教師應知：人	210		
日	基礎第1級	6.教師應知：日	373		
融	進階第5級	8.虫	452		
肉	基礎第2級	5.教師應知：肉	345		
軟	進階第5級	13.車	615		
若	進階第4級	9.艸	482		
弱	進階第4級	14.弓	664		

S

漢字	國教院字表	主要說明位置	頁碼	次要說明位置	頁碼
颯	未列	6.風	394		
塞	進階第5級	7.土	422	12.教學錦囊1	566
賽	基礎第3級	12.宀	578	12.教學錦囊1	566
傘	進階第4級	1.人	222		

漢字	國教院字表	主要說明位置	頁碼	次要說明位置	頁碼
散	進階第4級	4.攴	326		
掃	進階第5級	4.又	319		
沙	基礎第3級	7.水	429		
晒／曬	進階第5級	6.日	387		
山	基礎第1級	7.教師應知：山	405		
閃	進階第4級	12.門	590		
善	進階第4級	8.羊	463		
扇	進階第4級	12.戶	593		
賞	進階第4級	14.貝	650		
燒	基礎第3級	10.想一想3	530		
舌	進階第4級	3.想一想1	296		
蛇	進階第4級	8.想一想2	466		
設	進階第4級	3.言	285		
射	進階第5級	4.寸	320	4.想一想2	337
涉	精熟第6級	4.止：步：小提醒	331		
社	基礎第3級	10.示	528	7.教學錦囊3	408
身	基礎第2級	5.教師應知：身	342	5.教學錦囊1	343
神	基礎第3級	10.示	527		
聲	基礎第2級	2.耳	263		
牲	精熟第6級	8.牛	461		
省	進階第4級	2.目	259		
聖	進階第4級	2.耳	264		
勝	進階第4級	6.教學錦囊2	375		
盛	進階第4級	10.皿：益：小提醒	514		

漢字	國教院字表	主要說明位置	頁碼	次要說明位置	頁碼
時	基礎第1級	6.日	384	4.想一想3	338
石	基礎第2級	7.教師應知：石	406		
蝕	精熟第7級	8.虫：虹：小提醒	451		
食	基礎第3級	10.教師應知：食	501		
使	進階第4級	1.人	222		
豕	未列	8.教學錦囊1	440	8.教學錦囊3	444
矢	精熟第7級	14.教師應知：矢	643	14.教學錦囊7	643
視	基礎第2級	2.見	261	2.想一想2	268
試	基礎第2級	3.言：課：小提醒	283		
識	基礎第2級	3.言	288		
是	基礎第1級	4.止	331		
士	進階第4級	7.教學錦囊5	408		
示	基礎第3級	10.教師應知：示	507		
室	基礎第1級	12.宀	579		
適	進階第4級	13.辵	619		
收	基礎第2級	4.攴	325		
熟	進階第4級	10.火	524		
首	進階第4級	3.想一想2	297		
手（扌）	基礎第1級	4.教師應知：手	300		
受	基礎第3級	4.爪	323		
瘦	基礎第3級	5.疒	361	5.想一想2	370
獸	進階第5級	8.犬	453		
書	基礎第1級	4.又	318		
輸	進階第5級	13.車	612	14.想一想1	670

漢字	國教院字表	主要說明位置	頁碼	次要說明位置	頁碼
菽	未列	10.教學錦囊2	503	9.想一想3	498
暑	進階第4級	6.日	385		
鼠	進階第4級	8.教學錦囊1	439		
黍	未列	9.想一想3	497		
署	進階第5級	14.皿	668		
術	進階第4級	13.行：衛：小提醒	622		
衰	精熟第6級	11.衣	546		
帥	進階第4級	11.巾	556		
雙	基礎第2級	8.隹：隻：小提醒	457		
爽	進階第5級	1.大	236		
水	基礎第1級	7.教師應知：水	410		
睡	基礎第2級	2.目	257		
稅	進階第5級	9.禾：租：小提醒	489		
說	基礎第1級	3.言	281		
碩	精熟第6級	3.頁：顆：小提醒	292		
思	基礎第2級	5.心	355		
斯	精熟第6級	14.斤	659		
死	基礎第3級	5.歹	367		
寺	進階第5級	4.寸	321		
飼	進階第5級	10.食	511		
鬆	進階第4級	3.髟	296		
颶	未列	6.風	394		
酥	進階第5級	10.想一想1	529		
訴	基礎第3級	3.言	283		

漢字	國教院字表	主要說明位置	頁碼	次要說明位置	頁碼
宿	基礎第3級	12.宀	578		
酸	基礎第3級	10.酉	520		
算	基礎第2級	4.廾	327		
雖	基礎第3級	8.隹：雜：小提醒	459		
歲	基礎第1級	4.止	330		
孫	基礎第3級	1.子	231		
所	基礎第1級	12.戶	593		

T

漢字	國教院字表	主要說明位置	頁碼	次要說明位置	頁碼
她	基礎第1級	1.教學錦囊2	212		
他	基礎第1級	1.人	219		
它	基礎第1級	8.想一想2	466	1.人：他：小提醒	219
台／臺	基礎第1級	2.口	253		
颱	進階第4級	6.教學錦囊3	376		
太	基礎第1級	1.大	234		
泰	進階第5級	7.水	431		
談	進階第4級	3.言：講：小提醒	282		
嘆	進階第4級	3.教學錦囊1	272		
歎	精熟第7級	3.教學錦囊1	272		
湯	基礎第3級	7.水	428		
糖	基礎第2級	10.米：糕：小提醒	517		
燙	進階第4級	10.想一想3	530		
特	基礎第2級	8.牛	460		
疼	進階第4級	5.疒	362		

漢字	國教院字表	主要說明位置	頁碼	次要說明位置	頁碼
踢	基礎第3級	4.足	332		
梯	進階第5級	9.木	484		
題	基礎第2級	3.頁	293		
體	基礎第2級	5.骨	365		
天	基礎第1級	1.大	234	1.教學錦囊6	216
田	基礎第2級	7.教師應知：田	409		
調	進階第4級	3.言	289		
貼	基礎第3級	14.貝	651		
聽	基礎第1級	2.耳	262		
庭	進階第4級	12.广	584		
廷	精熟第6級	13.想一想1	628		
通	基礎第2級	13.辵：達：小提醒	618		
桶	精熟第6級	9.木	486		
統	基礎第3級	11.糸	549		
頭	基礎第1級	3.頁	290		
突	進階第4級	12.穴	581	8.想一想3	466
圖	基礎第2級	12.囗	594		
徒	進階第5級	13.彳	625		
土	基礎第3級	7.教師應知：土	407		
退	進階第4級	13.辵：進：小提醒	617		

W

漢字	國教院字表	主要說明位置	頁碼	次要說明位置	頁碼
外	基礎第1級	6.想一想2	402		
彎	進階第4級	14.弓	663		

漢字	國教院字表	主要說明位置	頁碼	次要說明位置	頁碼
玩	基礎第1級	11.玉	558		
晚	基礎第1級	6.日	383		
碗	基礎第3級	7.石	416		
萬	基礎第2級	8.想一想1	465		
往	基礎第2級	13.彳	623		
網	基礎第2級	14.教師應知：罒	644		
罒	未列	14.教師應知：罒	644		
忘	基礎第2級	5.心	357	3.言：記：小提醒	287
望	基礎第2級	6.月	390		
囗	未列	12.教師應知：囗	573		
危	進階第4級	12.厂	587		
微	進階第4級	13.彳	626		
位	基礎第1級	1.人	220		
為	基礎第1級	4.爪	322	8.想一想1	465
胃	進階第5級	5.肉	360	7.想一想5	435
畏	精熟第6級	7.想一想5	435		
未	進階第4級	9.木：本：小提醒	483		
衛	進階第4級	13.行	622		
文	基礎第1級	1.教學錦囊1	211		
聞	基礎第3級	2.耳	264		
雯	未列	6.想一想3	402		
問	基礎第1級	12.門	592		
窩	進階第5級	12.穴	582		
我	基礎第1級	14.戈	660		

漢字	國教院字表	主要說明位置	頁碼	次要說明位置	頁碼
臥	進階第5級	2.教學錦囊3	244		
毋	未列	1.教學錦囊3	213		
舞	基礎第3級	4.舛	335		
武	進階第4級	14.教學錦囊4	639		
霧	精熟第6級	6.雨	398		
物	基礎第2級	8.牛	459		
惡	進階第4級	8.羊：善：小提醒	463		

X

漢字	國教院字表	主要說明位置	頁碼	次要說明位置	頁碼
犧	精熟第6級	8.牛：牲：小提醒	461		
羲	未列	8.羊：義：小提醒	465		
希	基礎第2級	11.巾	556		
析	精熟第6級	14.教學錦囊3	637		
息	基礎第1級	2.自	265		
習	基礎第2級	11.白	552		
喜	基礎第1級	2.口	251		
洗	基礎第2級	7.想一想6	436		
徙	未列	13.彳：徒：小提醒	625		
夕	進階第4級	6.想一想2	402		
系	進階第4級	11.糸	551		
戲	基礎第3級	14.戈	662		
先	基礎第1級	1.人	223		
鮮	基礎第3級	8.想一想1	466		
嫌	進階第5級	1.女	226		

漢字	國教院字表	主要說明位置	頁碼	次要說明位置	頁碼
閒	進階第4級	6.月	391		
銜	精熟第7級	14.金	654		
弦	精熟第7級	14.弓	663		
顯	進階第5級	3.頁：顧：小提醒	293		
險	進階第4級	7.阜	425		
獻	精熟第6級	8.犬	456		
羨	進階第5級	8.羊	463		
縣	進階第4級	10.皿：監：小提醒	515		
現	基礎第1級	11.玉	558		
臽	未列	12.教學錦囊2	567		
陷	進階第5級	12.教學錦囊2	567		
箱	基礎第3級	9.竹	491		
鄉	基礎第3級	12.邑	598		
項	進階第4級	3.頁：領：小提醒	291		
孝	進階第4級	1.子	233		
肖	精熟第6級	5.肉	361		
校	基礎第1級	9.木	485		
笑	基礎第2級	9.竹	494		
歇	精熟第6級	3.欠	280		
鞋	基礎第3級	11.革	553		
寫	基礎第1級	12.宀	580		
謝	基礎第1級	3.言	284		
欣	進階第4級	3.欠：歡：小提醒	279		
心	基礎第1級	5.教師應知：心	344		

漢字	國教院字表	主要說明位置	頁碼	次要說明位置	頁碼
辛	進階第4級	14.教學錦囊8	645		
新	基礎第1級	14.斤	658		
星	基礎第1級	6.想一想1	401		
型	進階第4級	7.土	421		
行	基礎第2級	13.教師應知：行	606		
省	進階第4級	2.目	259		
擤	未列	2.自：鼻：小提醒	265		
姓	基礎第1級	1.女	226		
興	基礎第2級	4.臼	329		
兄	進階第4級	1.人	225		
凶	精熟第7級	12.教學錦囊2	567		
雄	進階第4級	8.隹	458		
羞	進階第5級	8.羊	462		
臭	基礎第3級	2.自	266	8.想一想3	466
嗅	精熟第7級	2.自：臭：小提醒	266		
秀	進階第5級	9.禾	489		
宿	基礎第3級	12.宀	578		
須	進階第4級	3.頁	292		
鬚	精熟第7級	3.彡：鬍：小提醒	295		
需	基礎第3級	6.雨	397	3.頁：須：小提醒	292
靴	精熟第6級	11.革	554		
學	基礎第1級	4.臼	328		
雪	基礎第2級	6.雨	396		
穴	進階第5級	12.教師應知：穴	567		
訊	精熟第6級	3.言	285		

Y

漢字	國教院字表	主要說明位置	頁碼	次要說明位置	頁碼
牙	基礎第2級	2.教學錦囊1	242		
崖	精熟第7級	12.厂	588		
言	基礎第2級	3.教師應知：言	272		
顏	基礎第2級	3.頁	290		
岩	進階第5級	7.山	415		
研	基礎第3級	7.石	417		
鹽	進階第4級	10.皿	514		
炎	進階第4級	10.火：熱：小提醒	522		
延	進階第5級	13.想一想1	628		
眼	基礎第2級	2.目	257		
演	基礎第3級	7.水	431		
广	未列	12.教師應知：广	568		
雁	精熟第6級	12.厂	589		
厭	基礎第3級	12.厂	588		
央	進階第4級	1.大	236		
陽	基礎第2級	7.阜	424		
羊	基礎第2級	8.教師應知：羊	446		
氧	精熟第6級	6.气	400		
養	進階第4級	10.食：飼：小提醒	511		
要	基礎第1級	1.女	228		
藥	基礎第2級	9.艸	479		
鑰	進階第5級	14.金	654		
爺	基礎第2級	1.父：爸：小提醒	230		
頁	進階第4級	3.頁	273		

漢字	國教院字表	主要說明位置	頁碼	次要說明位置	頁碼
腋	未列	5.教學錦囊3	346		
夜	基礎第3級	6.想一想2	402		
醫	基礎第2級	10.酉	520		
衣	基礎第1級	11.教師應知：衣	534		
宜	基礎第2級	12.宀	577		
亦	精熟第6級	5.教學錦囊3	346		
疫	精熟第6級	5.疒	363		
易	基礎第2級	6.教學錦囊1	374		
異	進階第5級	7.想一想5	435		
義	基礎第3級	8.羊	465		
藝	進階第4級	9.艸	480		
益	進階第5級	10.皿	514		
邑 （阝）	未列	12.教師應知：邑	574		
弋	未列	14.教學錦囊4	639		
因	基礎第1級	12.囗	596		
尹	未列	1.教學錦囊4	214		
飲	基礎第3級	10.食	511		
乀	未列	13.想一想1	628		
引	進階第4級	14.弓	663		
英	基礎第1級	9.艸：花：小提醒	477		
迎	基礎第2級	13.辵	618		
贏	進階第5級	14.貝	650	14.想一想1	670
硬	進階第5級	7.石	418		
幽	進階第5級	7.教學錦囊2	406		

漢字	國教院字表	主要說明位置	頁碼	次要說明位置	頁碼
游	基礎第2級	7.水	430		
猶	精熟第6級	8.犬	455		
郵	基礎第2級	12.邑	596		
遊	基礎第3級	13.辵	617		
友	基礎第1級	4.又	317		
有	基礎第1級	4.又	317		
酉	未列	10.教師應知：酉	505		
又	基礎第1級	4.教師應知：又	301		
右	基礎第1級	4.又	318		
魚	基礎第2級	8.教學錦囊1	440		
餘	進階第5級	10.食	512		
語	基礎第2級	3.言：話：小提醒	281		
雨	基礎第1級	6.教師應知：雨	376		
毓	未列	1.想一想2	237		
育	進階第4級	5.肉	360	1.想一想2	237
浴	基礎第3級	7.想一想6	436		
玉	基礎第2級	11.教師應知：玉	539		
元	基礎第1級	1.人	223	14.教學錦囊2	634
原	基礎第2級	12.厂	588		
園	基礎第2級	12.囗	594		
圓	基礎第3級	12.囗	595	14.教學錦囊2	634
願	基礎第3級	3.頁：顆：小提醒	292		
院	基礎第2級	7.阜	424		
約	基礎第3級	11.糸	548		

漢字	國教院字表	主要說明位置	頁碼	次要說明位置	頁碼
月	基礎第1級	6.教師應知：月	374		
岳	未列	7.教學錦囊1	406		
嶽	未列	7.教學錦囊1	406		
樂	基礎第1級	9.木	485		
閱	進階第5級	12.門	591		
暈	進階第5級	6.日	389		
雲	基礎第3級	6.雨	395		
孕	進階第5級	1.子	232	5.教學錦囊1	343
運	基礎第2級	13.舟：般：小提醒	627		

Z

漢字	國教院字表	主要說明位置	頁碼	次要說明位置	頁碼
雜	進階第4級	8.隹	459		
災	進階第5級	10.火	525		
在	基礎第1級	7.土	420		
載	進階第4級	13.車	613		
髒	進階第4級	5.骨	366		
藏	進階第5級	9.艸	482		
糟	進階第5級	10.米	519		
早	基礎第1級	6.日	383		
澡	基礎第3級	7.想一想6	436		
皂	進階第5級	11.想一想3	562		
責	進階第4級	14.貝	652		
則	進階第4級	14.刀	657		
賊	進階第5級	14.貝	653		

漢字	國教院字表	主要說明位置	頁碼	次要說明位置	頁碼
炸	進階第4級	10.想一想3	530		
窄	進階第5級	12.穴	583		
債	精熟第6級	1.人	223		
寨	精熟第7級	12.教學錦囊1	566		
站	基礎第2級	4.立	336		
暫	進階第5級	6.日	389		
張	基礎第1級	14.弓	662		
帳	進階第5級	11.巾	557		
朝	進階第5級	6.月	392		
找	基礎第1級	4.手	315		
照	基礎第2級	10.火	523		
罩	精熟第6級	14.罒	668		
摺	精熟第7級	4.想一想1	337		
折	基礎第3級	14.教學錦囊3	637	4.想一想1	337
珍	基礎第3級	11.玉	559		
診	進階第4級	3.言	286		
朕	未列	6.教學錦囊2	375		
震	進階第4級	6.雨	397		
爭	進階第4級	4.爪	324		
蒸	進階第5級	9.艸	481		
徵	進階第5級	13.彳：微：小提醒	626		
證	進階第4級	3.言	287		
証	未列	3.言：證：小提醒	287		
正	基礎第2級	4.止	330		

漢字	國教院字表	主要說明位置	頁碼	次要說明位置	頁碼
支	基礎第3級	4.教師應知：攴	305		
之	進階第4級	4.教學錦囊3	307		
隻	基礎第2級	8.隹	457		
知	基礎第1級	14.矢	664		
直	基礎第2級	2.教學錦囊2	243		
殖	精熟第6級	5.歹	368		
止	進階第4級	4.教師應知：止	307		
指	進階第4級	4.手	315		
趾	精熟第7級	4.足	333		
址	基礎第2級	7.土	423		
紙	基礎第2級	11.糸	547		
識	基礎第2級	3.言	288		
豕	未列	8.教學錦囊1	440	8.教學錦囊3	444
至	進階第4級	14.教學錦囊7	643		
置	進階第5級	14.皿	667		
終	基礎第3級	11.糸	549		
種	基礎第2級	9.禾	487		
眾	進階第4級	8.羊：群：小提醒	464		
重	基礎第2級	13.車：輕：小提醒	615		
粥	進階第5級	10.米	518		
舟	進階第5級	13.教師應知：舟	607		
週	基礎第2級	13.辵	619		
周	基礎第3級	13.辵：週：小提醒	619		
竹	進階第4級	9.教師應知：竹	473		

漢字	國教院字表	主要說明位置	頁碼	次要說明位置	頁碼
築	進階第5級	9.竹	495		
燭	精熟第6級	10.火：照：小提醒	523		
煮	進階第4級	10.想一想3	530		
祝	基礎第3級	10.示	525		
爪	進階第5級	4.教師應知：爪	303		
專	進階第4級	4.寸	320		
轉	基礎第2級	13.車	611		
裝	基礎第3級	11.衣	545		
狀	進階第4級	8.犬：獎：小提醒	455		
佳	未列	8.教師應知：佳	445	8.想一想4	467
准	進階第5級	7.冫	433		
子	基礎第1級	1.教師應知：子	215		
字	基礎第1級	1.子	231		
自	基礎第1級	2.教師應知：自	246		
總	基礎第3級	11.糸	548		
從	基礎第1級	13.彳	624		
走	基礎第1級	4.教師應知：走	309		
租	基礎第2級	9.禾	489		
足	基礎第3級	4.教師應知：足	308		
族	進階第4級	14.矢	665		
祖	進階第4級	10.示	527		
嘴	基礎第2級	2.口	252		
醉	進階第4級	10.酉：酒：小提醒	519		
罪	進階第4級	14.皿	669		

漢字	國教院字表	主要說明位置	頁碼	次要說明位置	頁碼
昨	基礎第1級	6.日	384		
左	基礎第1級	4.又	318		
作	基礎第2級	1.人	220		
做	基礎第1級	1.人：作：小提醒	220		
坐	基礎第1級	7.土	419		

Note

國家圖書館出版品預行編目資料

漢字好好教 好好教漢字——華語師培與漢字
教學／周碧香、馬偉怡、戚恕平、陳玉明等
著. ——初版.——臺北市：五南圖書出版
股份有限公司, 2024.02
面； 公分
ISBN 978-626-317-843-4（平裝）

1.漢語教學 2.漢字

802.203　　　　　　　111007225

1XMT

漢字好好教 好好教漢字
華語師培與漢字教學

主　　編 — 周碧香

作　　者 — 周碧香、馬偉怡、戚恕平、陳玉明

發 行 人 — 楊榮川

總 經 理 — 楊士清

總 編 輯 — 楊秀麗

副總編輯 — 黃惠娟

責任編輯 — 魯曉玟

封面設計 — 韓衣非

插　　畫 — 樂築動畫藝術有限公司

出 版 者 — 五南圖書出版股份有限公司

地　　址：106台北市大安區和平東路二段339號4樓

電　　話：(02)2705-5066　　傳　　真：(02)2706-6100

網　　址：https://www.wunan.com.tw

電子郵件：wunan@wunan.com.tw

劃撥帳號：01068953

戶　　名：五南圖書出版股份有限公司

法律顧問　林勝安律師

出版日期　2024年2月初版一刷

定　　價　新臺幣1200元

經典永恆・名著常在

五十週年的獻禮——經典名著文庫

五南，五十年了，半個世紀，人生旅程的一大半，走過來了。

思索著，邁向百年的未來歷程，能為知識界、文化學術界作些什麼？

在速食文化的生態下，有什麼值得讓人雋永品味的？

歷代經典・當今名著，經過時間的洗禮，千錘百鍊，流傳至今，光芒耀人；

不僅使我們能領悟前人的智慧，同時也增深加廣我們思考的深度與視野。

我們決心投入巨資，有計畫的系統梳選，成立「經典名著文庫」，

希望收入古今中外思想性的、充滿睿智與獨見的經典、名著。

這是一項理想性的、永續性的巨大出版工程。

不在意讀者的眾寡，只考慮它的學術價值，力求完整展現先哲思想的軌跡；

為知識界開啟一片智慧之窗，營造一座百花綻放的世界文明公園，

任君遨遊、取菁吸蜜、嘉惠學子！